KB001166

아름답고 저주받은 사람들

* 이 도서의 국립중앙도서관 출판예정도서목록(CIP)은 서지정보유통지원시스템
홈페이지(http://seoji.nl.go.kr)와 국가자료공동목록시스템(http://www.nl.go.kr/kolisnet)에서
이용하실 수 있습니다.(CIP제어번호: CIP2018016776)

아름답고 저주받은 사람들

F. 스콧 피츠제럴드

진영인 옮김

은행나무

승자는 전리품에 속한다.
—앤서니 패치

문학적 조언과 격려에 감사하며
셰인 레슬리와 조지 진 네이선
그리고 맥스웰 퍼킨스에게

차 례

일러두기

1 이 책은 F. Scott Fitzgerald, *The Beautiful and Damned*(Scribner's, 1922)를
   우리말로 옮기고, 옮긴이가 주를 단 것입니다.
2 원문의 이탤릭체는 고딕체로 표기했습니다.

1부

앤서니 패치

1913년에 앤서니 패치는 스물다섯 살이었다. 그에게 적어도 이론적으론 성령이 강림하듯 아이러니가 강림한 지*도 2년이 지난 뒤였다. 구두 광내기를 마무리한다거나 옷을 마지막으로 솔질한다거나 의식적으로 "자!"라고 외치는 것과 같은 아이러니였다. 그러나 이야기를 막 시작하려는 이때, 그는 이 문제를 깊이 파고들기는커녕 아직 의식조차 못 하고 있었던 것이다. 일단 그라는 사람을 보자면, 그는 자신이 명예롭지 못하고 약간 광기가 있으며 마치 세상의 표면에서 번뜩이는 창피스럽고 추접스럽고 얄팍한, 깨끗한 연못 위의 기름 같은 사람이 아닌가 자주 궁금해한다. 다양한 상황에서

---

* 성령이 강림하듯 아이러니가 그의 삶 전반에 벌써 배어 들었음을 의미한다. 소설에서는 앤서니의 삶 자체가 아이러니하게 그려지는데, 이를테면 도덕의 화신이자 성공한 사업가인 할아버지를 두고 있으나 정작 그는 전혀 그런 사람이 아니라는 점이 아이러니하다.

생각해보면서도 물론 자신이 아주 고상하고 주변 환경에 잘 적응한 꽤 예외적인 청년이며 자신이 아는 누구보다도 중요한 인물이라고 본다.

이것이 건강한 상태의 그였다. 이럴 때면 그는 명랑하고 유쾌했으며 지적인 남성과 모든 여성들이 그런 그를 좋아했다. 이런 상태를 누릴 때면 그는 언젠가 남들 눈에 잘 안 띄는 미묘한 뭔가를, 엘리트라면 가치 있게 여길 뭔가를 성취할 거라고 생각했다. 나아가 죽음과 불멸 사이 중간에 있는, 안개 낀 모호한 천국의 어둑한 별들에 합류할 거라고 여겼다. 시간이 지나 그 노력의 결실이 확인될 순간까지, 그는 앤서니 패치─한 남자의 초상화가 아니라 뛰어나고 힘이 넘치는 한 인격, 자기주장이 강하고 세상을 우습게 보며 자기 내면으로부터 제대로 작동하는 인격─일 것이다. 그는 명예로울 순 없겠지만 명예를 인지하고, 용기가 말도 안 된다는 걸 알지만 용기가 있는 사람이었다.

훌륭한 남자와 재능 있는 아들

앤서니가 사회 복지 기관의 관심을 끈 이유는 할아버지가 애덤 J. 패치라는 사실 때문이었다. 바다 건너 십자군까지 거슬러 올라가 족보를 따지는 일이나 마찬가지였지만 말이다. 물론 버지니아 사람과 보스턴 사람이라는 예외도 있지만, 돈 많은 사람을 귀족 혈통처럼 여기는 세상이다 보니 이는 피할 수 없는 일이다.

'크로스 패치'로 더 많이 알려진 애덤 J. 패치는 1861년 초반에 태리타운*에 있는 부친의 농장을 떠나 뉴욕 기병대에 들어갔다. 남북전쟁이 끝난 후 그는 장교가 되어 집에 돌아왔다. 월가(街)에 들어가 엄청난 호들갑, 노여움, 박수갈채, 사악한 의지에 둘러싸인 가운데 약 7500만 달러를 모았다.

그는 57세가 될 때까지 돈을 모으느라 힘을 쏟았다. 경화증으로 몇 번 심하게 고생한 다음 여생 동안 세계의 도덕 갱생에 전념하기로 결심했다. 그는 개혁가 중의 개혁가가 되었다. 엄청난 노력과 앤서니 콤스톡**과 경쟁하면서도 훗날 그의 이름을 따서 손주의 이름을 지었고, 술이며 문학이며 부도덕이며 예술이며 위험한 약이며 일요일 극장을 향해 다양한 종류의 어퍼컷과 치명타를 퍼부었다. 은밀히 퍼져나가 결국 소수를 제외한 모두에게 생겨난 흰곰팡이의 영향력 때문에, 그의 정신은 그 시대에 대한 모든 의분에 미친 듯이 골몰했다. 그는 태리타운 부동산 사무실 안락의자에 앉아서 수많은 가상의 적이며 사악함에 맞서 15년 동안 계속된 사회운동을 지휘했다. 그동안 그는 편집광, 지독한 골칫덩어리, 참을 수 없는 지루한 사람으로 여겨졌다. 이야기가 시작된 그해, 그는 지쳐가고 있었다. 그의 운동은 산만하게 변해갔다. 1861년에서 천천히 1895년으로 흘렀다. 머릿속엔 남북전쟁이 상당한 부분을 차지했고, 죽은 아내와 아들이 약간 차지했으며, 손주 앤서니는 거의 차지하지 못했다.

---

* 뉴욕시 북부 허드슨 강변의 마을.
** Anthony Comstock, 1844~1915. 검열법 통과를 주도한 급진적 도덕주의자.

경력을 닦던 초기에 애덤 패치는 서른 살의 활기 없는 여성 얼리샤 위더스와 결혼했다. 얼리샤는 10만 달러와 뉴욕 금융업계에 들어갈 수 있는 완벽한 입장권을 지참금으로 가져왔다. 그리고 바로, 꽤 용감하게 아들을 낳았다. 그녀는 이 장엄한 행위에 완전히 활력을 빼앗긴 듯 이후 간호를 받으며 그 그늘 속에 모습을 감추었다. 그녀가 낳은 아들 애덤 율리시스 패치는 버릇처럼 클럽에 다녔고 수준 높은 취향을 갖추었으며 2인용 자전거를 몰고 다녔다. 스물여섯 살이라는 놀라운 나이에 '내가 본 뉴욕 사회'라는 제목으로 회고록을 써 내려갔다. 회고록을 둘러싼 소문이 퍼지며 출판업자들이 그 작업을 따내려 애썼지만, 그가 죽은 뒤에 회고록이 터무니없이 장황하고 아주 지루하다는 사실이 알려져 자비출판조차 되지 못했다.

이 5번가의 체스터필드[*]는 스물두 살에 결혼했다. 부인은 헨리에타 르브륀으로, 보스턴 '사교계의 콘트랄토[**]'였고, 이들 부부가 낳은 외동아이에게 할아버지 애덤 패치는 앤서니 콤스톡 패치라는 이름을 붙여달라고 요청했다. 그가 하버드에 들어갈 때 지옥 같은 망각 속으로 콤스톡이 빠졌고, 그 이후 이 이름은 들린 적이 없었다.

젊은 앤서니에겐 부모와 함께 찍은 사진 한 장이 있었다. 그 사진엔 종종 가구처럼 무심한, 유년 시절 앤서니의 눈길이 담겨 있었다. 그러나 그의 침실에 들어온 사람은 누구나 그 사진을 흥미로워했다. 사진 속엔 여유롭고 잘생긴 1890년대의 댄디가 키 크고 가무잡

---

[*] 영국의 재치 있는 문필가 필립 체스터필드에서 따왔다.
[**] 최저 여성음을 부르는 가수.

잡한 여성 옆에 서 있었다. 머프를 하고 허리받이로 스커트 뒷자락을 부풀린 차림이었다. 그들 사이에 길고 구불거리는 갈색 머리를 한 작은 소년이 있었는데, 폰틀로이 경*풍의 벨벳 옷을 입었다. 이 소년이 다섯 살의 앤서니였고, 그해 어머니가 세상을 떠났다.

보스턴 사교계의 콘트랄토에 대한 기억은 흐릿했고 음악과 친숙했다. 그녀는 워싱턴스퀘어**에 위치한 집 음악실에서 노래하고 노래하고 노래했다—때로 주변에 손님들이 여기저기 앉았다. 팔짱을 낀 채 숨도 쉬지 않고 소파 끝에 잘 앉아 있는 남자들, 손을 무릎에 얹고 종종 남자에게 속삭이고 노래가 끝날 때마다 활발히 박수를 치고 감탄하는 여자들. 때로 그녀는 앤서니에게만 노래를 불러주었다—이탈리아어나 프랑스어 혹은 그녀가 남부 흑인 말이라고 상상한 낯설고 심한 사투리로.

옷 잘 입던 율리시스, 미국 최초로 코트 옷깃을 만 남자를, 앤서니는 훨씬 생생히 기억했다. 아내와 사별한 후 이 남자는 헨리에타 르브뤈 패치가 '또 다른 합창단에 합류'했다며 쉰 목소리로 떠들곤 했는데, 그 뒤로 부자는 태리타운의 할아버지네 집에 가서 살았다. 율리시스는 날마다 앤서니를 돌보는 유모를 찾아가 즐겁고도 걸쭉한 입담을 늘어놓았다. 때로는 한 시간이나 수다를 떨기도 했다. 그는 사냥 여행이며 낚시 여행이며 애틀랜틱시티 여행을 가겠다고 앤서니에게 번번이 약속했다. "오, 조만간 가자." 하지만 그 어떤 약속

---

* 프랜시스 호지슨 버넷의 소설 《소공자》의 주인공으로, 세련된 소년들의 패션에 영향을 주었다.
** 뉴욕 맨해튼에 있는 공원과 그 주변 지역.

도 이행하지 않았다. 여행은 딱 한 번 갔다. 앤서니가 열한 살이었을 때 영국과 스위스에 갔는데 루체른의 최고급 호텔에서 아버지가 너무 많이 땀을 흘리고 큰 소리로 헉헉 울다 죽었다. 절망과 공포가 몰려와 경악한 채 앤서니는 미국으로 돌아왔다. 여생 동안 곁에 머물 희미한 우울감에 사로잡힌 채.

주인공의 과거와 성격

열한 살의 그는 죽음이 두려웠다. 부모님이 6년 간격을 두고 세상을 떠난 이 시기는 감수성이 예민할 때였다. 할머니는 눈에 띄지 않는 사람이었다. 세상에서의 마지막 날이 결혼 이후 딱 하루, 자기가 쓰던 응접실에서나마 존재감을 뽐낸 날이었다. 앤서니의 삶은 죽음에 맞선 투쟁이었다. 죽음은 모퉁이마다 기다리고 있었다. 스스로 건강 염려증에 기반한 상상력이 풍부하다는 걸 인정하고 침대에서 책 읽는 습관을 들였다. 그러면 안심이 됐다. 책을 읽다 보면 지쳤고 종종 불을 켠 채 잠들었다.

열네 살이 될 때까지 그는 우표 수집을 즐겼다. 방대하고, 소년이 수집하는 것으론 가능한 한 철저하게. 할아버지는 어리석게도 우표를 모으면 지리를 배울 수 있다고 생각했다. 그래서 앤서니는 '우표와 동전' 회사 대여섯 곳과 서신을 주고받았고, 그에겐 끊임없이 새로운 우표책이나 반짝이는 결재현황서가 전달됐다. 이 우표책에서 저 우표책으로 습득한 물건들을 끝없이 옮기는 행위란 신비롭고 매혹적이었다. 그에게 우표는 가장 큰 행복이었고 우표를 가지고 놀 때 누구든 방해하면 바로 얼굴을 찡그렸다. 우표를 사면서 매달 용돈을 엄청나게 썼고, 종류가 다양하고 색깔이 다채로운 우표들을 살피며 밤에도 지치지 않고 깨어 있었다.

열여섯 살 무렵, 그는 거의 자기 내면에 머물렀다. 똑똑히 말을 못하고, 미국인다운 구석은 전혀 없으며, 또래들과 어울릴 때 은근히 당황하는 소년. 2년간 유럽에서 개인 교사와 머물렀는데, 교사는 그에게 하버드가 딱이라고 설득했다. 그곳이 '길을 열어줄' 것이고 큰 힘이 되어줄 것이며 자기희생적이고 헌신적인 친구들을 만들어줄 거라고. 그래서 그는 하버드로 갔다. 그가 유일하게 합리적으로 처리한 일이었다.

그는 사회체제에 대해 아무것도 모르고 한동안 백홀*에 있는 높은 층의 방에서 찾는 이 없이 혼자 살았다. 가무잡잡하고 날씬한 중키에 수줍고 세심한 말투를 지닌 소년. 그는 씀씀이가 후하다는 표현 이상으로 돈을 썼다. 방랑하는 애서가에게서 스윈번, 메러디스, 하디의 초판과 노랗게 변해 알아보기 어려운 키츠의 자필 편지를 사들여 서재를 위한 기반을 닦았다. 나중에 가서야 돈을 얼마나 과도하게 썼는지 깨달았다. 그는 훌륭한 댄디가 됐다. 꽤 어처구니없는 모양의 비단 파자마와 무늬를 넣어 짠 가운과 셔츠에 매기엔 지나치게 화려한 넥타이를 모으는. 그는 이런 은밀하게 화려한 물건들을 걸치고 방 거울 앞을 걷거나 뜰이 내려다보이는 창가를

---

* 부유한 집 자제들을 위한 사설 기숙사.

따라 깔아둔 새틴 천에 드러누웠다. 즉시 그는 어렴풋이나마 알아차렸다, 이 숨 막히고 즉각적인 소란에 그가 차지할 자리는 없다는 사실을.

기묘하게도 대학 졸업반이 되자 그는 반에서 자신이 어떤 위치를 차지했는지 깨달았다. 그는 꽤 낭만적인 인물, 학자, 은둔자, 학문의 탑을 이룬 사람으로 여겨졌다. 그는 이 사실에 좀 놀랐지만 은근히 기뻤다. 사교 모임에 나가기 시작했다. 처음에는 가끔 나가다가 곧 자주 나가게 됐다. 푸딩 클럽*에 가입했다. 술을 마셨다ー조용히 예의 바르게 관습을 지켜서. 만일 그가 그렇게 어린 나이로 대학에 오지 않았다면 '아주 잘 해냈을' 것이라고들 했다. 1909년에 대학을 졸업한 그는 겨우 스무 살이었다.

그는 다시 외국으로 향했다. 이번에는 로마였다. 그곳에서 건축과 미술에 차례로 손을 댔고, 바이올린을 시작했으며, 이탈리아어로 기분 나쁜 소네트를 몇 편 썼다. 13세기의 수사가 명상에 잠긴 삶의 즐거움을 반추하는 내용으로 추정된다. 그가 로마에 머무르고 있다는 사실이 하버드 시절 친구들에게 알려지자, 그해 외국에 있던 친구들이 그를 찾아왔고, 그와 함께 많은 것들을 발견했다ー수차례의 잦은 밤 여행 중에, 르네상스 시대보다 혹은 자기 나라보다 오래된 도시에서. 예를 들어 필라델피아에서 온 모리 노블은 두 달 동안 머무르면서 앤서니와 함께 라틴계 여성의 독특한 매력을 깨달았으며 아주 오래되고도 자유로운 문명에서 아주 새롭

---

* 1795년에 만들어진 하버드의 연극 단체 '헤이스티 푸딩 클럽'을 가리킨다.

고 자유로운 감각을 즐거이 누렸다. 할아버지의 적잖은 지인들이 그를 방문했고, 만일 그가 원했다면 외교관들 사이에서 페르소나 그라타*가 될 수도 있었다. 실로, 그는 자신의 성향이 점점 더 유흥 쪽으로 치우치고 있음을 알게 됐다. 그러나 긴 청년기 특유의 초연함과 그로 인한 수줍음이 여전히 행동을 좌우하고 있었다.

그는 1912년에 미국으로 돌아왔는데 할아버지의 지병이 갑자기 악화됐기 때문이었다. 영원히 요양 중일 이 노인과 매우 짜증 나는 대화를 나눈 뒤 외국에서 쭉 살겠다는 계획을 할아버지의 죽음 이후로 연기하기로 결정했다. 오랫동안 찾아본 끝에 52번가에 아파트를 구했고 언뜻 보기에는 정착한 듯했다.

1913년에 이르러 앤서니 패치는 세계와 맞춰나가는 과정을 거의 완성했다. 외모는 대학 시절 이래 좋아졌다. 여전히 말랐지만 어깨가 넓어졌고 거무스름한 얼굴에서는 대학 초년생 시절의 겁내는 표정이 사라졌다. 여전히 은근히 정돈된 모습이었고 스스로도 무척 깔끔했다─친구들은 그의 머리칼이 헝클어진 모습을 한 번도 본 적 없다고 단언했다. 코는 아주 날카로웠다. 불운하게도 입은 마음 상태를 드러내 보이곤 했다. 행복하지 않을 때면 입매가 눈에 띄게 처지곤 했으니. 하지만 푸른 눈은 매력적이었다. 총명함으로 빛날 때건 우울해서 반쯤 감고 있을 때건.

균형 잡힌 외모는 이상적인 아리아인에겐 필수라지만 그는 아니었고, 그래도 여기저기서 미남이란 얘길 들었다. 나아가 그는 매우

---

* '외교적으로 환영받는 사람'을 의미한다.

깨끗했다 — 겉모습도 그렇고 실제로도 그랬다. 특히 아름다움에서 빌려 온 특별한 깨끗함이 있었다.

나무랄 곳 없는 아파트

5번가와 6번가를 보며 앤서니는 워싱턴스퀘어에서 센트럴파크까지 거대한 사다리가 곧게 서 있는 것 같다고 생각했다. 52번가로 가는 버스에 탑승하면, 쭉 줄지어 서 있는 위험한 사다리 가로대 위에서 손잡고 서 있는 기분이었다. 버스가 덜컥대며 그가 선 사다리 가로대에 멈추면, 그는 인도로 가는 거친 철제 계단을 내려가며 안도감 비슷한 감정을 느꼈다.

그런 다음엔 따분해 보이는 갈색 벽돌집들을 지나 52번가를 반 블록 걸어가야 했다. 그러고 나면 바로 넓은 거실의 높은 천장 아래에 도착했다. 전적으로 만족스러웠다. 어쨌든 여기서 삶이 시작됐다. 여기서 잠을 자고 아침을 먹고 책을 읽고 즐겼다.

1890년대 후반에 지은 흐릿한 색의 건물이었다. 층마다 작은 아파트의 수요가 꾸준히 늘어나면서 완전히 개조됐고 아파트마다 따로따로 세를 놓았다. 앤서니가 빌린 2층 아파트 방 네 개는 가장 탐나는 공간이었다.

거실은 천장이 보기 좋게 높았고 52번가의 풍경이 유쾌하게 펼쳐지는 세 개의 큰 창이 나 있었다. 내부는 어떤 특별한 시대적 스타일과도 여유 있게 거리를 둔 모습이었다. 딱딱함도, 케케묵음도, 살

풍경함도, 퇴폐도 피했다. 연기 냄새도 향냄새도 나지 않는 높고 희푸른 공간이었다. 가장 부드러운 갈색 가죽으로 만든, 아지랑이처럼 졸음의 기운이 떠도는 낮은 안락의자가 놓여 있었다. 기하학적 모양의 어부와 사냥꾼이 흑색과 금색으로 다수 그려진 중국식 옻칠을 한 긴 가리개도 있었다. 이 물건 덕분에 구석진 공간이 생겨 부피 큰 의자를 둘 수 있었고 오렌지색 스탠드 조명이 그 공간을 지켰다. 난로 안쪽의 4등분된 방패는 불에 타서 흐릿한 검은색이 됐다.

식당도 있었는데, 앤서니는 집에서 아침만 먹었기 때문에, 언젠가 쓰게 되지 않을까 싶은 공간으로만 남아 있었다. 식당과 제법 긴 복도를 지나면 이 아파트의 핵심이자 중심이 나왔다. 바로 앤서니의 침실과 욕실.

둘 다 크기가 어마어마했다. 침실 천장 아래에서는 캐노피가 덮인 거대한 침대도 평범한 정도로 보일 뿐이었다. 진홍색 벨벳의 이국적인 바닥 깔개는 맨발에 양털처럼 부드럽게 감겼다. 거들먹거리는 듯한 침실과는 반대로, 욕실은 즐겁고 밝고 사용하기 아주 편하고 약간은 익살스럽기까지 했다. 벽에는 당대의 유명한 미인 배우 네 명의 사진 액자가 걸려 있었다. '햇빛 소녀' 줄리아 샌더슨, '퀘이커교 소녀' 이나 클레어, '물감을 생각해' 빌리 버커, '핑크 레이디' 헤이즐 돈.* 빌리 버커와 헤이즐 돈 사이에는 차갑고 어마어마한 태양이 이끄는, 길게 늘어진 흰 눈을 담은 사진이 걸려 있었다. 앤서니는 이 사진이 추운 날 소나기를 상징한다고 우겼다.

---

* 당시 브로드웨이의 유명 배우들.

정교한 독서대가 딸린 욕조는 높이는 낮지만 컸다. 그 옆 벽장은 남자 세 명에게도 모자람 없을 리넨 제품과 넥타이 한 묶음으로 꽉 찼다. 질이 별로인데 미화된 수건 같은 카펫은 없었다. 그 대신 침실 깔개처럼, 욕조에서 발을 밖으로 내디디면 거의 마사지해주는 듯 기적처럼 부드러운 값비싼 깔개가 있었다……

모든 걸 떠올릴 수 있는 공간이었다— 앤서니가 그곳에서 옷을 입고 흠 없는 머리칼을 다듬는 모습을 상상하는 건 쉬운 일이었다. 사실 수면과 식사를 제외한 모든 일이 이루어졌다. 욕실은 그의 자존심이었다. 만일 연인이 생긴다면 욕조와 마주 보게 그녀의 사진을 걸어놓을 거고, 그래서 욕조에 누워 뜨거운 물에서 솟는, 마음을 달래는 김 속에서 자신을 잊은 채, 열렬히 감각적으로 그녀의 아름다움을 사색할 작정이었다.

그는 돌지도 않는다

아파트는 영국인 하인이 깨끗이 관리했다. 그는 특이하고 거의 극적이며 적절한 바운즈라는 이름이었는데, 솜씨 좋은 그의 유일한 흠은 부드러운 옷깃이 달린 옷을 입는다는 거였다. 그가 앤서니하고만 일했다면 앤서니는 이 결함을 바로잡았을 터이다. 그러나 이웃의 다른 두 신사도 그를 고용하고 있었다. 그는 아침 8시부터 11시까지만 앤서니를 위해 일했다. 우편물을 들고 올라와서 아침을 만든 다음, 9시 30분이면 앤서니의 담요 끝을 잡아당기고 몇 마디 간단한 말을 했다. 앤서니는 그가 무슨 말을 했는지 확실히 기억한 적 없었지만 비난하는 식의 말일 거라고 추측했다. 그러고 나서 바운즈는 거실의 카드 게임용 탁자에 아침 식사를 차리고 침대를 정돈하고 할 일이 또 있는지 약간 적의를 품은 투로 물어본 다음 물러갔다.

적어도 한 주에 한 번, 앤서니는 아침에 중개인을 만나러 갔다. 그의 수입은 한 해에 7000달러 조금 안 되었고, 이는 어머니에게서 물려받은 유산의 이자였다. 할아버지는 아들에게 용돈을 아주 후하게 주는 것 이상으로 돈을 준 적 없는 사람으로, 이 금액이면 젊은 앤서니가 쓰는 데 충분하다고 판단했다. 매년 크리스마스면 할아버지는 500달러 치의 채권을 보내왔고, 보통 앤서니는 가능하면 채권을 팔았다. 그는 언제나 약간, 아주 심한 건 아니지만, 약간씩 돈에 쪼들렸기 때문이다.

중개인을 만나면 반쯤 격 없는 대화에서부터 8퍼센트 투자의 안전성에 대한 토론까지 다양한 이야기를 주고받았다. 앤서니는 언제나 그 대화가 즐거웠다. 그는 이 거대한 신탁회사 건물을 보며 자기가 큰돈에 묶여 있다고 느꼈다. 이 재산과의 결속을 그는 소중히 여겼던 것이다. 그리고 이 건물 덕분에 신분에 맞는 시중을 받고 있다는 생각도 들었다. 바쁘게 움직이는 사람들을 보며 그는 할아버지의 돈을 생각할 때 느끼는 안전함을 똑같이 느꼈다. 나아가 할아버지 돈의 경우, 애덤 패치 자신의 도덕적 정의로움의 세계가 만든 단기 대부금으로 보였다—이 핵심적인 돈이 유언장이라는 아주 완고한 힘과 엄청난 기술에 붙들려 있는 것처럼 보이는 한에는. 그 외엔 돈 자체가 좀 더 확고하고 명확하게 보였다.

앤서니는 수입을 거의 써버리면서도 나쁘지 않다고 생각했다. 언젠가 좋은 날이 오면 틀림없이 수백만 달러를 받게 될 테니까. 그러는 동안 그는 르네상스 시대 교황들에 관한 사색적인 에세이를 써나가며 존재의 이유를 찾았다. 로마에서 돌아온 직후 할아버지와 만나 대화를 나눈 때가 생각나서였다.

그는 할아버지가 돌아가셨기를 바랐지만, 부두에서 통화를 하면서 애덤 패치의 건강이 제법 좋아졌다는 소식을 알게 됐다. 다음 날, 그는 실망감을 감추고 태리타운으로 갔다. 역에서 8킬로미터를 달린 택시는 영지를 지키는 담장과 철조망 울타리로 구성된 진짜 미로 사이에 뻗은 정교하게 다듬어진 진입로로 들어섰다. 만일 사회주의자들이 제 뜻을 밀고 나간다면 그들이 맨 처음 암살할 유명 인사에 분명 크로스 패치 노인이 들어갈 거라고 해 자택을 이렇게 지었다고들 했다.

앤서니는 늦었고, 이 훌륭한 자선가는 유리벽으로 된 일광욕실에서 그를 기다리며 조간신문들을 두 번째로 훑어보고 있었다. 비서이자, 개심하기 전엔 도박꾼에 술집 주인이었고 인간쓰레기나 다름없던 에드워드 서틀워스는 앤서니를 방으로 안내해, 자신의 구세주이자 은인을 선보였다. 마치 대단한 가치가 있는 보물을 내놓듯.

그들은 진중하게 악수를 했다.

"건강이 좋아지셨다니 정말 기쁩니다." 앤서니가 말했다.

패치 노인은 바로 지난주에 손자를 본 듯한 태도로 시계를 풀어놓았다.

"기차가 연착했니?" 그가 부드럽게 물었다.

앤서니가 늦는 바람에 그는 짜증이 났다. 그는 약속 시간을 지키는 일까지 포함해서 젊은 시절 최고로 꼼꼼하게 실무를 통제했을 뿐 아니라, 자신이 성공한 직접적이고 주요한 이유가 바로 이 때문이라는 망상에 빠져 있었다.

"이번 달엔 자주 연착하는군." 그는 비난을 담았지만 순한 어투로 말했다. 그러고 나서 한숨을 길게 쉬었다. "앉아라."

앤서니는 늘 그랬듯 말없이 놀라워하며 할아버지를 살폈다. 이 우둔하고 허약한 노인이 대단한 영향력을 가졌다는 사실이 믿어지지 않았다. 이 노인이 자기한테 반대하는 황색 언론을, 이 나라에서 그가 돈 주고 살 수 없던 사람들을 화이트플레인스*에 발붙이지 못하게 만들 수도 있는 양반이었다는 것이, 한때 이 노인이 분홍빛 도는 뽀얀 아기였다는 사실만큼이나 거짓말 같았다.

75년의 세월은 마법의 주문처럼 기능했다. 처음 25년 동안은 그의 생이 그에게 완벽하게 숨을 불어넣었고, 마지막 25년 동안엔 도로 빼앗았다. 뺨과 가슴과 팔과 다리 둘레를 빼앗았다. 가혹하게도 치아를 하나씩 요구했고, 검푸른 봉투 같은 그늘에 작은 눈을 매달았고, 머리칼을 뽑았고, 신체 몇몇 부분을 잿빛에서 흰빛으로, 또 몇몇 부분은 분홍빛에서 노란빛으로 바꾸었다. 마치 물감 상자에서 색을 고르는 어린아이처럼 태연하게 그의 색을 바꾼 것이다. 몸과 영혼에 이어 뇌를 공격했다. 식은땀과 눈물과 근거 없는 두려움이 생겼다. 지극히 정상적인 면모가 고지식함과 의심으로 쪼개

---

*   뉴욕주의 도시.

졌다. 열정을 구성한 조잡한 재료들에서 온순하나 심술부리는 수십 가지 집착들이 보였다. 에너지는 응석받이 아이의 나쁜 기질로 줄어들었다. 권력을 향한 의지는 지상에서 하프와 찬송가가 울려 퍼지는 땅을 원하는 어리석고 유치한 욕망으로 바뀌었다.

조심스럽게 인사를 주고받은 다음에, 앤서니는 자신의 뜻이 무엇인지 밝혀주길 할아버지가 기대한다 느꼈다. 동시에 노인의 눈이 번뜩였으니 지금은 외국에 나가 살고 싶다는 욕망을 밝히지 말라고 경고하는 듯했다. 앤서니는 셔틀워스가 자리를 비워줄 만큼 요령이 있길 바랐다. 그는 셔틀워스를 싫어했으므로. 하지만 비서는 붙임성 있게 흔들의자에 앉아 흐린 눈빛으로 패치 가문의 두 사람 사이를 가르고 있었다.

"이제 돌아왔으니 너도 뭔가를 해야지." 할아버지가 부드럽게 말했다. "뭔가 성취하는 거야."

앤서니는 할아버지가 '앞으로 나아갈 땐 뭔가 남겨두고 가는 것'이라고 말할 때까지 기다렸다. 그리고 나서 자신의 생각을 말했다.

"제 생각엔, 저는 글을 쓰는 일에 적임인……."

애덤 패치는 세 명의 정부(情婦)를 둔 긴 머리 시인이 가족인 모습을 떠올려보고는 움찔했다.

"……역사요." 앤서니가 말을 끝냈다.

"역사? 무엇에 대한 역사? 남북전쟁? 독립전쟁?"

"네? 아뇨, 할아버지. 중세 역사요." 동시에 르네상스 시대 교황들의 역사를 새로운 시각에서 쓴다는 아이디어가 하나 떠올랐다. 그럼에도 그는 '중세'라고 말해서 기뻤다.

"중세? 왜 조국에 대해서 안 쓰고? 네가 잘 아는 거잖아?"

"음, 할아버지도 아시겠지만 제가 외국에 오랫동안 살아서……"

"왜 네가 중세에 대해 써야 하는지, 난 모르겠구나. 나 땐 암흑의 시대라고 부르곤 했는데. 무슨 일이 일어났는지 아무도 모르고 아무도 관심 없어, 지금은 그 시대가 끝났다는 사실을 제외하면." 그는 몇 분간 중세에 대한 정보가 무용하다는 이야기와 스페인 이단 심문과 '수도원의 타락'에 대해서 감동적으로 자연스럽게 계속 이야기했다.

"네가 뉴욕에서 뭐든 작업할 수 있을 거라고 생각하니? 아니, 정말로 작업을 하긴 할 거야?" 이 마지막 말은 부드럽고도 거의 감지하기 어렵게 비꼬는 투였다.

"왜요, 그럼요. 전 할 겁니다, 할아버지."

"그럼 언제 그렇게 할 거냐?"

"음, 개요를 짤 겁니다, 아시다시피. 그리고 미리 읽어야 할 게 많고요."

"이미 많이 읽은 줄 알았는데."

대화는, 앤서니가 시계를 보며 일어나 오후에 중개인과 약속이 있다고 말하면서 꽤 갑작스럽게 끝이 났다. 할아버지 집에 며칠 동안 머무를 생각이었지만 고된 항해에 피곤하고 짜증이 났으며 미묘하고 경건한 척하는 협박을 참는 일도 그리 내키지 않았다. 그는 며칠 내에 다시 오겠다고 말했다.

그런데도, 저술 작업이 앤서니의 삶에서 영구적인 아이디어로 여겨지게 된 건 이 만남 때문이었다. 그 뒤로 1년이 지나는 동안, 그는 출전(出典) 목록을 여러 개 만들었고 각 장의 제목을 짓거나 시대별로 쓸 부분을 나누어보기도 했다. 하지만 당시엔 단 한 줄도 실제로 쓰진 않았다. 혹은 단 한 줄도 존재한 적 없는 것 같았다. 그는 작업을 하지 않았다. 그리고 베껴쓰기 학습장*의 예문에 나올 법한 가르침과는 반대로 갔다. 기분 전환을 위해 그는 평범하지 않은 내용을 찾았다.

오후

1913년 10월, 즐거운 날들이 이어지는 어느 주의 가운데 요일, 교차로에 햇빛이 어른거리고 대기는 너무 나른해서 유령처럼 떨어지는 잎들도 무거워 보이는 날. 열린 창문 옆에 게으르게 앉아서 《에레혼》**의 한 장을 읽어치우는 건 즐거운 일이었다. 5시쯤 하품을 하고 탁자에 책을 던진 다음, 복도를 지나 욕실로 콧노래를 흥얼거리며 한가로이 걸어가는 것도 즐거운 일이었다.

당신…… 에게…… 아르음다운…… 여성.***

---

* 글과 글씨를 연습할 수 있도록 베껴쓰게 한 연습장인데, 이 책에서는 이 학습장의 베껴쓰기 문구가 '값싼 도덕'을 표방하고 있다고 보는 듯하다.
** 새뮤얼 버틀러가 1872년에 쓴 유토피아를 다룬 책.
*** 브로드웨이 뮤지컬 〈핑크 레이디〉 속 유명한 노래 '키스'의 가사 일부.

그는 수도꼭지를 틀면서 노래를 불렀다.

나는…… 내 눈을…… 들어……
당신…… 에게…… 아르음다아운…… 여성……
내…… 마음은……울고…….

그는 욕조로 쏟아지는 물줄기와 경쟁하듯 목소리를 높였다. 그리고 벽에 걸린 헤이즐 돈의 사진을 보면서 상상 속의 바이올린을 어깨에 올리고 상상 속의 상대에게 인사를 한 다음, 부드럽게 바이올린을 어루만졌다. 그는 입을 다문 채 흥얼거렸는데, 그 소리가 바이올린 소리와 닮았다고 막연히 상상했다. 잠시 후 손은 회전을 멈추고 셔츠 위를 돌아다니기 시작했다. 그렇게 옷을 벗었다. 벗은 채로 광고 속 호랑이 가죽 남자처럼 운동하는 자세를 취한 다음, 거울 속 모습을 만족스럽게 바라보았다. 그다음 머뭇거리며 욕조에 발을 담갔다. 수도꼭지를 조절하고 마음껏 불평하는 소리를 낸 뒤 안으로 쏙 들어갔다.

물 온도에 적응하고 나자 긴장이 풀리며 나른해졌다. 목욕이 끝나면 여유롭게 옷을 입고 5번가에서 리츠 호텔로 걸어갈 참이었다. 그곳에서 평소에 가장 자주 보는 친구들인 딕 캐러멜과 모리 노블과 저녁 식사를 하기로 약속했다. 식사 후에 그와 모리는 극장으로 갈 예정이고, 캐러멜은 집으로 후다닥 걸어가서 책을 쓸 거였다. 곧 끝내야 하는 책이었다.

앤서니는 자신이 자신의 책을 작업하지 않을 것이라서 기뻤다.

앉아서 생각을 떠올려야 한다는 것, 생각을 표현하기 위해 단어들뿐 아니라 표현할 만한 가치가 있는 생각을 떠올려야 한다는 것, 이 모든 일은 그의 욕망 이상으로 터무니없었다.

욕조에서 일어나 구두닦이가 신중하게 살피듯 몸을 닦았다. 그러고 나서 침실로 들어가 기묘하고 정체 모를 멜로디를 휘파람으로 부는 한편, 여기저기를 다니며 옷을 여미고 가다듬었으며, 발바닥에 닿는 두껍고 따뜻한 카펫의 감촉을 즐겼다.

그는 담배에 불을 붙이고 열린 창문 위쪽으로 성냥을 던진 다음, 담배를 입술에서 5센티쯤 내어 문 채로 걸어 다니다 멈추었다. 입은 힘없이 벌어진 상태였다. 골목에서 한참 아래쪽에 있는 집 지붕 위 화려한 색깔이 있는 부분에 시선이 꽂혔다.

그곳에는 실크임이 분명한 붉은색 네글리제를 입은 여자가 늦은 오후의 여전히 뜨거운 햇볕으로 머리칼을 말리고 있었다. 방의 분위기가 경직되며 그의 휘파람이 사라졌다. 갑자기 그녀가 아름답다는 생각이 들어서 그는 창문 가까이로 조심스럽게 걸어갔다. 옆의 석조 난간에는 그녀의 옷과 같은 색 쿠션이 있어서, 그녀는 볕이 드는 아래쪽 길을 내려다보며 두 팔을 쿠션에 기댔다. 길에서 아이들이 노는 소리가 들렸다.

그는 그녀를 몇 분간 관찰했다. 무언가 그의 마음속에서 움직였다. 오후의 따뜻한 냄새나 위풍당당하게 선명한 붉은색 때문이라고 설명되지 않는 무언가. 그는 쭉 그 여자가 아름답다고 느꼈다. 그러다 갑자기 깨달았다. 그건 그녀와의 거리 때문이었다. 드물거나 값진 영혼의 거리가 아니고, 그냥 거리 때문이었다. 굳이 따진다면 지상의 미터법으로나 따질 거리. 그들 사이에 가을의 공기가, 지붕과 흐려진 소리들이 있었다. 하지만 완전히 설명되지 않는 한순간, 때맞춰 자세를 비스듬하게 잡으니 이제껏 가장 진한 키스를 할 때보다 더 숭배에 가까운 감정을 느꼈다.

그는 옷을 다 입고, 까만 나비넥타이를 찾아서 욕실의 삼면거울 앞에서 조심스럽게 맸다. 그러고 나서 충동에 굴복해 침실로 빠르게 걸어가서 다시 창밖을 보았다. 이제 그 여자는 서 있었다. 머리칼을 뒤로 젖히고 있었고, 그는 그녀의 전신을 보았다. 그녀는 뚱뚱하고, 서른다섯은 족히 되어 보였고, 하나도 특별하지 않았다. 그는 입으로 딱딱 소리를 내며 욕실로 돌아와서 가르마를 탔다.

당신…… 에게…… 아르음다운 여성.

그는 가볍게 노래를 불렀다.

나는…… 내 눈을…… 들어…….

그러고 나서 마지막으로 부드럽게 빗질하니 머리칼은 자갯빛으로 반짝였다. 그는 욕실을 나와서 아파트를 떠나 5번가에서 리츠 칼튼 호텔로 걸어갔다.

세 남자

7시, 앤서니와 친구 모리 노블은 차가운 지붕 위 구석 탁자에 앉아 있다. 모리 노블은 커다랗고 호리호리하며 눈길을 끄는 고양이의 모습 그 자체다. 눈은 가늘고 쉼 없이 오래 깜박인다. 머리칼은 부드럽고 매끈하게 펴졌다. 엄마 고양이가 헤라클레스 같은 괴력의 혓바닥으로 핥아주기라도 한 것 같은 모양새였다. 하버드 대학을 다닐 때 모리는 동급생 사이에서 가장 독특하고 반짝반짝 빛나고 특이한 사람이었다. 구원받은 사람들 가운데서도 제일 영리하며 조용했다.

앤서니는 그를 가장 친한 친구로 여긴다. 지인들 중에서 찬양하는 유일한 사람으로, 앤서니가 자기 자신을 즐겨 인정하는 것보다 훨씬 더 그를 찬양하고 부러워한다.

지금 그들은 서로를 만나 기쁘다. 그들의 눈빛은 상냥함이 넘치는데 잠깐 떨어져 있다가 다시 만나니 확실히 새롭게 느껴지나 보다. 그들은 서로가 있어 편안하다. 새롭게 차분하다. 멋지고 말도 안 되게 고양이를 닮은 얼굴을 한 모리 노블은 거의 가르랑대는 것 같다. 앤서니는, 신경질적이어서 들뜬 도깨비불 같은 그는 지금 안정된 모습이다.

그들은 서른 살 이하의 젊은 남자나 스트레스를 많이 받는 남자들만이 빠져드는 쉽고 간결한 연설 같은 대화를 나누느라 바쁘다.

앤서니: 7시네. 캐러멜은 어디에 있지? (조급하게) 그 친구가 그 끝나

지 않는 소설을 끝마치길 바라. 난 배가 고팠는데…….

모리: 딕이 소설에 새 제목을 붙였어. '악마 연인'. 나쁘지 않아, 응?

앤서니: (흥미를 보이며) '악마 연인'? 아, '우는 여자'.* 그래, 그리 나쁘지 않아. 괜찮네. 너도 그렇게 생각해?

모리: 꽤 좋아. 몇 시라고 했지?

앤서니: 7시.

모리: (눈이 가늘어진다. 기분 나쁜 건 아니지만, 약간 불만을 표출하는 것 같다.) 전에 미칠 뻔했지.

앤서니: 어떻게?

모리: 메모 습관 때문에.

앤서니: 나도. 어느 날 밤에 내가 뭔가 말했는데, 나중에 딕이 그걸 소설 재료로 찍었어. 그런데 잊어버린 거지. 나한테 덤비더라고. 딕이 그러더라. "집중해볼 순 없어?" 그래서 내가 그랬지. "넌 정말 지루하구나. 내가 어떻게 기억해?"

(모리는 소리 없이 웃는다. 그는 감탄하는 듯 얼굴을 부드럽게 편다.)

모리: 딕은 누구보다도 더 알 필요가 없어. 그저 자기가 아는 걸 대부분 내려놓을 수 있을 뿐이야.

앤서니: 꽤 인상적인 재능인데…….

모리: 어, 그렇지. 인상적이지!

앤서니: 그리고 에너지, 야망이 넘치고 방향을 잘 잡은 에너지가 있

---

* 새뮤얼 테일러 콜리지의 시 '쿠블라 칸'(1798)에 나오는 구절 'By woman wailing for her demon-lover!'에서 따온 표현.

어. 딕은 아주 재미있어. 대단히 자극적이고 활기가 넘치지. 종종 마음속에 숨 막히는 뭔가가 있어.

모리: 어, 그렇지.

(침묵이 흐른다. 그러고 나서.)

앤서니: (마르고 모호한 얼굴에 굳은 확신을 품은 표정을 지으며) 그러나 꿋꿋하진 않아. 언젠가 서서히 에너지는 날아가버릴 것이고, 딕이 지닌 상당히 인상적인 재능도 마찬가지로 그렇게 되겠지. 그리고 조바심 내는 자기중심적이며 말이 많은 남자로만 남겠지.

모리: (웃으면서) 우리끼리 앉아서 딕 어린이가 우리보다 사물을 덜 깊이 본다고 단언하고 있군. 자기 나름대로 어느 정도 우월감을 느낄걸. 비판적 정신 같은 것보다야 창조적 정신이 낫다는 거지.

앤서니: 어, 그렇지. 하지만 딕이 틀렸어. 아주 멍청한 열정에 속는 경향이 있거든. 만일 사실주의에 몰두하는 게 아니라면, 그래서 냉소주의자의 옷을 입어야 한다면, 그 친구는 대학의 종교 지도자처럼 속기 쉬운 사람이 될 거야. 딕은 이상주의자야. 어, 그렇지. 하지만 본인은 그렇지 않다고 생각해, 기독교인이 아니라서. 대학에서 어땠는지 기억해? 작가들 모두를, 차례차례, 사상과 기술과 특성을 받아들였지. 체스터턴, 쇼, 웰스, 이 사람들이 자기가 읽을 마지막 작가라도 되는 것처럼 하나하나를 빨아들였단 말이야.

모리: (여전히 자신이 마지막에 낸 의견을 생각하며) 기억나.

앤서니: 맞아. 타고난 숭배주의자야. 예술을 받아들이는…….

모리: 주문하자. 딕은…….

앤서니: 좋아. 주문하자. 내가 그 친구에게 말했는데……

모리: 저기 온다. 봐, 저 웨이터와 부딪칠 것 같아. (그는 손가락을 들어 신호를 보낸다. 마치 부드럽고 친근한 발톱인 양 손가락을 든다.) 왔군, 캐러멜.

새로운 목소리: (열렬히) 안녕, 모리. 안녕, 앤서니 콤스톡 패치. 애덤 할아버지의 손자는 요즘 어때? 아직도 네 뒤를 이어 사교계 데뷔 중인가?

(지금 나타난 리처드 캐러멜은 키가 작고 피부가 희며, 서른다섯 살이면 머리가 벗어질 운명이다. 눈동자가 노란색으로 한쪽 눈은 놀랍도록 반짝이며 한쪽 눈은 진흙탕처럼 흐리다. 신문 만화에 나오는 아기처럼 이마가 툭 튀어나와 있다. 튀어나온 곳은 또 있다. 그의 튀어나온 배를 보면 말할 때 숨결이 입으로 튀어나오는 모습을 예측할 수 있다. 심지어 저녁 식사 자리에 입고 나온 코트의 주머니도 튀어나왔다. 마치 오염된 가스가 들어차 터질 것 같은 모양새다. 모서리를 접은 시간표와 프로그램과 이런저런 종이가 들어 있어서다. 이런 물건들에다 그는 짝짝이 노란 눈을 심하게 찡그리면서 메모를 하고, 쓰지 않는 왼손으론 침묵하는 자세를 취한다.

그는 자리에 도착해 앤서니, 모리와 악수를 한다. 그는 언제나 악수를 하는 사람으로, 심지어 한 시간 전에 알게 된 사람이라도 악수를 한다.)

앤서니: 안녕, 캐러멜. 반가워. 우린 재미있는 구원군이 필요했어.

모리: 늦었군. 한 블록 아래 우체부와 경쟁했나? 우린 자네의 성격을 파헤치고 있었어.

딕: (밝은 눈으로 앤서니를 간절히 바라보며) 뭐라고 했는데? 말해주

면 그걸 쓰겠어. 오늘 오후, 소설 1부에서 단어 3000개를 쳐냈어.

모리: 우아한 심미주의자. 그리고 난 위장에 알코올을 퍼부었지.

딕: 의심의 여지는 없어. 너희 둘은 여기서 알코올에 대해 한 시간 동안 떠들었겠지.

앤서니: 우린 절대 취하지 않거든, 수염도 안 난 애송이 녀석아.

모리: 날이 밝을 때 만난 여자들과는 절대 집에 가지 않지.

앤서니: 우리가 어울리는 사람들은 다들 잘난 척하는 사람들이거든.

딕: 자기가 '탱크'라도 되는 것처럼 우쭐하는 부류들이지! 문제는 너희 둘 다 18세기 사람들이라는 거야. 옛 영국 대지주 학파. 탁자 아래에서 구를 때까지 조용히 마시기. 절대 좋은 시간은 보내지 않고. 오, 그런 짓은 용납할 수 없어.

앤서니: 이 말은 6장에 나오겠군, 확실해.

딕: 극장에 갈 거야?

모리: 그래. 우린 삶의 문제들에 대해 깊이 생각하며 저녁 시간을 보낼 거야. 간결하게 〈여자〉*라고 불리는 문제지. 난 그녀가 '돈을 낼 거라고' 생각해.

앤서니: 세상에! 그게 그런 건가? 〈폴리스〉**나 다시 보러 가자.

모리: 그건 지겨워. 세 번 봤어. (딕에게) 처음에 우린 1막이 끝나고 나가서 진짜 죽여주는 바를 발견했어. 돌아갔는데 극장을 잘못 찾아갔었지.

---

* 1911년에 처음 공연된 연극.
** 1910년대부터 인기 있었던 시사풍자극 〈지그펠드 폴리스〉를 가리킨다.

앤서니: 우리 자리라고 생각했던 곳에 겁에 질린 젊은 커플이 앉아 있어서 오래 다퉜지.

딕: (혼잣말하듯) 내가 다른 장편 하나와 희곡, 단편소설집이 될 책 하나를 끝내면, 뮤지컬코미디를 작업할 것 같아.

모리: 알아, 아무도 귀 기울이지 않을 지적인 가사로 말이지. 그리고 모든 비평가들은 '친애하는 옛 피나포어'*에 대해 짜증 내고 툴툴거리겠지. 그리고 난 의미 없는 세상에서 뛰어나게 의미 없는 인물로 계속 빛날 거고.

딕: (거만하게) 예술은 의미 없지 않아.

모리: 예술은 그 자체로 의미가 있지. 예술이 삶을 의미 없게 만드는 것에 있는 건 아니지.

앤서니: 다른 말로, 딕, 넌 유령이 앉은 그랜드스탠드 관람석 앞에서 연극을 하는 거야.

모리: 어쨌든 좋은 공연을 보여야지.

앤서니: (모리에게) 반대로 이런 생각이 드는데, 무의미한 세상에 살면 왜 글을 써야 해? 세상에 의미를 부여하려는 바로 그 시도야말로 무의미해.

딕: 음, 그렇다고 해도 품위 있는 실용주의자가 되고 가엾은 사람에게 생존 본능을 부여하지. 넌 모든 사람이 궤변에 말도 안 되는 소리나 받아들이길 바라니?

앤서니: 음, 그런 것 같아.

---

* 오페라 〈군함 피나포어〉를 가리킨다.

모리: 안 됩니다, 선생님! 난 선택받은 1000명을 제외한 미국의 모든 사람이 아주 엄격한 도덕 체계를 받아들여야 한다고 생각해. 예를 들면 천주교 같은. 난 도덕 관습에는 불만이 없어. 오히려 세련된 것들에 달려들고 도덕적으로 자유로운 척하는 평범한 이단자들에게 불만이 있어. 자신들의 지성이 결코 그런 자유를 부여한 적 없는데도 말이지.

(수프가 나오자 모리는 계속 말을 할 수도 있었지만 그 말은 계속 밀린다.)

밤

그들은 암표상을 만나서 상당한 돈을 주고 〈하이 징크스〉라는 새로운 뮤지컬코미디 표를 샀다. 극장 입구에서 그들은 첫 공연을 보러 오는 관객들을 바라보며 잠시 동안 기다렸다. 무수히 많은, 다채로운 색상의 비단과 모피로 꾸민 극장용 외투들. 장밋빛이 도는 하얀 팔과 목과 귓불에 늘어진 보석들. 헤아릴 수 없이 많은 비단 모자들 가운데 떨어진, 헤아릴 수 없이 넓은 반짝임의 물결. 금색이며 청동색이며 붉은색이며 번쩍이는 검은색 신발들. 높이 틀어 올리고 속을 꽉 채운 많은 여자들의 머리칼, 관리 잘한 남자들의 매끄럽고 촉촉한 머리칼. 사람들의 흥겨운 바다는 파도처럼 물러나고 흘러가더니 재잘거리고 까르르 웃고 거품을 내고는 느릿느릿 다시 몰려왔다. 웃음이라는 인공 호수에 오늘 밤 반짝이는 물을 쏟아부었다…….

공연이 끝나고 그들은 헤어졌다. 모리는 셰리스*로 춤을 추러 갔고, 앤서니는 잠을 자려고 집으로 향했다.

그는 타임스퀘어에서 막 떠밀어대는 저녁 군중 사이로 천천히 제 갈 길을 갔다. 전차 경주 장면을 묘사한 전광판**과 그 주변을 위성처럼 떠도는 인파들은 드물게 아름답고 밝고 축제 같은 친밀한 모습이었다. 앤서니의 주변을 얼굴들이 빙빙 돌았다. 못생긴, 죄가 될 만큼 못생긴 소녀들이 떠다니는 만화경—너무 뚱뚱하거나 너무 말랐지만 따뜻하고 열정적인 숨을 밤으로 쏟아내면서 이 가을 공기 위로 떠다녔다. 속되어도 약간 미묘하게 신비로운 것 같다고 생각했다. 그는 향수 내음과 불쾌하지는 않은 많은 담배 냄새를 주의 깊게 폐로 들이마셨다. 거무스름한 젊은 미녀가 문 닫힌 택시에 혼자 앉아 있는 모습이 보였다. 어둑한 가운데 그녀의 눈은 짙은 보랏빛 같았고, 한순간 그는 거의 잊어버린, 오후에 본 먼 곳의 이미지를 떠올렸다.

두 명의 젊은 유대인 남자가 지나가며 크게 떠들었고 거만하고 멍청한 시선을 보내며 여기저기서 목을 길게 뺐다. 그들은 몸에 과도하게 달라붙은, 유행을 따르는 슈트를 입었다. 뒤집힌 옷깃은 목젖에 자국을 내고 있었다. 회색 각반을 찼고 지팡이 손잡이를 쥔 손엔 회색 장갑이 들려 있었다.

---

* 상류층에게 인기 좋았던 화려한 레스토랑.
** 노르망디 호텔 위에 세워져서 헤럴드스퀘어를 향해 있는 전광판을 뜻한다.

달걀 든 바구니처럼 두 남자 사이에 끼어서 당황한 나이 든 여성 곁을 지났다. 남자 둘이 타임스퀘어의 경이로운 것들에 대해 무척 빠르게 설명하고 있어서, 나이 든 여성은 편견 없이 흥미를 보이려다가 이쪽저쪽으로 머리를 흔들었다. 그 모습이 바람에 들썩이는 오래된 오렌지 껍질 조각 같았다. 앤서니에게 그들 대화 한 토막이 들렸다.

"엄마, 저기가 애스터 호텔이죠!"

"봐! 저기 전차 경주 간판이……."

"저기가 오늘 우리가 있던 곳이에요. 아니, 저기요!"

"정말 고맙게도……!"

"걱정이 심해 10센트 동전처럼 말라버리겠어요." 바로 옆에서 둘 중 한 명이 귀에 거슬리게 언급하는 바람에 그는 그해 유행한 재치 있는 농담을 알아들었다.

"그래서 내가 말했죠, 말했는데……."

택시들이 부드럽게 지나쳤다. 웃음소리가, 까마귀 소리처럼 귀에 거슬리고 그칠 줄 모르는 시끄러운 웃음소리가 지하철 울리는 소리와 함께 들렸다. 빛이 터져 나왔다. 밝아졌다 어두워지는 빛이, 진주처럼 하늘을 가르는 빛이. 선 모양, 둥근 모양, 괴물처럼 기괴한 모양으로 놀랍도록 번쩍이며 빛은 하늘을 베었다.

교차로의 어두운 바람처럼 불어온 침묵을 정중히 사양하고, 그는 빵 굽는 식당 앞을 지나갔다. 통닭이 열두어 마리, 자동 꼬챙이에 꿰인 채 창턱에서 돌고 있었다. 문틈으로 분홍색 향기, 따뜻한 밀가루 반죽 냄새가 났다. 이웃 약국은 약과 엎지른 탄산수와 유쾌한 화장품 코너의 기운을 내밀고 있었다. 그 곁의 중국인 세탁소는 아직 영업 중이었다. 연한 노란색 향기, 김이 자욱하고 답답하고 개켜진 세탁물 냄새가 났다. 이 모든 것 때문에 그는 우울했다. 6번가에 이르러 모퉁이 시가 가게에 멈춰 서자 기분이 좀 나아졌다. 시가 가게는 짙푸른 안개 속 유쾌한 인간다움이었다. 사치스러운 물건을 산다는 건……

아파트에서 마지막 담배에 불을 붙이고, 어둠 속 열린 앞창 옆에 앉았다. 처음엔 1년 넘도록 그는 뉴욕을 철저하게 즐겼다. 뉴욕은 분명 보기 드물게 자극적인, 거의 남부에 가까운 구석이 있었다. 하지만 고독한 도시였다. 혼자 자란 그는 최근 고독을 피하는 법을 배웠다. 지난 몇 개월 동안 저녁에 약속이 없을 때 클럽 어디 한 군데에 달려가서 누군가를 찾는 일에 신중을 기했다. 아, 이곳은 쓸쓸하다……

그가 내뿜은 담배 연기는 옅은 흰빛 물보라 같은 테를 그리며 얇게 접힌 커튼 주름에 닿아 반짝였다. 길 아래쪽 성 안나 성당 시계가 투덜대는 멋쟁이같이 아름답게 1시를 알렸다. 고요한 거리의 반 블록쯤 떨어진 곳에서 고가철도가 우르르 북 두드리는 소리를 냈다. 그는 열차를 보려고 창문에서 몸을 기울여야 했다. 기차는 모퉁이를 돌아서 어둠을 헤치고 돌진하는 성난 독수리 같았다. 최근 읽은 환상소설이 기억났다. 소설에선 하늘을 나는 열차들이 도시를 폭격했다. 그리고 한순간 그는 공상에 빠졌다. 워싱턴스퀘어가 센트럴파크에 선전포고를 하고, 전쟁과 갑작스러운 죽음의 위협을 북부로 보낸다는 공상이었다. 그러나 기차가 지나가자 공상은 수그러들었다. 기차는 희미한 북소리가 되어, 멀리 웅웅 소리를 내는 독수리가 되어 사라졌다.

5번가에서 벨 소리와 계속 낮게 울리는 자동차 경적 소리가 났지만, 그가 속한 거리는 고요했고, 그는 삶의 모든 위협으로부터 안전했다. 그에겐 현관과 긴 복도와 안전지대 침실이 있으니, 안전, 안전했다! 이 시간 그의 창문을 비추는 아크등 불빛은 달빛 같았다. 달보다 더 밝고 아름다웠다.

천국의 회상

아름다움의 여신, 백 년마다 새롭게 태어나는 그녀. 백색 돌풍이, 때때로 숨이 찬 다급한 별이 몰아치는 야외 응접실 같은 곳에 앉아 있다. 별은 지나가면서 은밀히 그녀에게 윙크했고, 바람은 그녀의 머리칼을 부드럽게 끊임없이 흩뜨렸다. 그녀는 이해할 수 없었다, 그녀의 영혼과 정신이 하나라는 걸. 그녀의 몸이 아름답다는 건 그녀 영혼의 핵심이었다. 그녀는 철학자들이 수 세기 동안 추구한 단일체였다. 바람과 별이 오는 야외 응접실에서 그녀는 백 년 동안 앉아 있었다. 자기 자신을 성찰하며 평화롭게.

결국 그녀는 알게 됐다, 자신이 다시 태어났다는 걸. 한숨을 쉬며 그녀는 백색 바람 속에서 들려오는 목소리와 긴 대화를 나누었다. 오랜 시간 나눈 대화 중 한 토막을 여기에 옮긴다.

여신: (언제나 그랬듯 그녀 안에서 입술이 조금 달싹이고 눈이 떠진다.) 내가 지금 어디로 여행을 떠나야 해?

목소리: 새로운 나라로, 당신이 전에는 한 번도 본 적 없는 곳.

여신: (까다롭게) 난 새로운 문명에 끼어 들어가는 건 싫어. 이번엔 얼마나 머물러야 하나?

목소리: 15년.

여신: 그곳의 이름은 뭐야?

목소리: 지구상에서 가장 풍요롭고 가장 화려한 곳. 현명한 사람들이 멍청한 사람들보다 더 현명하지 않은 곳. 지배자들이 어린아이들 같은 마음을 갖고 있고 입법자들이 산타클로스를 믿는 곳. 못생긴 여자들이 강한 남자들을 지배하는 곳.

여신: (놀라워하며) 뭐라고?

목소리: (아주 우울한 투로) 어, 진실로 우울한 광경이지. 쑥 들어간 턱과 볼품없는 코를 지닌 여자들이 백주에 '이거 해!' '저거 해!' 라고 말하면 모든 남자들은, 심지어 엄청난 부를 지닌 남자들도 여자들에게 무조건 복종하지. 그들이 낭랑하게 '아무개 부인' 혹은 '아내'라고 부르는 여자들에게 말이지.

여신: 하지만 그럴 리가 없어! 물론 이해할 수 있어, 매력적인 여자들에게 복종하는 건. 하지만 뚱뚱한 여자들에게도? 앙상한 여자들에게도? 야윈 뺨을 지닌 여자들에게도?

목소리: 그렇다니까.

여신: 난 어때? 어떤 기회가 생길까?

목소리: 관용구 하나를 인용한다면 '힘들게 될 거야'.

여신: (만족하지 못한 채 침묵했다가) 왜 구대륙은 안 돼? 포도도 있고 말투가 상냥한 남자들이 있는 땅이나 배와 바다가 있는 땅은?

목소리: 거긴 곧 아주 어수선해질 거거든.

여신: 오!

목소리: 지상에서의 너의 삶은 평범한 거울을 한 번 의미심장하게 보고 나서부터 또 한 번 의미심장하게 보게 될 때까지 이어질 거야, 늘 그랬잖아.

여신: 난 어떻게 되는데? 말해줄래?

목소리: 처음엔 영화배우로 시간을 보내도 괜찮겠다 싶었어. 하지만 권할 만한 일이 아니더라고. 넌 15년 동안 소위 '사교계 여자'로 정체를 숨기고 살게 될 거야.

여신: 그게 뭔데?

(바람 속에서 새로운 소리가 들려온다. 목소리가 머리를 긁적이는 게 분명하다.)

목소리: (한참 있다) 사이비 귀족 같은 거야.

여신: 사이비? 사이비가 뭔데?

목소리: 그게 뭔지는, 역시 이 땅에서 발견하게 될 거야. 넌 가짜가 뭔지 많이 알게 될 거야. 또한 너 또한 가짜인 일을 많이 하게 되겠지.

여신: (침착하게) 천한 소리로 들리는데.

목소리: 그렇게 천하진 않아. 넌 15년 동안 래그타임 키드, 플래퍼, 재즈 베이비, 어린 유혹자로 소문날 거야. 넌 옛날 춤을 출 때와

똑같이 우아하게 새로운 춤을 출 거야.

여신: (속삭이듯) 보상을 받을까?

목소리: 물론, 언제나 그렇듯, 사랑으로.

여신: (순간이나마 미동도 없는 입술이 약간 움직이며 희미한 미소를 짓는다.) 재즈 베이비라고 불리는 걸 내가 좋아하게 될까?

목소리: (침착하게) 넌 좋아하게 될 거야……

(대화는 여기서 끝난다. 여신은 여전히 조용히 앉아 있고, 별들은 거의 황홀경에 빠진 채 감탄하며 멈추어 있고, 희고 거센 바람이 그녀의 머릿결을 흩날린다.

이 모든 일은 앤서니가 성 안나 성당의 종소리를 들으며 아파트 창문 옆에 앉아 있기 7년 전에 일어났다.)

2장

세이렌의 초상

한 달 뒤 뉴욕, 서늘한 기운은 주춤했고 11월의 3대학 풋볼 경기*가 열렸으며 5번가에는 모피들이 번쩍였다. 도시는 터질 듯 긴장했지만 흥분을 억눌렀다. 아침마다 앤서니의 편지함에는 초대장이 쌓였다. 한 부류는 덕망 있는 여성 서른여섯 명의 초대장. 자기들이 굳이 바라서라기보다 자기들이야말로 적임자이기 때문에 백만장자 서른여섯 명과 결혼해 자식을 가져야 한다고 주장했다. 두 번째 부류는 덕망 있는 여성 예순 명의 초대장. 자신들이 적임자일 뿐 아니라 앞서의 젊은 남성 서른여섯 명을 향해 뜨거운 열정을 품었다고 밝혔다. 그러다 보니 이 서른여섯 명의 남성들은 아흔여섯 번의 파티에 초대받았다 ― 젊은 숙녀분들의 집안 친구, 지인, 대학생, 그도 아니면 관계는 없지만 열정에 넘치는 젊은이 자격으로. 초대

---

* 하버드, 예일, 프린스턴이 대결하는 풋볼 경기.

장의 세 번째 부류는 뉴욕시 외곽에서 날아든 것이었다. 뉴어크와 저지 근교부터 날씨가 매서운 코네티컷과 롱아일랜드의 어울리지 않는 구역까지 말이다. 그리고 더 외진 곳에서 날아오는 끈질긴 초대장도 있었다. 리버사이드와 브롱크스에서는 유대계 여성이 유대인 사회에 발을 들이기 위해 젊은 중개인이나 보석상을 만나 유대교 율법에 따라 결혼하기를 원했다. 젊은 아일랜드계 여성은 허락을 구하고 나서 태머니의 젊은 정치인*이나 성실한 장례업자나 나이 먹은 성가대 남자 등을 지켜보고 있었다.

그리고 자연스럽게, 도시는 오염된 공기가 들어오고 있음을 포착했다―공장에서 비누를 포장하고 큰 상점에서 장신구를 판매하는 노동자 여성들, 가난하고 못난 영혼들. 이들은 언젠가 이 대단히 흥분되는 겨울날, 선망하던 남자를 스스로 얻으리라 꿈꾸었다. 이 정신없는 인파 속에서 어느 솜씨 없는 소매치기는 도둑질에 성공할 가능성이 높아질 거라고 생각했을지도 모른다. 굴뚝은 연기를 뿜어내기 시작했고 불결했던 지하철은 산뜻해졌다. 여배우들이 새로운 연극에 나왔고 출판업자들은 새로운 책을 가지고 나왔으며 캐슬 팀**은 새로운 춤을 가지고 나왔다. 철도는 통근자들이 익숙했던 옛 시간표 대신 새로운 오류가 포함된 새로운 시간표를 가지고 나왔다…….

도시가 새로운 세상으로 나오고 있었다!

---

* 패거리 정치 문화를 상징한다.
** '캐슬 워크'로 유명한 댄스 팀.

어느 날 오후, 앤서니는 강철 같은 잿빛 하늘 아래 42번가를 따라 걷다가 맨해튼 호텔의 이발소에서 나오는 리처드 캐러멜과 우연히 마주쳤다. 추운 날이었다, 처음으로 확실히 추운 날. 캐러멜은 무릎까지 내려오는 길이에 양털로 테두리를 단, 중서부 노동자용 코트를 입고 있었다. 막 유행하려는 스타일이었다. 그가 쓴 부드러운 모자는 어두운 갈색이었고 그 아래 깨끗한 눈은 토파즈처럼 빛났다. 그는 신나서 앤서니 앞에 섰고, 재미보단 자신을 따뜻하게 하고 싶어 그의 팔을 쳤다. 그리고 역시 피할 수 없는 악수를 하고서 말을 토해냈다.

"추위가 악마 같아, 세상에. 하루 종일 무서운 기세로 일을 하고 있었는데 방이 너무 추워져서 내가 폐렴에 걸린 줄 알았어. 30분 동안 층계 쪽으로 집주인을 불러대니, 석탄을 아끼는 빌어먹을 집주인이 나타났어. 이유와 상황을 설명하기 시작했지. 세상에! 처음엔 나를 미치게 했지만, 그다음에 나는 집주인이 어떤 등장인물이 되겠다고 생각했고, 그래서 집주인이 떠드는 동안 메모를 했어. 그래서 집주인은 나를 볼 수 없었지. 알다시피, 내가 보통 글을 쓰고 있을 때처럼……."

그는 앤서니의 팔을 잡고서 매디슨가로 활발하게 걸었다.

"어디로 가?"

"딱히 갈 곳은 없어."

"그럼 뭐 하러 갈까?" 앤서니가 물었다.

그들은 멈춰서 서로를 바라보았고, 앤서니는 자신의 얼굴도 딕 캐러멜의 얼굴처럼 추위 때문에 불쾌해 보이는지 궁금했다. 딕의 코는 빨개졌고, 튀어나온 이마는 푸른빛이었으며, 노란 짝짝이 눈은 붉고 주위에 눈물이 맺혀 있었다. 잠시 후 그들은 다시 걷기 시작했다.

"소설 쓰는 일은 잘 풀리고 있어." 딕은 인도를 걸으며 단호하게 바라보고 이야기했다. "하지만 때로는 외출을 해야 해." 그는 앤서니를 방어적인 태도로 쳐다보았다. 용기를 구하고 싶은 듯이. "난 대화를 해야 해. 실제로 생각이란 걸 하는 사람들은 몇 안 된다고 봐. 자리에 앉아서 깊이 생각하고 일련의 아이디어를 내는 거 말이야. 글을 쓸 때나 대화를 할 때 난 생각을 하고 있어. 넌 뭔가 시작해야 해, 뭔가를 옹호하거나 반박하는 거. 안 그래?"

앤서니는 투덜대며 팔을 부드럽게 움츠렸다.

"너를 바래다줘도 상관없는데, 딕, 하지만 그 코트는……."

"내 말은 이런 거야." 리처드 캐러멜은 심각하게 말을 이었다. "글을 쓸 때 있잖아. 쓰는 사람은 첫 번째 단락에 들어간 생각에 대해 나중에 욕하거나 발전시키거나 할 거란 말이야. 대화를 하면서 글을 쓴다면, 얼굴을 마주한 상대의 마지막 결론을 따올 수 있어. 그런데 그냥 곰곰이 생각만 한다면, 있잖아, 쓰는 사람의 생각은 환등기 그림들처럼 줄줄이 이어질 뿐이고, 마지막 결론은 다른 생각에 밀려나게 된다고."

그들은 45번가를 지나자 걷는 속도를 좀 늦추었다. 둘 다 담배에 불을 붙였고 대기에 엄청난 담배 구름과 얼어붙은 숨을 뿜어냈다.

"플라자 호텔에 가서 에그노그를 먹자." 앤서니가 제안했다. "너에게 좋을 거야. 공기가 폐에서 썩은 니코틴을 끄집어낼 거야. 가자.

네가 네 책에 대해 쭉 얘기하게 해줄게."

"책 이야기가 지루하다면 하고 싶지 않아. 친절을 베풀려고 그럴 필요는 없다는 말이야." 이 말은 다급히 튀어나왔고, 비록 그는 얼굴을 평소와 같이 유지하려고 했지만 애매하게 일그러졌다. 앤서니는 어쩔 수 없이 반대의 뜻을 밝혔다. "지루하다고? 아냐, 아냐!"

"사촌을 보러⋯⋯." 딕이 말하는데, 앤서니가 갑자기 팔을 뻗고 기쁨이 담긴 낮은 목소리로 말을 막았다.

"날씨가 좋아!" 앤서니가 큰 소리로 외쳤다. "안 그래? 열 살 때 기분이야. 열 살 때 느꼈어야 할 기분을 지금 맛본다는 말이야. 살의가 넘쳐! 오, 세상에! 1분 동안은 내 세상인데 그담엔 내가 세상의 바보가 되네. 오늘은 내 세상이고 모든 게 쉬워, 쉬워. 심지어 쉬운 게 아무것도 없어!"

"플라자 호텔에 가서 우리 사촌을 만나자. 유명한 여자야. 가면 만날 수 있어. 겨울엔 거기서 지내. 최근까진 어쨌든, 부모님과 함께."

"뉴욕에 사촌이 있는 줄은 몰랐는데."

"이름은 글로리아. 캔자스시티가 고향이야. 어머니는 빌피즘*을 열렬히 신봉하는 사람이지. 아버지는 꽤 둔하지만 완벽한 신사고."

"그 사람들은 뭔데? 문학 재료야?"

"그렇게 써먹어보려고. 노인들은 다들 소설에 어울릴 최고로 경이로운 인물을 막 만났다고 말해줘. 그러고 나서 멍청한 친구 얘기

---

* 영혼의 환생을 믿는 일파.

를 한 다음, 이렇게 얘기하지. '바로 너를 위한 인물이지! 써보는 게 어때? 모두가 그에게 흥미를 보일 거야.' 혹은 내게 일본이나 파리 이야기를 하거나 아주 빤한 동네 이야기를 하고서 이렇게 말해. '그 장소에 대해 소설을 써보는 건 어때? 이야기의 놀라운 배경이 될 거야.'"

"그 여잔 어때?" 앤서니가 불쑥 물었다. "글로리아, 글로리아 뭐라고?"

"길버트. 오, 넌 들어본 적 있구나, 글로리아 길버트야. 대학에 춤을 추러 가. 그런 부류의 일들을 하러 다녀."

"이름은 들어본 적 있어."

"근사하지, 사실 죽여주게 매력적이야."

그들은 50번가에 도착해서 5번가로 방향을 틀었다.

"난 보통 젊은 여자들한테는 관심 없어." 앤서니가 얼굴을 찡그리며 말했다.

엄격히 따지면 사실이 아니었다. 그에겐 사교계에 처음 나가는 보통의 상류층 여성들이란 그 위대한 세계가 매시간 짜둔 일에 대해 생각하고 떠들며 하루를 보내는 사람 같았지만, 반면 아름다움으로 직접 생계를 꾸리는 여성이라면 누구든 대단히 흥미로웠다.

"글로리아는 끝내주게 멋져, 머릿속 뇌는 말고."

앤서니는 짧게 코웃음을 치며 웃었다.

"문학적 동료 쪽은 아니라는 말이군."

"아니지."

"딕, 네게 맞는 여자가 머릿속으로 무슨 생각을 하는지 너도 알잖아. 너와 함께 구석에 앉아서 삶에 대해 진심으로 이야기하는 진심 어린 젊은 여자들. 열여섯 살 때 진중한 얼굴로 키스가 옳은지 그른지 따지고, 대학 신입생이 맥주를 마시는 건 부도덕한지 아닌지 논할 사람들이지."

리처드 캐러멜은 기분이 상했다. 얼굴을 찌푸리니 구겨진 종이처럼 주름이 생겼다.

"아냐……" 그가 말하려 했지만, 앤서니가 무자비하게도 말을 막았다.

"아, 맞아. 구석에 지금 바로 앉아서 스칸디나비아어로 된 최신판 단테의 책을 영어 번역으로 볼 수 있나 상담하는 유형이지."

딕은 그를 바라보았는데, 얼굴 전체에 호기심이 어려 있었다. 질문은 거의 간청에 가까웠다.

"너와 모리는 뭐가 문제야? 넌 가끔 내가 열등한 종족인 것처럼 말한단 말이야."

앤서니는 혼란스러웠지만, 여전히 차분했고 약간 불편했다. 그래서 공격적으로 방어했다.

"난 네 뇌가 문제라고 생각하지 않아, 딕."

"물론 문제지!" 딕이 성을 내며 외쳤다. "무슨 소리야? 왜 문제가 아니라는 거야?"

"네가 너무 아는 게 많아서 그럴 수도 있어, 네 필력에 비해서 말이야."

"내가? 그럴 것 같지 않은데."

"자, 상상해봐." 앤서니가 주장했다. "아는 건 많은데, 그걸 표현할 재능은 없는 사람 말이야. 바로 나 같은 사람. 예를 들어서, 내가 너보다 똑똑한데, 재능은 너만 못하다고 해봐. 그렇다면 나는 내 생각을 제대로 표현해낼 수 없을 거야. 반대로 너는 들통을 채울 물이 충분한 셈이지. 들통 크기는 물을 담기에 충분하고."

"무슨 말인지 전혀 모르겠는데." 딕이 풀이 죽어서 불평했다. 아주 실망한 나머지, 항의 차원에서 툭 튀어나온 것처럼 보였다. 그는 앤서니를 쳐다보느라 여념이 없었고 지나가는 행인들과 계속 부딪쳤다. 그들은 사납고 성난 눈빛을 보내 그를 비난했다.

"내 말은 이런 뜻이야. 웰스 같은 재능이 있다면 스펜서 같은 사람의 지성을 담아낼 수 있다는 거지.* 그런데 그만 못한 재능이라면 역시 그만 못한 지성을 담아낼 때만 근사하다는 거고. 그러니 네가 어떤 일을 더 편협하게 볼 수 있다면, 넌 그 일을 더 즐기는 셈이 되는 거야."

딕은 곰곰이 헤아렸지만, 앤서니가 얼마나 자신을 공격하려는 의도인지 가늠할 수 없었다. 그러나 앤서니는 그에게서 꽤 자주 엿보이는 듯한 솜씨로 계속 말을 이었다. 마른 얼굴은 짙은 눈을 빛내고, 턱을 치켜들었다. 목소리가 올라갔다. 몸이 전체적으로 올라가기 시작했다.

"이렇게 생각해봐. 내가 세상을 우습게 보고 냉정을 잃지 않으며 아는 것이 많다고 해보자고. 그리스 사람 가운데서도 어떤 아테네 사람이라고 쳐. 그런데 별 볼 일 없는 사람이 성공하는 곳에서라면

---

* 유명한 문필가 H. G. 웰스와 사회진화론을 주장한 허버트 스펜서를 뜻한다.

나는 실패할지도 몰라. 그 별 볼 일 없는 자는 모방도 하고 꾸미기도 하고 영감에 사로잡힐 수도 있고 다행히 구성에 재능이 있을 수도 있으니까. 하지만 이 이야기에 나오는 가상의 나는 말이야, 너무 세상을 우습게 보는 나머지 모방도 하지 않고, 냉정을 잃지 않으니 영감에 사로잡히지도 않을 테고, 아는 게 많아 유토피아를 바라지도 않을 거고, 너무 그리스 사람답기 때문에 치장하지도 못할 거야."

"가만, 너는 예술가의 창작이 지성의 작업이라고 생각하지 않는구나?"

"그렇지. 예술가는 능력이 되는 한 양식적인 방법을 더 잘 모방해야겠지. 그리고 자기 주변에서 작업의 소재를 구성하는 것에 대해 나름의 해석을 하고 취사선택도 해야 해. 하지만 작가가 글을 쓰는 이유란 결국 그게 그 사람이 사는 방법이라서 그런 거야. 너는 지금 '예술가의 신적인 영감' 같은 이야기를 나한테 하는 거 아니야?"

"나 자신을 예술가로 부르는 것조차도 익숙하지 않아."*

"딕." 앤서니가 어조를 바꾸어 말했다. "네게 사과하고 싶어."

"왜?"

"아까 울컥한 것 때문에. 정말 미안하군. 효과적으로 보이기 위해 그렇게 했어."

분위기가 누그러졌다. 딕이 대답했다.

"내가 종종 말했잖아, 너는 마음속 깊이 블레셋 사람이라고."

* 두 사람은 지금 그리스 예술 미학의 모방론과 영감론에 대해 이야기하고 있다.

쩍쩍 금 가는 소리가 들리는 것 같은 해 질 녘이었다. 그들은 플라자 호텔의 하얀 정면 현관 아래로 들어가 에그노그의 거품과 중후한 노른자를 천천히 맛보았다. 앤서니는 친구를 바라보았다. 리처드 캐러멜의 코와 이마 피부에 서서히 색이 침착되고 있었다. 한쪽엔 붉은색 침착이, 다른 쪽엔 푸른색 침착이 생기는 중이었다. 거울을 보고 앤서니는 피부가 얼룩덜룩해지지 않아 기뻤다. 반대로 은근한 빛이 뺨에 감돌고 있었다. 그는 이렇게까지 괜찮아 보인 적은 한 번도 없었다고 자부했다.

"다 먹었어." 딕이 말했다. 어투가 훈련 중인 운동선수 같았다. "난 올라가서 길버트 아저씨네를 만나고 싶어. 같이 갈래?"

"음, 좋아. 네가 나를 그 부모에게 넘기고 날 도라와 함께 구석으로 몰아넣지 않는다면."

"도라가 아니야, 글로리아야."

직원이 전화로 그들이 왔다 알렸고, 그들은 10층으로 올라가 꼬불꼬불한 복도를 지나 1088호의 문을 두드렸다. 중년 여성이 문을 열어주었는데, 길버트 부인 본인이었다.

"잘 지냈니?" 그녀는 관습적인 미국 숙녀의 말씨를 구사했다. "너를 봐서 진짜 기쁘구나……."

딕이 급히 끼어들었다. 그리고…….

"패츠 씨? 아, 들어오세요. 여기에 코트를 두시고." 부인은 의자 하나를 가리킨 다음 잠시 동안 숨 막히는 소리로 가득한 변명조의 웃음으로 어투를 바꾸었다. "정말 좋구나, 좋아. 저런, 리처드, 너는 너무 오랫동안 우릴 찾아오질 않았어, 안 돼! 안 돼!" 맨 끝에 말한 단어는 딕이 애매하게 던진 말에 대해 반쯤은 대답을, 반쯤은 마침표 역할을 했다. "아, 앉아서 무슨 일을 하시는지 말씀해주세요."

한 명이 팔짱을 끼었다 풀었다 하자, 한 명은 선 채로 정중하게 인사했다. 한 명이 실없이 웃고만 있자, 한 명은 자리에 앉아도 될지 눈치를 봤고, 다행히도 미끄러지듯 의자에 앉아 유쾌한 방문이 되도록 자리를 잡았다.

"네가 바빠서 그랬을 거라고 생각해, 다른 무엇보다도." 길버트 부인이 약간 애매하게 웃으며 말했다. '다른 무엇보다도'라는 표현은 그녀가 믿음이 안 가는 말을 할 때 균형을 맞추려고 사용하곤 했다. 다른 표현도 두 가지 더 있었다. '적어도 내가 상황을 보는 방식이야'와 '순수하고 단순하게'. 이 세 가지 표현을 번갈아 쓰면서 말할 때마다 삶을 보편적으로 고찰하는 분위기를 냈다. 마치 원인들을 모두 짚어본 다음 마침내 결정적 원인을 짚은 것처럼.

앤서니는 리처드 캐러멜의 얼굴을 봤다. 평소 얼굴이었다. 이마와 뺨은 피부색이 돌아왔고, 코는 튀어 보이지 않았다. 밝은 노란색 눈동자는 부인을 향했다. 눈빛에는 날카롭고 허풍스러운 관심이 드러나 있었다. 젊은 남자들이 더 이상 이용할 가치가 없는 모든 여성에게 보내는 그런 관심이었다.

"당신도 작가인가요, 패츠 씨? ……음, 우린 모두 리처드의 명성 덕을 볼 수 있어요." 길버트 부인이 부드럽게 웃었다.

"글로리아는 지금 없어요." 원칙을 포기하는 바람에 이제 앞일이 걱정된다는 말투였다. "어딘가로 춤추러 갔어요. 글로리아는 가고, 또 가고, 또 가지요. 어떻게 견디는지 모르겠다고 그 애에게 말하곤 하죠. 오후 내내, 밤새도록 춤을 추니 결국 그 앤 엄청 야윌 것 같아요. 그 애 아빠가 아주 걱정하고 있어요."

부인은 차례차례 바라보며 웃었다. 둘 다 웃었다.

앤서니가 보기에 부인은 반원과 포물선으로 구성되어 있었다. 재능 있는 사람들이 타자기를 두들겨 창조하는 인물들처럼 머리며 팔이며 가슴이며 엉덩이며 허벅지며 발목이 둥그스름한 형태로 혼란스러울 만큼 층층이 쌓여 있었다. 기교를 부린 풍성한 회색 머리에 단정하고 깔끔한 모습이었다. 얼굴은 컸고 푸른 눈은 날씨에 풍화된 듯했다. 눈에 뜨일락 말락 한 가는 수염이 희게 세어 있었다.

"내가 늘 말했어요." 부인이 앤서니에게 말했다. "리처드는 고대의 영혼을 가지고 있다고요."

긴장 속에서 침묵이 흘렀다. 앤서니는 말장난을 생각했다. 오래오래 덕을 밟고 걸어 다닌 것은 무엇?

"우리 영혼들은 각각 다른 시대에 살고 있어요." 길버트 부인의 목소리는 밝았다. "적어도 내 말은 그런 뜻이에요."

"아마도요." 앤서니가 희망적인 생각에 바로 반응했다.

부인의 목소리가 들떴다.

"글로리아는 영혼이 아주 젊어—무책임해, 다른 무엇보다도. 그 애에겐 책임감이란 의식이 없어."

"글로리아는 발랄하죠. 캐서린 아주머니." 리처드가 유쾌하게 말했다. "책임감을 의식하는 건 글로리아를 망치는 거죠. 글로리아는 너무 예뻐요."

"음." 길버트 부인이 고백했다. "내가 아는 건 그 애가 가고, 가고,

간다는 거야……."

글로리아의 평판에 맞춰 '간다'가 계속 나오다가 갑자기 문을 두드리는 소리에 끊겼다. 길버트 씨가 들어왔다.

그는 작은 체구를 지녔고, 눈에 잘 띄지 않는 코 아래 흰 구름 같은 수염을 길렀다. 사회적 존재로서의 가치가 암담하니 헤아릴 수 없을 만큼 부정적인 상태였다. 그의 사상은 20년 전에 유행하던 망상이었다. 마음은 일간신문 사설을 따라 흔들흔들 힘없이 움직였다. 작지만 무시무시한 웨스턴 대학을 졸업하고 나서 셀룰로이드 사업에 진출했다. 별로 똑똑하진 않았지만 이 일은 그 정도 머리면 충분했고 몇 년 동안 사업도 잘 풀렸다. 1911년에 영화사와 일하겠다고 헛된 계약을 맺을 때까지는 그랬다. 그 영화사는 1912년께에 그를 집어삼키겠다고 마음먹었던 것이다. 당시 그는 이를테면 영화사의 혓바닥 위에 놓인 채 겨우 버티는 상황이었다. 중서부 연합 영화사의 경영진으로 일하면서 매년 6개월은 뉴욕에서, 나머지는 캔자스시티와 세인트루이스에서 보냈다. 그는 자신에게 좋은 일이 생길 거라고 쉽게 믿었다. 부인도 딸도 그렇게 생각했다.

그는 글로리아가 불만이었다. 딸애는 늦게까지 밖에 있었고, 절대 밥을 먹지 않았고, 언제나 정신없는 상태였다. 한번은 그가 딸에게 화를 냈는데 딸은 아버지를 향해 딸의 어휘라고는 생각되지 않는 말을 썼다. 부인은 좀 더 쉬웠다. 15년 동안 끊임없이 유격전을 펼친 끝에 그는 부인을 쟁취했다. 이 싸움은 조직적 둔함과 뒤죽박죽 낙관주의가 다투는 전쟁이었다. 그리고 대화 중에 '그래'를 자꾸 사용하여 대화를 망쳐버리면서도 '그래'의 횟수에 있는 뭔가가 승리감을 안겨주었다.

"그래, 그래, 그래, 그래." 그는 이렇게 말했다. "그래, 그래, 그래, 그래. 어디 보자. 그땐 여름이었지, 보자, 91년인가 92년인가, 그래, 그래, 그래, 그래."

15년 동안의 '그래'가 길버트 부인을 두들겨 팼다. 15년 이상의 세월 동안 끝없이 부정의 의미를 담은 긍정의 단어를 듣고, 3200개의 담배에서 나오는 담뱃재 덩어리가 끊임없이 날리니 부인은 망가졌다. 부인은 마지못해 두 번째 결혼 서약을 해야 했다. 첫 번째 결혼 서약보다 결정적이고 돌이킬 수 없는 양보였다. 남편의 말을 들어주기로 한 것이다. 시간이 지나며 자신도 참을성이 늘었다고 부인은 혼자서 되뇌었다. 그러나 사실은 시간이 지나며 부인이 가졌던 윤리적인 배짱이 말라 죽은 것이었다.

부인은 남편과 앤서니를 소개시켰다.

"이쪽이 패츠 씨." 부인이 말했다.

젊은 남자와 나이 든 남자는 악수를 했다. 길버트 씨의 손은 부드럽고 겉이 닳아서, 쥐어짠 자몽 과육 같았다. 부부는 인사를 주고받았다. 남편은 부인에게 밖이 더 추워졌다고 했다. 캔자스시티 신문을 구하러 44번가의 신문 가판대로 걸어갔었고 버스를 타고 돌아오려 했지만 그것도 너무 추웠다, 그래, 그래, 그래, 그래, 너무 춥다는 걸 알았다.

이 험한 날씨를 무릅쓰고 나가다니 대단하구나 싶어 길버트 부인은 남편의 모험담에 추임새를 넣었다.

"음, 당신은 씩씩해요!" 그녀는 감탄했다. "당신은 씩씩해요. 난 무슨 일이 있든 나가지 않았을 거예요."

길버트 씨는 둔감하기로는 진짜 사나이였다. 아내가 무서울 만도 했는데 알아차리지 못했다. 그는 두 청년을 보며 의기양양하게 날씨를 화제로 삼았다. 리처드 캐러멜은 캔자스의 11월 날씨를 기억해보라는 부름을 받았다. 그랬지만 날씨 화제는 리처드에게 밀려가자마자 다시 질문 당사자에게 끌려가 우물쭈물 시간을 끌게 되고, 이리저리 만져지고 쭉 늘어나고 전체적으로 활력을 잃었다.

낮은 따뜻하다, 그런데 밤은 쾌적하다, 라는 얼마나 낡았는지 기억도 나지 않을 주장이 명제랍시고 제시되었다. 사람들은 딕이 무심코 뱉은 두 지점 사이가 얼마나 긴 철도로 연결되어야 할지 고심했다. 앤서니는 길버트 씨를 지긋이 바라보았고 잠시 후 길버트 부인의 웃음소리가 퍼져 나가는 동안 무아지경에 빠졌다.

"이곳의 추운 날씨는 더 축축한 것 같아요. 뼈를 갉아 먹는 듯해요."

이 말에 길버트 씨가 마땅히 그래, 그래 하고 나서니, 그가 갑작스레 화제를 바꾼 건 비난받을 일이 아니었다.

"글로리아는 어디 갔나?"

"지금 당장이라도 여기 와야 하는데 말이에요."

"내 딸을 만난 적 있어요? 음, 이름이?"

"만난 적은 없습니다. 딕이 얘기하는 걸 자주 들었죠."

"그 애와 리처드는 사촌이에요."

"그래요?" 앤서니는 웃느라고 고생이었다. 그는 연장자들의 모임에 익숙하지 않았다. 쾌활한 척 웃느라 입에 쥐가 날 지경이었다. 글로리아와 딕이 사촌이라니 재미있는 일이군. 그는 불쌍한 친구를 잠시 쳐다봤다.

리처드 캐러멜이 이제 슬슬 떠나야 할 것 같다고 했다.

길버트 부인은 아주 아쉽다고 했다.

길버트 씨는 안타까운 일이라고 했다.

길버트 부인이 덧붙였다. 찾아와주셔서 기뻐요. 음, 수다 떨기엔 너무 나이가 많은 노인만 보셨겠지만요. 4분의 3박자로 한 마디를 웃은 걸 보면, 앤서니와 딕은 이 말을 교묘한 농담으로 받아넘긴 게 틀림없다.

다시 방문해주실 건가요?

"오, 그럼요."

글로리아가 아주아주 아쉬워할 거예요!

"안녕히……."

"안녕히……."

미소!

미소!

끝!

쓸쓸한 두 청년은 엘리베이터가 있는 방향으로 플라자 호텔 10층 복도를 걸어갔다.

어느 여성의 다리

모리 노블은 게으름 부리는 모습이 매력적이고 부적절한 데가 있으며 쉽게 냉소하지만 놀라울 만큼 가차 없이 강단 있고 성숙한 사람이었다. 그는 학창 시절부터 인생 계획을 밝히고 다녔다. 여행을 3년간 하고, 아무 일도 안 하고 3년을 보낸 다음, 순식간에 엄청난 부자가 되겠다는 것이었다.

여행 3년이 지나갔다. 그는 전 세계를 돌아다녔다. 집중력이 대단했고 궁금해하는 것도 많았다. 다른 사람이 이렇게 돌아다녔다면 자기 자신을 살아 있는 여행안내서*로 만드는 것처럼 보였을 터이다. 자기 생각은 없이 주입식 설명만 가득 채워서 말이다. 그러나 모리 노블은 달랐다. 신비한 목적과 의미심장한 밑그림이라도 있는 것 같았다. 그는 적그리스도의 운명이라도 타고난 것일까. 수십억 명의 인간이 방방곡곡 그가 가는 곳마다 아이를 낳고 울고 서로를 죽여대고 있었으니 말이다.

미국으로 돌아온 그는 똑같이 꾸준히 몰두할 수 있는 오락거리를 찾아 나섰다. 술자리에선 칵테일 몇 잔, 와인 1파인트** 이상은 절대 먹지 않으면서, 그리스어를 독학하듯 음주를 독학했다. 그리스어처럼 술은 새롭고 풍부한 감각, 새로운 정신 상태, 기쁨이나 절망에 대한 새로운 반응을 이끄는 길이 될 터였다.

그는 습관적으로 내밀한 사색을 했다. 44번가의 독신 남성용 아파트에 방 세 개를 갖고 있었지만, 그곳엔 거의 없었다. 전화교환원은 상대가 먼저 정해진 이름을 대지 않으면 전화를 받지 말라는

---

*   원문은 베데커라고 되어 있는데, 베데커 여행 안내서를 뜻한다.
**   470cc에 해당한다.

아주 확실한 지침을 받았다. 그녀는 그가 절대 집에 없다 해야 할 여섯 명의 이름 목록을 갖고 있었고, 그가 언제나 집에 있다 해야 할 똑같은 수의 이름 목록을 갖고 있었다. 후자 목록의 맨 처음엔 앤서니 패치와 리처드 캐러멜이 있었다.

모리의 어머니는 결혼한 아들과 함께 필라델피아에 살고 있었고, 모리는 보통 주말이면 어머니에게 갔다. 그래서 어느 토요일 밤, 앤서니는 너무나 지루하여 추운 거리를 배회하다가 몰턴암스에 들렀는데, 노블이 집에 있다는 사실을 알고는 아주 기뻐했다.

엘리베이터는 나는 듯 빨랐고 그의 영혼은 더 빨리 위로 솟구쳤다. 모리와 이야기를 막 시작하면 아주 좋았다. 아주아주 좋았다. 모리도 그를 보면 똑같이 행복해할 터였다. 둘 다 은근한 농담 아래 깊은 애정을 숨긴 눈빛으로 서로를 쳐다보았다. 여름이라면 함께 나가 롱 톰 콜린스 칵테일 두 잔을 빈둥거리며 마시고, 옷깃의 힘을 죽이고, 게으른 8월 카바레들을 돌아다니며 약간 기분 전환이 되는 공연을 봤을 것이다. 그러나 밖은 추웠다. 높은 빌딩의 모서리로 바람이 불어오고 거리는 막 12월이 되었으니, 저녁엔 부드러운 조명 아래 부시밀스를 한두 잔 마시거나 모리의 그랑 마르니에를 조금 마시는 게 훨씬 좋았다. 벽에는 장식처럼 반짝이는 책들이 있고, 모리가 고양이를 닮은 그 큰 덩치로 좋아하는 의자에 앉아 성스러운 나른함을 발하는 데서.

그가 있었다! 방에 들어서자 앤서니는 마음이 따뜻해졌다. 힘차고 설득력 있는 정신이 방 안에서 빛나고 있었다. 하지만 동양의 지성이나 마찬가지로 겉으로는 그 힘을 드러내지 않았다. 쉴 새 없이 떠돌던 앤서니의 영혼은 온화해졌고, 생각 없는 여성하고 어울릴 때나 느낄 편안함을 얻었다. 모든 것을 이해해야 한다. 그게 아니면 모든 걸 당연하게 받아들여야 한다. 모리는 호랑이처럼, 신처럼 방 안에 그득한 모습이었다. 바깥바람은 잔잔해졌다. 벽난로 선반 위의 놋쇠 촛대가 제단 앞의 초처럼 빛났다.

"왜 오늘 여기 있지?" 앤서니는 부드러운 소파에 드러누워 베개 사이로 팔꿈치를 괴었다.

"그냥 한 시간쯤 됐어. 티댄스가 있었지. 너무 늦게까지 있는 바람에 필라델피아행 기차를 놓쳤어."

"그렇게 오래 있었다니 이상한데." 앤서니가 호기심 어린 어투로 말했다.

"아무렴. 넌 뭐 했어?"

"제럴딘. 키스*의 자그만 안내원. 그 여자 얘긴 전에 했었지."

"아!"

"3시쯤 전화하더니 5시까지 머물렀지. 흔치 않게 보잘것없는 영혼이야. 나를 사로잡을 정도로. 그녀는 정말 생각이 없어."

모리는 침묵했다.

"이상하게 보일지도 모르겠지만." 앤서니가 말을 이었다. "내가 관련된 한, 내가 아는 한, 제럴딘은 미덕의 귀감이야."

그는 제럴딘과 한 달쯤 만났다. 별 특징이 없고 이리저리 떠도는 습관이 있는 여자였다. 누군가 앤서니에게 별생각 없이 제럴딘

---

* 키스 팰리스 극장으로, 브로드웨이에서 인기 좋은 보드빌관이었다.

을 소개했는데, 앤서니는 그녀가 재미있다고 생각했고, 만난 지 세 번째 날 밤 센트럴파크로 가는 택시 안에서 제럴딘이 그에게 고상하고 아름다운 키스를 해주었는데 꽤 좋았다. 그녀는 가족 관계가 모호했다. 존재감이 흐릿한 아주머니와 아저씨가 그녀와 함께 센트럴파크 북쪽, 번짓수가 100번대인 아파트에서 살고 있었다. 그녀는 친밀하고 약간 내밀하며 편안한 친구였다. 앤서니는 시험하는 것 이상으로 진도를 나가고 싶지는 않았다. 도덕적 가책 때문은 아니었다. 자기 인생이 갈수록 평온해지는 마당에 이를 방해할 것 같은 사람과 어떤 식으로든 얽히고 싶지 않았기 때문이다.

"그녀는 두 가지 묘기를 갖고 있어." 그가 모리에게 설명했다. "하나는 머리칼로 눈을 덮은 다음 머리칼을 불어버리는 거고, 또 하나는 자기가 따라가기 벅찬 말을 들으면 '미쳤군요'라고 말하는 거야. 이 점에 난 매혹됐어. 그녀는 내 상상 속에서 찾아낸 광기 어린 증상들에 완전히 이끌린 채 나와 매시간 앉아 있지."

모리는 의자에서 몸을 약간 움직인 다음 말했다.

"그렇게 조금만 이해할 수 있으면서도 그렇게 복잡한 문명 속에서 살다니 인간이란 놀라워. 그런 여자는 가장 실리적인 태도로 우주를 사실상 다 가지는 셈이야. 루소의 영향력부터 그녀가 먹는 저녁 식사에 세율이 미치는 영향까지, 그 어떤 현상이든 그녀에겐 완전히 낯설 거야. 창을 쓰던 시대에 살던 그녀가 궁수의 무장을 한 채 이 시대로 날아와 권총 결투를 하러 가는 셈이지. 네가 역사적인 껍데기들을 다 치워버린다고 해도, 그녀는 차이를 못 느낄 거야."

"우리의 리처드께서 그녀에 대해 써주시지 않을까."

"앤서니, 그녀가 그런 사람일까? 그녀에 대해 글을 써야 할 만한 사람이냐고."

"남들만큼은 그렇지 않겠어?" 앤서니는 하품을 했다. "너도 알겠지. 딕이 제법 믿을 만한 사람이라고 오늘 나는 생각했단 말이야. 딕이 관념이 아니라 인간에 천착한다면, 또 예술이 아니라 인생에서 영감을 받는다면, 언젠가 거물이 될 수 있을 거라고 생각해. 제대로 성장한다고 치면 말이지."

"그의 검은 노트를 보니 인생 쪽을 지향한다는 생각이 들기는 하더라만."

앤서니는 팔꿈치로 몸을 일으켜고는 열렬히 말했다.

"인생 쪽을 향하려고 노력은 하지. 모든 작가가 그렇게 해. 최악의 저질 작가만 아니라면. 하지만 결국 대부분은 소화하기 쉬운 재료로 먹고살지. 사건이나 인물은 삶에서 올 수도 있어. 하지만 작가는 언제나 그가 읽은 최근 작품의 관점에서 그걸 해석해. 예를 들어 그가 선장을 만난다고 해봐. 그리고 그가 독창적인 인물이라 치자고. 사실은 그가 그 선장과 데이나*가 최근에 창조한 선장 사이의 유사성을 안다는 거지. 그러니 그는 원고에서 이 선장을 어떻게 설정해야 하는지 알아. 물론, 딕은 의식적으로 생생하고 등장인물다운 인물을 만들 수 있어. 그렇다고 자신의 누이를 정확하게 옮길 수 있을까?"

---

* 미국 작가 리처드 헨리 데이나 주니어.

그러고 나서 그들의 이야기는 30분 동안 문학을 벗어났다.

"고전." 앤서니가 말했다. "고전이란 다음 세대의 반응에서 살아남은 성공적인 책이지. 그러고 나면 안전해, 건축이나 가구의 스타일처럼. 유행을 대신할 수 있는 생생한 위엄이 필요해……."

잠시 후 그 주제에선 잠깐 동안 짜릿함이 사라졌다. 두 청년은 구체적인 일 따위에 그다지 관심이 없었다. 뜬구름 잡는 이야기를 좋아했다. 앤서니는 최근에 새뮤얼 버틀러를 알게 됐다. 버틀러의 비망록에 나오는 팔팔한 격언이 비판 정신의 정수라고 생각했다. 모리는 어떤가. 자기가 세운 확고한 인생 계획에 온 정신이 팔려 있었다. 그러다 보니 앤서니보다 똑똑해 보이기는 했다. 하지만 실제로 지능이 정말로 차이가 났다는 것은 아니고, 두 사람은 근본적으로 바탕이 다른 것 같았다.

두 사람은 이제 문학 이야기를 그만두고 어떤 하루를 보냈나 서로 물어보기 시작했다.

"그 티파티는 누가 열었어?"

"애버크롬비라는 사람."

"왜 늦게까지 있었어? 달콤한 사교계 여성을 만나려고?"

"어."

"정말?" 앤서니의 목소리가 놀라서 높아졌다.

"정확히 말하자면 사교계 여성은 아니야. 2년 전 캔자스시티에서 왔어."

"과거의 유물 같은 사람?"

"아니." 모리가 약간 놀라워하며 대답했다. "그건 내가 그녀에 대해 정말로 하지 않을 말이야. 그녀는 음, 거기서 가장 젊은 사람 같아 보였어."

"그렇게 젊지는 않고. 네가 기차를 놓치게 할 만큼?"

"충분히 젊어. 예쁜 애야."

앤서니는 짧게 코웃음 치며 빙긋 웃었다.

"오, 모리. 노망이 났군. 예쁘다니 무슨 말이야?"

모리는 힘없이 허공을 바라보았다.

"음, 그녀를 정확히 묘사할 수 없어, 예쁘다는 걸 제외하면. 그녀는 엄청나게 활기가 넘쳐. 설탕 젤리를 먹고 있었지."

"뭐!"

"그건 덜 심한 악덕 같은 거지. 신경질적인 편이래. 언제나 설탕 젤리를 먹는다고 티파티에서 말했는데, 한 장소에 오랫동안 서 있어야 하기 때문이래."

"무슨 이야기를 하는 거야, 베르그송? 빌피즘? 원스텝 춤이 부도덕한가, 아닌가?"

모리는 흔들리지 않았다. 털가죽이 가지런한 짐승 같았다.

"사실은 빌피즘 이야기를 나눴어. 그 엄마가 빌피즘을 신봉하는 거 같더라고. 하지만 우리는 주로 다리 이야기를 했지."

앤서니는 들떠서 몸을 흔들었다.

"세상에! 누구 다리?"

"그녀의 다리. 그녀는 자기 다리 얘기를 한참 했어. 그 다리는 최고급 장식품 같은 거였지만 그녀 때문에 다리를 보고 싶은 엄청난 욕망이 생겼어."

"뭐 하는 사람이지, 혹시 댄서?"

"아니. 그녀는 딕의 사촌이래."

앤서니는 갑자기 똑바로 앉았고 그 바람에 그가 놓친 베개는 살아 있는 양 똑바로 서서 문 쪽으로 뛰어내렸다.

"이름이 글로리아 길버트?" 앤서니가 소리 질렀다.

"맞아. 그녀는 남다르지 않아?"

"난 잘 몰라. 하지만 그 아버지는 완전히 둔한 사람이던데……."

"음." 모리가 말을 잘랐다. 확신에 가득 차 있었다. "그녀의 가족은 전문 문상객만큼 지루할지도 모르지만 난 그녀가 확실히 진짜고 독창적인 인물이라고 생각해. 상투적인 예일 졸업 파티의 여자들이 보이는 특징 같은 것들, 그런 것들과는 달라. 아주 눈에 띄게 달라."

"계속해, 계속!" 앤서니가 재촉했다. "딕이 그녀의 머릿속에 뇌가 없다는 말을 하자마자 난 그녀가 아주 훌륭한 사람임이 틀림없다고 생각했어."

"딕이 그렇게 말했어?"

"맹세해." 앤서니가 또 코웃음을 치며 웃었다.

"음, 딕이 여자의 뇌가 어쩌고저쩌고 말할 때는 말이야……."

"알지." 앤서니가 열을 내며 말을 끊었다. "깊이 알지도 못하면서 교양 있는 척하는 거."

"그렇지. 이 나라가 해마다 풍기가 문란해진다며 반기는 사람, 아니면 개탄하는 사람. 똑똑한 척 코안경을 걸친 사람, 아니면 위선을 떠는 사람. 그러거나 말거나, 이 여자는 다리 이야기를 했다고. 피부에 대해서도―본인의 피부 말이야. 계속 자기 것에 대해 말했지. 여름이면 피부를 어느 정도로 태우는 걸 좋아하는지, 보통 그녀가 원하는 바에 얼마나 근접하는지 말했어."

"넌 그녀의 낮은 목소리에 황홀해하며 앉아 있었어?"

"그녀의 낮은 목소리! 아니, 피부 태우기! 난 피부 태우기에 대해 생각하기 시작했어. 내가 2년 전 마지막으로 피부를 태웠을 때 무슨 색이 됐나 생각했지. 난 피부를 아주 잘 태우곤 했어. 황금빛으로, 내가 제대로 기억한다면."

앤서니는 웃음과 함께 몸을 흔들며 쿠션에 다시 몸을 파묻었다.

"그녀는 널 움직였어, 오, 모리! 코네티컷의 구세주 모리. 넛멕 같은 갈색 인간. 최고! 상속녀는 연안 경비대와 눈이 맞아 달아나는데, 그의 감미로운 피부색 때문이지! 훗날 가족 중에 태즈메이니아 혈통이 있다는 걸 알게 돼!"

모리는 한숨을 쉬었다. 일어나서 창문으로 걸어가 가리개를 올렸다.

"눈이 심하게 오는걸."

앤서니는 여전히 혼자서 조용히 웃고 있었고 모리의 말에 대답하지 않았다.

"또 겨울이야." 모리의 목소리가 창문가에서 거의 속삭이듯 들렸다. "우린 늙어가, 앤서니. 난 스물일곱 살이야, 세상에! 3년이 지나면 서른이고, 그럼 난 대학생들이 중년이라고 부르는 존재가 되지."

앤서니는 잠시 침묵했다.

"넌 나이 들었어, 모리." 그는 드디어 동의했다. "무절제하고 불안정하게 노쇠하고 있다는 첫 번째 신호는 네가 피부 태우기와 여자의 다리 이야기를 하며 오후를 보냈다는 거야."

모리는 갑자기 귀에 거슬리는 탁 소리를 내며 가리개를 내렸다.

"바보!" 그가 외쳤다. "너 때문이야! 젊은 앤서니, 여기 내가 앉아 있어. 한 세대만큼 혹은 더 오래 앉아서 너희들의 즐거운 영혼을 관찰할 거야. 너와 딕과 글로리아 길버트가 내 앞을 지나가며 춤추고 노래하고 사랑하고 서로 싫어하고 감동받는, 영원히 감동받는 모습을. 그리고 난 오직 내 감정이 없는 데서 감동받아. 난 여기 앉아 있을 거고 눈이 오겠지—오, 캐러멜이 메모를 하겠지—또 다른 겨울이 오고 나는 서른 살이 되고 너와 딕과 글로리아는 영원히 감동받을 거고 내 옆에서 춤을 추고 노래를 부를 거야. 하지만 너희들이 다 가버리고 난 뒤엔 새로 나타난 딕들이 쓴 글에 대해 이러쿵저러쿵 말할 거고 새로 나타난 앤서니들의 환멸과 냉소와 감정에 대해 귀 기울여 들을 거야. 그래. 그리고 다가올 여름에 피부 태우는 일로 새로운 글로리아들에게 이야기할 거고."

난로 안에서 불빛이 허우적댔다. 모리는 창가를 떠나 부지깽이로 불길을 뒤적이더니 장작 받침쇠에 통나무를 얹고는 의자로 돌아갔다. 말소리의 잔향(殘響)이 탁탁 불소리에 묻혔다. 불길은 나무 껍질을 붉고 노랗게 물들였다.

"결국, 앤서니, 아주 낭만적이고 젊은 사람은 너야. 끝없이 민감하고 자신의 고요함이 부서질까 걱정하는 사람은 너라고. 감동받기 위해 애쓰고 또 애쓰는 사람은 나야. 천 번을 애써도 언제나 난 나일 뿐. 아무것도 나를 확실히 휘저어놓지 않아."

모리가 한참 입을 다물고 있다 중얼거렸다. "그래, 그 말도 안 되는 피부 태우기 얘기를 한 어린 여자에겐 변치 않는 구식의 무언가가 있어, 나처럼."

소란

앤서니는 침대에서 졸린 가운데 몸을 뒤척였다. 납틀 창문의 그늘 속 열십자를 그리는 차가운 햇빛 조각 하나가 침대보에 떨어진 모습이 눈에 들어왔다. 방 안은 이미 아침이었다. 방 귀퉁이에는 조각을 새긴 상자와 형체를 알아보기 힘든 낡은 옷장이 있었다. 지난 일이 기억나지 않는다는 망각의 어두운 상징처럼 보였다. 발밑의 깔개만이 그에게 인사를 보냈다. 깔개도 발도 곧 부서질 것 같았다. 바운즈는 부드러운 옷깃을 목에 대고 있었다. 끔찍할 정도로 어울리지 않는 모습이었다. 그의 날숨 때문에 생긴 성에만큼이나 알아보기 힘들었다. 그는 침대 가까이에 있었고, 여전히 손을 낮추어 담요 윗부분을 뒤적였다. 짙은 갈색 눈은 침착하게 고용인을 바라보고 있었다.

"바우즈!" 졸린 신이 중얼거렸다. "자넹가, 바우즈?"[*]

"예, 접니다."

앤서니는 머리를 움직였고, 힘주어 눈을 크게 뜬 다음, 의기양양

---

[*] 아직 잠이 덜 깬 앤서니의 발음이 명확하지 않다.

하게 깜박였다.

"바운즈."

"왜 그러십니까?"

"혹시 나중에…… 아아아아아, 아이고!" 앤서니는 견딜 수 없다는 듯이 하품을 했다. 머릿속 생각들이 다 같이 떨어져 꽉꽉 으깨진 것 같았다. 그는 처음부터 다시 시작했다.

"4시쯤 와서 차와 샌드위치 같은 것들을 차려줄 수 있나?"

"알겠습니다."

앤서니는 집중하려고 애썼으나 소름 끼칠 정도로 그럴 힘이 없었다. "샌드위치 약간." 그가 힘없이 반복했다. "아, 치즈 샌드위치와 젤리 샌드위치, 치킨과 올리브 같은 거. 아침은 신경 쓰지 말고."

생각해내야 한다는 압박감이 지나쳤다. 그는 지쳐서 눈을 감았고, 머리는 기력 없이 휴식을 취했으며, 긴장된 근육을 재빨리 이완시켰다. 마음속 갈라진 틈으로, 막연하지만 피할 수 없는 전날 밤의 유령이 흘러나왔다. 하지만 전날 밤엔 한밤중에 그를 방문한 리처드 캐러멜과 지루해 보이는 대화를 나누었을 뿐이었다. 그들은 맥주 네 병을 마셨고 마른 빵 조각을 우적우적 씹어 먹었다. 그동안 앤서니는 《악마 연인》의 1부 낭독을 들었다.

―몇 시간이 지난 뒤 목소리 하나가 들려왔다. 앤서니는 무시했다. 그때 잠이 그를 에워싼 다음 접어다가, 마음속 작은 길들로 슬금슬금 다가갔다.

갑자기 그가 깨어나서 말했다. "뭐?"

"몇 분이 오십니까?" 여전히 바운즈였다. 그는 침대 발치에 참을

성 있게 움직임 없이 서 있었다. 고용주 세 명에게 각각 예절을 배분하는 그였다.

"몇 사람이냐니?"

"제 생각으로는 몇 분이 오시는지 제가 아는 게 좋을 것 같습니다만. 샌드위치를 준비해야 하거든요."

"둘." 앤서니가 쉰 목소리로 중얼거렸다. "숙녀 한 명, 신사 한 명."

바운즈가 말했다. "감사합니다." 그리고 방을 나갔다. 여전히 부드러운 옷깃을 두른 채였다. 보는 사람이 꾸짖음이라도 받는 것처럼 부끄러워지는 옷깃이었다. 세 명의 고용주 각각이 1/3만큼씩 혼나는 셈이었다.

한참 후 앤서니는 일어나서 날씬하고 보기 좋은 몸에 갈색과 푸른색으로 된, 오팔처럼 빛나는 가운을 걸쳤다. 마지막으로 하품을 한 다음 욕실로 갔고, 불을 켠 다음(욕실은 바깥 빛이 들어오지 않았다) 거울 속 모습을 약간 흥미롭게 관조했다. 불쌍한 유령 같았다. 그는 언제나 아침이면 그렇게 생각했다. 수면이 그의 얼굴을 부자연스럽게 창백하게 만든다고. 그는 담배에 불을 붙이고 편지 몇 통과 조간신문 〈트리뷴〉을 쭉 훑어보았다.

한 시간 후, 면도를 마치고 옷을 입은 다음, 그는 책상에 앉아서 지갑에서 찾은 작은 종잇조각을 보았다. 휘갈겨 쓴 메모는 반쯤 알아볼 수 있었다. "5시에 하울랜드 씨를 만날 것. 이발할 것. 리버스* 청구서를 처리할 것. 서점에 갈 것."

---

* 남성복 가게 브룩스 브라더스를 지칭하는 가상의 이름.

—그리고 마지막 줄 아래. "은행의 현금, 690달러(선을 그어 지움), 612달러(선을 그어 지움), 607달러."

맨 마지막으로 아래쪽에 급히 휘갈겨 쓴 메모가 있었다. "딕과 글로리아 길버트, 차 대접."

그는 마지막 일정이 뿌듯했다. 그의 일과는 대체로 등뼈가 될 만한 사건도 없이 해파리처럼 흐물흐물하게 흘러갔다. 그런데 오늘만큼은 중생대 생물처럼 번듯한 골격을 얻은 셈이다. 틀림없는 일이었다. 심지어 흥겹기까지 했다. 오늘 하루는 클라이맥스를 향해 나아가고 있는 것이다. 연극이라는 것이, 하루라는 것이 당연히 그래야 하는 것처럼 말이다. 그는 하루의 등뼈가 부러질 순간이, 마침내 그 여자를 만나 말을 건네고 문밖에서 그녀의 웃음에 인사를 했지만 찻잔의 울적한 찌꺼기와 손도 대지 않고 신선하지도 않은 샌드위치 모둠만이 남는 순간이 올까 봐 두려웠다.

하루하루 잿빛으로 변하는 앤서니의 나날. 이 사실이 계속 느껴졌다. 한 달 전에 모리 노블과 대화를 나눈 일 때문에 이렇게 된 걸까, 그는 종종 생각했다. 딱 잘라 과격하게 말한다면, 쓰레기 같은 상황이라는 걸까. 그렇게까지 생각할 필요는 없으리라. 하지만 다음과 같은 일이 사실이 아니라고도 할 수 없었다. 달갑지 않은 집착 때문에 3주 전 그는 공공 도서관에 갔다. 리처드 캐러멜의 카드를 맡기고 이탈리아 르네상스에 관한 책을 여남은 권이나 빌렸다. 책들은 책상에 올려둔 순서대로 쌓여 있었다. 날마다 12센트씩 연체료만 늘었다. 책을 쌓아둔 사실만으로는 면피할 수 없었다. 책들은 그가 잘못 살고 있다고 증언하는, 천과 가죽으로 장정된 목격자였다. 앤서니는 여러 시간 동안 공포심에 사로잡혀 놀라고 마음이 아팠다.

그가 의미 있게 산다고 말할 수 있을까? 당연히 그 첫 번째 논거로는 인생에는 원래 의미 따윈 없다는 사실을 꼽아야겠다. 위대한 칸에게 보좌관이며 장관이며 시동이며 종자며 집사와 하인이 있듯 그에게는 책장에 빛나는 천 권의 책이 있었다. 아파트도 있었다. 강 위쪽에 사는 어르신이 너무 도덕적으로 살다가 숨이 멎는 날이 오면 그의 재산이 될 돈도 있었다. 위협적인 사교계 여성들과 수많은 멍청한 제럴딘들이 득시글거리는 세계에서 그는 고맙게도 자유로웠다. 차라리 고양이처럼 움직임 없는 모리를 따라 하는 게 나았다. 여러 세대 동안 쌓아 올린 지혜를 자랑스러워하며 습득해야 했다.

이런 일들에 대해서 생각하기도 하고 이런 생각을 반박하기도 하면서 그는 줄곧 머리를 굴렸다. 피곤한 콤플렉스일 뿐이라고 생각하면서도 이런 생각을 논리적으로 따져 반박도 하고 과감하게 짓밟기도 했다. 결국 그는 11월 말에 부드러운 진창길을 걸어, 정말 원하던 책들은 하나도 없는 도서관에 갔다. 앤서니의 정신세계를 분석해봐도 괜찮으리라. 그가 스스로를 분석할 수 있는 만큼은 말이다. 그런데 그 이상 분석하겠다는 것은 물론 추측에 지나지 않는다. 앤서니 스스로에게서 공포심과 고독감이 자라는 것 같았다. 혼자서 밥을 먹는 건 두려운 일이었다. 차라리 싫어하는 사람하고라도 함께 밥을 먹는 것이 나았다. 여행, 한때 그를 매혹했던 여행은 결국 견딜 수 없는 실체 없는 색채 같은 일이고 자신의 꿈의 그림자를 쫓는 환영 같은 일로 보였다.

─만일 내가 본질적으로 허약해진 거라면, 할 일이 필요해, 할 일이. 자신이 결국 모리의 균형도 딕의 열정도 없는, 안일하고 평범한 사람이라는 생각에 걱정스러웠다. 아무것도 원하지 않는 건 비극 같았지만, 그는 여전히 무언가, 무언가를 원했다. 갑자기 그게 무엇인지 떠올랐다. 그가 볼 때, 그를 절박하고 불길한 노년으로 이끄는 희망의 길이었다.

유니버시티 클럽*에서 칵테일을 곁들여 점심을 먹고 나니 기분이 나아졌다. 앤서니는 하버드 동기인 두 남자와 우연히 마주쳤고, 그들이 나누는 잿빛 어린 무거운 대화를 들으며 그의 삶이 차라리 다채롭다고 느꼈다. 두 사람 모두 기혼이었다. 한 남자는 커피를 마시며 지극히 결혼 생활다운 결혼 생활을 대단한 모험이라도 되는 것처럼 떠들었다. 다른 남자는 건조하고 형식적인 미소를 띠고 모험담을 감상했다. 앤서니가 보기에는 두 사람 다 나중에 길버트 씨처럼 될 것 같았다. 그들이 입에 담는 '그래' 횟수는 네 배쯤 되어야 할 것 같았고, 그들의 본성은 20년 세월로 바뀔 터였다. 그러고 나면 쓸모없는 부서진 기계에 지나지 않게 될 것이다. 현명한 척 무가치하며, 자신들이 부숴버린 여자들에게 보살핌을 받는 기계.

오, 그는 더 나은 사람이었다. 저녁 식사 후 라운지에 깔린 긴 카펫을 따라 걷다가 창문 앞에 서서 바삐 돌아가는 거리를 보았다. 그는 앤서니 패치였다. 똑똑하고 매력 있고, 수많은 세월과 수많은

---

* 4번가와 54번가에 있는 유명 클럽.

이들의 상속자. 이제 그의 세상이었고, 그가 최근에 갈망한 강한 아이러니는 멀지 않은 미래에 있었다.

나이에 맞지 않는 소년스러움 때문에, 그는 스스로를 이 땅의 실력자라고 생각했다. 할아버지의 돈만 손에 들어온다면! 그렇게만 된다면 그는 받침대를 짓고 스스로 탈레랑 동상이나 베룰럼 경 동상처럼 우뚝 설 수 있을 터였다.* 그의 정신은 명료했다. 교양이 풍부했고 다방면으로 똑똑했다. 정신은 이미 성숙했으며 미래에 일어날 일들에 대해 골몰하고 있었다. 이러한 정신으로 자기 일을 할 것이었다. 이 사소한 지점에서 백일몽이 스러졌다. 일을 한다는 지점에서 말이다. 자기가 국회에 있는 모습을 상상해보았다. 돼지우리 같은 그 끔찍한 곳에서 이리저리 쓰레기를 헤집고 다니는 꼴을 말이다. 일요일 자 신문의 그라비어인쇄 섹션에서 가끔 보는 사진 속 정치인들, 돼지처럼 좁은 이마를 한 사람들과 함께일 것이다. 이 영광을 덧씌운 프롤레타리아들은 온 나라를 향해 고등학생 수준의 재미없는 사상을 지껄이는 작자들이다. 베껴쓰기 연습장에 나올 예문 정도의 야망을 지닌 보잘것없는 남자들, 범속함으로부터 범속함에 의해 솟아올라, 국민에 의한 정부라는 빛을 잃고 낭만적이지도 않은 천국에 들어선 것이다. 그리고 개중 나은 열두어 명 정도의 약삭빠른 사람들, 자기 본위적이고 냉소적인 남자들은 가장 높은 곳에서 합창단을 이끌면서 즐거워하고 있었다. 이 합창단은 하얀 타이를 매고 철사로 된 옷깃 쥠쇠를 한 채 화음도 맞지 않

---

* 탈레랑은 세속 권력, 베룰럼 경 즉 프랜시스 베이컨은 지식 권력을 의미한다.

는 놀라운 찬송가를 불렀다. 찬송가는 덕이 있는 자가 부자가 된 다는 내용과, 부자가 되었다는 것은 나쁜 자라는 증거라는 내용 사이에서 오락가락했고, 신과 헌법과 록키산맥을 찬양했다!

베룰럼 경! 탈레랑!

아파트로 돌아오니 우울함도 돌아왔다. 칵테일 취기는 가셨지만 졸렸으며, 얼떨떨한 가운데 뚱했다. 베룰럼 경? 그가? 바로 그 생각 이 쓰라렸다. 앤서니 패치, 어떤 것도 성취하지 못했고, 용기도 없 고, 진실을 알게 됐을 때 그 진실에 만족할 힘도 없는. 오, 그는 거 만한 바보였다. 칵테일을 마시는 게 일이고, 그러는 동안에 부족하 고 배배 꼬인 이상주의의 붕괴를 허약하고 은밀하게 후회하는 자. 그는 가장 섬세한 취향을 가지고 영혼을 꾸몄지만 이제는 오래된 쓰레기를 갈망했다. 그는 텅 비었다. 그런 것 같았다. 오래된 병처럼 텅 빈……

벨이 울렸다. 앤서니가 뛰어나가서 통화관을 귀에 댔다. 리처드 캐러멜의 목소리였다. 격식을 지나치게 갖춘, 익살스러운 목소리.

"글로리아 길버트 양을 소개합니다."

아름다운 숙녀

"안녕하세요?" 그가 웃으면서 문을 약간 연 채 말했다.

딕이 인사했다.

"글로리아, 이쪽은 앤서니."

"아!" 그녀가 외치고는 장갑을 낀 작은 손을 내밀었다.

모피코트 아래 드레스는 회색빛이 도는 연푸른색이었고, 목을 따라 주름진 흰 레이스가 빽빽하게 둘러져 있었다.

"짐을 주세요."

앤서니는 팔을 뻗어 갈색 모피 덩어리를 받았다.

"고마워요."

"앤서니, 글로리아 어때?" 리처드 캐러멜이 예의 없이 물었다. "아름답지 않아?"

"저런!" 그녀가 도전적으로 소리쳤다, 가만히 선 채로.

그녀는 불타오르듯 눈부셨다. 흘깃 쳐다보아 그녀의 아름다움을 파악하는 건 고통스러운 일이었다. 머리칼은 거룩하고 황홀하여 방 안의 겨울 빛깔과 대조를 이루며 생기가 넘쳤다.

앤서니가 마술사처럼 버섯 모양 등잔을 오렌지색 빛 덩이로 바꾸었다. 이글거리는 불빛이 벽난로 위의 구리 장작 받침을 물들였다…….

"난 단단한 얼음덩어리예요." 글로리아는 무심히 중얼거리면서 방을 훑어보았다. 눈동자의 홍채는 푸른 기운이 도는 흰색으로, 매우 섬세하고 투명했다. "멋진 벽난로네요! 뭐랄까, 철제 창살 위에 설 수도 있겠네요. 따뜻한 공기도 전달하고. 하지만 딕이라면 날 시중들지 않겠죠. 딕에게 혼자 가라고, 그래야 내가 행복해진다고 말했어요."

이만큼 상투적이었다. 그녀는 별로 애쓰지 않으면서 스스로 즐기려고 말하는 것 같았다. 앤서니는 소파 끝에 앉아서 불빛 앞에선 그녀의 옆모습을 살폈다. 비교적 짧은 목 위로 코와 윗입술, 턱이 약간 단호하게, 아름답게, 정교하게 균형 잡고 있었다. 사진을 찍으면 완벽하게 고전적인, 거의 차가워 보이는 모습일 터였다. 하지만 머리카락과 뺨의 빛은 풍부하고도 연약하여, 그가 이제껏 본 사람 가운데 가장 활기 넘치는 듯했다.

"……당신 이름은 내가 들어본 최고의 이름이에요." 글로리아는 여전히 혼잣말을 했다. 시선은 한순간 그에게 머물렀다가 그를 지나쳐 이탈리아풍 조명으로 향했다. 벽을 따라 간격에 맞게 놓인, 빛나는 노란 거북이 같은 조명. 그리고 줄지어 꽂힌 책들. 그러고 나서 그 옆에 있는 사촌에게로. "앤서니 패치. 이름을 보면 말상일 것 같네요. 길고 갸름한 얼굴에 누더기를 입을 것 같고요."

"패치라면 그래야 하겠지만 앤서니란 이름의 사람은 어떻게 생겼을 것 같나요?"

"당신은 앤서니 같아요." 그녀는 진지하게 말했다. 그를 거의 쳐다보지도 않은 것 같다고 생각했다. "꽤 근엄하고." 그녀가 계속 말했다. "엄숙하고."

앤서니는 쩔쩔매는 미소를 지으며 빠져들었다.

"난 첫 소리를 맞춘 이름만 좋아해요." 그녀가 말을 이었다. "내 이름 빼고 전부 다. 내 이름은 불꽃처럼 너무 화려해요. 난 징크스라는 성을 가진 두 소녀를 좋아했었지만, 생각해봐요, 만약에 그들이 그 이름 말고 다른 이름을 가졌더라면 어땠을까. 진짜 이름은 주디 징크스와 제리 징크스였어요. 귀엽죠, 그렇죠? 그렇게 생각하지 않아요?" 그녀의 아기 같은 입이 대답을 기다리며 벌어졌다.

"다음 세대엔 다들 이름이 피터나 바버라일 거야." 딕이 말했다. "요즘 문학 속 등장인물 이름이 모두 피터나 바버라니까."

앤서니가 예언을 계속했다.

"물론 글래디스와 엘리너처럼 지난 세대 여주인공들은 아름답게 꾸미고, 지금은 사회적으로 한창때를 누리는 이름들은 다음 세대의 여직원 이름으로 전해지겠지……."

"엘라와 스텔라를 대체하며." 딕이 끼어들었다.

"펄과 주얼도." 글로리아가 성심껏 덧붙였다. "그리고 얼과 엘머와 미니."

"그러고 나면 내가 나서야지." 딕이 말했다. "주얼 같은 진부한 이름을 아주 색다르고 매력적인 인물에게 붙여줄 거야. 그럼 그 이름은 처음부터 다시 시작하는 거지."

그녀는 말꼬리를 슬쩍슬쩍 올렸고 반쯤 유머러스한 억양으로 문장을 마무리했다—말하는 데 끼어드는 걸 허용하지 않는 듯. 그리고 이따금 허망함을 담아 웃었다. 딕은 그녀에게 앤서니의 시중을 드는 사람 이름이 바운즈라고 알려주었고, 그녀는 생각했다. 그거 참 재미있는데! 딕은 패치의 하인이 바운즈라며 약간 썰렁한 말장난을 했지만*, 그녀는 말장난보다 더 나쁜 게 단 하나 있다면, 그건 썰렁한 말장난을 한 사람에게 짐짓 꾸짖는 듯한 표정을 짓는 사람이라고 했다.

---

* '패치(patch)'는 '덧대다'라는 뜻이고 '바운드(bound)'의 원형인 'bind'에는 '가장자리에 덧대다'라는 뜻이 있다.

"고향이 어디죠?" 앤서니가 물었다. 그는 이미 알고 있었지만, 미인은 무심히 대답했다.

"미주리주 캔자스시티."

"거긴 담배를 금지해서 글로리아를 쫓아냈지."

"담배를 금지했어요? 성스러운 우리 할아버지의 힘을 보네요."

"그분은 개혁가 같은 사람이죠, 안 그래요?"

"난 할아버지가 부끄러워요."

"나도 그래요." 그녀가 고백했다. "난 개혁가들을 혐오해요, 특히 나를 고치려 드는 부류들."

"그런 부류가 많은가요?"

"열두어 명은 되죠. '오, 글로리아, 그렇게 담배를 많이 피우면 너의 예쁜 혈색이 사라지게 돼!' '오, 글로리아, 왜 넌 결혼해서 정착하지 않니?'"

앤서니는 그녀의 말에 공감하면서 누가 이런 사람에게 저렇게 말하는 만용을 부렸나 생각했다.

그녀가 말을 이었다. "당신에 대한 터무니없는 얘기를 들었다며 자기가 당신 편을 얼마나 들었는지 알려주는 교활한 개혁가들도 있죠."

그는 마침내 알았다. 그녀의 눈동자는 회색이었다. 흔들림 하나 없이 차가웠고, 그 눈동자가 그를 향할 때 왜 모리가 그녀는 아주 젊은 동시에 아주 늙은 사람이라고 했는지 이해했다. 그녀는 자신에 대해 아주 매력적인 아이가 말하듯 이야기했고, 좋아하는 것과 싫어하는 것에 대해 말할 때는 꾸밈없이 자연스러웠다.

"고백할 게 있어요." 앤서니가 진지하게 말했다. "당신에 대해 나도 한 가지 들은 게 있어요."

그녀는 바로 정신을 차리고 자세를 고쳐 앉았다. 그 눈, 무른 화
강암 절벽의 잿빛과 영원이 담긴 눈이 그와 마주쳤다.

"말해주세요. 믿을게요. 누구든 나에 대해 말하는 건 언제나 믿
어요, 안 그래요?"

"항상!" 두 남자가 동시에 동의했다.

"음, 말해주세요."

"말해도 되는 건지 잘 모르겠지만." 앤서니가 내키지 않는 듯 웃
음을 지으며 말을 끌었다. 그녀는 무척 흥미를 보였고, 스스로에게
빠져들어 거의 웃음이 날 지경이었다.

"그는 네 별명이 무슨 뜻인지 알아." 그녀의 사촌이 말했다.

"무슨 이름?" 앤서니가 은근히 당황해서 질문했다.

곧 그녀는 수줍어했고, 그러다 웃음을 터트리면서 쿠션을 뒤로
밀었다. 그러고는 눈을 크게 뜨고 말했다.

"종횡무진 글로리아." 그녀의 목소리에는 웃음이 가득했다. 난롯
불과 그녀 머리칼 위의 조명 사이에서 변화무쌍하게 흔들리는 그림
자처럼 이렇다 저렇다 딱 잘라 말하기 힘든 웃음이었다. "오, 주여!"

여전히 앤서니는 당황했다.

"무슨 뜻이죠?"

"날 가리키는 말이에요, 그건. 멍청한 남자들이 날 위해 만든 말
이죠."

"있잖아, 앤서니." 딕이 설명했다. "국가적으로 악명 높은 여행자
같은 거지. 들어본 말 아니야? 몇 년간 글로리아의 별명이었어, 열

일곱 살 때부터."

앤서니의 눈에는 슬프고도 즐거운 기색이 떠올랐다.

"네가 여기 데려온 이 여자 므두셀라*는 대체 누구니, 캐러멜?"

그녀는 이 말에 동의하지 않았고 꽤 화가 난 것 같았는데, 화제를 원래대로 돌려놓았기 때문이었다.

"나에 대해 무슨 말을 들었죠?"

"당신 외모에 대한 말."

"아." 그녀가 차갑게 실망하며 말했다. "그게 다예요?"

"당신의 피부 태우기."

"피부 태우기?" 그녀는 당황했다. 손이 목으로 올라갔고, 손가락이 색의 변화를 느끼는 듯 잠시 목 근처에 머물렀다.

"모리 노블 기억나요? 한 달 전에 만난 남자. 당신에게서 깊은 인상을 받았다던데."

그녀는 잠시 생각에 잠겼다.

"기억나요. 하지만 내게 연락하진 않았는데."

"조심스러웠을 거예요, 분명히."

이제 집 밖엔 짙은 어둠이 내렸고 앤서니는 자신의 아파트가 잿빛으로 보인 적이 있었나 싶었다. 벽을 차지한 책과 그림들은 따뜻하고 친밀했으며, 선량한 바운즈는 공손하게도 어둠 속에서 차를 대접했고, 세 명의 잘난 사람들은 행복한 불 저편에서 흥밋거리와 웃음의 파도를 주거니 받거니 하며 나누었다.

---

* 성서에 등장하는 969세까지 살았다는 사람.

불만족

목요일 오후, 글로리아와 앤서니는 플라자 호텔 식당에서 함께 차를 마셨다. 그녀가 입은 정장은 모피로 테두리를 감쌌으며 회색이었는데 "회색을 같이 입으면 많은 색을 걸쳐야 하기 때문"이라고 그녀가 설명했다. 머리에는 작은 토크*를 날렵하게 썼으며, 노랗게 물결치는 머리카락은 의기양양한 아름다움을 발하며 흔들리고 있었다. 더 밝은 빛 아래에서 그녀는 앤서니에게 한없이 부드러워 보였다. 글로리아는 아주 어려 보였는데, 겨우 열여덟 살쯤 된 것 같았다. 호블 스커트라는 밑동이 좁고 긴 치마를 입어서 몸에 딱 달라붙었는데, 굉장히 유연하고 날씬해 보였다. 손은 '예술적'이지도 뭉툭하지도 않았으며, 아이의 손처럼 작았다.

식당에 들어가자, 오케스트라는 마시스 공연**에 앞서 징징 소리를 내고 있었다. 캐스터네츠와 가볍고 힘없이 나른한 바이올린 화음으로 꽉 찬 소리들이 조율하고 있었는데, 연휴를 앞두고 활기 넘치고 흥분한 대학생들로 꽉 찬 겨울의 붐비는 식당에 적절했다. 글로리아는 어디에 앉을지 주의 깊게 여러 곳을 두고 고민했고, 식당 저편에 있는 2인용 자리로 빙 돌아서 행진하도록 하는 바람에 앤서니를 난처하게 했다. 그녀는 자리 앞에서 다시 고민했다. 오른쪽에 앉나, 왼쪽에 앉나? 아름다운 눈과 입술은 선택의 순간에 무척

---

* 테가 없고 위가 부푼 여성용 모자.
** 고전적인 투스텝에 기반한 세련된 춤.

진중해 보였고, 앤서니는 다시 한번 그녀의 동작이 하나같이 얼마나 순진한가 생각했다. 그녀는 자신을 위한 삶의 모든 것을 고르고 나누었다. 마치 바닥나지 않는 판매대에서 선물들을 스스로 끊임없이 고르듯.

그녀는 잠시 동안 멍하니 댄서들을 보았고 한 커플이 근처에서 빙글빙글 돌 때 뭔가 속삭였다.

"푸른 옷을 입은 예쁜 여자가 있네요." 앤서니는 고분고분 시선을 돌렸다. "저기, 아뇨. 당신 뒤에, 저기!"

"네." 그가 힘없이 동의했다.

"그녀를 보지 않았잖아요."

"당신을 보는 게 나아요."

"알아요. 하지만 그녀는 예뻤어요. 발목이 굵다는 걸 빼면."

"그랬어요? 그러니까, 그녀가?" 그가 무심히 말했다.

가까이에서 춤을 추던 커플 중 여자가 인사했다.

"안녕, 글로리아! 오, 글로리아!"

"안녕."

"이쪽은 누구?" 그가 물었다.

"난 몰라요. 누군가겠죠." 그녀는 또 다른 얼굴을 찾아냈다. "안녕, 뮤리얼!" 그러고 나서 앤서니에게 말했다. "저쪽은 뮤리얼 케인이에요. 그녀는 매력적인 것 같아요, 아주 그렇지는 않고."

앤서니는 상대를 알아보았다는 듯 싱글벙글 웃었다.

"매력적, 아주 그렇지는 않고." 그가 반복했다.

그녀는 웃었고, 바로 관심을 보였다.

"그게 왜 재미있죠?" 그녀의 목소리는 애처롭게 몰두하는 어투였다.

"그냥 그랬어요."

"춤추고 싶어요?"

"당신은요?"

"어느 정도는. 하지만 앉아 있죠." 그녀가 결정했다.

"그럼 당신에 대해 이야기할까요? 당신에 대해 이야기하는 걸 좋아하죠, 안 그래요?"

"네." 허영심에 사로잡힌 그녀가 웃었다.

"당신의 자서전은 고전이 될 거라고 생각해요."

"딕은 내게 자서전이 없다던데요."

"딕!" 그가 소리쳤다. "딕이 당신에 대해 뭘 알아요?"

"아무것도. 하지만 딕의 말에 따르면, 모든 여자의 자서전은 첫 정식 키스로 시작해서 품에 마지막 아이를 안으며 끝난대요."

"자기 책 이야기를 하는 거겠죠."

"사랑받지 못하는 여자들에겐 자서전이 없다나요. 그들에겐 역사책이 있다고."

앤서니가 다시 웃었다.

"분명 당신은 사랑받지 못한다고 우기지는 않겠군요!"

"음, 그렇진 않을 것 같아요."

"그렇다면 왜 자서전이 없어요? 첫 정식 키스를 안 해봤나요?" 그는 이 단어를 말하며 숨을 짧게 들이쉬었는데 마치 그 단어들을 다시 입안으로 끌고 오려는 것 같았다. 이런!

"'정식'이 무슨 뜻인지 잘 모르겠어요." 그녀가 이의를 제기했다.

"몇 살인지 말해줬으면 하는데요."

"스물둘요." 그의 눈을 진지하게 바라보며 그녀가 말했다. "몇 살로 보이나요?"

"열여덟쯤."

"그 나이에서 시작할 거예요. 난 스물둘인 게 싫어요. 세상에서 그 어떤 것보다도 싫어요."

"스물둘인 게?"

"아뇨. 나이를 먹는 것과 모든 것. 결혼하는 것."

"결혼하길 원한 적 없나요?"

"난 책임감도 갖기 싫고 돌봐야 할 아이들도 갖기 싫어요."

분명 그녀는 자신의 입에 오르는 말이 모두 좋은 거라고 확신했다. 그는 그녀가 다음 말을 하길 숨죽이고 기다리는 편이 낫겠다고 생각했다, 마지막 말에 이어 말하길 기대하며. 그녀는 즐거워하진 않았지만 상냥하게 웃었다. 잠시 후, 단어 여섯 개가 입술 사이로 허공을 향해 튀어나왔다.

"난 설탕 젤리를 좀 먹고 싶네요."

"그렇겠죠!" 그는 웨이터를 불러 시가 판매대로 보냈다.

"괜찮아요? 난 설탕 젤리를 좋아해요. 모든 사람들이 날 놀리는데 내가 모두 한 대씩 때리기 때문이에요, 아버지가 주변에 없을 때면 언제나."

"물론 괜찮죠. 이 어른스럽지 못한 작자들은 누구죠?" 그가 갑자기 물었다. "당신은 다 아나요?"

"저런, 아뇨, 하지만 그들은…… 어디서든 왔겠죠. 당신은 여기에 온 적 있어요?"

"아주 가끔. 난 '좋은 여자들'에게 특별한 관심은 없어요."

그녀가 갑자기 그에게 관심을 보였다. 어깨를 확실히 댄서들 쪽으로 돌리고, 의자에서 편하게 자세를 잡으며 물었다.

"당신은 혼자 있으면 뭘 하나요?"

칵테일을 마셨기 때문인지 앤서니는 질문을 반겼다. 이야기도 하고 싶고 이 여성에게 더 깊은 인상도 심어주고 싶었다. 잡힐 것처럼 굴다가 재빠르게 달아나는 여자. 그녀는 풀을 뜯기 위해서 갑자기 예상치도 못했던 목초지에 멈추었고, 서둘러 재빨리 확실하지 않게 확실한 것들을 먹어치웠다. 반면에 그는 척하고 싶었다. 불쑥, 그녀에게 고귀하고 영웅적인 색채로 드러나고 싶었다. 자기 자신에 대해서만 빼고 모든 문제에 무심한 그녀를 끄집어내고 싶었다.

"난 아무것도 안 해요." 그가 이야기를 시작했다. 쾌활하면서 우아하게 말하길 열망했지만 그렇게 하지 못했다는 걸 동시에 깨달으며. "난 아무것도 안 해요. 내가 할 수 있는, 할 만한 가치가 있는 일이 없으니까."

"음?" 그는 그녀를 놀라게 하지도 관심을 끌지도 못했지만, 그녀는 그를 확실히 이해했다. 실제로 그가 이해할 만한 말을 했더라면.

"당신은 게으른 남자들이 괜찮다고 생각하지 않나요?"

그녀는 고개를 끄덕였다.

"괜찮은 것 같아요. 만일 그들이 우아하게 게으르다면요. 미국인에게 그게 가능한가요?"

"왜 안 되죠?" 그가 당황해서 물었다.

그러나 그녀의 마음은 화제를 떠나 호텔 10층을 떠돌았다.

"아버지는 내게 몹시 화가 났어요." 그녀는 냉정하게 말했다.

"왜죠? 하지만 난 미국인이 왜 우아하게 게으를 수 없는지 그 이유가 궁금할 뿐이네요." 그는 말에 신념을 더했다. "놀랐어요. 왜 모든 청년들이 인생에서 가장 좋은 20년 동안 시내로 나가서 멍청하고 상상력이 부족하며 분명 이타적이지 않은 일을 하루에 열 시간씩 해야 한다고 다들 생각하는지 이해할 수가 없어요."

그가 말을 멈추었다. 그녀는 뜻 모를 표정으로 그를 바라보았다. 그녀가 자신의 말에 찬성하거나 반대하길 기다렸지만, 어느 쪽도 아니었다.

"당신은 어떤 문제에 판단을 내린 적 없나요?" 그가 약간 화가 나서 물었다.

그녀는 고개를 저었고, 대답하는 동안 시선은 다시 댄서들 사이를 떠돌았다.

"모르겠네요. 난 뭐든 몰라요. 당신이 무엇을 해야 하는지 혹은 누구든 무엇을 해야 하는지."

그녀는 그를 혼란스럽게 했고 그가 제대로 생각하지 못하게 방해했다. 자기를 표현하는 일이 이 순간 가장 바람직하면서도 불가능한 일 같았다.

"음." 그가 미안해하며 인정했다. "나도 그래요, 물론, 하지만……."

"난 그저 사람들에 대해 생각해요." 그녀가 말을 이어나갔다. "그들이 자신들이 있는 곳에 잘 어울리는지, 전체 그림에 딱 맞아떨어지는지. 아무것도 안 한다 해도 상관없어요. 그들이 왜 뭔가를 해야 하는지 모르겠어요. 사실 누구든지 뭐든 할 때 난 언제나 놀라요."

"당신은 뭐든 하는 건 원치 않나요?"

"난 자고 싶어요."

잠시 그는 놀랐다. 마치 이 말이 문자 그대로의 의미인 것처럼.

"잠?"

"그런 거죠. 난 게으르고 싶지만 주변의 몇몇은 뭔가를 했으면 하는데, 그러면 편안하고 안전한 기분이 들기 때문이에요. 그리고 몇몇은 아무것도 안 했으면 좋겠는데, 그러면 그들이 내게 정중하게 굴고, 나와 친구 하기 편할 수 있어서죠. 하지만 난 사람들을 바꾸고 싶지 않고, 그들 때문에 흥분하고 싶지도 않아요."

"당신은 괴상한 결정론자군요." 앤서니가 웃었다. "그게 당신의 세계죠, 안 그래요?"

"음……." 그녀는 잠시 위를 보며 말했다. "안 그런가요? 내가 그런 동안에는…… 젊은."

그녀는 마지막 말을 하기 전에 잠시 침묵했고, 앤서니는 그녀가 '아름다운'이라고 말할 거라고 생각했다. 그녀가 그 말을 하려고 한 건 확실했다.

그녀의 눈빛이 밝아졌다. 그는 그녀가 화제에 대해 더 자세히 말하길 기다렸다. 그는 그녀가 말하게 했다, 어쨌든. 그는 그녀의 말을 들으려고 몸을 약간 앞으로 숙였다.

그러나 그녀가 말한 건 "춤춰요!"가 전부였다.

찬탄

그 겨울 오후 플라자 호텔의 만남을 시작으로, 그들은 크리스마스 이전의 몽롱하고 자극적인 시간 동안 잇따라 '데이트'를 했다. 그녀는 늘 바빴다. 도시 사교계의 어떤 특별 계급이 그녀를 찾는지 그는 오랫동안 찾아보았다. 별로 중요하지 않은 문제 같았다. 그녀는 큰 호텔에서 열리는, 공적인 성격이 있는 자선 댄스파티에 참석했다. 그는 셰리스의 디너파티에서 그녀를 여러 번 보았고, 한번은 그녀가 옷을 갈아입는 걸 기다리는 사이 길버트 부인이 딸의 '나가는' 습관과 관련해서 놀라운 휴일 일정들을 줄줄 읊었다. 앤서니가 초대장을 받은 댄스파티 대여섯 군데도 포함되어 있었다.

그는 그녀와 점심 식사와 티타임에 여러 번 약속을 잡았다. 점심 약속 땐 바삐 서둘러야 했고, 적어도 그는 꽤 불만족스러웠다. 졸린 눈을 한 그녀는 무심했고, 그 무엇에도 집중하지 못하거나 그의 말에 관심을 쭉 보이지 않았기 때문이었다. 이렇듯 빛바랜 식사를 두 번 한 다음, 그는 그녀가 뼈와 거죽만 남은 하루를 주었다고 비난했다. 그녀는 웃더니 그에게 앞으로 사흘간 티타임 동안 쉬겠다고 했다. 이번엔 아주 만족스러웠다.

크리스마스 바로 전인 어느 일요일 오후, 그는 그녀를 방문했는데, 그녀는 뭔가 의미심장하면서도 알 수 없는 다툼을 벌이고 난 직후 잠잠해진 상태였다. 그녀는 화났으면서도 재미있어하는 어투로, 아파트 밖으로 남자 하나를 내보냈다고 알려주었다. 앤서니는 심각하게 생각에 잠겼다. 바로 그날 밤, 그 남자는 그녀에게 저녁 식사를 사려 했고, 물론 그녀는 가지 않을 예정이었다고 했다. 그래서 앤서니가 그녀에게 저녁을 사기로 했다.

"우리 놀러 가죠!" 엘리베이터를 타고 내려가면서 그녀가 제안했다. "쇼를 보고 싶은데, 당신은?"

호텔 매표소에 문의하니 일요일 밤 '공연'을 두 번만 한다고 했다.

"언제나 똑같아." 그녀는 유감스러워하며 불평했다. "똑같은, 나이 든 유대인 코미디언들. 아, 다른 데로 가요!"

그녀가 갈 만한 몇 군데 공연을 미리 챙겨놓았어야 했는데, 죄책감이 드는 기분을 숨기기 위해 앤서니는 다 안다는 듯 기분이 좋은 척했다.

"괜찮은 카바레에 가죠."

"난 시내 카바레는 다 가봤어요."

"음, 그럼 새로운 데를 찾아보죠."

그녀는 기분이 불쾌했다. 확실했다. 회색 눈은 이제 진짜 화강암 같았다. 그녀는 말없이 앞을 똑바로 바라보았는데 마치 로비에서 일어난 기분 나쁜 일 때문에 정신이 딴 데 가 있는 것 같았다.

"음, 이리 와요, 그럼."

그는 그녀를 따라갔다. 모피로 몸을 감싼 우아한 그녀는 나가서 택시를 탔고, 마음에 둔 장소가 있다는 듯 택시 운전사에게 브로드웨이를 지나 남쪽으로 돌아가달라고 부탁했다. 그는 대화를 해보려고 여러 번 편하게 말을 걸어봤지만, 그녀는 절대 뚫을 수 없는 갑옷이라도 두른 듯 입을 다물었고, 택시 안의 차가운 어둠만큼이나 울적한 문장으로 대꾸했다. 그는 포기하고 기분이 어둑한 우울로 떨어진 모양인가 보다 추측했다.

브로드웨이에서 열두 블록을 내려가자 화려한 노란색 글씨로 '마라톤'이라고 쓰인 커다랗고 낯선 전광판이 앤서니의 시선을 끌었다. 전광판 장식인 전기 잎사귀와 꽃은 하나 걸러 하나씩 떨어져 버렸고, 번쩍이는 비에 젖은 거리를 비추었다. 그는 택시 창으로 몸을 기울인 다음 창을 톡톡 두들겼고 잠시 후 알록달록한 색깔의 도어맨으로부터 정보를 받았다. 네, 여기가 카바레입니다. 멋진 카바레, 도시 최고의 쇼!

"가볼까요?"

글로리아는 한숨을 쉬고 열린 창밖으로 담배를 던진 다음, 내릴 준비를 했다. 그들은 번지르르한 간판과 넓은 입구 아래를 지나 낡은 엘리베이터를 타고 이 무명의 쾌락 궁전으로 들어갔다.

부자와 빈자, 늠름한 자와 범죄자가 모여드는 이 구역의 유쾌한 장소들은, 최근에 인기 높은 보히미아 지역은 말할 것도 없이, 오거스타, 조지아, 레드윙, 미네소타의 경외심을 품은 여고생들이 알 정도로 유명하다. 연극을 소개하는 일요일 신문 부록에 사진이 실려 황홀하게 전파되어서 그렇게 되었을 뿐 아니라, 정신없이 변하는 미국을 다루는 루퍼트 휴스 씨*와 다른 기록자들이 이곳에 충격을 받고 불안한 시선으로 지켜봐서 그렇기도 했다. 그러나 브로드웨이

---

* 초기에는 희극과 대중적인 단편소설을 썼지만, 1920년대 초반에는 진지한 작업을 했다.

에서 뛰는 할렘 출신들의 방문*, 따분한 자들의 무모한 장난과 점 잖은 자들의 흥청거림은 오직 당사자들만 아는 내밀한 지식이다.

사람들은 정보를 듣고 돌아다닌다. 다 아는 듯 언급된 장소로, 토요일 밤과 일요일 밤이면 도덕의식이 낮은 계급이 모인다. 〈컨슈머〉나 〈퍼블릭〉 같은 데에 만화로 그려지는, 좀 문제 있는 사람들. 이곳은 그들이 볼 때 세 가지 조건을 확실히 충족했다. 가격이 저렴할 것, 극장 근처 좋은 카페들의 반짝이는 색다른 분위기를 싸구려 분위기의 기계적인 애수로 모방할 것, 그리고 가장 중요한, '좋은 여자를 얻을 수' 있을 것. 즉 모두가 공평하게 무해하고 겁이 많으며 돈과 상상력이 없어서 시시해진다는 걸 의미한다.

일요일 밤이면 잘 속고 감상적이고 박봉에 시달리고 과로한, 직업 명칭이 '하이픈(-)'으로 연결된 사람들이 모여든다. 서점-직원, 매표소-직원, 사무실-매니저, 세일즈맨, 무엇보다도 점원들 — 급행열차와 우체국과 잡화점과 증권 중개소와 은행에서 일하는 점원들. 킥킥대며 웃고 과장된 동작에 애처롭게 우쭐대는 여자들이 함께한다. 여자들은 훗날 그들과 함께 살찌고, 그들과 너무 많은 아기를 낳고, 고되고 부서진 희망이 가득한 무채색 바닷속에서 희망 없이 불만족스럽게 떠돈다.

그들은 풀먼**식 침대차의 이름을 따서 이 싸구려 카바레를 이렇게 부른다. '마라톤'! 파리의 카페에서 빌린 음란한 직유가 아니다!

---

* 1920년대에 종종 할렘 출신의 아프리카계 미국인 공연자들이 브로드웨이 뮤지컬과 카바레 무대에 출연했다.
** 기차에서 안락한 설비가 갖춰진 특별 객차.

이곳은 유순한 고객들이 '좋은 여자'를 데리고 오는 곳이다. 상상력이 부족한 그녀들은 이곳이 비교적 유쾌하고 즐거우며 심지어 살짝 부도덕한 구석이 있다고 매우 믿고 싶어 한다. 이것이 삶이다! 누가 내일을 신경 쓸까?

버림받은 사람들!

앤서니와 글로리아는 자리에 앉아서 그들을 바라보았다. 옆 탁자엔 네 명의 무리가 앉아 있었고 세 명의 무리가 합류하고 있었다. 세 명은 남자 둘에 여자 하나로, 여자는 분명 늦었다. 그리고 여자의 태도는 국가적 차원에서 사회학적으로 연구할 만했다. 그녀는 새로운 남자들을 만나고 있었고, 절망적인 척했다. 몸짓으로, 말로, 거의 알아보기 어려운 눈꺼풀의 움직임으로, 그녀는 지금 만나야 하는 사람들보다는 약간 더 좋은 계급인 척, 얼마 전엔 더 고급에 드문 분위기에 속해 있었고 곧 다시 속하게 된다는 척하고 있었다. 그녀는 세련돼 보이려고 거의 고통스러울 만큼 애쓰는 것 같았다. 작년에 유행한 보라색 범벅 모자를 쓰고 있었는데, 그저 그리운 듯 가식을 부리는, 딱 봐도 인위적인 모자의 모습이 딱 본인 같다.

이 광경에 매혹된 앤서니와 글로리아는 그녀가 자리에 앉아 그저 타인을 무시하는 듯한 인상을 흩뿌리는 모습을 보았다. 그녀의 눈이 말했다. 내게, 이 자린 사실상 슬럼가 탐방일 뿐이야. 하찮은 웃음과 약간의 미안함으로 가려진 눈이.

─그리고 다른 여자들이 비록 자신은 군중 속에 있지만 군중의 일부는 아니라는 얘기를 열정적으로 쏟아냈다. 이 자린 익숙할 만

한 곳이 아니다, 가깝고 편리해서 들렀다―이 가게에서 열린 모든 파티엔 이런 분위기가 가득했다……. 모를 일이다. 그들은 소속된 계급을 영원히 바꾼다, 그들 모두. 종종 자기보다 신분이 높은 사람과 결혼하는 여자들, 갑자기 엄청난 부(富)를 손에 넣은 남자들. 터무니없는 광고 계획, 천국의 아이스크림 콘. 그동안 그들은 여기서 식사를 하려고 만났다. 식탁보를 자주 갈지 않는 데서 알 수 있는 경제적 수준에는 눈감은 채 대충대충 하는 카바레 연주자들과 더없이 서투르고 스스럼없는 직원들을 보면서. 이곳 직원들이 고객에게서 별다른 인상을 받지 않는다는 건 확실했다. 예상하기를, 곧 그들은 탁자에 앉을 것이고…….

"여기가 싫은가요?" 앤서니가 물었다.

글로리아의 얼굴은 따스했고 그날 저녁 처음으로 웃었다.

"좋아해요." 그녀가 솔직하게 말했다. 그녀를 의심할 순 없었다. 회색 눈은 졸려하거나 멍하거나 혹은 빈틈없이 이곳저곳을 두리번거리며 각 무리들을 살펴보고, 숨길 수 없는 기쁨을 담은 채 옆 탁자를 지나쳤다. 앤서니가 볼 때 분명 그녀의 옆모습은 또 다른 가치를 지니고 있었다. 놀랍도록 생생한 입 모양, 얼굴과 모습과 태도가 진정으로 탁월한 그녀는 싸구려 장식품들 가운데 한 송이 꽃 같았다. 그녀가 행복하니, 찬란한 감정이 그의 눈에서 솟구쳤고, 목이 멨고, 신경이 따끔거렸고, 거칠고 자극적인 감정이 목 안에 가득했다. 그곳엔 침묵이 있었다. 서투른 바이올린과 색소폰 소리, 귀에 거슬리게 불만을 털어놓는 주변 아이의 새된 목소리, 보라색 모자를 쓴 옆 탁자 여자의 목소리. 이 모든 것이 천천히 사라지고 멀어졌으며 빛나는 바닥에 어둑어둑하게 반사된 모습처럼 희미해졌다. 그리고 그에겐, 그들 두 사람만이 무한히 외따로 떨어진 채 조용히 있는 것 같았다. 싱싱한 그녀의 뺨은 섬세한 미지의 그늘로 가득한 땅으로부터 거미줄처럼 투영된 모습이었다. 그녀의 손은 얼룩진 테이블보에서 빛나고 있었는데 멀리 야생의 처녀해에서 온 조개껍데기 같았다……

그러고 나서 환상이 거미집처럼 뚝 끊어졌다. 공간이 그의 주변에 모여들었다. 목소리, 얼굴, 움직임. 머리 위 번쩍거리는 조명 빛이 현실이 되었고, 불길하게 다가왔다. 호흡이 시작됐다. 이 유순한 수백 명의 사람들과 맞춰서 그녀와 그가 함께하는 느린 호흡, 오르락내리락하는 가슴들, 끝없이 무의미한 말장난들이 왔다 갔다 반복되고. 이 모든 것들이 그의 감각을 숨 막히는 삶의 압력으로 비틀어 열었다. 그리고 그녀의 목소리가 들렸다, 그가 뒤에 두고 온 멈춰진 꿈처럼 멋진.

"난 여기 속해 있어요." 그녀가 속삭였다. "난 이 사람들과 닮았죠."

잠시 동안 이 말은 그녀가 자기 주변에 만들어둔 건너갈 수 없는 거리를 가로질러 그에게 돌진하는 냉소적이고 불필요한 역설처럼 보였다. 그녀는 점점 더 열광했다. 그녀는 그해 가장 달콤한 폭스트롯 리듬에 맞춰 어깨를 흔드는 바이올리니스트에게 시선을 고정했다.

무언가 간다

링 어 팅 어 링 어 링

네 귀에 바로……

그녀는 다시 말했다, 온통 퍼져나간 그녀만의 환상의 중심에서
빠져나와서. 그는 놀랐다. 마치 아이의 입에서 신성모독적인 소리
가 나오는 것 같았다.

"난 저들과 닮았어요, 종이 초롱과 크레이프 종이와 저 오케스
트라의 음악과."

"당신은 어린 바보네요." 그가 거칠게 말했다.

그녀는 금발 머리를 흔들었다.

"아뇨, 아네요. 난 저들과 닮았어요……. 당신은 봐야 해요…….
당신은 나를 몰라요." 그녀는 주저했고 그녀의 눈이 그에게로 돌아
와 갑작스레 머물렀다. 마지막 순간에 그곳에서 그를 보게 되어 놀
랍다는 듯. "당신이 싸구려라고 부르는 구석이 내겐 있죠. 어디서
그런 게 생겼는지 모르지만, 그건, 아, 이런 물건들과 밝은 색깔들
과 번지르르한 야비함 같은 거죠. 나는 여기에 속해 있는 것 같아
요. 이 사람들은 나를 알아보고 당연하게 여길 수 있어요. 그리고
이 남자들은 나와 사랑에 빠질 거고 나를 찬양할 거예요. 반면 내
가 만나는 똑똑한 남자들은 나를 그저 분석할 뿐이고, 이것 때문
에 내가 이런 존재고 저것 때문에 저런 존재라고 내게 말하겠죠."

─앤서니는 순간 그녀를 그림으로 남기고 싶다고 간절히 원했
다. 지금 당장 그녀의 모습을 있는 그대로, 순간순간 다시는 돌아오
지 않을 그녀의 모습들을 그림으로 고정하고 싶었다.

"뭘 생각하고 있어요?" 그녀가 물었다.

"내가 사실주의 화가가 아니라서 아쉽군요." 그가 말했다. 그러고 나서 고쳐 말했다. "아뇨, 오히려 낭만주의자만이 보존할 가치가 있는 것들을 보존하죠."

앤서니는 깊은 교양으로부터 하나의 앎을 형성했다. 인간 본래의 것도 모호한 것도 아닌, 사실 거의 물질적이지도 않은, 여러 세대 동안 누적된 지성인들의 사랑 이야기로부터 상기된 앎이었다. 그녀가 말을 하고 그와 시선을 마주하고 사랑스러운 머리를 돌리자, 그는 예전엔 한 번도 그런 적 없는 방식으로 마음이 움직였다. 그녀의 영혼을 감싼 겉모습에 뭔가 중요한 의미가 있는 것 같았다. 그게 다였다. 그녀는 태양이었다, 열을 보내고 성장하고 빛을 모아 저장하는. 그러고 나서 빛을 단번에 방출하는 끝없이 긴 시간 이후, 순간순간, 모든 아름다움과 모든 환상을 간직한 그의 일부분이 되는.

키스의 권위

학창 시절, 〈하버드 크림슨〉*의 편집장으로 일하면서 리처드 캐러 멜은 글을 쓰고 싶어 했다. 그러나 상급생이 되자 사회에 공헌한다 는 영광된 환상을 따라갔다. 어떤 사람들은 '사회봉사'를 위해 따로 남겨진다는 환상. 그리고 세상으로 나아가 동경하던 막연한 뭔가 를 성취한다는 환상. 그렇게 따라간다면 영원한 보상을 받았다고 여기거나 혹은 적어도 최대 다수의 최대 행복을 얻어내려고 노력 했다는 개인적 만족을 느끼게 될 것이다.

이런 정신이 미국의 대학들을 오랫동안 흔들었다. 보통 미성숙 하고 쉬워 보이는 인상을 주는 신입생 시절에 파고들며, 때로 고등 학교까지 거슬러 올라가기도 한다. 감정을 실은 연기로 이름을 알 린 성공한 사도들이 대학을 순회한다. 온순한 사람들을 놀라게 하

---

* 하버드의 학생신문.

고, 모든 교육의 목적인 흥미와 지적 호기심이 주는 자극을 무디게 하며, 신비롭게도 죄를 뽑아내고, 유년 시절의 범죄를 들먹이면서, 늘 존재하는 죄악인 '여자'를 들먹이면서. 사악한 청년들은 환성을 지르고 농담을 하기 위해 이런 강의를 들으러 가고, 온순한 이들은 맛있는 알약을 삼키기 위해 간다. 그 알약을 농부의 아내나 경건한 제약사 직원이 먹는다면 별문제 없겠지만 '미래의 지도자들'이 먹으면 꽤 위험하다.

이 문어는 구불거리는 촉수로 리처드 캐러멜을 휘감을 만큼 강했다. 그는 졸업한 다음 해에 '외국인 청년 구조 협회'의 간사로서 혼란에 빠진 이탈리아인들과 노닥거리라고 뉴욕의 슬럼가로 불려 나갔다. 그는 일이 단조로워 따분해지기 전 1년 동안 일했다. 외국인들은 지칠 줄 모르고 계속 왔다. 이탈리아인들, 폴란드인들, 스칸디나비아인들, 체코인들, 아르메니아인들. 똑같은 죄를 안고, 똑같이 희한하게 못생긴 얼굴을 하고, 아주 똑같은 체취를 풍기면서. 비록 그는 달이 지날수록 이들의 수가 늘어나면서 다양해질 거라고 생각했지만. 그는 사회봉사의 편의에 대해 최종적으로 애매한 결론을 내렸지만, 자기 자신과 봉사의 관계에 대해선 급작스럽고 확고했다. 최근의 거룩한 십자군적 사명에 대한 생각이 넘치는 상냥한 청년이라면 누구나 유럽의 쓰레기들을 데리고 할 만큼 했다. 그리고 그는 글을 쓸 때가 됐다.

그는 시내의 YMCA에서 살다시피 했지만, 하찮은 것에서 하찮은 걸 만드는 일을 그만두고 나서는 시 외곽으로 이사를 갔고 〈더 선〉 통신원으로 즉시 일을 시작했다. 그는 1년 동안 부업으로 산만하게 글을 썼지만 그리 성과를 거두지 못했고, 어느 날 불운한 사고가 발생해 신문사 경력이 강제로 끝나버렸다. 2월의 어느 오후, 그는 스콰드론 A*의 행진에 대한 기사를 작성해야 했다. 마침 눈이 올 것 같았고, 그는 뜨거운 난로 앞에서 그만 잠들어버렸다. 깨어나서는 눈 속 말발굽의 숨죽인 소리에 관한 매끈한 칼럼을 썼다……. 이것이 그가 제출한 기사였다. 다음 날 아침, 지역 뉴스 담당자는 신문에 표시를 한 복사본을 받았다. "이것을 쓴 사람을 해고하시오." 스콰드론 A 또한 눈이 곧 오리란 걸 안 것 같았다. 후일로 행진을 미루었던 것이다.

일주일 뒤 그는 《악마 연인》을 쓰기 시작했다…….

1월, 열두 달의 월요일에 해당하는 달, 리처드 캐러멜의 코는 쭉 푸른빛이었다. 그 빈정대는 푸른빛은 죄인 주변에서 너울거리는 불꽃이 떠오르는 데가 있었다. 소설이 거의 완성돼가면서 그에게 요구하는 것들도 늘어나는 듯했다―그를 해치고, 그를 제압하면서. 결국 야윈 모습으로 걷던 그는 그 어둠 속에서 이겼다. 앤서니와 모리뿐 아니라, 그가 이야기 좀 들어보라고 할 때 받아주는 사람이면 누구에게나 그는 바라는 것과 자랑거리와 주저하는 것들을 쏟아냈다. 그는 예의 바르지만 당혹스러워하는 출판업자들에게 부탁했고, 하버드 클럽**에서 알고 지내는 상대와 논의했다. 심지어 앤서니

---

* 기병대 대열로 행진하는 모임.
** 졸업생을 위한 클럽.

가 주장하기를, 어느 일요일 밤에는 춥고 음울한 할렘 지하철역 안에서 문자 그대로 개표원과 함께 책에서 2장의 차례를 바꾸는 일에 대해 토론했다. 막역한 지인들 중에선 길버트 부인이 가장 최근 상대였는데, 부인은 한 시간 동안 그와 앉아서 빌피즘과 문학을 오가며 강하게 집중사격을 해댔다.

"셰익스피어는 빌피스트였지." 부인은 자신 있는 미소를 지으며 그에게 분명히 말했다. "그래! 그는 빌피스트였어. 입증됐어."

이 말을 듣고 딕은 약간 멍한 표정을 지었다.

"만일 《햄릿》을 읽어봤다면, 모를 수가 없어."

"음, 그는 좀 더 믿기 쉬운 시대에 살았죠, 더 종교적인 시대에."

그러나 부인은 전부를 원했다.

"그래, 하지만 넌 알잖아, 빌피즘은 종교가 아니야. 그건 모든 종교의 과학이야." 부인은 우쭐해하며 그에게 웃어 보였다. 이는 부인의 믿음이 담긴 명언이었다. 단어의 배치란 부인의 마음에 결정적인 것이었기 때문에, 그 말 자체가 말뜻을 밝히려는 어떤 의무보다도 중요했다. 그녀는 빛을 발하는 이 공식에 포함된 어떤 사상이든 받아들인 것 같았다—이 공식은 그냥 공식이 아니라 모든 공식의 귀류법이었다.

그러고 나서 마침내 멋지게 딕의 차례가 돌아왔다.

"새로운 시 운동에 대해 들어보셨죠. 안 그래요? 음, 옛 형식을 파괴하고 좋은 작품을 많이 쓰는 젊은 시인들이 많아요. 음, 제 책이 새로운 산문 운동을 시작할 거라는 말입니다, 일종의 르네상스죠."

"그렇게 될 거라고 확신해." 길버트 부인이 말했다. "그렇게 될 거라고 확신해. 지난 화요일에 제니 마틴이라고 손금 보는 사람한테 갔어. 알다시피, 모두가 그 여자에게 빠져 있지. 그녀에게 조카가 작업 때문에 바쁘다고 했더니, 조카가 엄청나게 성공해서 내가 기뻐할 거라고 하더라. 하지만 그녀는 너를 본 적 없고 너에 대해서 아무것도 몰라—심지어 이름도."

이 놀라운 사건에 대해 놀라움을 드러낼 적절한 소리를 내면서, 딕은 그녀가 끌고 온 화제에 손을 흔들었다. 마치 그가 교통경찰인 것처럼, 말하자면 그가 맡은 차들에게 신호를 보내는 사람처럼.

"완전히 빠져들었어요, 캐서린 아주머니." 그가 부인을 안심시켰다. "정말로요. 친구들은 모두 절 놀리고 있어요. 오, 전 그 농담이 재미있고 신경도 안 쓰여요. 사람이라면 농담을 받아낼 줄 알아야 한다고 생각해요. 하지만 일종의 신념을 갖게 됐죠." 그가 우울하게 마무리했다.

"내가 늘 말하지만, 넌 고대의 영혼을 가졌어."

"아마 그럴 거예요." 딕은 더 이상 싸우지 않고 받아들이는 단계에 이르렀다. 그의 영혼이 틀림없이 고대의 것이라니, 기괴한 상상을 했다. 완전히 썩을 만큼 늙어버렸겠지. 그렇지만 저 말이 반복될 때면 여전히 그는 당황스러웠고 등골이 오싹하여 불편했다. 그는 화제를 바꾸었다.

"우리 대단한 사촌 글로리아는 어디에 있죠?"

"그 앤 늘 어디 가느라 바쁘지, 누군가와."

딕은 말을 멈추고 생각에 잠겼다. 그러고 나서 분명 웃으려고 했으나 실패하여 얼굴을 무섭게 찌푸리고 말았고, 한마디 했다.

"제 친구 앤서니 패치가 글로리아와 사랑에 빠진 것 같아요."

길버트 부인은 0.5초쯤 늦게 환한 표정을 지었고, 형사 놀이를 하듯 속삭이는 어조로 "정말?"이라고 나직이 말했다.

"그렇다고 생각해요." 딕이 진지하게 고쳐 말했다. "제가 볼 때, 그가 그렇게 많이, 함께한 여자는 처음이에요."

"음, 물론." 길버트 부인이 세심하면서도 무심히 말했다. "글로리아는 내게 절대 비밀을 털어놓지 않지. 그 애는 비밀을 아주 잘 숨겨. 너와 나 사이에……." 부인은 주의 깊게 몸을 앞으로 숙였는데, 분명 하늘과 조카만이 자신의 고해를 들어야 한다고 결정을 내린 것 같았다. "너와 나 사이에 하는 말인데, 나는 그 애가 정착하는 걸 보고 싶어."

딕은 일어나서 열심히 왔다 갔다 걸어 다녔다. 작고, 활동적이고, 이미 토실토실한 체격의 청년. 손은 불룩 나온 주머니에 부자연스럽게 찔러 넣었다.

"제 말이 맞다고 주장하는 건 아녜요, 그러니까." 그는 뒤에서 히죽히죽 웃는, 강판에 새겨진 호텔의 대단한 그림을 확인했다. "전 글로리아가 알았으면 하는 것들에 대해선 말할 게 없어요. 하지만 열광적인 앤서니가 글로리아에게 관심이 있다고 생각해요, 아주 무시무시하게. 그는 글로리아 이야기를 끊임없이 해요. 다른 누구라도 그건 나쁜 신호겠죠."

"글로리아는 영혼이 아주 어려." 길버트 부인이 열띠게 이야기를 시작했지만, 조카가 급히 끼어들었다.

"글로리아는 그와 결혼할 수 없는 아주 어린 괴짜죠." 그는 말을 멈춘 다음 부인을 바라보았다. 주름지고 이리저리 푹 꺼진 그의 얼굴은 얼굴을 쥐어짜내고 힘을 주어 끝까지 밀어붙인 모습이었다―마치 그의 말에 일말의 경솔함이 담겨 있다면 진정성으로 메우려는 듯. "글로리아는 제멋대로죠, 캐서린 아주머니. 통제 불가능해요. 어떻게 해냈는지는 모르겠는데, 최근 글로리아는 제일 재미있는 친구들을 많이 찾아냈어요. 글로리아가 신경 쓰는 것 같진 않아요. 그리고 글로리아가 뉴욕 주변에서 어울린 남자들은……." 그는 한숨 돌렸다.

"그래, 그래, 그래." 길버트 부인이 끼어들었다. 엄청난 관심을 갖고 이야기를 듣고 있다는 걸 숨겨보려는 힘없는 시도였다.

"음." 리처드 캐러멜이 진지하게 말을 이었다. "상황이 그래요. 글로리아가 어울린 남자들과 어울린 사람들은 일류였죠. 이젠 아니에요."

길버트 부인은 매우 빠르게 눈을 깜박였다. 가슴이 떨리고 부풀어 올랐으며, 잠시 동안 그 상태 그대로였다. 그리고 숨을 내쉬면서 말을 마구 쏟아냈다.

부인은 낮은 목소리로 외쳤다. 알고 있었다. 아, 엄마들은 이런 걸 아는 법이지. 하지만 뭘 할 수 있겠나? 그는 글로리아를 알고 있었다. 글로리아를 통제하려고 하는 일이 얼마나 부질없는지 알 만큼 글로리아를 충분히 봐왔다. 글로리아는 버릇없이 자랐다―꽤 완벽하고 색다른 방식으로. 예를 들면, 그녀는 세 살이 되어 막대를 씹을 수 있을 때까지 젖을 먹었다. 아마도, 아무도 몰랐지만, 이 일 때문에 성격 전체에 활력과 대담함이 깃들었을 것이다. 그리고 열두 살 이후로 쭉 주변에 많은 남자들이 몰려들었다. 아, 너무 많아서 움직일 수도 없었다. 열여섯 살이 되자 고등학교에서 춤을 추기 시작했고, 대학에 갔다. 그리고 그녀가 가는 곳이면 어디든 남자, 남자, 남자였다. 처음엔, 오, 그녀가 열여덟 살이 될 때까지는 남자들이 너무 많아서 한 명이 더 있더라도 다른 남자들과 구별이 안 될 지경이었다. 그러고 나서 그녀는 남자들을 골라내기 시작했다.

3년쯤 연애를 쭉 이어나갔다. 아마도 열두어 명의 남자들이 함께했으리라. 상대는 때로 대학생이었고, 때로 학교를 갓 졸업한 이들이었다. 각각을 평균적으로 여러 달 만났고, 사이사이에 짧은 끌림이 있었다. 한두 번은 더 길게 관계를 끌었고, 엄마는 딸이 약혼하길 기대했지만 언제나 새로운 사람이 왔다. 새로운 사람이…….

남자들? 오, 그녀는 그들을 문자 그대로 비참하게 만들었다! 어떤 종류의 자존심이든 간직한 사람은 단 한 명이었는데, 그는 아직 어린애였다. 캔자스시티의 어린 카터 커비. 그는 어쨌든 매우 우쭐대는 성격이어서 어느 날 오후 허영심 때문에 떠나갔고, 다음 날 아버지와 유럽으로 갔다. 다른 남자들은 불행했다. 글로리아는 그들에게 지루함을 느끼는데 그들은 절대 모르는 것 같았고, 그녀가 일부러 불친절하게 군 적은 거의 없었다. 그들은 전화를 계속 걸었고, 편지를 계속 썼고, 그녀를 계속 만나려고 했고, 그녀를 따라 전국을 돌며 긴 여행을 했다. 몇몇은 길버트 부인에게 속내를 털어놓았는데, 눈물을 흘리면서 글로리아를 절대 포기할 수 없다고 말했다……. 그들 중 적어도 두 명은 결혼했지만……. 그러나 글로리아는 꼼짝도 하지 않는 것 같고 죽여주게 아랑곳하지 않고 나아갔으니, 이날까지도 카스테어스 씨는 한 주에 한 번 전화를 하고, 그녀가 더 이상 거절조차 하지 않는 꽃을 보냈다.

여러 번, 적어도 두 번, 길버트 부인이 알기로는 비밀리에 약혼까지 간 남자가 있었다. 튜더 베어드와, 패서디나의 홀컴 가문 소년. 더 진전되진 않았지만 약혼을 했으리라고 확신했는데, 우연치 않게 글로리아가 정말 약혼한 것처럼 구는 모습을 보았던 것이다. 물론 부인은 딸에게 얘길 꺼내진 않았다. 부인은 감각이 예민해서, 그 외에도 매번 몇 주 안에 약혼 발표가 있으리라 생각했다. 그러나 결코 발표는 없었다. 그 대신 새로운 남자가 나타났다.

광경들! 우리에 갇힌 호랑이처럼 도서관을 왔다 갔다 하는 청년들! 복도를 오가며 서로를 노려보는 청년들! 전화를 걸고 절망에 빠져 전전긍긍하는 청년들! 남아메리카에서 위협을 하는 청년들! ……가장 가련한 편지를 쓰는 청년들! (부인은 편지가 어땠는지는 아무 말도 안 했지만, 딕은 길버트 부인이 편지 몇 통을 읽어봤다고 생각했다.)

……그리고 글로리아, 울다가 웃다가, 미안해하고, 기뻐하고, 사랑을 그만두고 사랑에 빠지고, 비참하고, 신경질적이고, 침착하고, 선물들을 왕창 돌려보내면서 아주 오래된 액자 속 사진을 교체하고, 뜨거운 물에 목욕을 한 다음 다시 시작한다, 그다음 사람과.

이런 상황이 계속됐으며, 계속 그럴 것 같았다. 아무것도 글로리아에게 해를 입힐 수 없었고 그녀를 변화시키거나 그녀에게 감동을 줄 수 없었다. 그리고 날씨 좋은 어느 날, 글로리아는 엄마에게 대학생들이 따분하다고 했다. 그녀는 더 이상 대학에 춤추러 가지 않았다.

변화가 시작됐다. 실제 습관이 그렇게 바뀐 건 아니었다. 그녀는 춤을 추었고, 여전히 '데이트'는 잦았으니. 그러나 데이트의 성격이 좀 달라졌다. 전의 데이트는 일종의 자존심, 그녀 자신의 허영심이 었다. 그녀는 전국적으로 유명하고 가장 인기 많은 미녀였다. 캔자스시티의 글로리아 길버트! 그녀는 무자비하게 그 사실을 먹고살 았다. 가장 매력적인 남자가 그녀를 골랐다는 식으로 주위의 군중을 즐겼다. 다른 여자들의 격심한 질투를 즐겼다. 나쁜 소문은 말할 것도 없이 터무니없는 소문을 즐겼다. 그리고 엄마는 딸에 관한 아무런 근거 없는 소문을 기꺼이 이야기했다. 예를 들어, 글로리아가 어느 날 밤 시폰 야회복을 입고 예일대 수영장으로 갔다는 소문 같은.

거의 남성적이라 할 만한 자만심을 품고 그 소문을 사랑하다가—의기양양하고 눈부신 성공이 본질이었으니—그녀는 갑자기 마취라도 한 듯 아무것도 느끼지 못했다. 그녀는 물러났다. 한때 수많은 파티의 주인공이던 그녀, 많은 무도회장에서 많은 사람들이 부드럽게 시선을 주는 앞에서 향기롭게 날아다니던 그녀는 이제 더 이상 관심 없어 보였다. 그녀와 사랑에 빠진 남자는 완전히 밀려나, 거의 화가 날 지경이었다. 그녀는 가장 관심 없는 남자와 무심히 어울렸다. 약속을 계속 깼는데, 자신은 나무랄 데가 없는 사람이고 자신이 모욕한 남자가 길들여진 동물처럼 돌아올 거라고 예전처럼 냉정하게 확신해서 그런 게 아니었다. 경멸이나 자존심 없이, 무심히 그렇게 했다. 그녀는 남자들에게 더 이상 호통을 치지 않고 그들을 향해 하품을 했다. 엄마가 보기에 매우 이상하게도 딸은 차갑게 변한 것 같았다.

리처드 캐러멜은 경청했다. 처음엔 서 있었지만, 아주머니가 점점 열정적으로 말을 하면서(불필요한 부분은 반쯤 삭제하면서, 청춘 시절 글로리아의 영혼에 대해 다방면으로 언급하고, 길버트 부인 본인의 정신적인 고통에 대해서도 언급했다) 의자를 끌어와 엄격하게 경청했다. 그동안 부인은 눈물과 애처로운 무력함 사이를 떠돌면서 글로리아의 인생에 대해 긴 이야기를 했다. 이야기의 시점이 작년에 이르러 뉴욕 곳곳에서 '한밤중의 장난'과 '저스틴 존슨의 작은 클럽'*이라고 표시된 작은 통 안에 남겨진 담배들의 결말에 관한 일화가 나오자, 그는 머리를 끄덕이기 시작했다. 천천히, 그러다 빠르게 더 빠르게. 마침내 부인이 스타카토식 어투로 말을 끝내자, 활발하게 위아래로, 마치 철사로 연결한 인형의 머리처럼 바보스럽게 머리를 끄덕이며 표현했다―거의 모든 것을.

어떤 의미에서 글로리아의 과거는 그에게 오래된 이야기였다. 그는 기자의 시선으로 이야기를 따라갔는데, 언젠가는 그녀에 대해 책을 쓸 거였기 때문이었다. 그러나 그의 관심사는, 적어도 지금은, 가족적 차원이었다. 그는 특히, 그녀와 여러 번 함께 있던 조지프 블록먼이라는 사람이 누구인지, 그녀가 쭉 함께한 두 여자 레이철 제럴이라는 사람과 케인 양이라는 사람이 누구인지 알고 싶었다.

---

* 둘 다 세련된 사람들을 위한 나이트클럽.

확실히 케인 양은 글로리아와 어울릴 유형은 아니었다!

그러나 적절한 순간이 지나갔다. 길버트 부인은 이미 설명을 하며 언덕 꼭대기에 오른 상태였고, 이제는 파멸의 스키 점프로 빠르게 내려가 떨어질 참이다. 눈은 둥글고 붉은 두 개의 여닫이창을 통해 보이는 푸른 하늘 같았다. 입 주변이 떨리고 있었다.

그리고 문이 열리자, 글로리아와 막 언급된 젊은 두 여자가 방으로 들어왔다.

젊은 두 여자

"아!"

"안녕하세요, 길버트 부인!"

케인 양과 제릴 양이 리처드 캐러멜에게 소개됐다. "이 사람이 딕이에요."(웃음)

"얘기 많이 들었어요." 케인 양이 큭큭 웃으며 외치듯이 말했다.

"안녕하세요." 제릴 양이 수줍어하며 말했다.

리처드 캐러멜은 그의 외모가 현재보다는 더 낫다는 듯 움직이려 했다. 그는 타고난 정중한 태도와 이 여자들이 꽤 평범하게 느껴진다는 사실 사이에서 괴로워했다. 사립 여학교 학생 타입은 절대 아니었다.

글로리아는 침실로 사라졌다.

"여기 앉아요." 이제 꽤 본연의 모습으로 돌아온 길버트 부인이 밝은 표정을 지었다. "겉옷 주시고." 딕은 부인이 그의 영혼의 나이에 대해 언급할까 봐 불안했지만, 두 여자에 대해 소설가답게 성실하게 조사해나가느라 불안을 잊었다.

뮤리얼 케인은 이스트오렌지 지역의 떠오르는 가문 출신이었다. 체구가 작다기보다는 키가 작았고 풍만한 상태와 넓적한 상태 사이에서 왔다 갔다 하는 모습이었다. 머리칼은 검고 잘 손질되어 있었다. 잘생기고 둔한 눈과 지나치게 붉은 입술 덕분에 유명한 여배우 시다 바라를 닮았다. 그녀는 늘 '뱀파이어'라는 얘기를 들었고, 그 말을 믿었다. 사람들이 자신을 겁낼지도 모른다는 희망을 품고서 위험한 인상을 주려고 어떤 상황이든 최선을 다했다. 상상력이 풍부한 사람이라면 그녀가 계속 빨간 깃발을 들고 다니면서 격렬히 애원하듯 흔드는 걸 볼 수 있으리라. 슬프게도 별 효과는 없지만. 또한 유행의 흐름을 대단히 잘 좇는 사람이었다. 그녀는 최신 노래들을 알았다, 최신 노래라면 뭐든. 축음기에서 최신 노래가 흘러나오면 그녀는 일어나서 어깨를 앞뒤로 흔들고 손가락을 튕겼고, 음악이 없으면 콧노래를 부르며 반주를 넣었다.

그녀는 대화의 흐름도 잘 따라갔다. "난 신경 쓰지 않아요." 그녀는 이렇게 말하곤 했다. "몸매를 걱정하다 망가지겠죠." 그리고 다시 말했다. "저 멜로디를 들으면 발을 예의 바르게 움직일 수가 없네요. 오, 세상에!"

손톱은 지나치게 길고 화려했으며, 분홍색과 자연스럽지 않은 열기로 윤이 났다. 옷은 지나치게 몸에 딱 달라붙었고, 지나치게 유행을 따랐으며, 지나치게 밝았다. 눈은 지나치게 짓궂었고, 미소는 지나치게 수줍음을 탔다. 그녀는 머리끝부터 발끝까지 가련할 만큼 지나치게 과한 모습이었다.

또 다른 여자는 확실히 좀 더 미묘한 사람이었다. 세련되게 차려입은 유대인으로 짙은 머리칼과 사랑스럽게 희고 창백한 안색을 지녔다. 부끄러움을 타는 것 같았고 인상이 희미했다. 그래서 꽤 섬세한 매력이 두드러져 보였다. 가족은 '영국 성공회 교도*'로, 5번가에 여성복 가게 세 곳을 갖고 있었고, 리버사이드로(路)의 거대한 아파트에서 살고 있었다. 딕은 잠시 동안 그녀가 글로리아를 모방하려 한다는 인상을 받았다. 사람들은 언제나 아무나 흉내 낼 수 없는 사람을 고르는 건지 그는 궁금했다.

"우린 정말 바빴어요!" 뮤리얼이 열띠게 외쳤다. "버스에서 우리 뒤에 미친 여자가 있었어요. 그 여잔 진짜 확실히 미쳤어요! 누구한테 뭘 하고 싶은지 혼잣말을 계속하더라고요. 나는 겁먹었지만, 글로리아는 그냥 내리려 하지 않았어요."

길버트 부인은 꽤 겁을 내며 입을 열었다.

"정말?"

"아, 그 여자는 미쳤어요. 조심해야 하긴 했는데, 우리를 해치진 않았어요. 아이고! 세상에! 맞은편 남자가 그 여자 얼굴을 보더니, 앞이 안 보이는 사람을 집에서 돌보는 야간 근무 간호사일 것 같다고 말했어요. 우린 난리가 났죠, 당연히요. 그래서 그 남자가 우리를

---

* 당시 미국 사회에 동화되기 위해 주로 성공회나 장로파 등 신교로 개종하는 부유한 유대인 가문들이 있었다.

도와주려 했어요."

글로리아가 막 침실에서 나왔고 모두 그녀를 바라보았다. 두 여자는 그늘진 뒤쪽으로 물러났는데, 아무도 눈치채지 못했고 아무도 아쉬워하지 않았다.

"우린 너에 대해 이야기하고 있었어." 딕이 잽싸게 말했다. "……네 어머니와 내가."

"음." 글로리아가 말했다.

잠시 침묵─뮤리얼이 딕을 보았다.

"당신은 대단한 작가죠, 안 그래요?"

"작가지요." 그는 수줍어하며 인정했다.

"내가 늘 말했죠." 뮤리얼이 진심으로 말했다. "만일 내가 겪은 일을 모두 쓰게 되면, 대단한 책이 될 거라고."

레이철은 다정하게 큭큭 웃었다. 리처드 캐러멜은 장중하게 인사를 했다. 뮤리얼은 계속 말했다.

"하지만 당신이 어떻게 자리에 앉아 글을 쓸 수 있는지 모르겠어요. 그리고 시라니! 어머, 난 시는 두 줄도 쓰지 못해요. 음, 걱정해야겠네요!"

리처드 캐러멜은 어렵게 웃음을 참았다. 글로리아는 감탄을 자아내는 모양의 설탕 젤리를 씹고 있었고 창밖을 언짢은 시선으로 바라보았다. 길버트 부인은 목을 가다듬은 다음 밝은 표정을 지었다.

"하지만 알다시피." 부인이 일종의 보편적인 설명을 했다. "당신의 영혼은 고대의 것이 아니에요, 리처드처럼."

고대의 영혼은 안도의 숨을 내쉬었다. 결국 언급되고 말았다.

5분 동안 생각하고 있었다는 듯, 글로리아가 갑자기 말했다.

"파티를 열 거야."

"오, 내가 가도 되니?" 뮤리얼이 장난스레 대담하게 소리쳤다.

"저녁 파티. 일곱 명. 뮤리얼, 레이철, 나, 딕, 앤서니, 그리고 노블이라는 남자. 난 그가 좋아. 그리고 블록먼."

뮤리얼과 레이철은 흥이 나서 부드럽게 콧소리를 냈다. 길버트 부인은 눈을 깜박였고 밝은 표정을 지었다. 편안한 분위기 속에서 딕이 질문을 던졌다.

"블록먼이라는 사람은 누구야, 글로리아?"

그 말에 담긴 희미한 적대감을 눈치채고, 글로리아는 그를 보았다.

"조지프 블록먼? 영화계 사람이야. '필름스 파 엑설런스'의 부사장이지. 그와 아빠는 사업을 같이 많이 해."

"아!"

"음, 너도 올 거지?"

모두 오기로 했다. 파티는 일주일 내에 열기로 했다. 딕은 일어나서 모자와 코트와 머플러를 차려입고 일상적인 미소를 지었다.

"안녕." 뮤리얼이 손을 쾌활하게 흔들며 말했다. "언제 전화 주세요."

리처드 캐러멜은 얼굴을 붉혔다.

기사 오키프의 비참한 최후

월요일이었다. 앤서니는 제럴딘 버크와 보자르 카페에서 점심을 먹었다. 그다음 그들은 앤서니의 아파트로 갔다. 그는 술을 마실 때 쓰는 바퀴 달린 탁자를 꺼냈고 적절한 자극제로 베르무트, 진, 압생트를 골라 올려놓았다.

제럴딘 버크는, 키스 극장 안내원으로 몇 달간 그를 즐겁게 했다. 요구하는 게 거의 없어서 그는 그녀를 좋아했다. 지난여름 사교계 여성과 겪은 슬픈 사건 이후로, 그러니까 대여섯 번 키스를 했더니 상대가 그의 청혼을 예상한 일 이후로, 그는 자신이 속한 계급의 여성들을 경계하게 됐다. 그들을 흠잡는 건 매우 쉬웠다. 눈에 거슬리는 외모 몇몇 부분이라든가 섬세하지 않다는 점이라든가. 그러나 키스 극장 안내원인 이 여자는 다른 식으로 가까워졌다. 잘 아는 사람이고 자기 하인일 경우에는 참아줄 만한 성격적 단점도, 같은 사회적 신분에 그냥 얼굴만 아는 사람일 경우에는 참아줄 수 없게 되는 법이다.

긴 의자의 끝에 몸을 웅크리고 앉은 제럴딘은 가늘고 끝이 올라간 눈으로 그를 응시했다.

"항상 술을 마시네요. 안 그래요?" 그녀가 불쑥 말했다.

"그야, 그런 것 같네요." 앤서니가 약간 놀라며 대답했다. "당신은 안 마시나요?"

"네. 때때로 파티에 가요, 알다시피, 한 주에 한 번. 하지만 두세 잔만 마셔요. 당신과 당신 친구들은 항상 술을 마시죠. 당신이 건

강을 해치고 있다고 생각해요."

앤서니는 약간 감동했다.

"저런, 당신은 나를 걱정할 만큼 상냥한 사람이 아닌데!"

"음, 난 그런데요."

"그렇게 많이 마시는 것 같진 않아요." 그가 주장했다. "지난달엔 3주 동안 술을 한 방울도 마시지 않았어요. 그리고 한 주에 한 번쯤 진짜로 취할 뿐이고."

"하지만 매일 뭔가 마시잖아요. 스물다섯 살밖에 안 됐고. 야망 같은 건 없어요? 마흔 살엔 무엇이 되어 있을 것 같아요?"

"내가 그렇게 오래 살진 않을 거라고 진지하게 믿고 있어요."

그녀는 이로 혀를 쯧쯧 찼다.

"당신은 미이쳤어요!" 그가 또 칵테일을 만들자 그녀가 말했다. "당신은 애덤 패치와 관계가 있어요?"

"네. 우리 할아버지예요."

"정말로?" 그녀는 확실히 신난 것 같았다.

"확실해요."

"재미있네요. 우리 아버지는 그분 밑에서 일했었죠."

"이상한 노인이에요."

"좋은 분인가요?" 그녀가 물었다.

"음, 사적으론 쓸데없이 불편하게 굴지 않아요."

"할아버지 얘기를 해주세요."

"저런." 앤서니는 생각에 잠겼다. "……쪼그라든 체구에 회색 머리카락이 듬성듬성한데 늘 안에 공기가 찬 것 같아요. 아주 도덕적

3장 키스의 권위   121

인 사람이에요."

"좋은 일을 많이 했죠." 제럴딘이 아주 진지하게 말했다.

"당치도 않아요!" 앤서니가 비웃었다. "위선적인 얼간이, 바보죠."

그녀의 마음은 화제를 떠나 떠돌았다.

"왜 당신은 할아버지와 살지 않죠?"

"감리교 신자 목사관에서 기숙하는 건 어떨까요?"

"미이쳤군요!"

다시 그녀는 혀를 쯧쯧 차서 실망감을 표현했다. 앤서니는 이 작은 방랑자가 내심 얼마나 도덕적인가 생각했다. 얼마나 완벽하게 도덕적인지, 피할 수 없는 파도가 닥쳐와 그녀에게서 품위를 다 앗아 가도 그대로일 거였다.

"할아버지를 싫어해요?"

"궁금해요. 난 할아버지를 좋아한 적 없어요. 자신을 위해 일하는 사람들을 좋아하는 사람은 없죠."

"그분은 당신을 싫어하나요?"

"친애하는 제럴딘." 앤서니가 장난스럽게 얼굴을 찡그리며 항의했다. "칵테일 한 잔 더 들어요. 난 할아버지를 짜증 나게 해요. 내가 담배를 피우면 방에 들어와서 냄새를 큿큿 맡아요. 잔소리꾼에다 따분하고 위선적인 데가 있어요. 내가 술을 좀 마시지 않았다면, 당신에게 이런 얘기는 안 했을 거예요. 하지만 그게 중요하다고 생각하진 않아요."

제럴딘은 계속 흥미를 보였다. 그녀는 맛보지 않은 잔을 네 손가락과 엄지로 잡고 경외심이 깃든 눈으로 그를 쳐다보았다.

"위선적인 게 무슨 뜻이죠?"

"음." 앤서니가 조급히 말했다. "아마 할아버지가 위선적이진 않겠죠. 하지만 할아버지는 내가 좋아하는 걸 좋아하지 않아요. 그리고 내가 관련되면 흥미를 보이지 않죠."

"흠." 제럴딘은 적어도 호기심을 충족한 것 같았다. 그녀는 소파 뒤쪽으로 털썩 주저앉아 칵테일을 홀짝였다.

"당신은 재미있는 사람이에요." 그녀가 신중하게 말했다. "할아버지가 부자여서 다들 당신과 결혼하고 싶어 하나요?"

"아뇨. 하지만 누가 그랬더라도 비난해선 안 되죠. 그런데 알다시피, 난 결혼할 뜻이 전혀 없으니까요."

그녀는 이 말을 비웃었다.

"당신은 언젠가 사랑에 빠질걸요. 그럴걸요, 난 알죠." 그녀는 슬기롭게 고개를 끄덕였다.

"지나치게 자신감을 가지는 건 바보 같은 일이에요. 그 때문에 기사 오키프가 파멸했어요."

"그게 누군데요?"

"내가 멋지게 창조한 피조물이죠. 내가 만들어낸 사람이에요, 그 기사는."

"미이쳤어어!" 그녀가 유쾌하게 중얼거렸다. '미이쳤어'라는 표현은 자신보다 정신적으로 우월한 이와의 간극을 메우고 그를 따라 올라가기 위해 쓰는 투박한 줄사다리다. 거의 무의식적으로 그녀는 그 줄사다리를 쓰면 거리가 사라질 것이라고, 자신의 상상력이 놓친 그 사람을 다시 사정거리 안으로 돌려놓을 거라고 느꼈다.

"아, 아니죠!" 앤서니가 반대했다. "아뇨, 제럴딘. 기사 앞에서 정신과 의사처럼 행동하지 말아요. 당신이 그를 이해할 수 없을 것 같으면, 그를 끌어들이지 않을게요. 게다가 그의 평판이 유감스러워 마음이 좀 불편해요."

"말이 되는 거라면 뭐든 이해할 수 있을 것 같아요." 제럴딘이 약간 퉁명스럽게 대답했다.

"그렇다면 이 기사의 인생엔 관심의 방향을 바꾸어줄 다양한 일화들이 있죠."

"음?"

"내가 그에 대해 생각하고 대화를 나누며 적절한 인물로 만들려한 건 그가 때아닌 최후를 맞이해서예요. 결말부터 먼저 소개하는건 싫지만, 그 기사는 불가피하게도 당신의 삶에 뒷걸음질로 들어갈 수밖에 없네요."

"음, 그는 어떤 사람이죠? 죽었나요?"

"죽었죠! 이런 식으로요. 그는 아일랜드 사람이에요, 제럴딘. 반쯤 가공 인물인 아일랜드 사람. 점잖은 단화를 신은 '빨간 머리' 거친 사람. 기사 시대 후반기에 그는 에린*에서 추방당했고, 당연히 프랑스로 건너갔어요. 제럴딘, 기사 오키프는 나처럼 약점이 있어요. 그는 가지각색의 여자들에게 아주 약해요. 감상주의자라는 것말고도, 그는 낭만적이고 자만심이 강한 친구이고, 거친 열정을 지닌 남자이며, 한쪽 눈은 약간 멀었고 다른 쪽 눈은 완전히 멀었어

* 아일랜드의 옛 이름.

요. 이제 이런 상태로 세상을 돌아다니는 남자는 이빨 빠진 사자처럼 무력하죠. 그 결과 그를 싫어하고, 그를 이용하고, 그를 지겹게 하고, 그를 괴롭히고, 그를 아프게 하고, 그의 돈을 써버리고, 그를 놀린 일련의 여자들 때문에 그는 20년 동안 아주 비참했어요. 요약하자면, 세상이 수군대는 것처럼 여자들은 그를 사랑했어요.

좋지 않았죠, 제럴딘. 이 기사는 지나치게 약하다는 단점만 제외하면 통찰력 있는 남자였기에, 자신을 잡아먹는 이 모든 것들을 완전히 피하기로 결심했어요. 그래서 그는 상파뉴에 있는 생 볼테르라는 시대착오적인 이름의 아주 유명한 수도원으로 갔어요. 생 볼테르에는 어떤 수사도 살아 있는 한 1층으로 내려가지 않는다는 규칙이 있었죠. 그러나 네 탑 중 한 탑에서 열리는 기도와 명상에는 참여해야 했어요. 가난, 순결, 복종, 침묵이라는 수도원의 네 계명을 따라서 이름 지은 탑들이었죠.

세상에 작별을 고하는 날이 오자, 기사는 정말 행복했어요. 그는 갖고 있던 그리스어 책을 집주인에게 모두 주었고, 프랑스 왕에게는 황금 칼집이 달린 칼을 보냈어요. 아일랜드의 기념품은 모두 그가 살던 거리에서 생선을 팔던 젊은 위그노 교도에게 주었고요.

그러고 나서 말을 타고 생 볼테르로 갔어요. 수도원 문 앞에서 말을 죽인 다음 그 사체를 수도원 요리사에게 주었죠.

5시가 되자 그는 처음으로 맛보았어요, 영원히 성(性)으로부터 해방된 기분을. 어떤 여자도 수도원으로 들어올 수 없었죠. 어떤 수사도 2층 밑으로 내려올 수 없었고. 순결의 탑 꼭대기에 있는 자신의 방으로 가는 나선계단을 오르다가, 그는 잠시 길 아래로 5미터쯤 내려다보이는 열린 창문 앞에 멈추었어요. 그가 떠나는 세계가 무척 아름답다고 생각했죠. 햇빛이 금빛 소나기처럼 긴 평원으로 쏟아지고, 멀리 나뭇가지들, 포도밭은 고요하며 녹색 빛을 띠고, 그의 앞에 신선하게 펼쳐진 세계. 그는 창가에 팔꿈치를 기대고 구불구불한 길을 응시했어요.

그때 마침 이웃 마을에 사는 열여섯 살 시골 소녀 테레즈가 그 순간 수도원 앞의 그 길을 따라 걸어가고 있었어요. 5분 전, 소녀의 예쁜 왼쪽 다리에 신은 스타킹을 고정하는 리본의 작은 부분이 닳아서 제대로 말을 듣지 않았어요. 드물게 얌전한 이 소녀는 집에 갈 때까지 버텼다가 스타킹을 손보겠다고 생각했어요. 하지만 너무 거슬렸고 결국 더 이상 참을 수 없었죠. 그래서 소녀는 순결의 탑을 지나다가 멈추었고 예쁜 몸짓으로 치마를 올렸어요. 가능한 한 조금만, 소녀의 말에 따르자면 이러한데, 가터벨트를 조절하기 위해서 말이죠.

탑 위, 오래된 수도원 생 볼테르에 가장 새로이 도착한 손님은 거대하고 압도적인 손에 의해 앞으로 떠밀리듯 창문에서 몸을 숙였어요. 그는 계속 몸을 숙였고, 마침내 그의 무게 때문에 그가 기댄 부분의 아래쪽 돌 하나가 헐거워졌고 부드럽게 가루 날리는 소리를 내며 떨어져 나갔어요. 기사 오키프는 처음에는 거꾸로, 그다음에는 곤두박질쳐서, 마침내 거대하고 인상적인 회전을 하며 굴러떨어졌어요. 딱딱한 땅과 영원한 지옥살이로 향했죠.

테레즈는 갑작스러운 사건에 너무 놀라 집으로 달려갔고 그 불운한 일요일 오후에 목과 서약이 동시에 부러진 수사의 영혼을 위해 10년 동안 하루에 한 시간씩 비밀 기도를 드렸어요.

기사 오키프는 자살했다고 여겨져 축성된 대지에 묻히지 못했어요. 대신 근처 평원으로 굴려 보내졌죠. 그곳에서 그 후로 오랫동안 의심의 여지 없이 토질을 개선했을 거예요. 아주 용감하고 씩씩한 신사의 때아닌 최후였죠. 어때요, 제럴딘?"

그러나 이미 훨씬 오래전에 이야기를 놓친 제럴딘은 그저 웃을 뿐이었다. 엄지를 흔들어 보이며, 거리를 메우고 상황을 설명하는 표현만 반복할 수 있을 뿐이었다.

"미쳤어요!" 그녀가 말했다. "당신은 미이쳤어어!"

그의 갸름한 얼굴은 상냥하고 눈빛은 꽤 부드럽다고 그녀는 생각했다. 그녀는 그가 젠체하지 않으나 오만해서, 극장에서 만난 여타 남자들과는 달리 눈에 띄는 상황을 겁내서 좋아했다. 얼마나 이상하고 무의미한 이야기인가! 그러나 이야기에서 스타킹 부분은 재밌었다!

칵테일을 다섯 잔 마신 후 그는 그녀에게 키스를 했고, 그들은 웃기도 하고 가벼운 애무로 장난을 치기도 하고 열정의 불꽃을 다소 억누르기도 하면서 한 시간을 보냈다. 4시 반이 되자 그녀는 약속이 있다며 일어났고 욕실에 들어가 머리를 가다듬었다. 택시를 불러주겠다는 제안을 거절하고서 그녀는 문가에 잠시 서 있었다.

"당신은 결혼하게 될 거예요." 그녀가 주장했다. "두고 봐요."

앤서니는 오래된 테니스공을 만지작거리고 있었는데, 공을 여러 번 주의 깊게 바닥에 튀기더니, 제럴딘의 말에 약간 신랄하게 대답했다.

"당신은 바보예요, 제럴딘."

그녀는 얄밉게 웃었다.

"오, 내가, 내가요? 내기할까요?"

"그것도 멍청한 일일 거예요."

"오, 그럴까요, 그럴까요? 음, 당신이 1년 안에 누군가와 결혼한다고 장담해요."

앤서니는 테니스공을 아주 강하게 튕겼다. 오늘은 그가 잘생긴 나날 가운데 하루라고 그녀는 생각했다. 어떤 강렬함이 그의 짙은 눈동자 속 우울함을 대신했다.

"제럴딘." 그가 마침내 입을 열었다. "우선 난 결혼하고 싶은 사람이 없어요. 두 번째로 두 명이 먹고살 만큼 내 재산이 충분하지 않아요. 세 번째로 나는 내 타입인 사람과 결혼하는 데 전적으로 반대해요. 네 번째로 결혼에 대해 그냥 생각만 해도 깊은 혐오감을 느껴요."

그러나 제럴딘은 다 안다는 듯 눈을 가늘게 뜰 뿐이었다, 쯧쯧 혀를 차면서. 그리고 가야 한다고 말했다. 늦었다.

"바로 연락해요." 그가 작별의 키스를 하자 그녀가 말했다. "3주 동안 연락이 없었죠, 알다시피."

"그럴게요." 그가 강한 어조로 대답했다.

그는 문을 닫은 다음 방으로 돌아와, 테니스공을 여전히 손에 쥐고 잠시 동안 멍하니 생각에 잠긴 채 서 있었다. 문득 외로워질 때가 있다. 거리를 걸을 때나, 목적 없이 우울하게 책상에서 연필을 깨물면서 앉아 있을 때. 그럴 때면 불안한 마음으로 스스로에게 몰두한다. 표현하고 싶지만 밖으로 표현도 하지 않고, 시간이 멈추지 않고 쓰레기처럼 흘러간다고 느낀다. 이런 생각은 단지 다음과 같이 확신할 때만 나아질 수 있다. 사실 낭비하고 말 것도 없다고, 노력이고 성취고 애초에 아무 의미가 없기 때문에.

그는 감정적으로 생각했고 갑자기 큰 소리를 질렀다. 상처받고 혼란스러웠기 때문에.

"결혼이라니 모르겠어, 맹세코!"

갑자기 그는 방 저쪽으로 테니스공을 거칠게 던졌다. 공은 조명을 간신히 빗나갔고 여기저기서 한동안 되튀다가 마침내 바닥에 떨어졌다.

간판의 불빛과 달빛

저녁 식사 날, 글로리아는 빌트모어 호텔의 식당 캐스케이드에 자리를 잡았다. 8시 좀 지나자 남자 손님들이 바깥 복도에서 마주했는데, 여섯 개의 눈이 '그 남자 블록먼'에게 향했다. 그는 통통한 체구에 거만한 유대인으로 서른다섯 살쯤 되었고, 매끈한 모랫빛 머리카락과 표정이 풍부한 얼굴을 지녔다. 의심의 여지 없이 대부분의 사업 모임에 참석한 사람들은 그가 환심을 사려고 애쓰는 사람이라고 여겼다. 그는 세 청년들에게 느긋이 다가갔다. 청년들은 모여서 파티 주인을 기다리며 담배를 피우고 있었는데, 블록먼은 다소 너무 자신하면서 스스로를 소개했다. 그렇지만 앤서니가 의도한 애매하고 아이러니한 인상을 그가 알아차렸는지는 의심스러웠다. 태도를 봐서는 그가 알아차렸는지 아닌지 잘 알 수 없었다.

"당신은 애덤 J. 패치의 친척인가요?" 그가 앤서니에게 물었다. 거대한 콧구멍으로 가느다란 담배 연기 두 줄기를 뿜어내며.

앤서니는 옅은 미소를 지으며 인정했다.

"좋은 분이죠." 블록먼이 정중하게 말했다. "미국인의 좋은 표본이에요."

"네." 앤서니가 동의했다. "확실히 그렇죠."

─난 이 설익은 자들이 싫어, 그는 냉랭하게 생각했다. 삶아진 모습을 보라고! 오븐으로 다시 들어가야 해. 딱 1분이면 될 거야.

블록먼은 시계를 곁눈질했다.

"이제 여자분들이 나타날 때인데……."

─앤서니는 숨도 쉬지 못하고 기다렸다. 그때가…….

"……하지만." 블록먼이 활짝 웃으며 말했다. "여자들이 어떤지 아시죠."

세 청년은 고개를 끄덕였다. 블록먼은 무심히 주변을 둘러보았다. 그의 시선이 천장에 위태롭게 걸려 있다가 아래로 내려왔다. 그의 표정은 수확한 밀을 평가하는 중서부 농부의 표정과 자신이 관찰당하고 있는지 궁금한 배우의 표정을 결합한 모습이었다. 좋은 미국인이라면 공적인 자리에선 다들 이런 태도를 보였다. 그는 다 둘러본 다음, 빠르게 말 없는 세 청년에게 시선을 돌렸다. 바로 핵심에 덤벼들기로 마음먹고서.

"대학생들이죠? ……하버드, 음. 하키 경기에서 프린스턴 학생들이 당신네들을 이기는 걸 봤어요."

운 나쁜 남자. 또 아무 반응이 없었다. 세 청년은 졸업한 지 3년이 됐고 3대학 풋볼 경기에만 관심이 있을 뿐이었다. 이번 공격이 실패한 다음, 블록먼은 본인이 냉소적인 분위기에 놓여 있다는 사실을 아는지 모르는지가 문제인데, 왜냐하면······.

글로리아가 도착했다. 뮤리얼이 도착했다. 레이철이 도착했다. 글로리아가 급히 "안녕하세요, 여러분!"이라고 외쳤고 나머지 둘이 반복한 다음, 셋은 탈의실로 휙 가버렸다.

잠시 후 뮤리얼이 거의 헐벗은 화려한 모습으로 그들에게 다가왔다. 그녀는 물 만난 고기 같았다. 칠흑 같은 머리칼은 머리 뒤로 반듯이 매끄럽게 넘겼다. 눈은 인공적인 짙은 색이었다. 강한 향수 내음이 났다. 그녀는 세이렌, 더 쉬운 말로는 '요부'로 최선을 다해 변신했다. 남자를 집었다가 내던지는, 부도덕하고 근본적으로 냉담하게 애정을 가지고 노는 자. 완벽하게 변신을 해낸 그녀에게 모리는 첫눈에 끌렸다. 표범처럼 유연하게 움직이는, 큰 엉덩이를 지닌 여자! 남자들이 글로리아와, 예의를 갖추자면 레이철까지 포함해서 3분간 더 기다리는 동안, 그는 그녀에게서 눈을 뗄 수가 없었다. 뮤리얼이 고개를 돌렸다, 짐짓 기막히게 부끄러운 척 속눈썹을 내리깔고 아랫입술을 깨물면서. 그녀는 허리에 손을 대고 음악에 맞춰 양옆으로 몸을 흔들며 말했다.

"이렇게 완벽한 래그타임 들어본 적 있어요? 이 음악을 들으니 어깨를 가만둘 수가 없네요."

블록먼은 힘차게 박수를 쳤다.

"당신은 무대에 서야 해요."

"그러고 싶네요!" 뮤리얼이 소리쳤다. "날 도와줄래요?"

"그럼요."

다시 얌전해진 뮤리얼은 춤을 멈추고 모리를 쳐다보았다. 올해 무엇을 '봤는지' 물었다. 그는 이 질문이 공연 얘기라고 받아들였다. 그들은 즐겁고 유쾌하게 공연 제목을 주고받았다. 이런 식으로.

뮤리얼: 〈나의 페기여〉 봤어요?

모리: 아뇨, 아직.

뮤리얼: (열정적으로) 굉장해요! 당신도 보고 싶을 거예요.

모리: 〈오마르, 텐트메이커〉는 봤어요?

뮤리얼: 아뇨, 하지만 굉장하단 얘기는 들었어요. 그 작품 너무 보고 싶어요. 〈페어와 워머〉는 봤나요?

모리: (희망차게) 네.

뮤리얼: 그렇게 좋은지는 모르겠어요. 쓰레기 같아요.

모리: (힘없이) 네, 그렇죠.

뮤리얼: 하지만 어젯밤 보러 간 〈법 안에서〉는 좋았어요. 〈작은 카페〉는 봤어요?

이 대화는 공연 제목이 바닥날 때까지 계속됐다. 그동안 딕은 블록먼 쪽을 보았다. 이 호감 가지 않는 짐 덩어리에서 가능한 만큼 금을 추출해내기로 결심하고서.

"신작 소설들은 나오자마자 영화사에 팔린다고 들었습니다."

"맞아요. 물론 영화에서 중요한 건 강렬한 이야기죠."

"네. 그럴 것 같군요."

"많은 소설들이 대화와 심리 묘사로 가득해요. 물론 우리에겐 가치가 없죠. 화면에 흥미로운 걸 많이 담는 게 불가능하니까요."

"당신은 플롯을 우선하는군요." 리처드가 날카롭게 말했다.

"물론이죠. 플롯은 우선……." 그는 말을 멈추고 시선을 옮겼다. 그의 침묵은 경고의 손짓처럼 권위를 가지고 다른 사람들에게도 전해졌다. 레이철에 이어 글로리아가 탈의실에서 나오고 있었다.

여러 가지 일들이 일어난 가운데, 저녁 식사 시간 동안 조지프 블록먼은 절대 춤을 추지 않았다. 그는 아이들 사이의 어른이 지켜 워하며 참아내듯 음악이 흐르는 동안 다른 사람들을 지켜보았다. 그는 위엄 있고 자부심이 강했다. 뮌헨에서 태어나 순회 서커스단과 함께 다니며 땅콩 판매인으로 미국에서의 경력을 시작했다. 열여덟 살이 되자 곡마단 여흥에서 떠드는 역할을 맡았다. 이후, 여흥의 매니저가 되었고 곧 2급 보드빌관의 소유주가 되었다. 영화가 호기심을 자아내는 단계를 지나 유망 산업으로 막 발돋움했을 때, 그는 야심찬 스물여섯 살 젊은이로 투자금을 갖고 있었고 돈을 향한 끝없는 야망과 대중적 쇼 비즈니스에 대한 실용 지식도 갖추고 있었다. 그게 9년 전이었다. 돈을 더 댈 수 있고, 상상력이 더 풍부하고, 더 실용적인 생각을 지닌 사람이 많았지만 영화 산업은 이들을 떨쳐내고 그와 함께 갔다……. 이제 그는 이곳에 앉아 불멸의 글로리아를 찬찬히 살펴보았다. 스튜어트 홀컴 청년이 그녀 때문에 뉴욕에서 패서디나로 가버렸다. 그는 그녀를 관찰했다. 이제 그녀가 춤을 그만 추고 자신의 왼편에 앉을 것을 알았다.

그는 그녀가 서둘렀으면 했다. 식탁 위의 굴이 몇 분간 손도 대지 않은 채 놓여 있었다.

그동안 앤서니는 글로리아의 왼쪽에 자리 잡고서 그녀와 춤을 추고 있었다. 그는 계속 특정 구역에서 추었다. 만일 남자들만 있었다면, 이 상황은 그녀에게 바치는 세심한 조공일 수 있었다. "제길, 여긴 끼어들지 마!"라는 뜻의. 아주 의식적으로 친하게 구는 모습이었다.

"음." 그가 그녀를 내려다보며 말을 꺼냈다. "오늘 밤 당신은 정말 사랑스럽네요."

그녀의 눈이 15센티미터 위쪽 그의 눈과 마주쳤다.

"고마워요, 앤서니.*"

"사실 너무 아름다워서 마음이 편치 않아요." 그가 덧붙였다. 이번엔 웃음기가 없었다.

"그러는 당신은 아주 매력적이에요."

"좋지 않은가요?" 그가 웃었다. "사실상 우린 서로를 봐주고 있군요."

"안 그래요, 늘?" 그녀는 그의 말에 재빨리 대꾸했다. 넌지시 돌려 말하는 게 이해가 안 되면, 별말이 아니라 해도 언제나 그렇게 했다.

그는 목소리를 낮추어 친근한 농담 한마디만을 건넸다.

"사제가 교황을 봐주나요?"

"몰라요. 하지만 내가 들은 가운데 가장 애매한 칭찬일 거 같

---

* 이름을 바로 부를 만큼 둘의 사이가 친해졌음을 보여준다.

군요."

"틀에 박힌 문구 몇 가지를 쓸 수도 있어요."

"음, 난 당신이 무리하지 않았으면 해요. 뮤리얼을 봐요! 바로 우리 옆에 있네요."

그는 어깨 너머를 보았다. 뮤리얼은 모리 노블이 입은 야회복 재킷의 옷깃에 빛나는 뺨을 기대고 있었다. 파우더를 뿌린 왼쪽 팔로 그의 머리 쪽을 감싸고 있는 게 분명했다. 왜 손으로 그의 목덜미를 잡는 데 실패했는지 알아봐야 할 것 같았다. 그녀는 천장을 올려다보며 눈을 위아래로 크게 굴리고 있었다. 엉덩이를 흔들며 춤을 추었고, 낮은 목소리로 계속 노래를 불렀다. 처음에는 노래를 외국어로 번역해서 부르는 줄 알았는데, 알고 보니 제목만 알고 있어서 그것만 가지고 노래의 박자를 맞추며 부르려는 거였다.

그는 폐품 수집가,
폐품 수집가,
품을 안 들이는 수집하는 사람,
폐품 수집, 수집, 수집, 수집,
폐품 수집, 수집, 수집.*

—노래를 뜯어보면 한층 더 이상했고 세련된 구석이 없었다. 앤서니와 글로리아가 즐거워하며 그녀를 쳐다보자, 그녀는 옅은 미소

* 어빙 벌린의 노래 '그는 폐품 수집가'이다.

와 반쯤 감은 눈만으로 그들에게 전했다. 자신의 영혼에 들어온 이 음악 때문에 상대를 확 끌어들이는 무아지경의 상태에 빠져들고 있음을.

음악이 끝나고 그들은 자리로 돌아왔다. 혼자 남았던 위엄 있는 사내는 일어나서 모두의 환심을 살 미소를 지어 보였다. 마치 그들과 악수를 나누며 화려한 춤을 축하하는 양.

"블록헤드*는 절대 춤을 안 출걸! 저자의 다리는 나무일 거야." 글로리아가 자리로 가면서 크게 외쳤다. 세 청년은 깜짝 놀랐고 신사는 눈에 띄게 움츠러들었다.

블록먼은 글로리아를 알아가면서 우악스러운 일을 겪었다. 그녀는 그의 이름을 가지고 잔인하게 장난쳤다. 처음엔 '블록하우스**'였다. 후에 좀 더 불쾌하게 '블록헤드'가 됐다. 그는 아이러니함이 깃든 낮은 목소리로 이름을 불러달라고 강력히 요청했고, 그래서 그녀는 그의 말을 여러 번 따랐다. 그러고는 미끄러지듯, 힘없이, 후회하면서도 웃음으로 상황을 무마하며 '블록헤드'로 돌아가는 거였다.

매우 슬프고 생각 없는 짓이었다.

"블록먼 씨는 우리가 경솔하다고 생각할 것 같아요." 뮤리얼이 한숨을 쉬었고, 그의 근처에 잘 놓여 있는 굴을 뒤적였다.

"그는 그런 모양이야." 레이철이 중얼거렸다. 앤서니는 그녀가 전

---

* '돌대가리'라는 뜻.
** '통나무집'이라는 뜻.

에 무슨 말이라도 했는지 기억해보려고 했다. 기억나지 않았다. 이번에 처음으로 제 생각을 밝힌 것이다.

블록먼 씨는 갑자기 목청을 가다듬고서 크고 또렷한 목소리로 말했다.

"반대입니다. 남자가 자신이 한갓 전통일 뿐이라고 말할 때는 말입니다. 기껏해야 그의 뒤에 있는 수천 년의 세월을 가질 뿐이죠. 그러나 여자는, 음, 기적처럼 후세를 대변하는 존재죠."

이 깜짝 놀랄 의견에 다들 어안이 벙벙하여 침묵하는 가운데, 앤서니는 갑자기 굴이 목에 걸려서 급히 얼굴에 냅킨을 댔다. 레이철과 뮤리얼은 다소 놀라워하며 가벼운 웃음을 지었고, 딕과 모리도 함께했다. 딕과 모리 둘 다 얼굴이 벌겠고 누가 봐도 시끄럽게 소란 피우고 싶은 걸 참느라 힘들어하는 모습이었다.

'세상에!' 앤서니는 생각했다. '그가 제작한 영화의 자막이잖아. 저 남자는 그걸 암기했어!'

글로리아 혼자 가만히 있었다. 그녀는 조용히 비난을 담아 블록먼 씨를 쳐다보았다.

"오, 제발! 대체 어디서 그런 말을 끄집어냈나요?"

블록먼은 그녀의 의도를 알지 못한 채 자신 없이 그녀를 바라보았다. 그러나 잠시 후 평온을 되찾고, 제멋대로인 청년들 사이에 낀 지성인답게 일부러 침착하게 관대한 미소를 지었다.

주방에서 수프가 나왔다. 동시에 바에서 오케스트라 리더가 나왔는데, 맥주 전용 유리잔의 고유한 색을 흡수한 듯한 모습이었다. '당신 부인만 빼고 모든 게 집에 있지'라는 제목의 노래가 연주되는 동안 수프는 차갑게 식었다.

그다음 샴페인이 나왔고 파티는 더 재미있게 흘러갔다. 리처드 캐러멜을 제외하고, 남자들은 마음껏 마셨다. 글로리아와 뮤리얼은 잔을 홀짝였다. 레이철 제릴은 아무것도 들지 않았다. 그들은 왈츠가 끝나기만을 기다렸다가 다른 음악이 흐르면 일어나서 모두 춤추었다―글로리아를 제외한 모두. 글로리아는 잠깐 지친 것 같았고 탁자에 앉아 담배를 피우는 쪽을 택했다. 블록먼의 말을 듣는지 혹은 춤추는 사람들 사이의 예쁜 여자를 보는지에 따라, 그녀의 눈빛은 나른하거나 열정적으로, 바로바로 바뀌었다. 앤서니는 블록먼이 그녀에게 무슨 이야기를 하는지 여러 번 궁금해했다. 그는 시가를 이리저리 씹고 있었고 식사가 끝나자 거의 난폭하다시피 한 몸짓을 했다.

10시가 되자 글로리아와 앤서니는 춤을 추려 했다. 목소리가 안 들릴 만큼 탁자에서 멀어지자 그녀가 낮은 목소리로 말했다.

"문 옆에서 춤춰요. 드러그스토어에 가고 싶어요."

앤서니는 고분고분하게 글로리아가 지시한 방향대로 사람들 틈에서 그녀를 이끌었다. 복도에서 그녀는 잠시 사라졌다가 망토를 들고 다시 나타났다.

"설탕 젤리를 좀 먹고 싶어요." 그녀가 재미난 투로 미안해하며 말했다. "지금 내가 왜 이러는지 당신은 모르겠죠. 그냥 손톱을 물어뜯고 싶은 건데, 설탕 젤리가 없으면 진짜 물어뜯을 거예요." 그녀는 한숨을 쉬었고 빈 엘리베이터로 들어가며 기운을 되찾았다. "나는 매일 손톱을 깨물어요. 약간 신경질적이죠, 알다시피. 블록먼 말장난은 미안해요. 고의는 아니었어요. 그냥 말이 나왔어요. 글로리아 길버트, 여자 촐랑이."

1층에 다다라 그들은 고지식하게도 호텔의 사탕 판매대를 피해, 넓은 현관 계단으로 내려가서 회랑을 여럿 지나 그랜드센트럴 역의 드러그스토어를 찾았다. 그녀는 향수 판매대를 열심히 본 다음 물건을 샀다. 말없이 서로 통하는 충동을 느끼고서 그들은 팔짱을 끼고 산책했다. 걸어온 방향 말고 43번가로 향했다.

밤은 눈이 녹으면서 생기가 넘쳤다. 거의 따뜻하기까지 해, 인도를 따라 낮게 불어오는 바람을 맞으며 앤서니는 뜻밖에도 아름다운 봄을 떠올렸다. 푸른 타원형 하늘을 보며, 주변 공기의 감촉을 느끼며, 그들이 남겨두고 온 경직되고 지나치게 숨을 많이 내쉰 공기를 벗어나서 새로운 계절을 상상하니 위안이 됐다. 잠시 조용한 가운데 차 소리와 배수구에서 졸졸 흐르는 물소리를 들으니 그들이 마지막에 춤을 춘 음악이 계속 흐르는 것 같은 드문 착각에 빠졌다. 앤서니는 입을 열었다. 틀림없이 밤이 그들의 두 마음속에 그린, 숨이 차오르고 간절히 바라는 뭔가에서 나온 말이었다.

"택시를 타고 좀 돌죠!" 그가 그녀를 쳐다보지도 않고 제안했다.

오, 글로리아, 글로리아!

택시가 도로변에서 하품하고 있었다. 차가 미궁 같은 바다 위 보트처럼 움직이기 시작했는데, 이제 무리 짓기 시작한 밤의 거대한 빌딩들 사이에서, 고함 소리와 쨍그랑 소음이 잠잠했다가 귀에 거슬리게 울리는 가운데 길을 잃었다. 앤서니는 글로리아에게 팔을 둘러 끌어당긴 다음, 축축하고 어린아이 같은 그녀의 입술에 키스를 했다.

그녀는 침묵했다. 그녀는 얼굴을 돌려 그를 보았는데, 무성한 잎사귀를 통과한 달빛처럼 자잘하게 나누어진 빛 아래 창백했다. 눈은 하얀 호수 같은 얼굴에서 빛나는 잔물결이었다. 머리의 그늘이 호소력 있지만 친밀하진 않은 어스름으로 이마에 경계를 지었다. 사랑은 없었다, 분명. 그 어떤 사랑의 흔적도. 그녀의 아름다움은 축축한 바람처럼 서늘했다, 그녀 입술이 축축하고 보드랍듯.

"이 빛을 받으니 백조 같군요." 얼마 후 그가 속삭였다. 소리가 나듯 살랑거리는 침묵이 있었다. 잠시 멈춘 순간이 있었다. 그런 순간은 곧 흩어지겠지만, 그런 순간은 그저 잊어버릴 뿐이겠지만. 그가 그녀를 꽉 껴안고 있고 그녀가 어둠 속을 떠도는 거미줄처럼 연약하고 섬세한 깃털로 그곳에 앉아 있다는 걸 의식하고 있었다. 앤서니는 소리 내지 않고서 웃었다, 기뻐서 어쩔 줄 몰라 하며. 그녀에게서 얼굴을 돌렸는데, 반쯤은 승리감에 취해서, 반쯤은 꼼짝 않고 있는 근사한 그녀의 얼굴을 망치면 안 된다고 걱정하는 마음에서 그랬다. 그런 키스, 얼굴에 핀 꽃 같은 키스. 결코 묘사할 수 없는, 거의 기억할 수 없는. 마치 그녀의 아름다움이 그 자체로 뿜어져 나와 그의 마음에 잠시 자리 잡았다가 이미 녹아버리고 있듯.

……빌딩들은 녹아버린 그늘 속에서 사라지고 있었다. 이제 센트럴파크였다. 그리고 얼마 후 메트로폴리탄 미술관의 하얗고 커다란 유령이 장엄한 모습으로 지나갔다. 택시가 돌진하는 소리가 낭랑히 메아리쳤다.

"저런, 글로리아! 저런, 글로리아!"

그녀의 눈은 수천 년 거리를 둔 채 그를 바라보는 것 같았다. 그녀가 느낄 수 있던 모든 감정, 그녀가 할 수 있던 모든 말들은 그녀가 적절히 입을 다물고 있으니 부적절해 보일 거였고, 그녀의 호소력 있는 아름다움에 비해 호소력 없어 보일 거였다. 그리고 그의 곁에 있는 그녀의 몸은 가늘고 서늘했다.

"차 돌리라고 해요." 그녀가 중얼거렸다. "그리고 더 빨리 돌아가 달라고……."

저녁 모임 자리로 올라가니 공기가 뜨거웠다. 냅킨과 재떨이가 흩어진 탁자는 낡고 진부했다. 그들이 들어갔을 땐 다들 춤추는 시간이었다. 뮤리얼 케인은 그들에게 매우 짓궂은 눈길을 보냈다.

"음, 당신들 어디 다녀왔어요?"

"엄마한테 전화하러." 글로리아가 냉담하게 말했다. "그러겠다고 약속했거든. 우리가 춤을 놓쳤나?"

그다음 그 자체로는 대수롭지 않은 사건이 이어졌는데 앤서니는 그 뒤로도 오랫동안 그 사건을 회상했다. 이유가 있었다. 조지프 블록먼이 의자에 등을 기댄 채 기묘한 시선을 그에게 던졌다. 그 시선에는 여러 가지 감정이 이상하게 뒤엉켜 있었다. 그는 자리에서 일어날 때를 제외하면 글로리아에게 인사하지 않았고, 갑자기 문학이 영화에 끼친 영향력에 대해 리처드 캐러멜과 대화를 나누었다.

마법

뜻밖에 마주한 진짜 기적 같은 밤은 마지막 별들이 질질 끌다 죽어버리고 새벽의 신문 배달원들이 일찍 태어나면서 사라진다. 불길은 좀 멀리 있는, 플라토닉한 불로 물러난다. 백열은 철을 떠나고 불빛은 석탄을 떠난다.

벽을 꽉 채운 앤서니의 서재 책장을 따라 냉랭하고 거만한 연필 모양 햇빛이 책들을 건드렸다. 프랑스의 테레즈와 슈퍼우먼 앤, 동양 발레의 제니와 마술사 줄레이카, 그리고 후저 코라* 모두 차갑게 햇빛을 거절했다. 햇빛은 책장 한 단을 내려가서 헬레나, 타이스, 살로메, 클레오파트라에게, 너무 자주 불려낸 여자들의 그늘에 측은하게 자리 잡았다.

앤서니는 면도와 목욕을 마치고 쿠션이 가장 푹신한 의자에 앉아, 태양이 꾸준히 떠올라 햇빛이 잠시 동안 깔개의 비단 끄트머리에서 반짝이다 사라질 때까지 바라보았다.

10시였다. 〈선데이 타임스〉가 발치에 흩어져 있었는데 그라비어 인쇄 사진과 사설을 통해서, 사회 고발 기사와 스포츠 면을 통해서 다음과 같이 주장했다. 세상이 지난주 동안 위대하나 다소 뚜렷하지 않은 목표를 향해 움직이는 일에 엄청나게 몰두했다고. 앤서니의 경우, 지난주에 할아버지 댁을 한 번, 중개인을 두 번, 재단

---

* 이 여주인공들은 차례로 에밀 졸라, 조지 버나드 쇼, 콤프턴 매켄지, 맥스 비어봄, 부스 타킹턴의 저작에 등장한다.

사를 세 번 방문했다. 그리고 지난주의 마지막 날 마지막 시간에 아주 아름답고 매력적인 여성과 키스를 했다.

집에 돌아왔을 때, 그는 낯설고 격렬한 꿈들이 바글대는 상상에 빠졌다. 갑자기 마음속엔 질문이 사라졌고, 해결과 해답이 필요한 불멸의 문제도 사라졌다. 정신적이지도 육체적이지도 않고, 그저 이 둘을 합친 것도 아닌 감정을 맛보았다. 이제 삶의 사랑이 그를 흡수해버려 다른 것이 들어설 자리가 없었다. 그 실험이 외따로 고유하게 유지되어 그는 만족했다.

거의 제3자의 입장에서, 그는 이제껏 만난 그 어떤 여자도 글로리아와 비교할 수 없다고 확신했다. 그녀는 철저하게 그녀 그 자체였다. 헤아릴 수 없이 진실했다. 그래서 그는 확신했다. 그녀 말고, 그가 알아온 수많은 여학생들과 사교계 여성들, 젊은 기혼 여성들과 방랑자들은, 가장 경멸적인 의미에서 양육자와 출산자들로, 여전히 동굴과 아기 방의 냄새를 희미하게 풍겼다.

그가 아는 한, 그녀는 그의 어떤 뜻에도 굴하지 않고 그의 허영심을 달래주지도 않았다—그의 친구들과 함께할 때는 달래주면서 기뻐했지만. 사실 그녀가 다른 사람에게는 주지 않은 걸 그에게 줬다고 생각할 이유가 없었다. 그래야 할 일이었다. 그날 저녁 그는 둘 사이가 뭔가 특별해졌다고 생각했지만, 이런 추측은 그녀가 그 일을 불쾌하게 여겼으리라는 추측만큼이나 가능성이 없었다. 그리고 그녀는 단호히 아닌 척하며 그 일을 부인하고 감추어버렸다. 두 젊은 남녀는 현실과 장난을 구별할 정도의 환상을 지녔다. 그들은 무심히 만나고 헤어졌으니, 분명 마음을 다치지 않았으리라.

이렇게 상황을 정리한 다음 그는 전화기로 가서 플라자 호텔에 전화를 걸었다.

글로리아는 외출했다. 그녀의 어머니는 그녀가 어디로 갔는지도 언제 돌아오는지도 몰랐다.

왠지 이때쯤 처음으로 일이 잘못되기 시작했다. 글로리아가 집에 없다니 무정한 것 같았고, 거의 꼴사나워 보였다. 그녀가 외출을 해서 그를 난처하게 하려는 건 아닌지 의심스러웠다. 밖에서 돌아오면 그녀는 그가 연락한 걸 알 테고, 웃으리라. 제일 신중하게! 참으로 엉뚱한 이 일을 그녀에게 충분히 납득시키려면, 그는 몇 시간 기다렸다 연락했어야 했다. 얼마나 터무니없는 실수인가! 그가 자신에게 특별히 호감을 샀다며 착각한다고 그녀는 생각할 것이다. 참 별것 아닌 일에 그가 진짜 바보처럼 친하게 군다고 생각할 것이다.

지난달 건물 관리인에게 '후브 형제'에 대해 꽤 뒤죽박죽 떠들었는데, 다음 날 관리인이 전날 밤의 일을 가지고 다정하게 굴며 수다를 떨어서 30분 동안 창문가에 앉아 있어야 했던 일이 기억났다. 그가 그 관리인을 대하듯 글로리아가 자신을 대하면 어쩌나, 그는 질색했다. 그를, 앤서니 패치를! 질색이다!

그가 수동적인 존재일 뿐이고, 글로리아를 초월한 어떤 힘 때문에 움직였다는 생각은 결코 해보지 않았다. 단지 사진 찍을 때 쓰는 감광판에 불과하다는 생각도 해보지 않았다. 어느 엄청난 몸집의 사진가가 글로리아에게 카메라 초점을 맞추고 사진을 찍었다면! 가련한 감광판은 제 천성을 따르는 모든 사물들처럼 그 자리에 붙어서 사진을 현상할 수 있을 뿐이었다.

그러나 앤서니는 소파에 드러누워 오렌지색 조명을 보면서, 가느다란 손가락으로 짙은 머리카락을 끊임없이 넘기면서 한참 동안 새로운 표상을 떠올렸다. 그녀는 이제 상점에 있는 것 같았다. 벨벳과 모피 사이를 나긋나긋하게 움직이며 자신의 드레스를 만들어간다. 비단 스치는 소리며 서늘하고 높은 웃음소리가 나고 죽은 꽃에서 진한 향기가 풍기는 세계를 쾌활하게 바스락대며 걸어간다. 미니며 펄이며 주얼이며 제니들이 주위에 구애자처럼 모이겠지. 조젯 크레이프며 뺨을 감쌀 엷은 파스텔색의 섬세한 시폰이며 목 주변에 가냘프게 늘어질 우윳빛 레이스를 갖고 와서. 능직 천은 요즘엔 성직자용이거나 긴 소파를 감싸는 데 사용되고 사마르칸트의 천*은 낭만적인 시인들이나 기억할 뿐이었다.

그녀는 잠시 후 다른 곳으로 갈 거였다. 보닛을 수백 번 써보고 머리를 수백 가지 방향으로 기울여보며 우아한 입술에 어울릴 버찌 장식이나 유연한 몸에 어울릴 깃털 장식을 찾아보지만 허탕을 치겠지.

곧 정오가 된다. 그녀는 5번가로 북유럽의 가니메데스**처럼 서둘러 걸어갈 것이다. 모피 코트는 걸음걸이에 맞춰 세련되게 움직일 것이고, 뺨은 바람이 한 번 문질러 붉어질 것이고, 상쾌한 공기에 숨을 내쉬어 기분 좋은 김을 뿜어낼 것이다. 리츠 호텔의 문이 돌

---

* 사마르칸트 시에서 짠 화려한 천.
** 그리스 신화에 나오는 트로이의 미소년.

아가고, 사람들이 갈라설 것이다. 그녀가 뚱뚱하고 희극적인 여자들의 남편들에게 잊어버린 꿈을 되돌려줄 때 남자들의 눈 쉰여 개가 그녀를 바라볼 것이다.

1시. 그녀는 흠모하는 아티초크의 심장을 포크로 괴롭힐 것이다. 그동안 상대는 밥을 먹으면서 좋아서 어쩔 줄 몰라 하며 두껍고 기름 떨어지는 의견을 늘어놓을 것이다.

4시. 그녀는 음악에 맞춰 작은 발을 움직이고, 그녀의 얼굴은 인파 속에서 눈에 띄고, 상대는 사랑받는 강아지처럼 행복하면서도 언제부턴가 몹시 성이 났고…… 그런 다음, 그런 다음엔 밤이 올 것이고 아마 전과는 다르게 축축해지겠지. 간판이 거리에 빛을 흩뿌릴 것이다. 누가 알까? 그보다 더 많이 알아차린 사람은 없으니, 그들은 전날 밤 고요한 거리에서 본 우윳빛과 검은빛으로 그려진 그림을 우연히 다시 찾으려 했다. 다시 찾을지도 몰라, 오, 다시 찾을지도 몰라! 수많은 택시들이 수많은 모퉁이에서 하품할 것이고, 그 키스는 그에게만 영원히 사라지고 끝나버린 거였다. 타이스는 수없이 변장하여 택시를 부를 것이고 사랑을 나누려 고개를 들 것이다. 그녀의 창백한 안색은 순결하고 사랑스러울 것이고 그녀의 키스는 달처럼 순정한……

그는 흥분해서 벌떡 일어섰다. 그녀가 외출했다니 얼마나 어처구니없는지! 결국 그는 무엇을 원하는지 깨달았다. 그녀에게 다시 키스하고, 그녀의 위대한 부동성 속에서 안식을 찾고 싶었다. 그녀는 일체의 들뜸, 일체의 불만이 끝나는 존재였다.

앤서니는 채비를 마치고 밖으로 나갔다. 오래전에 그렇게 했어야 했다. 최근에 수정한 《악마 연인》의 마지막 장에 대해 들으러 리처드 캐러멜의 방으로 갔다. 그는 6시가 될 때까지는 글로리아에게 다시 전화하지 않았다. 계속 전화하지 않다가 마침내 8시가 되었다. 오, 내려가다 올라간다! 그녀는 화요일 오후까지는 약속을 잡을 수 없다고 했다. 그가 전화기를 쾅 내려놓자 부서진 고무 조각이 시끄럽게 바닥에 굴렀다.

흑마법

화요일은 얼어붙을 만큼 추웠다. 황량한 2시, 그는 그녀를 방문했다. 악수를 나누면서, 그는 그녀에게 키스한 적이 있긴 했나 혼란에 빠졌다. 거의 믿기 힘든 일이었다. 그녀가 그 일을 기억하기는 하는지 진심으로 걱정됐다.

"일요일에 네 번 전화했어요." 그가 그녀에게 말했다.

"그랬어요?"

그녀는 놀라움이 담긴 목소리로 대답하며 흥미를 보였다. 얘기를 꺼내버리다니 그는 스스로를 말없이 저주했다. 자존심 강한 그녀라면 이런 작은 승리는 취급하지 않을 것 같았다. 그때까지도 그는 진실을 알아차리지 못했다. 그녀는 남자들 때문에 고민한 적이한 번도 없어서, 신중하게 핑계 대기, 가지고 놀기, 끌어당기기 같은수법을 써본 적이 거의 없었다. 그 수법은 자매애와 맞바꾸어 얻어낸 거였다. 그녀가 남자를 좋아할 땐, 장난으로 족했다. 남자를 사랑한다고 생각하면, 상대를 끝장낼 만큼 치명적으로 덤벼들었다. 그녀의 매력은 끝없이 스스로를 보호했다.

"당신을 보고 싶었어요." 그가 간단하게 말했다. "당신과 이야기를 하고 싶어요. 진짜 대화 말이죠. 우리 둘만 있을 수 있는 곳에서. 그래도 되나요?"

"무슨 소리죠?"

갑작스레 심한 공포감이 밀어닥쳤고, 그는 그 감정을 꿀꺽 삼켰다. 그가 무엇을 원하는지 그녀는 아는 것 같았다.

"내 말은, 차 마시는 자리는 아니라는 거죠." 그가 말했다.

"음, 좋아요. 어쨌든 오늘은 아니에요. 오늘은 운동을 좀 하고 싶어요. 산책하러 가죠!"

살을 에는 듯 춥고 모진 날씨였다. 2월의 날뛰는 마음에 깃든 일체의 지독한 증오가 쓸쓸하고 차가운 바람으로 변했고 그 바람은 잔인하게도 센트럴파크를 가로질러 5번가를 따라갔다. 도저히 대화를 나눌 수 없었다. 그는 불안한 나머지 당황해서 61번가에서 옆으로 돌고 말았다. 그녀가 더 이상 곁에 없었다. 그는 주변을 둘러보았다. 그녀는 10미터쯤 뒤쪽에 가만히 서 있었다. 얼굴은 모피코트 옷깃에 반쯤 가려졌는데, 화가 났을 수도 있고 웃음을 지었을 수도 있었다. 어느 쪽인지 판단을 내릴 수 없었다. 그는 그녀에게 돌아갔다.

"당신의 산책을 방해하고 싶지 않아요!" 그녀가 말했다.

"정말 미안해요." 그는 어쩔 줄 몰랐다. "내가 너무 빨리 걸었나요?"

"추워요." 그녀가 말했다. "집에 가고 싶어요. 그리고 당신은 너무 빨리 걸어요."

"정말 미안해요."

그들은 나란히 플라자 호텔로 걸어갔다. 그는 그녀의 얼굴을 보고 싶었다.

"남자들은 나와 있을 땐 보통 자기 자신에게 그렇게 빠져 있지 않던데요."

"미안해요."

"아주 재미있네요."

"너무 추워서 걸을 수가 없네요." 그는 속이 타는 걸 감추려고 기운차게 말했다.

그녀는 대답하지 않았고 그는 호텔 입구에서 그녀가 자신을 떨쳐버릴 것인지 궁금했다. 그렇지만 그녀는 말없이 계속 걸어 호텔로 들어갔고, 엘리베이터를 타며 그에게 한마디 했다.

"올라가죠."

그는 아주 잠시 주저했다.

"다른 때 방문하는 게 좋겠어요."

"그럼 그렇게 하세요." 그녀는 작은 목소리로 중얼거렸다. 삶의 주요 관심사는 엘리베이터 거울을 보고 흐트러진 머리카락을 가다듬는 거였다. 뺨은 빛났고 눈에는 광채가 돌았다. 그녀가 이제껏 이렇게 흠잡을 곳 없이, 사랑스럽고 절묘하게 아름다워 보인 적이 없었다.

그는 스스로를 경멸하며 그녀 뒤를 따라 비굴하게 10층 복도를 걸었다. 그녀가 모피 코트를 벗으러 들어간 동안 그는 거실에 있었다. 무언가 잘못되고 있었다. 그는 체면을 좀 잃은 것처럼 보였다. 예상하지 못했지만 중요한 시합에서 그는 완전히 패배했다.

그러나 그녀가 거실에 다시 돌아온 무렵, 그는 혼자서 스스로에게 궤변가처럼 만족스럽게 변명했다. 어쨌든 가장 강력한 일을 해냈어, 그가 생각했다. 그는 그녀에게 가고 싶었고, 그녀에게 갔다. 그러나 그다음, 그날 오후에 일어난 일은 그가 엘리베이터에서 보잘것없는 존재로 취급받은 일에서 시작한 게 분명했다. 그녀는 그를 애태웠다, 견딜 수 없을 만큼. 너무 그러다 보니 그녀가 나타나자 그는 자기도 모르게 그녀를 흠잡았다.

"블록먼이라는 남자는 누구죠, 글로리아?"

"아빠의 사업 친구요."

"희한한 지인이군요!"

"그도 당신을 좋아하지 않아요." 그녀는 갑자기 웃으면서 말했다.

앤서니는 웃음을 터트렸다.

"그 말을 들으니 우쭐하게 되는군요. 그는 분명 나를⋯⋯." 그는 갑자기 하던 말을 그만두고 이렇게 말했다. "그는 당신을 사랑하나요?"

"몰라요."

"참, 당신이 모른다니." 그가 맞섰다. "물론 그는 당신을 사랑해요. 우리가 자리로 돌아갔을 때 그가 나를 쳐다보던 시선이 기억나요. 만일 당신이 전화 핑계를 대지 않았다면, 그는 아마 단역배우들을 시켜서 날 폭행했을걸요."

"그는 신경 쓰지 않았어요. 나중에 무슨 일이 있었는지 그에게 얘기했어요."

"그에게 말했다고!"

"그가 물어봤어요."

"그건 무척 싫군요." 그가 불평했다.

그녀는 또 웃었다.

"오, 당신은 싫어하는군요?"

"그 일이 그와 무슨 상관이죠?"

"상관없죠. 그래서 내가 그에게 말했죠."

혼란에 빠진 앤서니는 성이 좀 나서 입술을 깨물었다.

"내가 왜 거짓말을 해야 하나요?" 그녀가 바로 다그쳤다. "난 내가 하는 일은 무엇이든 부끄러워하지 않아요. 그는 내가 당신에게 키스했다는 걸 알자 흥미를 보였고, 난 기분이 좋아졌고, 그래서 난 단순하고 정확하게 '그래요'라고 말해서 그의 호기심을 만족시켜주었어요. 그는 차림새처럼 꽤 현명한 남자여서, 그 화제에선 손을 뗐어요."

"그가 나를 싫어한다고 말한 걸 제외하고 말이죠."

"오, 그게 신경 쓰이나요? 음, 만일 당신이 이 엄청난 문제를 깊숙이 파헤쳐야 한다면, 그는 당신을 싫어한다고 말한 적 없다는 걸 알려드리죠. 그가 그렇다는 걸 그냥 내가 알아요."

"그건 신경 쓰이지……."

"오, 그만하죠!" 그녀가 기운차게 외쳤다. "내가 제일 관심 없는 문제예요."

앤서니는 화제가 바뀌는 걸 아주 힘들게 참고 넘어갔다. 그들은 서로의 과거에 대해 질문하고 답변하는 옛날 게임에 빠져들었다. 두 사람의 취향과 사상이 아주 오래전부터 서로 닮았다는 걸 알게 되면서 점점 활기가 넘쳤다. 둘은 의도한 것보다 더 많은 것들을 드러내는 사건들을 말했다. 그러나 곧이곧대로 서로를 인정하는 척했다.

점점 더 친해진다는 건 이러하다. 제일 먼저 최고의 그림이 나온다. 허세와 거짓말과 웃음으로 고친 환한 완성품이다. 좀 더 자세한 그림이 필요해지고, 두 번째 초상화가 나온다. 그리고 세 번째······ 오래지 않아 그림에서 가장 좋은 선들이 사라진다. 결국 비밀이 드러난다. 그림들의 면면이 뒤섞여 우리에게 그 속을 드러낸다. 우리가 그림을 아무리 그리고 또 그려도 더 이상 팔 수가 없다. 아내와 아이들과 사업 동료들이 이 그림을 사실로 받아들이게끔 하면서, 그런 얼빠진 고객들을 기대하며 만족해야 한다.

"난 이런 생각이 드네요." 앤서니가 진지하게 말했다. "뭔가를 필요로 하지 않고 야망을 품지 않은 남자의 상황이란 불행하다고요. 누가 알겠냐만, 내가 나 자신을 동정하는 건 불쌍한 일이 되겠죠. 그러나 때로 난 딕이 부러워요."

그녀의 침묵이 그를 북돋웠다. 그녀가 의도적으로 이끈 거나 다름없었다.

"······예전엔 여가를 누리는 신사에게 체면 차릴 직업이 있었죠. 담배 연기로 풍경을 메우거나 다른 누군가의 돈을 빼앗는 것보단 좀 더 건설적인 일들. 물론 과학 얘기죠. 때로 좋은 재단을 가졌으면 해요. 보스턴 테크*에서 말하는 거요. 한데 지금은, 아이고, 2년 동안 책상에 앉아 물리와 화학의 원리를 파헤쳐야 하겠죠."

그녀는 하품을 했다.

"누구든 그가 무엇을 해야 하는지 난 모른다고 얘기했었죠." 그녀는 퉁명스럽게 말했다. 그녀가 무관심하니 그의 분노가 다시 살아났다.

"당신은 당신 말고 그 어떤 것에도 관심이 없나요?"

"별로 없어요."

그는 그녀를 노려보았다. 대화 속에서 자라난 즐거움은 산산조각 났다. 그녀는 하루 종일 성질을 냈고 그에게 앙심을 품었다. 그리고 지금 이 순간 그는 그녀의 단단한 이기심이 싫은 것 같았다. 그는 침울해서 벽난로 불을 바라보았다.

그때 이상한 일이 벌어졌다. 그녀가 그를 보고 웃었다. 그 미소를 보자 분노와 상처받은 허영심이 모두 사라졌다. 마치 그가 이 순간 느끼는 감정은 그저 그녀로부터 밖으로 흘러나오는 물결 같았다—마치 그녀가 그를 통제하는 전능한 선을 잡아당기는 게 적절하지 않다고 생각하면 그의 가슴에서 더 이상 감정이 솟지 않는 것처럼.

그는 더 가까이 다가가 그녀의 손을 잡은 다음 아주 부드럽게 잡아당겼다. 마침내 그녀가 그의 어깨에 반쯤 기댔다. 그가 그녀에게 키스하자 그녀는 그를 향해 웃었다.

* 과거 MIT의 비공식적 호칭.

"글로리아." 그는 아주 상냥하게 속삭였다. 다시 한번 그녀는 마법을 부렸다. 미묘하며 엎질러진 향수처럼 번져나가는, 저항할 수 없이 달콤한.

그 후로, 그다음 날이나 긴 세월이 지난 후 말고, 그가 이날 오후의 중요한 일들을 기억할 수 있었을까. 그녀는 마음이 움직였나? 그의 팔에 안겨 그녀는 뭔가 말했던가, 혹은 전혀 아니었나? 그녀는 그의 키스가 얼마나 즐거웠을까? 그녀가 언제든 그렇게 몰두한 적이나 있었나?

오, 그는 걱정할 필요가 없었다. 자리에서 일어나 순수한 희열을 느끼며 서성였다. 그런 여자가 있어야 한다. 깔끔하고 재빠르게 비행을 마치고 막 착륙한 제비처럼, 소파 구석에 몸을 웅크리고 있으면서 신비로운 눈길로 그를 바라보는. 그는 걸음을 멈추고, 때마다 수줍어하며 다가가, 그녀를 안고 키스할 거였다.

당신은 황홀해요, 그가 말했다. 그녀 같은 사람을 한 번도 만난 적 없었다. 그는 그녀에게 활기 넘치면서도 간절하게 청했다. 그를 보내버리라고. 그는 사랑에 빠지고 싶지 않았다. 그녀를 더 이상 보고 싶지 않았다. 이미 그녀는 그를 너무 많이 괴롭혔다.

얼마나 달콤한 사랑인가! 그는 사실 겁나지도 않았고 슬퍼하지도 않았다. 그녀와 함께 있다는 깊은 기쁨만 느낄 뿐이었다. 그 기쁨 때문에 그의 진부한 말들은 알록달록해지고 감상적인 모습은 슬퍼 보였고 가식이 현명해 보였다. 그는 돌아올 것이다, 영원히. 이 사실을 알았어야 했다!

"이게 다예요. 당신을 알게 된다는 건 매우 어려운 일이었고, 아주 이상하고 놀라운 일이었어요. 하지만 그렇지 않을 거예요, 계속 그렇지는 않을 거고." 그녀에게 말하는 동안 그의 마음엔 스스로에게 진실함을 구하는 떨림이 있었다.

나중에 그가 그녀에게 물어본 것들 가운데 그녀의 대답 하나를 기억했다. 이런 식으로 기억했지만, 아마도 그는 무의식적으로 그 말을 다듬고 채색했으리라.

"여자는 남자의 부인이나 정부가 되겠다는 어떤 욕망도 없이 아름답고 낭만적으로 남자에게 키스할 수 있어야 해요."

언제나 그렇듯 그녀와 함께 있을 때 그녀는 점점 나이를 먹는 것 같았고, 마침내 헤어질 때가 되니 말로 표현하기엔 너무 깊은 묵상이 그녀의 눈 속에서 겨울을 나고 있었다.

한 시간이 지나고 벽난로 불은 작은 희열 속에서 타올랐다. 마치 수그러들고 있는 그 삶이 달콤했다는 듯. 이제 5시였고, 벽난로 위의 시계가 소리로 시간을 분명히 알려주었다. 마치 꽃이 만발한 오후에 꽃잎이 떨어지는 가느다랗고 작은 소리를 듣고 마음속 잔인한 감각이 환기된 것처럼, 앤서니는 그녀를 다급히 일으켜 세워 붙잡은 다음 무력한 가운데 숨도 쉬지 않고, 장난도 찬사도 아닌 키스를 했다.

그녀의 팔이 옆으로 떨어졌다. 잠시 그녀는 해방됐다.

"그만!" 그녀가 조용히 말했다. "원치 않아요."

그녀는 소파 저편에 앉아서 눈앞의 광경을 똑바로 응시했다. 미간을 찡그렸다. 앤서니는 곁에 앉아서 그녀의 손을 자신의 손으로 덮었다. 생기도 없고 반응도 없었다.

"왜죠, 글로리아!" 그는 팔로 그녀를 안으려 했지만 그녀는 그를 피했다.

"원치 않아요." 그녀가 반복해서 말했다.

"미안해요." 그가 약간 조급하게 말했다. "당신이 그렇게 세심하게 구별하는지 몰랐어요."

그녀는 대답하지 않았다.

"내게 키스하지 않을 건가요, 글로리아?"

"그러고 싶지 않아요." 그녀는 몇 시간 동안 움직이지 않은 것처럼 보였다.

"갑자기 변했네요, 아닌가요?" 그의 목소리에서 짜증이 솟구쳤다.

"그래요?" 그녀는 흥미가 없어 보였다. 다른 누군가를 보는 것 같았다.

"난 가는 게 좋겠군요."

대답이 없었다. 그는 자리에서 일어나 분노의 눈길로, 자신 없이 그녀를 쳐다보았다. 그는 다시 앉았다.

"글로리아, 글로리아, 내게 키스하지 않을 건가요?"

"안 할 거예요." 그녀의 입술이 말을 하느라 벌어지면서 약간 움직였다.

다시 그는 일어났다. 이번엔 결심도 확신도 더 사라졌다.

"그럼 난 가겠어요."

침묵이 흘렀다.

"좋아요, 갑니다."

이 말엔 돌이킬 수 없이 독창성이 부족하다는 걸 그는 깨달았다. 실제로 그는 전체적인 분위기가 답답하게 변했다고 느꼈다. 그는 그녀가 말을 하길, 그에게 저주를 퍼붓길, 그에게 소리치길, 방안에 온통 번진 차가운 침묵 말고 그 어떤 거라도 하길 바랐다. 그는 자신을 나약한 바보라고 저주했다. 그는 확실히 욕망했다—그녀를 뒤흔들고 그녀에게 상처를 입히고 그녀가 질리는 모습을 보고 싶었다. 무력하게, 본의 아니게 그는 다시 실수했다.

"키스하는 게 지겹다면 난 가는 게 낫겠군요."

그녀가 입술을 삐죽 내미는 모습이 보였다. 그는 마지막 체면을 잃었다. 그녀가 마침내 입을 열었다.

"당신은 그 말을 이미 여러 번 한 것 같네요."

그는 즉시 주변을 살폈다. 의자 위의 모자와 코트를 본 다음 더듬거리며 물건들을 챙겼다. 그 순간을 참기 어려웠다. 소파를 다시 보니 그녀는 몸을 돌리지 않고, 심지어 꼼짝하지도 않았다. 떨리는 목소리로 "안녕"이라는 말을 남기고서 바로 후회하며 그는 빠르게, 하지만 체면치레 없이 떠났다.

한순간 글로리아는 가만히 있었다. 입술은 여전히 삐죽 나왔다. 시선은 곧고, 자부심이 넘치고, 먼 곳을 향했다. 그러고 나서 눈빛이 잠시 흐려졌다. 그녀는 곧 꺼질 불을 향해 약간 큰 목소리로 단어 세 개를 외쳤다.

"잘 가, 얼간아!" 그녀가 말했다.

공황

남자는 인생에서 가장 강력한 일격을 당했다. 그는 마침내 자신이 무엇을 원하는지 깨달았지만, 원하는 것을 구하면서 도리어 그것을 손이 닿지 않는 곳으로 영원히 밀어 넣고 말았다. 그는 비참한 채 집으로 돌아왔고, 외투를 벗지도 않고 안락의자에 한 시간 이상 주저앉았다. 그의 마음은 무익하고 가련하게 자기 자신에게 침잠하는 길로 질주했다. 그녀는 그를 보내버렸다! 이 문장은 절망에 빠진 그가 반복해서 외치는 짐이었다. 그녀를 붙잡아 힘으로 밀어붙여 마침내 그의 욕망에 그녀가 순종하도록 만드는 대신, 그의 힘으로 그녀의 의지를 꺾는 대신, 그는 패배한 채 힘없이 그녀의 방을 떠났다. 축 처진 입으로, 매 맞은 소년의 태도 뒤에 숨겨진 슬픔과 분노, 그 속에 있을 수 있는 힘을 품고서. 그녀는 1분 동안은 그를 엄청나게 좋아했다. 아, 그녀는 그를 거의 사랑했다. 그다음 순간, 그는 그녀에게 무관심한 존재, 무례하고 효과적으로 창피당한 남자가 되었다.

그는 크게 자책하지 않았다. 물론 약간은 자책했다. 그러나 지금 그에겐 더 중요하고 훨씬 급한 일이 있었다. 그는 글로리아에게 열중한 만큼 그녀를 사랑하진 않았다. 다시는 그녀를 가까이에서 안고, 키스하고, 말 없는 그녀 곁에 바싹 붙어 있을 수 없다면, 그가 인생에서 더 원하는 건 없었다. 그에게 완벽히 무관심했던 3분 동안, 그녀는 그의 마음속에서 더 높고도 뭔가 무심한 자리로 올라갔고, 그가 완전히 몰두하는 존재가 됐다. 그녀에게 키스하고 싶은 열정적인 욕망과 그녀에게 상처를 주고 해를 입히고 싶다는 똑같이 열정적인 갈망 사이에서 거친 생각이 왔다 갔다 해도, 한편으론 3분 동안 빛났던 그 의기양양한 영혼을 소유하는 더 고상한 방법을 갈망했다. 그녀는 아름다웠다. 그러나 특히 자비심이 없었다. 그는 자신을 보내버릴 수 있는 그 힘을 소유해야 했다.

현재 앤서니는 이런 식으로 분석할 수가 없었다. 그의 명석함, 그가 보기에 아이러니함으로 얻은 무한한 자원들은 옆으로 밀려났다. 그날 밤뿐 아니라 하루가 지나고 몇 주가 지나도록 그에게 책이란 가구일 뿐이고 친구들이란 그가 탈출하려고 노력하는 흐릿한 바깥세상에 살면서 걸어 다니는 존재일 뿐이었다. 바깥세상이란 차갑고 황폐한 바람으로 가득한 곳이었다. 그리고 잠시 동안 그는 불이 빛나는 따뜻한 집 안을 들여다보았다.

한밤중에 그는 배가 고프다는 걸 깨달았다. 52번가로 내려갔는데, 너무 춥고, 거의 아무것도 보이지 않았다. 습기가 눈썹과 입가에 얼어붙었다. 어디서든 북쪽에서 황량함이 내려와, 흐리고 칙칙한 거리에 자리 잡았다. 밤이 배경이라 더 검어 보이는, 검은색으로 감싼 형상들이 날카로운 바람 속에서 인도를 따라 비틀거리며 걷고 있었다. 주의 깊게 미끄럼을 타며 걷는 모습이 마치 스키를 타는 것 같았다. 앤서니는 6번가로 방향을 틀었다. 생각에 열중한 터라 여러 행인들이 자신을 빤히 쳐다보는 걸 몰랐다. 외투를 잠그지 않아서 바람이 들어오고 있었다. 매섭고, 자비 없는 죽음으로 가득한 바람이었다.

……잠시 후 여종업원이 그에게 말을 걸었다. 검고 긴 끈이 달랑

거리는 검은 테 안경을 쓴 살찐 직원이었다.

"주문해주세요!"

그녀의 목소리는 필요 이상으로 큰 것 같았다. 그는 화가 나서 바라보았다.

"주문할 건가요, 안 할 건가요?"

"물론……." 그가 따졌다.

"음, 손님에게 세 번 물어봤어요. 여긴 휴게실이 아니에요."

그는 큰 시계를 보았고 새벽 2시를 지나고 있어 깜짝 놀랐다. 그는 13번가의 어딘가에 있었고 잠시 후 다음과 같은 단어를 발견했다.

CHILD'S

전면 유리에 흰색 반원형 글자로 쓰여 있었다. 가게 내부엔 쓸쓸하고 반쯤 얼어붙은 밤을 새우는 사람들이 서너 명 드문드문 앉아 있었다.

"베이컨과 달걀과 커피 주세요."

여종업원이 마지막으로 넌더리가 난다는 듯한 시선을 그에게 던졌는데, 끈 달린 안경을 쓴 모습이 익살스럽게 똑똑해 보였다. 그녀는 빠르게 사라졌다.

세상에! 글로리아와의 키스는 꽃이었다. 그는 그녀의 낮고 신선한 목소리를 오래전 일처럼 기억했다. 옷으로 드러난 아름다운 선이 흐르는 몸, 거리의 조명 아래 백합 빛깔이던 얼굴.

불행이 다시 닥쳤고, 두통과 열망 위에 일종의 두려움을 쌓았다. 그는 그녀를 잃었다. 사실이었다. 부인할 수 없었고, 약화시킬 수도 없었다. 그러나 새로운 생각이 떠올라 화끈거렸다. 블록먼! 지금 무슨 일이 일어날까? 부유한 남자, 아름다운 아내에게 너그럽고 그녀의 변덕을 받아주고 불합리하게 굴어도 그냥 놔두고, 아내가 그의 단춧구멍에, 그녀가 두려워하는 것들에서 안전하고 안심이 되는 자리에 꽂아둘 밝은 꽃으로 쓰이길 원할 때 그렇게 써먹을 만한 중년. 그녀는 블록먼과 결혼할까 말까, 이 생각을 가지고 노는 것 같았다. 그리고 가능성이 꽤 있었다. 앤서니에게 실망하고서 갑자기 충동적으로 블록먼의 팔로 뛰어들지도 모를 일이었다.

이렇게 생각하니 유치하게도 그는 미칠 것 같았다. 블록먼을 죽여서 그가 흉측하게도 주제넘게 굴었던 일을 벌하고 싶었다. 입을 꽉 다문 채 그는 이 말을 스스로에게 하고 또 하고 있었다. 그의 눈은 증오와 공포에 완전히 사로잡혔다.

그러나 이 지저분한 질투 뒤로, 앤서니는 결국 깊고 진실하게 사랑에 빠졌다. 남자와 여자 사이에서 쓰이는 바로 그 의미로.

커피가 그의 팔꿈치 쪽에 놓였고 잠시 동안 한 가닥 김이 올라왔다가 서서히 사라졌다. 책상에 앉은 야간 매니저는 홀로 꼼짝없이 앉아 있는 마지막 손님을 힐끗 보았다. 그러고 나서 한숨을 쉬며 그의 앞을 지나갔다. 마치 큰 시계의 시침이 3시 표시를 가로지르듯.

지혜

얼마 후 혼란은 가시고 앤서니는 이성을 발휘하기 시작했다. 그는 사랑에 빠졌다—스스로에게 열렬히 외쳤다. 일주일 전에는 극복할 수 없는 장애물처럼 보였던 것들, 즉 얼마 안 되는 수입이라든가 책임지기 싫고 자유롭게 살고픈 욕망이 40시간이 지나자 사랑의 열병 앞에서 제일 하찮게 여겨졌다. 만일 그녀와 결혼하지 않는다면 그의 삶은 자신의 청춘을 힘없이 패러디한 모양새가 될 것이다. 사람들을 마주하면서 글로리아를 계속 생각나게 하는 것들을 견딜 수 있으려면—이미 세상 모든 것들이 그렇게 되어버렸는데—그러려면 희망을 가져야 했다. 그래서 그는 필사적으로 집요하게 꿈의 재료들을 가지고 희망을 빚었다. 물론 충분히 얄팍하고, 하루에도 열두 번씩 흩어지고 사라지며, 비웃음이 돌봐주는, 그렇지만 그의 자존심에 체력과 힘이 되어줄 희망을.

이렇게 해서 지혜 한 가닥이, 진실한 인식이 노력한 적 없는 과거로부터 자라났다.

'기억은 짧아.' 그는 생각했다.

매우 짧았다. 신문 가판대의 〈트러스트 프레지던트〉에 중요한 대목이 있었다. 잠재적 범죄자가 같은 그룹의 반듯한 사람들에게 경멸당하는 죄수가 되게 하려면 한 번만 밀어주면 된다. 그가 무죄선고를 받게 하자—1년만 지나면 모든 게 잊힌다. "그래, 그는 한때 문제가 좀 있었지, 그저 절차상으로." 오, 기억은 참으로 짧다!

앤서니는 글로리아를, 다 합쳐서 약 열두 번 스물네 시간쯤 봤다. 한 달쯤 그녀를 혼자 둔다 치고, 그는 그녀를 만나려고도 말을 걸려고도 하지 않았고, 그녀가 있을 만한 장소는 모조리 피했다. 불가능하지만, 그녀가 그를 사랑한 적 없기 때문에 더욱더 가능했고, 이 시간의 끝에는 여러 사건들이 몰려들어 그녀가 그라는 사람을 의식에서 지워버릴 것이고, 그리고 그와 함께 그의 공격과 수치도? 그녀는 잊을 것이다. 다른 남자가 있을 테니까. 그는 주춤했다. 넌지시 생각했다가 한 방 먹었다―다른 남자들이라니. 두 달, 세상에! 3주 후, 2주 후가 더 나을 것이다…….

재앙이 닥치고 난 뒤 이튿날 저녁, 그는 옷을 벗은 채 이런 생각을 했다. 그는 침대에 몸을 던져 누워 있었다. 아주 약간 떨면서 침대 덮개의 위쪽을 보았다.

2주면 시간 간격을 아예 두지 않는 것보다 더 나빴다. 2주가 지나면 이제 자신에게 필요한 태도를 갖춰 그녀에게 다가갈 수 있을 것이다―특색도 없고 관계에 대한 확신도 없이, 한때 너무 많이 나선 남자로 기억되어 있겠지. 한순간, 아니 사실은 영원히 애처롭게 눈물 흘렸지만. 아니다, 2주는 너무 짧았다. 그날 오후 그녀가 보인 매서운 태도는 그게 무엇이든 무뎌지는 데 시간이 필요하다. 그녀에겐 사건에 대한 기억이 흐릿해질 시간이 필요했고, 그녀가 그에 대해 서서히 생각하게 될 시간이 또 새로 필요했다. 아무리 기억이 흐릿하다 해도, 그가 당한 수치뿐 아니라 그가 준 즐거움도 기억할 수 있는 진실한 관점으로 그를 생각할 시간이.

그는 마침내 6주 동안 시간을 두기로 마음먹었다. 그 정도 간격이면 목표에 제일 적당했다. 책상 달력에 날짜를 표시했다. 4월 9일

이었다. 아주 좋다, 그날이 오면 그는 그녀에게 전화를 해서 찾아가
도 되는지 물어볼 것이다. 그때까지는…… 침묵한다.

결정을 내리고 나니 확실히 점점 더 나아졌다. 적어도 그는 희망
이 가리키는 방향으로 한발 나아갔고, 그녀에 대해 덜 곱씹을수록
그녀와 다시 만났을 때 그가 바라던 인상을 줄 수 있을 것이다.

한 시간 뒤 그는 깊은 잠에 빠졌다.

간격

그럼에도, 날이 갈수록, 그녀의 머리칼이 내는 빛이 흐릿해지고
있었다. 1년간 떨어져 있으면 완전히 사라질 수도 있었다. 6주는 길
고 지긋지긋한 나날들이었다. 딕과 모리를 만나는 게 두려웠다. 그
들이 다 안다고 제멋대로 상상했기에. 그러나 셋이 만났을 때 관심
의 대상은 앤서니가 아니라 리처드 캐러멜이었다. 《악마 연인》이 즉
시 출간되기로 결정 난 것이다. 앤서니는 이제 그들에게서 멀어진
것 같았다. 더 이상 모리와 친구들의 따뜻함과 안전함을 갈망하지
않았다. 지난 11월 이후부터는 이들을 만나도 힘이 나지 않았다. 이
젠 글로리아만이 그런 사람이었고, 다른 누구도 다시는 그런 사람
이 될 수 없었다. 그래서 딕이 성공했다는 소식을 접해도 그저 무
심히 기쁠 뿐 조금도 신경 쓰이지 않았다. 세상이 앞으로 나아가
고 있다는 뜻이었다. 글쓰기와 읽기와 출판, 그리고 삶. 그는 세상
이 꿈쩍 않고 숨도 쉬지 말고 6주 동안 기다렸으면 했다—글로리

아가 그 사건을 잊는 동안.

두 만남

제럴딘과의 만남이 가장 만족스러웠다. 그는 그녀와 한 번 저녁 식사를 하고 연극을 보았으며, 그의 아파트에서 여러 번 그녀를 대접했다. 그의 곁에서 그녀는 그를 사로잡았는데, 글로리아의 방식과는 달랐다. 하지만 글로리아와 같이 있으면 성가시게 굴던 그의 성애적 감각이 그녀와 있으면 가라앉았다. 그가 제럴딘에게 어떻게 키스했는지는 중요하지 않았다. 키스는 그냥 키스였다. 짧은 시간 동안 극도의 즐거움을 누리는. 제럴딘에게 사건들이란 칸칸이 구분됐다. 키스는 사건 하나일 뿐이고, 거기서 더 나아간 건 전혀 다른 사건이었다. 키스는 받아들일 수 있었다. 다른 것들은 '바람직하지 않은' 사건이었다.

글로리아를 기다리는 시간이 반쯤 지났을 때, 두 사건이 잇따라 일어났다. 점점 침착해지던 그는 이 사건들로 엉망이 됐고 잠시 상태가 나빠졌다.

첫 번째 사건은, 그가 글로리아를 봤다는 거였다. 짧은 만남이었다. 둘은 인사를 나누었다. 말을 했지만, 서로의 말을 듣지는 않았다. 그러나 그들이 헤어지고 나자, 앤서니는 〈더 선〉의 칼럼을 문장 하나도 이해하지 못한 채 연이어 세 번 읽었다.

6번가는 안전한 거리인 줄 알았겠지! 그는 플라자 호텔의 이발사를 포기하고, 어느 날 아침 면도를 받으려고 모퉁이를 돌았다. 코트와 조끼를 벗고 목을 감싼 부드러운 옷깃을 펼친 채 순서를 기다리며 가게 입구 가까이 서 있었다. 그날의 날씨는 차가운 사막 같은 3월 속의 오아시스였다. 볕 쬐기 좋아하는 사람들이 인도로 산책을 나와 거리에는 활기가 넘쳤다. 벨벳 옷으로 몸을 감싼 살찐 여자가 있었다. 마사지를 너무 많이 받아서 뺨이 축 늘어졌으며, 데리고 나온 푸들이 개 줄을 꽉 끌어당기는 바람에 빙빙 돌고 있었다. 예인선이 원양 여객선을 끄는 것 같았다. 바로 뒤에서 푸른 줄무늬 슈트를 입고서 흰색 각반을 댄 발을 돌리며 걷던 한 남자가 그 광경을 보고 씩 웃다가, 앤서니의 시선을 눈치채고는 안경 너머로 윙크를 했다. 앤서니는 웃었고, 곧 남자와 여자란 품위 없고 어리석은 유령으로, 자신들의 집이라는 네모난 세계에 살며 기묘하게 구부러지고 둥글둥글해진 모습이라는 생각을 했다. 그들을 보면, 수족관 속 내밀한 녹색 세상에 사는 이상하고 괴물 같은 물고기를 볼 때와 똑같은 감각이 느껴졌다.

산책자 두 명이 무심코 눈에 띄었다. 남자와 여자였다. 여자가 글로리아 본인으로 변했다. 그 순간 그는 소름이 끼쳤다. 그는 힘없이 그곳에 서 있었다. 두 사람이 가까이 왔고, 글로리아가 그를 보았다. 그녀는 눈을 크게 떴고 예의 바르게 웃었다. 그녀의 입술이 움직였다. 그녀는 1.5미터보다 가까이 서 있었다.

"잘 지내요?" 그가 무의미한 말을 중얼거렸다.

글로리아, 행복하고 아름답고 젊은 그녀는 그가 전엔 본 적 없는 남자와 함께였다!

그때 이발소 자리가 났고 그는 신문 칼럼을 연이어 세 번 읽었다.

다음 날 두 번째 사건이 일어났다. 그는 맨해튼 바에 7시쯤 들어 갔다가 블록먼과 마주쳤다. 그때 바에는 사람이 거의 없었고, 서로를 알아보기 전 앤서니는 그 연상의 남자와 30센티미터 거리에 자리를 잡고 음료를 주문해버린 뒤였다. 어쩔 수 없이 함께 대화를 나누어야 했다.

"안녕하시오, 패치 씨." 블록먼이 상냥하게 말을 건넸다.

앤서니는 그가 내민 손을 잡고 오락가락하는 기온에 대해 경구 몇 마디를 주고받았다.

"여기 자주 오나요?" 블록먼이 물었다.

"아뇨, 거의 안 옵니다." 최근까지 선호한 곳은 플라자 호텔의 바였다는 얘기는 생략했다.

"좋은 바죠. 시내에서 최고로 좋은 바 중 한 곳이죠."

앤서니는 고개를 끄덕였다. 블록먼은 잔을 비운 다음 지팡이를 쥐었다. 그는 야회복 차림이었다.

"음, 전 서둘러야 해서. 길버트 양과 저녁을 먹기로 했어요."

죽음이 갑자기 푸른 두 눈으로 그를 바라보았다. 앤서니 곁에서 앤서니를 죽일 가능성이 있는 사람으로서 앤서니에게 이보다 더 치명적인 일격을 입힐 수는 없었을 것이다. 연하의 남자는 눈에 띄게 얼굴이 붉어졌다. 신경이 갑자기 몽땅 곤두섰으므로. 그는 무척 애서 딱딱한, 아주 딱딱한 미소를 지었고 형식적인 인사를 건넸다. 그러나 그날 밤 그는 새벽 4시까지 깨어 있었다, 슬프고 겁이 나고 혐오스러운 상상에 사로잡혀서 반쯤 난폭해진 채.

약점

그리고 5주째의 어느 날, 그는 그녀에게 전화를 걸었다. 그는 아파트에서 《감정 교육》*을 읽으려 애쓰며 앉아 있었다. 책의 어떤 대목을 읽다가 늘 그렇듯 마치 마구간을 향해 달리는 말들처럼 생각이 멋대로 질주했다. 갑자기 호흡이 가빠진 그는 전화기로 걸어갔다. 교환원에게 번호를 알려주는 동안 그의 목소리는 남학생처럼 더듬거렸고 갑자기 잘 나오지 않는 것 같았다. 교환원은 그의 심장이 두근거리는 소리를 들었으리라. 다른 쪽 끝에서 들려오는 수화기의 소리는 최후의 심판을 알리는 천둥소리 같았다. 길버트 부인의 목소리는 유리잔으로 흘러드는 단풍나무 시럽처럼 부드러웠지만 "안녕하세요?"라는 말 한마디만 들어도 그는 소름이 끼쳤다.

"글로리아는 몸이 좋지 않아요. 지금 누워서 자고 있어요. 누구라고 전할까요?"

"아무도 아닙니다!" 그가 소리쳤다.

심한 공황 상태에 빠진 그는 수화기를 쾅 내려놓았다. 안락의자에 쓰러진 그는 헐떡이고 안도하면서 식은땀을 흘렸다.

---

* 귀스타브 플로베르의 소설. 주인공 프레데리크 모로는 딜레탕티슴의 측면에서 앤서니와 닮았다.

세레나데

그가 그녀에게 맨 처음 한 말은 이러했다. "저런, 머리를 단발로 잘랐네요!" 그러자 그녀가 대답했다. "네, 멋지지 않아요?"

그땐 단발이 유행이 아니었다. 5년이나 6년이 지나야 유행할 거였다. 그 무렵 단발은 아주 대담한 머리 모양이었다.

"바깥은 날씨가 진짜 좋군요." 그가 진지하게 말했다. "산책하지 않을래요?"

그녀는 가벼운 코트를 입고 색다르고 톡 쏘는 듯한 느낌의 담청색 나폴레옹 모자를 썼다. 그들은 거리를 걷다 센트럴파크의 동물원으로 들어갔다. 그곳에서 당연히 그들은 거대한 코끼리에게, 목이 긴 기린에게 경탄했지만, 원숭이 우리에는 가지 않았다. 글로리아가 원숭이는 냄새가 고약하다고 했기 때문이었다.

그러고 나서 그들은 플라자 호텔로 별 대화 없이 돌아갔다. 그러나 대기에 감도는 봄기운과 갑자기 금빛으로 빛나는 도시를 감싼 따뜻한 향기에 기뻤다. 오른쪽에는 센트럴파크가, 왼쪽에는 거대한 대리석과 화강암 덩어리가 있었다. 어느 백만장자가 누구라도 보라는 듯 남긴, 따분한 뒤죽박죽 문장을 돌에 남겼다. "나는 일했고 저축했고 모든 아담보다 영리했고 그래서 여기 앉아 있노라, 이런, 이런!"

아름답게 디자인된 최신식 자동차들이 5번가에 세워져 있었고, 그 앞에 플라자 호텔이 드물게 하얗고 매력적인 모습을 불쑥 드러냈다. 나긋나긋하고 게으른 글로리아는 그림자 길이가 짧은 만큼 앤서니보다 앞서 걸어갔다. 그녀의 게으르고 무심한 말은 그의 귀에 가닿기 전 눈부신 대기 속을 잠시 떠다녔다.

"아!" 그녀가 외쳤다. "남쪽 핫스프링스에 가고 싶어요! 바깥바람을 쐬고 새로 자란 풀 위를 그냥 데굴데굴 구르며 겨울이 있었다는 사실 자체를 잊어버리고 싶어요."

"그러진 말아요, 그래도!"

"백만 마리 울새들이 굉장한 소리를 내는 걸 듣고 싶어요. 난 약간 새 같죠."

"모든 여자들은 새죠." 그가 말했다.

"난 어떤 새인가요?" 그녀가 재빨리 열띠게 질문했다.

"제비요, 내 생각엔. 때론 천국의 새고요. 대부분의 여자들은 참새죠, 물론. 저기 늘어선 간호사들 보여요? 저들은 참새겠죠, 아니면 까치? 물론 당신은 카나리아 여자들을 봤겠죠. 울새 여자들도."

"그리고 백조 여자들과 앵무새 여자들도. 모든 성인 여자들은 매예요, 내 생각엔. 혹은 올빼미."

"나는 뭘까요, 말똥가리?"

그녀는 웃었고 고개를 저었다.

"아, 아니에요. 당신은 전혀 새 같지 않아요. 안 그래요? 당신은 러시안 울프하운드죠."

앤서니는 그 흰색 개들이 이상하게도 언제나 배고파했다고 기억했다. 하지만 보통 공작이나 공주와 함께 사진을 찍는 개니까, 그는 적당히 우쭐했다.

"딕은 폭스테리어죠. 묘기 부리는 폭스테리어." 그녀가 계속 말했다.

"그리고 모리는 고양이고요." 동시에 그는 블록먼은 튼튼하고 불쾌한 돼지라고 생각했지만 신중하게 침묵을 지켰다.

나중에 헤어지면서 앤서니는 그녀에게 다시 만날 수 있는지 물었다.

"당신은 약속을 길게 잡진 않나요?" 그가 간청했다. "일주일 후라도, 난 하루를 쭉 같이 보내는 게 재미있는 것 같아요. 오전 오후 전부 다."

"그럴 거예요, 안 그런가?" 그녀는 잠시 생각했다. "다음 주 일요일에 그렇게 해요."

"좋아요. 그럼 내가 그날 계획을 짜겠어요."

그는 그렇게 했다. 심지어 그녀가 차를 마시러 그의 아파트에 오고 나서 두 시간이 지나면 있을 법한 일도 세심히 생각해두었다. 훌륭한 하인 바운즈는 신선한 바람이 들어오도록 창문을 활짝 열어둔다. 그러나 공기가 차가워지면 안 되므로 벽난로의 불은 그대로 둔다. 그리고 이때를 위해 그가 사둔 꽃다발을 크고 차가운 그릇에 담는다. 그들은 거실에 앉아 있을 거였다.

그날이 왔고 그들은 거실에 앉았다. 잠시 후 앤서니는 그녀에게 키스했는데 꽤 자연스러웠다. 달콤함은 여전히 그녀의 입술에 잠들어 있었고, 그는 그녀와 멀어진 적 없는 것 같았다. 벽난로의 불은 밝았으며, 커튼을 통해 들어오는 살랑거리는 바람은 감미롭게 촉촉했고 5월과 여름의 세계를 약속했다. 그의 영혼은 여기서 먼 곳에 있는 조화로운 것들에 열광했다. 멀리서 들려오는 서투른 기타

소리와 따뜻한 지중해 해안에서 찰랑이는 물소리. 지금 이 순간 그는 다시는 그럴 수 없을 만큼 젊었고, 죽음보다 더 의기양양했다.

금세 6시가 되었고, 모퉁이에 있는 성 안나 성당의 종에서 툴툴거리는 멜로디가 퍼졌다. 땅거미가 깔리는 동안 둘은 거리를 산책했다. 군중이 마치 해방된 죄수처럼 긴 겨울의 끝을 마침내 쾌활하게 걷고 있었고, 버스 위는 뜻이 맞는 왕들로 붐볐으며, 상점들은 여름, 진기한 여름, 즐겁고 전망이 밝은 여름에 쓰일 곱고 부드러운 물건들을 가득 갖다 두었다. 겨울이 돈이라면 여름은 사랑 같았다. 삶은 길모퉁이 식당에서 그의 저녁 식탁을 위해 노래를 부르고 있었다! 삶은 거리에서 칵테일을 나눠주고 있었다! 달리기를 할 수 있고 100미터 경주에서 이길 수 있다고 여기는 군중 속에는 나이 든 여자들이 있었다!

그날 밤 앤서니는 불을 끄고 달빛이 넘실대는 차가운 방의 침대에 누웠지만, 잠이 들지 않았다. 오랫동안 원한 크리스마스 장난감 더미에서 순서대로 장난감을 꺼내 하나씩 갖고 노는 어린아이처럼 그날의 순간순간을 회상하며 즐겼다. 그는 그녀에게 키스하던 중 사랑한다고 부드럽게 말했다. 그녀는 웃었고 가까이에서 그의 눈을 바라보면서 속삭였다. "기뻐요." 그녀의 태도엔 새로운 구석이 엿보였다. 그에게서 순수한 육체적 매력을 새롭게 느끼고 있었으며, 낯선 감정적 긴장도 느끼는 듯했다. 그가 하루를 돌이켜보며 손을 꽉 잡고 숨을 들이쉴 만했다. 그녀와 전보다 더 가까워진 것 같았다. 진귀한 달빛 속에서 그녀를 사랑한다고 방에다 대고 크게 외쳤다.

다음 날 아침 그는 전화를 걸었다. 이제 주저하지 않았다, 머뭇거리지도 않았다. 그 대신 미칠 것처럼 흥분했다. 그녀의 목소리를 듣자 두 배 세 배로 흥분했다.

"안녕, 글로리아."

"안녕."

"그냥 인사하려고 전화했어요."

"그렇게 해줘서 기쁘네요."

"당신을 볼 수 있으면 좋겠네요."

"내일 밤에 그럴 수 있어요."

"오래 기다려야 하네요, 안 그래요?"

"네." 그녀는 내키지 않는 목소리였다. 그는 손으로 수화기를 꽉 쥐었다.

"오늘 밤은 안 되나요?" 그는 '그래요'라고 속삭이는 듯한 영광과 계시를 받은 채 아무 말이나 했다.

"데이트가 있어요."

"아……."

"하지만 아마, 아마 취소할 수 있을 거예요."

"아!" 단순한 외침, 열광적 표현. "글로리아?"

"음?"

"당신을 사랑해요."

다시 침묵이 이어지고 이어 그녀가 말했다.

"난, 난 기뻐요."

어느 날 모리 노블이 행복에 대해 말했다. 행복이란, 특히 심한 불행을 겪은 이후 괜찮아진 뒤의 첫 시간일 뿐이라고. 그러나 그날 밤 플라자 호텔의 10층 복도를 걸어가는 앤서니의 얼굴이란! 짙은 눈은 빛나고 있었고, 입가에는 친절함이 감돌았다. 그는 이전엔 볼 수 없었던 잘생긴 모습으로, 불멸의 순간들 중 하나를 향해 뛰어가고 있었다. 그 순간은 매우 빛나서, 그들의 기억 속에서 오래도록 보이기에 충분하다.

그는 문을 두드렸고 바로 안으로 들어갔다. 글로리아는 단순한 분홍색 옷을 입고 있었는데 풀을 먹인 드레스는 꽃처럼 신선했다. 그녀는 방 안 맞은편에 조용히 서서 눈을 크게 뜨고 그를 쳐다보고 있었다.

그가 뒤에 있는 문을 닫자 그녀는 작은 비명을 질렀고 그를 향해 빠르게 움직였다. 가까이 다가오면서 그녀는 그를 안기 위해 미리 팔을 위로 들었다. 그들이 성공적으로 오랫동안 포옹하는 동안 그녀 옷의 빳빳한 주름이 우그러졌다.

2부

1장

빛을 발하는 시간

2주 후 앤서니와 글로리아는 자기들끼리 '쓸모 있는 토론'이라고 부르는 대화에 빠져들기 시작했다. 현실의 가혹함을 모르지 않는 것처럼 가장한 채 실제로는 영원한 달빛 속을 헤매면서 말이다.

"나만큼은 아니지." 순문학 비평가가 주장했다. "만일 당신이 나를 정말 사랑한다면, 당신은 모두가 이 사실을 알길 바랄걸."

"난 그러길 바라." 그녀가 항의했다. "나는 앞뒤로 광고판을 달고 다니는 사람처럼 거리에 서고 싶어. 지나가는 사람 전부에게 알리는 거지."

"그럼 당신이 왜 6월에 나와 결혼할 건지 이유를 대봐."

"음, 당신은 깨끗하기 때문이지. 바람처럼 깨끗한 쪽이야, 나처럼. 알다시피 두 가지 유형이 있어. 하나는 딕 같은 유형. 딕은 잘 닦은 냄비처럼 깨끗해. 당신과 나는 개울과 바람처럼 깨끗하고. 나는 사람을 보면 그가 깨끗한지 아닌지, 만일 깨끗하다면 어떤 유형인지 알 수 있어."

"우린 쌍둥이구나."

황홀한 생각!

"엄마는 말하곤 해." 그녀는 자신 없이 주저했다. "엄마는 말하곤
하지. 두 영혼은 때로 함께 창조된다고. 그리고 태어나기 전부터 사
랑에 빠진다고."

참 쉽게 빌피즘으로 개종했구나……. 잠시 후 그는 고개를 들고
천장을 향해 소리 없이 웃었다. 그의 시선이 다시 그녀에게로 돌아
왔을 때, 그는 그녀가 화가 난 걸 알았다.

"왜 웃었어?" 그녀가 소리쳤다. "당신은 전에도 두 번 그랬어. 우
리 사이엔 웃기는 건 아무것도 없어. 난 바보 시늉하는 건 신경 쓰
지 않고, 당신한테 그런 걸 하게 해도 신경 쓰지 않아. 하지만 우리
가 같이 있을 땐 참을 수 없어."

"미안해."

"오, 미안하다고 말하지 마. 만일 더 나은 게 뭐든 생각이 안 나
면, 그냥 조용히 있어!"

"사랑해."

"상관없어."

침묵이 흘렀다. 앤서니는 우울했다……. 마침내 글로리아가 중얼
거렸다.

"못되게 굴어서 미안해."

"당신은 그러지 않았어. 내가 그랬지."

평화가 돌아왔다. 이어진 순간들은 훨씬 더 달콤하고 날카롭고

자극적이었다. 그들은 무대에 선 주인공들이었고, 두 관객 앞에서 각자 연기를 했다. 연기를 하는 열정이 현실감을 만들어냈다. 결국 이것은 자기표현의 정수였다. 그러나 그들 사랑은 대부분 앤서니보다는 글로리아를 표현하는 것 같았다. 앤서니는 때로 글로리아가 주최하는 파티에서 가까스로 잘 참아낸 손님 같았다.

길버트 부인에게 둘 사이를 알리는 건 난처한 일이었다. 부인은 작은 의자에 몸을 밀어 넣은 채 열심히, 아주 집중해서 눈을 깜박이며 이야기를 들었다. 분명히 둘의 관계를 알았을 것이다. 3주 동안 글로리아가 다른 누구도 만나지 않았으니. 그리고 이번엔 딸의 태도가 진짜 다르다는 걸 눈치챘을 것이다. 특별 배달 편지*도 받았고, 모든 엄마들이 경계하는 것처럼 보이듯, 부인 또한 전화로 대화를 나누는 상대를 경계했다. 물론 여전히 따뜻한 척하며……

—그러나 부인은 조심스럽게 놀라움을 전하면서 헤아릴 수 없이 기쁘다고 말했다. 의심의 여지는 없었다. 창가 화분에는 제라늄이 피어나고 있었고, 연인들이 남의 눈을 피해 낭만적인 시간을 찾을 때 타는 2인승 2륜 승합마차도 있었다. 예스러운 기구였다. 그리고 "알다시피 내가 내"라고 휘갈겨 쓰고서 상대가 보라고 밀어 넣는, 재미없는 요금 청구서도 있었다.

그러나 키스를 하는 사이에, 앤서니와 이 황금빛 여성은 끊임없이 다투었다.

"이제, 글로리아." 그가 소리쳤다. "제발 설명하게 해줘!"

---

* 편지를 더 빨리 배달하는 서비스.

"설명하지 마. 키스해."

"이게 옳다고 생각하지 않아. 만일 내가 당신의 감정을 다치게 했다면 우린 이야기를 해야 해. 난 키스하고 잊어버리는 식은 좋아하지 않아."

"하지만 난 논쟁하는 건 싫어. 우리가 키스를 하고 잊어버릴 수 있다는 건 멋진 것 같아. 그리고 우리가 그럴 수 없을 땐 논쟁할 시간이 된 거겠지."

어느 순간 거미줄처럼 가벼운 차이가 커져버려, 앤서니는 일어나서 외투를 확 걸쳤다. 잠시 2월에 일어난 사건이 반복될 것 같았지만, 그녀의 마음이 얼마나 깊이 움직였는지 알기 때문에 그는 자존심과 체면을 잃지 않았다. 곧 글로리아가 그의 팔에 안겨 흐느꼈다. 그녀의 사랑스러운 얼굴은 겁에 질린 소녀처럼 비참했다.

그동안 그들은 본의 아니게 서로에게 속내를 드러내고 있었다. 호기심 어린 반응과 얼버무림 때문에, 싫증과 편견과 의도치 않은 과거의 흔적 때문에. 여자는 자랑스럽게도 질투를 할 수 없는 미덕의 소유자였는데, 그는 질투심이 무척 강했으므로 이런 미덕에 감정이 상했다. 그는 상대를 자극하려고, 살면서 겪은 남들이 모르는 사건들을 일부러 그녀에게 말해보았지만 헛된 일이었다. 그녀는 지금 그를 소유했다. 또한 그녀는 과거의 죽은 시간들을 바라지도 않았다.

"오, 앤서니." 그녀는 이렇게 말했다. "당신한테 못되게 굴면 결국엔 미안해져, 언제나. 당신이 겪는 잠깐의 고통을 덜어주고 싶어."

이 순간 그녀의 눈은 눈물로 그득했으며, 본인이 착각을 말로 표현하고 있다는 걸 알아차리지 못했다. 그러나 그들이 일부러 서로 상처 주는 날들, 그렇게 덤비면서 거의 기쁨을 느끼는 날들이 있다는 걸 앤서니는 알고 있었다. 그는 그녀 때문에 끊임없이 당황했다. 한 시간 동안은 뜻밖의 초월적 결합을 몹시 추구하며 아주 친밀하고 매력적으로 굴 때가 있었다. 그다음엔 입을 다물고 차갑게 굴었으며, 그들의 사랑을 아무리 고려해도, 그가 무엇을 말해도 냉담했다. 그녀가 이렇게 불길하게 입을 다문 건 실제로 신체적인 불편을 느껴서 그랬다는 걸 그는 종종 결국엔 밝혀내곤 했다. 이렇게 불편하면 그녀는 그 불편함이 가실 때까지 결코 불평하지 않았다. 혹은 그가 경솔하거나 주제넘게 굴 때, 저녁에 불만족스러운 식사를 했을 때도 그랬다. 그러나 그럴 때도 그녀가 주변으로부터 무한히 거리를 두는 방법은 수수께끼였다, 지난 22년간 확고한 자존심으로 살아온 과거의 어딘가에 묻혀 있는.

"왜 당신은 뮤리얼을 좋아해?" 어느 날 그가 물었다.

"그렇게 좋아하진 않아."

"그럼 왜 함께 어울려?"

"그냥 같이 다닐 누군가가 필요해서. 노력할 필요가 없어, 그런 여자들은. 내가 말하는 건 뭐든 믿는달까. 그런데 난 레이철이 좋더라. 귀여운 것 같아. 그리고 깨끗하고 매끄러워, 안 그래? 캔자스시티에서 그리고 학교 다닐 때에는 다른 친구들과 다녔어. 다들 평범했지. 우연히 내 인생과 엮였고. 남자들은 그저 같은 공간에 있었을 뿐이야. 환경이 달라져 같이 못 다니게 되니 여자 친구들은 더 이상 내게 관심을 보이지 않았어. 이제 대부분 결혼했고. 그게 뭐가 중요해, 그냥 보통 사람들일 뿐인데."

"남자를 더 좋아하는군, 안 그래?"

"오, 훨씬 더. 난 남자의 마음을 가졌어."

"당신은 나와 같은 마음을 가졌어. 남자나 여자 어느 쪽으로든 그렇게 치우치지 않은."

나중에 글로리아는 앤서니에게 블록먼과 어떻게 친해졌는지 말했다. 어느 날, 글로리아와 레이철은 델모니코 식당에 갔다. 아빠와 블록먼이 점심을 먹고 있었다. 어떤 사람인지 궁금해 합석했다. 그가 썩 마음에 들었다. 젊은 남자들한테 지칠 때면 그는 위안이 되어주었고, 사소한 일에도 만족해주었다. 유머로 그녀를 즐겁게 해주고 잘 웃기도 했다. 그녀가 하는 말을 이해했건 아니건 말이다. 두 사람은 몇 번 만났다. 글로리아의 부모는 대놓고 반대했지만. 한 달이 채 지나지 않아 그는 그녀에게 청혼했다. 이탈리아의 빌라부터 영화계의 훌륭한 경력까지 모든 것을 약속하며. 그녀는 그의 얼굴을 보며 웃었고, 그 또한 웃었다.

그러나 그는 포기하지 않았다. 앤서니가 무대에 등장할 무렵, 블록먼은 자신의 뜻을 꾸준히 밀고 나가고 있었다. 글로리아는 그를 꽤 잘 다루었다. 그를 언제나 불쾌한 별명으로 부른 걸 제외하면. 비유하자면 그는, 그녀가 담을 걷는 동안 옆을 따라 걷다가 그녀가 떨어지면 붙잡아줄 준비가 되어 있는 사람이라는 걸 그녀는 감지하고 있었다.

약혼 발표를 하기 전날 밤, 글로리아는 블록먼에게 털어놓았다.

묵직한 일격이었다. 그녀는 앤서니에게 자세하게 설명하진 않았지만, 블록먼이 주저하지 않고 그녀와 언쟁을 벌였음을 은근히 암시했다. 앤서니는 그들의 대화가 험악한 분위기에서 끝났다는 걸 알았다. 글로리아는 매우 차갑고 무심한 모습으로 소파 구석에 누워 있고 '필름스 파 엑설런스' 사의 조지프 블록먼은 가늘게 뜬 눈으로 카펫을 바라보며 고개를 숙여 절하고. 글로리아는 그에게 미안했지만 그 감정을 드러내지 않는 게 최선이라고 판단했다. 마지막으로 친절을 베풀어, 그가 그녀를 싫어하게끔 만들려고 했고, 그것으로 끝이었다. 그러나 앤서니는 글로리아의 무관심이 가장 강력한 매력이라는 걸 알고 있으므로, 그런 행동이 얼마나 쓸데없었을까 생각했다. 그는 종종, 하지만 꽤 무심히, 블록먼을 떠올렸다. 그러다 결국 완전히 그를 잊었다.

한창때

어느 날 오후, 그들은 햇빛이 잘 드는 버스 위층의 앞좌석을 발견했다. 차츰 흐릿해지는 광장에서부터 더러워진 강을 따라 한참 동안 버스를 타고 다녔다. 이윽고 햇빛이 길을 잃고 서쪽 거리로 사라지는 동안, 그들은 흥성거리는 번화가를 따라 내려갔다. 백화점에서 쏟아져 나온 벌 떼가 웅성대는 바람에 거리는 시커멓게 되었다. 차들은 뒤엉켜 꽉 막혔다. 교통정리 호루라기가 낑낑대는 소리를 기다리는 버스들은 군중 위로 솟은 연단처럼 사방이 에워싸였다.

"좋지 않아?" 글로리아가 외쳤다. "저기!"

밀가루로 하얗게 된 방앗간 마차였다. 마차를 모는 사람은 흰 가루를 뒤집어쓴 어릿광대처럼 보였다. 그들 앞을 지나가는 흰말과 검은 말.

"아깝네!" 그녀가 불평했다. "말 두 마리 전부 흰말이었다면, 해질 녘에 근사했을 텐데. 나는 지금 이 순간이, 이 도시가 좋아."

앤서니는 반대의 뜻을 담아 고개를 저었다.

"난 이 도시가 사기꾼이라고 생각해. 그 덕택에 언제나 엄청나게 인상적인 도회적 세련됨을 추구하려 애쓰지. 감상에 젖어 대도시가 되려 하고."

"내 생각은 달라. 여긴 인상적인 것 같아."

"잠깐 동안은 그렇지. 그러나 정말로 빠르고 인공적인 구경거리야. 언론이 홍보하는 스타와 조잡하고 수명이 짧은 무대장치가 있지. 이제껏 모은 거대한 단역배우 무리는 인정하겠어." 그는 말을 멈추고 잠깐 웃었다. 그리고 덧붙였다. "기술적으로 훌륭하겠지, 아마도. 그러나 확실하진 않아."

"경찰들은 사람들을 바보라고 생각하는 게 분명해." 덩치는 크지만 소심한 여자가 도움을 받아 길을 건너는 모습을 보면서 글로리아가 신중하게 말했다. "경찰은 언제나 사람들을 겁 많고 무능하고 나이 먹은 존재라고 여기지." 그녀가 덧붙였다. "내리는 게 낫겠어. 엄마에게 일찍 저녁 먹고 자겠다고 했거든. 엄마는 내가 피곤해 보인대, 세상에."

"우리가 결혼하면 좋겠어." 그가 중얼거렸다. "그러면 잘 자라는 작별 인사도 안 할 거고, 우린 원하는 일을 할 수 있을 거야."

"진짜 좋겠어! 우린 여행을 많이 해야 해. 난 지중해와 이탈리아로 가고 싶어. 그리고 언젠가 배우로 일하고 싶어. 1년쯤."

"물론. 난 당신을 위해 희곡을 쓰겠어."

"진짜 좋아! 난 그 희곡으로 연기를 할 거야. 그러고 나서 언젠가 우리가 돈을 더 갖게 되면." 애덤 할아버지의 죽음은 언제나 이런 식으로 세련되게, 넌지시 언급됐다. "우린 거대한 저택을 지을 거야. 안 그래?"

"좋아, 개인 수영장도 같이 짓고."

"수영장 수십 개. 그리고 개인 소유의 강들도. 아, 지금 있으면 좋겠어."

이상한 우연의 일치였다. 그도 막 바로 그걸 원했다. 그들은 어둡게 소용돌이치는 군중 속으로 잠수부처럼 뛰어 들어갔다가, 강바람으로 차가운 50번지로 떠올라 게으르게 어슬렁거리며 집으로 향했다. 서로에게 끝없이 열렬한…… 둘 다 꿈에서 본 유령과 함께 차분한 정원을 홀로 걷고 있었다.

느리게 움직이는 강을 따라 떠다니는 배 같은 평온한 날들. 봄의 저녁은 애처로운 우울함으로 가득하여 과거가 아름답고도 쓸쓸하게 느껴진다. 그들에게 뒤돌아보라고, 멀리 가버린 여름의 사랑이 잊힌 왈츠와 함께 죽어버린 걸 돌아보라 한다. 어떤 인위적 장벽으로 인해 헤어져 있을 때가 언제나 가장 가슴 아프다. 극장에서 그들의 손은 같이 움직이다가 하나가 되어, 오래 이어지는 어둠 속에서 서로 부드럽게, 주거니 받거니 지그시 잡아주었다. 인파로 붐비는 공간에선 서로의 눈을 보며 입술로 말을 전했다. 자신들이 먼지투성이 세대들의 발걸음을 따라가고 있을 뿐이라는 걸 모른 채, 진실이 삶의 끝이라면 행복은 삶의 방식이고, 그 짧고 대단한 순간 동안 소중히 여겨진다는 걸 어렴풋이 이해하고 있을 뿐. 그러고 나서, 어느 아름다운 밤, 5월은 6월이 되었다. 이제 16일, 15일, 14일……

세 가지 탈선

약혼을 발표하기 직전 앤서니는 태리타운에 가서 할아버지를 방문했다. 시간이 마지막으로 낄낄 웃어대며 장난친 까닭에 좀 더 여위고 희끗희끗해진 모습이었다. 그는 심히 냉소적으로 결혼 소식을 받아들였다.

"오, 네가 결혼을 한다니, 그러냐?" 그는 꽤 미심쩍어하는 어투로 부드럽게 말했고 고개를 아주 많이 끄덕였다. 그래서 앤서니는 조금도 우울하지 않았다. 할아버지의 뜻을 몰랐을 때만해도 그는 할아버지 재산의 많은 부분을 물려받을 것이라고 생각했다. 제법 많은 재산이 기부되고, 꽤 많은 재산이 도덕 개혁 사업에 쓰이게 될 것이다.

"일은 안 하니?"

"아……." 앤서니는 다소 당황스러워 우물쭈물했다. "일을 하고 있죠. 아시잖아요……."

"아니, 일 말이다, 일." 애덤 패치가 냉정하게 말했다.

"글쎄요, 제가 뭘 할까요? 아무튼 전 거지는 아니에요, 할아버지." 그는 힘주어 말했다.

노인은 눈을 반쯤 감은 채 이 말에 대해 생각했다. 그러고 나서 미안해하는 듯한 투로 물었다.

"넌 1년에 얼마나 저축하니?"

"그렇게 많이는……."

"그리고 네 돈으로 생활한 지 얼마 되지 않아 무슨 기적이 일어 났는지 둘이 같이 생활하기로 결심했고."

"글로리아는 자기 몫의 돈이 있어요. 옷을 사긴 충분하죠."

"얼마나?"

이 질문이 무례하다는 걸 고려하지 않고서 앤서니는 대답했다.

"한 달에 100달러 정도."

"다 합치면 1년에 7500달러쯤 되겠구나." 그가 부드럽게 덧붙였다. "돈은 충분해야 해. 네가 조금이라도 지각이 있는 사람이라면, 돈을 충분히 가져야 해. 문제는 네가 지각이 있느냐 없느냐지."

"있다고 생각해요."

아닌 척 울려대는 상황을 참아야 하다니 창피했다. 그는 허영에 들떠 딱딱하게 말했다. "전 잘 해나갈 수 있어요. 할아버지는 제가 완전히 가치 없는 사람이라고 확신하는 것 같네요. 어쨌든 6월에 결혼한다고 알리러 온 겁니다. 안녕히 계세요." 이렇게 말하고 그는 돌아서서 문으로 향했다. 이 순간, 처음으로 할아버지가 그를 꽤 좋아하게 된 것도 알아채지 못한 채.

"기다려라!" 애덤 패치가 그를 불렀다. "할 말이 있다."

앤서니는 그를 보았다.

"네?"

"앉아라. 밤새 있어봐."

기분이 좀 누그러져서 앤서니는 자리로 돌아갔다.

"죄송합니다. 하지만 오늘 밤엔 글로리아를 만나야 해요."

"그 아이 이름이 뭐냐?"

"글로리아 길버트요."

"뉴욕 여자냐? 네가 아는 사람?"

"중서부 출신이에요."

"부친은 뭘 하시지?"

"셀룰로이드 협회인지 신탁인지 뭐 그런 거요. 그들 가족은 캔자스시티 출신이에요."

"거기서 결혼할 거니?"

"아뇨. 뉴욕에서 결혼할 거 같아요, 꽤 조용하게."

"여기서 결혼하는 건 어떠니?"

앤서니는 주저했다. 이 제안은 그에겐 별 매력이 없었다. 하지만 가능하다면, 할아버지를 결혼 준비에 참여시키는 건 현명한 일이었다. 앤서니가 약간 감동받은 것도 사실이었다.

"매우 친절하시네요, 할아버지. 하지만 폐가 되지 않을까요?"

"폐가 안 되는 게 있나. 네 아버지는 여기서 결혼했어, 옛날 집이었지만."

"이런…… 전 아버지가 보스턴에서 결혼했다고 생각했어요."

애덤 패치는 생각에 잠겼다.

"맞다. 네 아비는 보스턴에서 결혼을 했어."

앤서니는 할아버지의 기억을 바로잡게 되어 잠시 당황했고, 몇 마디 말로 상황을 무마했다.

"음, 글로리아에게 말해보겠어요. 개인적으론 그러고 싶지만, 길버트 씨 가족에게 달려 있어요, 아시다시피."

할아버지는 길게 한숨을 쉬고, 눈을 반쯤 감고서 의자에 몸을 묻었다.

"바쁘니?" 그가 좀 다른 어투로 물었다.

"특별히 그렇진 않아요."

"궁금하네." 애덤 패치가 창문가에서 하늘거리는 라일락 나무를 부드럽게 바라보면서 말을 시작했다. "난 네가 사후 세계에 대해 생각해본 적 있는지 궁금하구나."

"음, 가끔요."

"난 사후 세계에 대해 많이 생각해." 그의 시선은 흐릿해졌지만 어투는 확신에 차 있었고 명확했다. "난 오늘 여기에 앉아서 무엇이 우리를 기다리고 있는지 생각하고 있었어. 그리고 어쩌다 거의 65년 전의 오후가 기억났지. 여동생 애니와 놀고 있을 때였어, 지금은 여름 별장인 곳에서." 그는 긴 꽃밭을 가리켰다. 그의 눈은 눈물로 떨렸고, 목소리는 흔들렸다.

"나는 생각하기 시작했어. 너도 사후 세계에 대해 좀 더 생각해야 할 것 같다. 넌 더 꾸준하게……." 그는 말을 멈추었다. 적절한 단어를 찾는 것 같았다. "좀 더 부지런하게…… 음……."

그다음, 그의 표정이 달라졌다. 그라는 사람 자체가 함정처럼 확 바뀌었다. 이어 말하는 그의 목소리는 더 이상 부드럽지 않았다.

"음, 내가 너보다 딱 두 살 더 많았을 때." 그는 교활하게 낄낄 웃으며 쉰 목소리로 말했다. "렌앤드헌트 사 직원 셋을 구빈원으로 보냈지."

앤서니는 당황하기 시작했다.

"음, 잘 가거라." 갑자기 할아버지가 말했다. "기차 놓치겠다."

평소와 달리 우쭐해서 할아버지 집을 떠난 앤서니는 이상하게도 노인에게 미안했다. 할아버지 자신의 부유함으론 '젊음도 소화력도' 살 수 없기 때문이 아니라, 그가 앤서니에게 그곳에서 결혼할 건지 물어보고, 그가 기억했어야 할 아들의 결혼에 관한 뭔가를 잊었기 때문이었다.

결혼식 들러리 중 한 명인 리처드 캐러멜은 지난 몇 주간 앤서니와 글로리아가 받아야 할 관심을 계속 빼앗아 갔다. 그래서 그 둘은 아주 괴로웠다. 《악마 연인》은 4월에 출판됐는데, 그 사건이 그들의 연애와 결혼에 훼방을 놓았다. 이 책이 저자가 접하는 모든 것에 훼방을 놓았다고 말해도 좋을 것이다. 책은 아주 독창적이었고, 뉴욕 슬럼가의 돈 후안과 관련된 일련의 묘사들을 꽤 공들여 썼다. 모리와 앤서니가 출간 전에 말했듯, 좀 더 호의적인 비평가들도 출간 때 말했듯, 미국에는 사회의 그런 영역의 인간 본래적이고 노골적인 반응을 묘사하는 힘을 가진 작가가 없었다.

그 책은 그리 잘나가진 않다가 갑자기 '떴다'. 작은 판형으로도 큰 판형으로도 나와 주마다 쏟아졌다. 구세군 대변인은 그 책이 최하층에서 신분을 상승하고자 하는 모든 움직임에 대해 냉소적이고 그릇되게 표현하고 있다고 비난했다. 영리한 언론 홍보 담당은 '집시' 스미스*가 소설 속 주요 인물 한 명이 본인을 익살스럽게 흉내 냈기 때문에 명예훼손 소송을 준비한다는 근거 없는 소문을 퍼트렸다. 아이오와주 벌링턴의 공공 도서관에서는 금서가 됐고, 중서부의 어느 칼럼니스트는 리처드 캐러멜이 섬망증 때문에 요양원에 있다고 빈정댔다.

저자는, 실로, 미치도록 기뻐하며 시간을 보냈다. 이 무렵 책은 그가 나누는 대화의 3/4을 차지했다. 그는 누가 '최신작'에 대해 들어본 적 있는지 알고 싶어 했다. 그는 서점에 가서 자신이 계산할 책들을 큰 소리로 주문했다. 점원이나 손님들이 조금이라도 책을 알아보게 하려는 것이었다. 이 나라 구석구석 어디서 자기 책이 제일 잘 팔리는지 그는 마을 단위로 알게 되었다. 그는 각 판형마다 자신이 고친 부분이 어딘지 정확히 알았다. 누구든 책을 읽지 않았거나 혹은 너무 자주 일어나는 일이긴 한데 책에 대해 들어보지 않은 경우, 그는 우울해했다.

그러니 앤서니와 글로리아가 질투를 느끼며 그가 한껏 자만하고 있다고 결론을 내린 건 자연스러웠다. 글로리아는 《악마 연인》을 읽어본 적 없으며 모두가 책 얘기를 그만할 때까지 읽을 마음이 없다고 공공연하게 떠들고 다녀서, 딕을 무척 짜증 나게 했다. 사실, 지금 그녀는 책을 읽을 시간이 없었다. 선물이 쏟아지기 때문이

---

* 집시 부모에게서 태어난 복음주의자 로드니 스미스를 가리킨다.

었다. 처음에는 드문드문 오더니 곧 마구 몰아쳤다. 기억도 안 나는 가족 친구들이 보낸 장식품도, 서먹서먹하던 사람들의 사진도 선물이랍시고 도착했다.

모리는 앤서니와 글로리아에게 공들여 만든 '술자리 세트'를 주었다. 은제 술잔, 칵테일 셰이커와 병따개도 들어 있었다. 딕의 선물은 진부했다. 보석 가게 티파니에서 산 차 세트였다. 조지프 블록먼은 단순하고 정교한 여행용 시계를 카드와 함께 주었다. 바운즈마저 선물을 했다. 궐련 파이프를 받아 든 앤서니는 감동해서 눈물이 날 지경이었다. 관습에 휩쓸린 이 너덧 명의 사람들 사이에 오만 가지 감정이 흘렀다. 히스테리만 빼고 말이다. 플라자 호텔 방은 앤서니의 하버드 대학 친구들과 할아버지 측근들이 보낸 물품들, 글로리아의 학창 시절 기념품들, 그녀의 전 연인들이 보낸 가련한 전리품들로 꽉 찼다. 전 연인들의 선물은 마지막으로 도착했고, 안쪽에 잘 챙겨 넣은 카드엔 비밀스럽고 우울한 메시지가 쓰여 있었다. 메시지는 다음과 같이 시작했다. "잠깐 생각했었어……" 혹은 "당신이 언제나 행복하길 바랐어……" 혹은 "당신이 이걸 받을 때쯤 난 내 길을 가는……."

가장 후한 선물은 가장 실망스럽기도 했다. 애덤 패치가 손자의 결혼을 인정하는 뜻으로 5000달러 수표를 보낸 것이다.

앤서니는 대부분의 선물에 냉담했다. 이 선물들은 다음 반세기 동안 그들 부부가 알고 지낼 사람들 목록을 정하는 데 필요할 것 같았다. 그러나 글로리아는 선물 하나하나에 크게 기뻐했다. 뼈다귀를 찾아 땅을 파헤치는 개처럼 얇은 포장지와 대팻밥을 탐욕스럽게 뜯었고, 숨을 헐떡이며 리본이나 금속 모서리를 움켜쥐었고, 불빛 아래로 선물을 갖고 와 꼼꼼히 살폈다. 엄청나게 몰입한 웃음기 없는 얼굴이었다.

"봐, 앤서니!"

"끝내주게 멋져, 안 그래?"

한 시간이 지나고 나서야 그녀는 선물에 대한 정확한 평가를 꼼꼼하게 내렸다. 좀 더 작거나 컸으면 더 괜찮았을지, 선물을 받고서 놀랐는지, 놀랐다면 얼마나 놀랐는지.

길버트 부인은 가상의 집을 정돈하고 또 정돈했다. 방마다 선물을 두고, '두 번째로 좋은 시계' 혹은 '날마다 쓸 은제품' 같은 식으로 물건들을 분류했다. 육아방 같은 공간을 눈치 없이 언급해 앤서니와 글로리아가 당황하기도 했다. 부인은 애덤 노인의 선물이 좋았다. 선물 받은 날 이후부터, 그가 "다른 무엇에도 뒤지지 않는" 오래된 고대의 영혼을 가지고 있다고 떠들었다. 애덤이 나이가 들어 노망이 났다는 얘기인 건지 아니면 부인 본인이 개인적으로 믿는 초자연적 이론을 언급한 건지 애덤 패치는 결코 판단을 내릴 수 없었으니, 그가 그 말을 반겼다고 할 수는 없다. 사실 애덤 패치는 언제나 앤서니 앞에서 부인을 입에 올릴 땐 예전에 공연장에서 여러 번 본 코미디의 캐릭터인 양 "그 나이 든 여자, 그 엄마"라고 말했다. 노인은 글로리아에 대해선 마음을 정할 수 없었다. 그녀는 매력적이었지만, 그녀가 직접 자기 자신에 대해 앤서니에게 말했듯, 그는 그녀를 경솔한 사람이라고 봤고 그녀를 인정하는 걸 꺼렸다.

5일! 춤추기 위한 무대가 태리타운 잔디밭에 세워지고 있었다.

4일! 뉴욕에서 오고 가는 손님들을 나르기 위해 특별 기차를 세냈다. 3일! ……

일기

그녀는 푸른색 비단 파자마를 입고 침대 옆에 서서 방을 어둡게 하려고 조명을 만지고 있었다. 그러다 마음을 바꾸었다. 탁자 서랍을 열어 작은 검은색 책을 꺼냈다. '하루에 한 줄' 일기였다. 그녀는 이 일기장을 7년 동안 갖고 있었다. 연필로 쓴 일기는 내용을 알아보기 어려운 대목이 많았다. 기억에서 사라진 지 오래된 밤과 오후에 대해 메모하고 언급도 했다. 내밀한 마음을 기록한 일기는 아니었다. 심지어 옛날부터 쓰인 문장인 "나는 나의 아이들을 위해 일기를 쓸 것이다"로 시작하기도 했다. 그러나 페이지를 넘기며 반쯤 지워진 남자들의 이름을 보니, 많은 남자들의 눈이 그녀를 보는 것 같았다. 일기 하나를 보자면 그녀는 1908년에 처음으로 뉴헤이븐에 다녀왔다. 열여섯 살이었고 그때 어깨에 패드를 댄 옷이 예일에서 유행했다. '터치다운' 미쇼가 저녁 내내 그녀에게 '돌진했기' 때문에 그녀는 우쭐했었다. 자랑스럽게 여겼던 성인용 새틴 드레스와 '야마야마, 마이 야마 맨'과 '정글타운'을 연주하던 오케스트라를 기억하며 그녀는 한숨을 쉬었다. 참으로 오래됐지! 그 이름들, 엘턴지 리어던, 짐 파슨스, '곱슬머리' 맥그레거, 케네스 카원, '물고기 눈' 프라이(그녀는 그가 아주 못생겨서 좋아했다), 카터 커비, 그는 그녀에게 선물을 보냈고, 튜더 베어드도 그랬다. 마티 레퍼, 그는 그녀가 하루 이상 사랑에 빠진 첫 번째 남자였다. 스튜어트 홀컴, 그녀와 눈이 맞아 차를 타고 같이 달아났으며 강제로 그녀와 결혼하려 했던 사람. 그리고 래리 펜윅, 그녀는 언제나 그를 흠모했는데, 어느 날 밤 그녀가 그에게 키스하지 않으면 그녀는 차에서 내려 집에 걸어갈 수 있다고 했기 때문이었다. 이 목록은 뭐람!

······그리고 결국, 쓸모없는 목록. 그녀는 지금 사랑에 빠졌다. 모든 연애를 통합할 영원한 연애를 준비 중이다. 그러나 그 남자들과 달빛들과 그녀가 겪은 '전율'을 생각하니 슬프다. 그리고 키스들도. 과거, 그녀의 과거, 오, 얼마나 재미있었나! 그녀는 넘치게 행복했었다.

페이지를 넘기다 그녀의 눈이 지난 넉 달 동안 드문드문 쓴 문단에 하릴없이 머물렀다. 그녀는 마지막 몇 줄을 주의 깊게 읽었다.

"4월 1일. 빌 카스테어스는 나를 싫어하는데 내가 아주 무례하기 때문이다. 그러나 나는 때로 감상적인 게 싫다. 우리는 록이어 컨트리클럽에 차를 타고 갔는데 너무나 멋진 달이 나무 사이에서 빛나고 있었다. 내 은색 드레스는 더러워지고 있다. 록이어에서 보낸 다른 밤들을 잊다니 얼마나 웃긴지. 케네스 카원과 함께했던 그때, 난 그를 그렇게나 사랑했지!

4월 3일. 슈레더와 두 시간을 보냈다. 그는 백만장자라고들 했다. 뭔가에 집착하는 건 사람을 지치게 한다고 생각했다. 특히 그 뭔가가 남자들일 경우. 그렇게 자주 과하게 행동하진 않았고 오늘부터 나는 즐거워하기로 맹세한다. 우리는 '사랑'에 대해 이야기했다.

얼마나 진부한가! 얼마나 많은 남자들과 내가 사랑에 대해 얘기했나?

4월 11일. 오늘 패치가 정말 찾아왔다! 그가 한 달 전 나를 포기했을 때 그는 문밖에서 꽤 화를 냈다. 치명적인 상처에 민감한 남자라면 누구든, 나는 점점 더 신뢰하기 어렵다.

4월 20일. 앤서니와 하루를 보냈다. 언젠가 나는 이 남자와 결혼할 것 같다. 나는 그의 사상이 마음에 드는 것 같다. 그는 나만의 고유한 속성들을 전부 자극한다. 블록먼이 10시쯤 새 차를 끌고 와서 리버사이드로로 데려갔다. 나는 오늘 밤 그가 좋았다. 그는 무척 사려 깊다. 내가 대화를 원치 않는다는 걸 알고 차 안에서 내내 조용했다.

4월 21일. 앤서니를 생각하며 일어났고, 아니나 다를까 그가 전화를 걸어 다정하게 말을 걸었다. 그래서 나는 그를 위해 약속을 깼다. 오늘 나는 그를 위해 무엇이든 깰 것 같은데, 십계명과 내 목도 포함된다. 그는 8시에 올 것이고 나는 분홍색 옷을 입을 텐데 옷은 무척 산뜻하고 풀을 먹여 빳빳하게 보일 것이다……"

그녀는 여기까지 읽고, 그가 가버린 밤, 옷을 입지 않은 채 창문으로 흘러 들어온 4월 공기를 맞으며 후들후들 떤 사실을 기억해 냈다. 그러나 추위를 느끼지 못한 것 같았다. 마음속에서 불타오르는 깊은 진부함으로 따뜻했다.

다음 일기는 며칠 뒤였다.

"4월 24일. 나는 앤서니와 결혼하고 싶다. 남편들이란 대개 '남편들'일 뿐이지만, 나는 연인과 결혼할 것이다.

남편들은 네 가지 유형으로 나뉜다.

⑴ 저녁엔 언제나 집에 머물고 싶어 하고, 부도덕하지 않고, 봉급을 벌기 위해 일하는 남편. 전체적으로 탐탁지 않아!

⑵ 옛 조상을 닮은 가장. 자기 쾌락을 위해 정부를 거느린다. 예쁜 여자들은 '천박하다'고 여기는 족속. 제대로 자라지 못한 수컷 공작 같은 부류다.

⑶ 그다음은 숭배자. 아내도 자기 소유물도 우상처럼 섬기는 자. 다른 것은 모조리 이 사람 관심 밖이다. 감정이 풍부한 여배우를 아내로 원하는 유형이다. 세상에나! 제대로 생각하려면 노력을 좀 해야 한다.

⑷ 그리고 앤서니. 잠시 동안은 열정적인 연인이지만, 언제 흘러왔는지, 언제 날아가야 하는지 때를 아는 지혜가 있다. 그래서 나는 그와 결혼하고 싶다.

굼벵이 같은 여자들은 재미없는 결혼을 해 바닥을 기어 다니게 된다! 결혼은 배경이 아니다. 필요해서 해야 한다. 내 결혼은 뛰어날 것이다. 가만히 있는 장소일 수는 없고, 그렇게 되지 않을 것이다. 공연이 될 것이다, 생생하고, 사랑스럽고, 빛나는 공연이. 그리고 세상이 무대가 되어야 한다. 나는 자식에게 헌신하는 삶을 거부한다. 물론 사람은 원치 않는 후세에게 빚진 만큼 현재 세대에도 빚지고 있다. 운명이란…… 통통하고 볼품없이 자라기, 자기애를 잃어가기, 우유와 오트밀과 유모와 기저귀의 관점에서 생각하기……. 친애하는 꿈의 아이들아, 너희들은 얼마나 더 아름다울까. 황금색, 황금색 날개를 퍼덕이는(꿈의 아이들은 모두 퍼덕여야 한다) 눈부신 작은 생명체들…….

그렇지만, 아이들, 가련한 아이들은 결혼과는 별 공통점이 없다.

6월 7일. 도덕적 문제. 블록먼이 나를 사랑하도록 놔두는 건 나쁜가? 그가 그러도록 내가 자초했으니까. 그는 오늘 밤엔 거의 슬프도록 다정했다. 내 목이 훅 부어올랐고 눈물을 흘리기 쉬웠으니 얼마나 시기적절했나. 그러나 그는 그저 과거일 뿐이다. 이미 소중히 보관해두었지.

6월 8일. 오늘 나는 내 입술을 씹지 않겠다고 약속했다. 음, 그렇게 하지 않을 것이다, 그럴 것 같다. 그가 내게 그러지 말라고 요구할 때만.

비눗방울을 부는 것, 그게 우리가 하는 일이다. 앤서니와 나. 그리고 오늘 우린 아주 아름다운 방울을 불었다. 방울들은 터질 테고 그럼 우리는 더 많이 불 것이다. 방울들은 크고 아름다울 뿐이니, 결국 비눗물을 다 써버리겠지."

이 메모에서 일기는 끝났다. 그녀는 페이지를 넘겼다. 1912년, 1910년, 1907년의 6월 8일을 찾아서. 초기에는 16세 소녀가 포동포동하고 둥근 손으로 휘갈겨 썼다. 밥 러마라는 이름이 나왔고, 그녀가 해독할 수 없는 단어가 보였다. 그다음, 그녀는 그게 뭔지 알았다. 뭔지 알고서 그녀의 눈은 눈물로 촉촉해졌다. 첫 키스에 대한 기록은 오래되어 흐릿했다. 7년 전, 비 오는 베란다에서 내밀한 오후를 보낼 때였는데 기억이 어렴풋했다. 그 아니면 그녀가 그날 한 말을, 그녀는 기억할 것 같았지만 기억해내지 못했다. 눈물이 더 빠르게 떨어져, 결국 그녀는 그 부분을 거의 읽지 못했다. 그녀는 울면서 스스로에게 말했다, 그 비와 뜰의 젖은 꽃과 축축한 풀 냄새만 기억할 수 있었기 때문이라고.

……잠시 후 그녀는 연필을 찾아 마지막 문단 아래 세 개의 평행선을 들쑥날쑥 그었다. 그리고 큰 대문자로 '끝(FINIS)'이라고 쓴 다음, 서랍에 일기장을 다시 넣고 침대로 갔다.

그 동굴의 숨

결혼식 전날 만찬을 마친 앤서니는 아파트로 돌아왔다. 소형 식기대 위에 차려진 자기 그릇 한 점처럼 무심하고 덧없는 기분으로 불을 끄고 침대에 누웠다. 밤은 따뜻해 홑이불 한 장이면 충분했다. 활짝 연 창문으로 여름다운 소리가 홀연히 나타났다 사라졌다. 머나먼 기대로 살아 있는 듯한 소리였다. 그는 다채롭지만 속이 빈 젊은 날은 이제 지나갔다고 생각했다. 젊은 시절, 그는 손쉬운 선택을 했다. 냉소주의로 흔들리곤 했다. 오래전 먼지로 돌아간 옛사람들의 글로 적힌 감정에 기대 살아왔다. 그것을 넘어서는 뭔가가 있다는 걸, 이제 알았다. 그의 영혼과 글로리아의 영혼이 결합하는 것이었다. 그녀가 발하는 불빛과 신선함은 책들의 죽은 아름다움을 만든 살아 있는 물질이었다.

천장 높은 방으로 밤의 소리가 들려왔다. 끈덕지게, 홀연히 나타났다 사라지는, 공기 속에 녹아든 소리. 도시가 그 소리를 던졌다가 돌려받는 듯했다, 마치 아이가 공을 가지고 놀듯. 할렘, 브롱크스, 그래머시파크에서, 물가를 따라서, 작은 가게 안에서나 자갈이 깔린 곳에서, 달빛이 넘쳐흐르는 지붕에서 천 명의 연인들이 이 소리를 내고 있었다. 소리의 파편들을 허공으로 외치고 있었다. 온 도시가 즐거웠다. 푸른 여름밤, 도시는 건물들 밖으로 나와 이 소리를 던져 올리고 거두어들이는 놀이를 했다. 인생은 이야기만큼이나 아름다워질 것이라고, 잠시나마 도시는 약속을 했다. 행복을 약속했다. 그리고 그런 약속을 통해 행복을 주었다. 도시는 사랑에 희망을 주었다. 살아남으리라는 희망이었다. 더 이상 좋을 수는 없었다.

밤의 부드러운 소리와는 삐걱대며 따로 노는 새로운 소음이 났다. 뒷창문으로부터 30미터 내의 구역에서 들려오는 어느 여자의 웃음소리였다. 낮고 끊임없이 히힝대는 소리로 시작됐다. 그는 동료와 함께 있는 어느 하녀가 내는 소리라고 생각했다. 소리는 더 커졌고 발작적으로 변했다. 그는 보드빌 공연에서 본, 신경질적으로 웃어대던 한 여자가 생각났다. 그다음에 소리는 수그러들었고, 물러났다. 조잡한 농담, 그가 알아들을 수 없는 애매하고 떠들썩한 말들과 함께 다시 들려올 뿐. 그 소리마저 잠시 멈추었다. 그는 남자가 낮은 목소리로 우르르 쏟아내는 말만 들을 수 있었다. 그러더니 다시 시작됐다, 끝없이. 그는 처음엔 짜증이 났고, 그다음엔 이상하게도 끔찍했다. 그는 부르르 떨었고, 침대에서 일어나서 창가로 갔다. 소리는 절정에 다다랐다. 팽팽하고 숨 막히는, 비명이나 다름없는 소리였다. 다음 순간 그쳤고 텅 빈 침묵을 남겼다. 머리 위 더 큰 침묵으로 위협했다. 앤서니는 침대로 돌아가기 전, 창가에 조금 더 서 있었다. 그는 충격을 받았고 몸을 떨었다. 신체적 반응을 억누르려고 하는데, 거칠 것 없이 튀어나온 그 웃음 속의 어떤 동물성이 그의 상상을 사로잡았다. 그리고 넉 달 만에 처음으로, 일상을 오랫동안 혐오하고 질색했던 그의 감정이 깨어났다. 방이 그를 숨 막히게 했다. 그는 차갑고 모진 바람을 맞으러 밖에 나가고 싶었다. 도시에서 멀리, 고요하게, 마음의 구석으로 물러나서 살고 싶었다. 삶은 저 바깥의 소리였다, 저 무시무시하게 반복되는 여자의 소리.

"오, 세상에!" 그는 소리를 지르며 숨을 날카롭게 들이쉬었다.

그는 얼굴을 베개에 묻은 채 다음 날 치를 행사를 세세히 생각해보려 했지만 헛되었다.

아침

회색 빛 속에서 그는 5시밖에 되지 않았음을 확인했다. 너무 일찍 깨어버린 걸 짜증 내며 후회했다. 그는 결혼식에 지친 모습으로 갈 터였다. 신경 써서 화장하면 피로를 감출 수 있는 글로리아가 부러웠다.

그는 침실에서 거울을 보며 자신을 관찰했다. 평소와는 달리 핏기가 없어 보였다. 얼굴은 아침의 창백한 혈색에다 사소한 결점이 여섯 군데나 있었다. 그리고 밤사이 수염이 애매하게 자라났다. 전반적으로 매력 없고, 수척하고, 좀 좋지 않아 보였다.

경대에는 물건들이 여럿 놓여 있었다. 그는 갑자기 물건들을 손가락으로 더듬으며 주의 깊게 되풀이해서 확인했다. 캘리포니아행 표, 여행자 수표책, 수십 초 단위까지 정확히 맞춘 시계, 아파트 열쇠(잊지 말고 모리에게 줘야 했다), 그중 가장 중요한 물건인 반지. 작은 에메랄드를 두른 백금 반지였다. 글로리아가 이걸로 하자고 했다. 언제나 에메랄드 결혼반지를 원해왔다고 했다.

그가 그녀에게 준 세 번째 선물이었다. 첫 번째는 약혼반지였고, 그다음은 작은 금제 담배 케이스였다. 그는 이제 그녀에게 많은 것들을 주게 될 거였다. 옷과 보석과 친구와 자극적인 것들. 이제부터 그가 그녀의 식사비를 다 지불해야 한다니 이상하게 보였다. 비용이 들 텐데—그는 자신이 이 여행을 과소평가한 것은 아니었나, 수표를 현금으로 더 많이 바꾸는 게 낫지 않았나 싶었다. 그는 이 문제가 걱정됐다.

그러고 나니, 결혼이 숨 막히도록 임박했다는 사실이 그의 마음을 싹 쓸어버렸다. 오늘이 바로 그날이었다. 이렇게 되리라고는, 반년 전만 해도 기대도 의심도 하지 않았다. 그런데 이제 노란 햇살이 동쪽 창문으로 방에 들어온다. 햇살은 카펫을 타고 춤을 춘다. 태양이 고대로부터 반복하며 이어진 농담을 하고 미소를 짓는 것 같았다.

신경이 곤두선 앤서니는 한 음절짜리 코웃음을 쳤다.

"세상에!" 그는 혼잣말을 했다. "결혼한 것이나 다름없잖아."

들러리들

크로스 패치의 서재에서 청년 여섯 명이 책장 옆 차가운 통 안에 몰래 두었던 멈스 엑스트라 드라이 샴페인을 마시는 중이다. 얼굴이 점점 붉어지고 있었다.

첫 번째 청년: 저런! 내가 장담컨대, 다음에 낼 내 책엔 충격적인 결혼식 장면을 넣을 거야.

두 번째 청년: 일전에 사교계에 막 데뷔한 아가씨를 만났는데, 네 책이 힘이 있다고 하던데. 대체로 젊은 여성들은 원시적인 사업을 보면 울부짖더라고.

세 번째 청년: 앤서니는 어디 있어?

네 번째 청년: 밖에서 혼잣말을 하며 걷고 있던데.

두 번째 청년: 와! 그 목사 봤어? 내가 본 중 가장 이상해 보이는 이빨이야.

다섯 번째 청년: 그걸 자연스럽다고 여기더라고. 사람들이 금이빨을 갖고 있다니 재미있어.

여섯 번째 청년: 그 사람들은 그게 좋대. 내 치과의사 말이 한 여자가 와서 치아 두 개를 금으로 씌워달라고 하더래. 이유는 없어. 어떻게 되건 상관없겠지.

네 번째 청년: 네가 책을 냈다는 얘길 들었어, 디키. 축하해!

딕: (딱딱하게) 고마워.

네 번째 청년: (순진하게) 어떤 책이야? 대학 이야기야?

딕: (좀 더 딱딱하게) 아니. 대학 이야기는 아니야.

네 번째 청년: 아쉽다! 하버드에 대한 좋은 책이 오랫동안 없었는데.

딕: (성마르게) 네가 그 빈자리를 채우는 건 어때?

세 번째 청년: 패커드 한 대에 탄 하객 한 무리가 이제 막 진입로를 돈 걸 본 것 같아.

여섯 번째 청년: 아마 술을 두 병 이상 땄을지도.

세 번째 청년: 그 노인이 결혼식에 술을 허용한다는 얘기를 들었을 때 충격받았어. 과격한 금주령 지지자잖아, 알다시피.

네 번째 청년: (들떠서 손가락을 튕기며) 저런! 난 내가 뭔가 잊어버렸다고 생각했어. 그게 계속 내 조끼였다고 생각하고 있었지.

딕: 그게 뭔데?

네 번째 청년: 저런! 저런!

여섯 번째 청년: 자! 자! 왜 비극이지?

두 번째 청년: 네가 잊어버린 건 뭐야? 집에 가는 길?

딕: (사악하게) 하버드 이야기에 쏠 줄거리를 잊어버린 모양이네.

네 번째 청년: 아니야, 친구. 선물을 잊어버렸어, 정말로! 오랜 친구 앤서니에게 줄 선물을 사는 걸 잊었어! 계속 미루고 미루다가, 세상에, 잊어버렸어! 그들이 뭐라고 생각할까?

여섯 번째 청년: (유쾌하게) 그래서 결혼식이 쭉 지연되고 있었나 봐.

　　(네 번째 청년은 신경질적으로 시계를 본다. 웃음.)

네 번째 청년: 아아! 난 얼마나 멍청한가!

두 번째 청년: 자기가 노라 바이스*라고 여기는 신부 들러리를 어떻

---

*　20세기 초 미국의 가수이자 보드빌 스타.

게 생각해? 이번 예식이 래그타임 결혼식이었으면 좋겠다고 내게 말하고 있어. 이름이 헤인스인가 햄프턴인가.

딕: (급히 머리를 굴리며) 케인, 뮤리얼 케인 얘기 하는구나. 그 여자는 일종의 도덕적 빚이야, 내 생각엔. 한때 글로리아가 익사할 뻔했나, 그 비슷한 일인가, 아무튼 그때 글로리아를 구했지.

두 번째 청년: 그녀가 수영을 할 만큼 몸을 계속 흔드는 걸 그만둘 것 같진 않아. 잔 좀 채워줄래? 노인과 난 방금 막 날씨에 대해 긴 대화를 나누었어.

모리: 누구? 애덤 할아버지?

두 번째 청년: 아니, 신부 아버지. 그는 기상청에서 근무했던 게 분명해.

딕: 그는 우리 삼촌이야, 오티스.

오티스: 음, 그건 명예로운 직업이지. (웃음.)

여섯 번째 청년: 신부가 네 사촌이지, 안 그래?

딕: 맞아, 케이블, 내 사촌.

케이블: 그녀는 분명 미인이야. 너와는 달리, 디키. 우리의 오랜 친구 앤서니는 그녀에게 복종하리라고 확신해.

모리: 왜 신랑들은 모두 '오랜'이라는 수식어를 얻지? 결혼이란 젊은 날의 실수라고 생각해.

딕: 모리, 이 프로페셔널 냉소꾼.

모리: 왜, 이 지적인 야바위꾼아!

다섯 번째 청년: 잘난체쟁이들이 전쟁을 벌였군, 오티스. 와서 부스러기라도 주워 가자.

딕: 너야말로 야바위꾼이지! 넌 뭘 아는데?

모리: 넌 뭘 아는데?

딕: 뭐든 물어봐. 어떤 학문이든.

모리: 좋아. 생물학의 근본 법칙은 뭐지?

딕: 넌 너 자신을 모른다.

모리: 얼버무리지 마!

딕: 음, 자연선택?

모리: 틀렸어.

딕: 포기한다.

모리: 개체발생은 계통발생을 반복한다.

다섯 번째 청년: 기본을 공부해!

모리: 다른 걸 물어볼게. 클로버잎에 쥐가 미치는 영향은? (웃음.)

네 번째 청년: 십계명에 쥐가 미치는 영향은?

모리: 입 다물어, 바보야. 인과관계가 있어.

딕: 그럼 그게 뭔데?

모리: (다들 당황하는 분위기 속에서 잠시 말을 멈추다가) 이런, 한번
    보자. 완전히 잊어버린 것 같아. 클로버를 먹는 벌에 대한 뭔가가
    있는데.

네 번째 청년: 그리고 클로버는 쥐를 먹지! 하! 하!

모리: (얼굴을 찡그리며) 잠깐만 생각할 시간을 줘.

딕: (갑자기 앉으며) 들어봐!

    (옆방에서 수다가 터져 나온다. 넥타이를 만지며 청년 여섯 명이 일어
    선다.)

딕: (진중하게) 총살 부대에 합류할 때가 온 것 같은데. 사진 찍으러 가는 건가. 아니, 그건 나중이군.

오티스: 케이블, 네가 그 래그타임 들러리를 맡아.

네 번째 청년: 내가 선물을 보냈길 바라.

모리: 시간을 더 준다면 쥐에 대해 생각할게.

오티스: 지난달엔 오랜 친구 찰리 매킨타이어의 들러리를 했고……. (그들은 천천히 문으로 향했다. 옆방의 수다는 바벨탑처럼 시끌벅적해졌다. 서곡에 앞서 연주할 곡을 연습하는 길고 끙끙대는 경건한 소리가 애덤 패치의 오르간에서 울려 퍼졌다.)

앤서니

오백 개의 눈이 그의 등에 구멍을 뚫었고, 목사의 부적절한 부르주아 치아 위로 태양이 번쩍였다. 그는 힘들게 웃음을 참았다. 글로리아는 깨끗하고 자랑스러운 목소리로 뭔가 말했다. 그는 이 사건은 돌이킬 수 없으며, 매초가 중요하고, 그의 삶은 두 시기로 나누어지고 있고, 세상의 얼굴이 그의 앞에서 변하고 있다고 생각하려 애썼다. 10주 전의 황홀함을 다시 느껴보려고 했다. 이 모든 감정들이 그를 피해 갔으니, 심지어 바로 그날 아침 겪은 신경과민 상태마저 그는 다시 느끼지 못했다. 엄청난 후유증이었다. 그리고 저금니! 그는 목사가 결혼했는지 궁금했다. 목사 본인이 결혼할 때 이 일을 맡을 수 있는지 궁금했다…….

그러나 글로리아를 팔로 안으니 그의 몸이 강하게 반응했다. 이제 피가 그의 혈관에서 흐르고 있었다. 나른하고 기쁜 만족감이 그의 위에 누름돌처럼 자리 잡았다. 책임감이 들었다. 무언가에 홀린 기분이었다. 그는 결혼했다.

글로리아

아주 많은, 뒤섞인 감정들, 어느 하나도 다른 것들과 떼놓을 수 없는! 그녀는 어머니를 위해 울 수 있었다. 어머니는 3미터 뒤에서, 창문으로 넘쳐흐르는 6월 햇빛이 사랑스러워 울고 있었다. 그녀는 의식적으로 판단을 내리는 단계를 모두 넘어섰다. 오직 몸으로 느끼는 감각만이 있었다. 미친 듯이 기쁘고 거친 흥분으로 채색된, 궁극적으로 중요한 일이 일어나고 있다는 감각. 그리고 믿음, 맹렬하고 열정적이며 기도드리듯 그녀 안에서 타오르는, 곧 그녀는 영원히, 확실하게 안전할 거라는 믿음.

밤늦게 그들은 샌타바버라에 도착했다. 라크파디오 호텔의 야간 근무 직원은 결혼한 사이가 아니라는 이유로 그들을 받아주지 않았다.

직원은 글로리아가 아름답다고 생각했다. 그는 글로리아처럼 아름다운 존재는 도덕적일 거라고 생각하지 않았다.

'콘 아모레'*

신혼 초 반년은 서부를 여행했다. 캘리포니아 바닷가를 몇 달 동안 할 일 없이 돌아다녔고, 늦가을 그리니치 근교의 회색 집에서 시골 생활이 따분해질 때까지 살아보았다. 그 시간 그 장소들. 황홀한 시절이었다. 그들은 숨 쉴 틈 없는 전원시 같은 약혼 시절을 보냈다. 이제 그들의 관계는 더 열정적인 사랑을 나누는 강렬한 연애소설 같았다. 숨 쉴 틈 없는 전원시는 그들의 몫이 아니었다. 다른 연인들이 물려받았다. 어느 날 주위를 둘러보았을 때 이미 그 시절은 사라져 있던 것이다. 어떻게 그렇게 되었는지도 알 수 없었다. 만일 전원시의 나날에 그들의 사랑이 깨졌더라면, 사랑을 잃은 쪽은 사랑의 상처를 안고 살았을 터이다. 채워지지 않을 희미한 열정을 평생 짊어진 채 말이다. 그러나 사랑의 마법은 빠르게 진행되었고, 사랑하는 사람은 서로의 곁에 남았다……

전원시의 날들은 젊음을 빼앗으며 흘러갔다. 다른 남자들이 더 이상 지겹지 않다는 걸 글로리아가 깨닫는 날이 왔다. 늦은 저녁 시간, 한때 자신의 세계를 지배한, 어마어마하게 추상적인 것들에 대해 덕과 앉아서 다시 대화를 나눌 수 있다는 걸 앤서니가 알게 된 날이 왔다. 그러나 그들이 최고의 사랑을 하고 있는 걸 알기에, 그들은 남아 있는 것에 매달렸다. 사랑은 오래 머물렀다─마음이 약해지고 날카로워지고 꿈에서 빌려 온 것들이 삶을 채우는 황량

---

* '애정을 담아'라는 뜻.

한 시간에 대해 긴 대화를 밤에 나누고, 서로에게 깊고 내밀한 다정함을 갖게 되고, 똑같은 우스꽝스러운 것을 보고 웃고 똑같이 우아한 것과 똑같이 슬픈 것을 생각함으로써.

무엇보다도 발견의 시간이었다. 그들이 서로에게서 발견한 기질은 종류가 무척 다양하고 뒤섞여 있었다. 더욱이 둘의 사랑이 함께였다. 그래서 그 무렵엔 서로에게서 뭔가를 발견한 게 아니라, 그냥 사건이 한 번 일어났다고 여길 정도였다. 그래서 그 사건들은 그냥 내버려두고 잊게 되었다. 앤서니는 엄청나게 긴장하는 체질을 지닌, 최고로 독단적이고 이기적인 여자와 살고 있다는 걸 깨달았다. 글로리아는 남편이 자기 상상 속에서 빚어낸 100만 개의 환상을 품은 순 겁쟁이라는 사실을 한 달 만에 알았다. 남편이 겁을 내는 걸, 그녀는 이따금 알아보았다. 마치 그녀의 마음속에서 생겨난 양 겁이 갑자기 튀어나와 제 존재를 터무니없이 확실히 드러냈다가 희미해져 모습을 감추었기 때문이었다. 그녀는 남편의 겁에 대해 자신의 성별과 상관없이 반응했다―역겨움도, 때 이른 모성애도 느끼지 않았다. 그녀는 육체적 공포를 전혀 느끼지 않는 사람이었으므로, 남편을 이해할 수가 없었다. 그래서 그녀가 보기에 그런 겁을 보완하는 특성을 최대한 살렸다. 비록 그는 자기 상상에 빠졌을 때 충격받고 긴장하면 겁쟁이가 되지만, 여전히 기운 넘치는 무모한 사람이었고, 그런 모습을 드러낼 때면 그녀는 그에게 감탄했다. 그리고 그는 누군가 자신을 관찰하고 있다 여길 땐, 자존심 때문에 늘 침착했다.

신경에 거슬리는 일에 불과한 작은 사건이 열두어 번쯤 터지자 각자의 기질이 처음으로 모습을 드러냈다. 시카고에서 차를 빨리 모는 택시 운전사에게 그가 경고한 일이라든지, 그녀가 늘 가고 싶어 했던 어느 험한 동네의 카페에 그가 가지 못하게 한 일이라든지. 물론 관습적으로 해석할 수 있었다—그가 쭉 생각한 건 그녀였다고. 그럼에도 사건들이 쌓이고 쌓여 그 부담이 절정에 달하자 그녀는 혼란스러웠다. 결혼한 지 일주일째 되는 날, 샌프란시스코의 호텔에서 일어난 사건 때문에 문제가 확실해졌다.

자정이 지난 후였고 방은 컴컴했다. 글로리아는 잠에 빠지고 있었고 앤서니는 그녀 곁에서 규칙적으로 숨을 쉬었다. 그녀는 그가 자고 있다고 생각했다. 그런데 그가 갑자기 팔꿈치에 기대 몸을 일으켜 창가를 응시했다.

"뭐지, 여보?" 그녀가 중얼거렸다.

"아무것도 아니야." 그는 베개에 기대고서 그녀 쪽으로 몸을 틀었다. "아무것도 아니야, 나의 사랑스러운 아내."

"'아내'라고 하지 마. 나는 당신의 정부야. 아내는 너무 못난 단어지. 당신의 '영원한 정부'가 훨씬 더 구체적이고 바람직해……. 내 품으로 와." 그녀는 급히 부드럽게 덧붙였다. "당신을 품에 안고도 나는 푹 잘 수 있어."

글로리아의 품에 안긴다는 건, 다음과 같은 자세를 뜻했다. 그녀의 어깨 아래로 팔을 하나 밀어 넣은 다음 그녀를 안는다. 그리고 그녀가 편안하도록, 침대에 붙여 쓰는 삼면 요람처럼 자세를 잡는다. 이 자세로 30분쯤 지나자, 앤서니는 몸을 뒤척였다. 팔이 욱신거렸다. 결국 그녀가 잠들자 그는 그녀를 부드럽게 돌려 눕혔다. 그러고 나서 원래대로 몸을 둥글게 말았다.

글로리아는 편안한 감정을 느끼며 잠들었다. 블록먼이 준 여행 시계가 똑딱이며 5분이 흘렀다. 침묵이 방 안 어디에나 내려앉았다. 낯설고 무심한 가구들과 어중간히 답답한 천장 위로, 똑똑히 보이지 않는 양옆의 벽으로 어느새 녹아들었다. 그런데 갑자기 창가에서 덜걱덜걱 소리가 났다. 조용하고 닫힌 공간에 딱딱 끊어지는 큰 소리가 퍼졌다.

단번에 침대에서 나온 앤서니는 긴장한 가운데 침대 옆에 섰다.

"거기 누구요?" 그가 겁에 질린 목소리로 외쳤다.

글로리아는 여전히 누워 있었지만 잠에서 완전히 깼다. 하지만 침대 옆에서 뻣뻣하게 굳어 숨을 몰아쉬며 불길한 어둠을 향해 소리치는 사람과는 달리 덜걱덜걱 소리에 관심이 없었다.

소리가 그쳤다. 방은 전처럼 조용했다. 그때 앤서니가 전화를 걸어 말을 쏟아냈다.

"누군가 방으로 들어오려고 했어요! ……창가에 누가 있다고요!" 그의 목소리는 이제 단호했지만 약간 겁이 나 있었다.

"좋아요! 서둘러요!" 그는 수화기를 내려놓았다. 가만히 서 있었다.

……사람들이 문으로 돌진해 와, 노크했다. 앤서니는 흥분한 야간 매니저와 그 뒤에 모인 벨 보이 셋에게 문을 열어주었다. 매니저는 손가락에 잉크가 덜 마른 펜을 무기 삼아 쥐고 있었고, 벨 보이 한 명은 전화번호부를 잡고서 소심한 눈으로 전화번호부를 보고 있었다. 급하게 불러낸 경비원이 바로 합류했다. 이들은 일제히 방

으로 몰려들었다.

탁 하고 불이 켜졌다. 홑이불 한 장을 모아 덮은 글로리아는 사람들 눈에 띄지 않았다. 그녀는 사람들이 예기치 않게 들이닥친 이 상황으로 공포에 질려 눈을 감았다. 고통스러운 나머지 앤서니가 큰 잘못을 저질렀다는 생각만 했다.

……야간 매니저는 창문 쪽에서 뭔가 말을 하고 있었다. 어투가 반쯤은 하인 같고 반쯤은 학생을 꾸짖는 교사 같았다.

"저기엔 아무도 없어요." 매니저가 단언했다. "저런, 저기엔 사람이 있을 수가 없어요. 아래 길바닥에서 여기까지 높이가 15미터죠. 블라인드를 잡아당기는 바람 소리를 들으신 거예요."

"오."

그녀는 그에게 미안했다. 그녀는 그저 그를 편안하게 해주고 부드럽게 끌어안고 싶었고, 저들이 여기 있는 게 암시하는 바가 불쾌하니 그만 가라고 말하고 싶었다. 그러나 창피해서 고개를 들 수 없었다. 중간에 하다 만 말, 사과의 말, 직원들이 관례상 하는 말과 벨 보이 하나가 그냥 터트린 웃음소리가 들렸다.

"저녁 내내 악령처럼 신경이 곤두섰어요." 앤서니가 말하고 있었다. "어쨌든 그 소리가 거슬렸나 봐요. 반쯤 깨어 있었을 뿐인데."

"괜찮습니다." 야간 매니저가 능숙하게 요령껏 대답했다. "제가 하는 일인걸요."

문이 닫히고, 불이 탁 꺼졌다. 앤서니가 조용히 방을 가로질러 슬그머니 침대로 왔다. 글로리아는 무척 졸린 척하며 조용히 작은 한숨을 쉬고는 그의 팔에 안겼다.

"뭐였어, 여보?"

"아무것도 아니야." 대답하는 그의 목소리는 여전히 떨렸다. "창가에 누가 있다고 생각했어. 밖을 쳐다보았는데, 아무도 보이지 않았지만 소리가 계속 났지. 그래서 아래층에 전화했어. 방해가 되었다면 미안해. 하지만 오늘 밤 너무 신경이 곤두서서."

그녀는 그의 거짓말을 눈치채고서 속으로 움찔했다. 그는 창가로 가지 않았다, 창가 근처조차도. 그는 침대 옆에 서 있다가 겁이 나서 전화했다.

"오." 그녀가 말했다. "난 무척 졸려."

한 시간쯤 그들은 나란히 깨어 있었다, 글로리아는 눈을 꼭 감았다. 푸른 달빛이 들어와 짙은 연보라색 벽 위를 달렸고, 앤서니는 허공의 어둠을 무작정 바라보았다.

여러 주가 지나고 상황은 점차 나아졌다. 웃고 놀리는 쪽으로 해결한 것이다. 그들은 상황에 적응하고자 행동 양식을 만들었다. 밤에 앤서니에게 압도적인 두려움이 닥칠 때마다 그녀는 그를 팔로 안고서 작은 목소리로 부드럽게 노래를 불렀다.

"나는 나의 앤서니를 보호할 거야. 오, 아무도 나의 앤서니에게 해를 입히지 못해!"

그는 서로 재미있자고 연기하는 농담인 듯 마냥 웃었지만, 글로리아는 농담할 기분이 아니었다. 처음에는 크게 실망했고 나중에는 이 일을 생각할 때마다 분을 삭였다.

글로리아가 분을 삭이는 일은 목욕할 때 뜨거운 물이 부족해서든, 남편과 작은 언쟁을 벌였기 때문이든 앤서니의 하루에서 거의 첫째가는 임무가 됐다. 그저 그렇게 되어야만 했다─이 대단한 침묵으로든, 저 대단한 압박으로든, 이 대단한 양보로든, 저 대단한 설득으로든 간에. 글로리아의 터무니없는 이기주의가 그 자체로 두드러지는 순간은 그녀가 화를 내고 거기에 더해서 잔인하게 굴 때였다. 그녀는 용감했기 때문에, '제멋대로' 자랐기 때문에, 아주 별나고 칭찬받을 만한 판단을 독립적으로 내리기 때문에, 마지막으로 자신만큼 아름다운 여자는 본 적이 없다는 거만한 자의식 때문에 시종일관 실천적 니체주의자로 자랐다. 물론 이는 심오한 감정이 담긴, 숨겨진 메시지와 함께였다.

예를 들어, 위장도 문제였다. 그녀는 특정한 음식을 먹어야 했다. 아무거나 먹을 수는 없다고 굳게 믿었다. 늦은 아침에는 레모네이드 한 잔과 토마토 샌드위치를 먹어야 했다. 그러고 나서 각종 재료를 볶아 속을 채운 토마토를 가벼운 점심으로 먹어야 했다. 그녀는 여러 접시의 요리를 골라놓고서 음식을 먹어야 할 뿐 아니라, 어떤 음식은 특정한 방식으로만 준비되어야 한다고 여겼다. 로스앤젤레스에서 지낸 첫 2주일간 가장 짜증스러웠던 30분은, 불운한 웨이터가 그녀에게 셀러리 대신 치킨 샐러드로 속을 채운 토마토를 가져다주었을 때였다.

"여기선 언제나 이렇게 드립니다, 마담." 분노로 가득한 회색 눈동자 앞에서, 그의 목소리가 떨렸다.

글로리아는 대답하지 않았지만, 웨이터가 조심스럽게 물러나자 두 주먹으로 탁자를 쾅쾅 쳤다. 자기 그릇과 은식기가 덜거덕거렸다.

"불쌍한 글로리아!" 앤서니가 눈치 없이 웃었다. "언제나 바란 게 안 나왔네, 안 그래?"

"난 이딴 거 안 먹어!" 그녀가 벌컥 화를 냈다.

"웨이터를 다시 부를게."

"다시 부르는 건 싫어! 그는 아무것도 몰라, 젠장맞을 바보 같으니!"

"음, 그건 호텔 잘못이 아니지. 음식을 돌려보내고 잊어버리거나, 아니면 재미 삼아 먹어."

"입 닥쳐!" 그녀가 딱 잘라 말했다.

"왜 나한테 화를 내?"

"오, 그런 건 아니야." 그녀가 슬프게 말했다. "그저 이걸 먹을 수 없을 뿐이야."

앤서니가 힘없이 입을 다물었다.

"다른 데로 갈까?" 그가 제안했다.

"난 다른 데로 가고 싶지 않아. 카페를 열두어 군데나 찾아다니면서 먹기 좋은 음식 하나 구하지 못하는 거 지겨워."

"우리가 언제 카페를 열두어 군데나 돌아다녔어?"

"여기 시내에선 그래야 할걸." 글로리아가 미리 준비라도 한 듯 억지를 썼다.

앤서니는 당황해서 또 다른 제안을 해보았다.

"이 음식을 먹어보는 건 어때? 당신이 생각하는 것만큼 나쁘진 않을 거야."

"그저— 내가— 치킨을— 좋아하지— 않기— 때문이야!"

글로리아는 포크를 집어 토마토를 얕보며 찔러대기 시작했고, 앤서니는 그녀가 토마토 안에 든 걸 집어다 사방팔방 던져낼 거라고 생각했다. 그녀가 늘 화를 내는 정도로 화가 난 게 틀림없었다— 곧바로 그는 다른 누구에게라도 향하는 만큼 그를 향해 번뜩이는 증오를 알아보았다. 화가 난 글로리아에겐 지금 다가갈 수 없었다.

그러고 나서 놀랍게도 그녀는 시험 삼아 포크를 입술에 갖다 대 치킨 샐러드를 맛보았다. 찡그린 얼굴은 풀리지 않았다. 그는 그녀를 걱정스럽게 바라보았다. 어떤 말도 하지 않았고 숨도 거의 쉬지 못했다. 그녀는 포크로 집은 음식을 한 번 더 맛보았다. 그다음 그녀는 음식을 먹고 있었다. 앤서니는 낄낄거리고 싶었지만 애써 참았다. 마침내 그가 입을 열어 치킨 샐러드와 아무 상관이 없는 말을 했다.

이 사건과 비슷한 일들이 신혼 첫해 동안 애처로운 푸가처럼 울려 퍼졌다. 사건이 터지면 언제나 앤서니는 당황하고 초조하고 울적해졌다. 그러나 그녀가 분을 삭이는 또 다른 골치 아픈 문제인 세탁물 주머니의 경우, 아니나 다를까 그에게 완전한 패배를 안겨주는 바람에 그는 더 짜증이 났다.

코로나도에 머물던 어느 날 오후였다. 두 사람은 그곳에서 3주 이상 지내고 있었다. 여행 중 가장 길게 머무른 곳이었다. 글로리아는 티타임 때문에 화려하게 꾸미고 있었다. 앤서니는 아래층에서 유럽 전쟁과 관련된 최근 소문을 전한 뉴스를 듣고 있다가 방으로 들어와, 파우더를 바른 그녀의 뒷목덜미에 키스를 하고 경대로 갔다. 그는 서랍을 크게 잡아당겼다가 밀어 넣은 다음 뭔가 마음에 차지 않았는지, 미완성 걸작 같은 그녀에게 몸을 돌렸다.

"손수건 없어, 글로리아?" 그가 물었다.

글로리아는 황금빛 머리를 흔들었다.

"하나도 없어. 난 당신 거를 쓰고 있어."

"그게 마지막 같은데." 그가 건조하게 웃었다.

"그래?" 그녀는 입술 윤곽을 또렷하면서도 무척 섬세하게 그리고 있었다.

"빨랫감이 돌아오지 않았나?"

"몰라."

앤서니는 주저하다가, 갑자기 상황을 깨닫고 벽장문을 열었다. 그의 의심이 맞았다. 갈고리에 호텔이 제공하는 푸른 주머니가 매달려 있었다. 여기엔 그가 직접 넣은 그의 옷이 가득했다. 그 아래 바닥에는 놀랍도록 엄청난 양의 화려한 옷들이 흩어져 있었다. 란제리, 스타킹, 드레스, 나이트가운, 파자마. 대체로 별로 입지도 않은 티가 났는데 모두 글로리아의 빨랫감이라는 범주에 한데 묶였다.

그는 열린 벽장문을 잡은 채 서 있었다.

"저런, 글로리아!"

"왜?"

글로리아는 어떤 신비로운 기준에 맞춰 입술 화장을 지우고 고치고 있었다. 립스틱을 다루는 손가락은 떨리지도 않았다. 앤서니 쪽으로 시선이 흔들리지도 않았다. 그녀는 집중하는 데 성공했다.

"빨랫감을 보낸 적 없어?"

"거기 있어?"

"확실히 그렇지."

"음, 그럼 그런 적 없나 보네."

"글로리아." 앤서니가 침대에 앉아서 거울 속 그녀와 시선을 마주치려 애쓰며 이야기를 시작했다. " 참 대단한 사람이야, 당신! 우리가 뉴욕을 떠난 뒤로 내가 매번 빨랫감을 보냈고, 일주일쯤 전엔 이제 바꾸기로 하고, 당신이 맡겠다고 약속했어. 당신이 할 일은 당신 잡동사니들을 주머니에 쑤셔 넣고 객실 담당 메이드에게 가져가라고 벨을 울리는 것뿐이야."

"오, 왜 빨랫감 때문에 괜히 난리지?" 글로리아가 성마르게 외쳤다. "내가 챙길게."

"난리 친 게 아니라, 허드렛일을 서로 나누어 하자는 것뿐이야. 그리고 손수건이 바닥났을 때는 뭔가 조치를 취해야 하는 거니까."

자기가 썩 논리적으로 설명했다고 앤서니는 생각했다. 그러나 글로리아는 별 인상을 받지 못한 모습으로 화장품을 치우고 그에게 무심히 등을 내밀었다.

"후크 좀 채워줘." 그녀가 말했다. "앤서니, 여보, 난 다 잊어버렸어. 솔직히 그랬어. 오늘부터 챙길게. 짜증 내지 마."

앤서니가 할 수 있는 일은 무릎에 그녀를 앉힌 다음 미묘한 색으로 화장한 그녀의 입술에 키스하는 것밖에 없었다.

"괜찮아." 그녀는 환하고 관대한 미소를 지으며 중얼거렸다. "당신이 원할 때면 언제든 내 입술에 키스해서 화장을 지워버려도 돼."

그들은 차를 마시러 내려갔다. 근처 잡화점에서 손수건을 샀다. 모든 걸 잊었다.

그러나 이틀 후, 앤서니는 벽장 안을 확인했다. 주머니는 여전히 갈고리에 축 늘어진 채 걸려 있었고, 명랑하고 화려한 옷 더미들이 바닥에 놀라울 만큼 높이 쌓여 있었다.

"글로리아!" 그가 소리 질렀다.

"오……." 그녀의 목소리엔 진짜 고통이 담겨 있었다. 앤서니는 자포자기한 채 객실 담당 메이드를 전화로 불렀다.

"이렇게 보이네." 그가 참지 못하고 말했다. "당신은 내가 프랑스인 하인 같은 존재가 되어주길 바라는 거지."

글로리아는 웃었는데, 그 웃음은 전염성이 강한 나머지, 앤서니도 바보처럼 웃어버렸다. 운 나쁜 남자! 알 수 없는 이유로 그의 웃음 때문에 그녀는 이 상황의 주인공이 되었다. 정의로움에 상처받은 듯한 태도로 그녀는 단호히 벽장으로 갔고, 빨랫감을 주머니 속에 거칠게 밀어 넣기 시작했다. 앤서니는 창피함을 느끼며 그녀를 바라보았다.

"자!" 그녀가 잔인한 주인 때문에 손가락이 닳도록 일했음을 넌지시 암시하며 말했다.

그럼에도 그는 그녀를 몸소 교육했고 문제가 끝났다고 생각했지만, 반대로 이건 시작일 뿐이었다. 빨랫감 더미는 계속 생겼고, 주머니를 보내는 간격은 길어졌다. 손수건은 계속 모자랐고, 그 간격은 짧아졌다. 양말이며 셔츠며 모든 게 계속 모자랐다는 건 말할 필요도 없었다. 결국 앤서니 본인이 빨랫감을 보내거나, 아니면 글로리아와의 말싸움을 견뎌야 한다는 걸 깨달았다. 그녀와 말로 다투면 점점 불쾌해졌으니, 일종의 시련 같았다.

글로리아와 리 장군

동부로 가다가 그들은 워싱턴에서 이틀간 머물렀다. 냉혹하고 역겨운 빛이 있고, 자유로움 없이 서먹서먹하며, 장대하지만 화려함은 없는 분위기에 적의를 품고서 도시를 거닐었다. 이곳은 핼쑥하고 자의식이 강한 도시 같았다. 두 번째 날, 그들은 알링턴에 있는 리 장군의 고향으로 무작정 여행을 떠났다.

지루한 버스는 인생이 잘 안 풀리는 것 같은 사람들로 붐벼 더웠다. 글로리아를 잘 아는 앤서니는 그녀에게 폭풍이 닥치려 한다는 걸 감지했다. 10분간 정차한 동물원에서 결국 그녀는 폭발했다. 동물원은 원숭이 냄새로 가득한 것 같았다. 앤서니는 웃었다. 글로리아는 원숭이에게 신의 저주를 내렸고, 원숭이 쪽으로 서둘러 가는 버스의 모든 승객들과 땀을 흘리는 그들의 자녀들에게도 악의에 가득 차서 저주를 내렸다.

결국 버스는 알링턴으로 이동했다. 그곳에는 다른 버스들이 와 있었다. 여자와 아이 무리가 땅콩 껍질을 장군의 집 복도를 흘리며 이동하여 마침내 장군이 결혼한 방으로 밀어닥치고 있었다. 그 방의 벽에는 '숙녀용 화장실'이라고 커다란 붉은 글씨로 써놓은 보기 좋은 간판이 걸려 있었다. 이 마지막 한 방에 글로리아는 무너졌다.

"진짜 끔찍해!" 그녀가 분노했다. "이 사람들을 여기에 오게 하다니! 이 집들을 구경거리로 만들어서 여기 오게 만들다니!"

"음." 앤서니가 반대했다. "이런 식으로 유지되지 않는다면, 건물은 다 허물어질걸."

"그렇게 된다면 어떨까!" 넓은 기둥이 서 있는 현관으로 가면서 그녀가 외쳤다. "여기에 1860년의 숨결이 남아 있다고 생각해? 여긴 1914년의 집일 뿐이야."

"오래된 것들을 보존하길 원치 않아?"

"하지만 그럴 수가 없어, 앤서니. 아름다운 것들은 어느 선까지 자라났다가 시들어 사라지고 말아. 썩어가는 동안 기억을 내뿜지. 그리고 어떤 시기건 우리 마음속에서 썩어버리듯 그 시기와 관련된 사물들 또한 썩어버려. 그런 식으로 사물들은 나처럼 그 사물들에 반응하는 몇 안 되는 사람들의 마음속에 한동안 보존돼. 예를 들면 태리타운의 묘지가 있지. 돈을 쥐가면서 뭔가를 보존하는 고집쟁이들도 일을 망쳤어. 슬리피 할로는 갔어. 워싱턴 어빙은 죽었고 그의 책은 매년 평가가 나빠지고 있지. 묘지 또한 썩게 돼야 해. 그냥 두면 썩잖아, 모든 게 그렇듯. 유물을 계속 보관해서 한 세기를 보존하려는 건, 죽어가는 사람에게 흥분제를 복용시켜서 살아 있게 하는 거나 다름없어."

"그럼 한 시대가 허물어지면 그 집들 또한 허물어져야 한다고 생각하는 거야?"

"당연한 얘기지! 당신이 가진 키츠의 편지 말이야. 그 편지 수명이 연장되길 바란다고 서명 위에 펜을 대고 따라 그린다고 해봐. 그럼 어떻게 될까? 나는 옛날을 사랑해. 바로 그 때문에 이 집에 오고 싶었던 거야. 이 집이 젊고 아름다웠던 화려한 시절을 돌아보기 위해서 말이지. 이 집의 삐걱대는 계단을 걸어보고 싶은 이유는 후프 스커트를 입은 여인들과 장화를 신고 각반을 찬 남자들처럼 해 보고 싶었기 때문이고. 하지만 이들은 빛바랜 머리칼에 볼연지를 바른 예순 살의 나이 든 여자가 되었어. 전성기 때처럼 보이려 해 봤자 부당한 일이지. 때때로 실수는 있을 수 있으니 리 장군도 신 경은 써야겠지만 말이야. 저기, 저 많고 많은 짐승들이……." 그녀는 손을 흔들었다. "……여기에서, 모든 역사서와 안내서와 현존하는 복원된 작품에서 뭘 얻겠어? 만일 문제가 생겼다면 말이야. 잘 봐 줘봐야, 감상할 때는 낮은 목소리로 말하고 발끝으로 걸어야 한다 고 생각하는 사람들 중에서 몇이나 여기로 오겠어? 나는 땅콩 냄 새 대신 목련 향을 맡고 싶고, 내 신발로 리 장군의 장화가 밟은 그 자갈을 밟았으면 좋겠어. 중독성 없이는 아름다움이란 없지. 그 리고 사람이며 이름이며 책이며 집이 먼지로, 죽음으로 사라지고 있다는 느낌 없이는 중독성이란 없어……."

자그만 체구의 소년이 그들 곁에 나타나, 바나나 껍질을 한 움큼 흔들다가 포토맥강 쪽으로 용감하게 던졌다.

감상

리에주 전투*와 동시에, 앤서니와 글로리아는 뉴욕에 도착했다. 지난 6주간은 돌아보면 기적처럼 행복한 것 같았다. 젊은 부부 대

---

* 1914년 8월 초, 독일군이 벨기에의 도시 리에주를 포위하고 공격했다.

다수가 얼마간 그러하듯, 그들 또한 수많은 고정관념과 호기심과 기벽을 공유하고 있다는 걸 깊이 깨달았다. 그들은 본질적으로 붙임성 있는 사람들이었다.

그러나 앤서니가 글로리와와 나누는 많은 대화를 토론하듯 끌고 가려 해서 갈등이 일었다. 논쟁은 글로리아의 성향엔 치명적이었다. 그녀는 살면서, 그녀의 마음속 약점을 안고 가는 남자들이나, 아니면 적군이라도 되는 양 위협적인 아름다움에 눌려 감히 그녀의 말을 반박하지 못하는 남자들과 어울렸다. 그녀가 틀린 말을 하는 법은 없었다. 그녀의 말은 언제나 가장 마지막에 내리는 판결이었다. 그런데 앤서니가 나타나자 그녀는 짜증이 났다.

이런 상황은 어느 정도는 그녀가 받은 '여성적' 교육의 결과이고 어느 정도는 그녀의 아름다움 때문이라는 걸, 그는 처음에는 깨닫지 못했다. 그리고 그녀의 성별 자체로 인해 기묘하게도 확실히 한계가 있다고 결론을 내리게 됐다. 그녀에겐 정의로움에 대한 감각이 없다는 걸 알고, 그는 미칠 것 같았다. 그러나 그녀는 관심 있는 주제가 있으면 앤서니보다 빨리 지치진 않았다. 그가 그녀의 정신세계에서 주로 아쉬워한 건 현학적 목적론이었다. 질서와 정확함에 대한 감각, 삶을 신비롭게 정렬된 패치워크 조각처럼 바라보는 감각. 그러나 얼마 후 그는 그녀의 세계엔 이런 특질이 어울리지 않는다는 걸 이해했다.

그들이 공통으로 소유한 가장 큰 특징은 그들이 서로의 마음을 묘하게 끌어당긴다는 점이었다. 코로나도의 호텔을 떠나는 날, 짐을 싸는 동안 그녀는 침대 한 군데에 앉아 슬프게 울기 시작했다.

"여보……." 그는 그녀를 팔로 감쌌다. 그녀의 머리를 품으로 끌어당겼다. "무슨 일이야, 나의 글로리아? 말해봐."

"우린 떠날 거야." 그녀가 흐느꼈다. "오, 앤서니, 여긴 우리가 함께 산 첫 장소야. 우리의 두 작은 침대가 여기에 나란히 있어. 침대들은 우리를 늘 기다리겠지. 우리는 이 침대들로 다시는 돌아오지 않을 거고."

그녀 때문에 가슴이 미어졌다. 언제나 그렇듯. 감상이 그에게 닥쳤고, 그의 눈으로 밀려들었다.

"글로리아, 저런, 우린 다른 방으로 갈 거야. 작은 침대 두 개도 있을 거고. 우린 함께 살 거니까."

그녀에게서 낮고 허스키한 목소리로 말들이 흘러나왔다.

"하지만 우리의 두 침대가 그렇듯 다시는 아니겠지. 우린 어디든 가고 움직이고 바꾸겠지만, 무언가를 잃고 있어. 무언가 뒤에 남겨진다고. 당신은 뭐든 거의 반복할 수 없고, 나는 당신의 것이었고, 여기……."

그는 그녀를 열정적으로 안았다. 그녀의 감상에 대해 무슨 지적을 하건 그걸 훌쩍 넘어선 상황이라는 걸 깨닫고서 잠시 동안 현명하게 포옹했다. 울고 싶은 거라면 좋을 텐데. 글로리아, 게으른 자, 자신의 꿈을 위무하는 자, 삶과 젊음의 기억할 만한 일들에서 가슴 저미는 것들을 뽑아낸다.

그가 역에서 표를 갖고 돌아왔을 땐 시간이 흘러 늦은 오후가 되었다. 그녀는 침대에 잠들어 있었는데, 처음엔 뭔지 알아보기 어려운 검은 물체를 팔로 안고 있었다. 가까이 가보니 그의 신발 한

짝이었다. 특별히 새것도 아니고 깨끗하지도 않은데, 그녀는 눈물로 얼룩진 얼굴을 그 신발에 기대고 있었다. 그는 오래전부터 전해 내려온, 가장 명예로운 그녀의 메시지를 이해했다. 그녀를 깨웠다. 그를 향한 미소를 보니 황홀했다. 그녀는 수줍어하면서도 자신의 상상력이 멋지다는 걸 잘 알고 있었다.

앤서니에겐 이 두 가지 일이 어떠한 가치 평가도 불순물도 없이 사랑의 중심 가까이 어딘가에 묻힌 것 같았다.

회색 집

이십대에 인생은 꺾어지기 시작한다. 서른이 되어서도 스무 살 때처럼 이 일 저 일이 중요하고 의미 깊다면 바보 같은 사람이다. 풍각쟁이는 서른 살에도 풍각쟁이다. 세월이 좀 먹은 풍각쟁이다. 예전에도 그는 풍각쟁이였던 것이다! 인간의 것이 아닌 아름다운 일들에 인간은 틀림없는 상처를 입는다. 젊은이만이 그 아름다움을 알아차리고 인간의 것이 아닌 영광을 누릴 수 있다. 가볍고 낭만적인 웃음소리로 가득해 즐거운 빛나는 무도회. 비단이며 새틴이며 화려한 의상은 닳아서 구멍이 난다. 그래서 인간이 만든 앙상한 뼈대를 보여주는 것이다. 아, 영원한 시간의 손길이여! 한때 인생은 가장 비극적이고 근사한 연극이었다. 이제는 시시한 연설을 이어 붙인 것에 지나지 않는다. 더럽고 축축한 시대에 영원한 표절자가 함부로 가져다 쓴 표현이며, 위경련을 앓고 기개 없고 싸구려 감수성에 젖은 인간이 연기하는 작품일 뿐이다.

바로 이러한 변화의 시기, 풍각쟁이가 돌이킬 수 없이 변모하는 그 단계를, 글로리아와 앤서니는 신혼 첫해에 겪었다. 그녀는 스물셋이고 그는 스물여섯이었다.

회색 집은 처음엔 순전히 전원생활을 하려고 구한 거였다. 그들은 캘리포니아에서 돌아온 뒤 앤서니의 아파트에 급히 자리 잡고 2주를 보냈다. 열어놓은 트렁크, 너무 많은 방문객, 영원한 빨랫감 주머니 문제로 숨이 막혔다. 그들은 친구들과 함께 미래라는 엄청난 문제를 논의했다. 앤서니가 그들 부부가 '해야 할' 일 목록과 '살아야 할' 장소 목록을 하나하나 열거하자, 딕과 모리는 그들 곁에 앉아서 진지하게, 생각에 깊이 빠진 것 같은 모습으로 동의했다.

"나는 글로리아와 외국에 가고 싶어." 그가 투덜거렸다. "이 빌어먹을 전쟁만 아니라면 말이야. 그리고 그다음엔 시골에 집을 갖고 싶어, 뉴욕 근방에 있는 곳. 물론 내가 글을 쓸 수 있는 곳이어야지. 혹은 내가 뭘 하겠다고 결심하든 할 수 있는 곳."

글로리아는 웃었다.

"귀엽지 않아요?" 글로리아가 모리에게 물었다. "'내가 뭘 하겠다고 결심하든!' 그런데 그가 일을 하면 난 무엇을 할까요? 모리, 앤서니가 일하면 나랑 산책할래요?"

"어쨌든, 난 당장은 일을 안 할 거야." 앤서니가 재빨리 말했다.

그들은 막연히 기대하고 있었다. 언제일지 모르는 어느 날, 그가 외교부 같은 곳으로 영전할 것이라고. 아름다운 아내를 군주와 총리들이 부러워하리라고.

"음." 글로리아가 힘없이 말했다. "내가 모른다는 건 확실해요. 우린 얘기하고 또 얘기할 뿐 전혀 진전을 보지 못해요. 그래서 친구들마다 물어보지만, 우리가 원하는 대답을 할 뿐이죠. 누군가 우리를 챙겨줬으면 해요."

"그리니치나 다른 곳으로 나가보는 건 어때?" 리처드 캐러멜이 제안했다.

"그러고 싶어." 글로리아가 밝아졌다. "우리가 거기에 집을 얻을 수 있다고 생각해?"

딕은 어깨를 으쓱했고 모리는 웃었다.

"두 사람 참 재미있네." 딕이 말했다. "비실용적인 사람들 중에선 말이지! 장소가 하나 언급되자마자, 우리가 방갈로로 가능한 다양한 양식의 건축물 사진 더미를 주머니에서 꺼내주길 기대하잖아."

"그게 바로 내가 원치 않는 건데." 글로리아가 슬프게 말했다. "덥고 케케묵은 방갈로, 옆집에 아기들이 많고 그 애들 아버지가 셔츠 바람으로 잔디를 깎고……."

"제발, 글로리아." 모리가 끼어들었다. "아무도 당신을 방갈로에 가두고 싶어 하지 않아요. 도대체 누가 방갈로를 대화에 끌어왔지? 하지만 가서 찾아보지 않는다면 절대 살 곳을 찾을 수 없을걸요."

"어디에 간다고요? '가서 찾아보라'고 말했죠. 그런데 어디로?"

모리는 고양이 같은 팔을 위엄 있게 움직여 주의를 끌었다.

"어디든 가는 거죠. 시골로. 장소는 많아요."

"고마워요."

"이것 봐!" 리처드 캐러멜이 노란 눈을 빠르게 움직였다. "너희 둘의 문제점은 둘 다 체계적인 구석이 없다는 거야. 뉴욕주에 대해 뭐든 아는 게 있어? 입 다물어, 앤서니, 난 글로리아에게 이야기하고 있어."

"음." 그녀가 마침내 인정했다. "포체스터와 코네티컷 주변에서 열린 두세 군데의 하우스파티에 가봤지만, 물론 거긴 뉴욕주가 아니지, 안 그래? 모리스타운도 아니고." 그녀는 졸린 듯 빗나간 답을 했다.

웃음이 터졌다.

"아, 세상에!" 딕이 외쳤다. "'모리스타운도 아니고!'라니. 아니지, 샌타바버라도 아니고, 글로리아. 이제 들어봐. 먼저 네게 재산이 없으면 뉴포트나 사우샘프턴이나 턱시도 같은 곳은 고려해도 소용이 없어. 거긴 불가능해."

그들은 모두 이 말에 진지하게 동의했다.

"그리고 개인적으로 난 뉴저지를 싫어해. 그다음엔 물론 어퍼 뉴욕이 있지, 턱시도 위에."

"너무 추워." 글로리아가 짧게 말했다. "차로 한번 다녀왔지."

"음, 뉴욕과 그리니치 사이에 작은 회색 집을 살 수 있는 라이 같은 마을이 많이 있는 것 같은데……."

글로리아는 이 말에 갑자기 의기양양해졌다. 뉴욕으로 돌아온 뒤 처음으로 자신이 무엇을 원하는지 깨달았다.

"오! 맞아!" 그녀가 외쳤다. "오, 맞아! 그거야. 주변은 하얗고 화랑의 10월 그림처럼 갈색과 금색의 홍단풍이 아주 많은 작은 회색 집. 어디서 집을 구할 수 있지?"

"안타깝게도 홍단풍이 주변에 있는 작은 회색 집 목록은 두고 나왔어. 하지만 찾아볼게. 그동안 종이에다 집을 구할 수 있는 마을 이름 일곱 개를 써봐. 그리고 이번 주엔 매일 그 마을들을 하나씩 가보는 거지."

"아!" 글로리아가 지친 가운데 반대했다. "왜 우리를 위해 직접 해주지 않지? 난 기차가 싫어."

"음, 그럼 차를 빌리고……."

글로리아가 하품을 했다.

"이 얘기는 지겨워. 우리가 할 일은 어디서 살지 이야기하는 것뿐이라고 생각해."

"나의 아름다운 아내는 생각하느라 지쳤어." 앤서니가 얄궂은 투로 의견을 말했다. "아내의 피곤한 정신을 자극하려면 토마토 샌드위치가 필요해. 차 마시러 나가자."

이 대화의 운 나쁜 결말로서, 그들은 문자 그대로 딕의 충고를 따라 이틀 뒤 라이 마을에 갔다. 그곳에서 짜증 난 부동산 중개인과 돌아다녔는데, 그들은 마치 어리둥절한 '숲속의 아이들'* 같았다. 월세 100달러짜리 집들을 보았는데, 100달러짜리 다른 집들과 인접해 있었다. 외딴집들도 보았는데, 무척 싫었다. 부동산 중개인은 "봐요, 스토브예요, 스토브!"라고 외치고, 집이 바로 무너지지 않을 거라는 걸 대놓고 보여주려는 의도로(그 집이 그런 인상을 얼마나

---

* '숲속의 아이들'은 1915년의 브로드웨이 쇼 〈베리 굿 에디〉에 삽입된, 남매가 듀엣으로 부르는 노래.

확실히 주었든 말든) 문기둥을 막 흔들고 벽을 두들겼는데, 그런 그의 열정이 조금쯤 통하긴 했다. 그들은 창문으로 집 내부를 엿보았다. 반듯한 판같이 생긴 의자와 딱딱한 소파로 구성된 '상업적인' 모습인지, 아니면 처량한 장식물로 꾸며진 '가정적인' 모습인지 살폈다. 엑스 자로 걸어둔 테니스 라켓이나 몸이 쏙 들어가는 소파나 보고 있으면 심란해지는 깁슨 걸* 따위, 여느 여름이 생각나는 장식품 말이다. 진짜로 멋진 집 몇 채도 죄의식을 느끼며 보았다. 고고하고 위엄 있고 멋진 집. 월세만 300달러였다. 부동산 중개인에게 고맙다는 인사를 남기고 그들은 라이 마을을 떠났다.

그들은 뉴욕으로 돌아오는 혼잡한 기차를 탔다. 뒷자리는 숨을 헉헉 쉬어대는 라틴계 사람들이 차지했다. 분명 마지막 식사로 마늘만 먹었을 것이다. 그들은 거의 신경과민 상태로, 감사하게도 아파트에 도착했다. 글로리아는 나무랄 데 없는 욕실에서 뜨거운 물로 다급히 목욕을 시작했다. 미래에 어디서 살지에 대해선, 둘 다 일주일 동안 아무 말도 못 했다.

뜻밖에 낭만적인 생각이 떠올라 결국 문제가 해결됐다. 앤서니가 어느 날 거실로 뛰어 들어와 상당히 밝은 목소리로 '아이디어'를 외쳤다.

"생각났어." 그는 막 쥐라도 잡은 것처럼 소리 질렀다. "차를 사자."

"뭐라고! 이미 충분히 곤란하잖아. 우리 생활을 챙기느라고."

---

* 찰스 데이나 깁슨이 그린 그림에서 따온 여성의 스타일을 지칭하는데, 말아 올린 머리에 긴 목과 우아한 생김새가 특징이다.

"설명 좀 들어봐, 그것도 못 해? 그냥 딕과 함께 물건을 챙겨서 떠나는 거야. 차 안에는 그냥 여행 가방 두 개를 챙겨놓고. 우리가 살 차에 말이야. 어쨌든 시골에 가면 한 대 사야 할 테니까. 그리고 뉴헤이븐 방면부터 그냥 시작하는 거지. 알겠지만 뉴욕에서 출퇴근하는 거리를 벗어나면, 월세는 더 싸. 그리고 우린 원하는 집을 발견하자마자 그냥 정착하길 원할걸."

그는 상대를 달래려고 '그냥'이란 말을 자주 써먹었는데, 이 말이 잠자고 있던 그녀의 열정을 자극했다. 그는 힘찬 걸음걸이로 방을 돌아다니며, 짐짓 활동적이고 엄청난 효율성을 지닌 사람인 척했다. "내일 차를 사자."

상상 속의 걸음은 빠르고, 삶은 그 걸음을 절룩이며 따라간다. 일주일 뒤 그들은 값이 싸지만 번쩍대는 신형 로드스터를 타고 시내를 벗어나서, 혼란스럽고 비이성적인 동네 브롱크스를 통과했다. 그다음은 넓고 어두컴컴한 구역이 나왔다. 음산한 청록색 황무지에서 아주 거대하고 지저분하며 활기 넘치는 교외로 풍경이 바뀌었다. 그들은 11시에 뉴욕을 떠났는데, 펠럼을 빠르게 통과할 땐 해가 뜨겁고 환한 정오를 훨씬 지났다.

"여긴 시내가 아니잖아." 글로리아가 코웃음을 쳤다. "이 구역은 황무지로 주저앉았다고. 여기 사는 남자들은 수염에 얼룩이 져 있을걸. 아침마다 커피를 서둘러 들이켜느라."

"그리고 통근 열차에서 피너클*을 하고."

* 카드 게임의 일종.

"피너클이 뭔데?"

"말꼬리 잡지 마. 난들 알겠어? 그냥 어감이 그래. 그 사람들이 할 것 같은 이름이야."

"마음에 드는 말이야. 손가락 관절이나 뭐 그런 걸 우두둑하는 느낌이잖아……. 내가 운전할게."

앤서니는 그녀를 미심쩍게 바라보았다.

"차 좀 몰아봤어?"

"열네 살 때부터."

그가 길가에 조심스럽게 차를 세웠고, 두 사람은 자리를 바꿨다. 기어를 넣을 때 뭔가가 갈리는 듯한 무시무시한 소리가 났다. 글로리아가 깔깔 웃었다. 점잖지 못한 웃음소리를 듣고 앤서니는 불안했다.

"간다!" 그녀가 외쳤다. "이얍!"

자동차가 앞으로 펄쩍 뛰고 흔들흔들 커브를 돌아 우유를 운반하는 수레 곁을 지나칠 때 그들의 머리가 덜렁거리는 모습이 줄 하나에 매달린 마리오네트 같았다. 우유 배달부는 벌떡 일어나 고함을 쳤다. 도로 위의 오랜 전통에 따라, 우유를 운반하는 직업의 막돼먹음에 대해 앤서니는 짤막한 몇 가지 경구로 대응했다. 그렇지만 그는 발언을 짧게 끝내고 글로리아를 보았다. 운전대에서 손을 떼다니 그는 중대한 실수를 저질렀다. 글로리아는 아주 기이한 데다 끝없이 부주의한 운전자임이 틀림없었다. 이런 생각이 점점 강해지고 있었다.

"기억해둬!" 그가 그녀에게 초조하게 경고했다. "그 남자가 말하길, 처음 8000킬로미터 동안은 한 시간에 30킬로미터 이상 가면 안 된다고 했어."

그녀는 고개를 짧게 끄덕였다. 하지만 속력을 약간 내며 제한 거리만큼 가능한 한 빨리 달려가려고 애쓰는 게 분명했다. 잠시 후 그는 재차 경고를 했다.

"저 간판 보여? 속도위반에 걸리고 싶어?"

"아, 제발." 글로리아가 격분해서 외쳤다. "당신은 언제나 상황을 과장해!"

"글쎄, 난 체포되고 싶지 않아."

"누가 당신을 체포해? 당신 정말 끈질겨. 어젯밤 내 기침약 가지고 그랬던 것처럼."

"당신 좋으라고 그런 거였지."

"하! 엄마랑 사는 편이 낫겠네."

"별소리를 다 하네!"

서 있던 어느 경찰이 방향을 틀어 시야로 들어왔고, 빠르게 지나갔다.

"봤어?" 앤서니가 다그쳤다.

"아, 당신 때문에 정신이 없어! 그는 우리를 체포하지 않았어, 안 그래?"

"그가 그러려고 해도 너무 늦을걸." 앤서니가 재치 있게 받아쳤다.

그녀는 경멸을 담아 대답했다. 상처받았나 보다.

"어라, 이 늙다리 친구는 55킬로미터를 넘어가지는 못하나 봐."

"늙다리는 아니야."

"그 정신은 늙었지."

그날 오후 자동차는 빨랫감 주머니, 글로리아의 입맛과 함께 말다툼의 삼위일체를 구성했다. 그는 그녀에게 철로를 조심하라고 주의를 주고, 차들이 가까이 다가온다고 지적하더니, 결국 본인이 운전을 하겠다고 주장했다. 화가 나고 모욕당한 글로리아는 라치몬트와 라이 마을 사이를 지날 때 침묵했다.

그러나 회색 집이 마음속에서 추상적으로 그려진 단계를 넘어서서 현실에 나타난 건 분노가 실린 글로리아의 침묵 때문이었다. 라이 마을을 바로 지나자마자 그가 울적해하며 그녀에게 굴복하고, 운전대를 다시 넘겨주었던 것이다. 그는 그녀에게 말없이 애원했고, 즉시 활기를 되찾은 글로리아는 좀 더 신경 써서 운전하겠다고 맹세했다. 그러나 차 한 대가 서서 매너 없이 길을 막는 바람에 글로리아는 옆길로 돌았다. 그 이후 오후 내내 포스트로(路)로 되돌아가지 못했다. 그들이 막판에 포스트로라고 착각한 길은 코스코브에서 8킬로미터쯤 나아가자 사라졌다. 쇄석 도로는 자갈길이 되었고, 이어 진흙길이 되었다. 더욱이 길은 좁아지고, 단풍나무 숲의 가장자리로 이어졌다. 숲은 넘실거리는 햇빛을 걸러내, 길게 자란 풀들 위의 그림자 모양을 갖고 끝없이 실험했다.

"길을 잃었어." 앤서니가 볼멘소리를 했다.

"저기 표지판이 있네!"

"마리에타까지 8킬로미터래. 마리에타라니?"

"생전 처음 들어보네. 일단 가보자. 차를 돌릴 수가 없어. 포스트로로 둘러 가는 길이 아마 나오겠지."

바큇자국으로 깊이 상처 입은 길이 나왔다. 차를 망가뜨릴 음모라도 꾸민 듯 돌들이 어깨를 내밀고 있었다. 농가 셋을 순식간에 지나쳤다. 마을의 옹기종기 멋없는 지붕들이 하얗고 높은 첨탑을 둘러싸고 있었다.

그때 양 갈래 길이 나왔다. 글로리아는 주저하다가 결정이 너무 늦었다. 소화전을 들이받는 바람에 변속기가 심하게 부서졌다.

마리에타의 부동산 중개인이 회색 집을 보여줬을 땐 날이 저물었다. 마을 서쪽에서 그 집에 막 도착했다. 집은 작은 별 단추를 단, 따뜻한 푸른색 외투 같은 밤하늘 아래 있었다. 회색 집은 오래된 건물이었다. 고양이를 키우는 여성이 가끔 마녀로 몰리던 시절에도, 폴 리비어가 렉싱턴 전투로 사람들을 불러 모으기 앞서 보스턴에서 의치를 만들던 시절에도, 미국의 선조들이 워싱턴에서 명예롭게 철수하던 시절에도 회색 집은 그곳에 있었다. 그 이후로 집은 약한 모서리 부분을 보강했고 공간을 여러 군데로 다시 나누었으며 내부에 새로 회반죽을 발랐다. 부엌을 확장했고 옆 현관도 추가했다. 그러나 어느 쾌활한 멍청이가 새로 지은 부엌에 붉은 주석 지붕을 올린 걸 제외하면, 대담하게도 식민지풍이 그대로 남아 있었다.

"마리에타에는 어떻게 오게 됐나요?" 부동산 중개인이 미심쩍어하는 듯한 어투로 물었다. 그는 바람이 잘 통하고 넓은 네 개의 침실을 보여주고 있었다.

"차가 고장 났어요." 글로리아가 설명했다. "소화전을 덮쳤고, 그래서 자동차 정비소까지 가야 했는데 그때 부동산 간판을 봤어요."

남자는 고개를 끄덕였다. 그런 일들이 저절로 한꺼번에 터진 상황을 따라잡을 수는 없었지만, 몇 개월 동안 숙고하는 과정 없이 뭐든 해치우는 행위엔 미묘하게 부도덕한 뭔가가 있었다.

그들은 그날 밤 임대 계약서에 서명했고, 기쁨에 가득 차서 중개인의 차를 타고 나른하고 헐어빠진 마리에타 여관으로 돌아왔다. 참으로 초라한 여관이었다. 부도덕한 환락을 즐기러 우연히 지방 도로변을 돌아다닌다 하더라도 이곳을 찾지는 않을 것 같았다. 밤중에 그들은 그곳에서 해야 할 일들을 계획하느라 깨어 있었다. 앤서니는 놀라운 속도로 역사서 작업을 할 것이고, 그래서 냉소적인 할아버지의 환심을 살 것이다…… 차가 수리되면 그들은 시골을 돌아다니며 제일 가까운 '진짜 멋진' 클럽에 갈 것이고, 앤서니가 글을 쓰는 동안 글로리아는 그곳에서 골프나 '다른 뭔가'를 할 것이다. 물론 이건 앤서니의 생각이었다. 글로리아는 독서 말고 몽상을 하고 싶을 것이고 어둑한 내륙에 아직 남아 있는 어느 천사 같은 하인이 만들어준 토마토 샌드위치와 레모네이드가 먹고 싶을 것이다. 글을 쓰다 단락과 단락 사이 짬을 내어 앤서니는 글로리아에게 와서 키스를 할 텐데 그녀는 해먹에 게으르게 누워 있을 것이다…… 해먹! 마음속 상상의 리듬에 맞추어 생겨난 새롭고 많은 꿈들, 그동안 바람이 해먹을 흔들고 햇빛이 바람 맞은 밀의 그림자 위로 물결 모양을 그리거나, 먼지투성이 길에 조용한 여름비가 내려 얼룩이 생기고 색이 짙어지고……

그리고 손님들, 이 부분에서 두 사람은 오래오래 토론했다. 그들

답지 않게 어른스러운 태도로 멀리 내다보고 이야기를 나누었다. 앤서니는 적어도 2주에 한 번씩 주말에 '일종의 기분 전환'으로 손님들이 와야 한다고 주장했다. 이 말 때문에 아주 복잡하고 감정 상하는 대화가 이어졌다. 글로리아 자신만으로는 앤서니가 기분 전환이 안 되느냐는 것이었다. 사실 글로리아만 있어도 충분하다고 앤서니는 장담했으나, 그녀는 믿지 못하겠다고 주장했……. 결국 대화는 늘 하던 대로 나아갔다. "그러고 나면? 오, 그러고 나면 우린 뭘 하게 되지?"

"음, 개를 키울까." 앤서니가 제안했다.

"난 한 마리도 원치 않아. 새끼 고양이를 원해." 그녀는 철두철미하게 대단한 열정을 가지고 고양이에 관한 역사와 관습과 취향에 대해 짚었다. 한때 키워보기도 했다는 것이다. 앤서니가 듣기에 그 고양이는 마음을 잡아당기는 자석 같은 매력도 충성심도 없는 끔찍한 녀석이었다.

그 후 그들은 잠들었다가 새벽이 오기 한 시간 전에 일어났는데, 눈이 부신 그들 앞에서 회색 집이 상상 속의 장관을 그리며 춤추고 있었다.

글로리아의 영혼

그해 가을 회색 집은 냉소적인 노년인데도 제 나이를 속이는 감정을 확 쏟아내며 그들을 기꺼이 맞이했다. 사실, 빨랫감 주머니도 여전했고 글로리아의 입맛도 여전했으며, 일을 곱씹어보고 공상에 빠져 '신경과민'을 겪는 앤서니의 기질도 문제였다. 그러나 이따금 뜻밖의 고요함도 찾아왔다. 현관에 붙어 앉은 그들은 달이 은색 농장을 가로질러 울창한 숲 위로 올라가, 자신들의 발치에 빛나는 물결을 흘려보내길 기다렸다. 그런 달빛 속에서 글로리아의 얼굴은 주변으로 번져나가는, 추억이 떠오르는 하얀색이었다. 그들은 생각을 가로막는 관습을 버리고 사라진 6월의 낭만의 정수나 다름없는 것들을 서로에게서 애써 찾았다.

어느 날 밤이었다. 그녀는 머리를 그의 심장 쪽에 대고 있었다. 그들은 담배를 피웠다. 담배 불빛은 침대를 덮은 둥근 어둠 속에서 이리저리 옮겨 다니며 단추 모양으로 타올랐다. 그녀는 처음으로 자신의 아름다움에 잠시 매달린 남자들에 대해 단편적으로 말했다.

"그 남자들에 대해 생각한 적 있어?" 그가 그녀에게 물었다.

"가끔씩만…… 어떤 사건 때문에 특정 인물이 떠오를 때."

"그들과 나눈 키스는 기억해?"

"모든 걸……. 남자들은 여자들과 달라."

"어떻게 달라?"

"오, 전체적으로 다르지. 말로 표현하긴 좀 힘들고. 이런 사람이다, 저런 사람이다 같은 확고한 평판을 지닌 남자들이 나랑 있으면 놀랍게도 종종 앞뒤가 맞지 않는 사람이 돼. 사나운 남자는 부드러웠어. 하찮은 남자들은 놀랍게도 충성심이 강하고 사랑스러웠지. 때로 명예로운 남자들이 전혀 명예롭지 못하게 굴었고."

"예를 들면?"

"코넬 출신의 퍼시 울컷이라는 남자가 있었어. 대학에서는 완전 영웅이었지. 훌륭한 운동선수였고, 화재인가 그 비슷한 사고에서 사람들을 많이 구했어. 하지만 나는 그가 꽤 위험한 방식으로 멍청하다는 걸 곧 알게 됐어."

"어떤 식으로?"

"그는 '아내로 적합한' 여자에 대해 고지식한 생각을 갖고 있는 것 같았어. 난 한때 그런 생각과 많이 충돌했고 그 생각 때문에 난폭해졌지. 그는 키스를 절대 한 적 없고 바느질을 좋아하고 집에 앉아서 자존심을 북돋아주는 여자를 원했어. 그가 자기와 앉아 있을 바보를 구하고 나면, 아주 날랜 여자와 몰래 뛰쳐나간다는 데 한 표를 걸겠어."

"아내가 안됐네."

"난 그렇지 않아. 그와 결혼하기 전에 그런 걸 깨닫지 못했다니 얼마나 멍청해. 그는 여자는 절대 즐길 수 없다는 생각을 존중하고 존경하는 부류야. 뜻은 좋지만, 암흑기에 깊이 빠져 있지."

"그가 당신을 어떻게 대했는데?"

"그 이야기를 하려던 참이야. 전에 당신한테 말했었지. 아닌가? 아무튼 그 사람은 보기 좋은 외모였어. 눈동자는 갈색, 크고 정직해 보였지. 미소는 믿음직스러웠어. 심장이 20캐럿짜리 순금으로 되어 있을 것만 같았지. 젊고 경솔했던 나는 그가 분별력이 있다고 생각하고서, 어느 날 밤 핫스프링스의 홈스테드에서 춤을 춘 다음 차를 타고 돌아다니다가 그에게 열렬히 키스했어. 멋진 주였어, 내

기억엔. 감미로운 나무들이 녹색 거품처럼 온 계곡에 펼쳐져 있고, 10월의 아침엔 그 숲에서 안개가 피어올랐는데 마치 모닥불이 숲을 갈색으로 태워버릴 것 같은 모습이었고……."

"이상을 품은 당신 친구는 어땠는데?" 앤서니가 끼어들었다.

"내게 키스하면서 그는 상황을 좀 더 진척시킬 수 있을 것이고, 내가 그의 상상 속 비어트리스 페어팩스* 글래드걸**처럼 '존경받을' 필요가 없다고 생각하기 시작한 것 같았어."

"그가 뭘 했는데?"

"별일 없었어. 그가 잘 해보기 전에 내가 그를 5미터 높이의 제방에서 밀었어."

"다쳤어?" 앤서니가 웃음을 터트리며 물었다.

"팔이 부러지고 발목을 삐었어. 그는 핫스프링스에서 이 이야기를 동네방네 떠들고 다녔어. 그의 팔이 낫자 나를 좋아한 발리라는 남자가 그에게 싸움을 걸어 다시 부러뜨렸어. 오, 엉망진창이었어. 그는 발리를 고소하겠다고 위협했고, 조지아 출신의 발리는 시내에서 총을 산 것 같았어. 하지만 그 전에 엄마가 나를 북부로 다시 데리고 갔어. 난 정말 그러고 싶지 않았지만. 그래서 무슨 일이 일어났는지 알 수 없었어……. 그래도 발리는 밴더빌트 호텔 로비에서 한번 봤어."

앤서니는 오랫동안 크게 웃었다.

---

* 고민 상담 칼럼니스트 마리 매닝의 필명.
** 인생의 긍정적인 방향을 보는 소설 주인공 폴리아나를 암시하는 말.

"대체 무슨 일이람! 당신이 그렇게 많은 남자들에게 키스를 했다니 내가 화를 내야 할 것 같아. 그렇지만 화는 안 나."

이때 그녀가 침대에 앉았다.

"재미있어. 하지만 난 그런 키스가 내게 아무런 흔적을 남기지 않았다고 확신해. 난잡함의 흔적 같은 건 없단 뜻이지. 한 남자가 진지하게 말하기를, 날 다들 손대는 유리컵이라고 생각하는 게 싫다고 한 적 있긴 해."

"무례하네."

"난 그냥 웃었고, 나를 손에서 손으로 넘어가지만 소중히 다루어야 하는 화합의 잔 같은 존재로 여기라고 했어."

"어쨌든 난 신경 쓰지 않아. 물론, 당신이 그들에게 키스 이상의 무언가를 했다면 신경 쓰이겠지. 하지만 난 당신이 허영심에 상처받는 게 아니라면 절대 질투할 수 없는 사람이라고 생각해. 내 과거에 대해선 신경 안 써? 내가 완벽하게 순수했다면 좋아하지 않았을까?"

"그 일로 인해 당신이 어떤 인상을 주느냐에 달려 있지. 난 말이야, 그 남자가 좋아 보이기 때문에, 달이 반드러워서, 혹은 내가 좀 감상에 젖어 있고 마음이 약간 흔들릴 때 키스를 해. 하지만 그게 다야. 내겐 어떤 영향도 결코 끼치지 않아. 하지만 당신은 기억하잖아. 기억이 당신을 따라다니며 난처하게 하지."

"당신은 내게 키스한 것처럼 다른 사람에게 키스한 적 없어?"

"아니." 그녀는 어렵지 않게 대답했다. "당신에게 말했듯이, 남자들은 노력하지 — 오, 많은 것들을. 예쁜 여자들은 누구든 경험이 있어…… 당신도 알겠지만." 그녀가 요약했다. "당신이 과거에 얼마나 많은 여자들과 있었는지는 내게 중요하지 않아, 단순히 육체적 만족을 느낀 거라면. 하지만 오랫동안 다른 여자와 산 적이 있다거나, 결혼할 가능성이 있는 여자와 결혼하길 바란 적 있다고 생각하는 건 못 할 짓 같아. 좀 달라. 그런 사소하고도 은밀한 관계들은 모두 기억에 남겠지. 그리고 그 은밀한 관계들로 인해 신선함이 무뎌질 거야. 신선함이란 결국엔 사랑에서 가장 귀중한 부분인데."

그는 베개 위에서 그녀를 옆으로 끌어당겼다.

"오, 내 사랑." 그가 속삭였다. "마치 내가 당신의 다정한 키스만 빼고 다 기억하듯."

그러자 글로리아가 아주 부드러운 목소리로 말했다.

"앤서니, 누가 목마르다고 하는 걸 내가 들었나?"

앤서니는 갑자기 웃어버렸고, 소심하고 즐거워 보이는 미소를 지으며 침대 밖으로 나갔다.

"물에 얼음 조각 조금 넣어줘." 그녀가 덧붙였다. "물 한 잔 떠다 줄 수 있지?"

무언가 부탁할 때면 글로리아는 '조금'이라는 말을 썼다. 그 단어를 쓰면 덜 곤란한 부탁처럼 보였으니까. 그러나 앤서니는 다시 웃었다. 그녀가 얼음 한 덩이를 원하든 큰 덩어리를 원하든 아래층 부엌으로 내려가야 했다…… 그녀의 목소리가 복도를 따라 들려왔다. "그리고 마멀레이드를 조금 얹은 작은 크래커 한 조각……"

"아, 정말!" 앤서니가 한숨을 쉬었다. "대단해, 당신이 이겼어!"

"우리에게 아기가 생기면." 그녀가 어느 날 이야기를 꺼냈다. 이 일은 이미 결정된 거였고, 3년 뒤에 그렇게 하기로 했다. "아기가 당신을 닮았으면 좋겠어."

"다리만 빼고." 그가 장난스럽게 완곡히 말했다.

"오. 그래. 다리만 빼고. 그 애는 내 다리를 가져야 해. 하지만 나머지는 당신을 닮으면 좋겠어."

"내 코도?"

글로리아는 주저했다.

"음, 내 코가 좋겠어. 하지만 분명 당신 눈이어야 해. 그리고 내 입. 그리고 내 얼굴형도. 궁금해, 그 애가 내 머리칼을 가진다면 귀여울 것 같아."

"사랑하는 글로리아, 넌 아기 외모를 다 할당해놓고 있어."

"음, 그러려고 의도한 건 아니야." 그녀는 명랑하게 사과했다.

"적어도 아기에겐 내 목을 줘야지." 그가 거울 속 자신의 모습을 진지하게 보았다. "당신은 종종 내 목을 좋아한다고, 목젖이 보이지 않는다고 했지. 게다가 당신 목은 너무 짧아."

"이런, 그렇지 않아!" 그녀가 거울 쪽을 보며 화가 나서 외쳤다. "딱 좋아. 난 더 좋은 목을 본 적 없는 것 같아."

"너무 짧은데." 그가 놀리듯 반복해서 말했다.

"짧다고?" 그녀의 목소리에는 분노와 놀라움이 담겨 있었다. "짧아? 말도 안 돼!" 그녀는 파충류처럼 우아하게 목이 움직인다는 걸 확인하려고 목을 늘였다가 줄였다. "당신은 이걸 짧은 목이라고 불러?"

"내가 본 가운데 제일 짧은 목 중 하나야."

몇 주 만에 처음으로 눈물이 글로리아의 눈에서 흘러내렸고 그녀는 정말 고통스러워 보였다.

"오, 앤서니……."

"세상에, 글로리아!" 그는 당황해서 그녀에게 다가가 팔꿈치를 잡았다. "울지 마, 제발! 내가 그냥 놀린 거 몰라? 글로리아, 날 봐! 저런, 자기, 당신은 내가 본 가운데 제일 긴 목을 가졌어. 솔직히."

그녀의 눈물이 일그러진 미소 속에서 사라졌다.

"음, 당신은 그렇게 말하면 안 돼. 아, 아기에 대해 이야기하자."

앤서니는 방 안을 걸으며 미리 논쟁을 연습하듯 말했다.

"간단히 말해서 아이가 둘일 수 있어. 서로 뚜렷이 다르고 그 다름에 이유가 있는, 완전히 구별되는 아기들이지. 우리 둘의 최고를 모은 아기가 있어. 당신의 몸, 나의 눈, 나의 마음, 당신의 머리. 그리고 최악을 합친 아기가 있지. 나의 몸, 당신의 성질, 나의 우유부단함."

"난 두 번째 아기가 좋은데." 그녀가 말했다.

"내가 정말로 좋아하는 건." 앤서니가 말을 이었다. "세 쌍둥이를 한 해에 한 번씩 둘 낳아서 여섯 소년들로 실험을 하는……."

"내가 불쌍해." 그녀가 끼어들었다.

"그 애들을 각각 다른 나라 다른 시스템에서 교육을 시킨 다음, 스물셋이 되었을 때 모두 모아서 어떻게 됐나 볼 거야."

"그 아이들 모두에게 내 목을 주자." 글로리아가 제안했다.

한 시기의 끝

자동차 수리가 끝나자 다시 시작된 끝없는 싸움. 갈등이 잠시 멈춘 지점에서 서로는 복수를 준비해왔다. 운전대를 잡을 사람은 누구인가? 글로리아는 어떤 속도로 몰아야 하는가? 이 두 가지 질문과 그에 이어지는 끝없는 맞대응이 그 무렵의 화두였다. 둘은 차를 타고 포스트로를 따라 있는 라이, 포체스터, 그리니치 마을을 돌아다녔고 여러 명의 친구들을 불렀는데 대체로 글로리아의 친구들이었다. 다들 임신했고, 배가 부른 정도가 각자 달라 보였다. 다른 문제들뿐만 아니라 이 점 때문에 글로리아는 신경질을 내며 심란해할 만큼 지겨워했다. 친구들이 왔다 가고 나면 그녀는 한 시간 동안 화가 나서 손가락을 깨물었고, 앤서니에게 분노를 드러내곤 했다.

"난 여자들이 싫어." 그녀가 차분하게 외쳤다. "도대체 당신은 '숙녀 여러분, 숙녀 여러분'이라고 하는 거 말고 말을 건넬 수나 있어? 난 그저 목을 조르고 싶은 열두어 명의 어린애들에게 열변을 토했어. 이 여자들은 남편이 매력적이면 처음부터 남편을 질투하고 의심하거나, 매력적이지 않으면 지겨워하기 시작해."

"당신은 어떤 여자든 만나려 한 적 없어?"

"몰라. 여자들은 전혀 깨끗해 보이지 않아, 전혀, 전혀. 몇 명만 제외하고. 콘스턴스 쇼, 알지? 지난주 화요일에 우릴 보러 온 메리엄 부인. 그녀가 거의 유일해. 키가 무척 크고 신선한 생김새에 안정적이야."

"그렇게 키가 큰 건 별로야."

그들은 컨트리클럽 여러 곳에서 열린 댄스파티에 갔지만, 가을이 거의 다 된 탓에 나가고 싶긴 했어도 어떤 식이든 '외출'은 어렵다고 생각하게 됐다. 앤서니는 골프를 싫어했지만 글로리아는 적당히 좋아했다. 그녀는 어느 날 밤 대학생 몇몇이 자신에게 맹렬히 관심을 보이며 다가오는 걸 즐거워했고 앤서니가 그녀의 아름다움을 자랑스럽게 여겨야 한다는 점에 기뻐했다. 하지만 앤서니의 동창인 앨릭 그랜비가 글로리아에게 열정적으로 관심을 보이는 일에 동참하는 바람에 그 저녁 파티의 여주인인 그랜비 부인이 어느 정도 조바심을 낸다는 걸 눈치챘다. 그랜비 부부는 다시는 그들에게 전화하지 않았고, 글로리아는 웃었지만 적잖이 기분이 상했다.

"있잖아." 그녀가 앤서니에게 설명했다. "만일 내가 결혼하지 않았다면 부인은 걱정하지 않았을 거야. 그런데 부인은 한창때 영화계에 있었고 내가 뱀파이어일지도 모른다고 생각해. 핵심은 그런 사람들을 달래려면 노력이 필요한데 난 그러고 싶지 않다는 거지……. 내게 추파를 던지며 바보 같은 소리를 하는 그 귀엽고 어린 신입생들이란! 난 성장했어, 앤서니."

마리에타 자체에는 사교 생활이 거의 없었다. 대여섯쯤 되는 농장의 토지가 그 주변에 다각형을 그리고 있었지만, 노인들이 그 땅을 소유했다. 역으로 가는 리무진 뒷자리에 앉은, 활기 없고 잿빛을 덮어쓴 덩어리 같은 모습으로나 볼 수 있는 사람들이었다. 그들은 때론 똑같이 나이 들고 덩치가 두 배로 큰 부인과 함께였다. 마을 사람들한테는 흥미가 가지 않았다. 결혼하지 않은 여성들이 많았고, 주민들이 아는 세상의 경계라곤 학교 축제 정도가 고작이었다. 그들의 영혼은 험악한 모습의 흰 교회 건물 세 곳처럼 음산했다. 부부가 가깝게 지낸 유일한 주민은 매일 그들의 집에 일하러 오는, 엉덩이가 크고 어깨가 넓은 스웨덴 여자였다. 말없이 일을 잘하는 사람이었다. 글로리아는 부엌 탁자에서 여자가 팔에 얼굴을 묻은 채 격렬하게 우는 모습을 본 뒤로 기묘한 공포를 느꼈고 음식 불평을 그만두었다. 숨겨진 심오한 슬픔 때문에 여자는 계속 일했다.

글로리아는 어떤 일이 닥치리라고 예감하는 걸 선호했고, 갑자기 막연한 초자연주의에 대해 이야기를 쏟아내서 앤서니를 놀라게 했다. 빌피스트인 엄마와 함께한 유년 시절에는 적절히 과학적으로 억제된 어떤 강박관념 때문에, 혹은 타고난 과민함 때문에 영매의 어떤 암시에도 영향을 잘 받았다. 사람들을 움직이는 동기에 속아 넘어가는 일은 없었지만, 어떤 기이한 사건이든 죽은 자가 엉뚱하게 돌아다녀서 생긴 거라고 믿는 경향이 있었다. 바람 부는 밤, 오래된 집이 지독하게 끽끽대자 앤서니는 손에 리볼버를 쥔 절도범을 생각했다. 하지만 글로리아는 오래되고 낭만적인 난로 위에서 속죄할 수 없는 죄들을 속죄하는 죽은 자들의 사악하고 고집 센 기운을 떠올렸다. 어느 날 밤, 아래층에서 탕탕 소리가 빠르게 났고 앤서니는 공포에 질려 집을 살펴보았지만 헛된 일이었다. 그들은 거의 새벽이 될 때까지 서로에게 세계 역사에 관한 시험 문제를 내면서 깨어 있었다.

10월에 뮤리얼이 2주간 방문을 했다. 글로리아가 장거리전화로 연락했고, 뮤리얼 케인 양은 "좋아. 그리로 내가 소리 나는 것 좀 들고 가겠어!"라고 말하여 그녀답게 대화를 마무리했다. 그녀는 인기 있는 노래 음반 열두 개를 팔에 끼고 나타났다.

"이 시골집엔 축음기를 두어야 해." 그녀가 말했다. "작은 빅*이면 돼. 돈이 별로 안 들어. 네가 외로울 때, 카루소나 알 졸슨**을 바로 집에서 들을 수 있어."

케인 양은 "당신은 내가 이제껏 알고 지낸 이들 중에 첫 번째로 똑똑한 사람이고 천박한 사람들이 지겨워졌다"고 말해서 앤서니를 혼란스럽게 했다. 그는 사람들이 이런 여자들과 사랑에 빠지는지 궁금했다. 그러나 그는 그녀를 열띠게 힐끗 살펴보고, 그녀조차도 부드럽고 뭔가 장래가 기대되는 모습을 지닐 수도 있다고 생각했다.

하지만 글로리아는 앤서니를 향한 사랑을 마구 드러내면서 가르랑대며 만족했다.

마침내 리처드 캐러멜이 수다를 떨러 찾아왔다. 글로리아에겐 문자 그대로 고통스러운 주말이 됐다. 그녀가 어린아이처럼 위층에서 잠든 뒤 그가 앤서니에게 자기 이야기를 했기 때문이다.

"아주 재미있었어, 이번 성공까지." 딕이 말했다. "소설이 나오기 직전엔 단편소설을 팔려고 노력했지만 성공하지 못했어. 책이 출간되고 나서 세 작품을 다듬었는데, 그 전엔 거절했던 잡지들 중 하

---

* 축음기의 일종.

** 엔리코 카루소는 이탈리아의 테너 성악가로, 축음기 발명으로 음악을 녹음하기 시작한 이래 스타가 됐다. 알 졸슨은 1백만 장의 음반을 판매한 첫 번째 가수다.

군데가 내 작품을 받아주었어. 그 이후로 많은 작업을 했는데, 출판사들은 이번 겨울까지 내 책 인세를 지불하지 않고 있어."

"승자가 뭐든 다 가지게 하지 마."

"쓰레기를 쓴다는 뜻인가?" 그가 생각에 잠겼다. "시시한 페이드아웃을 작품마다 일부러 끼워 넣는다는 얘기라면, 난 그렇게 하진 않아. 하지만 내가 그렇게 신경 쓰고 있는 것 같진 않아. 확실히 더 빨리 작업하고 있고 예전만큼 생각을 깊이 하진 않지. 아마도 내가 더 이상 대화를 나누지 못해서일 거야. 이제 넌 결혼했고 모리는 필라델피아로 가버렸으니까. 오래된 충동과 야망이 없어. 빠른 성공과 그 밖의 이것저것."

"그래서 걱정되진 않아?"

"미친 듯이. 내가 문장 흥분이라고 부르는 게 있는데, 여기서 뭔가를 얻지. 사냥감 흥분* 같은 거야. 내가 스스로를 밀어붙이려 할 때 느끼는, 강한 문학적 자의식 같은 거지. 그러나 정말 끔찍한 시기는 내가 글을 쓸 수 없다고 생각할 때가 아니야. 무슨 글을 쓰든 전혀 가치가 없는 게 아닐까 하는 생각이 들 때지. 내가 미화된 어릿광대인가 아닌가, 그 얘기야."

"네가 그런 식으로 말하는 걸 들으니 좋다." 앤서니는 잘난 척 무례하게 구는, 여느 때와 같은 태도로 말했다. "난 네가 바보같이 작업하면 어쩌나 걱정했어. 최근 네가 한 인터뷰를 읽었는데……."

딕이 화를 내며 끼어들었다.

---

* 사냥감을 본 사냥 초심자가 느끼는 흥분.

"세상에! 그 얘긴 하지 말아줘. 젊은 여자가 썼어. 나를 대단히 찬양하는 젊은 여자가. 내 작업에 대해 '강하다'고 계속 말했고, 나는 흥분해서 이상한 말을 많이 했어. 그래도 몇몇 대목은 괜찮았지만, 그렇게 생각하지 않아?"

"아, 그래. 같은 세대의 청년들에 대해 쓰는 현명한 작가, 그다음 세대의 비평가, 그리고 그 후의 교사들에 대한 부분.*"

"아, 그 부분은 상당히 믿고 있어." 리처드 캐러멜이 약간 웃으며 인정했다. "그걸 얘기한 건 단순한 실수였지."

11월에 그들은 앤서니의 아파트로 옮겨 갔다. 그곳에서 의기양양하게 예일과 하버드, 하버드와 프린스턴의 풋볼 경기를 구경했고 세인트 니컬러스 아이스링크에 갔고 극장들을 쭉 돌았고 작고 고루한 댄스파티부터 큰 행사들까지 잡다한 파티에 참석했다. 글로리아가 사랑한 그 큰 행사들은 가발에 파우더를 뿌린 하인들이 영국에 깊이 심취한 분위기 속에서 거대한 집사의 감독 아래 바쁘게 뛰어다니는, 몇 안 되는 저택에서 열렸다. 그들은 연초에 외국에 가려 했다. 어쨌든 전쟁이 끝나면 그렇게 할 참이었다. 앤서니는 그가 계획한 책을 소개하는 방식으로 12세기에 대한 체스터턴풍의 에세이를 완성했고 글로리아는 러시아산 세이블** 코트가 궁금해서 광범위하게 조사를 했다—편안히 겨울을 맞을 준비를 하던 참이

---

*　저자인 F. 스콧 피츠제럴드가 첫 장편 《낙원의 이편》을 쓰면서 언급한 대목이다.
**　흑담비로 만드는, 유명하고 비싼 모피.

었다. 그러다 12월 중순이 되자 빌피즘에서 말하는 세계의 창조자가 갑자기 결정을 내렸다. 길버트 부인의 영혼이 환생한 현재의 육신 안에서 충분히 오랜 시간을 보냈다고 말이다. 그 결과 앤서니는 글로리아를 데리고 캔자스시티로 가야 했다. 글로리아는 비참하고 발작적으로 흥분한 상태였다. 캔자스시티에서 그들은 인류가 해오던 오랜 방식대로 세상을 떠난 이를 위해 끔찍하고 마음을 흔드는 예식을 치러주었다.

인생에서 처음이자 마지막으로, 길버트 씨는 정말로 딱했다. 그는 그녀를 산산이 부수었더랬다. 자기 육신을 시중들고 자기 영혼을 섬겨 예배드리라고 말이다. 그런데 그런 그녀가 얄궂게도 그를 망쳐버린 셈이다. 그녀가 세상을 떠날 때 그는 아무것도 할 수 없었으니까. 결코 다시는 그에게 기회가 생기지 않을 것이다. 한 사람의 영혼을 그토록 지루하게 만들고 괴롭힐 기회가.

2장

향연

글로리아는 앤서니의 마음을 달래 잠들도록 했다. 그녀는 모든 여자들 가운데 가장 현명하고 세련돼 보였다. 글로리아는 앤서니라는 사람의 복도에 눈부신 커튼처럼 매달려 햇빛을 차단했다. 결혼 후 처음 몇 해 동안 그가 믿은 것들에는 늘 글로리아의 생각이 배어 있었다. 그는 언제나 커튼 무늬를 통해 태양을 보았다.

이듬해 여름, 두 사람은 일종의 권태를 느껴 마리에타로 돌아왔다. 기력을 빼앗는 금빛 봄, 그들은 들떠서 게으르게 사치를 부리며 캘리포니아 해안을 따라 돌아다녔다. 종종 사람들과 합류하며, 패서디나에서 코로나도까지, 코로나도에서 샌타바버라까지 떠다녔다. 다른 음악에 맞춰 춤추겠다거나 계속 변하는 바다의 색깔 가운데 미묘한 변종을 찾아보겠다는 글로리아의 욕망보다 더 확실한 목적은 없었다. 야만스러운 바위들과 꼭 그만큼이나 거칠고 사나운 여관들이 그들을 맞이하기라도 하는 것처럼 태평양으로부터 솟아올라 있었다. 티타임이면 몽롱한 가운데 나른한 고리버들 시장에 갈 수 있었는데, 그곳은 폴로 의상을 입은 사람들로 근사했다. 사우샘프턴이니 레이크포리스트니 뉴포트니 팜비치에서 온 사람들이었다. 그리고 만의 가장 잔잔한 구역에서 파도가 만나 물을 튀기며 반짝일 때, 그들은 이런저런 사람들을 만났고 그들과 함께 옮겨 다녔다. 이 이상하고 실체 없는 즐거움에 대해 계속 중얼거리며, 바로 옆의 초록빛 비옥한 계곡 위에서 기다리면서.

그들이 만난 사람들은 단순하고 건강한 유한계급이었다. 그중 최고는 불쾌한 구석이 없는 대학생들이었다. 그들은 에테르체*가 되어 무한히 뻗어나가는 '포셀리언'**이나 '스컬 앤드 본스'***의 영구 지원자 명단에 이름을 올린 것 같았다. 여자들은 평균보다 아름답고 섬세한 생김새에 탄탄한 몸매를 지녔다. 파티 여주인으로서는 약간 멍청하지만 손님으로서는 매력적이고 대단히 장식적인 효과가 나는 존재들이었다. 그들은 아늑한 티타임 때 침착하고 우아하게 한 걸음씩 골라 내디디며 춤추었다. 이 나라 전역의 점원과 코러스 걸들이 아주 꼴사납게 동작을 흉내 내며 춤추는 데 비해, 이들은 위엄 있게 춤을 선보였다. 이 외롭고 신뢰받지 못한 예술의 후예를 미국인들이 의심의 여지 없이 탁월하게 해낸다니 아이러니했다.

---

* 신지학 등 19세기 말에서 20세기 초에 유행한 일부 신비주의 사상에 따르면, 에테르는 제5원소일 뿐 아니라 인간의 영혼을 상징한다.

** 하버드에서 가장 오래된 재학생 사교 클럽.

*** 예일 사교 클럽.

사치스러운 봄 내내 춤추고 물속에서 첨벙댄 후, 앤서니와 글로리아는 돈을 너무 많이 썼다는 사실을 깨달았다. 얼마 동안은 세상에서 물러나야 했다. 앤서니에게 '일'이 있다는 말이 돌았다. 이 사실을 알기 직전, 그들은 회색 집으로 돌아갔다. 이제는 잘 알게 됐다. 회색 집에서 그들 말고 다른 연인들이 잠을 잤고, 다른 이름들이 난간 위로 불렸고, 다른 커플들이 현관 계단에 앉아 회녹색 들판과 그 너머 대개 검은빛을 띤 숲을 보고 있었다는 걸.

앤서니는 전과 같았다. 하이볼 몇 잔을 마시기만 하면 좀 더 들뜨고 활발해졌다. 거의 알아채기 어렵긴 하지만, 글로리아에겐 아주 조금 심드렁해졌다. 한편 글로리아는 8월에 스물넷이 될 것이었다. 그 생각을 하면 좋기도 하고 진짜로 무섭기도 했다. 여섯 해가 지나면 서른 살! 그녀가 앤서니를 덜 사랑했다면 다른 남자들에게 다시 흥미를 느끼면서 시간이 흘러가고 있다는 걸 느꼈을 것이다. 화려한 식사 자리에서 눈썹을 내리깐 채 그녀를 바라보는 모든 잠재적 연인으로부터 순간적인 빛을 일부러 끌어내면서. 어느 날 그녀는 앤서니에게 말했다.

"내 마음은 이래. 만일 내가 뭔가를 원하잖아? 그럼 그걸 가져야 해. 언제나 이렇게 생각하며 살아왔어. 그런데 당신을 원하면서 그저 다른 욕망을 가질 여유가 없어졌어."

그들은 몹시 건조하고 활기 없는 인디애나를 지나 동쪽으로 가고 있었다. 그녀는 좋아하는 영화 잡지를 보다 고개를 들었다. 일상적인 대화가 갑자기 진중해졌다.

앤서니는 차창 밖으로 얼굴을 찌푸렸다. 도로가 시골길을 가로

지르는데, 한 농부가 잠시 마차를 끌고 나타났다. 농부는 밀짚 한 가닥을 씹고 있었는데, 전에 열두어 번쯤은 지나친 적 있는 것 같았다. 농부는 말없이 악의에 찬 상징처럼 앉아 있었다. 앤서니는 글로리아 쪽으로 눈을 돌리며 얼굴을 더 찌푸렸다.

"당신 때문에 신경 쓰여." 그가 불만을 드러냈다. "내가 어떤 특정한 상황에 잠시 놓였다 치면, 그땐 다른 여자를 원하는 모습을 상상할 수는 있어. 하지만 그 여자를 안는 건 상상할 수가 없다고."

"하지만 난 그런 식으로 생각하진 않아, 앤서니. 내가 뭔가 원하잖아? 난 그걸 애써 참고 싶지 않아. 내 방식이란 그걸 원하지 않는 거야. 당신 말고 다른 사람은 아무도 원하지 않는 거라고."

"하지만 당신이 누군가에게 환상을 품게 되기라도 하면……."

"오, 바보같이 굴지 마!" 그녀가 소리쳤다. "그런 일은 우연히 일어나는 게 아니야. 그리고 난 그 가능성을 상상조차 할 수 없다고."

대화는 이렇게 확실히 끝났다. 끊임없이 그녀를 이해해주는 앤서니 덕분에 그녀는 그 누구보다도 그와 있을 때 행복했다. 그녀는 그를 확실히 즐겁게 했다―그를 사랑했다. 그래서 그해 여름은 그 전의 여름처럼 시작됐다.

그런데 그들 가정에 근본적인 변화가 일어났다. 소박한 요리 솜씨에 냉소적인 태도로 식사 시중을 들어 글로리아를 우울하게 했던 차가운 북유럽인이 드디어 아주 유능한 일본인에게 일을 넘겼다. 그의 이름은 다나라하카인데, 그는 2음절어 '다나'를 포함해서 어떤 식으로 불러도 된다고 했다.

다나는 일본인 치고도 몹시 키가 작았고, 처세에 밝은 사람으로

서 좀 소박한 모습을 선보였다. 'R. 구기모니키, 일본의 믿음직한 직업소개소'를 통해 도착한 날, 그는 앤서니를 제 방으로 불러 트렁크 속의 보물들을 보여주었다. 여기엔 방대한 일본 엽서 모음도 있었다. 그는 고용주에게 즉시 그 많은 엽서들을 하나하나 길게 설명했다. 포르노그래피 이미지를 담은 미국산 엽서도 여섯 장 있었다. 비록 제작자들은 이름과 우편 배송용 양식 모두 겸손히 생략했지만. 그다음 그는 수공품을 꺼냈다. 미국 바지 한 벌은 직접 만든 거였다. 그리고 탄탄한 비단 속옷 두 벌. 비단 속옷의 경우, 그는 따로 챙겨둔 목적을 앤서니에게 은밀히 알려주었다. 그다음은 에이브러햄 링컨의 동판화를 꽤 잘 베낀 복제품이었는데, 얼굴이 확실히 일본풍이었다. 마지막은 피리였다. 직접 만들었는데 망가져서 곧 수리할 예정이라 했다.

앤서니는 이런 예의 바른 절차는 분명 일본 특유의 것이라고 생각했다. 그다음, 다나는 주인과 하인의 관계에 대해 어색한 영어로 장광설을 늘어놓았다. 앤서니는 그가 큰 저택에서 일했지만 다른 하인들이 정직하지 않다는 이유로 늘 싸웠다는 걸 알게 됐다. 그들은 'honest(정직한)'라는 영어 단어를 놓고 참으로 대단한 시간을 보냈다. 사실은 서로 무척 짜증이 났다. 다나가 하려던 말이 'hornet(말벌)' 아니냐며 앤서니가 고집스레 우겼기 때문이다. 앤서니는 심지어 벌 흉내를 내며 붕붕 소리를 내고 팔을 날개처럼 휘두르기까지 했다.

45분 후 앤서니는 다나의 방을 빠져나왔다. 다나와 대단한 대화를 또 나눌 수 있을 거라고, 열렬한 확신이 섰다. 그는 '우리 나라에서는 어떻게 하는지'를 말하리라.

다나는 회색 집에서 이런 식으로 수다를 선보였다. 그리고 약속을 이행했다. 그는 양심적이었고 존경할 만한 사람이었지만, 분명 소름 끼치게 지겨웠다. 그는 혀를 통제할 수 없는 것 같았다. 때로 그는 작은 갈색 눈에 고통 비슷한 뭔가를 담고서 이야기를 이어나갔다.

일요일과 월요일 오후면 다나는 신문 만화란을 읽었다. 익살맞은 일본인 집사가 나오는 만화에 그는 대단한 관심을 보였다. 앤서니가 보기에 주인공의 얼굴은 딱 봐도 동양풍이었지만, 다나는 진짜 미국인 얼굴이라고 주장했다. 신문 만화란은 그에게 버거워서, 앤서니의 도움으로 네 칸 만화에서 뒤의 세 칸을 힘들게 읽어냈다. 그리고 칸트의 《비판》*을 읽을 때나 어울릴 집중력을 발휘하여 그 세 칸의 문맥을 이해했다. 하지만 그러고 나면, 그만 첫 칸이 무슨 내용인지 완전히 까먹고 말았다.

6월 중순, 앤서니와 글로리아는 첫 결혼기념일을 축하하는 '데이트'를 했다. 앤서니가 문을 두드렸고 글로리아는 달려가 그를 맞이했다. 그들은 소파에 함께 앉아 각자 서로에게 붙인 이름들을 불렀다. 애정을 표현하는 오래된 말들을 새롭게 조합한 이름이었다. 이 '데이트'를 마친 후 민망한 기쁨에 사로잡혀 진한 밤을 보냈다.

6월 말, 글로리아는 공포의 음흉한 얼굴을 보았다. 공포가 그녀를 덮치는 바람에 그녀의 밝은 영혼이 겁을 먹고 반 세대는 뒤로 물러나고 말았다. 오랜 시간이 걸린 후에 공포는 자기가 튀어나왔

---

* 철학자 이마누엘 칸트의 세 비판서 《순수이성비판》《실천이성비판》《판단력비판》.

던 칠흑 같은 어둠 속으로 자취를 감추었지만, 이 때문에 젊음은 약간이나마 사라지고 말았다.

사건은 포체스터 인근의 어느 형편없는 마을에 있는 작은 철도 역에서 벌어졌다. 극적 효과가 확실했다. 역 플랫폼은 하루 종일 대초원처럼 살풍경했다. 플랫폼을 지켜보던 먼지투성이 노란 태양, 그리고 밉살스러운 시골 사람들. 대도시 가까이 살지만 도회적인 덕목은 받아들이지 않고 단지 싸구려 영리함만 챙긴 사람들이었다. 사건의 목격자는 시골뜨기 열두어 명쯤. 지지벌건 눈을 한, 허수아비같이 무기력한 자들. 이들은 어리둥절해서 이해도 못 한 채로 이 사건을 보아 넘겼다. 이들에게 이 일은 넓게 생각하면 음담패설거리였고, 기껏 예민하게 생각해봤자 '창피한 일'이었다. 그러는 동안 플랫폼에서는 세상의 밝음이 조금이나마 사라져갔다.

더운 여름 오후, 앤서니는 에릭 메리엄과 함께 스카치를 담은 디캔터를 두고 앉아 있었다. 글로리아와 콘스턴스 메리엄은 수영을 하고 해변 클럽에서 피부를 태웠다. 메리엄은 줄무늬 파라솔 차양 아래 있었고 글로리아는 부드럽고 뜨거운 모래 위에 육감적으로 몸을 쭉 펴고서 그녀에게서 뺴놓을 수 없는 다리를 태웠다. 이후 그들 넷은 그리 대수롭지 않은 샌드위치를 만지작거렸다. 그러다 글로리아가 일어나서 앤서니의 주의를 끌려고 양산으로 그의 무릎을 두드렸다.

"우린 가야 해, 여보."

"지금?" 그는 마지못해 그녀를 보았다. 그 순간 그늘진 현관에서 풍미가 좋은 스카치를 마시며 시간을 보내는 것 이상으로 중요한 일은 없는 것 같았다. 그동안 파티의 주인은 기억에서 사라진 어느 정치 운동에 수반된 사건에 대해 추억에 잠겨 끝없이 떠들고 있었다.

"진짜 가야 해." 글로리아가 반복했다. "역까지 택시를 타고 갈 수 있을 거야……. 가자, 앤서니!" 그녀가 좀 더 고압적으로 나왔다.

"잠깐만……." 에릭 메리엄은 하던 이야기를 끊고서 으레 나오는 반대의 말을 했다. 그러면서 도발적으로 손님의 유리잔에 하이볼을 채웠다. 다 마시는 데 10분쯤 걸릴 터였다. 그러나 글로리아가 짜증을 내며 "진짜 가야 해!"라고 외치자, 앤서니는 잔을 바로 다 비운 다음, 일어나서 여주인에게 정성껏 인사를 했다.

"우린 '가야' 할 것 같군요." 그가 약간 예의를 갖춰 말했다.

잠시 후 그는 글로리아를 따라 정원에 있는 키 큰 장미 덤불 샛길을 내려갔다. 그녀의 양산이 6월에 피어난 잎들을 부드럽게 스쳤다. 그들이 큰길가에 도착할 무렵, 그는 그녀가 한 짓이 아주 경솔했다고 생각했다. 글로리아가 그렇게 청정하고 무해한 즐거움을 방해해서는 안 될 일이었다. 그는 순진함에 상처를 입었다. 위스키 덕분에 마음속 들썩임이 누그러지는 동시에 상황이 선명히 보였다. 그녀는 전에도 여러 번 이랬다. 그녀가 그를 양산으로 건드리거나 눈을 깜박이면, 그는 즐거운 상황에서 늘 발을 빼야 하나? 그의 반항심은 악의와 구분하기 어려워졌고, 악의는 내면에서 막을 수 없는 거품처럼 솟아올랐다. 그는 침묵했다. 그녀를 비난하고픈 욕망을 억지로 참았다. 그들은 여관 앞에서 택시를 잡아 작은 역으로 말없이 갔다……

그러다 앤서니는 본인이 무엇을 원하는지 알았다. 뭐든 아랑곳하지 않는 이 차가운 여자에게 자신의 의지를 밀고 나가는 것. 엄청난 노력을 기울여 그녀를 지배하는 것. 아주 바람직한 일 같았다.

"반스네에 가자." 그가 그녀를 보지 않은 채 말했다. "집에 가고 싶지 않아."

─반스 부인, 결혼 전엔 레이철 제릴이었던 그녀는 레드게이트에서 몇 킬로미터 떨어진 곳에 여름 별장을 갖고 있었다.

"엊그제 갔잖아." 그녀가 짧게 대답했다.

"그 사람들, 우릴 보면 반길걸." 충분히 강하게 말하지 않은 것 같아서, 그는 마음을 고집스레 다잡고서 덧붙였다. "반스네에 가고 싶어. 집엔 전혀 가고 싶지 않아."

"난 반스네에 전혀 가고 싶지 않은데."

갑자기 그들은 서로를 노려보았다.

"저런, 앤서니." 그녀가 짜증을 냈다. "오늘은 일요일 밤이고 그쪽도 저녁 손님이 와 있겠지. 왜 우리가 이 시간에 가야 하는……."

"그럼 왜 우린 메리엄네에서 나와야 했어?" 그가 버럭 소리쳤다. "완벽히 좋은 시간을 보내고 있었는데 왜 집에 가야 해? 우리한테 저녁 먹고 가겠느냐고 물었잖아."

"당연히 그냥 하는 말이지. 돈이나 줘봐. 기차표 사게."

"그렇게는 절대 못 해! 그 빌어먹을 더운 열차는 타고 싶지 않아."

글로리아는 플랫폼에서 발을 굴렀다.

"앤서니, 당신은 술 취한 사람처럼 굴고 있어!"

"그 반대야, 난 아주 말짱해."

그러나 그의 목소리는 쉬었다. 그녀는 지금이 그답지 않은 모습이라는 걸 잘 알았다.

"당신이 정말 말짱하다면 나한테 풋값을 주겠지."

그러나 그에게 이렇게 말해봐야 너무 늦었다. 그의 마음에는 한 가지 생각밖에 없었다―글로리아는 이기적이다. 글로리아는 언제나 이기적이고, 만일 그가 여기서 지배자로서 밀고 나가지 않는다면 계속 그럴 것이다. 이번이 적기였다. 그녀가 변덕을 부려 그에게서 즐거움을 빼앗아 가버렸으니. 그는 결심을 굳혔다. 그 결심은 곧 둔하고 울적한 혐오와 비슷해졌다.

"난 기차를 타지 않을 거야." 그의 목소리는 분노로 약간 떨렸다. "우린 반스네에 갈 거야."

"난 아냐!" 그녀가 소리쳤다. "당신이 정 거기 가겠다면, 나 혼자라도 집에 갈 거야."

"그럼 가."

말없이 그녀는 매표소로 돌아섰다. 동시에 그는 그녀가 돈을 좀 갖고 있으며 이건 그가 원한, 그가 누려야 할 승리가 아니라는 걸 알았다. 그는 그녀를 따라가 팔을 잡았다.

"봐!" 그가 중얼거렸다. "당신은 혼자 안 가!"

"난 혼자 갈 거야, 이런, 앤서니!" 그녀는 그에게서 떨어지려고 애쓰며 비명을 질렀다. 그는 더욱더 꽉 붙잡았다.

그는 눈살을 찌푸리며 심술궂게 그녀를 쳐다보았다.

"놔줘!" 그녀는 몹시 사납게 소리쳤다. "당신이 조금이라도 예의바른 사람이라면, 놔줘."

"왜?" 그는 이유를 알았다. 그는 그녀를 붙잡아두면서 혼란스럽고 그리 떳떳한 기분이 아니면서도 우쭐했다.

"난 집에 갈 거야, 알겠어? 그리고 당신은 나를 봐주겠지!"

"아니, 그렇게는 못 해."

그녀의 눈이 이제 불타오르고 있었다.

"여기서 한바탕 해보겠다는 거야?"

"집에 못 가! 당신의 끝없는 이기심이 지겨워!"

"난 집에 가고 싶을 뿐이야." 그녀의 눈에서 분노의 눈물 두 줄기가 흐르기 시작했다.

"이번에는 내 말대로 하게 될 거야."

그녀는 천천히 자세를 바로잡았다. 한없는 경멸의 뜻을 담아 고개를 젖혔다.

"당신이 싫어!" 그녀는 낮은 목소리로, 마치 꽉 다문 치아 사이로 독을 방출하듯 말했다. "아, 날 놓아줘! 아, 당신이 싫어!" 그녀는 몸을 막 흔들려 했다. 그러나 그는 그녀의 다른 팔을 붙잡고 말았다. "당신이 싫어! 당신이 싫어!"

글로리아가 분노하자 그는 다시 긴가민가했지만, 그녀의 뜻을 따르기엔 너무 많이 와버린 것 같았다. 그는 언제나 그녀의 뜻을 따랐다. 그래서 그녀가 마음속으로 그를 경멸한 것 같았다. 아, 지금은 그녀가 그를 싫어할지 모른다. 그러나 나중엔 상황을 지배한 그에게 감탄할 것이다.

기차가 역으로 다가오며 미리 경적을 울렸다. 그 소리는 반짝이는 푸른 철로 아래의 그들에게 몹시 감상적으로 다가왔다. 글로리아는 달아나려고 몸을 잡아당겼다. 창세기보다 더 오래된 단어들이 그녀의 입에서 튀어나왔다.

"오, 당신은 짐승이야!" 그녀가 흐느꼈다. "오, 당신은 짐승이야! 오, 당신이 싫어! 오, 당신은 짐승이야! 오……."

플랫폼에서 기차를 기다리던 승객들이 그들을 쳐다보기 시작했다. 기차가 웅웅대는 소리가 들렸다. 점점 커져서 시끄러웠다. 글로리아는 다시 달아나려 애쓰다 그만두었다. 손쓸 수 없는 이 굴욕적인 상황 속에서 그녀는 부들부들 떨었고 눈빛은 이글거렸다. 그동안 기차는 으르렁대면서 역 안으로 들어왔다.

증기가 쏟아지고 브레이크가 삐걱대는 가운데 글로리아의 나직한 목소리가 들렸다.

"아, 여기 남자다운 남자가 한 사람이라도 있었어봐, 당신이 이럴 수 있을 거 같아? 이럴 수 없어! 비겁한 인간! 아, 비겁한 인간!"

앤서니는 말없이 몸을 떨며 그녀를 꽉 잡았다. 앤서니는 알고 있었다. 열두어 명쯤의 얼굴이, 허깨비 같은 자들이 호기심에 가득 차 움직이지도 않고 자기네를 쳐다본다는 사실을. 그때 종소리가 들렸다. 금속끼리 부딪치는 소리는 마치 몸이 아픈 것처럼 아팠다. 굴뚝들이 연기를 하늘로 뿜으며 차츰 속도를 냈다. 소음이 커지고 잿빛 연기가 소용돌이치고 늘어선 얼굴들이 움직였고, 빠르게 달리며 곧 보이지 않게 되었다. 그러다가 갑자기 모든 것이 사라졌다. 동쪽으로 기울어진 햇살과 차츰 작아지는 소리만 남았다. 천둥이 담긴 깡통이 늘어선 것 같은 기차 소리 말이다. 그제야 그는 팔을 놓았다. 그가 이겼다.

이제 그가 원한다면, 웃을 수도 있다. 실험은 끝났고 그는 폭력으로 의지를 밀고 나갔다. 승리에 뒤이어 관용을 걷게 하라.

"차를 빌려 타고 마리에타로 돌아가자." 그는 다소 신중하게 말했다.

그 대답으로, 글로리아는 양손으로 그의 손을 잡더니 제 입으로 가져가 엄지손가락을 꽉 깨물었다. 그는 고통을 거의 느끼지 못했다. 피가 떨어지는 걸 보고 그는 멍하니 손수건을 꺼내 상처 부위를 감았다. 이 또한 그가 예상한 승리의 일부였다. 패배에 이런 식으로 원망이 따르는 건 불가피한 일이었고, 주목할 가치도 없었다.

그녀는 눈물을 거의 흘리지 않고 깊이 쓰디쓰게 흐느꼈다.

"난 안 가! 안 가! 당신은 ─ 그렇게 ─ 못 ─ 해! 이제껏 내가 당신에게 품었던 사랑을 당신이 다 없애버렸어, 존경도 없애버렸고. 내 안에 남은 건 다 죽어버리겠지, 내가 여길 떠나기 전에. 만일 당신이 날 붙잡을 줄 알았다면……."

"당신은 나랑 가게 될 거야." 그가 거칠게 말했다. "내가 당신을 끌고 가면."

그는 몸을 틀어 손짓으로 택시를 부르더니 운전사에게 마리에타로 간다고 말했다. 남자는 차에서 내려 문을 확 열었다. 앤서니는 아내를 본 다음 이를 악물고 말했다.

"탈 거야? 아니면 내가 태워줘?"

그녀는 끝없는 고통과 절망을 담아 나직하게 소리 지르고는 그만 포기하고 차에 올라탔다.

차를 타고 가는 긴 시간 동안, 땅거미가 찾아들어 점점 어두워졌다. 그녀는 몸을 웅크린 채 앉아 있었다. 입을 다물고 있다가 때때로 눈물 없이 쓸쓸한 울음을 터트렸다. 앤서니는 창밖을 응시했다. 그의 무딘 마음속에서는 앞서 일어난 사건의 의미가 천천히 변하고 있었다. 뭔가 잘못됐다. 글로리아의 마지막 외침이 시간이 흘러도 그의 마음에 메아리치며 어울리지 않게 불안감을 남겨 심금을 울렸다. 분명 그가 옳다. 그러나 그녀는 이제 무척 애처롭고 작은 존재로 보였다. 부서지고 기가 죽고, 견딜 수 있는 정도를 넘어서서 모욕당한 존재. 그녀의 옷소매가 너덜너덜했다. 양산은 안 보였는데, 플랫폼에서 잊어버렸다. 그녀의 옷은 그가 알기론 새것이었다. 그들이 집을 떠나던 그날 아침, 그녀는 그 옷을 무척 자랑스러워했다……. 그는 지인 중 누구든 이 사건을 목격했을까 생각했다. 그녀의 외침이 자꾸 떠올랐다.

"내 안에 남은 건 다 죽어버리겠지……."

이 말 때문에 그는 혼란스럽고 점점 더 불안했다. 구석에 앉은 글로리아에게 잘 어울리는 말이었다. 더 이상 자존심 강한 글로리아, 그가 알던 글로리아는 없었다. 그는 이런 일이 가능한지 스스로에게 물었다. 그녀가 그를 사랑하지 않게 될 거라고 생각하지 않았지만, 당연히 터무니없는 일이지만, 거만함과 독립심과 순수한 자신감과 용기가 없는 글로리아가 그의 영광스러운 여자, 말로 형언할 수 없으며 의기양양한 그녀 그 자체이기 때문에 소중하고 매력 있는, 빛을 발하는 여자가 될지는 의문이었다.

그때까지도 그는 몹시 취해 있었다. 본인이 얼마나 취했는지 깨닫지 못할 만큼 취했다. 회색 집에 도착하자, 그는 자기 방으로 갔다. 그의 마음은 여전히 힘없이 절망에 빠진 채 자신이 저지른 일로 씨름하고 있었다. 그는 인사불성 상태로 침대에 쓰러졌다.

1시가 지났다. 복도는 무척 조용했다. 글로리아가 눈을 크게 뜬 채 잠도 자지 않고 복도를 지나 그의 방문을 열고 들어왔다. 그는 너무 취해서 창문을 열지 못했다. 방 안 공기는 답답하고 위스키 냄새가 가득했다. 그녀는 침대 옆에 한동안 서 있었다. 소년 같은 비단 파자마를 입은 모습은 날씬하고 아주 절묘하게 우아했다. 그러다 그녀는 아무렇게나 그에게 뛰어들어 정신없이 포옹하여 그를 반쯤 깨웠다. 그녀의 뜨거운 눈물이 그의 목 위로 흘러내렸다.

"오, 앤서니!" 그녀가 열정적으로 외쳤다. "오, 내 사랑, 당신은 자신이 무슨 짓을 했는지 몰라!"

그렇지만 아침 일찍 그는 그녀의 방으로 들어갔다. 침대 옆에 무릎을 꿇고 앉아 어린 소년처럼 울었다. 마치 부서진 건 그의 마음이라는 듯이.

"지난밤엔 말이야." 그녀는 진지하게 말하며 손가락으로 그의 머리칼을 매만졌다. "당신이 사랑한 나의 모든 것들, 알 가치가 있던 모든 것들, 모든 자존심과 열정이 사라졌어. 내게 남은 부분들은 당신을 언제나 사랑하겠지만, 절대 이전과 같은 방식으론 안 될 거야."

하지만 그녀는 다음과 같은 사실 역시 알고 있었다. 시간이 지나면 자신이 이 사건을 잊으리라는 사실을, 인생이란 쾅 하고 부딪치는 것이 아니라 모지라지는 것이라는 사실을. 그날 아침 이후로 그들은 그 사건을 결코 언급하지 않았고, 깊은 상처는 앤서니의 손과 함께 아물었다. 만일 승리가 있다면, 그들의 힘보다 더 어두운 힘이 승리를, 지식과 승전을 소유했다.

니체 철학다운 사건

글로리아의 독립심은 진실하고 심오한 특징들이 전부 그렇듯 자신도 깨닫지 못한 채 생겨났다. 그러나 앤서니가 이를 알아채고 매혹되면서 본인도 관심을 기울이게 되니, 좀 더 공식적으로 나타났다. 그녀가 나누는 대화에서 그녀의 모든 힘과 활력은 '절대 상관하지 마'라는 부정적 원칙을 강력히 긍정하는 데 쓰였다고 볼 수 있었다.

"그 무엇도 그 누구를 위해서도 아니에요, 나 자신을 제외하면 말이죠." 그녀가 말했다. "그리고 암묵적으로는 앤서니를 위해서예요. 삶의 원칙이죠. 만일 그게 아니라면, 어떻게든 그 길로 가겠어요. 본인들이 기쁘지 않다면, 사람들은 나를 위해 뭐든 해주지 않을 거예요. 그리고 나도 그들을 위해 하는 게 거의 없을 거고."

마침 그녀가 이 말을 한 장소는 마리에타에서 가장 분별 있는 여인이 사는 집 현관이었다. 말을 마치자마자 글로리아는 작고 특이한 비명을 지르며 기절해 현관 바닥에 쓰러졌다.

그 여자는 글로리아를 차에 태워 집까지 데려다주었다. 글로리아처럼 괜찮은 사람이 아이를 가졌을 수도 있겠다고 생각했다.

그녀는 아래층 긴 소파에 누워 있었다. 낮이 창밖에서 따뜻하게 흘러들었다. 현관 기둥의 늦게 핀 장미를 건드리며.

"내가 줄곧 생각한 건 전부 당신을 향한 내 사랑이야." 그녀는 슬퍼했다. "내 몸은 소중해. 당신이 내 몸을 아름답다고 여기니까. 내 몸이자 당신 몸이 아기를 가져서 추하고 볼품없어지면? 솔직히 견디기 어려워. 오, 앤서니, 난 아픈 게 두렵지는 않아."

그는 그녀를 필사적으로 위로했지만 허사였다. 그녀는 계속 말을 이었다.

"아기를 낳고 나면 엉덩이가 커지고 얼굴이 핼쑥해질지도 몰라. 신선함이 다 사라지고 머리카락도 더 이상 빛나지 않고."

그는 손을 주머니에 넣은 채 방 안을 걸으며 물었다.

"확실해?"

"난 아무것도 몰라. 난 언제나 출산을, 당신이 뭐라고 부르든 간에, 싫어했어. 언젠가는 아이를 가지겠지만 지금은 아니야."

"음, 제발 거기 누워서 자포자기하지 마."

그녀는 울음을 그쳤다. 방을 메운 황혼 속에서 그녀는 다행히 침묵했다. "불을 켜줘." 그녀가 부탁했다. "요즘은 낮이 너무 짧은 것 같아. 어렸을 땐 6월의 낮이 더 길었던 것 같은데."

불이 켜졌다. 아주 부드러운 주름진 푸른 비단 천이 창문과 문 뒤로 늘어뜨려진 것 같았다. 그녀는 창백한 모습으로 가만히 있었다. 이제는 그녀에게서 슬픔도 기쁨도 찾아볼 수 없었다. 그는 연민을 느꼈다.

"내가 아기를 가졌으면 좋겠어?" 그녀가 냉담하게 물었다.

"난 아무래도 좋은데. 중립이라는 말이야. 당신이 아기를 가지면 기쁘겠지. 그렇지 않다 해도 괜찮고."

"어느 쪽으로든 결정을 내려주면 좋을 텐데!"

"당신이 결정을 내리는 건 어때."

그녀는 그를 경멸하는 눈초리로 보았다. 대답은 거절한 채.

"이 더없이 치욕적인 일에 이 세상 모든 여자 중에서 당신이 뽑혔다고 생각하는 모양이군."

"그러면 어때서!" 그녀는 화가 나서 외쳤다. "그건 그 여자들에겐 치욕이 아니야. 삶을 위한 하나의 핑계지. 그들한테는 잘 맞는 일이고. 내겐 치욕이야."

"봐, 글로리아. 난 당신이 뭘 하건 같이할 거야. 하지만 제발 그 일을 장난으로 여기진 말아줘."

"오, 짜증 나게 굴지 마!" 그녀가 슬퍼하며 외쳤다.

그들은 별 의미는 없으면서도 무척 괴로워하는 표정으로 서로를 바라보았다. 그다음 앤서니가 책장에서 책을 한 권 꺼내 의자에 털썩 앉았다.

30분 뒤, 방으로 스며들어 허공에 향처럼 떠도는 진득한 고요함 속에서 그녀의 목소리가 들려왔다.

"내일 차 타고 나가서 콘스턴스 메리엄을 만날 거야."

"좋아. 난 내일 태리타운에 가서 할아버지를 만날 거야."

"알겠지만." 그녀가 덧붙였다. "이 일도, 다른 그 어떤 일도 두려운 건 아니야. 난 나에게 진심이야, 알겠지만."

"알아." 그가 동의했다.

현실적인 사람들

애덤 패치는 독일인에게 경건한 분노를 느끼며 전쟁 뉴스로 연명하고 있었다. 핀으로 고정한 지도로 벽을 도배하다시피 했다. 탁자 위 손이 닿는 곳에 놓인 것은 지도책, 공식적인 설명이 담긴 《사진으로 보는 세계대전의 역사》, 그리고 종군기자와 익명의 사병들이 증언하는 《내가 겪은 전쟁》. 앤서니가 방문한 동안 여러 번 비서 에드워드 셔틀워스가 애덤 패치 곁에 붙어 있었다. 한때 호보컨의 '패츠 플레이스'에서 '대단한 술고래'였던 셔틀워스는 이제 정의로운 분노를 품은 모습이었다. 노인은 신문마다 지칠 줄 모르고 화를 내며 덤벼들었고, 자신이 보기에 수집할 만큼 내용이 충실한 칼럼들을 찢어다가 이미 불룩해진 서류철에다 밀어 넣었다.

"뭘 하며 지냈니?" 그가 앤서니에게 건조하게 물었다. "아무것도 안 했니? 음, 그럴 거라고 생각했어. 차를 타고 널 만나러 가려 했었다, 여름 내내."

"글을 썼어요. 제가 보낸 에세이 기억나지 않으세요? 지난겨울 〈플로렌틴〉에 팔았는데."

"에세이? 넌 내게 어떤 에세이도 보낸 적 없다."

"오, 보냈어요. 얘기도 나누었잖아요."

애덤 패치는 부드럽게 고개를 저었다.

"오, 아니야. 넌 내게 어떤 에세이도 보낸 적 없어. 넌 보냈다고 생각했을지도 모르지만 내겐 도착하지 않았어."

"저런, 할아버진 그걸 읽었어요." 앤서니가 약간 화가 나서 우겼다. "읽으시고는 그 글에 동의하지 않는다고 하셨죠."

노인은 갑자기 기억해냈다. 입이 좀 벌어져 회색 잇몸 열이 드러났으니 확실했다. 그는 정정한 노인의 눈으로 앤서니를 응시하며 제 실수를 고백할지 그냥 넘어갈지 망설였다.

"그래, 글을 쓰고 있구나." 그가 재빨리 말했다. "음, 유럽으로 건너가서 독일인에 대해 쓰는 건 어떠냐? 지금 실제로 일어나고 있는 일, 사람들이 읽을 수 있는 일에 대해 쓰는 거지."

"아무나 종군기자가 될 수는 없어요." 앤서니가 반대했다. "할아버지는 할아버지의 자료를 살 의향이 있는 신문사가 있어야 해요. 그리고 전 프리랜서로 유럽에 건너갈 돈은 없어요."

"내가 보내주마." 할아버지가 놀라운 제안을 했다. "네가 신문사를 고르면 어디든 공인된 종군기자로 보내주겠다."

앤서니는 이 제안을 받고서 뒷걸음질 쳤다가, 거의 동시에 이 제안에 달려들었다.

"잘…… 모르겠네요……."

그는 글로리아를, 전 인생을 바쳐 그를 열망하고 안아주는 그녀를 남겨두고 가야 했다. 글로리아가 문제였다. 아, 가능하지 않은 일이었다. 그러나 그는 카키색 옷을 입고, 모든 종군기자들이 그러듯 무거운 지팡이에 기대고서, 어깨에 서류 가방을 멘 채 영국인처럼 보이려고 애쓰는 자신의 모습을 떠올렸다. "생각해볼게요." 그가 털어놓았다. "그런 제안을 해주시다니 매우 친절하세요. 생각해보고 알려드릴게요."

뉴욕으로 돌아가는 내내 종군기자 일을 생각했다. 그는 불현듯

이해했다. 강하고 인기 많은 여자에게 지배당하는 모든 남자들이 알게 되는 것을. 더 지독히 훈련받고 사상과 전쟁 같은 관념을 붙들고 씨름하는, 더 냉정한 남자들의 세계. 그 세계에서 글로리아의 팔은 그저 우연히 알게 된 정부의 뜨거운 포옹으로만 존재할 것이다, 차갑게 찾아다니다 재빨리 잊어버리는…….

그랜드센트럴 역에서 마리에타로 가는 기차를 타는 동안, 그는 이 낯설지 않은 환상에 푹 빠졌다. 기차는 혼잡했다. 그는 하나 남은 빈 좌석을 간신히 찾았고 몇 분이 지나서야 옆자리에 앉은 남자에게 흘깃 시선을 주었다. 옆자리 남자는 선이 굵은 턱과 코, 휜 턱선과 작고 아래쪽이 튀어나온 눈을 지녔다. 잠시 후 알아차렸다. 조지프 블록먼이었다.

두 사람은 동시에 반쯤 일어나서 반쯤 포옹을 했고, 반쯤 악수나 마찬가지인 행동을 했다. 그러고 나서 마치 문제가 해결된 것처럼 둘 다 반쯤 웃었다.

"음." 앤서니가 별 감흥 없이 말했다. "한참 동안 못 봤군요." 그는 말하자마자 후회하고 덧붙였다. "이쪽에 사는 줄 몰랐어요." 그러나 블록먼은 유쾌하게 질문하여 선수를 쳤다.

"아내분은 잘 지내시나요……?"

"잘 있어요. 잘 지내시나요?"

"엑설런트합니다." 폼 잡는 단어를 쓰니 그의 바뀐 말투가 더 두드러졌다.

앤서니가 보기에, 지난 한 해 동안 블록먼은 대단히 품위 있는 사람이 된 것 같았다. 끓어오르는 듯한 모습은 사라졌고, 마침내

'숙성한' 단계였다. 게다가 그는 더 이상 과하게 입지 않았다. 한때 넥타이로 잘 어울리지 않게 익살맞은 척했는데, 이젠 견고해 보이는 짙은 색 무늬의 넥타이를 맸다. 무거운 반지를 두 개씩 끼고 다니던 오른손에는 이제 장식품이 없었고 심지어 노골적으로 반짝이던 매니큐어도 보이지 않았다.

그의 됨됨이도 품위가 있었다. 마지막으로 보았을 땐 여행 다니는 졸부 같았는데, 이젠 그런 분위기가 사라졌다. 예전에 그는 사람들의 환심을 사려는 아첨꾼 같았다. 풀먼 객차에서 담배를 태우며 음담패설이나 할 법한 사람 말이다. 주변에서 돈 문제로 알랑대는 일들을 겪으며 무심한 사람이 되었고, 사교적으로 냉대당하면서 과묵한 사람으로 변했다고 볼 수도 있었다. 그러나 그가 어떤 이유에서건 덩어리보다 무게감이 느껴지는 사람이 되어서, 그와 같이 있어도 앤서니는 더 이상 자기가 잘났다는 생각이 들지 않았다.

"캐러멜, 리처드 캐러멜 씨를 기억하십니까? 어느 밤에 그와 만나신 것 같은데."

"기억합니다. 책을 쓰고 있었죠."

"네, 그 책을 영화사에 팔았어요. 그 책을 영화화하는데 조던이라는 이름의 시나리오작가를 붙였죠. 음, 딕은 클리핑 통신사*를 구독하는데, 영화 비평가 절반이 '윌리엄 조던의 〈악마 연인〉의 힘과 강인함'이라고 언급해서 화가 났어요. 딕에 대해서는 전혀 입에 올리지 않았고요. 조던이라는 사람이 실제로 사기 쳐서 일을 이렇

---

* 신문·잡지의 발췌 기사를 주문에 따라 제공하는 곳.

게 만들었다고 생각하십니까?"

블룩먼은 고개를 확실히 끄덕였다.

"대부분의 계약은 돈을 지불하는 모든 광고에 원작자 이름이 들어가도록 명시합니다. 캐러멜 씨는 아직도 글을 쓰시나요?"

"오, 그렇습니다. 열심히 쓰고 있죠. 단편소설들."

"음, 좋아요, 좋아⋯⋯. 이 기차를 자주 이용하십니까?"

"한 주에 한 번쯤요. 우린 마리에타에 살고 있어요."

"그래요? 오, 오! 난 코스코브 근처에 혼자 살고 있어요. 최근 거기에 집을 샀죠. 우린 8킬로미터밖에 안 떨어져 있군요."

"우리 집에 오세요." 앤서니는 정중하게 응대하고는 스스로 놀랐다. "글로리아는 오랜 친구를 보면 반가워할걸요. 누구든 우리 집이 어딘지 알려줄 겁니다. 거기서 여름을 두 번째로 나고 있어요."

"고맙습니다." 그 또한 정중함을 보태듯 물었다. "할아버지는 잘 지내십니까?"

"잘 계세요. 오늘 할아버지와 점심을 먹었죠."

"훌륭한 인물입니다." 블룩먼이 진지하게 말했다. "미국인의 좋은 예죠."

무기력함의 승리

앤서니는 아내가 현관 해먹에 관능적으로 몸을 묻고서 레모네이드와 토마토 샌드위치를 먹으며 언뜻 보기에 명랑하게 다나와 대화를 나누는 모습을 보았다. 다나가 복잡하게 여기는 주제 중 하나에 관해서였다.

"우리 나라에서는." 다나가 이야기를 시작하는 방식은 변함이 없었다. "언제나, 사람들이, 먹습니다, 쌀을. 왜냐하면 먹지 않으니까. 먹지 않는 건 먹을 수 없습니다." 그의 국적이 확실하지 않았다면, 그가 고국에 대한 지식을 미국 초등학교 지리 시간에 습득했다고 여겼을 터였다.

동양인이 입을 다물고 부엌으로 사라지자, 앤서니는 갸웃하며 글로리아를 보았다.

"난 괜찮아." 그녀가 활짝 웃으며 말했다. "그리고 당신보다 나를 더 놀라게 했지."

"정말?"

"정말! 확실해!"

그들은 기뻤다. 행복했다. 다시 태어난 아이들처럼 무구했다. 이윽고 그는 그녀에게 외국으로 갈 기회가 생겼고, 그걸 거절하는 건 거의 수치스러운 일이라고 말했다.

"당신은 어떻게 생각해? 솔직하게 말해봐."

"저런, 앤서니!" 그녀의 눈에 놀라움이 담겼다. "가고 싶어? 나 없이?"

그는 고개를 숙였다. 아내의 질문을 받고서 이젠 너무 늦었다는 걸 알았다. 그녀의 팔, 그를 꽉 누르는 달콤한 팔이 그를 안고 있었다. 1년 전 플라자 호텔에서 한 선택 때문이었다. 이건 그런 꿈꾸는 나이에 맞는 시대착오적인 생각이었다.

"글로리아." 그는 갑자기 다 깨달아버린 가운데 거짓말을 했다. "물론 아니야. 난 당신이 간호사 같은 걸로 가는 걸 생각했어." 할아버지가 이걸 고려할지 심드렁하니 궁금했다.

그녀가 웃자 그는 다시 한번 깨달았다. 그녀가 얼마나 아름다우며 기적처럼 신선하고 명예로운 눈을 지닌 화려한 여자인지를. 그녀는 그 제안에 호사스럽게 열중했고, 자신의 생각을 높이 띄워 올렸다. 마치 빛을 스스로 만들어 뿜어내는 태양처럼. 그녀는 전쟁 모험을 다룬 오락물에 어울릴 놀라운 줄거리도 같이 만들었다.

저녁 식사 후, 그녀는 그 주제에 물려서 하품을 했다. 이제 수다는 됐고 그저 《펜로드》*를 읽고 싶어 했고, 소파에 늘어져 있다 자정이 되자 잠들었다. 그러나 앤서니는 낭만적으로 그녀를 들어 위층으로 옮긴 다음, 그날 있던 일을 되씹었다. 그녀에게 약간 화가 나고 실망한 채.

"난 뭘 할까?" 그는 아침 식사를 먹으며 이야기를 시작했다. "우린 결혼한 지 1년이 됐고 여가를 효율적으로 즐기지도 못하면서 그냥 걱정만 하고 있어."

"음, 뭔가를 해야지." 그녀는 그의 말에 동의했는데, 약간 기분 좋게 수다 떠는 식이었다. 이런 논의는 처음이 아니었지만, 언제나 앤서니가 그 주인공이었고 그녀는 논의를 피했다.

"일에 대해 도덕적으로 양심의 가책을 느껴서는 아니야." 그가 말을 이었다. "하지만 할아버지는 내일 돌아가실지도 모르고 10년

* 부스 타킹턴이 쓴 소설.

더 사실지도 몰라. 그동안 우리는 우리 수입으로 살아야 해. 우리가 보여줄 수 있는 건 어느 농부의 차 한 대와 옷 몇 벌뿐이지. 석 달밖에 안 사는 아파트와 그 어디와도 가깝지 않은 작고 오래된 집을 보유하고 있어. 자주 지루해하지만, 여름에 운동복을 입고 가족들이 죽기를 기다리며 캘리포니아를 어슬렁거리는 똑같은 사람들을 제외하면 누군가를 만날 노력도 하지 않지."

"당신이 얼마나 변했는지!" 글로리아가 지적했다. "왜 미국인들은 우아하게 빈둥거릴 수 없는지 모르겠다고 말했었잖아."

"제길, 그때 난 미혼이었지. 그리고 과거의 생각이란 아주 빠르게 변해. 이제는 잡을 거 없는 톱니바퀴처럼 빙글빙글 돌아. 사실 당신을 만나지 않았다면 내가 뭔가 했을 거라고 생각해. 하지만 당신이랑 있으면 여가는 아주 미묘하게 매력적인……."

"오, 다 내 잘못이야……."

"그런 얘기가 아냐. 그리고 그런 게 아니라는 거 당신도 알잖아. 한데 난 이제 스물일곱 살이 다 됐고……."

"오." 그녀가 짜증 내며 끼어들었다. "당신은 날 지치게 해! 마치 내가 당신을 가로막는 것처럼 말한다고!"

"그냥 논의를 하고 있었을 뿐이야, 글로리아. 논의를 할 수 없다면……."

"난 당신이 문제를 해결할 만큼 강할 거라고 생각했어."

"……당신과 함께 뭔가를……."

"……나까진 올 거 없이, 당신 자신의 문제겠지. 당신은 일에 대해 이야기를 많이 해. 난 아주 쉽게 돈을 더 많이 쓸 수 있지만, 불평하지 않는다고. 당신이 일을 하건 안 하건 나는 당신을 사랑해." 그녀의 마지막 말은 딱딱한 땅 위의 고운 눈처럼 부드러웠다. 그러나 그 순간 둘 다 서로에게 주의를 기울이지 않았다. 그들은 각자 자신의 태도를 가다듬기 바빴다.

"난 일을 해왔어…… 조금." 앤서니의 이 말은 손대지 않은 비축분을 경솔하게 화제로 끌어들인 거였다. 글로리아는 기뻐할지 조롱할지 망설이며 웃었다. 그녀는 그의 태평함에 감탄하는 동시에 그의 철학에 분개했다. 그녀는 그가 무기력한 게으름쟁이로 살아도, 뭔가를 하는 게 별 가치가 없다는 태도를 가지고 진심으로 그렇게 사는 한 그를 절대 비난하지 않았다.

"일!" 그녀가 냉소했다. "오, 이 가엾은 사람! 허풍쟁이! 일, 일이란 책상과 조명을 엄청나게 챙겨놓고 연필을 아주 뾰족하게 깎고서 '글로리아, 노래 부르지 마!'와 '빌어먹을 다나를 내게서 치워줘'와 '첫 문장을 읽어봐줄래'와 '오래 걸리지 않을 거야, 글로리아, 그러니 나 때문에 깨어 있지 말아줘' 같은 말들을 하고, 차나 커피를 엄청나게 마셔대는 걸 의미하지! 그리고 그게 다야. 한 시간쯤 지나면 그 오래된 연필로 휘갈겨 쓰는 걸 그만두고 죽 둘러보는 소리가 들려. 당신은 책에서 빠져나와서 무언가를 '올려다봐'. 그리고 독서를 해. 그런 다음 하품을 하지. 그러고 나서 침대에서 몸을 뒤척이는데, 카페인을 너무 많이 섭취한 바람에 잠이 안 오거든. 2주 후에 같은 행동이 또 반복되고."

앤서니는 얼마 안 되는 크기의 천 조각 같은 체면을 아주 어렵게 유지했다.

"좀 과장되게 말하는 것 같아. 난 〈플로렌틴〉에 에세이를 팔았어. 당신도 틀림없이 아는 사실이고. 그리고 〈플로렌틴〉이 팔린 부수를 보면 그 글은 많은 관심을 끌었다고. 더구나, 글로리아, 알다시피 난 글을 끝내려고 새벽 5시까지 앉아 있었잖아."

그녀는 침묵했고, 그를 내버려두었다. 그가 목을 맬 게 아니면, 분명 그가 끝내야 했다.

"최소한." 그는 무기력하게 말했다. "난 종군기자가 될 의지는 확실히 있다고."

그러나 글로리아도 그랬다. 그들은 둘 다 뭔가를 할 의지는 있었으나, 불안했다. 그 점에 대해선 서로 확신했다. 그들은 격한 감정에 사로잡혀 저녁 내내 여유 있는 삶이 얼마나 좋은지, 애덤 패치의 건강이 얼마나 안 좋은지, 사랑을 지키기 위해 그들이 어떤 일까지 감내할 수 있는지에 대해 이야기했다.

"앤서니!" 일주일이 지난 어느 날 오후, 그녀가 난간 너머로 그를 불렀다. "누가 현관에 왔어."

햇빛이 점점이 떨어지는 남쪽 현관의 해먹에 나른하게 누워 있던 앤서니는 집 앞으로 어슬렁어슬렁 걸어갔다. 크고 인상적인 외제 차가 길 아래쪽에 거대하고 음침한 벌레처럼 웅크리고 있었다. 부드러운 폰지 천 양복을 입고 그에 어울리는 모자를 쓴 남자가 그에게 인사했다.

"안녕하시오, 패치 씨. 당신을 만나러 왔어요."

블록먼이었다. 늘 그렇듯 아주 미미하게나마 더 좋아진 모습이었다, 억양의 미묘한 부분도 그렇고, 흔들림 없이 더 편안하게 있는 모습도 그렇고.

"찾아와줘서 정말 기뻐요." 앤서니는 넝쿨로 가려진 창문을 향해 외쳤다. "글로-리-아! 손님이 왔어!"

"난 욕조에 있어요." 글로리아가 예의 바르게 인사했다.

두 남자는 웃으면서 그녀의 알리바이가 이겼다고 인정했다.

"내려올 겁니다. 옆 현관으로 가시죠. 한잔할래요? 글로리아는 언제나 욕조에 있어요. 하루의 3분의 1쯤."

"그녀가 바다에서 살지 않아 유감이네요."

"감당할 수가 없죠."

애덤 패치의 손자가 한 말이니, 블록먼은 사교적인 인사로 받아들였다. 15분 뒤 경의를 표할 만큼 멋진 모습의 글로리아가 나타났다. 풀 먹인 노란색 옷은 산뜻했고 그녀만의 분위기와 생기를 더했다.

"난 영화계에 돌풍을 일으키고 싶어요." 그녀가 말했다. "메리 픽퍼드가 해마다 100만 달러를 번다고 들었는데."

"당신도 할 수 있어요, 아시다시피." 블록먼이 말했다. "난 당신이 촬영을 아주 잘 해낼 거라고 생각해요."

"당신 생각은 어때, 앤서니? 내가 교양 없어 보이는 역할을 맡게 되면 어떻게 해?"

짤막짤막 끊어지는 격식 넘치는 대화를 나누며, 앤서니는 신기한 일이라고 생각했다. 자기도 블록먼도 모두 이 여자한테 자극을 받고 활기를 얻었다는 점이. 지금 세 사람은 기름칠이 지나치게 잘

된 기계처럼 술술 대화를 나누며 앉아 있다. 싸우지도 않고 두려움도 없고 들뜨지도 않은 채, 에나멜을 잔뜩 칠한 작은 인형들처럼 세상일의 즐거움에도 초연하다. 바깥세상은 죽음과 전쟁, 멍청한 감동과 고귀한 야만이 무시무시한 포연과 함께 유럽 대륙을 뒤엎었는데 말이다.

갑자기 그는 다나를 부르고 싶었다. 여럿이 즐겁고 섬세한 독극물을 마시고 싶었다. 어린 시절의 즐거운 흥분을 잠시나마 되살릴 독을. 이 자리에 모인 사람들이 심각하고 의미심장한 사업 이야기를 하느라 인상을 쓰고 있으니까. 어떤 거창하고 무한한 목적을 위해 어딘가에서 거래를 하겠다는 것이다······. 인생이란 이 여름 오후면 충분하다. 하느작거리는 바람에 글로리아의 레이스 옷깃이 흔들리고, 베란다에는 나른한 기운이 슬슬 부풀어오르는데······. 그런데도 이 사람들 마음은 흔들리지 않는단 말인가. 낭만에 젖은 절박한 행동이 없단 말인가. 글로리아의 아름다움을 위해서라도 거친 감정이, 독극물이, 죽음이 있어야 한다······.

"······다음 주 언제라도." 블록먼이 글로리아에게 말했다. "이 명함을 받아요. 90미터 필름으로 당신을 테스트할 것이고, 그 필름을 보고 정확하게 판단을 내릴 겁니다."

"수요일은 어때요?"

"수요일은 좋아요. 내게 전화하면 당신과 함께 갈······."

그는 일어섰고, 활기차게 손을 흔들었다. 그러고 나서 그의 차가 먼지를 일으키며 길을 내려갔다. 앤서니는 당황해서 아내 쪽을 보았다.

"이런, 글로리아!"

"시도는 해봐도 상관없잖아, 앤서니. 그냥 해보는 건데? 수요일엔 시내로 갈 거야, 어쨌든."

"하지만 너무 멍청한 짓이야! 당신은 영화계로 가길 원하지 않잖아. 하루 종일 천박하게 떠드는 사람들과 스튜디오 주변에서 멍하니 시간을 보내는 곳."

"메리 픽퍼드 주변에서 멍하니 시간을 보내는 다수가 그러지!"

"모든 사람이 메리 픽퍼드는 아니야."

"음, 그냥 시도해보는 건데 왜 반대하는지 모르겠네."

"그래도 반대야, 난 배우가 싫어."

"오, 당신 때문에 지쳐. 이 빌어먹을 현관에서 졸면서 내가 아주 긴장감 넘치는 시간을 보내고 있다고 생각해?"

"날 사랑한다면 당신은 개의치 않을 거야."

"물론 난 당신을 사랑해." 그녀는 다급히 대답해 그의 주장을 입증했다. "당신이 그냥 돌아다니면서 일해야 한다며 절망하는 모습을 보는 게 싫어서 그러는 것뿐이야. 내가 한동안 이 일을 한다면, 당신도 분발해서 뭔가 하겠지."

"그저 당신이 자극적인 걸 열망하기 때문이야, 그게 다야."

"아마 그럴 거야! 아주 자연스러운 열망이지, 안 그래?"

"하나만 말할게. 만일 당신이 영화계로 간다면 난 유럽으로 가겠어."

"음, 그렇게 하자! 난 당신을 막지 않겠어!"

그를 막지 않고 있다는 걸 보여주기 위해, 그녀는 구슬프게 울었다. 그들은 대화를 나누고 키스를 하고 애무를 하고 자책감을 드러내며 다정다감하게 굴었다. 아무것도 얻지 못했다. 어쩔 수 없이 아무것도 얻지 못했다. 마침내 감정을 엄청나게 터트리고서 그들은 각자 편지를 썼다. 앤서니는 할아버지에게, 글로리아는 조지프 블록먼에게. 무기력함의 승리였다.

7월 초의 어느 날, 오후에 뉴욕에서 돌아온 앤서니는 위층의 글로리아를 불렀다. 아무 답도 없어서 그녀가 잠들어 있는 줄 알고, 언제나 준비되어 있는 작은 샌드위치를 하나 먹으려고 식료품실로 갔다. 다나가 자질구레한 잡동사니들을 늘어놓고서 부엌 탁자에 앉아 있었다. 담뱃갑, 칼, 연필, 통조림 뚜껑, 정교한 형상과 도형으로 가득한 종이 스크랩.

"대체 여기서 뭘 하는 거지?" 앤서니가 궁금해서 물었다.

다나는 예의 바르게 웃었다.

"보여줄게요." 그는 열정적으로 외쳤다. "내가 말해요……"

"개집을 만들고 있나?"

"아뇨." 다나는 다시 웃었다. "타이프라터를 만들고 있어요."

"타이프라이터?"

"예. 나는 생각해요. 언제나 생각해요, 침대에 누워서 타이프라터에 대해."

"그래서 그걸 만들자고 생각했다, 그런 건가?"

"기다려요. 내가 말해요."

앤서니는 샌드위치를 우적우적 먹으며 싱크대에 느긋이 기댔다.

다나는 입을 여러 번 열었다가 닫았는데 마치 말하는 데 얼마나 품이 드는지 확인하는 것 같았다. 그러고 나서 한 번에 말을 쏟아 냈다.

"나는 생각했어, 타이프라터. 오, 많은, 많은, 많은, 많은 것을 갖고 있어. 오, 많은, 많은 많은, 많은."

"많은 키들. 알겠어."

"아뇨? 네, 키! 많은, 많은, 많은, 많은 문자. 에이, 비, 시 같은."

"그래, 맞아."

"기다려요. 내가 말해요." 그는 의사 표현을 하려고 엄청난 노력을 기울이면서 얼굴을 찡그렸다. "나는 생각했어, 많은 단어들, 똑같이 끝나는. 아이, 엔, 지 같은."

"바로 그거야. 아주 많은 단어들."

"그래서 나는 만들어요, 타이프라터를, 빨리. 그렇게 많은 문장……"

"좋은 생각이야, 다나. 시간을 절약해. 부자가 될 거야. 키 하나를 누르면 'ing'가 나오는 거지. 잘하길 바라."

다나는 얄보듯 웃었다.

"기다려요, 내가 말해요……."

"패치 부인은 어디에 있나?"

"부인은 나갔어요. 기다려요, 내가 말해요……." 그는 말하기 전에 다시 얼굴을 찡그렸다. "나의 타이프라터는……."

"어디에?"

"여기서 내가 만들어요." 그는 탁자 위의 잡동사니 쓰레기를 가리켰다.

"패치 부인 말이야."

"부인은 나갔어요." 다나가 그에게 다시 알려주었다. "5시에 돌아올 거예요. 그렇게 말했어요."

"마을에 갔어?"

"아뇨. 점심 전에 나갔어요. 블룸펀 씨에게 갔어요."

앤서니는 깜짝 놀랐다.

"블룸펀 씨와 나갔다고?"

"5시에 돌아올 거."

다나의 "내가 말해요"가 슬프게 뒤따라오는 가운데, 앤서니는 말없이 부엌을 나왔다. 이번 일은 신나는 일을 찾던 글로리아의 생각이었군, 세상에! 그는 주먹을 꽉 쥐었다. 잠시 동안 그는 엄청난 분노에 휩싸였다. 그는 문으로 가서 밖을 내다보았다. 차는 보이지 않았고 시계는 5시 4분 전을 가리켰다. 분노의 힘으로 그는 길 끝까지 달려갔다. 구부러진 길을 1.5킬로미터나 갔지만 차는 보이지 않았다. 한 대는 있었지만 어느 농부의 고물 자동차였다. 폼을 잡기 위해 폼 구기는 추격전을 벌인 셈이었다. 그는 달려 나간 만큼 빠른 속도로 안식처인 집으로 돌아왔다.

거실에서 왔다 갔다 하며, 그는 화가 나서 연설을 연습하기 시작했다. 그녀가 돌아오면 들려줄 참이었다.

"이것이 사랑이다!" 그는 이렇게 시작할 것이다 ─ 아니다, "이것이 파리다!"라는 흔한 관용구와 너무 흡사했다. 그는 위엄 있고, 상처 입고, 슬퍼해야 한다. "난 일 때문에 그 뜨거운 도시로 가서 하루 종일 돌아다녀야 했는데, 그동안 당신은 이랬지! 내가 글을 못 쓰는 건 당연해! 당신이 내 눈 밖으로 감히 나가지 못하게 하는 것도 당연해!" 그는 이제 연설 주제를 확장하며 흥분하고 있었다. "내가 말하겠어!" 그는 말을 이었다. "내가 말하겠어……." 그는 입을 다물었다. 말이 뭔가 친숙했다. 다나의 "내가 말해요"였다.

그러나 앤서니는 웃지도 않고 스스로가 황당하다고 여기지도 않았다. 미쳐 날뛰는 그의 상상 속에서 시간은 벌써 6시, 7시, 8시였고 그녀는 절대 돌아오지 않았다! 블록먼은 그녀가 지루함을 느끼며 불행하게 지낸다는 걸 알고 함께 캘리포니아로 가자고 그녀를 설득했다……

—그때 집 앞이 아주 소란스러워지며 "여, 앤서니!" 하고 즐거운 외침이 들려왔다. 그는 떨면서 일어났다. 그녀가 뛰어오는 모습을 보니 무기력한 가운데 행복했다. 블록먼이 손에 모자를 든 채 따라오고 있었다.

"여보!" 그녀가 외쳤다. "우린 아주 즐겁게 소풍을 떠났어. 뉴욕주를 돌아다녔지."

"난 집으로 가야겠군요." 블록먼이 거의 바로 말했다. "이곳을 방문했을 땐, 당신들 둘 다 있었으면 했는데."

"그러지 못해 미안하군요." 앤서니가 건조하게 대답했다.

블록먼이 떠나자 앤서니는 주저했다. 이제 두려움을 느끼진 않았지만, 여전히 어떤 식으로든 항의하는 게 윤리적으로 정당하다고 느꼈다. 글로리아가 반신반의하는 그의 마음을 풀어주었다.

"당신이 신경 쓰지 않을 줄 알았어. 그가 점심 전에 와서는 사업 문제로 개리슨에 가야 하는데 같이 안 가겠느냐고 했어. 그는 무척 외로워 보였어, 앤서니. 그래서 내가 그의 차를 쭉 몰았지."

앤서니는 멍하니 의자에 몸을 묻었다. 마음이 피곤했다. 아무것에도 피곤하지 않았으며 모든 것에 피곤했다. 그가 결코 견디겠다고 한 적 없는 세상의 무게에 피곤했다. 그는 언제나 그랬듯 이번에도 무능했고 좀 무기력했다. 자신들이 하는 모든 말에도 불구하고 표현을 제대로 못 하는 사람들. 그는 그런 사람들 중 한 명으로서 실패한 인간이라는 방대한 전통만을 물려받은 것처럼 보였다. 실패한 인간, 그리고 죽음의 감각.

"신경 쓰이진 않는 것 같아." 그가 대답했다.

이런 일에는 관대해져야 한다. 젊고 아름다운 글로리아는 그에 합당한 특권을 지녀야 한다. 그러나 상황을 이해하는 데 실패한 그는 지쳤다.

겨울

그녀는 한동안 큰 침대에 몸을 구부린 채 누워서, 2월의 태양이 납틀 창문의 유리를 통과하면서 마지막으로 그 밝기가 약해지고 모양이 정교하게 변하는 모습을 바라보았다. 한동안 그녀는 자신이 어디에 있는지, 어제 혹은 그제 무슨 일이 있었는지 정확히 알 수 없었다. 그러다가 매달린 추가 움직이듯, 기억이 갑자기 과거의 사건들을 툭툭 치기 시작했다. 추가 매번 움직일 때마다 쌓여 있던 과거의 시간이 일정량씩 돌아왔고 마침내 그녀는 생활 감각을 되찾았다.

이제 곁에 누운 앤서니가 괴로워하며 숨 쉬는 소리가 들렸다. 위스키 냄새와 담배 연기 냄새가 났다. 그녀는 근육을 완벽하게 통제할 수 없었다. 움직이려 하니 동작을 이어서 할 수가 없었고 쉽게 무리가 갔다. 매번 불가능한 동작을 하려고 스스로에게 최면을 걸 듯 신경 기관이 엄청나게 애쓰고 있었다······.

그녀는 욕실에서 입안의 견딜 수 없는 맛을 제거하려고 양치를 했다. 그러고 나서 침대 옆으로 돌아왔는데, 밖에서 바운즈가 열쇠로 문을 여는 달그락 소리가 들렸다.

"일어나, 앤서니!" 그녀가 날카롭게 외쳤다.

그녀는 침대 위 그의 곁으로 올라가서 눈을 감았다.

기억나는 마지막 사건은 레이시 부부와의 대화였다. 레이시 부인이 말했다. "물론 우리가 택시를 잡아주길 바라지 않겠죠?" 앤서니가 자신들은 5번가까지 걸어갈 수 있을 거라고 대답했다. 그러고 나서 그녀와 앤서니는 무모하게도 몸을 굽히려 했고, 문 바로 밖에 있던 빈 우윳병 더미로 바보처럼 넘어졌다. 약 스무 개쯤 되는 우윳병이 어둠 속에서 입을 벌리고 있었겠지. 그녀는 이 우윳병에 대해 그럴듯한 설명을 전혀 생각해낼 수가 없었다. 아마도 병들은 레이시의 집에서 흐르는 노래에 이끌렸고 구경거리를 보고 싶은 마음에 입을 떡 벌린 채 서둘렀으리라. 음, 병들은 최악의 일을 겪었다. 그녀와 앤서니는 절대 일어날 것 같지 않았지만, 뒤집힌 우윳병들은 그렇게 굴러갔고······.

그래도 그들은 택시를 잡았다. "미터기가 고장 났어요. 집에 가

는 데 1.5달러가 나올 거요." 택시 운전사가 말했다. "음." 앤서니가
말했다. "난 패키 맥팔랜드* 아들이고 그쪽이 이리 오면 일어서지
못할 때까지 때려줄 거요."……그러자 운전사는 그들을 태우지 않
고 떠나버렸다. 아마 다른 택시를 잡았겠지. 아파트로 돌아온 걸
보면 말이야…….

"몇 시지?" 앤서니가 침대에 앉아서 올빼미처럼 진지하고 정확한
모습으로 그녀를 보았다.

분명 수사적 질문이었다. 왜 글로리아가 시간을 알 거라고 그가
기대하는지 이유를 알 수 없었다.

"아이고, 기분이 너무 나쁜데!" 앤서니가 차분히 중얼거렸다. 그
는 긴장을 풀면서 뒤쪽의 베개 위로 누웠다. "죽음의 신이 오겠군!"

"앤서니, 지난밤 우린 어떻게 집에 왔지?"

"택시."

"아!" 그녀는 입을 다물었다가 다시 말했다. "날 침대로 데려왔어?"

"모르겠어. 당신이 날 침대로 데려온 거 아냐? 오늘이 무슨 요일
이지?"

"화요일."

"화요일? 그러면 좋겠네. 수요일이면, 나는 그 바보 같은 곳으로
일하러 떠나야 해. 9시나 그 비슷하게 이른 시간에 가야 하지."

"바운즈에게 물어봐." 글로리아가 힘없이 말했다.

---

* 권투 선수로, 1차 세계대전 때 켄터키주의 캠프 테일러에서 권투를 지도했다. 피츠제
럴드는 1918년 2월, 캠프 테일러에 배치됐다.

"바운즈!" 그가 불렀다.

기운차고 술기운 없는 세계. 그들이 이틀 전 영원히 떠나온 것 같은 세계로부터 들려오는 목소리. 바운즈가 복도를 경쾌하게 걸어와 어둠침침한 문 앞에 나타났다.

"오늘이 언제지, 바운즈?"

"2월 22일이라고 생각합니다만."

"무슨 요일이냐는 뜻이야."

"화요일입니다." "고마워." 잠시 침묵이 흘렀다. "아침 식사 드시겠습니까?"

"어. 그리고 바운즈, 그러기 전에 물 주전자 하나만 갖고 와서 침대 옆에 둘 수 있나? 목이 좀 말라."

"네."

술기운 없이 품위 있는 모습의 바운즈는 복도로 사라졌다.

"링컨이 태어난 날인가." 앤서니가 열의 없이 말했다. "아니면 밸런타인데이이거나 누군가의 생일이거나. 이 미친 파티는 언제 시작했지?"

"일요일 밤."

"기도드리고 나서?" 그가 냉소적으로 말했다.

"우린 이륜마차를 타고 시내를 돌아다녔고 모리가 마부 옆에 앉아 있었어, 기억 안 나? 그리고 집으로 왔고 모리는 베이컨을 좀 구우려고 했어. 식료품실에서 까맣게 탄 잔해를 들고 나왔지. 그는 '소문난 바삭바삭 베이컨으로 튀겼다'고 주장했어."

그들 둘 다 자연스레 웃음을 터트렸지만, 상황을 이해하는 건 좀 어려웠다. 침대에 나란히 누워서 이 냄새나고 혼란스러운 새벽에 끝을 맺은, 꼬리에 꼬리를 문 사건들을 되짚어보았다.

그들은 뉴욕에 거의 넉 달간 머물렀다. 시골은 10월 말부터 너무 추웠기 때문이었다. 올해는 캘리포니아를 포기했는데, 돈이 모자라기도 했고 이제 두 해째로 접어든 끝없는 전쟁이 겨울에 끝나면 외국으로 나가자는 생각 때문이기도 했다. 최근 그들의 수입은 탄력을 잃었다. 즐거운 변덕과 유쾌한 사치스러움을 감당할 만큼 더 이상 늘어나지 않았다. 그리고 앤서니는 빽빽하게 숫자가 쓰인 종이를 앞에 두고 당황스럽고 불만족스러운 시간을 오랫동안 보냈다. '오락, 여행 등' 같은 항목에 크게 여유를 잡는 놀라운 예산을 짰고, 과거에 쓴 지출 내역을, 실로 정확하게 항목별로 나눠보려 했다.

그는 가장 친한 친구 둘과 함께 '파티'에 가서, 그와 모리가 경비에서 그들 몫보다 언제나 더 많은 돈을 썼던 때를 기억했다. 그들은 극장 티켓을 샀고 저녁 식사비 문제로 논쟁을 했다. 그들에게 어울리는 상황 같았다. 딕, 소박하고 스스로에 대해 놀랄 만큼 많이 아는 그는 기분 전환을 담당하는 소년이나 다름없는 인물로 왕실의 어릿광대였다. 그러나 이젠 더 이상 그렇지 않았다. 언제나 돈이 있는 건 딕이었고, 즐겁게 노는 데 한계가 있는 사람은 앤서니였다. 때때로 열리는, 격렬하고, 좋은 생각이 나라고 술을 마시고, 수표를 남발하는 파티는 언제나 예외였지만. 그리고 다음 날 진지해져서 비웃고 역겨워하는 글로리아에게 자신들이 "다음번엔 좀 더 주의해야" 한다고 말하는 사람은 앤서니였다.

《악마 연인》을 출간한 지 2년 만에, 딕은 2만 5000달러 이상을 벌었는데, 대부분의 수입은 최근에 생겼다. 소설을 쓴 저자에게 돌아가는 돈은 영화사들이 탐욕스럽게 플롯을 갈망한 탓에 전례 없이 부풀어 올랐다. 그는 단편 한 편당 700달러를 받았는데, 그 무렵 그런 젊은 남자에겐(그는 아직 서른 살이 되지 않았다) 큰 금액이었다. 그가 쓴 각각의 작품마다 영화에 들어갈 '행위'(키스하기, 총 쏘기, 희생하기)가 충분히 들어 있어 그는 수천 달러를 추가로 획득했다. 그의 단편은 다양했다. 소설마다 일정 정도의 활기와 본능적인 무언가가 있었다. 그러나 그 어느 것도 《악마 연인》의 개성을 갖진 못했고, 앤서니가 완전히 싸구려로 취급한 작품도 몇 편도 있었다. 이런 작품은 독자층을 확대하기 위한 거라고 딕은 엄격히 설명했다. 셰익스피어부터 마크 트웨인까지 진정한 영속성을 획득한 작가가 엘리트뿐 아니라 대중에게 다가가려 했다는 말은 사실 아닌가?

앤서니와 모리는 동의하지 않았지만, 글로리아는 그에게 계속 밀어붙이라고, 할 수 있는 만큼 돈을 많이 벌라고 말했다. 어쨌든 그게 유일하게 중요한 거라고…….

모리, 작고 살찐 자, 약간 온화해지고, 좀 더 남의 말을 잘 듣게 된 그는 필라델피아로 일을 하러 떠났다. 그는 한 달에 한두 번 뉴욕에 왔고 그때가 되면 그들 네 사람은 저녁 식사부터 극장까지 인기 좋은 경로를 돌아다녔고, 그렇기 때문에 프롤릭이나, 아마도 늘 호기심이 많은 글로리아가 재촉했을 텐데, 그리니치 빌리지의 지하에 자리 잡은 바 중 한 곳으로 갔다. 그곳은 맹렬하지만 오래

가진 못한 '새로운 시 운동'이 유행하여 유명했다.

　1월, 앤서니는 입을 다문 아내를 겨냥하여 혼잣말을 많이 했다. 그리고 겨울엔 어쨌든 '할 일을 얻기로' 결심했다. 그는 할아버지를 기쁘게 하고 싶었고, 심지어 조금쯤은 그가 스스로 그 일을 얼마나 좋아하는지 알고 싶었다. 그는 시험 삼아 반쯤 사교적인 차원에서 여러 번의 만남을 가졌는데, 고용주들은 그저 '몇 달쯤 일하려는' 청년에게는 흥미가 없다는 걸 깨달았다. 애덤 패치의 손자로서 그는 어디서나 티 나게 정중한 대접을 받았지만, 이제 노인은 시대에 뒤진 사람이었다. 은퇴하기 전 20년 동안 그가 처음에는 '압제자'였고 그다음엔 사회사업가가 됐다는 평판이 자자했다. 심지어 앤서니는 애덤 패치가 몇 년 전에 죽었다고 생각하는 젊은 사람도 몇몇 보았다.

　결국 앤서니는 할아버지를 찾아가 조언을 구했다. 그 결과 영업사원으로 채권 사업에 뛰어들어야 한다는 얘기를 들었다. 앤서니에겐 지루한 제안이었지만, 결국 따르기로 했다. 순전히 돈만 가지고 교묘하게 조작하는 일은 어느 환경에서나 매혹적이었다. 반면 제조업은 어느 면에서 보든 견딜 수 없이 따분해 보였다. 그는 신문 업계를 생각해보았지만 근무시간이 결혼한 남성에겐 맞지 않다고 판단했다. 그리고 자신이 미국판 〈메르퀴르 드 프랑스〉의 멋진 여론 면을 담당하는 편집자, 혹은 풍자 코미디와 파리식 뮤지컬 풍자극을 만드는 번쩍대는 제작자가 된 모습을 유쾌하게 상상해보았다. 그러나 후자의 경우 관련 단체들에 들어가는 방법은 직업상의 비밀로 가려져 있었다. 사람들은 글쓰기와 연기라는 우회로를 타고 어쩌다 보니 그 안으로 들어가게 됐다. 잡지사에 들어가는 건 그 전에 업계에 몸담지 않았다면 절대 불가능했다.

앤서니는 결국 할아버지가 편지를 써준 덕분에 샘팀 아메리카눔 사에 들어갔다. 윌슨, 히머 앤드 하디 사의 회장이 '깨끗이 치운 책 상'에 앉아 직원들에게 월급을 뿌리는 곳이었다. 그는 2월 23일부 터 일할 예정이었다.

중요한 행사에 경의를 표하는 뜻에서 이틀 동안 흥청대며 놀기 로 했다. 그에 따르면, 직장에 다니기 시작한 뒤엔 주중에 일찍 일 어나야 하기 때문이었다. 모리 노블은 월가에 만날 사람이 있어서 (덧붙이자면, 만나는 데 실패했다) 필라델피아에서 왔고, 리처드 캐 러멜은 반쯤은 설득되고 반쯤은 속아서 그들에게 합류했다. 그들 은 월요일 오후 유행에 따라 물이 튀는 사교계에 친히 왕림하시었 다. 대단원의 막이 내린 것은 그날 저녁이었다. 글로리아는 보통 정 확히 시간 맞춰 칵테일 네 잔을 마시는 게 한계인데 그보다 더 마 셨다. 봐오던 대로 즐겁고 유쾌한 모습의 바쿠스 여신도*가 되어 사 람들을 이끌었다. 발레 스텝에 대한 놀라운 지식을 선보였고, 순진 한 열일곱 살 때 요리사에게 배운 거라며 노래를 불렀다. 그녀는 솔 직하고 유쾌한 모습으로, 요청이 있으면 이따금 이 행동들을 반복 했다. 앤서니는 전혀 짜증 나지 않았고, 이 신선한 오락거리에 만족 했다. 이날은 다른 차원에서도 기억할 만했다. 모가 어느 죽은 게 와 긴 대화를 나누었다. 모리는 그 게가 이항정리의 응용을 아주

---

* 에우리피데스의 극에도 나오듯, 종교의식에 도취된 이성을 잃은 상태를 의미한다.

꿰고 있는가에 대해 떠들며, 게를 묶은 줄의 한쪽 끝을 질질 끌고 다녔다. 그리고 앞서 언급한, 5번가의 차분하고 인상적인 그늘 아래서 청중들을 위해 이륜마차 두 대의 경주가 있었는데, 미궁 라비린토스를 탈출하듯 센트럴파크의 어둠 속으로 사라지면서 끝났다. 마침내 앤서니와 글로리아는 제멋대로인 젊은 부부 레이시네를 방문했고, 빈 우윳병 위에 쓰러졌다.

이제 아침이다. 클럽이며 가게며 식당이며 여기저기서 쓴 수표들은 그들의 몫. 천장 높은 푸른 거실의 공기가 와인과 담배 때문에 축축하고 냄새가 좋지 않은 것도 그들의 몫. 깨진 유리를 줍고 얼룩진 의자와 소파의 천을 빗질하는 것도 그들의 몫. 세탁소에 맡길 양복과 드레스를 바운즈에게 넘기는 것도 그들의 몫. 마지막으로 숨 막히고 열도 좀 나는 육체와 시들고 우울한 영혼을 2월의 차가운 공기 속으로 끌고 나가는 것도 그들의 몫. 삶은 계속되고, 윌슨, 히머 앤드 하디 사에선 다음 날 아침 9시에 활기찬 남자가 근무하게 될 거였다.

"기억해?" 욕실에서 앤서니가 외쳤다. "모리가 110번가 모퉁이로 나와서 교통순경처럼 굴면서 차들을 앞쪽으로 부르고 뒤로 가라고 손짓한 거? 사설탐정이라고들 생각했겠지?"

기억을 되살릴 때마다 두 사람은 엄청나게 웃었다. 신경이 지쳐 있었는지 우울할 때만큼이나 즐거울 때도 따끔따끔 아프고 쨍그랑거렸다.

글로리아는 거울 앞에서 화려하고 신선한 얼굴을 보며 놀라고 있었다. 이토록 좋아 보인 적이 없던 것 같았다, 비록 위가 아프고 머리가 화나도록 쑤셨지만.

그날은 시간이 천천히 흘렀다. 앤서니는 채권을 가지고 돈을 빌리러 택시를 타고 중개인에게 가다가 주머니에 2달러밖에 없다는 걸 알았다. 요금을 내려면 그 돈을 다 써야겠지만, 오늘 같은 특별한 오후에는 지하철이 힘들 것 같았다. 택시 미터기의 금액이 가진 돈과 같아지면 내려서 걸어가야 한다.

이 일 때문에 그는 그다운 백일몽으로 빠져들었다……. 이 꿈에서 그는 미터기가 너무 빨리 돌아간다는 걸 알았다. 운전사가 정직하지 못하게도 미터기를 조작한 것이다. 그는 침착하게 목적지에 도착한 다음, 태연히 그가 정확히 내야 할 돈만 운전사에게 건넸다. 운전사는 싸울 기세였지만, 그의 손이 올라가기 바로 전 앤서니가 무시무시한 한 방을 먹여 그를 때려눕혔다. 그리고 운전사가 몸을 일으키자, 앤서니는 재빨리 옆으로 비킨 다음 관자놀이를 가격해 확실히 때려눕혔다.

……이제 그는 법정이었다. 판사는 5달러의 벌금을 선고했고 그는 돈이 없었다. 법정이 수표를 받아줄까? 아, 그러나 법정은 그를 몰랐다. 음, 그렇다면 그는 아파트에 연락하도록 해서 신분을 증명할 수 있었다.

……그들은 연락을 했다. 네, 앤서니 패치 부인입니다. 그러나 이 남자가 남편이라는 걸 어떻게 그녀가 알겠는가? 어떻게 알 수 있나? 혹시 우웃병을 기억하느냐고 경사더러 그녀에게 질문하도록 한다…….

그는 허둥지둥 앞으로 몸을 기울였고 유리창을 두드렸다. 택시는 이제 브루클린 다리를 지나지만, 미터기는 1달러 80센트를 가리켰다. 앤서니는 10퍼센트의 팁을 절대 빼먹지 않을 것이었다.

그날 늦은 오후, 앤서니가 아파트로 돌아왔다. 쇼핑하러 외출했던 글로리아도 이제 잠들어 있었다. 소파 구석에 몸을 웅크린 채, 사 온 물건들을 팔로 꼭 껴안고서. 얼굴은 어린 소녀처럼 고요했고, 가슴에 꽉 안은 꾸러미는 어린이용 인형—불안하고 앳된 마음을 깊고 무한히 달래줄 연고였다.

운명

그들의 생활 방식이 확실히 달라졌다. 이번 파티부터, 특히 글로리아의 경우 그러했다. 뭐든 전혀 개의치 않는 당당한 태도가 밤을 새우면서 변했다. 이런 태도는 예전엔 글로리아가 으레 취하는 것에 지나지 않았는데, 이제부터는 그들이 택한 일과 그에 따른 결과를 전체적으로 위로하고 정당화하는 논리가 됐다. 미안해하지 않을 것, 후회하며 마구 울지 않을 것, 서로에게 확실히 예의를 지키며 살 것, 가능한 한 열렬하고 끈질기게 순간의 행복을 추구할 것.

"우리 자신 말고는 아무도 우리를 신경 쓰지 않아, 앤서니." 어느 날 글로리아가 말했다. "내가 세상에 대해 어떤 의무라도 느끼는 척하는 건 우스꽝스러운 일일 거야. 사람들이 나에 대해서 무슨 생각을 하는지 걱정하는 것도. 난 단지 그렇지 않을 뿐, 그게 전부야. 어릴 적 무용 학교에 다닐 때부터 나는 나만큼 인기가 많지 않은 여자애들의 엄마들에게 비난받았어. 그리고 난 그 비난을 언제나 부러움이 담긴 찬사라고 여겼지."

어느 날 밤 볼 미치*에서 열린 파티 때문에 한 말이었다. 파티에서 네 명이 아주 흥분했는데, 콘스턴스 메리엄은 그 흥분한 무리에 글로리아도 끼어 있다고 생각했다. 콘스턴스 메리엄은 '오랜 학교 친구로서' 그게 얼마나 끔찍했는지 알려주려고 일부러 다음 날 점심에 글로리아를 초대했다.

"난 콘스턴스에게 이해할 수 없다고 말했어." 글로리아가 앤서니에게 말했다. "에릭 메리엄은 고상한 퍼시 울컷 같은 유형이야. 핫스프링스의 그 남자 기억나? 내가 말한 적 있는데. 콘스턴스를 존중하는 에릭의 방식이란 콘스턴스가 집에 남아 바느질을 하고 아기를 보고 책을 읽게 하는 거야. 그리고 끔찍이 지겨울 일은 절대 없을 파티에 에릭이 갈 때마다 콘스턴스는 이런 무해한 즐거움을 누리는 거지."

"콘스턴스에게 그렇게 말했어?"

"확실히 그랬어. 그리고 걔가 정말로 싫어하는 일은 내가 자기보다 더 즐거운 시간을 보내는 거라고도 콘스턴스에게 말했어."

앤서니는 글로리아에게 갈채를 보냈다. 그는 글로리아가 엄청나게 자랑스러웠다. 다른 여자들이 파티에서 어떻게 하든 간에 그녀가 절대 가려지지 않아서. 남자들이 그녀의 아름다움과 활기가 전하는 따뜻함을 즐기는 것 이상으로 뭔가 하려 하지 않으면서도 시

---

* 유명한 댄스 클럽으로 파리의 생미셸 대로에서 이름을 땄다.

끄러운 무리 속에서 그녀와 흥청대며 언제나 기뻐해서.

이 '파티들'은 점점 그들의 주된 즐거움이 되었다. 여전히 서로를 사랑하고, 여전히 서로에게 아주 관심이 많지만, 그들은 봄이 다가오면서 저녁 동안 집에 머물러 있는 게 싫어졌다. 책은 비현실적이었고, 외따로 지내는 오랜 마법은 사라진 지 오래였다. 그 대신 그들은 멍청한 뮤지컬 코미디를 보며 지겨워하거나 혹은 정말 견딜 수 없는 상황에서도 계속 대화할 수 있게 해주는 칵테일만 충분하다면 지인 가운데 가장 재미없는 사람들과 저녁을 먹는 쪽을 선호했다. 다양한 부류의 독신남들뿐 아니라, 학교 다닐 때 친구였던 이리저리 흩어져 사는 나이 어린 부부들도 신나게 놀고 싶을 땐 언제나 본능적으로 그들을 생각하기 시작했다. 그래서 그들에게 "오늘 저녁에는 뭘 해요?" 하는 전화가 오지 않는 날은 드물었다. 아내들은 보통 글로리아를 겁냈다. 글로리아는 쉽게 무대의 중심이 되었고, 남편들이 글로리아를 좋아하는 방식엔 순진하면서도 뭔가 골치 아픈 구석이 있었다. 아내들은 본능적으로 깊은 불신을 품게 됐다. 글로리아가 여성과의 어떤 친밀함에도 대체로 반응하지 않는다는 점 때문에 더욱 그러했다.

약속한 대로 2월의 어느 수요일, 앤서니는 윌슨, 히머 앤드 하디사의 인상적인 사무실로 갔다. 그와 또래인 칼러라는 이름의 정력적인 청년에게서 애매한 설명들을 많이 전해 들었다. 칼러는 노란 머리를 거만하게 빗어 넘겼으며 자신을 비서실 보좌관이라고 소개했는데, 그 직함은 뛰어난 능력에 바치는 헌사 같았다.

"이곳에는 두 종류의 사람이 있죠, 당신도 알게 될 겁니다." 그가 말했다. "서른이 되기 전에 비서실 보좌관이나 회계원이 되어 이 곳 서류철에 이름을 올리는 사람. 그리고 마흔 다섯에 이름을 올리는 사람. 마흔 다섯에 이름을 얻는 사람은 여생 동안 이곳에 머무르죠."

"서른에 이름을 올리는 사람은 어때요?" 앤서니가 예의 바르게 물었다.

"글쎄요, 여기 있겠죠, 아시다시피." 그는 서류철에 있는 부회장 보좌관의 목록을 가리켰다. "혹은 회장이나 비서나 회계원이 되겠죠."

"그리고 여기 있는 이름들은 뭔가요?"

"거기요? 오, 거긴 수탁자들입니다. 자본을 가진 사람들이죠."

"알겠습니다."

"이제 어떤 사람들은 다음과 같이 생각합니다." 칼러가 말을 이었다. "사람이 빨리 출발하느냐 아니냐는 그가 대학 교육을 받았는지의 여부에 달려 있다고요. 그러나 그 생각은 틀렸습니다."

"알겠습니다."

"저는 대학 교육을 받았죠. 버클리*에 있었고, 1911년 졸업반이었죠. 그러나 월가에 오게 되자, 저를 도울 것들은 대학에서 배웠던 공상들이 아니라는 걸 곧 알게 되었습니다. 사실 머릿속에서 공상의 내용들을 많이 *끄집어내야* 했죠."

---

* Buckleigh. 피츠제럴드가 만들어낸 가상의 대학으로, 펜실베이니아에 있는 두 대학 버크넬(Bucknell)과 리하이(Lehigh)에서 따왔다

앤서니는 그가 1911년 버클리에서 배운 '공상의 내용'이 무엇인지 궁금하지 않을 수 없었다. 그게 바느질 같은 일일 거라는 억누를 수 없는 생각이 대화를 나누는 내내 떠올랐다.

"저 사람 보이나요?" 칼러가 멋진 회색 머리칼을 지닌 상당히 젊어 보이는 남자를 가리켰다. 마호가니 난간 안쪽의 책상에 앉아 있었다. "저 사람이 엘린저 씨입니다, 수석 부회장이에요. 어디나 있으면서 무엇이든 보조. 좋은 교육을 받았어요."

앤서니는 금융과의 사랑에 마음을 열어보려 했지만 헛된 일이었다. 그는 엘린저 씨가 큰 서점의 벽에 줄줄이 꽂혀 있는 새커리, 발자크, 위고, 기번의 멋진 가죽 장정 전집을 사는 사람이라고밖에 생각할 수 없었다.

눅눅한 3월, 아무 생각 없이 그는 영업 일을 준비했다. 열정이 일지 않았다. 분주하게 소란이 일어도 앤서니가 보기에는 알 수 없는 목적을 향한 의미 없는 노력일 뿐이었다. 그런 세계가 존재한다는 것은 단지 경쟁 관계에 있는 프릭 씨와 카네기 씨의 5번가의 두 저택*을 보고서야 알 수 있었다. 저 거들먹거리는 부회장들과 수탁자들이 사실은 그가 하버드에서 만난 '최고의 남자들'의 아버지일 거라니, 앞뒤가 안 맞는 것 같았다.

그는 위층 직원 식당에서 밥을 먹으면서 자신이 붕 떠 있다는 불안한 느낌에 사로잡혔다. 그리고 첫 주 동안 수십여 명의 젊은

---

* 앤드루 카네기와 헨리 클레이 프릭은 협력하는 사이였으나 나중에 경쟁자가 된 산업계의 거물이자 자선가다. 두 사람 모두 5번가의 대저택에서 살았다.

직원들이—이 중 몇몇은 민첩하고 나무랄 데가 없으며 대학을 갓 졸업했던데—다들 파멸의 삼십대가 되기 전 그 두꺼운 종이의 좁은 조각 위로 몰려가는 화려한 희망을 품으며 살고 있는 건가 생각해봤다. 그날의 업무 양식과 뒤섞인 대화는 내용이 거의 비슷했다. 누군가는 윌슨 씨가 돈을 번 방법, 히머 씨가 직원을 고용한 방식, 하디 씨가 의지하는 수단이 뭔지 이야기했다. 누군가는 '정육점 주인'이나 '바텐더' 혹은 '그 빌어먹을 전보 배달꾼, 저런!'이 월스트리트에서 갑작스럽게도 우연히 거액의 재산을 발견한 일화를 이야기했다. 오래됐으나 영구히 숨 막히는 일화였다. 누군가는 요즘 도박에 대해 이야기했고, 1년에 10만 달러 단위로 벌려고 하는 게 최선인지 아니면 20달러에 만족해야 되는지 이야기했다. 지난해 비서실 보좌관 한 명이 저축한 돈을 몽땅 베들레헴 강철에 투자했는데 극적으로 훌륭하게 성공했고, 거만하게도 1월에 사직서를 냈으며, 지금 캘리포니아에 의기양양하게 궁전을 짓고 있다는 이야기는 사무실에서 인기 좋은 화제였다. 그의 이름은 마술적인 의미를 얻었으며, 좋은 미국인 모두의 열망을 이룬 상징이 되었다. 그에 관한 일화가 들려왔다. 부사장 한 명이 그에게 투자한 걸 팔라고, 세상에, 조언을 했지만 그는 그대로 갖고 있었고, 심지어 외상 매입으로 사기까지 했다고. "그리고 지금 그가 어디 있는지 보라고!"

분명, 이런 것들이 삶을 구성했다. 모두의 눈을 현혹시키는 아찔한 승리, 변변찮은 임금과 숫자상으로는 있을 법하지 않은 궁극의 성공으로 그들을 만족시키는 떠돌이 세이렌.

앤서니는 이런 생각에 소름이 끼쳤다. 성공하자는 생각을 자신도 갖게 되면, 그의 마음은 분명 그 생각에 꽉 사로잡혀 막힐 것 같았다. 성공한 이들의 본질은 일이 바로 인생의 핵심이라고 믿는다는 점이 같았다. 다른 일에서는 평등했지만, 기술을 아는 것보다는 자신감과 기회주의가 대접받았다. 더 전문적인 일을 할수록 바닥에 확실히 가까웠다. 기술직 전문가들을 그곳에 처박아놓다니 참으로 능률이 오를 일이었다.

주중에는 밤마다 집에 있으려던 계획이 생각처럼 되지 않았다. 시간의 절반은 통근하는 일에 쓰는 것 같았다. 머리가 쪼개질 듯 토할 것처럼 아팠다. 귓가에는 오전 전철에 가득한 사람들의 웅성거림이 지옥의 메아리처럼 울려댔다.

그러다 그는 느닷없이 일을 그만두었다. 월요일 아침, 침대에 그냥 있었다. 저녁 늦은 시간엔 그가 주기적으로 맛보는, 절망적인 기분에 휩싸였다. 그는 윌슨 씨에게 일이 맞지 않는 것 같다고 편지를 써 보냈다. 글로리아는 리처드 캐러멜과 극장에 갔다가 돌아와 소파에 앉은 그를 발견했다. 그는 말없이 천장을 바라보고 있었는데, 결혼한 이래 그 어느 때보다도 더 우울하고 풀이 죽은 모습이었다.

그녀는 그가 흐느껴 울었으면 했다. 만일 그랬다면 그녀는 그를 가차 없이 비난했으리라. 적잖이 짜증 났으니까. 그러나 그는 무척 비참해하며 거기 있을 뿐이었다. 글로리아는 그에게 미안해서 무릎을 꿇고 그의 머리를 쓰다듬었다. 그 일은 별로 중요하지 않다고, 서로 사랑하는 한 그 어떤 일도 그리 오래 문제가 되진 않는다고 말했다. 결혼 첫해 같았다. 앤서니는 그녀의 차가운 손, 귓가에서 숨소리처럼 부드럽게 들리는 그녀의 목소리 덕분에 활기를 거의 되찾았고, 미래의 계획에 대해 그녀와 이야기를 나누었다. 그는 심지어 자러 가기 전엔 말없이 후회하기까지 했다. 사직서를 그렇게 빨리 보내다니.

"모든 일이 썩어빠진 것 같을 때에도 당신은 자기 판단을 믿을 수 없구나." 글로리아가 말했다. "중요한 건 당신이 내린 모든 판단들인데."

4월 중순에 마리에타의 부동산 중개인이 편지를 보냈다. 집세가 약간 올랐으며, 회색 집을 1년 더 계약하라고 권하는 편지로, 서명해야 할 계약서를 동봉했다. 일주일 동안 편지와 계약서는 앤서니의 책상에 내버려져 있었다. 그들은 마리에타로 돌아갈 생각이 없었다. 그들은 그곳에 싫증이 났으며, 지난여름은 대체로 지겨웠다. 게다가 상태가 나빠진 차는 건강 염려증에 걸린 금속처럼 덜그럭거리는 덩어리가 되었고, 새 차를 사는 건 재정 상태로 볼 때 어리석은 짓이었다.

그러나 나흘 동안 열 명 이상이 한꺼번에 또는 차례차례 몰려와 멋대로 흥청망청 노는 사이, 그들은 계약서에 서명했다. 참으로 끔찍하게도 그들은 서명한 계약서를 보내버렸다. 곧 그들에게 칙칙하고 사악한 모습의 회색 집이 마침내 하얀 입가에 혀를 날름거리며 그들을 삼키려고 기다리는 소리가 들린 것 같았다.

"앤서니, 계약서는 어디 있지?" 어느 일요일 아침, 현실에 아파하는 맨정신의 글로리아가 아주 불안한 목소리로 외쳤다. "어디에 뒀어? 여기에 있었는데!"

그때 그녀는 계약서가 어디에 있는지 깨달았다. 그들의 활력이 절정에 달할 때 계획한 하우스파티가 기억났다. 글로리아와 앤서니가 대수롭지 않게 여기는 남자들로 방이 꽉 찬, 그리 들뜨지 않은 순간들을 기억했다. 회색 집의 탁월한 장점과 호젓함을 앤서니가 자랑한 것도. 외따로 떨어져 있어 아무리 시끄럽게 굴어도 상관없다나. 그러자 그 집에 간 적 있는 딕이 상상할 수 있는 최고의 작은 집이라고 열렬히 외쳤다. 이번 여름에 그 집을 빌리지 않는 건 명청한 짓이라고 했다. 도시가 얼마나 뜨겁고 황량해지고 있는가. 그리고 마리에타의 마력이란 얼마나 차갑고 신성한가. 그들은 쉽게 열광했다. 앤서니는 계약서를 집어 거칠게 흔들었고, 글로리아가 행복하게 동의하는 모습을 보았고, 모두가 마리에타에 방문하겠다며 근엄하게 악수를 나누는 동안 마구 떠들며 결단을 내리고 말았다…….

"앤서니." 그녀가 소리쳤다. "우린 서명을 해서 보내버렸어!"

"뭘?"

"계약서!"

"세상에!"

"오! 앤서니!" 그녀의 목소리는 참으로 비참했다. 여름 동안 영원히 그들은 감옥에 갇혔다. 그들이 품은 안정성의 마지막 뿌리를 공격하는 것 같았다. 앤서니는 부동산 중개인과 조정할 수 있을지도 모른다고 생각했다. 집 두 채의 월세를 내는 건 감당할 수 없었고, 마리에타로 간다는 건 아파트를 포기하는 걸 의미했다. 그의 아파트, 정교한 욕조와 그가 사둔 가구와 벽걸이들이 있는 더할 나위 없는 공간. 그곳은 이제껏 그가 소유한, 고향에 가장 가까운 공간 이었다. 4년 동안의 화려한 날들의 기억에 친숙한 곳.

그러나 부동산 중개인과는 조정할 수 없었고, 전혀 조정되지 않았다. 의기소침해져서 나름대로 최선을 다하자는 말도 하지 않고, 심지어 글로리아는 "난 신경 쓰지 않아"라고도 말하지 않은 채, 그들은 집으로 돌아갔다. 이젠 그 집이 젊음도 사랑도 무시한다는 걸 알았다 ─그들이 결코 공유할 수 없는, 가혹하고 형언할 수 없는 기억에만 신경 쓸 뿐.

불길한 여름

그 여름, 집 안엔 소름 끼치게 싫은 분위기가 어려 있었다. 그들과 함께 온 그 분위기는 음침한 관처럼 그 집에 자리 잡았다. 아래층 방에서부터 번지더니 점차 퍼져나가 좁은 층계를 타고 올라가서 그들의 잠을 짓눌렀다. 앤서니와 글로리아는 집에 혼자 있는 걸 싫어하게 됐다. 글로리아의 침실은 한때 분홍빛으로 젊고 섬세하여 의자와 침대에 여기저기 던져진 파스텔색 속옷과 어울렸지만, 이젠 바스락거리는 커튼에 이렇게 속삭이는 것처럼 보였다.

"오, 나의 아름답고 젊은 아가씨, 여름 태양 아래 우아함과 섬세함이 시든 건 당신이 처음은 아니랍니다······ 사랑받지 못한 여자들은 여러 세대 동안 관심을 보이지 않는 멋없는 애인을 위해 거울 곁에서 몸단장을 해왔지요……. 젊음은 이 방에 가장 창백한 푸른 빛으로 들어와 절망의 잿빛 수의를 입고 떠났어요. 그리고 긴 밤 동안 많은 여자들이 어둠 속으로 절망의 파도를 쏟아내는 침대에 맨정신으로 누워 있었지요."

마침내 글로리아는 면목 없게도 방에서 옷과 연고를 전부 끄집 어내더니 앤서니와 함께 지내겠다고 선언했다. 침실 방충망 하나가 썩어서 벌레가 들어온다고 핑계를 댔다. 그래서 그녀의 방은 무신 경한 손님들 몫이 되었고, 부부는 앤서니의 침실에서 옷을 갈아입 고 잠을 잤다. 글로리아는 어쨌든 '좋다'고 생각했다. 마치 앤서니의 존재가 벽에서 맴돌지도 모르는 과거의 불안한 그림자를 박멸하는 듯했으니.

그들은 결혼 생활 초기부터 뭔가를 '좋다'와 '나쁘다'로 나누어왔 는데, 또 다른 방식으로 새로이 구별하게 됐다. 글로리아는 회색 집 으로 초대받는 사람은 누구든 '좋은' 사람이어야 한다고 주장했는 데, 여자 손님의 경우 단순하고 흠잡을 데 없는 사람이거나, 아니 면 어떤 견고함과 힘을 갖고 있어야 한다는 뜻이었다. 그녀는 언제 나 자신이 속한 성별에 무척 회의적이었는데, 이젠 여자들이 깨끗 한지 아닌지 구별했다. 깨끗하지 않다는 건 다양한 의미가 있었다. 자존심의 결여, 기질적 게으름, 무엇보다도 난잡한 게 분명한 분위 기를 풍길 때.

"여자들이 더러워지는 건 쉬워." 그녀가 말했다. "남자들이 더러 워지는 것보다 훨씬 쉽지. 아주 당당한 젊은 여자만 그러지 않을 수 있어. 여자들은 보통 내리막을 탈 때 히스테리를 부리는 짐승처럼 되지. 못되고 더러운 짐승처럼 말이야. 남자는 안 그래. 어쩌면 그래서겠지. 그래서 소설에선 뻔뻔하게 악마가 되어가는 남자가 그렇게 흔하겠지."

그녀는 많은 남자들을 좋아하는 편이었고, 그녀에게 솔직하게 존경을 표하고 무한히 즐거움을 주는 남자들을 더 선호했다. 그러나 종종 통찰이 번뜩여, 앤서니에게 친구들 중 누군가가 그를 그저 이용해먹고 있을 뿐이니 그냥 혼자 있는 게 최선이라고 알렸다. 앤서니는 늘 하던 대로 그 의견에 반대하며 글로리아가 지목한 이는 '좋은 사람'이라고 주장했지만 자신이 그녀보다 판단이 틀리기 쉽다는 걸 깨달았다. 특히 그의 판단이 틀리기 쉽다는 건 여러 번 일어난 사건인데, 계좌 하나로 다 지불하는 일련의 식당 계산서들이 그에게 남겨질 때를 기억할 만했다.

성가신 여흥을 맛보려는 그 어떤 욕망보다도 고독이 두려운 탓에 부부는 주말마다 손님들로 집을 채웠다. 종종 주중으로도 이어졌다. 주말 파티는 거의 비슷했다. 서너 명의 초대받은 남자들이 도착하고, 술이 대략 어우러지고, 들뜬 저녁 식사가 끝나면 크래들 비치 컨트리클럽으로 차를 타고 가고. 그곳은 덜 비싸고 세련되진 않지만 활기가 있어 그런 순간에 딱 맞았기 때문이었다. 게다가 누가 거기서 무얼 하든 그리 중요하지 않았다. 패치 부부의 파티에서 나는 소리가 잘 들리지 않는 한, 신이 난 글로리아가 저녁 시간 동안 식당에서 칵테일을 자주 마시는 모습을 크래들 비치 사교 모임의 독재자들이 보건 말건 거의 중요하지 않았다.

토요일은 보통 매혹적인 혼란 속에서 끝났다. 종종 어리벙벙한 손님을 침대로 데리고 가야 했다는 점이 증거였다. 일요일엔 뉴욕 신문들을 읽으며 베란다에서 활기를 회복하는 조용한 아침이 이어졌다. 그리고 일요일 오후는 도시로 돌아가야 하는 한두 명의 손님들을 배웅하고, 다음 날까지 남아 있는 한두 명의 손님들과 다시 거하게 술을 마시는 시간이었는데, 아주 재미있는 것까진 아니라도 유쾌하게 마무리했다.

충직한 다나, 타고난 체질은 교육자지만 직업은 잡역부인 그는 그들 부부와 함께 돌아왔다. 자주 놀러 오는 손님들끼리 다나에 대한 전설을 지어냈다. 어느 날 오후 모리 노블이 주장한 바에 따르면 다나의 정체는 독일인 스파이 타넨바움이라는 것이다. 미국에 잠입해 웨스트체스터 카운티에서 튜턴 민족의 우수성을 선전한다나. 그날 이후 발신지가 필라델피아라고 찍힌 정체불명의 편지들이 '에밀 타넨바움 중위' 앞으로 배달되어 이 동양인을 당황시켰다. 편지 내용은 비밀 지령, 서명은 '작전 참모'. 분위기 잡고 일본어 장난을 친 두 줄의 세로쓰기 문서로 꾸며져 있었다. 앤서니는 언제나 웃음기 싹 가신 얼굴로 다나에게 이 편지들을 넘겼다. 편지를 받으면 다나는 몇 시간이나 부엌에 앉아 고민하다가 이 세로쓰기된 문자들은 일본어가 아니며 일본어를 닮은 그 무엇도 아니라고 털어놓곤 했다.

글로리아는 다나를 아주 싫어했는데, 마을에서 예정에 없이 집으로 돌아온 날 이후부터였다. 그날 글로리아는 다나가 앤서니의 침대에 기대앉아 신문을 골똘히 읽는 모습을 보았다. 하인들은 모두 본능적으로 앤서니를 좋아하고 글로리아를 싫어하는데, 다나도 예외는 아니었다. 하지만 다나는 철저하게 글로리아를 두려워했고 기분이 언짢을 때만 확실히 반감을 드러냈는데, 은근히 그녀더러 들으라는 듯 앤서니에게 말을 거는 식이었다.

"패츠 부인은 저녁으로 무엇을 드시고 싶나요?" 그는 앤서니를 보면서 이렇게 말했다. 혹은 '미국 사람들'의 강한 이기심을 언급했다. 의심의 여지 없이 이기적인 '사람들'이 여기 있다는 듯.

그래도 다나를 해고할 수 없었다. 타성에 젖어 있던 부부는 그런 일을 할 수 없었다. 그들은 다나를 참아냈다. 날씨가 나쁜 것도 몸이 아픈 것도 참아냈다. 참아내야 하는 신의 의지도 참아냈다. 모든 것을, 심지어 자기들 자신마저도 참아냈다.

어둠 속에서

7월의 어느 무더운 늦은 오후, 리처드 캐러멜이 뉴욕에서 전화를 걸어왔다. 자신과 모리가 친구 한 명과 함께 회색 집에 온다고 했다. 그들은 5시쯤 좀 취해서 서른다섯 살의 키가 작고 땅딸막한 남자와 함께 도착했다. 이름은 조 헐, 앤서니와 글로리아가 이제껏 만난 최고의 친구들 중 한 명이라고 소개했다.

조 헐은 피부를 계속 뚫고 나오는 노란 수염에, 남자 성악가의 최저음과 쉰 속삭임 사이를 오가는 낮은 목소리를 지녔다. 앤서니는 모리의 여행 가방을 위층으로 들고 가서 방에 넣은 다음 주의 깊게 문을 닫았다.

"저 친구는 누구야?" 앤서니가 물었다.

모리는 기운차게 낄낄 웃었다.

"누구, 헐? 오, 그는 괜찮아. 좋은 사람이야."

"알아. 그런데 누군데?"

"헐? 그는 그냥 좋은 친구야. 왕자님이야." 그는 두 배로 기운차게 웃었고, 고양이 같은 기분 좋은 미소로 마무리했다. 앤서니는 웃음을 지을지 얼굴을 찡그릴지 망설였다.

"그는 좀 웃기는 사람 같아. 희한한 옷차림에." 그는 말을 잠시 멈추었다. "나는 너희 둘이 지난밤 어딘가에서 그를 데려온 게 아닌지 혼자 생각하고 있었어."

"웃기네." 모리가 주장했다. "저런, 쭉 알고 지낸 사이야." 그렇지만 그가 이 말을 하고 또 낄낄 웃어대자, 앤서니는 이렇게 말해야 할 것 같았다. "네가 알던 악마지!"

나중에, 저녁 식사 바로 직전 모리와 딕이 시끄럽게 떠들고 있을 때, 조 헐은 입을 다문 채 술을 홀짝이며 대화를 들었고, 글로리아는 앤서니를 식당으로 데리고 갔다.

"난 헐이라는 남자가 마음에 안 들어." 글로리아가 말했다. "그가 다나의 욕조를 썼으면 좋겠어."

"그러라고 할 순 없어."

"음, 그가 우리 욕조를 쓰는 게 싫어."

"평범한 사람 같아."

"장갑같이 생긴 흰 신발을 신고 다녀. 발가락이 바로 보인다고. 참 나! 대체 그는 누구야?"

"모르겠어."

"음, 그를 데려오다니 저 사람들은 낯짝도 두꺼워. 여긴 선원 갱생원이 아니라고!"

"저 친구들이 전화를 했을 땐 어쩔 수 없는 상황이었어. 모리는 어제 오후 이래로 계속 파티 중이래."

글로리아는 화가 나서 고개를 저었고 아무 말 없이 현관으로 돌아갔다. 앤서니는 그녀가 미심쩍은 기분을 잊으려고 애쓰며 저녁을 즐기는 데 전념하려는 모습을 보았다.

열대지방처럼 더운 날씨였다. 황혼이 깊었는데도 마른 길바닥에서 열기가 올라왔다. 운모로 만든 울렁이는 창문을 통해 보는 것처럼 세상이 희미하게 떨렸다. 구름 한 점 없는 하늘. 그러나 숲 너머 저 멀리멀리 롱아일랜드 해협 쪽에서는 희미하나마 끊임없는 천둥소리가 시작되었을 것이었다. 저녁 식사 준비가 됐다고 다니가 말하자 남자들은 글로리아에게 한 소리를 들으면서도 겉옷을 입지 않은 채 안으로 들어갔다.

모리가 노래를 부르기 시작했다. 식사 첫 번째 코스가 나오는 동안 모두가 화음을 맞춰 불렀다. '데이지 디어', 인기 있는 두 줄짜리 노래였다. 가사는 이렇다.

우—리—는—겁에 질렸지, 도—덕—은 땅에 떨어져."

한 번 부를 때마다 신들린 듯이 긴 박수를 쳐댔다.

"힘내요, 글로리아!" 모리가 말했다. "조금 우울해 보여요."

"아니에요." 글로리아가 거짓말을 했다.

"자, 태넌바움!" 모리가 어깨 너머로 불렀다. "당신에게 술을 따라주었지. 이리 와요!"

글로리아가 그의 팔을 잡으려 했다.

"제발 그러지 말아요, 모리!"

"어때서요? 저녁을 다 먹고 나면 그가 피리를 불어줄 텐데. 여기, 다나."

다나는 미소를 짓고서 유리잔을 들고 부엌으로 갔다. 얼마 후 모리는 그에게 또 술을 주었다.

"힘내요, 글로리아!" 모리가 소리쳤다. "제발, 힘내요, 글로리아."

"자기, 한 잔 더 해." 앤서니가 권했다.

"그렇게 해요, 제발!"

"힘내요, 글로리아." 조 헐이 편하게 말을 건넸다.

이름을 바로 부르다니 적절하지 못했다. 글로리아는 움찔했고 이 사실을 누군가 눈치챘는지 확인하려고 주변을 둘러보았다. 자신이 무척 싫어하는 사람의 입에서 이름이 쉽게 나오다니 불쾌했다. 잠시 후, 조 헐이 다나에게 술을 또 따라주는 것을 보고 글로리아는 더 화가 났는데, 알코올이 그 분노를 돋우었다.

"······그리고 예전에 말이야." 모리가 말하고 있었다. "피터 그랜비와 내가 보스턴에 있는 터키탕에 갔어, 새벽 2시쯤. 주인 말고 아무도 없었지. 그래서 우린 주인을 벽장에 밀어 넣고 문을 잠갔어. 그러고 나니 한 친구가 들어와 터키탕을 이용하고 싶다고 했어. 우리가 마사지사라고 생각했나 봐, 저런! 음, 우리는 그냥 그를 데리고 가서 옷 입은 그대로 탕에 집어넣었어. 그리고 그를 끄집어내서 평평한 판에 눕힌 다음 철썩 때렸고, 결국 그는 멍들었지. '그렇게 세게 하지 말아요!' 그가 좀 새된 목소리로 외쳤어. '제발……!'"

─모리가 그랬다고? 글로리아는 생각했다. 같은 이야기를 다른 사람이 했다면 재밌었겠지. 하지만 모리라니, 끝도 없이 안목이 높고, 눈치와 배려로는 신과 같은 사람이…….

우─리─는─겁에 질렸지…….

밖에서 들려온 천둥소리 때문에 나머지 부분은 들리지 않았다. 글로리아는 떨면서 잔을 비우려 했지만, 첫맛이 메스꺼워서 내려놓았다. 저녁 식사는 끝났고 모두 넓은 방으로 술 여러 병과 디캔터를 가지고 갔다. 누군가 바람을 막으려고 현관문을 닫았고, 그 결과 둥글게 뻗어 나온 담배 연기가 이미 무거운 공기 중에 소용돌이쳤다.

"테넌바움 중위를 찾습니다!" 바꿔치기당한 아이 같은 모리가 다시 외쳤다. "피리를 불어주세요!"

앤서니와 모리는 부엌으로 몰려갔다. 리처드 캐러멜은 축음기를 켜고 글로리아에게 다가갔다.

"저명인사가 된 네 사촌과 춤을 추는 건 어때?"

"싫은데."

"그럼 너를 들고 다녀야겠다."

아주 중요한 뭔가를 한다는 듯, 그는 살찌고 작은 팔로 그녀를 들어서 진지하게 방을 걸어 다니기 시작했다.

"날 내려놔, 딕! 어지러워!" 그녀가 외쳤다.

딕은 글로리아가 통통 튀는 짐이라도 되는 것처럼 장의자 위에 던져놓고는 "다나! 다나!"라고 외치며 부엌으로 달려갔다.

그러고 나서 예고 없이 또 다른 팔이 나타나 그녀를 의자 위에서 들려고 했다. 조 헐이 술에 취해 그녀를 들어서 딕을 흉내 내려 하고 있었다.

"날 내려놔!" 그녀가 날카롭게 외쳤다.

술에 취해 감상에 젖은 그의 웃음, 가시 같은 노란 수염투성이의 턱이 그녀의 얼굴에 가까이 다가왔다. 참을 수 없는 혐오가 솟구쳤다.

"당장!"

"겁―에……." 그가 노래를 부르기 시작했지만, 더는 부를 수 없었다. 글로리아의 손이 빠르게 날아가 그의 뺨을 때렸다. 이때 그는 바로 그녀를 놓았고, 그녀는 바닥으로 떨어졌다. 그 와중에 그녀의 어깨가 탁자를 치면서 비스듬히 한 대 맞은…….

그러고 나서 방은 남자들과 연기로 가득 찼다. 다나는 흰옷을 입고 모리의 부축을 받아 비틀거리며 돌아다녔다. 그는 피리로, 일본의 열차 노래라고 앤서니가 외친 기묘한 소리의 조합을 연주했다. 조 헐은 양초 한 상자를 발견해서 그걸로 저글링을 했다. 양초를 놓칠 때마다 "하나가 떨어졌다!"라고 외치며. 딕은 혼자 환상적으로 방을 돌면서 춤을 추었다. 그녀에게는 방 안의 모든 사물이 4차원 상에서 기묘하게 회전하며 흐릿하고 퍼런 평면을 통과하는 것처럼 보였다.

밖에선 태풍이 놀라운 기세로 다가오고 있었다. 일시적으로 잠잠해진 가운데 키 큰 덤불들은 집을 마구 비벼댔고, 비가 부엌 위 양철 지붕을 시끄럽게 두들겼다. 번개가 계속 떨어졌고, 무거운 천둥소리를 뚝뚝 내려보내고 있었다. 마치 희고 뜨거운 용광로의 중심부에서 선철을 내보내듯. 글로리아는 창문 세 곳에서 비가 후드득 떨어지고 있는 걸 보았지만, 창문을 닫으려고 움직일 수가 없었다…….

……그녀는 복도에 있었다. 잘 자라고 인사를 했지만 아무도 그녀의 말을 듣지 않았고 그녀를 따라오지도 않았다. 잠시 동안 뭔가가 난간 위에서 내려다보는 것 같았지만, 그녀는 거실로 돌아갈 수 없었다. 소란스러운 거실에서 미치는 것보단 여기서 미치는 게 더 나았다……. 계단을 올라가 전기 스위치를 더듬더듬 찾았지만 어둠 속에서 놓쳤다. 번갯빛이 방 안에 가득 퍼진 순간, 벽의 버튼이 잘 보였다. 그러나 칠흑 같은 어둠이 닥치자 손가락으로 벽을 더듬었지만 버튼을 놓쳤다. 그래서 그녀는 옷과 페티코트를 벗고 반쯤 젖은 침대의 마른 쪽에 힘없이 누웠다.

그녀는 눈을 감았다. 아래층에서 술 취한 자들이 시끄럽게 떠드는 소리가 들려왔다. 쨍그랑 유리 깨지는 소리가 갑자기 끼어들었다. 그러고 나서 불안정하고 불규칙적인 노래의 파편들이 솟아오르며 끼어들고…….

그녀는 두 시간쯤 누워 있었다. 나중에 순전히 시간을 끼워 맞춰 계산을 한 거였다. 그녀는 아래층 소리가 줄어들고, 태풍이 서쪽으로 서서히 물러난 후에도 한참 동안 의식이 있었고, 심지어 깨어 있었다. 태풍은 물러가면서 우수수 소리를 계속 남겼는데, 그 소리는 그녀의 영혼처럼 무겁고 활기 없으며 질척거리는 땅으로 떨어졌다. 이어서 비바람이 천천히, 망설이듯 드문드문 흩어졌고, 이제 창밖은 창턱에 기댄 젖은 덩굴 더미들이 부드럽게 떨어지거나 휙휙 움직이기만 할 뿐 다른 건 아무것도 없었다. 잠들지도 깨어 있지도 않았다. 어느 쪽도 아니었다…… 그리고 가슴 아래를 누르는 무거운 압박에서 벗어나고 싶어 애먹었다. 소리를 지르면 그 무거운 것이 위로 떠오를 것 같았다. 눈꺼풀에 힘을 주며 목에 걸린 덩어리를 끌어내려 했지만…… 아무 소용 없었다…….

또롱! 또롱! 또롱! 기분 좋은 소리. 봄비처럼, 어린 시절의 시원한 비처럼. 비가 오면 뒤뜰은 활기찬 진흙 밭이 되었지. 작은 정원은 촉촉이 젖었고. 그녀는 정원에서 어린이용 갈퀴와 삽과 괭이로 흙을 파곤 했지. 또롱, 또-롱! 그런 날이면 비를 뿌리던 하늘은 해 질 녘에 노랗게 녹아내렸고, 하늘에서 빗긴 햇살이 내려와 흠뻑 젖은 나무에 꽂혔다. 비 오는 세상은 시원하고 청명하고 깨끗했다. 그 세상의 중심에 엄마가 있었다. 믿음직하고 비에 젖지도 않고 강한 엄마가. 지금 엄마가 필요해. 그러나 엄마는 세상에 없다. 보이지도 않고 만질 수도 없는 곳으로 영원히 떠났다. 그리고 이 무게를, 그녀가 견뎌야 한다. 이 무게를, 그녀가. 아, 이토록 무겁게 짓누르는데.

그녀는 몸이 굳었다. 누군가 문가에 와서 그녀를 바라보며 서 있었다. 몸을 약간 흔들 뿐, 아주 조용하게. 흐릿한 가운데 상대의 실루엣은 확실히 볼 수 있었다. 어디서도 소리는 나지 않았다. 거대하고 그럴듯한 침묵만 있었다. 심지어 비 내리는 소리도 그쳤다…….
오직 저 사람만이 문가에서 몸을 흔들며 서 있었다. 알아보기 어렵지만 미묘하게 위협적인 무서운 존재, 마치 파우더를 뿌려 가린 천연두 자국처럼 번드르르하게 가린 추악한 성격. 그러나 그녀의 심장은 지쳐 있었지만 가슴이 흔들릴 때까지 고동쳤으니, 지독히 흔들리고 위태로운 생명이 그녀 안에 여전히 있다는 걸 확인할 수 있었다…….

일 분 혹은 몇 분이 지루하게 이어졌고, 그녀의 눈에 눈물이 번져 흐릿해지기 시작했다. 그녀는 문 쪽의 어둠을 꿰뚫어 보려고 어린아이처럼 고집을 부렸다. 곧 상상할 수도 없는 어떤 힘이 그녀의 존재를 산산조각 낼 것 같았다…… 그리고 문가의 저 사람, 저자는 헐이었다. 그녀는 헐을 보았다. 그는 일부러 돌아섰고, 계속 몸을 가볍게 흔들며 뒤로 물러났다가 사라졌다. 마치 빛을 받아 그의 희미한 존재가 입체감을 가지게 되었는데, 다시 그 빛 속으로 흡수된 것처럼.

그녀의 팔다리에 피가 돌아, 피와 생명이 하나가 되었다. 힘을 내어 그녀는 똑바로 앉았고, 몸을 움직여 발끝을 침대 옆 바닥에 내려놓았다. 그녀는 지금 해야 할 일을 알았다, 지금, 지금, 너무 늦기 전에. 그녀는 이 차갑고 축축한 곳에서 나가야 했다. 젖어서 바스락거리는 풀을 발로 느끼고, 신선한 습기를 이마로 느껴야 했다. 그녀는 기계적으로 옷을 힘들여 입고, 어두운 벽장을 손으로 더듬어 모자를 찾았다. 이 집을 떠나야 했다. 이 집에선 그녀의 가슴을 누른 뭔가가 돌아다니거나, 혹은 그 뭔가가 어둠 속에서 제 갈 길을 잃고 몸을 흔드는 누군가로 변했다.

겁에 질려 어쩔 줄 모르는 가운데 그녀는 외투를 어설프게 더듬거렸다. 아래층에서 앤서니의 발소리를 들었을 때 옷소매를 찾아냈다. 그녀는 감히 기다리지 않았다. 그가 나가지 못하게 할지도 모른다. 앤서니조차 그녀를 누른 무거운 것의 일부, 이 사악한 집과 그 안에서 자라나고 있는 음침한 어둠의 일부였다…….

복도를 지나서…… 뒷계단을 내려가는데, 막 나온 침실에서 앤서니의 목소리가 들렸다.

"글로리아! 글로리아!"

그러나 그녀는 이제 부엌에 왔고, 문을 열고 밤 속으로 나아갔다. 바람이 확 불어오자 수없이 많은 물방울들이 놀라, 흠뻑 젖은 나무에서 그녀 위로 우수수 떨어졌다. 그녀는 뜨거운 손으로 기쁘게 얼굴 위 물방울을 문질렀다.

"글로리아! 글로리아!"

목소리는 무한히 멀게 느껴졌고, 그녀가 막 떠난 담장 때문에 뭔가 얼빠지고 구슬프게 들렸다. 그녀는 집을 돌아 큰길로 이어지는 앞길로 내려가기 시작했다. 큰길에 들어설 땐 거의 의기양양했고, 짙은 어둠 속을 신중하게 움직이며 짧은 풀들이 나란히 자란 곳을 따라갔다.

"글로리아!"

그녀는 갑자기 뛰기 시작했다. 바람에 뒤틀려 뜯긴 나뭇가지 조각이 발에 걸렸다. 그녀를 부르는 소리는 이제 집 밖에서 들렸다.

앤서니는 침실에 사람이 없는 걸 발견하고 현관으로 나왔다. 하지만 그래서 그녀는 더 앞서게 됐다. 뒤에는 앤서니가 있으니, 그녀는 이 어스레하고 답답한 하늘 아래 비행을 계속해야 했다. 마치 그녀 앞에 손으로 만질 수 있는 벽이라도 있는 양 침묵 속을 밀고 나가야 했다.

그녀는 간신히 알아볼 수 있는 길을 따라 좀 걸었다. 800미터쯤 가니, 버려진 헛간 하나가 불쑥 나타났다. 검고 불길한 모습의 헛간이 회색 집과 마리에타 사이에 있는 유일한 건물이었다. 그런 다음, 갈림길을 지나자 숲으로 이어졌다. 머리에 닿을 높이의 잎사귀와 나뭇가지가 길 양옆으로 뻗어 있었다. 앞에 갑자기 옅고 길쭉한 은색 빛이 나타났다. 진흙 속에 반쯤 박힌 눈부신 칼 같았다. 그녀는 가까이 다가가 만족스러운 비명을 질렀다. 그건 물로 가득 찬 마차 바큇자국이었다. 하늘을 보니 밝은 틈이 생겼다. 달이 나오고 있었다.

"글로리아!"

그녀는 마구 달리기 시작했다. 앤서니는 그녀 뒤 60미터도 채 되지 않는 곳에 있었다.

"글로리아, 기다려!"

그녀는 비명을 지르지 않으려고 입술을 꼭 다물고 더 빨리 움직였다. 100미터도 채 가기 전에 숲이 사라져, 짙은 색 스타킹이 돌돌 말려 내려가듯 길 뒤로 물러났다. 이제 3분간 높고 무한한 대기를 떠다니듯 걸어가다가 보이지 않는 어딘가의 위에서 규칙적으로 흔들리는 물결 모양의 중심에 있는, 약한 빛과 반짝임이 옅게 엉킨 모습을 보았다. 느닷없이 그녀는 어디로 갈지 깨달았다. 풍성하게 늘어진 전선들이 강 위에 높이 솟아 있었다. 마치 거대한 거미의 다리 같았다. 선로 변환기의 작은 녹색 빛은 거미의 눈이었다. 전선들은 역 방향으로 철로 다리와 함께 뻗어나갔다. 기차역! 그곳엔 멀리 떠날 수 있는 기차가 있었다.

"글로리아, 나야! 앤서니야! 글로리아, 막지 않을게! 제발, 어디야?"

그녀는 대답 없이 달리기 시작했다. 길의 높은 쪽을 따라가면서 반짝이는 물웅덩이를 뛰어넘었다. 얇고 빈약한 황금 같은, 입체감이 거의 없는 웅덩이였다. 그녀는 왼쪽으로 크게 방향을 틀어서 좁은 마찻길을 따라가다 땅 위의 짙은 색 물체를 피하려 했다. 올려다보니 올빼미 한 마리가 홀로 선 나무에서 구슬프게 울고 있었다. 바로 앞에 철로 다리로 이어지는 버팀목과 그 위로 올라가는 계단이 있었다. 역은 강 건너편에 있었다.

또 다른 소리에 그녀는 놀랐다. 다가오는 기차가 울적한 경적을 울렸다. 거의 동시에 그녀를 반복해서 부르는 소리가 이제 희미하게 저 멀리서 들려왔다.

"글로리아! 글로리아!"

앤서니는 틀림없이 큰길을 따라갈 것이다. 글로리아는 그를 피하며 악의를 품고서 교활하게 웃었다. 그녀는 기차가 갈 때까지 기다릴 시간을 벌 수 있을 것이다.

경적 소리가 다시 솟아올라 가까이 다가왔다. 으르렁대는 시끄러운 소리도 미리 내지 않고 구불거리는 짙은 색 몸체가 높이 쌓은

강둑 길 한참 아래쪽 그늘 속에서 나타나 다리로 향했다. 소리는 나지 않았지만 틈새 바람이 불어왔고, 철로에서 시계처럼 정확히 재깍대는 소리가 다리를 향했다. 전철이었다. 엔진 위로, 생생한 푸른색 두 점 사이에서 빛을 발하며 딱딱거리는 막대 모양이 끊임없이 생겨났다. 마치 시체 옆 등불에서 빛이 폭폭 솟아오르듯이. 그 빛은 잠시 동안 줄지어 선 나무들을 비추었다. 본능적으로 글로리아는 길 저편으로 물러났다. 빛은 미지근하니 따뜻한 피의 온도였다……. 재깍대는 소리에다 갑자기 단조로운 소리가 몰려오며 한데 뒤섞였다. 유연하게 늘어난 열차의 거무스름한 몸체는 그녀 옆에서 무턱대고 으르렁거리며 다리 위로 쾅쾅 내달렸다. 번쩍대는 불줄기와 경쟁하는 동시에 진중한 강으로 들어갔다. 그러고 나서 몸집이 빠르게 줄어들면서 소리를 빨아들였다. 마침내 소리는 메아리로 남았고, 더 먼 곳의 둑에서 사라졌다.

침묵이 다시 축축한 시골을 뒤덮었다. 희미하게 빗방울 떨어지는 소리가 또 나더니 갑자기 비가 엄청나게 쏟아져, 열차가 지나가면서 최면에 걸린 듯 감각이 사라진 그녀를 뒤흔들었다. 그녀는 빠르게 둑 아래로 내려갔고, 다리로 이어지는 철제 계단을 오르기 시작했다. 역으로 가는 건 언제나 하고 싶었던 일이며, 강 건너 철로 옆으로 깔려 있는 넓은 판자들을 건너가면 더 자극적일 거라고 생각했다.

자! 이번엔 더 좋았다. 그녀는 이제 꼭대기에 있었고 주변의 땅을 볼 수 있었다. 탁 트인 시골의 쭉 흐르는 선 같은 대지는 달빛 아래 차가웠다. 가느다란 길과 빽빽한 숲 덩어리를 조각조각 조잡하게 이어 맞춘 모습이었다. 그녀의 오른쪽, 강을 따라 내려간 800미터쯤 되는 구간은, 달팽이가 지나간 빛나고 가느다란 길처럼 빛을 뒤로 하고 차츰 희미해지고 있었고, 마리에타에 흩어진 빛이 깜박였다. 200미터도 되지 않는 다리의 끝에 기차역이 웅크리고 있었고 음침한 등이 눈길을 끌었다. 이제 그녀를 짓누른 무거운 것은 날아가버렸다. 그녀 아래쪽의 나무 꼭대기가 깜빡 잠든 여린 별빛을 흔들었다. 그녀는 자유롭다는 뜻으로 팔을 뻗었다. 높고 차가운 곳에 혼자 서는 것, 이것을 그녀는 원했다.

"글로리아!"

놀란 아이처럼 그녀는 나무판자를 급히 지났다. 깡충 뛰고 건너뛰고 힘껏 뛰어오르며 민첩하게 움직이는 데 열중했다. 이제 그를 오게 하자. 그녀는 더 이상 두렵지 않았다. 그저 그녀가 먼저 역에 도착하면 됐다. 그게 게임의 일부였으므로. 그녀는 행복했다. 모자를 와락 잡아채 손에 꽉 쥐고 있었고, 짧은 곱슬머리가 귀 근처에서 위아래로 움직였다. 이렇게 다시 젊어진 기분을 맛본 적 없는 것 같았다. 하지만 지금은 그녀의 밤, 그녀의 세상이었다. 그녀는 판자를 다 지나 의기양양하게 웃었다. 나무 플랫폼에 도착하여 철제 지붕틀 옆으로 행복하게 뛰어들었다.

"여기야!" 그녀가 의기양양한 가운데 동틀 무렵처럼 쾌활한 모습으로 불렀다. "여기야, 앤서니, 자기. 늙고 걱정 많은 나의 앤서니."

"글로리아!" 그는 플랫폼에 도착해서 그녀에게 뛰어왔다. "괜찮아?" 그는 다가와 무릎을 꿇고 그녀를 팔로 안았다.

"응."

"문제가 뭐야? 왜 집을 나갔어?" 그가 불안해하며 물었다.

"그래야 했어, 뭔가 있었어." 그녀는 말을 멈추었다. 잠시 불안한 느낌이 마음속에서 몰아쳤다. "내 위에 뭔가 앉아 있었어, 여기에." 그녀는 손으로 가슴을 가리켰다. "밖에 나가서 그걸 치워버려야 했어."

"그 '뭔가'가 뭔데?"

"모르겠어…… 그 헐이라는 남자……."

"그가 널 괴롭혔어?"

"내 방문 앞으로 왔어, 술에 취해서. 그때 내가 좀 미쳤던 것 같아."

"글로리아, 사랑하는……."

지친 그녀는 그의 어깨에 머리를 기댔다.

"돌아가자." 그가 제안했다.

그녀가 몸을 떨었다.

"오! 음, 난 그럴 수 없어. 그게 와서 다시 내 위에 앉을 거야." 그녀의 목소리는 어둠 속에 애처롭게 매달린 비명이 되었다. "그게……."

"자, 자." 그가 그녀를 곁으로 끌어당기며 달랬다. "우린 당신이 원하지 않으면 아무것도 하지 않을 거야. 뭘 하고 싶어? 그냥 여기 앉아 있는 거?"

"난, 난 떠나고 싶어."

"어디로?"

"음, 어디로든."

"저런, 글로리아." 그가 외쳤다. "당신 아직도 취했구나!"

"아냐, 그렇지 않아. 저녁 내내 취하지 않았어. 난 위층으로 올라갔고, 오, 모르겠어, 저녁을 먹고 나서 30분 동안은…… 아!"

그가 그녀의 오른쪽 어깨를 무심코 어루만졌다.

"그게 내게 상처를 입혔어. 나도 어떤 식으로든 상처를 입혔고. 몰라, 누군가 나를 들었다가 떨어뜨렸어."

"글로리아, 집에 가자. 너무 늦었고 비에 젖었어."

"그럴 수 없어." 그녀가 외쳤다. "아, 앤서니. 그러라고 하지 마! 나는 내일 갈 거야. 당신은 집으로 가고 나는 여기서 기차를 기다릴 거야. 호텔로 가서……"

"나도 당신과 같이 갈 거야."

"아니, 난 당신과 같이 가고 싶지 않아. 나는 혼자이고 싶어. 나는 자고 싶어, 아, 자고 싶어. 그리고 내일이 되면, 당신이 위스키와 담배 냄새를 집 밖으로 몰아내고 모든 게 바르게 돌아가고 헐이 가면, 그때 집으로 갈 거야. 만일 내가 지금 가면, 그게, 아!" 그녀는 손으로 눈을 가렸다. 앤서니는 그녀를 설득해봐야 쓸데없다는 걸 알았다.

"당신이 자리에서 떴을 때 난 맨정신이었어." 그가 말했다. "딕은 소파에서 잠들었고 모리와 나는 토론을 하고 있었어. 헐이라는 친구는 어딘가를 돌아다녔고. 그리고 난 당신이 몇 시간 동안 보이지 않았다는 걸 깨닫고, 위층으로 가서……"

그는 말을 끊었다. 갑자기 어둠 속에서 "안녕!" 하고 목소리가 울렸다. 글로리아는 벌떡 일어났고 그도 따랐다.

"모리야." 그녀가 흥분해서 외쳤다. "만일 헐과 같이 있으면, 다 쫓아버려, 쫓아버려!"

"거기 누구 있어?" 앤서니가 물었다.

"딕이랑 모리만." 두 목소리가 그들을 안심시키듯 대답했다.

"헐은?"

"침대에 있어. 기절했지."

그들의 모습이 플랫폼에 희미하게 나타났다.

"세상에, 너랑 글로리아는 여기서 뭐 해?" 리처드 캐러멜이 졸린 가운데 어리둥절해서 물었다.

"그러는 너희 둘은 여기서 뭐 해?"

모리는 웃었다.

"제길, 내가 알면. 우린 너를 따라왔고, 제기랄, 그러느라 아주 고생했지. 네가 현관에서 글로리아에게 소리치는 걸 듣고, 캐러멜을 깨웠는데, 캐러멜이 어렵게 생각해냈어. 만일 수색대가 있다면 우리도 합류하자고. 캐러멜이 짬짬이 길바닥에 주저앉아서 이게 다 뭐 하는 거냐고 물어대서 움직이는 속도가 늦어졌어. 우리는 캐나디언 클럽 위스키 냄새를 따라 너를 쫓아왔어."

기차역의 낮은 지붕 아래서 신경질적인 웃음이 떠들썩하게 터졌다.

"우릴 어떻게 쫓아왔는데, 실제로?"

"음, 우린 길을 따라갔는데 갑자기 널 놓쳤어. 네가 어떤 마차 바큇자국 앞에서 다른 길로 가버린 것 같았지. 잠시 후 누군가 우리에게 인사를 하더니 젊은 여자를 찾느냐고 물었어. 음, 우린 상대에게 다가가보고 알게 됐지. 그가 자그마한 체구의 노인으로, 부들부들 떤다는 걸. 그는 동화책에 나오는 사람처럼 쓰러진 나무 위에 앉아 있었어. '그 여자는 여기서 속력을 줄였어.' 그가 말했어. '그리고 나를 아주 세게 짓밟고, 몹시 서둘러 어디론가 갔어. 그리고 나서 짧은 골프 바지를 입은 사람이 달려와 그 여자를 쫓아갔어. 그는 나에게 이걸 던졌어.' 노인은 1달러 지폐를 흔들어 보이며……"

"아, 불쌍한 노인!" 글로리아가 마음 아파하며 외쳤다.

"나는 그에게 지폐 한 장 더 던져주고 계속 갔어. 그는 거기 앉아서 우리에게 무슨 일이 일어났는지 말해달라고 했지만."

"불쌍한 노인." 글로리아가 쓸쓸히 반복했다.

딕이 졸려하며 상자 위에 앉았다.

"그리고 지금은?" 딕이 덤덤하게 체념 조로 물었다.

"글로리아가 놀랐어." 앤서니가 설명했다. "우린 다음 열차를 타고 도시로 갈 거야."

어둠 속에서 모리가 주머니에서 시간표를 꺼냈다.

"성냥불을 켜보자."

흐릿한 가운데 작은 불꽃이 불쑥 튀어나와 네 명의 얼굴을 밝혔다. 얼굴들은 이런 탁 트인 밤에선 기묘하고 낯설어 보였다.

"보자. 2시, 2시 반, 아니야. 이건 저녁이군. 저런, 너흰 5시 반까진 열차를 탈 수 없어."

앤서니는 주저했다.

"음." 그가 자신 없이 중얼거렸다. "우린 여기서 기다리기로 했어.

너희 둘은 돌아가서 자는 편이 낫겠어."

"당신도 돌아가, 앤서니." 글로리아가 재촉했다. "난 당신이 잠을
잤으면 해, 여보. 당신은 하루 종일 유령처럼 창백했어."

"저런, 딱한 바보 같으니!"

딕이 하품했다.

"좋아. 너흰 여기 있어. 우리도 있지, 뭐."

그는 지붕 아래에서 나와 하늘을 살펴보았다.

"꽤 멋진 밤이야, 어쨌든. 별도 뜨고 등등. 드물게도 별이 멋지게
모였네."

"보자." 글로리아가 그를 따라갔고 나머지 둘도 그녀를 따랐다.
"여기 나와서 앉아 있자." 그녀가 제안했다. "훨씬 좋은데."

앤서니와 딕이 긴 상자를 의자 등받이로 만들었고 글로리아가
앉을 만한 마른 판자를 찾았다. 앤서니는 그녀 곁에 앉았고 딕은
몸을 애써 끌어올려 근처 사과 통에 올라갔다.

"다나는 현관 해먹에서 자고 있었어." 딕이 말했다. "부엌 스토브
옆으로 옮겼어, 마르라고. 흠뻑 젖었더라고."

"꼴 보기 싫은 남자 같으니!" 글로리아가 한숨을 쉬었다.

"처음 뵙겠소이다!" 우울하지만 낭랑한 목소리가 머리 위에서 들
렸다. 그들은 깜짝 놀라 고개를 들었다. 지붕 위에 올라간 사람은
모리였다. 모서리에 앉아 다리를 흔드는 모습이 동틀 녘 하늘을 배
경으로 어슴푸레하니 근사한 가고일 같았다.

"참으로 적절하단 말씀이야." 부드러운 목소리로 입을 열었다. 모
리의 말이 높은 곳에서 아래쪽 청중들을 향해 내려앉았다. "이 땅

의 정의로운 사람들이 철로 변을 장식한 것 말이야. '예수 그리스도는 하느님이시다'라는 빨갛고 노란 글씨 간판을 '건터 위스키는 최고' 곁에 두고 있잖아."

부드러운 웃음이 터졌고 아래의 셋은 고개를 위로 들었다.

"내가 받은 교육 이야기 좀 해볼까." 모리가 말을 이었다. "하늘의 별자리도 왠지 빈정대는 느낌이라."

"해봐, 꼭 좀 해줘!"

"진짜 한다?"

그들은 기대에 차서 기다렸다. 모리는 미소 짓는 하얀 달을 향해 하품하며 할 말을 생각했다.

"그래." 그가 입을 뗐다. "어린 시절에 난 기도를 했지. 미래에는 악한 세상에 살게 될지도 모르니 기도를 적립했어. 어느 해에는 1900번이나 '잠자리 기도'를 쌓았어."

"담배 좀 던져줘." 누군가 웅얼거렸다.

작은 꾸러미가 플랫폼 위에 떨어지는 동시에 굵은 목소리가 위에서 들렸다.

"조용히 좀 해봐! 난 지금 막 기억해둘 만한 말들을 내게서 덜어내려던 참이야. 어두운 땅과 밝은 하늘을 위해 따로 모아둔 말들이지."

아래서는 불붙인 성냥을 담배들에 돌렸다. 연설은 계속됐다.

"나는 신을 속이는 재주가 있었지. 잘못을 저지르고 나면 즉시 기도를 드리곤 했어. 그러다 보니 결국 기도와 범죄가 내겐 같은 게 돼버렸어. 내 믿음은 이래. 사람이 안도했을 때 '아이고, 하느님!' 하고 외치는 습관이 있다 보니, 신앙이라는 게 사람 가슴팍에 깊이 박혀 있다는 것이 증명되는 거라고. 그런 다음 학교를 다니게 됐어. 14년 동안 반백 명의 진실한 사람들이 구닥다리 화승총을 가리키면서 내게 강요했지. '저게 진짜야. 새로운 총기라는 건 피상적이고 천박하게 베낀 거야.' 그들에 따르면, 내가 읽고 있는 책이나 내가 생각하는 바는 윤리적이지 않기 때문에 저주받아도 싸다는 거야. 나중에는 유행이 바뀌었지. 그러자 '영리하기' 때문에 저주받아야 한다고 하더군.

그래서 나는 여러 해 동안 영리하게도 전향을 했지. 교수님들의 말을 듣지 않고 시인들의 말을 들었어. 어떤 시인들이냐면, 스윈번은 리릭 테너*, 셸리는 테너 로부스토**, 셰익스피어가 퍼스트 베이스 성부***에 넓은 음역대를 가졌다면, 테니슨은 세컨드 베이스 성부에 종종 가성을 쓰지. 밀턴과 말로는 바소 프로푼도****. 그리고 나는 들었지. 브라우닝이 지저귀는 소리, 바이런이 열변을 토하는 소리, 워즈워스가 웅웅거리는 소리. 그런데 이런다고 해서 나한테 안 좋은 일이 생기진 않더라고. 그리고 아름다움이 무엇인지 조금쯤 깨달았지. 아름다움이란 건 진리라는 것과 별 관계가 없다는 걸 알 정도로만. 한술 더 떠서, 위대한 문학적 전통이라는 게 별거 없다는 걸 알게 됐어. 유일하게 전통이라고 할 만한 것이 있다면, 모든

* 서정적인 목소리.
** 힘 있는 목소리.
*** 남성 합창단은 테너, 바리톤, 베이스로 구분된다.
****남성 최저음의 낮은 목소리.

전통은 맥이 끊긴다는 것뿐이지…….

　나중에 자라고 나서, 과즙이 뚝뚝 떨어지는 환상이라는 아름다움은 내게서 사라졌어. 내 마음의 올은 굵고 거칠어졌고 내 눈은 비참하게도 날카로워졌어. 나는 섬이고, 인생은 나를 에워싼 바다였어. 그래서 나는 헤엄을 치고 있었어.

　그 변화는 미묘해서 알아차리기 힘들었어. 그 전부터 나를 기다리면서 숨어 있었지. 음흉한데, 겉보기엔 해가 없어 보여. 누구든 노리는 함정이지. 내 경우? 글쎄. 나는 관리인의 아내를 유혹하려 한 적 없었어. 나의 남성다움을 보여주려고 옷을 벗은 채 덜렁거리며 거리를 뛰지도 않았어. 수난은 그다지 중요하지 않아. 중요한 건 수난이 입은 옷이지. 나는 싫증이 났어. 그게 다야. 싫증이 난다는 건, 사실 활기가 넘친다는 것의 다른 이름이자 종종 활기가 변장한 것이지. 난 무의식적으로 권태 때문에 행동하게 돼. 아름다움이란 건 내 뒤에 있어. 이해해? 나는 성장했다고." 그는 잠시 말을 멈추었다. "학교와 대학 시절의 끝. 2부를 시작하지."

　세 개의 작은 불똥이 움직이면서 청중의 위치를 보여주었다. 글로리아는 이제 반쯤은 앉고 반쯤은 앤서니의 무릎에 누워 있었다. 그녀가 그의 심장박동을 들을 수 있을 만큼 그는 그녀를 꼭 안았다. 리처드 캐러멜은 사과 통에 걸터앉아 때때로 몸을 움직이며 작게 툴툴댔다.

　"그리고 난 성장해서 이곳 재즈의 땅으로 왔지. 그 즉시 소리를 듣는 일에 혼란을 겪는 거나 다름없는 상태에 빠졌어. 인생은 윤리의식 없는 여교사처럼 내 위에 버티고 서서, 질서 정연한 나의 사상들을 새로 편집했어. 그런데도 내가 지성이라는 것에 대해 잘못된 믿음을 품고 있었기 때문에, 난 터덜터덜 맴돌았어. 스미스를 읽었어. 스미스는 자선을 비웃더라고. 그리고 자기표현의 가장 훌륭한 형태가 냉소라고 주장했지. 하지만 스미스 자신은 자선을 그 빛을 가리는 것으로 갈아치웠어. 나는 존스도 읽었어. 그는 영리하게도 개인주의를 잘 해결해버렸어. 보라! 내 앞길에는 여전히 존스가 있었어. 내 생각으론, 나는 여러 사상가들의 사상이 전쟁을 벌이는 전쟁터는 아니야. 그보다는 사상의 강대국들이 탐을 내어 밀려 들어왔다 밀려 나가는, 힘없는 나라에 가까워.

나는 어른이 되어 이런 느낌이 들었지. 내 인생을 행복하게 하기 위해서 경험을 쌓는다고 말이야. 내 생각 속에 생겨난 문제를 푸는 데에 대단치는 않은 성과를 냈어. 그 문제들이 내 인생에 불쑥 튀어나오기 전에 말이야. 문제를 해결할 땐, 그 문제에 두들겨 맞는 동시에 당황했지.

하지만 몇 번 맛보고 나니 물리더군. 자! 내가 말했지? 경험이라는 건 모을 만한 가치가 없어. 그건 수동적인 너를 즐겁게 해줄 일이 아니야. 능동적인 네가 달려 올라가야 할 벽일 뿐이지. 그래서 나는 나 자신을 숨겼지, 내가 생각하기에 상처받지 않을 것 같은 냉소주의로 돌돌 싸버렸어. 그리고 더 배울 필요가 없다고 생각했어. 하지만 그래도 너무 늦었어. 비극적이고 숙명적인 인간애로 묶인 관계를 새로이 맺지 않는 방식으로 스스로를 보호하려 하면서, 나는 나머지를 잃었어. 나는 사랑에 맞서 싸우기를 포기하고, 대신 고독에 맞서 싸우기로 했었어. 인생에 맞서 싸우기를 그만두고, 대신 죽음에 맞서 싸우기로 했지."

이 마지막 말을 강조하기 위해 그는 잠시 뜸을 들였다. 잠시 후 하품을 하고 이야기를 정리했다.

"내가 보기에, 내 지적 편력의 2부는 이렇게 시작해. 먼저 나는 무서우리만치 만족하지 못했지. 나 자신이 알 수 없는 목적을 위해 사용되고 있다는 점에 대해. 종착지로 따라가면 무엇이 나올지 내가 알지도 못하는데 말이야. 사실 종착지가 없을 수도 있는 거잖아? 어려운 선택이었다. 인생이란 여교사는 이렇게 말하는 것 같았어, '우린 축구를 할 거야. 단지 축구만 할 거야. 만일 네가 축구를 하고 싶지 않다면 너는 절대 할 수 없어.'

내가 어찌해야 했겠어······. 경기 시간은 이렇게 짧은데!

너희도 알잖아. 내 느낌은, 우린 심지어 이용하지도 못한다는 거야. 조직에 길들여진 인간이 무릎 꿇은 상태에서 벌떡 일어나리라는 공상에서 느낄 수 있는 위안조차도 말이야. 설마 이렇게 생각하는 건 아니겠지? 내가 이런 비관주의를 보고 옳다구나 달려들어 다정하게 의기양양하고 우월한 존재로 받아들였다고, 우울하기가 딱 불 앞의 잿빛 가을날 같을 거라고 말이야. 내가 그런 것 같진 않아. 그렇게 되기엔 난 너무 따뜻한 사람이었어, 너무 활기에 넘쳤고.

이렇게 말하는 근거는, 인간에겐 더 이상 궁극적인 종착지는 없다는 거야. 인간은 자연에 맞서 당황한 채로 기묘한 싸움을 시작하지. 자연, 바로 그것은 인간사를 뛰어넘은 위대한 계기를 통하여 우리가 날아올라 자연의 얼굴을 대면할 수 있도록 우리를 데려갔어. 자연은 경주에서 열등한 종을 제거해. 그래서 남은 인간들을 강하게 만들어. 말하자면, 우리에게 자연은 더 재미있어지는 거지. 자연이라는 것은 사실 의식하지도 않고 어쩌다 보니 의도한 것처럼 보일 뿐인데. 그리고 계몽이라는 최고의 선물 덕분에, 우리는 자연을 앞지르려 하고 있지. 이 공화국에서, 나는 흑인종이 백인종과 섞이는 걸 보았어. 그런데 유럽에서는 경제가 파국을 맞이하고 있어. 병들고 가엾게 지배당하는 서너 종족들을, 그들을 조직해서 물질적 번영을 이끌 수도 있는 하나의 정복자로부터 지키기 위해서.

인류는 나환자를 벌떡 일으킬 그리스도를 만들고 있어. 그리고 지금은 나환자를 키워주는 것이 이 세상을 위한 소금과도 같은 일이야. 만일 이 상황에서 뭔가 배울 수 있는 사람이라면, 그 사람을 똑바로 서게 하자."

"삶에서 배울 수 있는 교훈은 단 하나밖에 없어, 어쨌든." 글로리아가 끼어들었다. 모리의 주장에 반박하자는 게 아니라, 울적하게 동의하며 끼어들었다.

"그게 뭔데?" 모리가 날카롭게 다그쳤다.

"인생에서 배울 교훈이란 없다는 거지."

모리는 잠시 침묵했다가 입을 열었다.

"젊은 글로리아, 아름답고 자비심 없는 여인*, 근본적인 교양을 가지고 먼저 보는구나. 내가 얻기 위해 노력했고, 앤서니는 얻으려

---

* 키츠의 시 '무자비한 미녀(La Belle Dame sans Merci)'에서 따왔다.

하지도 않고, 딕은 이해하지도 못할 교양."

사과 통에서 넌더리 내며 불평하는 소리가 났다. 리처드 캐러멜이었다. 어둠에 익숙해진 앤서니는 그의 노란 눈과 분노한 얼굴을 잠깐이지만 확실히 봤다.

"미쳤구나! 네 말에 따르면, 나는 내 노력으로 어떤 경험을 얻었어야 해!"

"뭘 노력했기에?" 모리가 모질게 말했다. "정치적 이상주의의 어둠을, 진실을 향한 거칠고 절망적인 충동으로 찢어버리려고 노력해? 인생에서 끝없이 유리된 채 딱딱한 의자에 매일매일 반듯이 앉아서, 숲을 통해 어느 뾰족탑의 끝을 보면서 알 수 없는 것들에서 알 수 있는 것들을 확실히 영원히 분리해내려고 노력해? 현실성 한 조각을 얻어서, 네 자신의 영혼이 지닌 매력을 그 조각에 부여하려 노력해? 그 조각의 이루 말할 수 없는 특징은 종이나 캔버스에 옮겨지면 사라지고 말지. 실험실에서 따분하게 시간을 보내며, 바퀴 더미나 시험관에서 아주 자그마한 상대적 진실을 얻으려고 노력해?"

"너는 그랬어?"

모리는 말을 멈추었다. 이어진 그의 대답에는 따분함이 담겨 있었고 쓸쓸함이 함축되어 있었다. 모리의 이런 기분이 달을 향하는 거품처럼 위로 떠오르기 전에 셋의 마음에 잠시 머물렀다.

"난 아니야." 그는 부드럽게 말했다. "나는 권태로워. 타고났지. 하지만 기지도 타고나긴 했어, 글로리아 같은 여자들이 지닌 재능 말이야. 거기에다 내가 말하고 듣는 모든 것에서 모든 논쟁과 모든 사색을 초월한 것 같은 영원한 보편성을 기다렸지만 헛된 일이었어. 거기에 나는 하나도 보태지 않았어."

멀리서 잠시 낮은 소리가 들렸다. 거대한 황소의 울음처럼 애처롭게 음매음매 우는 소리였다. 800미터쯤 떨어진 곳의 불빛은 전조등이 분명했는데 마치 진주 같았다. 이제 소리의 정체를 알 수 있었다. 이번에는 증기기관차로, 덜커덕거리며 앓는 소리를 냈다. 기차는 엄청나게 불평을 쏟아내는 듯 소리를 내며, 플랫폼에 불꽃과 뜬숯을 쏟아냈다.

"단 하나도!" 모리의 목소리가 한참 높은 곳에서 그들을 향해 다시 떨어졌다. "지성이란 얼마나 약한 존재인지, 그 짧은 걸음에 갈팡질팡 왔다 갔다 걸어 다니는 거하며 비참하게 후퇴하는 것까지! 지성은 환경의 도구일 뿐이야. 지성이 우주를 만들었을 거라고 하는 사람들이 있지, 글쎄, 지성으로는 절대 증기기관을 만들 수 없어! 환경이 증기기관을 만들었지. 지성은 길이를 재는 자나 마찬가지야. 환경이 이뤄낸 끝없는 성취를 측정할 때 쓰는 도구지.

나는 너희들에게 이 시대의 철학에 대해 인용해줄 수 있었어. 하지만 우리 모두 알듯이 지난 50년 동안 신을 부인하는 건 완전히 뒤집어졌어. 오늘날의 지식인들을 모두 빨아들였지. 오늘날, 아나톨 프랑스*에게 그리스도가 승리를 거두었고……." 그는 주저하다가 덧붙였다. "그러나 내가 아는 건, 내가 나한테 무시무시하게 중요하고, 나한테 중요한 게 뭔지 내가 알아야 한다는 게 전부야. 슬

---

* 프랑스의 풍자가이자 소설가로 무신론자였다.

기롭고 사랑스러운 글로리아는 태어나면서부터 알고 있었지. 이런 것들을, 그리고 뭔가 다른 걸 알기 위해 노력해봐야 고통스럽기만 하고 쓸모없다는 것을.

음, 나는 내 지적 편력으로 이야기를 시작했어, 그랬지? 하지만 난 사실 배운 게 별로 없어, 알잖아. 심지어 나 자신에 대해서도 잘 몰라. 설령 내가 약간이라도 안다고 하더라도, 입을 닫은 채로, 만 년필을 쓰지 않은 채로 죽는 게 나을 거야. 현명한 사람들은 지금 껏 늘 그래왔던 대로. 어떤 문제, 어쨌든 이상한 문제를 해결하지 못한 이래로 그랬지. 그건 너희들과 나처럼 미래를 내다본다고 생 각한 몇몇 회의주의자들과 관련이 있어. 그 일에 대해서 저녁 기도 하듯이 얘기 좀 하자. 너희들이 모두 곯아떨어지기 전에.

옛날, 이 세상에서 생각 있고 천재인 사람들은 모두 똑같은 믿 음을 가졌어. 다시 말해 그 어떤 믿음도 없다는 믿음이었지. 그런데 그들은 다음과 같은 생각에 질려버렸어. 그들이 죽고 나서 얼마 되 지도 않았는데 수많은 제사 의식이며 교단이며 예언을 그들이 만 들었다고 수군댈지도 모른다는 거지. 그들이 깊이 생각해본 적 없 고 그러려고 한 적 없는데도. 그래서 그들은 수군댔어.

'우리가 힘을 합쳐 영원히 지속될 위대한 책, 인간의 맹신을 조롱 하는 책을 만들자. 성애를 다루는 시인들에게 육체의 기쁨에 대해 쓰도록 하고, 건전한 저널리스트들 몇몇에게 유명한 사랑 이야기를 기고하라고 설득하자. 요즘 나오는, 가장 어처구니없는 아내 이야기 도 넣도록 하자. 살아 있는 사람들 가운데 입이 가장 매운 풍자가 를 뽑아서, 사람들이 믿는 모든 신들 중에서 하나의 신을 모으도록 하자. 그는 다른 모든 신들보다도 위대하면서도 아주 나약한 인간이다. 전 세계의 비웃음거리라고 불리게 될 것이다. 그리고 우리는 그가 온갖 농담과 허영과 분노를 만들었다고 그에게 책임을 떠넘길 것이다. 그는 딴청을 피우려고 그 농담과 허영과 분노에 집중하게 되어 있다. 사람들은 우리의 책을 읽고 좋아할 텐데, 그 책에는 단지 세상의 무의미만 들어 있기 때문이다.

마지막으로 그 책이 문체의 모든 미덕을 가지게 하자. 그러면 우리의 근본적인 냉소와 우리의 전우주적인 아이러니의 증거로서 영원히 존재할지도 모르니.'

그래서 그들은 그렇게 했고, 죽었어.

그러나 책은 쭉 살아남았지, 아주 아름답게 쓰였기 때문이야. 생각 있고 천재적인 사람들의 상상력의 질이 워낙 뛰어났기 때문이지. 그들은 책에 제목을 붙이는 걸 꺼렸지만, 그들이 죽은 뒤에는 《성경》이라고 알려졌어."

그가 이야기를 끝내자 아무도 말이 없었다. 축축하고 피로한 잠을 품은 밤의 공기가 모두에게 마법을 건 것 같았다.

"내가 말했듯이, 나는 내 교육 이야기를 시작했을 따름이야. 하지만 하이볼에서 이제 깼고 밤도 거의 끝나가네. 곧 어디서든 엄청나게 재잘대겠지. 숲에서, 집에서, 역 뒤 작은 가게 두 곳에서. 그리고 몇 시간 동안 땅 위에선 엄청나게 오르락내리락 달리겠지. 음." 그는 웃음으로 이야기를 마무리했다. "우리 넷이 이 세상을 조금이라도 더 살기 좋은 곳으로 만들었다는 걸 알고 죽을 수 있게 됐으니 신에게 감사드리자."

바람이 하늘에 퍼진 실낱같은 삶의 가닥들을 품고서 불어왔다.

"네 말은 점점 두서없고 결론이 안 나." 앤서니가 졸려하며 말했다. "넌 이상적인 향연으로 이어져야 할 무대에서 너의 가장 반짝이고 풍부한 것들을 말함으로써 계몽의 기적 하나가 일어나길 기대했어. 그동안 잠이 든 글로리아는 선견지명 있는 초연함을 보여주었지. 그녀가 내 지친 몸에 자신의 몸을 모두 맡기려 애썼다는 게 그 증거야."

"나 때문에 지겨웠어?" 모리가 좀 걱정하며 아래를 내려다보고 물었다.

"아니, 넌 우리를 실망시켰어. 화살을 많이 쏘았지만 새를 맞히긴 했어?"

"그 새들은 딕에게 넘겼어." 모리가 급히 말했다. "나는 멋대로 이야기하지, 조각조각 나눠진 파편들을 가지고."

"나한테선 나올 게 없어." 딕이 중얼거렸다. "내 마음속은 물질적인 것들로 가득해. 따뜻한 욕조를 너무나 원하고 있어. 그래서 내 작업의 중요성이나 우리 중 몇 명이 애처로운 사람인가에 대해 신경 쓸 수가 없어."

강의 동쪽 위로 흰빛이 모이고 나무 근처에서 간헐적으로 새소리가 났다. 새벽이 모습을 드러냈다.

"5시 15분 전이야." 딕이 한숨을 쉬었다. "거의 한 시간쯤 더 기다려야 하는군. 봐! 둘이 잠들었어." 그는 앤서니를 가리켰다. 앤서니의 눈꺼풀이 눈 위로 축 처졌다. "패치 가족의 잠……."

그러나 5분이 더 지나 새 지저귀는 소리가 커졌는데도 딕 또한 머리를 앞으로 수그리더니 고개를 끄덕였다, 두 번, 세 번…….

모리 노블만이 잠들지 않은 채 역 지붕에 앉아 있었다. 피곤했지만 집중해서 눈을 크게 뜨고, 아침을 밝히는 머나먼 핵을 바라보고 있었다. 그는 이상이 얼마나 비현실적인지, 존재는 왜 시들어가면서 빛을 발하는지, 마치 폐가의 쥐처럼 그의 인생으로 열심히 기어 들어와 흡수되는 자그만 것들이 무엇인지 알고 싶었다. 그는 지금 누구에게도 미안하지 않았다. 월요일 아침이면 그가 할 일이 있을 것이고, 훗날 그의 인생 전부가 될, 계급이 다른 여자가 나타날 것이다. 그가 가장 열중하는 문제였다. 밝아오는 날이 낯선 가운데, 그가 이 허약하고 부서진 도구 같은 정신으로 생각을 해보려고 애썼다니 주제넘은 일 같았다.

태양이 거대하게 빛나는 열을 잔뜩 내려보냈다. 삶은 활기 넘치고 으르렁대는 모습으로 날아다니는 곤충처럼 그들 주위를 움직였다. 기차 엔진에서 짙은 색 바지 같은 연기가 피어올랐다. "모두 탑승!"이라는 또렷한 외침이 들려오고 벨이 울렸다. 모리는 새벽 완행 열차의 호기심 어린 눈이 그를 바라보는 걸 깨닫고 당황했다. 앤서니와 글로리아가 잠깐 다투는 소리가 들렸다. 둘은 앤서니도 그녀와 함께 도시에 가야 하는지 마는지에 대해 다투었다. 와글와글 떠드는 소리가 또 들려오더니 그녀는 떠났다. 세 남자가 유령처럼 창백한 몰골로 플랫폼에 서 있었다. 그동안 때 묻은 모습의 석탄 나르는 인부가 화물 트럭 위에 올라타 길을 따라 내려가면서, 쉰 목소리로 여름 아침 기쁨의 노래를 불렀다.

3장

부서진 류트

8월의 어느 날, 저녁 7시 반이다. 회색 집 거실은 창문이 활짝 열려 있어서, 늦은 저녁 뜨거운 황혼의 신선하고 나른한 공기가 술과 연기로 얼룩진 내부의 공기를 끈기 있게 갈아치우고 있다. 공기 중엔 이미 여름이 가버렸음을 암시하는 마른 꽃 냄새가 아주 엷고 약하게 감돌고 있다. 그러나 8월은 여전히 제 존재를 가차 없이 알리고 있다. 옆 현관 주변엔 수많은 귀뚜라미가 운다. 한 마리는 몰래 집으로 들어와 자신 만만하게 책장 뒤에 숨어서는 자신이 똑똑하고 의지가 굳다며 종종 새된 소리로 외친다.

방은 어질러져 혼란스럽다. 탁자 위엔 과일 접시가 있는데, 진짜지만 가짜처럼 보인다. 그 주변에 디캔터며 유리잔이며 담뱃재가 수북한 재 떨이가 모여 있다. 재떨이에서 구불구불 연기가 솟아나 여전히 냄새 나는 공기 속으로 사라진다. 전체적으로 볼 때 한때 '거실'마다 걸려 있던, 즐거우면서도 경외심을 갖게 하는 정취가 배어 있으며 쾌락적인 삶의 부속물을 담고 있는, 유서 깊은 다색 석판화를 닮으려면 해골 하나만 있으면 될 것 같다.

잠시 후 귀뚜라미의 기운찬 독주는 새로운 소리에 중단된다. 야릇한 피리 소리로, 우는 듯 구슬프다. 연주자는 공연하는 게 아니라 연습하는 게 분명하다. 고르지 못한 선율은 때때로 끊긴다. 무슨 말인지 모를 중얼거림이 이어진 다음 연습이 다시 시작됐다.

피리 소리가 일곱 번째로 끊겼다가 다시 흐르기 직전, 또 다른 소리가 들려와 불협화음을 억누르는 데 이바지한다. 집 밖에서 나는 택시 소리다. 잠시 고요가 찾아왔으나 택시가 또 시끄러운 소리를 내며 물러난다. 택시는 석탄재 깔린 길 위의 발자국 흔적을 거의 지울 것 같다. 이어 놀랄 만큼 날카로운 현관 벨 소리가 집 전체에 울린다.

부엌에서 작은 체구에 피로해 보이는 일본인이 나와서, 급히 하얀 오리처럼 보이는 하인용 겉옷 단추를 채운다. 그는 현관문을 열어 서른 살의 잘생긴 청년을 맞이한다. 청년은 인류에게 봉사하는 사람 특유의 선의로 가득한 옷차림을 하고 있다. 전체적으로 선의가 배어 있는 분위기다. 방을 둘러보는 시선에는 호기심과 확고한 낙관주의가 섞여 있다. 그는 다나를 쳐다보았는데, 무신론자 동양인을 구원해야 한다는 부담이 눈동자에 어린다. 그의 이름은 프레더릭 E. 패러모어. 그는 앤서니와 함께 하버드를 다녔다. 성이 같은 철자로 시작하기 때문에 그들은 반에서 쭉 같이 앉았다. 잠시 친하게 지내긴 했지만, 학창 시절 이후로 만난 적은 없었다.

그런데도 패러모어는 앤서니가 저녁에는 돌아올 거라고 확신하는 듯 안으로 들어간다. 다나가 질문에 답한다.

다나: (환심을 사려고 싱글거리며) 저녁 먹으러 여관에 갔어요. 30분 뒤에 돌아올 겁니다. 6시 반에 갔어요.

패러모어: (탁자 위의 유리잔들을 보며) 일행이 있나?

다나: 네. 일행. 캐러멜 씨, 반스 부부, 케인 양 모두 같이 있어요.

패러모어: 알겠어. (상냥하게) 다들 흥겨운 시간을 보내고 있겠군, 알겠어.

다나: 잘 모르겠.

패러모어: 다들 한바탕 놀았다고.

다나: 네, 그들은 술을 마십니다. 오, 많이, 많이, 많이 마십니다.

패러모어: (주제에서 약간 비켜나서) 이 집에서 음악 소리가 난 것 같은데?

다나: (발작적으로 킥킥 웃으며) 네, 내가 연주해요.

패러모어: 일본 악기 같은데.

(그는 분명 〈내셔널지오그래픽 매거진〉 구독자다.)

다나: 나는 피-리를 연주해요, 일본식 피-리.

패러모어: 어떤 노래지? 당신이 아는 일본 선율 중 하나인가?

다나: (그의 이마가 터무니없이 줄어들며) 나는 기차 노래를 연주합니다. 여기선 뭐라고 부르죠? 철도 노래 말입니다. 우리 나라에서는 그렇게 불러요. 기차 소리처럼 불러요. 수-우, 하면 호루라기 소리를 뜻하죠. 기차가 출발해요. 그러고 나서 수-우-우 하면, 기차가 달린다는 뜻이죠. 이런 식으로. 우리나라에서는 아주 멋진 노래예요. 어린이들 노래죠.

패러모어: 아주 멋진데.

(이 시점에서 다나가 자기 엽서들, 미국산 엽서 여섯 장을 포함한 묶음을 가지러 위층으로 올라가지 않으려면 엄청난 노력이 필요할 것이다.)

다나: 신사분을 위해 하이볼을 드릴까요?

패러모어: 괜찮아요. 술은 먹지 않아. (그는 웃는다.)

(다나는 문을 약간 열어둔 채 부엌으로 물러난다. 문틈으로 불쑥 일본의 기차 노래 선율이 다시 흘러나온다. 물론, 이번에는 연습이 아니라 공연이다. 영혼이 담긴 공연.

전화가 울린다. 다나는 음악에 취해 꼼짝하지 않고, 패러모어가 수화기를 든다.)

패러모어: 여보세요……. 네……. 아뇨, 그는 지금 없습니다. 하지만 곧 돌아올 겁니다……. 버터워스? 여보세요? 이름을 잘 못 알아들었는데……. 여보세요, 여보세요, 여보세요, 여보세요! ……허!

(더 이상 어떤 소리도 나지 않는다. 패러모어는 수화기를 제자리에 다시 돌려둔다.

이때 택시 모티프가 반복된다. 두 번째 청년이 방문한다. 그는 여행 가방을 들고 있으며, 벨을 누르지 않고 현관문을 연다.)

모리: (복도에서) 어, 앤서니! 어이! (그는 큰 방으로 들어와 패러모어를 본다.) 안녕하세요?

패러모어: (그를 뚫어져라 바라보며) 당신은, 당신은 모리 노블?

모리: 그렇지. (그는 다가가서 웃으며 손을 내민다.) 잘 지냈어, 친구? 오랜만이군.

(모리는 하버드에서 본 그의 얼굴을 흐릿하게 떠올려보지만, 그조차 확실하진 않다. 상대의 이름은, 그가 한때 알았다 해도, 잊은 지 오래

였다. 그렇지만 섬세하고, 그만큼이나 기특하게도 자비로운 패러모어는 현실을 받아들이고 눈치 빠르게 분위기를 부드럽게 가져간다.)

패러모어: 프레드 패러모어야, 잊었어? 나이 지긋한 선생 엉크 로버트의 역사 수업을 같이 들었잖아.

모리: 아냐, 난 안 그랬어. 엉크…… 아니, 프레드 말이야, 프레드는…… 내 말은, 엉크는 아주 나이 많은 사람이었는데, 아닌가?

패러모어: (고개를 여러 번 재미나게 끄덕이며) 대단히 나이 많은 사람. 대단히 나이 많은 사람.

모리: (잠시 입을 다물었다가) 맞아, 그랬지. 앤서니는 어디에 있어?

패러모어: 일본인 하인이 그러는데, 어느 여관에 갔대. 저녁을 먹으러 간 것 같아.

모리: (시계를 보며) 오래됐어?

패러모어: 그런 것 같아. 일본인 말로는 곧 돌아온다고 하더군.

모리: 우리 한잔할까.

패러모어: 아냐, 고마워. 난 마시지 않아. (그는 웃는다.)

모리: 난 마셔도 되나? (술 한 병을 갖고 오며 하품한다.) 졸업 후엔 어떻게 지냈어?

패러모어: 오, 많은 일을 했지. 아주 바쁘게 살았어. 이리저리 돌아다니며. (그의 어투로 보면 사자 사냥부터 조직범죄까지 뭐든 한 것 같다.)

모리: 오, 유럽에도 건너갔었어?

패러모어: 아니, 아직. 안타깝지만.

모리: 우린 오래지 않아 다 건너갈 것 같아.

패러모어: 정말 그렇게 생각해?

모리: 물론! 2년 이상 선정주의가 판을 치고 있어. 모두 들떴지. 재미를 보고 싶어 해.

패러모어: 그럼 넌 그 어떤 이상도 위험에 처했다는 걸 믿지 않겠네?

모리: 그건 그렇게 중요하지 않아. 사람들은 종종 자극적인 걸 원해.

패러모어: (강한 관심을 보이며) 네가 그렇게 말하다니 아주 흥미로워. 실은 난 거기 다녀온 사람과 이야기를 하고 있었는데⋯⋯.

(패러모어의 말이 이어진다. "그가 직접 자기 눈으로 봤어", "빛나는 프랑스의 영혼", "문명의 구원" 같은 표현들이 가득하다. 모리는 눈꺼풀이 처지는 가운데 앉아 있다. 별 감정 없이 지루하다.)

모리: (처음으로 말할 기회가 돌아오자) 그런데 넌 바로 이 집에 독일 스파이가 있는 걸 아니?

패러모어: (조심스레 웃으며) 진짜야?

모리: 확실해. 너한테 알려줘야 할 것 같아.

패러모어: (확신하는 어투로) 여자 가정교사?

모리: (엄지로 부엌을 가리키며 속삭인다.) 다나! 그것도 진짜 이름이 아니야. 그는 에밀 타넨바움 중위 앞으로 오는 편지를 정기적으로 받고 있어.

패러모어: (꾹 참아가며 웃는다.) 놀리지 마.

모리: 내가 그에게 혐의를 잘못 씌운 것일 수도 있지. 그런데 넌 무슨 일을 하는지 말해주지 않았어.

패러모어: 한 가지 일은, 글쓰기야.

모리: 픽션?

패러모어: 아니. 논픽션.

모리: 그게 뭔데? 픽션과 사실이 반반 섞인 문학 장르야?

패러모어: 아, 나는 사실만 썼어. 난 사회 복지 사업 쪽으로 일을 많이 해왔어.

모리: 아!

(그는 즉시 의혹의 눈초리를 보낸다. 패러모어가 자신을 아마추어 소매치기라고 소개한 양.)

패러모어: 지금은 스탬퍼드에서 사회 복지 사업을 하고 있어. 바로 지난주에 누가 그러더라고, 앤서니가 아주 가까운 곳에 살고 있다고.

(바깥에서 시끄러운 소리가 나서 그들은 대화를 중단한다. 분명 남녀가 대화를 나누고 웃는 소리다. 그리고 나서 사람들이 방으로 들어온다. 앤서니, 글로리아, 리처드 캐러멜, 뮤리얼 케인, 레이철 반스, 그녀의 남편 로드먼 반스. 그들은 모리에게 몰려간다. 모리가 "안녕" 하고 보통의 인사를 건네자 엉뚱하게도 "좋아!"라고 답한다……. 그러는 동안 앤서니는 다른 손님에게 다가간다.)

앤서니: 아, 깜짝 놀랐습니다. 안녕하세요? 만나서 반갑습니다.

패러모어: 만나서 반가워, 앤서니. 난 스탬퍼드에서 일하고 있어. 그래서 여기 들를 수 있을 거라고 생각했지. (장난꾸러기처럼) 우린 평소에는 바쁘게 일을 해야 하고, 그래서 몇 시간 동안의 휴가를 받을 자격을 얻어.

(앤서니는 그의 이름을 괴로울 만큼 골똘히 되새겨본다. 마치 힘들게 출산이라도 하듯 기억에서 '프레드'라는 이름을 쥐어짠다. 그는 말을 급히 만들어낸다. "반가워, 프레드!" 낯선 얼굴을 소개하기 전, 가벼운 침묵이 찾아온다. 모리는 이 상황에서 도움을 줄 수 있었지만, 심술궂게도 즐거워하며 가만히 보고 있기로 한다.)

앤서니: (될 대로 되라는 듯) 신사 숙녀 여러분, 이쪽은…… 이쪽은 프레드입니다.

뮤리얼: (친절하면서도 경박하게) 안녕, 프레드!

(리처드 캐러멜과 패러모어는 바로 서로의 이름을 부르며 인사를 나눈다. 패러모어는 딕이 같은 반이었고 그땐 그에게 말을 거느라 애먹은 적 없었다는 걸 기억해낸다. 딕은 바보처럼 패러모어가 예전에 앤서니의 집에서 만난 사람이라고 생각한다.

젊은 여자 셋은 위층으로 간다.)

모리: (작은 목소리로 딕에게) 앤서니 결혼식 이후로 뮤리얼을 본 적이 없어.

딕: 그녀는 지금 한창때야. 그녀가 최근에 "내 말이 그 말이야!"를 달고 살더라.

(앤서니는 잠시 패러모어 때문에 고심하다가 결국 모두에게 술을 마시겠느냐고, 일반적인 대화를 시도해본다.)

모리: 난 이 병 하나를 거의 다 마셨어. '프루프'*에서 '양조장'까지 비웠지. (그는 병 라벨에 있는 단어들을 가리킨다.)

---

* 미국에서 사용하는 술의 도수 단위.

앤서니: (패러모어에게) 알아맞힐 수 없는 일이야, 이 두 사람이 언제 불쑥 나타날지는 말이지. 오후 5시에 저들하고 헤어지면서 새벽 2시 무렵까지 안 나타나면 지옥으로 꺼지라고 말한 적이 있어. 그랬더니 뉴욕에서 큰 여행용 차를 빌려 우리 집 문 앞까지 달려왔더라고. 물론 곤드레만드레 취한 채였고.

(넋을 놓고 뭔가를 골똘히 생각하던 패러모어는 손에 들고 있던 책 표지를 본다. 모리와 딕이 시선을 교환한다.)

딕: (모르는 척 패러모어에게) 시내에서 일하고 있어?

패러모어: 아니, 나는 스탬퍼드의 레어드가 복지관에 있어. (앤서니에게) 모를 거야, 이 작은 코네티컷 마을들에 사는 사람들의 얼마나 많은 수가 가난한지. 이탈리아인도 있고 그 밖에 다른 나라에서 온 이주자들도 있고. 알다시피 대부분 천주교인이고, 그래서 그들에게 다가가는 일이 무척 힘들어.

앤서니: (예의 바르게) 범죄 사건은 많이 일어나?

패러모어: 무지와 더러움만큼 범죄 사건이 많진 않아.

모리: 그게 내 이론이야. 무지하고 더러운 사람들 모두를 즉시 전기의자로 사형시키는 거지. 나는 범죄자들의 경우는 옹호해. 그들은 삶에 생기를 더하니까. 문제는, 무지함을 벌주려고 하면 대통령 일가부터 시작해야 하고, 그다음은 영화계 사람들이고, 마지막은 국회와 성직자들 차례라는 거지.

패러모어: (불편한 미소를 지으며) 더 근본적으로 배움이 없는 상태에 대해 말하는 거였어. 심지어 우리말도 모르는.

모리: (곰곰이 생각하며) 그건 좀 힘들 것 같네. 새로운 시가 나와도

따라잡을 수가 없잖아.

패러모어: 복지관 사업을 몇 달 동안 해보면 상황이 얼마나 나쁜지 알게 되지. 우리 비서가 내게 말하길, 손톱은 손을 씻어야지만 더러워 보인대. 물론 우린 이미 관심을 많이 끌고 있긴 해.

모리: (무례하게) 네 비서가 이야기하는 식으로 말해보자면, 네가 벽난로 쇠살대에 종이를 넣으면 벽난로는 잠시 동안 밝게 타오를 거야.

(이때 글로리아가 산뜻한 모습으로 감탄 어린 시선과 흥밋거리를 갈구하며 모임에 합류한다. 친구 둘도 뒤따라온다. 얼마 뒤 대화는 완전히 조각조각 갈라진다. 글로리아는 앤서니를 한옆으로 불러낸다.)

글로리아: 그렇게 많이 마시지 마, 앤서니.

앤서니: 왜?

글로리아: 당신은 취하면 너무 단순해져.

앤서니: 세상에! 지금은 문제가 뭔데?

글로리아: (입을 다문 채 앤서니를 차갑게 쳐다보다가) 여러 문제가 있지. 먼저, 당신은 왜 모든 걸 계산하겠다고 나서? 여기 사람들이 당신보다 돈이 더 많다고!

앤서니: 저런, 글로리아! 그들은 내 손님이야!

글로리아: 레이철 반스가 박살 낸 샴페인 박스 값을 당신이 낼 이유는 전혀 없어. 딕은 두 번째 택시 계산서를 처리하려 했지만 당신이 그러지 못하게 했지.

앤서니: 저런, 글로리아…….

글로리아: 우린 청구서를 지불하느라 채권까지 팔아야 하는 상황인

데, 너무 헤프게 굴지 마. 그리고 말이야, 나라면 레이철 반스에게 그렇게 친절하지 않을 거야. 그녀의 남편이 이런 상황을 더는 좋아하지 않아, 나보다 더.

앤서니: 저런, 글로리아…….

글로리아: (그를 신랄하게 흉내 내며) 저런, 글로리아! 하지만 이번 여름엔 이런 일이 너무 자주 일어나, 당신이 만나는 예쁜 여자들 모두랑. 일종의 습관이 되어버렸어. 그러니 더 이상 못 참겠어! 당신이 놀아날 수 있다면, 나도 그럴 수 있어. (그런 다음, 뒤늦게 생각이 나서) 그런데 저 프레드라는 사람은 또 조 헐 같은 사람 아냐? 어때?

앤서니: 전혀 그렇지 않아! 그는 본인이 맡은 사람들을 위해 우리 할아버지에게서 돈을 좀 얻어내려고 온 것 같아.

(글로리아는 무척 우울해진 앤서니를 놔두고 손님들에게로 돌아간다. 9시가 되니 이 사람들은 두 부류로 나뉜다. 술을 계속 마시는 부류와 조금만 마시거나 아예 마시지 않는 부류. 후자에는 반스 부부, 뮤리얼, 프레더릭 E. 패러모어가 있다.)

뮤리얼: 내가 글을 쓸 수 있으면 좋겠어요. 생각하는 건 있는데, 그걸 절대 말로 표현해낼 수 없을 것 같아요.

딕: 골리앗이 말했죠. 다윗의 감정에 대해 짚이는 건 있는데, 자긴 그걸 말로 표현할 수 없다고요. 이 멋진 말은 즉시 블레셋인들의 모토가 되었어요.

뮤리얼: 당신 말이 이해가 안 가요. 나이 먹어 멍청해지고 있나 봐요.

글로리아: (들뜬 천사처럼 사람들 사이를 비틀비틀 걸으며) 누구든 배

가 고프면, 식당 탁자에 있는 프렌치 페이스트리를 먹어요.

모리: 빅토리아 시대 디자인은 못 참겠어.

뮤리얼: (격하게 즐거워하며) 당신은 엄격하네요, 모리.

　(그녀의 가슴은 여전히 많은 종마들이 발굽을 굴리며 지나가는 포장
도로다. 철 말발굽이 어둠 속에서 연애의 불꽃이라도 튀겨주길 바라
고 있다⋯⋯.

반스 씨와 패러모어 씨는 건전한 이야깃거리를 나누고 있었다. 너무
건전하여 반스 씨는 얼마 동안 거실을 감도는 좀 더 방탕한 분위기로
대화를 이끌어보려고 여러 번 애썼다. 패러모어는 예의를 지키기 위
해, 혹은 호기심이 있기 때문에 회색 집을 떠나지 않는 것일까. 아니
면 나중에 언젠가 미국적 삶의 퇴폐성에 대해 사회학 보고서를 쓸 참
이라 떠나지 않는 것일까.)

모리: 프레드, 넌 매우 넓은 마음을 지녔을 거야.

패러모어: 난 그래.

뮤리얼: 나도 그래요. 하나의 종교란 다른 종교나 마찬가지로 좋은
　것이라고 생각해요. 종교가 아니라 다른 것도 마찬가지고요.

패러모어: 모든 종교에는 어떤 식이든 선함이 있죠.

뮤리얼: 늘 하는 얘기인데, 난 천주교를 믿지만 적극적인 신자는 아
　니에요.

패러모어: (꾹꾹 참으며) 천주교는 아주, 아주 강력한 종교죠.

모리: 좋아, 그렇게 넓은 마음을 지닌 사나이라면 감각이라는 비행
　기를 띄우고 낙관주의를 자극하기 위해서라도 이 칵테일을 마셔
　야 하지 않겠어?

패러모어: (꽤 도전적으로 술을 받으며) 고마워. 한번 마셔볼게.

모리: 한번? 괘씸하네! 1910년 졸업반 동기들이 다시 만났는데, 넌
약간 취하는 것조차 피하는구나. 마셔!

> 찰스 왕의 건강을 기원합니다,
>
> 찰스 왕의 건강을 기원합니다,
>
> 당신이 자랑하는 그릇을 가져와서……

(패러모어는 진심을 담아 같이 노래한다.)

모리: 잔을 채워, 프레더릭. 알다시피 모든 건 자연이 우리에게 내린
목적에 종속되어 있어. 네 경우, 자연이 내린 목적이란 네가 떠들
썩한 술꾼이 되는 거야.

패러모어: 만일 한 친구가 신사처럼 마실 수 있다면…….

모리: 대체 신사가 뭐지?

앤서니: 코트의 접은 옷깃 아래에 절대 브로치를 꽂지 않는 남자.

모리: 말도 안 돼! 그 사람의 사회적 지위는 샌드위치에서 먹어치우
는 빵의 양으로 결정돼.

딕: 신문 최신판보다 책 초판을 선호하는 사람.

레이철: 마약 중독자 흉내를 절대 내지 않는 사람.

모리: 영국인 집사를 속여서, 그가 신사라고 생각하게 만들 수 있
는 미국인.

뮤리얼: 좋은 집안 출신에 예일이나 하버드나 프린스턴에 가고, 돈
이 있고 춤을 잘 추고 기타 등등.

모리: 결국 완벽한 정의가 나왔군! 뉴먼 추기경은 이제 시대에 뒤처진 사람이지.*

패러모어: 우린 이 문제에 대해 좀 더 넓은 마음으로 봐야 한다고 생각해. 신사란 절대 고통을 주지 않는 사람이라고 말한 이가 에이브러햄 링컨이었나?

모리: 루덴도르프 장군**이 한 말일 거야.

패러모어: 물론 농담이지?

모리: 한 잔 더 마셔.

패러모어: 그래야겠어. (모리의 귀에만 들리도록 목소리를 낮추며) 이 잔이 내가 이제껏 마신 세 번째 잔이라고 말한다면 어떨까?

(딕은 축음기를 틀기 시작했다. 음악을 듣자 뮤리얼은 자리에서 일어나 양옆으로 몸을 흔든다. 팔꿈치는 갈빗대에 붙였고, 팔뚝은 몸과 직각을 이루며 지느러미처럼 밖으로 향했다.)

뮤리얼: 아, 우리, 깔개를 치우고 춤춰요!

(앤서니와 글로리아는 속으로 투덜거리고 넌더리를 내면서도, 어쩔 수 없이 뮤리얼의 제안에 동의하는 뜻을 담아 미소 짓는다.)

뮤리얼: 자, 이 게으른 사람들. 자리에서 일어나 가구를 뒤로 옮기자고요.

딕: 잔을 다 비울 때까지 기다려요.

모리: (패러모어에게 일부러 관심을 보이며) 할 얘기가 있어. 각자 잔

---

* 존 헨리 뉴먼은 《대학의 이념》에서 신사에 대해 "절대 고통을 주지 않는 사람"이라고 정의를 내린 바 있다.
** 1차 세계대전 당시 독일 장군.

을 채워서 다 마신 다음에, 춤을 추자.

(바위 같은 모리의 고집에 부딪쳐 부서지는 항의의 물결.)

뮤리얼: 지금 내 머릿속은 그저 빙글빙글 돌 뿐이네요.

레이철: (앤서니에게 작은 목소리로) 글로리아가 당신에게 나와 거리를 두라고 했어요?

앤서니: (혼란스러워하며) 저런, 절대 아닙니다. 물론 아니죠.

(레이철은 그를 향해 뜻 모를 미소를 짓는다. 2년 사이 그녀에겐 단단하고 말쑥한 아름다움이 생겼다.)

모리: (술잔을 잡으며) 민주주의의 패배와 기독교 정신의 몰락을 위하여.

뮤리얼: 설마!

(그녀는 조롱조의 책망하는 듯한 시선으로 모리를 흘끔 본 다음 술을 마신다.

그들은 모두 술을 마신다. 힘들어하는 정도가 차이 난다.)

뮤리얼: 바닥을 비워요!

(어쩔 수 없이 해야 할 일 같다. 그래서 앤서니와 글로리아는 탁자를 멀리 옮기고 의자를 쌓고 카펫을 굴리고 조명을 고치는 거대한 움직임에 참여한다. 공간 옆쪽으로 가구들이 보기 흉하게 쌓이자, 0.7제곱미터의 공간이 생긴다.)

뮤리얼: 아, 음악을 틀죠!

모리: 다나가 이비인후과 전문의의 사랑 노래를 연주해줄 겁니다.

(사람들은 다나가 이미 자러 갔다는 사실을 알고 당황했지만 그래도 공연을 준비한다. 이 일본 사람은 파자마 차림으로 손에 피리를 들고

이불로 몸을 감싼 채 탁자 위 의자로 끌려나온다. 앉혀놓고 보니 우스꽝스럽고 기괴한 모습이다. 패러모어는 누구나 알 수 있을 정도로 취했고 본인도 그 사실을 안다. 그래서 신문 만평의 갈지자걸음을 흉내도 내고 가끔 우연히 딸꾹질도 하며 자기가 취했다는 것을 강조한다.)

패러모어: (글로리아에게) 저와 춤추실래요?

글로리아: 아뇨! 백조 댄스를 추고 싶어요. 출 수 있어요?

패러모어: 물론이죠. 다 추겠어요.

글로리아: 좋아요. 당신은 방의 저쪽 옆에서 시작하고, 나는 여기서 시작할게요.

뮤리얼: 시작합시다!

(그러고 나서 아수라장이 술병들에서 소리 지르며 기어 나온다. 다나는 풀기 어려운 미로 같은 기차 노래를 연주하기 시작한다. 애처로운 '투틀 툿-툿'의 울적한 박자가 축음기에서 흐르는 "꽃이 피기를 기다리는 '불쌍한 나비'*"(팅크-어팅크)와 섞인다. 뮤리얼은 웃다가 너무 힘이 빠져서 반스에게 열심히 매달릴 뿐이고, 반스는 육군 장교처럼 뭔가 조짐이 좋지 않은 모습으로 절도 있게 춤을 추면서 그 작은 공간을 웃음기 없이 돌아다니고 있다. 앤서니는 글로리아의 관심을 끌지 않으면서 레이철이 속삭이는 말을 들으려 애쓴다⋯⋯.

그러나 기괴하고 믿을 수 없으며 일부러 짠 것 같은 사건이 곧 일어나려 한다. 문학의 가장 저급한 양식을 인생이 열심히 모방한 것일

---

* 푸치니의 오페라 〈나비 부인〉에서 영감을 받은 노래로 1차 세계대전 동안 엄청난 인기를 끌었다.

까. 패러모어는 글로리아에게 지지 않으려고 애쓴다. 분위기가 달아올라 절정에 이르자 그는 돌기 시작한다, 점점 더 아찔하게…… 그는 비틀거렸다가 균형을 잡고, 다시 비틀거렸다가 복도 방향으로 넘어지는데…… 그가 쓰러질 뻔한 곳은 바로 애덤 패치 노인의 품이다. 집 안이 어찌나 아수라장인지 노인이 집에 들어오는 소리조차 들은 사람이 없었던 것이다.

애덤 패치는 무척 창백하다. 그는 지팡이에 몸을 기대고 있다. 그와 함께 있는 사람은 에드워드 셔틀워스. 그는 패러모어의 어깨를 붙잡아 이 덕망 있는 자선가에게 패러모어가 넘어지는 걸 막는다.

거대한 관 덮개 같은 고요함이 방에 내려앉는 데 2분쯤 필요했던 것 같다. 그 뒤로 잠깐 동안 축음기가 꺽꺽대고 일본의 기차 노래 선율이 다나의 피리 끝에서 뚝뚝 흘러나오긴 했지만. 아홉 명 중에서 반스와 패러모어와 다나만이 나중에 온 손님의 정체를 모른다. 아홉 명 중에서 애덤 패치가 그날 아침 금주법 운동을 위해 5만 달러를 기부했다는 사실을 아는 사람은 아무도 없다.

어색한 침묵을 깬 사람은 패러모어였다. 파도가 차오르듯 방탕함이 몰려온지라 그 사람치고는 믿을 수 없는 말을 한 것이다.)

패러모어: (부엌 쪽으로 손과 무릎을 바닥에 대고 빠르게 기어가며) 전 여기 손님이 아닙니다. 여기서 일하는 사람이에요.

(다시 침묵이 내린다. 이젠 아주 깊고, 참을 수 없이 널리 퍼지는 불안으로 무거워졌다. 레이철은 신경질적으로 작게 킥킥대고, 딕은 스윈번이 쓴 시의 한 구절을 몇 번이고 되풀이해서 말하는데, 그 상황에 기괴하게도 잘 어울린다.

향기 없이 숨 쉬는 황폐한 꽃을 마르게 하네.

……조용한 가운데 앤서니가 침착하고 긴장된 목소리로 애덤 패치에게 무언가 말하지만, 그의 목소리 역시 힘없이 잦아든다.)

셔틀워스: (열의에 차서) 어르신께선 자동차를 타고 가서 도련님의 집을 방문해야겠다고 생각하셨습니다. 제가 라이에서 전화를 했고 메시지를 남겼죠.

(분명, 그 어디서도 그 누구도 내지 않았는데, 숨이 막히는 듯 헉 소리가 조그맣게 이어지다가 사라진다. 앤서니는 백묵처럼 하얗다. 글로리아는 입을 벌리고 있다. 노인을 줄곧 바라보는데, 긴장과 놀라움이 담긴 시선이다. 아무도 웃지 않는다. 단 한 명도? 아니, 혹시 크로스 패치의 일그러진 입술이 약간 벌어지며 떨리고 있나, 가느다란 치아가 줄지어 난 모습을 드러내며? 그는 내뱉는다 — 온건하고 간단한 단어 두 개를.)

애덤 패치: 돌아가자, 셔틀워스.

(그 말이 전부다. 그는 몸을 돌리고, 지팡이에 의지해 걷는다. 복도를 지나 현관을 나간다. 지독히 불길한 기운을 퍼트리며, 불안정한 걸음걸이로 8월의 달 아래 자갈길을 저벅저벅 걷는다.)

회상

궁지에 몰린 그들은 물이 줄어드는 어항 속 금붕어 두 마리 같왔다. 심지어 서로에게 헤엄쳐 갈 수도 없었다.

글로리아는 5월이면 스물여섯 살이었다. 그녀 말에 따르면, 원하는 게 없단다. 오랫동안 젊고 아름다우며, 즐거움과 행복을 누리고, 돈과 사랑을 갖는 걸 제외하면 말이다. 대부분의 여자들이 원하는 바다. 그런데 그녀는 훨씬 더 거세고 격하게 원했다. 결혼한 지는 2년이 넘었다. 결혼 초반은 상대를 평온하게 이해하는 날들이었고, 남편을 소유했다고 의식하며 자랑스러워 황홀경에 이르렀다. 이런 시기와 번갈아가면서 미움이 이따금씩 솟아올랐지만 잠깐이었고, 가끔 부주의하게 굴기도 했지만 오후 한나절 이상 가지 않았다. 반년쯤 그랬다.

그다음에 울적한 시기가 왔다. 결혼의 평온함이나 만족감으로는 그리 기쁘지 않았다. 매우 드물긴 하지만 질투심을 느낀다거나 어쩔 수 없이 떨어져 지내면 그 일이 박차를 가하여 오래된 황홀감이 돌아왔다. 영혼과 영혼의 확실한 교감이자 감정적으로 자극이 되는 일이. 그녀는 앤서니를 하루 정도 싫어할 수 있었고, 일주일 정도는 그에게 냉담하게 화낼 수 있었다. 상대의 비난에 맞서 비난을 하면, 애정은 사치나 거의 흥밋거리가 되어버렸다. 밤에 잠을 자러 가서는 누가 화가 났으며 다음 날 아침엔 누가 조심해야 하는지 기억하려 애쓸 때도 있었다. 결혼한 지 2년이 다 되어갈 무렵엔 새로운 현상 두 가지가 나타났다. 글로리아는 앤서니가 그녀에게 지극히 무관심할 수 있다는 걸 깨달았다. 그가 잠깐 무관심할 때는 말 한마디를 속삭인다거나 친절한 미소를 짓는 것만으로는 그를 흔들 수 없었다. 그는 반쯤 혼수상태일 때보다 더 무관심했다. 그녀의 애무가 그를 숨 막히게 하는 날들이 있었다. 그녀는 이런 현상을 알아차렸고, 완전히 납득할 수는 없었다.

그녀는 최근에 깨달았다. 그를 동경하고, 질투하고, 그에게 예속되어 있으며, 그를 자랑스러워하면서도 자기는 근본적으로 그를 경멸하고 있다는 걸. 그리고 경멸의 마음은 구별이 안 될 정도로 뒤섞여 있었다……. 이 모든 게 그녀의 사랑이었다─어느 4월의 밤, 한참 전 그를 향해 직접 겨냥한 생기 넘치고 여성적인 환상이었다.

앤서니 쪽에서 보면, 상황이야 이렇지만 글로리아야말로 그가 가장 우선으로 생각해야 할 사람이었다. 만일 그가 그녀를 잃는다면, 그는 여생 동안 그녀에 대한 기억에 지독히 감상적으로 몰두한 채 부서진 사람으로 살아갈 거였다. 그는 그녀와 함께 종일 같이 있으면 즐거움을 거의 누리지 못했다─그들 부부와 제3의 인물과 함께 있는 걸 그가 선호한 때를 제외하면. 무조건 혼자 있지 않으면 미쳐버릴 것 같은 기분이 들 때가 있었다. 그가 그녀를 확실히 증오한 몇몇 순간에 그랬다. 술에 취하면 그는 다른 여자들을 잠깐 유혹할 수 있었는데 그동안 억눌러둔, 시험 삼아 한번 저질러보는 기질이 드러난 거였다.

그 봄, 그 여름, 그들은 미래의 행복에 대해 사색했다. 더운 곳에서 더운 곳으로 여행을 다니다가 종국엔 화려한 집과 그들이 낳을 아이들이 있는 목가적인 풍경으로 돌아오고, 그러다 외교나 정치계로 들어가서 한동안 아름답고 중요한 일들을 해내다가, 결국 백발(아름답고 빛나는 백발)의 부부가 되어 고요한 영광을 누리면서 이 땅의 부르주아들에게 숭배를 받으며 느긋이 돌아다닌다…….

이런 공상의 전제는 물론 '우리에게 돈이 들어온다면'이었다. 단정치 못하고 방탕해지는 자기네 인생에는 만족하기 어려웠다. 그들은 갈수록 이러한 꿈에 매달렸다. 어느 회색빛 아침, 전날 밤의 농담이 재치나 체면 없이 상스러운 말들로 쪼그라들었을 때, 그들은 함께 품은 희망을 적당히 끌어와 다시 헤아린 다음 서로를 향해 웃고서 되풀이해서 말할 수 있었다, 어느 정도는. 글로리아가 "난 신경 쓰지 않아!"라고 대담하게 외치며 결말을 짓는 방식으로. 간결하면서도 진지한 니체 철학스러운 말이었다.

그들에게서 많은 것들이 눈에 띄게 빠져나가고 있었다. 돈이 문제였다. 점점 짜증 나고 점점 불길했다. 즐거움을 누리려면 술이 사실상 필수품이 되었다는 걸 그들은 깨달았다. 술은 100년 전 영국 귀족 사회에서나 누리던 흔치 않은 현상이 아니라, 행동을 절제하고 조심하는 쪽으로 점차 나아가는 문명에서 어느 정도 우려할 만한 대상이 됐다. 나아가, 그들 둘 다 기질이 좀 약해진 것 같았다. 그들이 한 일을 보면 그렇다기보다 그들과 관련된 문명에 대해 예민하게 반응하는 모습을 보면 그러했다. 글로리아에겐 이제껏 전혀 필요로 한 적 없는 뭔가가 생겨났다. 불완전하지만 틀림없이, 그녀가 옛날부터 질색하던 양심이라는 것의 뼈대였다. 그녀가 이 사실을 받아들이는 동시에 육체적 용기는 서서히 쇠퇴했다.

그러다 애덤 패치가 느닷없이 방문했다. 그다음 날 어느 8월의 아침, 메스꺼움을 느끼고 피로한 가운데 허탈해하며 깨어났다. 구석구석 스며드는 감정 하나만을 느낄 수 있었다. 공포였다.

공황

"음?" 침대에 앉은 앤서니는 그녀를 내려다보았다. 그의 입술 끝은 우울해서 처졌으며, 목소리는 긴장이 어려 있었고 공허했다.

그녀의 대답은 이러했다. 손을 들어 입에 가져다 댄 다음, 천천히 정확하게 손가락을 무는 것.

"우린 실수하고 말았어." 잠시 후 그가 말했다. 그녀가 여전히 침묵하자 그는 분노했다. "무슨 말이라도 좀 해보는 게 어때?"

"대체 내가 뭘 말하길 원해?"

"무슨 생각 해?"

"아무것도."

"그럼 손가락 물어뜯는 거 그만해!"

그녀가 생각을 하고 있었는지 아닌지에 대해 잠시 혼란스러운 대화가 이어졌다. 앤서니는 그녀가 지난밤의 참사에 대해 말해야 한다고 생각했다. 그녀가 입을 다무는 건, 그에게 참사의 책임을 돌리는 방법이었다. 그녀 입장에선 말할 필요가 없었다. 신경질적인 아이처럼 손가락을 괴롭혀야 하는 순간일 뿐.

"나와 할아버지 사이가 엉망진창이 되어버렸어. 이 빌어먹을 상황을 해결해야 해." 그가 불안해하며 단호히 말했다. 그가 '할배' 대신 '할아버지'라는 표현을 쓴 데서 존경심이 약간이나마 새롭게 생겨났음을 알 수 있었다.

"힘들걸." 그녀가 퉁명스레 딱 잘라 말했다. "힘들다고, 앞으로도. 그 양반 살아 있는 동안 당신은 용서받기 글렀어."

"그런가." 앤서니가 괴로워하며 동의했다. "하지만 내가 도덕 개혁 운동에 뛰어들어 과거를 보상할 수 있을지도 모르고……."

"아파 보이던데." 그녀가 끼어들었다. "밀가루처럼 창백하더라."

"편찮으셔. 석 달 전에 말했잖아."

"지난주에 죽어버렸으면 좋았을 텐데!" 그녀가 화가 나서 말했다. "배려심 없는 늙은 바보 같으니!"

그들 둘 다 웃지 않았다.

"그런데 얘기 좀 할게." 그녀가 조용히 덧붙였다. "당신이 지난밤 레이철 반스에게 했던 식으로 어떤 여자에게든 다음번에도 또 그러면, 난 당신을 떠날 거야, 바로— 그런— 방식을 써서! 그냥 참지 않을 거라고!"

앤서니는 주춤했다.

"오, 말도 안 되는 소리 하지 마." 그가 따졌다. "세상에 당신 말고 내겐 그 어떤 여자도 없다는 걸 알잖아, 없다고, 자기야."

그는 부드럽게 말을 건넸지만 비참하게 실패했다. 더 절박한 위험이 전면에 닥쳤다.

"만일 할아버지를 찾아가서 적절한 성경 구절을 인용한다면 어떨까." 앤서니가 말을 꺼냈다. "내가 죄 많은 길을 너무 많이 걸어왔고 마침내 빛을 보았다고……." 그는 말을 끊고 묘한 표정으로 아내를 슬쩍 보았다. "어떻게 나올지 궁금한데."

"모르겠어."

그녀는 손님들이 아침을 먹은 다음 바로 떠날 만큼 눈치가 있나 없나 따져보고 있었다.

일주일 동안 앤서니는 태리타운으로 갈 용기를 내지 못했다. 할 아버지를 만나러 갈 수 있을 것 같다는 자신감이 꺾였고 그는 고립감을 느꼈다. 그러나 지난 3년간 그의 의지가 약해졌다고 한다면, 그가 충동을 억제하는 힘 또한 그러했다. 글로리아는 그에게 가보라고 설득했다. 일주일을 기다린 건 아주 잘한 일이라고, 엄청나게 반감을 품었을 할아버지가 진정할 시간을 준 거라고. 하지만 여기서 더 기다리면 실수라고, 그럴 경우 더 완고해질 수 있다는 것이다.

그는 불안해하며 길을 떠났고…… 헛되이 돌아왔다. 애덤 패치는 건강이 좋지 않다고 셔틀워스가 성을 내며 말했다. 의사가 단언하기를 아무도 그를 면회하지 못하게 하라고 했다. 전직 '술고래'의 원한 깊은 시선 앞에서 앤서니는 풀이 죽었다. 그는 택시를 타러 걸어갔다, 거의 살금살금 도망치듯. 기차에 오르니 자존심이 아주 약간 회복됐다. 그곳에서 빠져나와 여전히 마음속에서 솟아나 반짝이는, 경이로운 위안의 궁전으로 가게 되어 소년처럼 기뻤다.

글로리아는 속이 터졌다. 마리에타에 돌아온 그를 보면서 말이다. 왜 끝까지 일을 밀어붙이지를 못하니? 진작에 내가 했어야 할 일인가!

그들은 노인에게 보낼 편지의 초안을 쓴 뒤, 내용을 상당히 뜯어고친 다음 편지를 부쳤다. 반쯤은 사과, 반쯤은 상황 설명이 담긴 편지였다. 답장은 받지 못했다.

9월의 어느 날, 해와 비가 번갈아가며 몰아쳤다. 햇볕엔 따뜻함이 없고, 비엔 신선함이 없었다. 그날 그들은 자신들의 한창때 사랑을 지켜본 회색 집을 떠났다. 네 개의 가방과 엄청나게 큰 세 개의 나무 상자가 휑한 방에 쌓였다. 2년 전 그들이 꿈에 대해 생각하면서 게으름을 부리며 멋대로 드러누운 방, 외따로 떨어져 있으며, 긴장감이 없고, 자족적인. 방은 텅 비어서 소리가 울렸다. 테두리를 모피로 장식한 갈색 드레스를 새로이 사서 입은 글로리아는 말없이 가방 위에 앉았고, 앤서니는 담배를 피우며 신경질적으로 걸어 다녔다. 그들은 짐을 도시로 옮겨줄 트럭을 기다리고 있었다.

"이건 뭐야?" 그녀가 나무 상자 위에 쌓인 책들을 가리켰다.

"내가 수집한 옛날 우표 모음이야." 그가 멋쩍어하며 고백했다. "짐에다 같이 싸는 걸 잊었네."

"앤서니, 이걸 갖고 간다니 아주 멍청한 일이야."

"음, 지난봄 아파트를 떠나던 날, 우표책을 훑어보았어. 아파트에 두지 않기로 결정했지."

"이걸 팔 수는 없어? 우리에겐 이미 쓰레기가 충분하지 않아?"

"미안해." 그의 초라한 대답이었다.

트럭이 천둥소리처럼 쿵쾅대며 문 앞에 나타났다. 글로리아는 집의 네 벽을 향해 주먹을 흔들었다.

"떠나게 돼서 너무 기뻐!" 그녀가 외쳤다. "너무 기뻐. 오, 세상에, 내가 이 집을 얼마나 싫어했는지!"

그렇게 찬란히 빛나는 아름다운 여인은 남편과 함께 뉴욕으로 갔다. 그들은 열차를 타고 바로 다투었다. 그녀는 모진 말들을 했다. 그들이 지나는 기차역만큼 빈번하게, 규칙적으로, 불가피하게.

"화내지 마." 앤서니가 측은한 모습으로 요청했다. "우린 서로밖에 없잖아, 결국."

"심지어 그렇지도 않았어, 대체로." 글로리아가 소리쳤다.

"언제 아니었다는 거야?"

"자주 그랬지. 시작은 레드게이트 역 플랫폼 사건이었어."

"설마 농담이겠지……?"

"아니야." 그녀가 차갑게 말을 가로막았다. "나는 그 사건을 곱씹진 않아. 그 사건은 일어난 다음 사라졌지. 그리고 사라지면서 뭔가를 갖고 가버렸어."

그녀는 불쑥 대화를 끝냈다. 앤서니는 혼란스럽고 울적한 가운데 말없이 앉아 있었다. 기차 옆으로 마마로넥, 라치몬트, 라이, 펠럼 매너의 단조로운 풍경이 쭉 이어졌다. 사이사이 황량하고 조잡한 황무지가 시골만큼이나 헛되게 자세를 잡고 있었다. 그는 어느 여름날 아침 둘이서 행복을 찾아 뉴욕을 떠난 일이 기억났다. 그들은 행복을 찾을 거라고는 전혀 기대하지 않았던 것 같다, 아마도. 그러나 그렇게 찾아 나선 일 자체가 그가 영구히 기대한 그 무엇보다도 행복했다. 삶은 버팀목을 세우는 일임이 분명한 것 같았다. 그게 아니라면 재난이었다. 휴식도 고요함도 없었다. 그는 떠다니며 꿈꾸며 살기를 갈망하며 헛되이 지냈다. 아무도 떠다니며 살지 않았다, 소용돌이 쪽으로 떠가는 걸 제외하면. 꿈도 꾸지 않았다, 그의 꿈이 우유부단과 후회로 가득한 환상적인 악몽으로 변해가는 걸 제외하면.

펠럼! 그들은 펠럼에서 싸웠었다. 글로리아가 차를 몰겠다고 해서였다. 그녀가 액셀에 그 작은 발을 올리자 차는 펄쩍 달려나갔고, 그들의 머리는 줄 하나에 매달려 움직이는 마리오네트처럼 뒤로 젖혀졌다.

브롱크스. 옹기종기 모인 집들이 햇빛에 반짝인다. 태양은 이제 넓고 찬란한 하늘에서 거리로 쏟아져 빛의 행렬을 굴려 내린다. 그에게 뉴욕은 고향 같았다. 화려함과 신비, 터무니없는 희망과 이국적인 꿈의 도시. 도시 외곽에는 엉터리 스투코*를 바른 궁전들이 차가운 황혼 속에 반듯이 서 있었다. 잠시 동안 서늘한 비현실 속에 있는 듯했다. 궁전들은 멀리 미끄러져 사라지고, 복잡하고 혼란스러운 할렘강이 그 뒤를 이었다. 열차는 해거름 속으로 빠져들었다. 수십 개나 되는 어퍼이스트사이드의 거리를 지나쳤다. 차창을 지나치는 수많은 거리들이 거대한 수레바퀴의 바큇살 같았다. 거리마다 알록달록 활기찬 풍경이 펼쳐졌다. 가난한 아이들이 열띠게 움직여 모여드는 모습이 붉은 모래 계곡의 개미 떼 같았다. 공동주택 창가에 기대선 둥실둥실하니 달님처럼 생긴 어머니들은 이 지저분한 하늘의 별자리 같았다. 어머니들은 어둡고 일그러진 보석처럼, 야채처럼, 무척이나 더러운 빨래가 담긴 부푼 주머니처럼 보였다.

"나는 이 거리들이 좋아." 앤서니가 거리를 바라보며 소리 내어 말했다. "이 풍경들은 언제나 나를 위해 무대를 세운 공연 같아. 이런 거지. 내가 지나가는 순간이면 그들은 뛰거나 웃는 걸 멈춰. 그 대신 아주 슬퍼해, 자신들이 얼마나 가난한지 기억하면서. 그리고

---

* 골재나 분말, 물 등을 섞어 벽면에 바르는 미장 재료.

머리를 숙이고 집으로 물러나지. 외국에선 이런 느낌을 종종 받지만, 이 나라에선 드물어."

드높고 번화한 거리. 그는 일렬로 선 상점가에서 유대인 이름 열두어 개를 읽었다. 상점의 문 안에선 어두운 피부에 체구가 자그만 사람들이 행인들을 열띤 눈으로 바라보며 서 있었다. 그들의 눈은 의심으로, 자존심으로, 명료함으로, 욕심으로, 똑똑함으로 빛났다. 이것이 뉴욕이다. 그는 이제 천천히 신분 상승하는 이 사람들과 뉴욕을 따로 떼어 생각할 수 없었다. 그들의 작은 상점은 번창하고 확장하고 합병하고 이전했다. 매처럼 눈을 빛내고 벌처럼 집중하며 주변을 살폈다. 이 사람들의 상점이 길 양옆을 꽉 채우고 있었다. 인상적인 광경이었다. 한발 물러나 생각하면 무시무시한 모습이었고.

글로리아의 목소리가 그의 생각 속으로 파고들었다.

"궁금하네. 블록먼은 이번 여름을 어디서 지냈을까?"

이상할 정도로 상황에 맞는 말이었다.

아파트

젊다는 사실이 보증을 받은 다음에는 지독하게 복잡한 시기가 시작된다. 소다저커*와 함께 보내는 이 시기는 거의 무시해도 좋을

---

* 20세기 초반 미국에서는 젊고 매력적인 남자 판매원이 소다수, 즉 탄산음료와 아이

만큼 짧은 기간이다. 계급이 높은 사람들은 궁극의 까다로움을 지닌 관계를 맺고, 완전한 인간이라는 '비실용적인' 이상을 품으며 이 기간을 더 길게 갖는다. 그러나 이십대 후반이 되면 일이 너무 뒤엉킨다. 이제껏 절박하고 혼란을 유발하던 것들이 점차 멀어지고 희미해진다. 반복되는 일과가 모진 풍경에 황혼처럼 내려오고, 풍경을 부드럽게 하여 결국 견딜 만하게 만든다. 이 시기의 복잡함이란 너무 섬세하고, 너무 다양하다. 활기에 손상을 입을 때마다 중시하는 것들이 완전히 변한다. 미래와 직면하면서 과거로부터는 아무것도 배울 수 없다는 사실이 드러난다. 그리하여 충동적이고 확신에 가득 찬 사람이 되는 대신, 근소한 차이에 의해 윤리적으로 진실한 것에 관심을 갖게 되고, 완전한 인간에 대한 이상 대신 행동에 관한 규칙을 선택하고, 모험담 말고 안전을 중시하며, 실로 무의식적으로 현실적인 사람이 된다. 미묘한 관계를 쭉 유지하는 사람들은 소수로 남는다. 그리고 이 소수의 사람들조차도 특히 어떤 시기에는 일 때문에 밀려난다.

앤서니 패치는 더 이상 정신적 모험을 하는 호기심 많은 사람이 아니었다. 선입견에 사로잡힌 편향된 사람으로 바뀌었다. 감정적으로 흔들리지 않기만 바랄 뿐이었다. 변화는 지난 몇 년 동안 느리게 일어났지만 마음이 불안에 사로잡히면서 속도가 빨라졌다. 그는 먼저 자기가 낭비벽이 있다고 느꼈다. 이 느낌이 늘 마음속에 잠자고 있었는데, 처지 때문에 지금에 와서야 깨어난 것이다. 그는 불

스크럽을 판매하며 사람들의 인기를 누렸다고 한다.

안할 때면 인생이 결국은 의미가 있을지도 모른다는 말에 사로잡혔다. 이십대 초반의 그는 노력은 쓸모없다는 생각이나 거부하는 것이 지혜롭다는 생각을 굳게 믿고 있었다. 그리고 이런 생각은 그가 찬양한 철학을 통해서뿐만 아니라 모리 노블과의 관계를 통해서, 나중엔 아내와의 관계를 통해서 굳혔다. 그런데 안 그런 때도 있었다. 예를 들어 글로리아와 처음 만나기 직전, 또는 그의 할아버지가 그에게 종군기자로 가라고 권유했던 때. 그는 불만을 느끼고 긍정적인 일에 거의 첫걸음을 뗄 뻔했던 것이다.

그들이 마지막으로 마리에타를 떠나기 직전의 어느 날, 그는 별생각 없이 잡지 〈하버드 동문 회보〉를 둘러보다가 동기들이 졸업후 6년간 어떻게 지냈는지 전하는 칼럼을 발견했다. 대부분은 정말로 사업을 하고 있었다. 몇몇은 중국이나 미국의 이교도들한테 뜬구름처럼 모호한 개신교 신앙을 심느라 분주했다. 반면 어떤 친구는 건설적인 일을 한다는 사실을 앤서니는 깨달았다. 일 없는 직책이나 따분한 자리를 맡지 않고 말이다. 예를 들어 캘빈 보이드. 의대에서 거의 쫓겨날 뻔했던 친구. 그런데 그는 티푸스의 새로운 치료법을 발견했고, 배를 타고 해외로 나갔다. 지금은 강대국들이 문명이라는 이름으로 세르비아에 지운 짐을 덜어주기 위해 분투하고 있었다. 그리고 유진 브론슨. 〈뉴데모크라시〉에서는 시기를 타는 저속함과 대중적인 히스테리 둘 다 넘어선 이상을 품은 사람이라고 그를 소개했다. 데일리라는 이름의 사내는 어느 잘나신 대학 강단에서 마르크스주의 철학을 가르친 일로 정직을 당했다. 앤서니는 예술과 과학과 철학 분야에서 동시대에 출현한 독창적인 개인들을 보았다.

심지어 세버런스도 있었다. 풋볼팀 쿼터백이던 친구. 자기 인생을 산뜻하고 우아하게 접고 엔강(江)의 의용병 부대에 뛰어들었다.

잡지를 내려놓고 그는 한동안 이 다양한 사람들에 대해 생각했다. 완전한 인간이 되기 위해 노력하던 시절이었다면 그는 끝까지 자신의 인생관을 방어하기 위해 애썼을 것이다. 에피쿠로스가 열반에 든다면 어땠을까. 분투하는 일은 신앙을 가지는 일이고, 신앙은 삶을 제한하는 일이라고 그는 외쳤을지 모른다. 앤서니가 보기에는 마찬가지였다. 불멸을 바라고 기쁜 마음에 교회에 가는 일이나, 불행에 빠지지 않겠다며 경쟁이 끔찍한 가죽 산업에 뛰어드는 일이나 똑같았다. 그런데 지금에 와서 그는 더 주저할 수 없게 되었다. 이 가을, 이제 그는 스물아홉 살이었다. 많은 것들에게서 마음을 닫고 있었고, 행동의 동기와 활동의 근원에 대해 깊이 캐는 걸 피하려 했고, 세상과 자기 자신으로부터 안전하길 강렬히 원하게 됐다. 혼자 있는 일이 그는 싫었다. 글로리아와 단둘이 있는 일이 가끔 두려웠던 것처럼.

할아버지의 방문 때문에 그의 앞에는 깊은 구렁이 쩍 벌어졌다. 최근에 살던 방식을 바꿔야 했다. 그는 어쩔 수 없이 친구와 자기 주위에 갑자기 악의를 드러낸 이 도시를 둘러봐야 했다. 이전에는 자기네한테 그렇게 따뜻하고 편안한 곳이었는데 말이다. 그는 제일 먼저 전에 살던 아파트를 되찾기 위해 필사적으로 노력했다.

1912년 봄, 그는 4년 동안 1년에 1700달러로 아파트를 빌리고 선택 사항에 집 개조를 넣어 계약서에 서명했다. 이 계약은 지난 5월에 만료됐다. 처음 아파트를 빌렸을 때는 그저 변모의 가능성만 있는 곳이었고, 그 가능성을 알아보기도 어려웠다. 그러나 앤서니는 그 가능성을 알아보았고, 그와 집주인이 각자 집을 개조하는 데 일정 금액을 쓰는 쪽으로 계약서를 조정했다. 4년 계약은 다 끝났다. 지난봄, 앤서니가 선택 사항을 집주인에게 일단 미뤄놓자, 집주인 소헨버그 씨는 이제 보기 좋게 변한 이 아파트를 훨씬 더 비싸게 내놓을 수 있다는 걸 깨달았다. 앤서니는 지난 9월에 이 문제로 소헨버그의 사무실에서 그를 만났다. 3년 동안 1년에 2500달러를 내라는 제안을 받았다. 앤서니에겐 터무니없는 금액이었다. 수입의 1/3이 집세로 들어가게 된다는 뜻이었으니. 그는 집을 고치는 데 자기 돈을 썼고 아이디어도 냈다고, 그렇게 해서 아파트가 매력적인 공간으로 바뀌었다고 따졌지만 소용없었다.

2000달러에서 2200달러 사이를 제안해보았지만 계약이 성사되지 않았다. 앤서니에게는 저 금액조차 무리였지만 말이다. 소헨버그 씨는 고집을 꺾지 않았다. 다른 두 신사가 그 집을 계약할까 고려하고 있었던 것 같다. 마침 그런 종류의 아파트는 그 무렵 수요가 있었고, 패치에게 거저 주는 건 거의 고려 대상이 아닐 거였다. 문제는 또 있었다. 그 전에는 들어본 적 없는 이야기지만, 다른 세입자들 몇몇이 지난겨울 그 아파트가 시끄러웠다고 불평했다는 것이다. 늦은 밤 노래를 부르고 춤을 추는 그런 일들 말이다.

마음속 깊이 화가 난 앤서니는 리츠 호텔로 서둘러 돌아와서는 재계약에 실패했다고 글로리아에게 전했다.

"당신이란 사람을 이제 알겠네." 그녀는 분통을 터뜨렸다. "그 작자가 당신을 주저앉히게 놔둘 셈이지?"

"나더러 어쩌라고?"

"그 사람한테 말을 했어야지. 그 사람이 예전에 어떻게 나왔는지 말이야. 나라면 이 수모를 참아낼 수 없었을 거야. 세상 누가 이걸 참아? 당신은 사람들이 당신에게 이래라저래라 하고 당신을 속이고 욕보이고 이용하도록 내버려둔다고, 어리석은 꼬마처럼. 바보 같아!"

"아, 세상에, 진정 좀 하라고."

"알아, 앤서니. 하지만 당신은 정말 바보야!"

"그래, 어쩌면 그렇겠지. 아무튼 우리는 그 아파트를 감당할 수 없어. 하지만 리츠 호텔에서 사는 것보단 거기에 돈을 대는 게 더 낫겠지."

"당신도 여기 오자고 주장했잖아."

"그래, 그건 당신이 값싼 호텔에 있으면 비참해한다는 걸 아니까."

"물론 난 그렇지!"

"어쨌든 우린 살 곳을 찾아야 해."

"우린 얼마나 돈을 댈 수 있지?" 그녀가 물었다.

"음, 우리가 채권을 더 많이 팔면 그 아파트 월세도 낼 수 있어. 하지만 지난밤에 얘기했잖아, 뭔가 확실해질 때까지 우리는……."

"오, 그건 다 알아. 그저 우리 수입에서 얼마나 쓸 수 있나 물어본 거야."

"한 달에 1/4 이상은 안 된대."

"1/4이 얼마인데?"

"한 달에 150달러."

"그럼 매달 600달러밖에 없다는 얘기야?" 그녀의 목소리가 좀 가라앉았다.

"당연하지!" 그가 화가 나서 대답했다. "우리 밑천을 팔지 않고 1년에 1만 2000달러 이상을 쓴 것 같아?"

"채권을 팔았다는 건 알아. 하지만 우리가 1년에 그렇게 많은 돈을 썼어? 어떻게?" 그녀는 점점 당황했다.

"아, 참으로 검소한 우리의 금전출납부를 보자." 그가 얄궂은 투로 덧붙였다. "한때 집을 두 채 빌렸고, 옷을 샀고, 여행을 했고. 저런, 봄에 캘리포니아로 여행을 갈 때마다 4000달러를 썼네. 그 빌어먹을 차는 처음부터 끝까지 돈이 들어갔고. 그리고 파티와 오락거리와 이런저런 것들."

그들은 이제 둘 다 흥분했고 심하게 우울했다. 실제로 글로리아에게 이야기를 하다 보니 상황은 더 나빠 보였다. 앤서니 혼자 처음으로 상황을 깨달았을 때보다 더 그래 보였다.

"당신은 돈을 좀 벌어야겠어." 그녀가 불쑥 말했다.

"알아."

"그리고 할아버지를 또 찾아가야 할 거고."

"그럴 거야."

"언제?"

"우리가 정착하게 되면."

결국 이 이야기는 일주일 뒤에 현실화됐다. 그들은 한 달에 150달러씩 내는 57번가의 작은 아파트를 밀렸다. 가늘고 하얀 돌로 지은 아파트로, 침실과 거실과 부엌과 욕조가 있었다. 방이 좁아서 앤서니의 비싼 가구들을 가져다놓을 수는 없었다. 그래도 새 가구들은 깔끔하고 위생적이고 밝고 옅은 색조라서 보기 싫지 않았다. 바운즈는 영국군에 입대해 떠났고, 대신 그들은 마르고 골격이 큰 아일랜드 여자를 고용했다. 글로리아는 그녀를 혐오했다. 그녀가 아침 식사를 준비하면서 신 페인*의 영광에 대해 논했기 때문이었다. 그러나 그녀는 더 이상 일본인을 쓰지 않는다는 사실에 만족했고, 현재 영국 하인들은 구하기 어려웠다. 바운즈처럼 그녀도 아침 식사만 맡았다. 다른 끼니의 경우, 식당과 호텔에서 해결했다.

마침내 태리타운으로 앤서니가 급히 떠났다. 뉴욕의 여러 신문에서 애덤 패치, 백만장자이자 사회 개혁가가 무척 아픈 상태이고 건강이 회복될 것 같지 않다고 보도했기 때문이었다.

새끼 고양이

앤서니는 할아버지를 만날 수 없었다. 셔틀워스 말로는, 할아버지가 아무하고도 말을 나눠서는 안 된다고 의사가 지시했단다. 그는 대단히 친절하게도 앤서니가 할아버지에게 전할 메시지가 있다면 나중에 할아버지의 상태가 괜찮아질 때 대신 전해주겠다고 말했다. 이런 식으로 그가 대놓고 비꼬아서 앤서니의 우울한 추리가 증명됐

---

* 아일랜드의 민족주의 정당.

다. 할아버지의 방탕한 손자는 침대 곁에서 특히 달갑지 않은 손님이 되리라는 것. 비서와 대화를 나누다 어느 순간, 앤서니는 글로리아의 단호한 지시를 마음속에 떠올리고는 그를 밀어낼 것처럼 다가들어봤다. 셔틀워스는 씩 웃으며 건장한 어깨를 쭉 폈다. 앤서니는 자기가 하려던 짓이 부질없었음을 깨달았다.

비참하게 주눅이 든 채 그는 뉴욕, 남편과 아내가 잠 못 이루는 한 주를 보내는 곳으로 돌아왔다. 어느 날 저녁, 그들이 얼마나 불안한 상태에 처했는지 보여주는 작은 사건이 일어났다.

저녁을 먹은 후 길을 건너 집으로 가다가, 앤서니는 어느 난간 근처에서 헤매는 밤길의 고양이를 보았다.

"내겐 언제나 고양이를 걷어차고 싶은 충동이 있어." 앤서니가 한가하니 말했다.

"난 고양이를 좋아해."

"그 충동에 한번 굴복한 적 있어."

"언제?"

"오, 몇 년 전이야. 당신을 만나기 전에. 어느 날 밤, 어떤 공연의 막간이었어. 오늘처럼 추운 밤이었지. 난 좀 취해 있었어, 그렇게 취한 적은 처음이었지." 그가 덧붙였다. "그 불쌍하고 작은 녀석은 잘 곳을 찾는 것 같았어. 그리고 난 비열한 기분에 빠져 고양이를 차보겠다는 마음을……."

"오, 불쌍한 새끼 고양이!" 글로리아가 정말로 마음이 흔들려 소리쳤다.

이야기를 지어내는 본능에 영감을 받아 앤서니는 화제를 키워버렸다.

"아주 나빴어." 그가 인정했다. "그 불쌍한 짐승은 주위를 둘러보더니 나를 불쌍하게 쳐다보았어. 내가 녀석을 데려가서 친절하게 돌보아주리라 기대하는 것처럼. 녀석은 진짜 새끼 고양이일 뿐이었거든. 그리고 녀석이 상황을 알기 전, 커다란 발이 녀석을 들이받고 녀석의 작은 등을 때렸지……."

"오!" 글로리아의 비명은 괴로움이 가득했다.

"아주 추운 밤이었어." 그는 삐딱하게 이야기를 이어나갔다. 어투는 쭉 울적했다. "녀석은 누군가 친절하게 대해주길 기대했을 텐데, 오직 고통만……."

그는 갑자기 말을 멈추었다. 글로리아가 흐느끼고 있었다. 그들은 집으로 돌아왔다. 아파트에 들어가자 그녀는 소파에 몸을 내던진 채 그가 바로 그녀의 영혼을 때린 것처럼 울었다.

"오, 불쌍하고 작은 새끼 고양이!" 글로리아가 비참해하며 반복했다. "오, 불쌍하고 작은 새끼 고양이. 그렇게 추운데……."

"글로리아……."

"가까이 오지 마! 제발, 가까이 오지 마. 당신은 그 보드랍고 작은 새끼 고양이를 죽였어."

앤서니는 마음이 동하여 그녀의 곁에 무릎을 꿇고 앉았다.

"여보." 그가 말했다. "오, 글로리아, 여보. 그건 사실이 아니야. 내가 꾸며낸 이야기야, 모두 다."

그러나 그녀는 그의 말을 믿지 않았다. 그가 한 자세한 묘사 가운데 어떤 부분 때문에, 그녀는 새끼 고양이와 앤서니와 자기 자신과 온 세상의 고통과 쓸쓸함과 잔인함을 생각하며 울다 잠들었다.

어느 미국인 도덕주의자의 죽음

11월 하순 한밤중에 얇은 입술을 달싹여 하느님을 찬양하며 애덤 노인이 죽었다. 자기가 훌륭한 사람이라 생각하며 우쭐해하던 노인이었다. 그래서 마지막 순간에 전능한 신도 훌륭하시다고 찬양했으리라. 자기 젊은 시절의 방탕한 생활에 대해 신이 화를 내고 있을지도 모른다고 노인은 염려한 것이다. 하느님과 어떻게든 합의를 봤을 거라고 사람들은 수군댔다. 합의 조건은 알려지지 않았지만 말이다. 어쩌면 엄청난 현금으로 하느님을 달래지 않았을까? 모든 신문에 그의 전기가 실렸다. 신문 두 곳은 사설을 내기도 했다. 노인이 얼마나 가치 있는 인물이었는지, 그와 함께 자란 산업화의 드라마에서 그가 어떤 역할을 맡았는지 말이다. 그가 보증하고 돈을 댄 사회 개혁에 관해 조심스럽게 언급하기도 했다. 칼럼에서는 콤스톡과 대(大)카토*에 대한 기억이 부활하여 쓸쓸한 유령처럼 행진했다.

신문마다 그가 뉴욕에 사는 하나뿐인 손자 앤서니 콤스톡 패치를 남겼다고 언급했다.

장례식은 태리타운의 가족 묘지에서 치러졌다. 앤서니와 글로리

---

* 공화정 시절 로마를 대표한 정치가.

아는 첫 번째 행렬에 있었는데, 너무 근심한 나머지 기괴한 기분은 들지 않았고, 마지막까지 그와 함께한 하인들에게서 재산의 행방에 대한 정보를 필사적으로 모으려 했다.

제정신이 아닌 상태로 그들은 일주일을 기다렸다. 체면 때문이었다. 그러나 어떤 연락도 받지 못했다. 앤서니는 할아버지의 변호사에게 전화했다. 브렛 씨는 한 시간 내로 돌아올 것 같지 않다고 했다. 앤서니는 전화번호를 남겼다.

11월의 마지막 날, 밖은 춥고 타닥타닥 소리가 났다. 맥없는 태양이 창문으로 쓸쓸한 모습을 힐끗 드러냈다. 그들이 전화를 기다리며 독서에 열중한 척하는 동안, 집 안팎에서 공기가 마치 자신도 감정이 있다는 듯 감상적 오류를 일부러 연출하며 널리 퍼지는 것 같았다. 끝없이 이어지는 시간이 끝나고 전화벨이 울렸다. 앤서니는 후다닥 일어나 수화기를 집어 들었다.

"여보세요……." 그의 목소리에는 긴장이 어려 있었고 힘이 없었다. "네, 제가 남겼습니다. 누구세요? ……네……. 저런, 유산에 대해서요. 당연히 관심이 있고요. 유언장 내용에 대해 아무 말도 듣지 못했습니다. 변호사님이 내 주소를 모를 수도 있다고 생각해서…… 네? ……네……."

글로리아는 무릎을 꿇었다. 앤서니가 말과 말 사이에 쉬는 시간이 그녀 가슴에 댄 지혈대처럼 느껴졌다. 그녀는 벨벳 쿠션에 달린 커다란 단추를 힘없이 비틀고 있었다.

"그건, 그건 정말, 정말 이상하네요. 정말 이상하네요. 정말 이상하네요. 그 어떤, 아, 언급도 없고, 그 어떤, 아, 이유도 없다고요?"

그의 목소리는 가냘프고 멀리서 들려오는 것 같았다. 그녀는 작은 소리를 냈다. 헐떡임 반, 비명 반의 소리였다.

"네, 알겠습니다……. 아무튼 고맙습니다…… 고마워요……."

통화가 끝났다. 그녀는 바닥을 보았다. 그의 발이 카펫 위에 떨어진 햇빛의 무늬를 가르고 있었다. 그녀는 자리에서 일어나 쓸쓸하고도 흔들림 없는 시선으로 그를 마주 보았다. 그가 그녀를 안았다.

"자기야." 갈라진 목소리로 그가 중얼거렸다. "그가 저질러버렸어. 그 끔찍한 작자가!"

다음 날

"법정상속인이 누구죠?" 헤이트 씨가 물었다. "아시다시피 유언에 대해 거의 말할 게 없을 때는……."

헤이트 씨는 키가 크고 허리가 굽었으며 짙은 눈썹을 지녔다. 앤서니는 그가 약삭빠르고 집요한 변호사라고 추천을 받았다.

"잘 알지는 못합니다." 앤서니가 답했다. "셔틀워스라는 남자가 있어요. 할아버지가 그를 총애하며 데리고 다녔죠. 그가 관리자 혹은 수탁자 같은 역할로 모든 걸 담당했어요. 자선단체에 직접 가는 유산과 하인들에게 갈 몫과 아이다호에 있는 두 사촌들의 몫을 제외하면."

"사촌들은 얼마나 먼 친척이죠?"

"아, 팔촌이거나 십촌이죠, 그래도. 난 그들에 대해 들어본 적도 없어요."

헤이트 씨는 상황을 이해한다는 듯 고개를 끄덕였다.

"그리고 당신은 유언장 조항에 이의를 제기하고 싶은 거고요?"

"그렇습니다." 앤서니가 힘없이 인정했다. "난 가장 희망이 있어 보이는 일을 하고 싶어요. 변호사님이 내게 말해줬으면 해요."

"당신은 저쪽에서 유언 검인(檢認)을 거부하길 원하나요?"

앤서니는 고개를 저었다.

"전혀 모르겠어요. '검인'이 무엇인지 전혀 몰라요. 난 유산에서 내 몫을 갖고 싶어요."

"좀 더 자세하게 말해주었으면 합니다. 예를 들어 유언자가 왜 당신에게 유산을 주지 않았는지 이유를 아십니까?"

"저런, 네." 앤서니가 이야기를 시작했다. "아시다시피 그는 사회를 도덕적으로 개혁하는 일 같은 데 열중하는 사람이었고……."

"압니다." 헤이트 씨가 웃음기 없이 끼어들었다.

"……그는 나에 대해 그리 좋은 사람이라고 생각한 적은 없는 것 같습니다. 아시다시피 나는 사업을 하지 않았죠. 그러나 지난여름까진 나도 유산 상속인이라고 확신하고 있었어요. 우리는 마리에타에 집을 구했는데, 어느 날 밤 할아버지가 우리를 보러 오겠다고 연락하셨죠. 꽤 즐거운 파티가 한창 열리고 있었는데, 할아버지가 예고 없이 도착해버렸습니다. 음, 그는 한번 살펴보더군요, 그와 셔틀워스 그 친구 말입니다. 그러고 나서 돌아서더니 태리타운으로 후딱 돌아가버렸죠. 그 후로 그는 내 편지에 답장을 보내지 않았어요. 심지어 그를 만나는 것도 허락받지 못했죠."

"그는 금주주의자였죠, 안 그래요?"

"모든 방면에서 그랬죠. 종교에 빠지면 보통 그렇게 되죠."

"그가 사망하기 전, 당신에게 유산을 남기지 않는다는 유언장은 만들어진 지 얼마나 되었나요?"

"최근입니다. 8월 이후란 뜻이죠."

"그리고 당신은 그가 유산의 대부분을 남기지 않은 이유가 당신의 최근 행동에 대해 그가 불쾌해했기 때문이라고 생각하고요?"

"네."

헤이트 씨는 생각에 잠겼다. 무엇을 근거로 앤서니는 유언장에 이의를 제기해야 할까?

"글쎄요, 사악한 영향력을 끼쳤다고 하면 될까요?"

"부당한 영향력이라는 것이 근거가 될 수는 있습니다. 하지만 입증이 아주 어려워요. 당신은 그런 압박으로 인해서 고인이 자신의 의도와는 반대로 유산을 분배했다는 걸 증명해야……."

"그런가요. 가령 셔틀워스란 친구가 그 순간 마리에타로 할아버지를 끌고 온 것이, 왁자지껄한 행사가 벌어지고 있다고 본인이 생각했기 때문이라면?"

"그런 건 소송과는 아무 관계가 없습니다. 충고와 영향력은 분명히 구분되죠. 당신은 그 비서가 사악한 의도를 품고 있었다고 증명해야 합니다. 난 다른 근거들을 제안하고 싶군요. 유언장은 작성자가 미쳤거나 술에 취한 경우 자동으로 검인이 취소됩니다." 여기서 앤서니는 웃었다. "혹은 너무 나이가 들어서 지적으로 장애가 있을 경우도요."

"할아버지의 주치의도 유산 수령인 중 한 명이거든요. 할아버지가 지적 장애가 없었다고 증언할 거예요. 할아버지는 실제로 멀쩡했어요. 사실 자기 돈을 자기가 원하는 대로 해버릴 사람이었습니다. 그 양반 일생과 완벽하게 맞아떨어지죠……."

"음, 아시다시피, 지적 장애는 부당한 영향력처럼 크게 다루어질 일입니다. 재산이 원래 의도한 대로 분배되지 않았다는 걸 뜻하니까요. 보통은 감금을 근거로 대기도 합니다. 물리적으로 강제가 있었다고 주장하는 거죠."

앤서니는 고개를 저었다.

"그럴 가능성은 높지 않을 것 같네요. 부당한 영향력이 최선으로 보이네요."

두 사람은 이야기를 더 나누었다. 앤서니가 거의 이해하지 못할 만큼 무척 전문적인 내용이었다. 그는 헤이트 씨를 법률 고문으로 정했다. 변호사는 셔틀워스에게 면담을 제의했는데, 셔틀워스는 윌슨, 히머 앤드 하디 사와 함께 공동 유언집행자였다. 앤서니는 주중 후반에 방문하기로 했다.

유산 규모는 약 4000만 달러쯤으로 밝혀졌다. 개인에게 돌아가는 가장 큰 몫은 100만 달러로, 에드워드 셔틀워스의 것이었다. 그 외에도 그는 3000만 달러 규모의 신탁 기금 관리자로서 매해 3만 달러의 연봉을 받게 됐다. 신탁 기금은 셔틀워스가 재량껏 다양한 자선 기관과 사회 개혁 단체에게 분배할 터였다. 남은 900만 달러는 아이다호에 사는 두 사촌과 약 스물다섯 명의 수령인들에게 분배됐다. 친구들이며 비서들이며 하인들, 그리고 한두 번쯤 애덤 패치가 정식으로 인정한 적 있는 고용인들이었다.

2주가 또 지나기 전 헤이트 씨는 1만 5000달러를 변호사 비용으로 받은 다음, 유언장에 이의를 제기할 준비에 착수했다.

불만스러운 겨울

57번가의 작은 아파트에 두 달간 지내기 전, 마리에타의 회색 집에는 말로 표현하기 어렵지만 실체가 분명한 더러움이 스며들어 있었다. 둘 다 이런 더러움이 당연하다고 생각했다. 집에선 언제나 담배 냄새가 났다. 둘 다 끊임없이 담배를 피웠으니까. 옷에도, 담요에도, 커튼에도, 재가 흩어진 카펫에도 냄새가 났다. 이에 더하여 상해가는 와인에서 견딜 수 없는 냄새도 났다. 그 냄새를 맡으면 악취 나는 아름다움과 혐오스러운 기억을 남긴 흥청망청 파티가 어쩔 수 없이 떠올랐다. 찬장의 특별한 유리 술잔 세트에서는 그 냄새가 특별히 심하게 났고, 거실에 놓인 마호가니 탁자에는 유리잔을 내려놓아 생긴 하얀 원 모양 자국들이 가득했다. 파티가 많이 열렸었다. 사람들은 물건을 부수었고, 글로리아의 욕실에서 구토를 했다. 와인을 쏟았고, 작은 부엌을 믿을 수 없을 만큼 엉망진창으로 만들었다.

이런 삶이 그들에겐 일상이었다. 월요일엔 문제가 자주 해결됐지만, 주말이 다가오면 어떤 성스럽지 못한 흥분과 함께 그들은 관습을 지켜야 한다는 데 말없이 동의했다. 토요일이 되면 그들은 이 문제에 대해 이야기하지 않았고, 책임감이 거의 없는 이들로 구성된 지인 모임에서 이 사람 저 사람 전화를 걸어 만나자고 했다. 친구들이 모이고 디캔터를 준비한 뒤에야 앤서니는 무심히 중얼거리곤 했다. "난 하이볼 딱 한 잔만 마실 건데⋯⋯."

그런 다음 그들은 이틀을 함께했다. 쌀쌀한 새벽이면 볼 미치나 클럽 라메, 혹은 떠들썩한 손님들에게 훨씬 덜 까다로운 리조트에서 열린 가장 시끄럽고 가장 눈에 띄는 파티에서 가장 시끄럽고 가장 눈에 띄는 사람들과 함께 지냈음을 깨달았다. 그들은 어쩌다 80달러 혹은 90달러를 써버리지만, 어떻게 해서 그렇게 됐는지는 결코 알지 못했다. 그들은 습관적으로 그들과 함께한 '친구들'이 가난해서 그렇게 된 거라고 탓했다.

친구들 중에서 좀 더 진실한 이들이 그들에게 충고를 하는 건 그리 특별한 일이 아니게 됐다. 바로 파티 도중에 글로리아는 '외모'를, 앤서니는 '몸'을 잃어버릴 거라고 음울한 결말을 예언하는 것이다.

할아버지의 방문으로 중단된 마리에타의 파티에 대해선 당연히 자세한 소문이 퍼져나갔다. "뮤리얼은 자기가 아는 사람마다 그 얘기를 할 생각은 없었다던데." 글로리아가 앤서니에게 말했다. "하지만 뮤리얼은 자기가 얘기를 한 사람마다 얘기를 할 단 한 사람이라고 생각해." 그리고 파티 이야기는 속이 다 내보이는 식으로, 잡지 〈타운 태틀〉의 눈에 띄는 지면에 실렸다. 애덤 패치의 유언장 조항이 공개되고 신문이 앤서니의 소송과 관련해서 기사를 내자, 그 이야기는 아름답게 덧입혀졌다―앤서니를 끝없이 헐뜯는 방향으로. 그들은 자신들에 대한 소문을 사방에서 듣기 시작했다. 그 소문은 보통 약간의 진실에 기반하고 있지만 온갖 말도 안 되는 사악한 부분들로 가득 덮였다.

겉으로 보기엔 그들의 상태가 나빠진 것 같진 않았다. 스물여섯 살의 글로리아는 여전히 스무 살의 글로리아 같았다. 깨끗한 두 눈에 어울리는 신선하고 촉촉한 혈색을 지녔다. 머리칼은 여전히 어린아이처럼 빛났는데, 옥수수색에서 짙은 금빛 적갈색으로 색이 천천히 짙어지고 있었다. 날씬한 몸매는 신비한 숲을 달리고 춤을 추는 님프를 연상케 했다. 그녀가 호텔 로비나 극장 복도를 걸어가면 그녀에게 매혹된 남자들의 눈, 수십 개의 시선이 그녀를 따라다녔다. 남자들은 그녀를 소개해달라고 했고, 진심으로 오래오래 찬탄했고, 그녀에게 분명히 구애를 했다. 그녀는 여전히 정교하고 믿기 어려운 아름다움을 지녔다. 그리고 앤서니의 경우, 겉으로 보기엔 잃은 것보다 얻은 게 더 많았다. 얼굴엔 정체 모를 비극적 분위기가 풍겼는데, 잘 다듬어 흠이 없는 외모와 낭만적으로 대조를 이루었다.

초겨울, 다들 미국이 전쟁에 참전할 가능성에 대해 얘기하고 앤서니는 필사적으로 진지하게 글을 쓰려 한 시기였다. 뮤리얼 케인이 뉴욕에 와서 즉시 그들을 방문했다. 글로리아처럼 그녀 또한 전혀 변하지 않은 것 같았다. 뉴욕 떠돌이로서 그해에 처음 나온 것들에 대해 온갖 열정을 품고서, 그녀는 최신 속어를 알았고 최신 춤을 추었으며 최신 노래와 연극에 대해 이야기했다. 그녀의 내숭은 끝없이 새로웠으며, 끝없이 헛되었다. 옷차림은 극단적이었다. 검은 머리는 이제 글로리아처럼 단발이었다.

"뉴헤이븐에서 열린 한겨울 무도회에 갔었어." 뮤리얼이 유쾌한 비밀을 공개했다. 그녀는 그 대학의 어떤 남자들보다도 나이가 많았겠지만, 언제나 어떤 식으로든 초대를 받았고, 다음 파티에서는 연애의 제단에서 끝을 맺을 만남을 가질 거라고 막연히 상상했다.

"어디서 지냈어요?" 앤서니는 확실히 즐거워하며 물었다.

"핫스프링스에 있었어요. 이번 가을은 아주 번드르르하고 생기 넘쳤어요, 더 많은 남자들!"

"사랑에 빠졌나요, 뮤리얼?"

"'사랑'이라니, 그게 무슨 말이에요?" 이 말은 그해에 자주 쓰인 수사적 의문문이었다. "말 좀 할게요." 그녀가 갑자기 화제를 바꾸었다. "나와는 상관없는 것 같지만, 당신들 둘은 이제 정착할 때가 된 것 같아요."

"저런, 우린 정착했잖아요."

"네, 당신들은!" 그녀는 짓궂게 냉소했다. "가는 곳마다 당신들의 탈선 이야기를 들어요. 말씀드리자면, 당신들 편드느라 아주 힘들어요."

"그럴 필요 없어." 글로리아가 차갑게 말했다.

"그런데 글로리아." 뮤리얼이 따졌다. "난 너의 가장 친한 친구 중 한 명이잖아, 알다시피."

글로리아는 입을 다물었다. 뮤리얼은 계속 말했다.

"술을 마시는 여자에 대한 건 아니었어요. 글로리아는 무척 예쁘고, 그래서 많은 사람들이 도처에서 얼굴을 아니까, 자연스럽게 눈에 띄는…….”

“최근에 무슨 얘길 들었는데?” 글로리아는 호기심 앞에서 체면을 내려놓은 모습이었다.

“음, 예를 들어 마리에타의 파티 때문에 앤서니의 할아버지가 죽음을 맞았다는 얘기.”

부부는 즉시 곤혹스러워하며 긴장했다.

“저런, 터무니없는 얘긴데.”

“그게 사람들이 하는 말이야.” 뮤리얼이 고집스럽게 주장했다.

앤서니는 방을 돌아다녔다. “말도 안 돼!” 그가 선언했다. “우리가 파티에 부른 바로 그 사람들이 엄청난 농담 같은 소리를 떠들어대는군. 결국 이런 식으로 우리에게 돌아오고.”

글로리아는 밖으로 삐져나온 붉은 머리칼을 손가락으로 쓸었다. 뮤리얼은 다음 말을 생각하며 혀로 베일을 건드렸다.

“넌 아기를 가져야 해.”

글로리아는 따분해하며 쳐다보았다.

“우린 감당할 수 없어.”

“빈민가에 사는 사람들도 다 아기는 있어.” 뮤리얼이 의기양양하게 말했다.

앤서니와 글로리아는 미소를 주고받았다. 두 사람은 전에 겪은 적 없는 거친 다툼을 하기에 이른, 이따금 감정이 끓어올라 폭발하거나 혹은 완전히 무관심해져서 수그러들거나 하는 상태였다. 그러나 뮤리얼의 이번 방문으로 그들은 잠시 하나가 되었다. 살면서 느끼는 불만족이 제3자의 입에 의해 언급되자, 그들에겐 이 적대적인 세계에 맞설 추진력이 생겼다. 다시 하나가 되려는 충동이 생겨나는 일은 이제 무척 드물었으니까.

앤서니는 밤에 근무하는 아파트 엘리베이터 운전원에게서 자신의 모습을 보았다. 그는 창백하고 수염이 삐죽삐죽 나온 예순쯤 된 남자로, 자기 자신의 처지를 잊은 듯한 분위기를 풍겼다. 아마도 그가 얻어낸 자리의 특징 때문인 것 같았다. 그는 기억에서 잘 사라지지 않는 애처로운 실패자 같았다. 앤서니는 위아래로 왔다 갔다 하는 그 엘리베이터 운전원의 일에 대해 어쨌든 안에 갇힌 무한히 지루한 삶이라는 웃음기 없이 시들한 농담을 생각해냈다. 매번 앤서니는 탈 때마다 숨을 죽이며 운전원이 "음, 오늘은 햇빛이 좀 나는 것 같군요"라고 말하길 기다렸다. 이 담배 연기 색깔의 창문 없고 작은 엘리베이터에 갇힌 그에겐 비나 햇빛이 얼마나 드물까.

밤의 인물이었던 그는 한때 그에게 야비했던 삶을 떠나며 비극의 주인공이 됐다. 어느 날 밤 세 명의 젊은 총잡이가 나타나 그를 묶은 다음 지하실 석탄 더미 위에 남겨둔 채 창고로 가버렸다. 다음 날 아침, 아파트 관리인이 그를 발견했을 때 그는 추위로 실신한 상태였다. 그는 나흘 뒤 폐렴으로 세상을 떠났다.

그의 자리는 입심 좋은 마르티니크 출신 흑인으로 대체됐다. 부자연스러운 영국 억양에 태도가 무례한 데가 있어서 앤서니는 그를 싫어했다. 노인의 죽음은 고양이 사건이 글로리아에게 미친 효과와 거의 비슷한 효과를 그에게 남겼다. 그는 삶의 잔인함을 상기하고, 이어 자신의 삶에 씁쓸한 일들이 늘어나고 있다는 걸 상기했다.

앤서니는 글을 썼다, 결국에는 착실하게. 그는 딕에게 가서 그간 경시했던 과정에 대해 자세한 이야기를 한 시간 동안 긴장한 채 들었다. 앤서니는 즉시 돈이 필요했다. 청구서를 지불하기 위해 매달 채권을 팔고 있었으니. 딕은 솔직하고 명료했다.

"이런 애매한 잡지들에 실리는 문학적인 주제를 다루는 글을 쓰는 한, 넌 집세를 낼 만큼 충분한 돈을 벌 수는 없어. 물론 유머에 재능이 있거나 대단한 전기를 쓸 가능성이 있거나 혹은 전문적인 지식이 있는 경우 벼락부자가 될 수 있지. 하지만 네 경우, 소설이 유일해. 넌 돈이 바로 필요하다고 했지?"

"확실히 그렇지."

"음, 네가 장편소설로 돈을 벌려면 1년 반은 필요해. 좀 대중적인 단편들을 써봐. 그런데 만일 그게 예외적으로 눈에 띄는 정도가 아니면, 소설은 명랑해야 해. 나폴레옹의 말처럼 '가장 무거운 대포랑 같은 편에 서야' 이길 수 있는 법이지."

앤서니는 딕이 최근에 쓴 이야기들을 생각했다. 그 소설들은 유명한 월간지에 실렸다. 등장인물은 뉴욕 사교계 사람들로, 한 명은 누군지 확실했다. 이들은 톱밥을 채운 인형 같은 부류들이었고 소설은 이들이 저지르는 터무니없는 행동을 주로 다루었다. 대체로 여주인공이 기술적으로 순결함을 지키는 데 초점을 맞추면서 '상류층 사람들의 미친 장난'에 대해 사회학적으로 조롱하는 의미를 함축하기도 했다.

"하지만 네 이야기는……." 앤서니가 거의 무심결에 큰 소리로 외쳤다.

"오, 그건 달라." 딕이 깜짝 놀라 주장했다. "난 명성이 있잖아, 너도 알다시피. 그래서 다들 내가 센 주제를 다룰 거라고 생각해."

앤서니는 속으로 움찔했다. 딕의 말을 들으니 딕이 얼마나 추락했는지 깨달았다. 그는 정말로 최근에 낸 기가 막힌 작업들이 첫 소설만큼 좋다고 생각하나?

앤서니는 아파트로 돌아가서 원고를 쓰기 시작했다. 그는 낙천주의를 품어봐야 아무 의미 없다는 걸 알게 됐다. 대여섯 번쯤 변변찮게 시도를 한 뒤, 그는 공공 도서관으로 가서 일주일 동안 어느 대중 잡지의 내용을 조사했다. 그런 다음 준비를 더 잘해서 첫 소설 〈운명의 딕터폰*〉을 완성했다. 지난해 월가에서 보낸 6주 동안의 시간이 그에게 남긴 몇몇 인상 가운데 하나에 근거한 소설이었다. 그는 어느 사무실 소년에 대해 밝은 이야기를 쓰고자 했다. 소년은 참으로 우연히 딕터폰에 훌륭한 멜로디를 녹음했다. 유명한 뮤지컬 코미디 제작자인 사장의 형제가 그 딕터폰의 실린더를 발견했는데 실린더가 바로 사라졌다. 소설의 얼개는 사라진 실린더를 추적하는 이야기와, 그 고상한 사무실 소년이 반쯤은 잔다르크를, 반쯤은 플로렌스 나이팅게일을 닮은 고결한 속기사 루니 양과 결혼하게 되는 이야기로 구성됐다.

그는 이 작품이야말로 잡지가 원하는 거라고 추정했다. 주인공들은 핑크색 푸른색 문학 세계에서 항상 나올 법한 인물이었다. 플

---

* 녹음해둔 내용을 축음기에 걸어 재생하는 기계.

롯은 마리에타의 독자들조차 불편해하지 않을, 사카린처럼 달콤한 맛이었다. 그는 스페이스 키를 두 번씩 쳐가며 이 소설을 타이핑했다. R. 메그스 위들스타인이 쓴 〈소설가로 성공하긴 쉬웠다〉 같은 팸플릿을 보니 그렇게 하라고 되어 있었다. 자기 수업을 여섯 번 들으면 한 달에 최소 1000달러는 벌 수 있다며, 야망 넘치는 배관공에게 땀의 무용함을 설득하는 내용이 담긴 소책자였다.

심심한 글로리아에게 소설을 읽게 하니 그녀는 '출판된 많은 글들보단 낫다'는 유구한 표현을 했다. 그는 풍자적으로 '질 드 사드*'라는 필명을 지은 다음, 원고를 회신용 봉투에 넣어서 부쳤다.

그는 이야기를 고안해내느라 아주 노력했으므로, 다음 소설을 쓰기 전 첫 소설이 어떻게 되나 기다리기로 했다. 딕은 그가 200달러쯤 벌 것이라고 했다. 만일 소설이 우연히도 받아들여지지 않는다면, 편집자는 분명 편지로 그에게 어떤 식으로 글을 고쳐야 하는지 아이디어를 전할 거였다.

"이 작품은 의문의 여지 없이 현존하는 가장 끔찍한 글이야." 앤서니가 말했다.

편집자는 그에게 꽤 그럴듯하게 동의했다. 그는 거절 편지와 함께 원고를 돌려보냈다. 앤서니는 다른 곳으로 원고를 보냈고 또 다른 소설을 쓰기 시작했다. 두 번째 소설은 〈열린 작은 문〉이었다. 사흘 만에 썼는데, 오컬트와 관련된 내용이었다. 사이가 나쁜 부부가 어느 보드빌 쇼를 통해 하나가 된다는 이야기였다.

---

* 프랑스 작가 마르키 드 사드와 프랑스의 연쇄살인범 질 드 레의 이름을 합친 것.

원고는 대략 여섯 편으로, 그 전에는 글을 쓰려고 꾸준히 애쓴 적 없었던 남자가 '글을 써 내려가기 위해' 비참하고 가련하게 노력을 기울인 것이었다. 작품들 중 어느 것에도 생명의 힘이 번뜩이지 않았고, 작품에 나온 우아하거나 적절한 표현을 다 합쳐도 평범한 신문 칼럼 하나만도 못했다. 작품들은 잡지사를 돌면서 서른한 개의 거절 쪽지를 모아들였다. 소포로 도착한 원고들이 그의 집 현관에 죽은 시체처럼 놓여 있는 모습을 그가 발견할 터였다.

1월 중순, 글로리아의 아버지가 세상을 떠났다. 그들은 다시 캔자스시티로 갔다. 비참한 여정이었는데, 글로리아가 아버지 말고 어머니의 죽음에 대해 계속 생각했기 때문이었다. 러셀 길버트의 물건들은 정리되었고 그들은 약 3000달러의 재산과 엄청난 양의 가구를 갖게 됐다. 가구는 창고에 보관되어 있었는데, 그가 말년에 작은 호텔에서 지냈기 때문이었다. 그의 죽음을 계기로, 앤서니는 글로리아에 대해 새로운 사실을 알게 됐다. 동부로 가는 길에 그녀는 놀랍게도 자신이 빌피스트라고 고백했다.

"저런, 글로리아." 그가 외쳤다. "당신이 그걸 믿는다는 얘기는 아니겠지."

"음." 그녀가 도전적으로 말했다. "어때서?"

"왜냐하면, 그건, 그건 너무 환상적이니까. 모든 의미에서 당신은 불가지론자잖아, 알다시피. 당신은 기독교의 정통적인 형식은 뭐든 비웃었어. 그러더니 이제 와서 환생에 대한 멍청한 규칙을 믿는다고 공표하는 거라고."

"내가 그렇다면 어쩔 거야? 난 당신이나 모리나 최소한 지적인 면에서 내가 존경심을 품고 있는 다른 모든 사람들의 이야기를 경청해왔어. 인생이란 밖으로 드러난 모습이 극도로 무의미하다는 의견엔 동의해. 그러나 내가 무의식적으로 무언가를 배운다면, 그건 그리 무의미하지 않을 거라고 언제나 생각했어."

"당신은 뭐라도 배우고 있는 게 아니야. 그냥 지쳐가는 거지. 그리고 당신이 상황을 편하게 할 믿음을 가져야 한다면, 히스테리에 빠진 수많은 여자들 말고 누군가의 이성에 호소하는 믿음을 구해봐. 당신 같은 사람은 제대로 증명된 게 아니면 뭐든 받아들이면 안 돼."

"난 진실에 관심이 없어. 난 행복을 원해."

"글쎄, 당신이 제대로 된 마음가짐을 지녔다면, 행복은 진실에 의해 자격을 갖추어야 해. 어떤 단순한 영혼이라도 정신에 문제가 있어서 착각할 수 있다고."

"난 신경 안 써." 그녀는 계속 완강하게 나왔다. "더구나 그 어떤 교의든 내가 제안하는 게 아니라고."

논쟁은 시들었지만, 앤서니는 그 뒤로도 몇 번씩 생각했다. 그녀가 이 오래된 믿음을 받아들이다니 충격이었다. 분명 어머니로부터 받아들인 거고, 타고난 사상으로 옛날부터 변장을 하여 다시 끼어든 거였다.

그들은 핫스프링스에서 생각 없이 사치를 누리다가 3월이 되어서야 뉴욕으로 돌아왔다. 앤서니는 실패한 소설 쓰기를 다시 시작했다. 두 사람 다 이제는 깨달았다. 대중문학 쪽으로는 출구가 없다는 사실을 말이다. 이제는 서로 믿어주며 서로 용기를 북돋워주는 방법 말고는 없었다. 그러면서도 쉴 새 없이 이런저런 이유로 둘은 싸웠다. 쓰는 돈을 줄이려고 애썼지만 순전히 관성 때문에 그만 두었고, 3월이 되자 그들은 다시 '파티'를 구실 삼아 온갖 핑계를 댔다. 글로리아는 무모한 척 제안 하나를 내놓았다. 돈이 있는 한 그 돈을 다 쓰고 흥청망청 지내야 한다는 것이었다. 불만족스럽게 조금씩 쓰는 것보다야 뭐든 낫다는 거였다.

"글로리아, 내가 원하는 만큼 당신도 파티를 원하잖아."

"그건 내게 중요하지 않아. 난 뭐든 내 생각대로 행동해. 내가 젊을 때 누릴 수 있는 최고의 시간을 누리면서 이 시간을 모두 쓴다는 생각 말이야."

"그다음엔 어떻게?"

"그다음은 신경 쓰지 않을 거야."

"아니, 당신은 신경 쓸 거야."

"음, 그럴 수도 있지. 하지만 그렇게 되어도 난 아무것도 할 수 없겠지. 그리고 난 즐겁게 지내게 될 거야."

"당신은 그때도 똑같을 거야. 어느 정도는, 우린 즐겁게 지냈고, 소동을 일으켰지. 그리고 그 대가를 치르고 있는 상태야."

그럼에도 돈은 계속 나갔다. 이틀은 시끌시끌하게 보내고, 이틀은 울적하게 보냈다. 끝없이, 거의 변함없이 굴러갔다. 이 회전이 확실히 멈출 때면, 보통 앤서니는 갑자기 일을 마구 했다. 그와는 달리 글로리아는 신경질적인 상태로 심심해하며 침대에 있거나 멍하니 손가락을 씹었다. 이런 식으로 하루쯤 보낸 뒤에 그들은 약속을 잡았고, 그러고 나면…… 오, 그게 무슨 상관인가? 이 밤, 이 빛, 불안이 멈춘다! 산다는 일에 설령 목적 따위 없다고 하더라도, 적어도 낭만적이긴 하지 않을까? 와인은 그들의 실패에 일종의 용맹함을 부여했다.

소송은 끊임없이 참고인을 조사하고 증거를 나열하며 천천히 진행됐다. 사유지를 정리하는 예비 절차는 끝났다. 헤이트 씨는 이 사건이 여름 전에 재판에 들어가지 않을 이유가 없다고 봤다.

3월 후반, 블록먼이 뉴욕에 나타났다. 그는 필름스 파 엑설런스 사와 관련된 일로 약 1년간 영국에 머물렀다. 그는 여전히 점점 더 세련되게 변하고 있었다. 항상 옷을 더 잘 입었고, 억양이 더 부드러워졌으며, 이 세계의 좋은 것들은 자신의 몫이고 그게 자연스럽고 절대적인 권리라고 확신하는 모습이 눈에 띄게 드러났다. 그는 아파트에 들러 한 시간만 머물렀는데, 그동안 주로 전쟁에 대해서 이야기했고 다시 오겠다는 말을 남겼다. 그가 두 번째로 방문했을 때 앤서니는 집에 없었다. 오후 늦게 돌아오니 글로리아는 뭔가에 열중하고 흥분한 모습이었다.

"앤서니." 그녀가 말을 꺼냈다. "내가 영화계로 간다고 하면 여전히 반대할 거야?"

글로리아의 생각에 그의 온 마음이 굳었다. 그녀가 그와 멀어지려는 것 같을 때—그저 협박이라면 좋겠지만—그녀의 존재는 다시금 소중하다기보다는 아주 필수불가결하게 여겨졌다.

"아, 글로리아!"

"블록먼이 나를 영화에 넣어주겠다고 말했어. 내가 뭐든 하는 한에서, 지금 시작해야 한대. 그쪽은 젊은 여자만 원한대. 돈을 생각해봐, 앤서니!"

"당신을 위해서라면, 그래. 하지만 나는?"

"내가 가진 건 뭐든 당신 것이잖아!"

"그건 아주 끔찍한 일이야!" 그는 버럭 소리를 질렀다. 도덕적이고 끝없이 신중한 앤서니. "그리고 끔찍한 인간들이야! 그리고 난 그 블록먼이라는 친구가 여기 와서 간섭하는 거 아주 지긋지긋해. 나는 연극 같은 것들이 싫어."

"그건 연극이 아니야! 완전히 다르다고."

"내가 뭘 해야 하는 거야? 온 나라를 돌아다니며 당신을 쫓아다니는 거? 당신 돈으로 살면서?"

"그럼 당신이 돈을 좀 벌어."

대화는 그들이 이제껏 겪은 가장 거친 다툼 가운데 하나로 발전했다. 뒤이어 화해를 하고 부득이하게 도덕적인 면이 제대로 기능하지 않는 단계를 거치자, 그녀는 그가 그 계획을 망쳐왔다는 걸 깨달았다. 누구도 블록먼이 결코 사심 없이 그러는 게 아닐 수 있다고 말하진 않았지만, 앤서니가 반대하는 배경에는 그 이유가 있다는 걸 둘 다 알았다.

4월이 되자 독일과의 전쟁이 선포됐다. 윌슨과 그의 내각, 뛰어난 구석은 없지만 이상하게도 열두 제자가 생각나는 그의 내각은 굶주린 전쟁의 개들을 조심스럽게 풀었고[*], 언론은 튜턴계 기질의 산

---

[*] 셰익스피어의 《줄리어스 시저》에서 마르쿠스 안토니우스가 시저의 암살 직후 독백한 구절을 빗댄 것이다.

물인 사악한 도덕이며 사악한 철학이며 사악한 음악을 향해 히스테리하게 덤벼들기 시작했다. 자신이 특별히 마음이 넓다고 생각하는 사람들은, 사람들을 히스테리하게 자극하는 원인은 오직 독일 정부뿐이라고, 아주 세심하게 구별했다. 나머지 사람들은 구역질나게 무례한 상태까지 흥분했다. '엄마'와 '황제'가 들어간 노래는 뭐든 엄청난 성공을 거두리라 여겨졌다. 결국 모두가 이야깃거리를 갖게 됐고, 거의 모두가 충분히 즐겼다. 마치 자신들이 음울하고 낭만적인 연극에서 역할을 맡게 된 것처럼.

앤서니, 모리, 딕은 장교 훈련 캠프에 가기 위해 지원서를 냈다. 모리와 딕은 이상하게도 뭔가 고상하고 더할 나위 없는 사람이 된 듯한 기분을 느끼기 시작했다. 그들은 대학생들처럼 수다를 떨었다. 전쟁이라는 것은 귀족 계급이 나타날 핑곗거리이자 그들을 위한 정당화가 된다는 것이다. 장교라는 카스트는 원래 있을 수 없는 것인데, 명백하게도 이제 동부 대학 서너 곳의 매력적인 졸업생들이 차지하게 되었다. 글로리아가 보기엔 국가를 가로질러 흐르는 이 거대한 붉은 빛 속에서 앤서니마저도 새로운 매력을 얻은 것처럼 보였다.

파나마에서 뉴욕으로 도착한 제10보병대는 애국 시민들이 술집에서 술집으로 바래다주어 아주 당황했다. 육군사관학교 학생들이 수년 만에 처음으로 눈에 띄기 시작했다. 보통 사람들이 보기에 지금 모든 일이 영광스러운데, 앞으로 닥칠 일은 그 갑절이나 영광스러울 것이었다. 모든 사람은 착한 친구들이고, 모든 인종은 언제나 독일을 제외하고 훌륭한 인종이었다. 그리고 사회의 전 계층에서 추방자와 희생자가 군복을 입기만 하면 친척들과 예전 친구와 전혀 모르는 사람에게 용서를 받고, 힘을 얻고, 눈물을 얻을 수 있었다.

안타깝게도 자그마한 체구에 진단을 엄밀하게 내리는 어느 의사가 앤서니의 혈압에 문제가 있다고 봤다. 그는 양심상 앤서니를 장교 훈련 캠프로 보낼 수가 없었다.

부서진 류트

그들의 세 번째 결혼기념일은 축하 행사도 관심도 없이 지나갔다. 계절은 날씨가 풀리며 따뜻해졌고, 더 더운 여름으로 녹아내려 부글부글 끓어댔다. 7월이 되자 유언장 검인 절차를 밟았다. 소송은 검인 담당 판사가 재판 기간을 정했다. 사건은 9월까지 끌었다. 도덕적 정서와 관련되어 있는 문제라 편향되지 않은 배심원을 고르기가 쉽지 않아서였다. 앤서니에게는 나쁜 일이었지만, 배심원은 유언자의 편을 들었다. 헤이트 씨는 에드워드 셔틀워스에게 송달될 항소서를 쓰게 됐다.

여름이 떠나가자 앤서니와 글로리아는 '다시 의견이 일치하게' 되면서 돈을 가지면 무엇을 할지, 전쟁이 끝나면 어디로 갈지 이야기했다. 그들 둘 다 사랑이 다 타버린 재에서 불사조처럼 뛰어올라 신비스럽고 불가해한 서식지에서 다시 태어나게 될 때를 고대하고 있었기 때문이었다.

그는 초가을에 징집됐고, 신검 담당 의사는 앤서니의 저혈압에 대해 아무 말도 하지 않았다. 어느 날 밤, 앤서니가 글로리아에게 무엇보다도 전사했으면 좋겠다고 말했을 때는 정말 의미 없었고 슬펐다. 그러나 언제나 그렇듯 그들은 잘못된 시대의 잘못된 것들에 대해 서로에게 미안해했다……

그의 부대는 남부 캠프로 가는데, 그녀가 당장 따라가지는 않기로 의견을 모았다. 그녀는 '아파트를 사용'하고, 돈을 아끼고, 재판이 어떻게 진행되나 보기 위해서 뉴욕에 남기로 했다. 재판은 현재 항소부에 미결 상태로 있었고, 헤이트 씨는 한참 뒤에나 재판이 열릴 거라고 했다.

마지막이나 다름없는 그들의 대화는 수입을 어떻게 적당히 나눌지에 대한 의미 없는 싸움이었다. 한마디로, 한쪽이 다른 한쪽에게 수입 모두를 주게 될 터였다. 10월의 어느 날 밤, 앤서니가 캠프로 떠나기 위해 그랜드센트럴 역에 갔을 때, 글로리아는 간신히 제시간에 도착하여 역에 모인 군중들의 불안한 머리 위로 그와 시선을 교환했다. 뒤죽박죽 혼란스러운 그들 생활에 어울리는 상황이었다. 주위를 둘러막은 기차역 지붕의 어두운 불빛 아래 그들의 시선은 노란 흐느낌과 불쌍한 여자들의 냄새로 가득한 히스테릭한 구역을 가로질러 나갔다. 그들은 서로에게 저지른 일에 대해 생각했을 것이다. 우울한 상황이 반복되는 것에 대해 각자 어떤 책임이 있는지 따져보았을 것이다. 비극적이고 어두운 일이 번번이 거듭되었으니까. 마침내 그들 사이는 너무 멀어져 서로의 눈물을 볼 수 없게 됐다.

3부

1장

문명의 문제

알 수 없는 곳에서 정신 나간 명령이 내려왔다. 앤서니는 마음속으로 길을 더듬었다. 글로리아와 하룻밤 이상 떨어져 지내본 것은 3년도 더 된 일이었다. 이런 결말은 쓸쓸했다. 말쑥하고 사랑스러운 여인을 그는 떠나온 것이다.

그들은 재정 문제를 가장 실용적인 방향으로 합의했다고 그는 생각했다. 그녀는 한 달에 375달러를 받게 됐다. 거의 절반이 집세로 나가니 그리 큰 액수는 아니었다. 그리고 그는 월급 외에 50달러를 추가로 쓰기로 했다. 더는 필요하지 않았다. 음식이며 옷이며 숙소가 제공될 테니. 이등병에겐 사회적 의무가 없었다.

기차는 혼잡했고 다들 숨을 쉬니 이미 공기가 답답했다. 차량은 '여행자' 객차로 알려진 것으로, 풀먼 특별 객차를 베낀 싸구려다. 바닥은 휑했고 짚을 깐 의자들은 청소가 필요했다. 그런데도 앤서니는 안도하며 차량을 맞이했다. 한쪽 끝엔 여덟 필의 말이 서 있고 다른 한쪽엔 마흔 명의 사람을 태우는 화물차를 타고 남부로 가게 될 줄로 막연히 예상했던 것이다. '남자 40, 말 8*'에 대한 이야기를 너무 자주 듣다 보니 혼란스럽고 불길하게 느껴졌었다.

어깨에 거대한 푸른 소시지 같은 군인 가방을 늘어뜨린 채 흔들흔들 통로를 지나는 동안, 그는 빈자리를 찾지 못했다. 잠시 후 앤서니는 어느 작고 가무잡잡한 시칠리아 사람이 발을 올려두고 있는 공간 하나를 발견했다. 그는 눈을 감고 거만하게 몸을 구부린 채 구석 자리에 있었다. 앤서니가 옆에 멈춰 서자, 그는 앤서니를 쏘아보았는데, 분명 위협적으로 구는 것 같았다. 모두가 똑같은 이 거대한 공간에서 방어를 하려고 그러는 게 틀림없었다. 앤서니가 "자리 있나요?"라고 날카롭게 묻자 그는 마치 깨지기 쉬운 소포라도 되는 양 아주 천천히 발을 들었다가 주의 깊게 바닥에 내려놓았다. 그의 눈은 여전히 앤서니를 향해 있었다. 그동안 앤서니는 자리에 앉아 전날 캠프 업턴에서 입은 군복 겉옷의 단추를 풀었다. 팔 아래쪽이 쓸리는 옷이었다.

앤서니가 같은 구역에 앉은 다른 군인들을 살펴보기 전에 어느 젊은 소위가 차의 위쪽 끝에 나타나서 오싹하게 신랄한 투로 말하며 통로를 돌아다녔다.

"이 차에서는 금연이다! 금연! 제군들, 이 차에서 흡연은 안 된다!"

---

* 1차 세계대전 동안 프랑스에서는 많은 미국 군대를 '남자 40, 말 8(hommes 40, chevaux 8)'이라고 쓰인 고약한 냄새가 나는 철도 차량으로 수송했다.

그가 다른 쪽 끝으로 나아가자 사방에서 열두어 명의 반대하는 목소리들이 작은 구름처럼 솟아올랐다.

"오, 이런!"

"에이!"

"금연?"

"어이, 이리 와보쇼, 친구!"

"어쩔 셈이야?"

담배 두세 개가 열린 창문을 통해 밖으로 던져졌다. 대충 안 보이게 되긴 했지만 다른 담배는 여전히 실내에 가지고들 있었다. 여기저기서 허세와 조롱과 고분고분한 유머가 담긴 어투의 말들이 몇몇 나왔으나 곧 무심하게 온 데로 퍼져 있는 침묵 속으로 떨어졌다.

앤서니가 있는 구역의 네 번째 자리 주인이 갑자기 목소리를 높였다.

"행운이 있으라." 그가 음울하게 중얼거렸다. "행운이 있으라, 장교의 개로 사는 놈한테만 빼고."

앤서니는 그를 바라보았다. 그는 키가 큰 아일랜드 사람으로, 무심함과 절대적인 경멸로 틀을 짠 표정을 지니고 있었다. 그의 눈이 앤서니에게 쏠렸는데, 마치 답을 기대하는 것 같았고, 그다음엔 다른 사람들에게 향했다. 이탈리아 사람으로부터 무례한 시선만이 돌아오자 그는 투덜댔고, 입을 다물기 전에 체면치레를 하려고 바닥에 소란스레 침을 뱉었다.

몇 분이 지난 후 문이 다시 열렸다. 늘 그렇듯 장교다운 산들바람을 몰고 온 소위는 이번에는 큰 목소리로 다른 소식을 전했다.

"좋다, 제군들, 원한다면 담배를 피워라! 내 실수였다, 제군들! 괜찮다, 제군들! 가서 담배를 피워라, 내 실수였다!"

이제 앤서니는 그를 유심히 보았다. 그는 젊고 말랐으며 이미 시들시들했다. 자신의 콧수염을 닮은 모습이었다. 거대하고 빛나는 지푸라기 한 가닥 같았다. 턱이 뒤로 물러나 힘이 없어 보였는데, 설득력은 없지만 인상 팍 쓰고 노려보는 우거지상으로 벌충되었다. 향후 앤서니는 젊은 장교들의 얼굴을 보며 이 사람의 우거지상을 떠올릴 것이었다.

곧 모두가 담배를 피웠다. 담배를 피우고 싶지 않았던 사람도 마찬가지였다. 앤서니도 피웠다. 담배 연기가 산화된 구름처럼 뭉게뭉게 모여들었다. 기차가 움직일 때마다 오팔빛이 나는 구름이 이리저리 떠다녔다. 장교가 깊은 인상을 주며 들락거리느라 끊겼던 대화가 다시 살아났다. 통로 건너편 남자들은 상대적으로 편해 보였는지 짚으로 채운 의자에 사람이 몇 명이나 앉을 수 있는지 알아보기라도 하는 듯 한심한 실험을 시작했다. 두 무리가 건성으로 카드 게임을 시작했는데, 곧 여러 사람들이 팔걸이에 걸터앉아 구경하기 시작했다. 몇 분 만에 앤서니는 어떤 불쾌한 소리의 정체를 눈치챘다. 그 작고 무례한 시칠리아 사람이 모두에게 들리는 소리를 내며 잠에 빠진 것이다. 이 살아 있는 원형질에 대해서 숙고하는 건 지루한 일이었다. 그저 관례에 따라서만 분별 있게 굴고, 이해할 수 없는 문명에 이끌려 차 안에 갇힌 채, 어디론가 옮겨진다, 목적도 없고 중요하지도 않고 결과도 없이 막연한 무언가를 하기 위해.

앤서니는 한숨을 쉬었고 구입한 기억이 없는 신문을 폈다. 희미한 노란 불빛에 의지해 글을 읽기 시작했다.

10시를 11시가 갑갑하게 밀어냈다. 막히고 붙들리고 더디 가는 시간. 놀랍게도 열차는 어두운 시골에 멈춰서 때때로 보급품을 채우고, 잠시 앞뒤로 움직여서 사람을 속였다. 열차 소리는 10월이 한참일 때 밤에 울려 퍼지는 찬가 같았다. 그는 신문에서 사설이며 만화며 전쟁 시를 읽다가 「캔자스주 셰익스피어빌」이라는 반 단 크기의 기사에 시선이 꽂혔다. 셰익스피어빌 상공회의소는 최근 열정적인 토론회를 개최했는데, 미국 군인들이 '새미'*로 알려져야 하는지 아니면 '싸우는 기독교인'으로 알려져야 하는지에 대해 논의하기 위해서였다. 이 기사에 그는 숨이 막혔다. 그는 신문을 내려놓고 하품을 했다. 생각이 옆으로 샜다. 글로리아가 왜 늦었는지 궁금했다. 벌써 옛날 일 같았다. 외롭지도 않은데 문득 외로운 기분이 들었다. 그녀가 자신의 새로운 위치를 어떤 각도에서 바라볼지, 그녀가 마음에 두는 것들 가운데 그는 어떤 자리를 차지할지 생각해보려고 했다. 생각하다 보니 더 의기소침해졌다. 그는 신문을 펴고 다시 읽기 시작했다.

셰익스피어빌 상공회의소 위원들의 결정은 '자유의 친구들'이라나.

두 번의 밤과 두 번의 낮 동안 기차는 덜거덕거리며 남쪽으로

---

* 1차 세계대전에 참가한 미국 병사를 가리키는 남자 이름.

달렸다. 건조한 황무지임이 분명한 곳에 신비롭고 불가해한 정차를 했다. 그런 다음 거만한 분위기를 풍기며 다급히 큰 도시들을 통과했다. 이 변덕스러운 열차를 통해 앤서니는 모든 군 행정의 변덕스러움을 슬쩍 엿보았다.

건조한 황무지에서 그들은 수하물 차로부터 콩과 베이컨을 배급받았다. 그는 처음엔 그걸 먹을 수 없어서 시골 매점에서 나눠준 얼마 안 되는 밀크 초콜릿을 저녁으로 먹었다. 그러나 둘째 날 수하물 차에서 배급하는 음식이 놀랍게도 맛있어 보이기 시작했다. 셋째 날 아침이 되자 한 시간 내에 목적지인 캠프 후커에 도착하리라는 소문이 퍼졌다.

기차 안은 견딜 수 없이 더워졌고, 남자들은 모두 셔츠 차림이었다. 고대 이래로 지쳐 있던 태양이었다. 양피지만큼이나 누랬다. 기차가 움직이자 모양이 일그러졌다. 방진을 짜면 승리할 수 있다는 듯이 네모난 모양이 되기 위해 노력했지만 끊임없이 뒤틀렸다. 그래도 오싹할 정도로 꾸준히 노력했다. 앤서니는 여기 신경 쓰느라, 빠르게 지나쳐 가는 별것 아닌 제재소와 가로수와 전봇대에 마음을 쓸 수가 없을 지경이었다. 열차 밖에서 태양은 올리브 나무를 심은 길과 휴한 중인 목화밭 위에서 무거운 트레몰로로 연주를 했다. 그 뒤로는 회색 돌 더미와 부서진 나무들이 들쭉날쭉 줄 서 있었다. 전경에는 덕지덕지 기운 가련한 모습의 오두막집이 드문드문 자리 잡고 있었다. 그 사이로 종종 사우스캐롤라이나의 활기 없는 촌사람의 표본이나, 우울하고 당황스러운 눈을 한 떠돌이 흑인이 휙 지나갔다.

그다음 숲이 사라지고 거대한 케이크의 맨 윗부분 같은 넓은 공간으로 들어갔다. 케이크 표면 위엔 막사들이 기하학적인 모습으로 끝없이 줄 서 있었다. 열차는 확실하진 않지만 일단 정차했다. 태양과 전신주와 나무들은 수그러들었고, 우주는 흔들리며 앤서니 패치가 중심에 있는 오래된 일상으로 천천히 물러났다. 남자들이 피로한 가운데 땀을 흘리며 차량에서 몰려나가자, 앤서니는 잊을 수 없는 냄새를 맡았다. 어느 상설 캠프에나 스며든 쓰레기 냄새였다.

캠프 후커는 놀랍고 대단한 성장세를 그리고 있었다. '1870년의 탄광 마을—두 번째 주'라는 표지판이 보였다. 판잣집과 밝은 회색 막사들이 길로 연결되어 무늬를 그리고 있었고, 숲으로 둘러싸인 견고하고 햇볕에 탄 연병장이 있었다. 여기저기 녹색 YMCA 집들이, 미덥지 못한 오아시스들이 있었으며, 젖은 플란넬과 닫힌 전화기 부스에서 나는 후덥지근한 냄새가 함께했다. 그리고 그 각각을 가로지르면, 생활이 가득하고, 한 장교가 게으르게 감독을 맡고 있는 매점이 보통 있게 마련이었다. 이 장교는 사이드카의 도움을 받아서 평소엔 자신의 특무대를 유쾌하고 수다스러운 한직으로 만들려 했다.

이쪽저쪽 먼지 나는 길로 병참 부대 군인들이 빠르게 이동했다. 역시 사이드카를 타기도 했다. 이쪽저쪽으로 장군들이 정부 자동차를 타고 다녔고, 종종 멈추어서 그리 긴장감 없는 경례를 받아냈으며, 중대장을 향해 행진하는 대위들에게 얼굴을 무겁게 찡그렸고, 전 구역에서 의기양양하게 일어나는 으스대는 화려한 게임 속에서 거만한 걸음으로 다녔다.

　앤서니의 부대가 도착한 뒤 첫 주는 끊임없는 접종과 체력 시험, 예비 훈련이 계속 이어졌다. 그 시간들로 인해 그는 끔찍하리만큼 지루했다. 그는 평판 좋고 느긋한 보급 부사관에게서 크기가 맞지 않는 신발을 지급받았다. 그래서 발이 퉁퉁 부었고 오후가 끝나갈 무렵엔 쓰라리게 아팠다. 생애 처음으로 그는 오후의 소집 훈련과 저녁 식사 사이에 간이침대에 몸을 던질 수 있었다. 매번 바닥없는 침대로 깊이 가라앉는 것 같았으며 즉시 잠에 빠졌다. 그동안 자신을 둘러싼 소음과 웃음은 졸린 여름의 소리가 유쾌하게 윙윙대는 것처럼 여겨졌다. 아침이면 몸이 뻣뻣했고 고통을 느끼며 일어났다, 유령처럼 힘이 없었다. 그리고 창백한 거리에 우글우글 모여 있는 유령 같은 사람들을 만나러 서둘러 나갔다. 그동안 귀에 거슬리는 나팔 소리가 가혹한 회색 하늘에 날카롭게 울려 퍼졌다.

　그는 약 100여 명이 소속된 해골 보병대에 있었다. 두꺼운 베이컨과 차가운 토스트와 시리얼로 구성된 늘 같은 아침을 먹고 나면, 100여 명 모두 변소로 몰려갔다. 아무리 잘 닦아놓아도 싸구려 호텔의 화장실처럼 언제나 견딜 수가 없는 공간이었다. 훈련장의 대형은 들쑥날쑥이었다. 앤서니의 왼쪽에 있는 다리를 저는 남자는 걸음을 맞추려는 앤서니의 열의 없는 노력을 기묘하게 망쳤다. 중사들 또한 장교들과 신병들에게 인상을 남기기 위해 거칠게 으스대거나 혹은 노동과 불필요하게 눈에 띄는 일을 피하기 위해 행진하는 줄 가까이에서 조용히 살금살금 걸었다.

　훈련장에 도착하면 훈련은 바로 시작됐다. 그들은 체조를 하려고 셔츠를 벗었는데, 이게 앤서니가 즐긴 하루의 유일한 일과였다. 체조를 담당하는 크레칭 중위는 근육이 잘 발달한 몸매를 지녔다. 앤서니는 스스로에게 뭔가 도움이 될 만한 일을 하고 있다고 느끼며 중위의 움직임을 성실하게 따랐다. 다른 장교들과 부사관들은 학생 특유의 사악함을 품고서 군인들 사이를 걸어 다녔다. 근육을 잘 움직이지 못하는 낙오자 주변에 이리저리 모여서 혼란스러운 지시와 명령을 내리기도 했다. 특히 쓸쓸해 보이고 발육 상태가 좋지 못한 표본 같은 이를 발견하면, 30분을 꽉 채워 곁에 머무르며 신랄한 말을 쏘아대고 자기들끼리 낄낄 웃었다.

홉킨스라는 이름의 체구가 작은 장교는ー일반 군대에선 부사관이었는데ー특히 성가신 사람이었다. 그는 전쟁이란 신들이 내려보낸 복수(復讐)의 선물이라고 여겼다. 그는 늘 부담을 느끼고 열변을 토했는데, 신참들이 '복무'의 중요성과 책임감을 절실히 느끼지 않는다는 거였다. 그는 선견지명이 있고 겁 없이 유능하여 자신이 현재의 웅장한 모습으로 발돋움했다고 생각했다. 이제껏 복무를 하며 상사로 만난 모든 장교들은 특별한 독재를 행했는데, 그는 그 독재를 흉내 냈다. 그의 찡그린 얼굴은 이마에서 얼어붙었다. 병사에게 시내로 나가는 사적 외출을 허락하기 전에, 그는 부대와 군대를 그런 식으로 비울 때의 영향과 전 세계 군직의 복지에 대해 늘 지루하게 따졌다.

크레칭 중위는 금발에 둔감하고 침착한 사람으로, 앤서니에게 차렷, 우향우, 뒤로 돌아, 쉬어 자세에 대해 지루하게 알려주었다. 그의 주된 단점은 건망증이었다. 그는 종종 5분 동안 부대원들을 차렷 자세로 세워 무리하게 통증을 주고서는 그동안 앞에 서서 새로운 동작을 설명했다. 그 결과 중간에 선 병사들만이 무엇이 어떻게 됐나 알 수 있었다. 양 측면의 병사들은 앞을 똑바로 쳐다봐야한다는 걸 너무나 단호히 마음속에 새겨두었다.

훈련은 정오까지 이어졌고, 별 관계 없는 자잘한 훈련들을 끝없이 쭉 이어가며 압박하는 과정으로 구성되어 있었다. 앤서니는 이게 전쟁의 논리로 구성되어 있다는 걸 알게 됐지만 그럼에도 짜증이 났다. 똑같이 혈압에 문제가 있어도, 장교에겐 바람직하지 않은반면 병사의 의무에는 지장을 주지 않는다니 터무니없이 부적절했다. 때때로 군대식 '예절'로 알려진 둔하고 얼빠진 주제와 관련된 한결같은 욕설을 듣고 나면, 이번 전쟁의 잘 안 보이는 목적이란 학생같은 정신과 영혼을 가진 보통의 군대 장교들이 진짜 도살자들과만나게 하려는 게 아닐까 앤서니는 추측했다. 그는 기묘하게도 홉킨스의 20년 끈기에 희생되고 있었다!

그의 동기 셋 중에서 납작한 얼굴에 테네시 출신인 양심적 병역거부자로 덩치가 크고 흉터가 있는 폴과, 기차 옆자리에 앉아 있었던 오만한 켈트인, 이 둘은 저녁이면 집으로 부칠 끝없는 편지들을쓰면서 시간을 보냈다. 반면 아일랜드인은 막사 문가에 앉아 혼자휘파람을 불고 또 불면서 새되고 단조로운 새소리를 대여섯 번 흉내 냈다. 기분 전환을 기대하며 부대원들과 한 시간을 함께하느니피하는 게 나았으니, 그 주 주말 검역이 폐지되자 그는 시내로 나갔다. 그는 저녁마다 캠프에 바글바글한 버스 무리 중 한 대에 올라탔고, 30분 만에 덥고 졸린 중심가에 위치한 스톤월 호텔 앞에 내려섰다.

황혼이 점점 더해지는 가운데, 시내는 예상 밖으로 매력적인 모습이었다. 인도는 붐볐다. 활기차게 차려입고 화장을 진하게 했으며 낮고 게으른 목소리로 수다를 떠는 여자들이 있었고, 지나가는 장교들에게 "중위님, 어디든 갑니다!"라고 외치는 수십 명의 택시 운전사들이 있었으며, 누더기를 걸치고 발을 질질 끌면서 비굴하게 구는 흑인들의 행렬이 이따금 등장했다. 앤서니는 따뜻한 석양을 따라 돌아다니며 처음으로 뜨겁고 부드러운 대기 속에서, 사방으로 번져나가는 생각과 시간의 고요함 속에서 바로 앞에 닥친 남부의 느리고 에로틱한 호흡을 느꼈다.

그는 한 블록쯤 걸어가다 갑자기 바로 가까이에서 호된 명령이 떨어져 멈추었다.

"장교에게 경례하는 건 안 배웠나?"

그는 잠자코 자신을 호명한 남자를 보았다. 통통한 체격에 검은 머리를 지닌 대위로, 갈색 눈에 위협을 담아 그를 응시했다.

"차렷!" 문자 그대로 천둥처럼 울려 퍼졌다. 근처 몇몇 행인들이 서서 그들을 바라보았다. 연보랏빛 드레스를 입은 부드러운 눈빛의 여자가 자신의 친구 쪽을 향해 킥킥대며 웃었다.

앤서니는 차렷 자세를 취했다.

"소속과 부대는?"

앤서니는 그에게 알려주었다.

"지금부터 거리에서 장교를 만나면 바로 서서 경례를 한다!"

"알겠습니다!"

"네, 대위님!'이라고 해야지!"

"네, 대위님."

장교는 투덜거리며 몸을 휙 틀더니 걸어가버렸다. 잠시 후 앤서니는 움직였다. 시내는 더 이상 게으르고 이국적인 공간으로 느껴지지 않았다. 마법은 갑자기 황혼에서 사라져버렸다. 그의 시선은 갑자기 마음속으로 그가 겪은 모욕으로 향했다. 그는 그 장교가, 모든 장교가 싫었다. 삶은 견딜 수 없는 것이었다.

반 블록쯤 가다가 그는 자신이 당황했을 때 킥킥 웃어댄 연보랏빛 드레스를 입은 여자가 친구와 열 걸음쯤 앞서 걸어가고 있다는 걸 알았다. 여러 번 여자는 뒤를 돌아 앤서니를 응시했다. 그녀가 입은 옷과 같은 색깔로 보이는 커다란 눈동자에는 유쾌한 웃음이 담겨 있었다.

모퉁이에서 그녀와 그녀의 일행은 눈에 띄게 걷는 속도를 줄였다. 그는 그들에게 합류할지, 아니면 지나갈지 결정해야 했다. 그는 지나가다가 주저했고 천천히 걸었다. 잠시 후, 그 둘이 이제 웃음을 터트리며 다시 그의 앞으로 나섰다. 북부라면 이런 친숙한 코미디 속의 여배우가 귀에 거슬리는 웃음소리를 냈을 텐데, 그런 웃음은 아니었다. 부드럽고 낮은 물결을 일으키는 웃음이었는데, 마치 미묘한 농담을 듣고서 넘쳐흐른 것 같았다. 그래서 그는 무심코 말을 걸었다.

"안녕하세요?" 그가 말했다.

그녀의 눈은 그림자처럼 부드러웠다. 보라색일까, 아니면 황혼의 회색과 섞인 거무스름한 푸른색일까?

"즐거운 저녁이네요." 앤서니가 머뭇거리며 말해보았다.

"그렇죠." 두 번째 여자가 말했다.

"당신에겐 그렇게 즐거운 저녁은 아니었죠." 연보라색 옷의 여자가 한숨을 쉬었다. 그녀의 목소리는 그녀가 쓴 모자의 넓은 챙을 움직이는 나른한 바람의 일부처럼 느껴졌고, 그에 못지않게 밤의 일부처럼 느껴졌다.

"그는 으스댈 기회가 필요했어요." 앤서니가 경멸을 담아 웃었다.

"그렇게 생각해요." 그녀가 동의했다.

그들은 모퉁이를 돌아서 골목으로 미적미적 움직였다. 마치 허공을 떠다니는 전선이 그들에게 붙어 있어서 그 전선을 따라가듯이. 이곳에선 이런 식으로 모퉁이를 도는 것도, 특별히 어디에 매여 있지 않은 것도, 아무 생각도 안 하는 것도 아주 자연스럽게 느껴졌다……. 골목은 어두웠다. 갑자기 거리의 한참 뒤쪽에 야생 장미가 자라는 울타리와 작고 조용한 집들이 모인 동네가 나왔다.

"어디로 가나요?" 그가 예의 바르게 물었다.

"그냥 가는 거예요." 이 대답은 사과이자 질문이자 설명이었다.

"내가 같이 걸어도 되나요?"

"그렇게 생각해요."

그녀의 억양이 다르다는 건 장점이었다. 그는 그녀가 말하는 모습에서 이 남부 사람의 사회적 위치를 가늠하지 않을 수 없었다. 뉴욕이라면 계급이 낮은 여자는 쉰 목소리에 참을 수 없는 모습이었겠지. 술기운이라는 장밋빛 안경을 쓰고 바라볼 때를 제외하면.

어둠이 내려오고 있었다. 거의 말이 없었다. 앤서니는 생각 없이 편한 질문을 던졌고, 두 여자는 그 지역 사람답게 짤막한 후렴구처럼 말을 아꼈다. 그들은 또 다른 모퉁이를 지났고, 또 지났다. 어느 블록 한가운데 가로등 기둥 아래에 그들은 멈춰 섰다.

"난 이 근처에 살아요." 또 다른 여자가 말했다.

"난 이 블록 주변에 살아요." 연보라색 옷의 여자가 말했다.

"집에 바래다줄까요?"

"모퉁이까지요, 만일 당신이 원한다면."

또 다른 여자는 몇 걸음 뒤로 물러났다. 앤서니는 모자를 벗었다.

"경례를 하겠네요." 연보라색 여자가 웃으며 말했다. "모든 군인들은 경례를 하던데요."

"나도 그렇게 되겠죠." 그가 침착하게 대답했다.

또 다른 여자가 말했다. "음······." 주저하다가 덧붙였다. "내일 연락해, 도트." 그리고 길거리 가로등 불빛이 만든 노란 원에서 물러났다. 그다음 침묵이 흘렀다. 앤서니와 연보라색 옷의 여자는 그녀가 사는 작고 낡은 집을 향해 세 블록을 걸었다. 나무 문 밖에서 그녀는 주저했다.

"음, 고마워요."

"곧 들어가야 하나요?"

"그래야 해요."

"주변을 잠깐만 더 걸을 수는 없나요?"

그녀는 침착하게 그를 보았다.

"난 당신을 잘 알지도 못하는데요."

앤서니는 웃었다.

"그리 늦진 않았어요."

"집으로 들어가는 게 나을 것 같아요."

"우린 좀 걷다가 영화를 볼 수 있어요."

"나도 그러고 싶어요."

"그런 다음 내가 집으로 데려다줄게요. 시간은 충분해요. 11시까지 캠프로 가면 돼요."

무척 어두워져서 그는 그녀를 이제 거의 볼 수 없었다. 그녀는 바람에 아주 약간 흔들리는 드레스였고, 맑고 무모한 두 눈동자였다…….

"가는 게 어때요, 도트? 영화 안 좋아해요? 가요."

그녀는 고개를 저었다.

"그래서는 안 돼요."

그녀가 그에게 미친 영향력에 우물쭈물하고 있다는 걸 깨닫고 그녀가 좋았다. 그는 가까이 다가가 손을 잡았다.

"10시까지 돌아오면, 어때요? 그냥 영화만 보러?"

"음, 그렇게 생각해요……."

손을 잡고서 그들은 흐릿하고 어스레한 길을 따라 시내로 되돌아갔다. 어느 흑인 신문 배달원이 그 지역 행상인의 전통적인 억양으로 호외를 외치고 있었는데, 그 억양은 노래만큼이나 음악적이었다.

도트

앤서니가 도러시 레이크로프트와 사귄 건, 그가 스스로에게 점점 소홀해지면서 필연적으로 나타난 결과였다. 그는 갖고 싶은 걸 가져야겠다고 욕망하는 차원에서 그녀를 만나는 게 아니었고, 4년 전 글로리아에게 그랬듯 자신보다 더 활기차고 눈을 뗄 수 없는 성격의 사람에게 굴복한 것도 아니었다. 그저 명확히 태도를 결정짓지 못하는 무능함 때문에 미끄러지듯 그 상황과 얽혔다. 그는 남자에게든 여자에게든 "아니!"라고 말할 수 없었다. 채무자와 유혹자는 그가 마음이 부드럽고 온순한 사람이라는 걸 똑같이 알아챘다. 실제로 그는 결정을 거의 내리지 않았고, 결정을 내릴 때면 그 결정은 반쯤 히스테릭한 해결책일 뿐이었다. 경악한 채 상황을 돌이킬 수 없다는 걸 깨닫고서 일종의 공황 상태에 빠져 만든 해결책.

이 시절 그가 빠져든 특별한 약점이란 외부에서 흥미와 자극이 와야 한다는 거였다. 그는 4년 만에 처음으로 다시 자신을 표현하고 해석할 수 있었다. 그 여자는 휴식을 약속했다. 매일 저녁 그녀의 친구들과 함께한 시간은 음울하고 필연적으로 무익한 그의 상상력의 공격을 누그러뜨려주었다. 그는 동부에선 겁쟁이였다. 글로리아는 그의 결점을 감시하는 교도소장 같은 존재였고, 그는 글로리아에게 진정으로 헌신했지만 상황이 와해되면서 어지럽고 이리저리 헤매는 100여 가지의 생각이 튀어나왔으며, 그는 이 생각들의 완벽한 노예였다.

그들이 함께한 첫날 밤, 그는 문 옆에 서 있다가 도러시에게 키스했고 다가오는 토요일에 만나기로 약속했다. 그러고 나서 캠프로 간 그는 막사에서 멋대로 타오르는 불빛 아래 글로리아에게 긴 편지를 썼다. 감상적인 어둠으로 가득하고, 꽃의 호흡으로 가득하고, 진실하고 과도한 부드러움으로 가득한 빛나는 편지였다. 바로 한 시간 전 풍부하고 따뜻한 달빛 아래서 키스를 나누며 그가 다시 배운 것들이었다.

토요일 밤이 왔다. 도트는 비주 영화관 입구에서 그를 기다리고 있었다. 그녀는 그 전 수요일에 입었던 아주 연약한 오건디 천으로 만든 연보라색 드레스를 입고 있었다. 하지만 옷이 산뜻하고 구김이 없었으니, 그 이후로 빨아서 풀을 먹인 게 분명했다. 그녀는 사랑스러운 사람이라고, 대충 불완전하게 생각하고 있었는데 햇빛에 비친 모습을 보니 확실했다. 그녀는 깨끗했고, 이목구비는 작았고 반듯하진 않았지만 호소력이 있었고 서로 잘 어울렸다. 그녀는 거무스름하고 오래 피어 있진 않는 작은 꽃 같았다. 하지만 그는 그녀에게서 정신적인 과묵함, 뭐든 수동적으로 받아들이는 데서 얻은 힘이 있다는 걸 간파했다고 생각했다. 이 생각은 그가 틀렸다.

도러시 레이크로프트는 열아홉 살이었다. 아버지는 작고 전망이 없는 모퉁이 가게를 했고, 그녀는 아버지가 죽기 이틀 전 고등학교를 뒤에서 4등으로 졸업했다. 고등학교에서 그녀는 꽤 불쾌한 평판을 얻었다. 사실 학교 소풍에서의 행동거지 때문에 소문이 시작됐는데, 그녀는 그저 경솔하게 행동했을 뿐이었다. 그녀는 1년이 지날 때까지 기술적으로 순결을 유지했다. 그 소년은 잭슨가에 있는 상점의 점원이었고, 사고를 친 다음 날 예고 없이 뉴욕으로 떠났다. 그는 언젠가는 떠날 작정이었지만, 연애 사업을 완성하려고 어물거리며 기다린 것이었다.

얼마 후 그녀는 한 여자 친구에게 그 사건에 대해 털어놓았다. 나중에 그 친구가 황혼의 빛이 가득한 졸린 거리로 사라지는 걸 보면서 그녀는 불쑥 깨달았다. 자신의 이야기가 세상 밖으로 소문이 나리라는 사실을 말이다. 하지만 이야기를 털어놓고 나니, 기분은 좋아졌다. 쓸쓸하기도 했다. 그녀는 자기 성격이 달라진 기분이었다. 이제 그녀는 새로운 방향으로 나아가 순수한 마음으로 그녀를 기쁘게 해줄 새로운 사람을 만날 수 있었다. 도트는 늘 이렇게 살았다. 그녀는 약한 사람이 아니었다. 그녀에겐 그녀가 약하다고 말할 거리가 없었기 때문이었다. 그녀는 강한 사람도 아니었는데, 자기가 때때로 용감한 일을 한다는 사실을 스스로 몰랐기 때문이었다. 그녀는 반항하지도 않았고 순응하지도 않았고 타협하지도 않았다.

그녀는 유머 감각이 없었지만, 그 대신 남자들과 함께 있을 때 적절한 순간에 웃을 수 있는 행복한 기질이 있었다. 그녀는 구체적으로 뭔가를 해야겠다고 의도하진 않았다. 때로는 헛되이 후회도 해보았다. 소문이 이상하게 나는 바람에 편안하게 살지 못하게 되었다는 생각이었다. 물론 누구나 그녀의 비밀을 아는 것은 아니었다. 엄마는 그녀가 날마다 주당 14달러를 버는 보석 가게로 제때 출근하는지만 궁금해했다. 그러나 고등학교 때 알고 지낸 몇몇 남자들은 이제 '좋은 여자들'과 걸어 다닐 땐 그녀를 못 본 척했다. 그래서 그녀는 마음이 상했다. 이런 사건을 겪었을 때 그녀는 집에 가서 울었다.

잭슨가 점원 말고도 남자가 둘 더 있었다. 첫 번째는 해군 장교로, 전쟁 초기에 이곳을 거쳐 갔다. 연결편에 시간을 맞추려고 밤 동안 이 마을에 머물렀는데, 그가 스톤월 호텔 기둥에 빈둥거리며 기대 있을 때 그녀가 그곳을 지나갔다. 그는 나흘간 마을에 머물렀다. 그녀는 그를 사랑한다고 생각했고, 그 소심한 점원에게 갔을 히스테리 같은 첫 열정을 그에게 퍼부었다. 해군 장교의 제복은 그 당시엔 드물었으므로 마법을 부렸다. 그는 막연한 약속을 말로만 남기고 떠났고, 기차에 오르고 나서는 그녀에게 자신의 진짜 이름을 말하지 않은 것에 기뻐했다.

그 결과 우울해진 그녀는 사이러스 필딩의 품으로 뛰어들었다. 사이러스 필딩은 그 지역 의류상의 아들로, 어느 날 그녀가 인도를 걷고 있을 때 로드스터를 타고 있다가 그녀에게 인사했다. 그녀는 그의 이름은 늘 알고 있었다. 그녀가 더 높은 계급 출신이었다면, 그는 그녀를 전에 알았을 터였다. 그녀가 낮은 계급 출신이었기 때문에 그가 그녀를 만난 셈이었다. 한 달 뒤 그는 훈련 캠프로 떠났다. 그녀와의 친밀한 관계에 약간 겁을 냈지만, 그녀가 그를 마음 깊이 좋아하지는 않으며 문제를 일으킬 사람이 아니라는 사실을 깨닫고 다소 안도하면서. 도트는 이 연애를 미화했고 전쟁 때문에 이 남자들이 자신에게서 멀어졌다며 허영심을 품어보았다. 그녀는 스스로에게 해군 장교와 결혼할 수 있었을 거라고 말했다. 그럼에도 8개월 만에 세 남자가 생겼다니 걱정이었다. 그녀는 자신이 곧 잭슨가의 '나쁜 여자들'처럼 될 것 같아서 경이보다는 공포를 느꼈다. 그녀와 껌을 씹으며 킥킥대던 친구들은 3년 전에 그 여자들을 매혹된 시선으로 바라보았었다.

한동안 그녀는 좀 더 신중해지려고 했다. 그녀는 남자들이 '자신을 고르도록' 했다. 그녀는 그들이 키스하게 했고, 그녀에게 제멋대로 굴며 억지로 밀어붙여도 놔두었다. 그러나 그 세 남자에 더 보태진 않았다. 몇 달이 지나자 이런 식의, 해결책이라기보단 자신이 품은 공포에 가슴 아프고 편의적으로 대응하는 방식은 힘을 잃었다. 여름이 지나가는 동안 뭔가 들뜬 채 삶과 시간 밖에서 꾸벅꾸벅 졸게 됐다. 그녀가 만난 군인들은 계급이 그녀보다 확실히 낮거나, 혹은 잘 모르지만 그녀보다 나았다. 어느 경우든 그들은 그저 그녀를 이용하려고 했다. 그들은 냉혹하고 무례한 양키였다. 거대한 무리를 짓고 몰려다녔다……. 그리고 나서 앤서니를 만났다.

첫날 저녁 그는 유쾌하면서도 불행한 얼굴과 어떤 목소리를 지닌 존재에 지나지 않았고, 한 시간을 때울 수단에 불과했다. 그러나 토요일에 그와의 약속을 지켰을 땐 그에 대해 진지하게 생각했다. 그녀는 그를 좋아했다. 그녀는 몰랐지만, 그의 얼굴에 그녀 자신의 비극이 비쳐 보였다.

그들은 다시 영화를 보러 갔고, 다시 어둡고 향기 나는 거리를 걸었다. 이번엔 손을 잡고 조금 낮은 목소리로 속삭이며. 그들은 대문을 지나 작은 현관을 향해 올라갔다.

"잠깐 머무를 수 있는데, 어때요?"

"쉬!" 그녀가 속삭였다. "아주 조용해야 해요. 엄마는 〈스내피 스토리스)*를 읽으며 앉아 있어요." 그녀의 말을 확인해주듯, 집 안에서 잡지 페이지가 넘어갈 때 나는 희미한 탁탁 소리가 들렸다. 열려 있는 덧문의 틈으로 평평한 막대 모양의 빛이 흘러나와 도러시의 치마에 가느다란 가로줄을 그렸다. 길 건너편 어느 집의 층계에 앉아 있는 사람들을 제외하면 거리는 조용했다. 그들은 때때로 부드럽고 정감 어린 노래를 부르며 목소리를 높였다.

……네가 깨어날 때
너는 예쁘고 작은 말을
갖게 될 거야……

그때 그들이 도착하길 기다린 듯 근처 지붕에서 갑자기 달이 덩굴을 지나 비스듬히 모습을 드러냈고, 여자의 얼굴을 하얀 장미 색깔로 비추었다.

앤서니는 기억을 더듬기 시작했다. 아주 생생해서 눈을 감아도 그림이 그려졌고, 영화 속 회상처럼 또렷했다. 기억에서 거의 사라진 5년 전의 겨울, 계절과는 맞지 않게 추위가 풀린 봄밤이었다. 얼굴은 달랐다. 빛을 내는, 꽃을 닮은, 별처럼 모습을 바꾸며 불빛을 향해 고개를 위로 든 얼굴.

오, 그의 마음속 아름답고 자비심 없는 여인, 리츠칼튼 호텔에서 검은 눈동자로, 불로뉴 숲을 지나가는 마차에서 어둑한 가운데 흘

* 단편소설이나 에세이, 만화를 싣고 영화·연극 리뷰를 게재하는 격월간지.

낏 본 시선으로 덧없이 시든 빛 속에서 알게 된 여인! 그러나 그런 밤들은 이제 어느 노래, 기억 속에 남은 어느 영광의 일부일 뿐이었다. 여기 다시 희미한 바람이 있었고 환상이 있었고 낭만을 약속하는 영원한 현재가 있었다.

"오!" 그녀가 속삭였다. "나를 사랑해요? 나를 사랑해요?"

마법이 부서졌다. 떠다니는 별 조각들은 그저 빛이 되었고 월장석으로 소멸한 거리의 지저귐이 되었고 풀밭 메뚜기의 흐느낌이 되었다. 한숨을 쉬다시피 하며 그는 그녀의 뜨거운 입술에 키스했고, 그동안 그녀는 그의 어깨에 팔을 올려놓았다.

군대의 인간

한 주 한 주 시간이 바싹 말라 날아가면서 앤서니가 돌아다니는 공간이 확장되었다. 그는 결국 캠프와 그 주변을 잘 알게 됐다. 그는 살면서 처음으로 그가 팁을 준 웨이터들과, 그의 앞에서 모자에 가볍게 손을 대는 운전사들과, 목수들과, 배관공들과, 이발사들과, 전에는 능숙하게 무릎을 꿇으며 복종할 때만 눈에 띄었던 농부들과 개인적으로 꾸준히 알고 지냈다. 캠프에서 처음 두 달 동안은 한 사람과 이야기를 10분도 쭉 나누지 못했다.

복무 기록에 그의 직업은 '학생'이라고 쓰여 있었다. 원래 질문지에는 조급하게도 '저자'라고 썼다. 그러나 그가 속한 중대 사람들이 직업을 물으면 그는 보통 은행원이라고 말했다. 그가 솔직하게 직업이 없다고 밝히면 유한계급의 일원이라고 의심받았을 거였다.

부대의 중사 팝 도널리는 수염이 듬성듬성하며 술로 쇠약해진 '늙은 군인'이었다. 과거에 그는 영창에서 오랜 시간을 보냈지만, 최근 훈련 교관이 모자란 덕분에 현재 최고의 자리로 승진했다. 피부엔 포탄 구멍이 가득했는데, '블랭크 전쟁터'를 찍은 항공사진과 확실히 닮았다. 일주일에 한 번 그는 시내에서 백주(白酒)를 마시고 취했으며 조용히 캠프로 돌아와 침상에 쓰러졌고 동틀 무렵이면 중대에 합류했는데 점점 더 하얀 데스마스크와 닮아 보였다.

그는 교활하게도 정부를 '속여 넘겼다'는 놀라운 망상을 품고 있었다. 그는 18년 동안 아주 적은 급료를 받으며 복무했고, 곧 퇴역하면(여기서 그는 늘 윙크를 했다) 한 달에 55달러라는 감명 깊은 수입이 생길 예정이었다. 그는 조지아주의 19세 시골 소년이었을 때 이래로 그를 괴롭히고 조롱하던 수십 명을 굴리면서 이 상황을 아주 멋진 농담으로 간주했다.

현재는 중위가 두 명만 있었다. 홉킨스와 그 유명한 크레칭. 크레칭은 좋은 동료이자 훌륭한 지도자로 인정받았으나, 1년 후 식당 돈 1100달러와 함께 사라지면서, 많은 지도자들이 그랬듯 따르기 아주 어려운 인물임을 입증했다.

마지막으로 이 축소판 세계의 무뚝뚝하고 거만한 신인 더닝 대위가 있었다. 비록 잠시일 뿐이었지만. 그는 예비역 장교였고 신경질적이었으며 기운이 왕성했고 열정적이었다. 뒤에 열거한 기질의 경우, 실제로 종종 물질적 형태로 구현되었으니 입 주변에 묻은 질 좋은 맥주 거품으로 확인할 수 있었다. 대부분의 간부들이 그렇듯,

그는 전선에서는 자신의 진격을 엄히 여겼다. 그의 희망찬 눈으로 보기에 휘하 병사들은 그런 훌륭한 전쟁이 가치가 있는 만큼 그런 훌륭한 부대로 보일 뿐이었다. 그는 불안했고 일에 몰두했지만, 그래도 인생의 전성기를 보내고 있었다.

바티스트, 기차에서 본 그 작은 시칠리아 사람은 2주차 훈련 때 대위와 충돌했다. 대위는 아침 정렬 시간에 수염을 말끔히 깎으라고 여러 차례 명령을 내렸다. 어느 날 이 규칙의 우려할 만한 이면이 탄로 났다. 물론 튜턴족 특유의 묵인하기를 보여주는 사례였다. 밤 동안 네 명이 얼굴에 수염을 길렀다. 넷 중 셋이 영어를 최소한만 이해했다 하니, 사실상 타산지석으로 삼을 만한 일이 더 필요할 뿐이었다. 더닝 대위는 단호하게 면도를 위한 자원봉사 이발사를 보병 부대 거리로 보냈다. 그래서 민주주의를 수호하기 위해 이탈리아인 셋과 폴란드인 한 명의 뺨에서 젖지도 않은 수염 15그램을 깎았다.

중대의 세상 밖에선 때때로 육중한 체격에 치아를 드러내며 으르렁대는 대령이 나타났다. 그는 잘생긴 검은 말을 타고 대대 훈련장을 한 바퀴 돌았다. 육사 출신으로, 신사 흉내를 냈는데, 촌스러운 아내와 촌스러운 마음가짐을 가졌고, 시내에서 최근 격상된 사회적 위치에 대해 떠들며 대부분의 시간을 보냈다. 마지막은 장군으로, 자기 깃발을 앞세우고 캠프의 길들을 가로질렀다. 아주 엄격하고 아주 쌀쌀맞고 아주 위엄 있는 사람이었다. 이해할 수 없는 사람이었다는 뜻이다.

12월. 밤에는 찬바람이 불었고, 아침이면 훈련장은 축축하고 차가웠다. 열기가 사라지자, 앤서니는 살아 있음을 점점 기뻐하게 됐다. 이상하게도 몸이 회복되니 걱정이 줄었고 일종의 동물처럼 만족하며 현재를 지냈다. 글로리아나 글로리아가 대표하는 삶이 자주 생각나지 않아서 그런 건 아니었다. 간단히 말하면 그녀는 날이 갈수록 현실감이 줄어들었고, 생생하게 느껴지지 않았다. 한 주 동안 그들은 열정적으로, 거의 히스테릭하게 편지를 주고받았다. 그러고 나선 한 주에 두 번 이상 편지를 쓰지 않는 게 불문율이 됐고, 그다음엔 한 주에 한 번만 썼다. 그녀는 지루하다고 했다. 만일 그가 속한 부대가 오랫동안 머물게 된다면 그녀는 그를 쫓아 내려올 생각이었다. 헤이트 씨는 그가 예상했던 것보다 더 강력한 변론 취지서를 제출했지만, 늦여름까지 항소심이 열릴지는 확신하지 못했다. 뮤리엘은 도시에서 적십자 일을 하며 지냈고, 그들은 꽤 자주 함께 외출했다. 글로리아가 적십자에 들어간다면 앤서니는 어떻게 받아들일까? 흑인들의 몸을 알코올로 닦아주게 될 것이라는 이야기를 듣고 그녀는 망설였다. 이후로 그다지 애국심을 느끼지 않았다. 아무튼 도시는 군인들로 가득했고 오랫동안 관심 밖이던 젊은 남자들이 그녀의 눈에 들어왔다……

앤서니는 그녀가 남부로 오는 걸 원치 않았다. 스스로에게 많은 이유가 있다고 말했다―그는 그녀에게서 떨어져 쉬어야 했고 그녀도 마찬가지였다. 그녀는 여기 시내에서 몹시 지루할 것이고, 하루에 몇 시간만 앤서니를 볼 수 있을 거였다. 그러나 마음속으로는 그가 도러시에게 끌리기 때문인 것 같아 두려웠다. 사실 그는 자신이 만든 관계의 가능성이나 의도 때문에 글로리아가 알게 되리라는 공포 속에서 살았다. 2주가 지날 무렵 그는 이 뒤엉킨 관계 속 부정한 자신의 모습에 비참한 기분을 느끼기 시작했다. 그럼에도 하루가 끝날 무렵이면 그를 막사 밖으로 끌어내는 저항할 수 없는 유혹을 참지 못했고 YMCA로 가서 전화를 걸었다.

"도트."

"네?"

"오늘 밤 갈 수 있을지도 몰라."

"무척 기뻐요."

"별이 빛나는 시간 동안 내 화려한 연설을 듣고 싶어?"

"오, 재미있는 사람……." 잠시 후 그는 5년 전의 기억을 떠올렸다. 그때는 제럴딘이었다…….

"8시쯤에 갈게."

7시에 그는 시내로 가는 버스에 올랐다. 자그만 남부 여자 여럿이 달빛 어린 현관에서 연인들을 기다리고 있었다. 그는 이미 그녀의 따뜻하고 미숙한 키스에, 놀랍도록 평온하게 그를 바라보는 시선에 흥분해 있었다. 그 시선은 그가 이제껏 힘을 얻은 그 어떤 시선보다도 숭배에 가까웠다. 글로리아와 그는 평등했고, 고마움이나 책임에 대해선 생각하지 않았다. 이 여자에게 그의 애무란 헤아리기 어려운 은혜였다. 그녀는 조용히 울면서 그가 첫 남자가 아니라고 고백했다. 또 다른 사람이 있었다고 했다. 그 연애는 시작되자마자 끝나버린 것 같다고 그는 헤아렸다.

실로, 자기 자신에 관한 한 그녀는 진실을 말했다. 그녀는 상점

직원을 잊었고 해군 장교를 잊었고 의류상의 아들을 잊었다. 그 생생한 감정을 잊었다. 정말로 잊어가고 있었다. 흐릿하고 어두운 상황에 놓인 가운데 누군가 그녀를 가졌다는 걸 알았다. 마치 자는 동안 일어난 일 같았다.

거의 매일 밤 앤서니는 시내로 왔다. 이제 현관에 있기엔 너무 추웠고, 그녀의 엄마는 그들에게 작은 거실을 내주었다. 싸구려 틀로 짠 다색 석판화 여러 개, 장식용 술이 달린 포개진 천들, 그리고 옆에 붙어 있는 부엌의 수십 년 묵은 공기. 그들은 불을 피웠다. 그러고 나서, 그녀는 행복하게 지칠 줄 모르고 사랑을 이야기했다. 저녁 10시가 되면 그녀는 그와 함께 문으로 걸어갔다. 검은색 머리카락은 흐트러졌고, 화장기 없는 창백한 얼굴은 흰 달 아래서 더욱 창백했다. 대체로 바깥은 맑았으며 은빛을 띠었다. 종종 따뜻한 비가, 너무 나태하여 땅에 거의 닿을 수도 없어 보이는 비가 천천히 내렸다.

"나를 사랑한다고 말해요." 그녀가 속삭였다.

"당연하죠, 사랑스러운 아기."

"내가 아기인가요?" 거의 동경에 젖은 것 같은 어투였다.

"그냥 작은 아기."

그녀는 글로리아에 대해 막연히 알았다. 그걸 생각하는 건 고통스러운 일이었으니, 그녀는 글로리아가 거만하고 자존심이 강하고 차갑다고 상상했다. 글로리아가 앤서니보다 틀림없이 나이가 많으며 남편과 아내 사이에는 사랑이 없다고 결론을 내렸다. 때로 그녀는 전쟁이 끝나면 앤서니가 이혼하고 자신과 결혼하리라는 꿈을

꾸었다. 그러나 이런 얘기는 절대 앤서니에게 하지 않았는데, 이유는 그녀도 잘 몰랐다. 부대에선 그를 은행원으로 알고 있다는 걸 그녀도 알았다. 그녀는 그가 신분이 높고 가난하다고 생각해 이렇게 말하곤 했다.

"내게 돈이 있다면, 자기, 난 모두 당신에게 주겠어요……. 5만 달러쯤 갖고 싶어요."

"그거면 충분할 것 같네요." 앤서니가 동의했다.

—글로리아는 어느 날 편지에 이렇게 썼다. "만일 우리가 100만 달러로 조정할 수 있다면, 헤이트 씨에게 가서 조정하겠다고 말하는 게 좋을 것 같아. 그러나 유감스럽지만……."

……"우린 자동차를 살 수 있어요." 도트가 결국 승리감에 취해 외쳤다.

감명 깊은 때

더닝 대위는 스스로가 위대한 지도자에 맞는 인물이라며 자랑스러워했다. 사병을 만나고 나면 30분 동안 그를 몇 가지 놀라운 범주 중 하나로 분류하는 데 익숙했다. 훌륭한 사병, 좋은 사병, 똑똑한 친구, 이론가, 시인, 그리고 '쓸모없음'. 2월의 어느 날, 그는 이른 시간에 앤서니를 막사로 소환했다.

"패치." 그가 간결하게 말했다. "난 자네를 몇 주간 지켜봤네."

앤서니는 움직임 없이 똑바로 서 있었다.

"자네에게 좋은 군인이 될 자질이 있다고 생각하네."

그는 따뜻한 빛을 기대했는데, 이 말은 자연스럽게 차가움을 끌어냈다. 대위는 말을 이었다.

"이건 아이들 놀이가 아니야." 그는 눈썹을 찌푸렸다.

앤서니는 울적하게 동의했다. "네, 대위님."

"이건 남자들의 게임이고, 우린 지도자를 필요로 하네." 그러고 나서 그의 말은 절정에 다다랐다. 재빠르고, 확실하며, 열광적인. "패치, 난 자네를 하사관으로 임명할 거야."

이때 앤서니는 몹시 감격하여 가볍게 비틀거리며 뒤로 물러났다. 그는 완벽하게 신뢰하려고 뽑은 25만 명 중의 한 명이 되리라. 그는 겁에 질린 일곱 명의 병사들에게 "나를 따르라!"라고 구체적인 구호를 외칠 수 있게 될 거였다.

"자네는 교육이 필요한 것 같아." 더닝 대위가 말했다.

"네, 대위님."

"좋아, 좋아. 교육은 위대한 것이지. 그러나 너무 자만하지 말게. 하던 대로 계속한다면 좋은 군인이 될 거야."

이 작별 인사가 귓가에 맴도는 가운데 패치 하사관은 경례를 하고 우향우를 한 다음 막사를 떠났다.

더닝 대위와의 대화로 앤서니는 기분이 좋아졌지만, 병장이 되면 생활이 더 재미있어질 것이라거나, 혹은 장교가 되면 진단을 그리 정확하게 내리지 않는 의무장교를 찾아야 할 것이라는 생각이 떠올랐다. 그는 업무에는 큰 관심이 없었는데, 그건 군대의 자랑거리인 용맹함과는 다른 것 같았다. 시찰을 할 때, 사람들은 잘 보이려고 옷을 갖춰 입는 게 아니라 나쁘게 보이지 않으려고 옷을 갖춰 입었다.

그러나 겨울이 흘러갔다. 기간이 짧고 눈이 내리지 않으며 축축한 밤과 춥고 비 내리는 낮이 특징적이었다. 그는 군대 체계가 얼마나 빠르게 자신을 사로잡아버렸나 놀랐다. 그는 군인이었다. 군인이 아닌 사람들은 모두 민간인이었다. 세상은 주로 이 둘로 나뉘었다.

군인처럼 눈에 확 띄는 계급은 사람을 두 종류로 나눈다는 생각이 들었다. 그들 자신, 그리고 그들이 아닌 부류. 성직자에겐 성직자와 평신도, 천주교인에겐 천주교인과 비천주교인, 흑인에겐 흑인과 백인, 죄수에겐 갇힌 사람과 자유로운 사람, 아픈 사람에겐 아픈 사람과 건강한 사람……. 그래서 살면서 한 번도 생각해본 적 없었는데, 그는 민간인이고 평신도이고 비천주교인이고 비유대인이고 백인이고 자유로운 사람이고 건강한 사람이었다…….

미국 군대가 프랑스와 영국의 참호로 쏟아질 무렵 그는 〈육군과 해군 저널〉에 실린 사상자들 가운데 하버드 학생들의 이름을 다수 찾아내기 시작했다. 땀과 피가 없이는 상황이 달라지지 않는 것 같았고, 그는 가까운 미래에 전쟁이 끝날 거라고 보지 않았다. 고대 이래로 기록에 따르면 방진의 우익은 늘 적군의 좌익을 물리쳤는데, 그동안 자기편 좌익이 적군의 우익에 당했다. 이렇게 엉망이 된 이후에 용병은 달아났다. 그 시절에 전쟁이란 아주 간단했다, 거의 미리 준비된 것처럼…….

글로리아는 편지에서 책을 많이 읽고 있다고 했다. 그들이 관계를 엉망진창으로 만들었다고도 썼다. 그녀는 지금 하는 일이 거의 없어서 상황이 얼마나 다르게 나타날 수도 있었는지 상상하며 시간을 보낸다고 했다. 그녀를 둘러싼 환경은 모두 불안해 보였다. 그리고 몇 년 전 그녀는 그 작은 손으로 모든 줄을 잡은 것처럼 보였었다⋯⋯.

6월이 되자 그녀는 편지에 소홀해졌고 보내는 횟수가 줄었다. 남부로 오겠다는 말을 갑자기 그만두었다.

패배

3월이 되자 따뜻한 시골의 풀밭에는 재스민과 노란 수선화, 보랏빛 꽃 더미들이 드문드문 자라났다. 훗날 그는 그토록 신선하고 마법 같은 매력을 풍긴 어느 날 오후를 특별히 기억해냈다. 그가 사격용 참호에 서서 목표를 조준하고 있을 때, 이해력이 부족한 어느 폴란드인에게 '칼리돈의 아탈란타'*를 암송해주었다. 그의 목소리는 머리 위로 총알이 터지고 윙윙거리고 절벅대는 소리와 섞였다.

봄의 개가⋯⋯

날아간다!

* 스윈번의 시.

겨울의 흔적이……

휘이이이……!

시간의 어머니는……

"어이! 정신 차려! 3을 조준해……!"

시내의 거리는 다시 졸린 꿈속처럼 느껴졌다. 앤서니와 도트는 그 전 가을에 찾던 그들만의 길을 따라가며 빈둥거렸고, 결국 그는 남부에 졸음 섞인 애착을 느끼게 됐다. 남부는 이탈리아보다는 알제에 더 가까워 보였다. 어느 따뜻하고 원시적인, 희망도 근심도 없는 열반을 향하는 수많은 세대들을 뒤에서 가리키는 시든 열망이 있는 곳. 목소리마다 친절과 이해가 담겨 있었다. '삶은 우리 모두에게 똑같이 사랑스럽고 괴로운 농담을 한다'고, 그들은 애처롭고도 즐거운 운율로 말하는 것 같았다. 목소리 억양이 상승하여 미완성 단조로 끝나는.

그는 이발소를 좋아했는데 그곳에선 창백하고 여윈 청년이 "안녕하세요, 하사관님!"이라고 외치고, 그에게 면도를 해주고 더 자를 수 없을 것 같은 그의 머리칼을 차가운 진동 기계로 계속 밀어주었다. 그는 그들이 춤을 춘 곳인 '존스턴의 정원'을 좋아했는데, 그곳에선 어느 비극적인 분위기의 흑인이 색소폰으로 그리움을 담은 마음 아픈 음악을 연주했다. 번쩍이는 홀은 결국 야만적인 리듬과 연기 자욱한 웃음으로 가득한 황홀한 정글이 되었다. 도러시의 부드러운 한숨과 나지막한 속삭임 속에서 평온하게 흐르는 시간을 잊는 건, 모든 열망과 모든 만족을 완성 짓는 일이었다.

그녀라는 사람은 슬픔이 숨어 있었고, 사소하게 기쁠 때를 제외하면 의식적으로 모든 걸 회피하곤 했다. 태양 아래 고양이처럼 햇볕을 쬘 때면, 그녀의 보랏빛 눈은 몇 시간 동안은 전혀 생각 없고 주변에 관심 없는 듯 무감한 모습이었다. 그는 그 피곤하고 생기 없는 그녀의 엄마가 그들에 대해 뭐라고 생각하는지, 그리고 그녀가 가장 냉소적이었던 때에도 그들의 관계에 대해 추측한 적이 있긴 한지 궁금했다.

어느 일요일 오후, 그들은 시골길을 걸었다. 이따금 숲 주변의 마른 이끼 위에서 쉬었다. 새들이 모여 있었고 제비꽃과 흰 층층나무가 무리 지어 있었다. 서리 덮인 나무들이 반짝이며 차갑게 빛났는데, 넋 나가는 열기가 바깥에서 기다리는 걸 알아차리지 못한 것 같았다. 여기에서 그는 이따금 무의미하고 대답 없는 대화를 나누고 졸린 독백을 할 수 있었다.

7월이 내리쬐기 시작했다. 더닝 대위는 부하 한 명을 파견해서 말발굽 다루는 일을 배우게 하라는 명령을 받았다. 연대는 병력이 늘어나고 있었고 그는 교관으로 일할 고참병 대부분이 필요했다. 그래서 작은 이탈리아인 바티스트를 골랐는데, 가장 쉽게 파견할 수 있는 사람이었다. 작은 바티스트는 말과 관련해서 어떤 일도 해본 적 없었다. 그가 겁을 내는 바람에 상황은 더욱 악화되었다. 그는 어느 날 중대 사무실에 다시 가서 더닝 대위에게 그가 이 일을 계속해야 한다면 죽고 싶다고 했다. 말들이 그를 걷어찼다는 것이다. 그는 그 일에 전혀 소질이 없었다. 마침내 그는 무릎을 꿇고 더닝 대위에게 애원했다. 엉터리 영어와 이탈리아 문어체를 섞어가며 제발 빼달라고 부탁했다. 그는 사흘 동안 잠들지도 못했다. 괴물 같은 종마들이 그의 꿈속에서 일어나 신나게 뛰놀았다.

더닝 대위는 중대 직원(그는 웃음을 터뜨렸다)을 훈계하고, 본인이 할 수 있는 일을 해보겠다고 바티스트에게 말했다. 그러나 그는 숙고한 끝에 더 좋은 사람은 쓸 수 없다고 판단을 내렸다. 작은 바티스트는 상황이 더욱 나빠졌다. 말들이 그의 두려움을 간파하고 그의 약점을 몽땅 이용하는 것 같았다. 2주 후 그가 마구간에서 거대한 검은 암말을 끌어내려 하자 암말은 발굽으로 그의 두개골을 짓밟았다.

7월 중순이 되자 캠프가 바뀔 거라는 소문이 퍼졌고 이어 명령이 내려왔다. 비어 있는 병영으로 여단이 옮기게 됐다. 남쪽으로 160킬로미터 더 내려가야 했는데, 그곳에서 사단으로 더 커질 예정이었다. 처음에 병사들은 참호로 간다고 생각했다. 저녁마다 작은 무리들이 부대 거리에서 재잘거렸고 서로를 향해 으스대며 소리쳤다. "물론이지!" 진실이 밝혀지자, 이건 진짜 목적지를 숨기기 위한 속임수라며 분노 속에서 기각됐다. 병사들은 자신들이 중요한 존재라는 걸 즐겼다. 그날 밤 시내에서 만난 여자들에게 "독일군을 해치우러 간다"고 말했다. 앤서니는 그 무리들 사이를 한동안 돌아다니다가 멀리 떠난다고 도트에게 알리기 위해 버스를 타고 갔다.

그녀는 어두운 베란다에서 그를 기다리고 있었다. 싸구려 드레스를 입고 있으니 젊고 부드러운 얼굴이 두드러져 보였다.

"오." 그녀가 속삭였다. "당신을 원했어요, 자기. 오늘 내내."

"말할 게 있어."

그녀는 움직이는 의자 위 그녀 곁으로 그를 이끌었다. 그의 어투가 불길한 건 눈치채지 못했다.

"말해요."

"다음 주면 떠나."

그녀의 팔은 그의 어깨를 찾다가 어두운 허공에 그대로 멈추었다. 그녀는 턱을 위로 들었다. 그녀가 입을 열었을 땐 목소리에서 부드러움은 사라지고 없었다.

"프랑스로 간다고요?"

"아니. 그보단 운이 좋지 않아. 미시시피에 있는 끝내주는 캠프로 떠나."

그녀는 눈을 감았다. 그는 그녀의 눈꺼풀이 떨리는 걸 볼 수 있었다.

"사랑하는 우리 도트, 사는 건 참 힘들어."

그녀는 그의 어깨에 기대 울기 시작했다.

"참 힘들어, 참 힘들어." 그는 헛되이 반복했다. "그저 사람들을 상처 주고 상처 주어서, 결국 사람들은 더 이상 상처를 받을 수 없게 돼. 그게 삶이 해내는 제일 마지막이자 최악의 일이지."

괴로워 제정신이 아닐 만큼 흥분한 그녀는 가슴께로 그를 끌어당겼다.

"오, 세상에!" 그녀는 띄엄띄엄 속삭였다. "당신은 날 떠날 수 없어요. 난 죽을 거예요."

도트는 그의 떠남을 흔하고 일반적인 불행으로 받아들일 수 없는 사람이라는 걸 그는 깨닫고 있었다. 그녀 곁에 바로 붙어 있으니 "불쌍한 우리 도트, 불쌍한 우리 도트"라고 반복하는 것 이상은 아무런 행동도 할 수 없었다.

"그러고 나면요?" 그녀가 지쳐서 물었다.

"그게 무슨 말이지?"

"당신은 내 전부예요. 그게 다예요. 당신이 그렇게 말한다면 지금 당장 당신을 위해 죽겠어요. 칼을 갖고 와서 자살하겠어요. 당신은 여기서 날 떠날 수 없어요."

그녀의 어투에 그는 놀랐다.

"늘 있는 일이지." 그가 차분히 말했다.

"그렇다면 난 당신과 같이 가겠어요." 눈물이 그녀의 뺨에서 흘러내렸다. 입은 슬픔과 공포로 정신없는 가운데 떨리고 있었다.

"자기." 그가 감상적으로 중얼거렸다. "사랑스러운 우리 아가씨. 우리가 곧 일어날 일을 미루는 것에 불과하다는 걸 모르겠어? 난 몇 달 안에 프랑스로 떠나서……."

그녀는 그에게서 물러났다. 주먹을 꼭 쥔 채 하늘을 향해 고개를 들었다.

"난 죽고 싶어요." 마치 그녀의 마음에서 주의 깊게 단어 하나씩을 주조한 것처럼 그녀가 말했다.

"도트." 그가 거북해져서 속삭였다. "당신은 잊게 될 거야. 이런 일들이란 사라지면 더 달콤한 법이지. 난 알아. 한때 난 뭔가를 원했고 그걸 얻었어. 유일하게 내가 몹시 원했던 거였어, 도트. 그리고 내가 그걸 가졌을 때 그건 내 손안에서 먼지로 변해버렸지."

"알겠어요."

그는 자신에게 열중한 채 계속 말했다.

"종종 내가 원한 걸 갖지 못했을 땐, 나와는 달라서 그랬을지도 모른다고 생각했어. 나는 내 마음속에서 뭔가를 발견했고 그걸 돌려보며 즐겼어. 그렇게 하면서 만족했을지도 몰라. 그리고 성공했을 때 달콤한 허영심을 느꼈지. 한때 내가 원하는 건 뭐든 가질 수 있었다고 생각해, 합리적인 한에서 말이야. 하지만 그건 내가 열정을 품고 원한 유일한 거였어. 세상에! 그리고 그건 내게 넌 아무것도 가질 수 없다, 넌 절대 아무것도 가질 수 없다, 라고 알려주었지. 욕망은 우리를 그저 속이기 때문이야. 햇빛이 방에서 여기저기 스쳐 가는 것과 비슷하지. 뭔가 대수롭지 않은 방해물이 있으면 멈추고 미끄러져 빗나가지. 그리고 우리 바보들은 그걸 잡으려 해. 그러나 우리가 잡으려 하면 햇빛은 다른 데로 움직이고, 그 대수롭지 않은 방해물을 손에 넣는다 해도 반짝임은 사라졌어. 넌 반짝임 때문에 그걸 원한 거였는데." 그는 불안해서 말을 멈추었다. 그녀는 자리에서 일어나 있었다. 눈물을 그쳤고, 어두운 넝쿨에서 작은 잎들을 따고 있었다.

"도트……"

"가요." 그녀가 차갑게 말했다.

"뭐? 왜?"

"난 말만 원하는 게 아니에요. 만일 나를 위해 당신이 가진 게 말뿐이라면, 그냥 가는 게 좋아요."

"왜, 도트……."

"내게 죽음을 의미하는 건 당신에겐 그저 말 몇 마디일 뿐이잖아요. 당신은 말을 아주 예쁘게 하네요."

"미안해. 당신에게 이야기하고 있었어, 도트."

"여기서 떠나요."

그는 팔을 뻗은 채 그녀에게 다가갔지만, 그녀는 그를 뿌리쳤다.

"당신은 나랑 가고 싶지 않은 거죠." 그녀가 차분히 말했다. "아마도 당신은 그, 그 여자를 만나겠죠." 그녀는 아내라는 말을 할 순 없었다. "내가 어떻게 알겠어요? 음, 난 당신이 더 이상 내 사람이 아니라고 생각해요. 그러니 가요."

잠시 동안 경고와 욕망이 서로 충돌하는 가운데 앤서니는 뭔가 행동해야 할 것 같았다. 이번이 그가 내면으로부터 자극을 받아 행동할 거의 드문 순간 같았다. 그는 주저했다. 피로가 물결치며 그에게 다가와 부딪쳐 부서졌다. 너무 늦었다, 모든 건 너무 늦었다. 몇 년째 그는 세상을 몽상하며 시간을 보냈다, 물만큼 불안정한 감정에 의거하여 판단을 내리며. 흰 드레스를 입은 이 작은 여자는 단단하게 균형 잡힌 욕망을 품고서 아름다움에 접근하면서 그를 지배했다. 그녀의 어둡고 상처받은 마음에서 타오르는 불은 마치 불꽃처럼 그녀 주변에서 빛나는 것 같았다. 어떤 심오한 미지의 자존심 때문에 그녀는 스스로 물러났고, 그래서 목적을 달성했다.

"난 그렇게 냉담하게 굴려고 했던 건 아닌데, 도트."

"그건 중요하지 않아요."

앤서니는 불길에 굴복했다. 내장 어딘가가 뒤틀린 것 같았고, 그는 힘없이 지쳐빠진 채 그곳에 서 있었다.

"같이 가자, 도트. 우리 사랑하는 도트. 같이 가자. 난 지금은 당신을 떠날 수 없어……."

그녀는 흐느끼며 그를 팔로 감싸 안았고 그에게 기댔다. 세상의 창백한 안색을 덮으며 반복해서 일하는 달이 그동안 졸린 거리에 부정한 달콤함을 뿌렸다.

재앙

9월 초, 미시시피주 캠프 분. 우글거리는 곤충들, 모기장 위에 쏟아지는 어둠. 그 어둠 속 숙소에서 앤서니는 편지를 한 통 쓰고 있었다. 포커 게임을 하며 이따금 주고받는 대화가 옆 막사에서 들려왔고, 밖에선 한 남자가 '케-케-케-케이티'*를 누구나 그렇게 부르듯 엉터리 박자로 부르며 부대 거리를 걷고 있었다.

앤서니는 애써 팔꿈치로 받치고 몸을 일으켜 손에 펜을 쥔 채 비어 있는 편지지를 바라보았다. 그러고 나서, 첫 문장을 뭐든 써 내려가기 시작했다.

* 1차 세계대전 동안 인기를 끈 노래.

문제가 뭔지 모르겠어, 글로리아. 나는 2주 동안 당신에게서 편지 한 줄 받지 못했고 자연스럽게 걱정될 뿐이야……

그는 마음이 불편해 투덜거리며 종이를 던져버리고 다시 시작했다.

무슨 생각을 해야 할지 모르겠어, 글로리아. 당신의 마지막 편지는 짧고 차가웠고, 애정 어린 단어 하나도 없고, 심지어 당신이 무얼 하는지 제대로 된 설명도 없고, 도착한 지 벌써 2주가 넘었어. 어떻게 된 일인지 알고 싶은 게 당연해. 만일 나를 향한 사랑이 완전히 죽어버린 게 아니라면 당신이 적어도 나를 걱정시키지 않으려 할 거라는……

그는 다시 종이를 구겼고 막사 천막의 찢어진 틈으로 종이 뭉치를 던졌다. 동시에 아침엔 종이들을 정리해야 한다는 걸 깨달았다. 그는 편지를 다시 쓰는 게 내키지 않았다. 따뜻함을 담아 쓸 수가 없었다. 오직 질투와 의심만이 있을 뿐. 한여름 이래 글로리아의 답신에서 느껴지는 괴리감이 점점 커졌다. 처음엔 거의 눈치채지 못했다. 그는 편지에 흩어져 있는 '여보'와 '자기' 같은 형식적인 표현에 익숙해져서 그 표현이 있는지 없는지 알아차리지 못했다. 그러나 지난 2주 동안 뭔가 문제가 있다는 걸 깨닫기 시작했다.

그는 글로리아에게 장교 훈련 캠프 검사를 통과했으며, 조지아주를 얼른 떠나길 기대한다고 야간 전보로 전했다. 답이 없었다. 그는 다시 전보를 보냈다. 답이 없자 그녀가 시내로 나갔다고 생각했다. 그러나 그녀가 시내에 있는 게 아니라는 생각이 자꾸 들었고, 괴로운 상상들이 쭉 이어져 애가 타기 시작했다. 심심해하고 들떠 있을 글로리아를 상상하니 누군가가 바로 떠올랐다. 가능성 있는 생각이라서 그는 간담이 서늘했다. 그녀라는 사람의 진실함에 대해 그가 그토록 확신하기 때문에 그해 동안 그녀에 대해 그리 생각하지 않았던 게 원인이었다. 의심이 생겨났으니, 묵은 분노와 무언가에 홀린 듯 격분한 감정이 천 배로 늘어나 돌아왔다. 그녀가 다시 사랑에 빠지리라는 것보다 무엇이 더 자연스러울까?

기억났다. 글로리아는 자신이 뭐든 원하면 그걸 가져야 한다고 단언했었다. 온전히 자신의 만족을 위해 행동했기 때문에 더러워지지 않고서 연애를 해나갈 수 있었다고 주장했다. 어쨌든 사람의 마음에 남은 게 중요할 뿐이라고 했다. 이런 그녀의 태도는 만족감과 희미한 혐오가 함께 깃든 남성적인 것이었다.

그러나 그들이 결혼한 초기에 그러했고, 나중에 그녀가 앤서니를 질투할 수 있다는 사실을 알게 되면서, 그녀는 적어도 표면상으로는 마음을 바꾸었다. 그녀에겐 이 세상에 다른 남자는 없었다. 그는 아주 확실히 알고 있었다. 지나치게 가림이 심한 성미 탓에 그녀가 제 마음을 억누르게 됐다는 걸 눈치채면서, 그는 그녀의 완벽한 사랑을 유지하며 점차 느슨해졌다. 이 사랑이 결국 전체 구조를 버티는 쐐기돌이었다.

여름 내내 그는 시내 하숙집에서 사는 도트와 만나고 있었다. 이를 위해 그는 중개인에게 돈을 달라고 편지를 써야 했다. 도트는 여단이 캠프를 떠나기 전날 집을 나와 남쪽으로 향했다. 엄마에겐 뉴욕으로 간다는 메모를 남겨놓았다. 다음 날 저녁, 앤서니는 그녀를 만나러 간 것인 양 그녀의 집으로 향했다. 레이크로프트 부인은 의식을 잃고 쓰러진 상태였고 응접실에는 경찰이 있었다. 질문이 이어졌고, 앤서니는 대답을 하며 곤경에서 벗어났다.

9월이 되자, 글로리아를 의심하는 동시에 도트와의 만남이 지루해졌다. 거의 참을 수 없을 지경이었다. 그는 잠이 부족해 신경질적이고 성마른 상태였다. 마음이 아프고 겁이 났다. 사흘 전 그는 더닝 대위에게 휴가를 달라고 말했으나, 대위는 친절하게 굴면서도 결정을 미루기만 했다. 사단은 바다를 건너기 시작했고, 그동안 앤서니는 장교 훈련 캠프로 갈 예정이었다. 휴가는 나라를 떠나는 병사들이 받아야 했다.

이렇게 거절당하고 나서, 앤서니는 글로리아에게 남부로 오라는 전보를 치려고 전신국으로 갔다. 그는 입구에 도착했으나 자포자기하며 뒤로 물러났다. 전보를 보내는 게 거의 불가능한 상황이었다. 그래서 그는 도트와 짜증스럽게 다투며 저녁을 보냈고, 침울하고 세상에 화가 난 채 캠프로 돌아왔다. 마음에 들지 않는 상황이 벌어졌는데, 그 상황에서 그는 느닷없이 도트를 떠났다. 그녀와 관련된 일은 현재로서는 그리 중요하게 느껴지지 않았다. 그는 연락 없는 아내에게 완전히 낙심하여 헤어나지 못하고 있었다……

막사가 펄럭이더니 갑자기 뒤쪽에 삼각형 모양이 생겼고 짙은 색 머리가 밤을 배경으로 나타났다.

"패치 병장?" 이탈리아인의 억양이었다. 앤서니는 벨트를 보고 그가 본부에서 왔음을 알았다.

"저 말입니까?"

"한 여자분이 10분 전 본부로 전화를 했다. 당신과 통화를 해야한다고 했어. 아주 중요하다고."

앤서니는 모기장을 젖히고 일어났다. 글로리아가 보낸 전보 같았다.

"그녀는 자네와 연락을 하겠대. 10시에 다시 전화한다고 하더군."

"알겠습니다. 고맙습니다." 그는 모자를 집었다. 잠시 후 뜨겁고, 거의 숨이 막히는 어둠을 지나 사무실 옆으로 걸어갔다. 그는 본부 통신실에서 졸고 있는 야간 당직 장교들에게 경례했다.

"앉아서 기다리게." 중위가 무심히 말했다. "여자는 자네와 꼭 연락하고 싶은 것 같았어."

앤서니의 희망이 사라졌다.

"매우 고맙습니다, 중위님." 그리고 옆의 벽에서 전화가 울리자 그는 누가 전화를 했는지 알았다.

"도트예요." 불안정한 목소리였다. "당신을 오늘 만나야겠어요."

"도트, 며칠 동안 갈 수 없다고 말했잖아."

"오늘 만나야겠어요. 중요해요."

"너무 늦었어." 그가 차갑게 말했다. "10시야. 그리고 나는 11시엔 캠프에 있어야 해."

"네, 알겠어요." 이 두 단어에 너무 많은 불행이 꽉 담겨 있어 있어 앤서니는 후회했다.

"무슨 일이야?"

"작별 인사를 하고 싶어요."

"오, 바보같이 굴지 마!" 그가 소리쳤다. 그러나 그의 영혼이 깨어났다. 만일 바로 오늘 밤에 그녀가 시내를 떠난다면 얼마나 좋을까! 그의 영혼에서 짐이 떠난다! 그러나 그는 말했다. "내일이 되기 전엔 그럴 수 없어."

그는 야간 당직 장교가 그를 놀리듯 쳐다보는 걸 흘깃 보았다. 그러고 나서 도트가 놀라운 말을 했다.

"그런 식으로 '떠난다'는 게 아니에요."

앤서니의 손이 수화기를 꽉 잡았다. 온몸의 신경이 차갑게 식는 걸 느꼈다, 마치 몸에서 열이 빠져나가듯.

"뭐?"

더듬더듬, 빠르게 말하는 거친 목소리가 들렸다.

"안녕히, 아, 안녕히!"

호출인가! 그녀는 전화를 끊었다. 숨을 헐떡이는 소리 반, 울음 섞인 소리 반과 함께. 앤서니는 급히 본부 건물을 떠났다. 작은 숲의 나무들을 지나 은빛 장식 술같이 흐르는 별들 아래, 그는 망설이며 가만히 서 있었다. 그녀는 자살하겠다는 걸까? 아, 이런 바보 같으니! 그녀를 향한 씁쓸한 증오가 차올랐다. 이러한 파국을 맞으면서도 그는 알아차리지 못했다. 자기가 일을 뒤엉키게 만들고 지저분하게 만들고 근심과 고통으로 얼룩진 지저분한 덩어리로 만들었다는 사실을 말이다.

그는 걱정해봐야 쓸데없는 일이라고 생각하고 또 생각하며 천천히 걷고 있었다. 막사로 돌아가 잠드는 게 최선이었다. 그는 자야 했다. 세상에! 다시 잘 수 있나? 그의 마음은 공허한 소음와 혼란으로 가득했다. 그는 길에 도착해서 공황 상태에 빠진 채 돌아서서 뛰기 시작했다. 부대 쪽이 아니라 부대에서 멀어지는 쪽이었다. 병사들은 이제 돌아오고 있었다. 택시를 찾을 수 있으리라. 1분 후 노란색 눈이 모퉁이에 나타났다. 그는 그 눈을 향해 필사적으로 달려갔다.

"버스*! 버스!" ……빈 포드 차였다……. "시내로 갑시다."

"1달러입니다."

"좋아요. 얼른 가준다면……."

끝없는 시간이 흐른 뒤 그는 어느 어둡고 쓰러져가는 작은 집 층계로 뛰어갔다. 그리고 문을 통과하여, 손에 초를 든 채 복도를 걸어오는 덩치 큰 흑인 여자를 거의 넘어뜨릴 뻔했다.

"내 아내는 어디 있지?" 그가 거칠게 외쳤다.

"자러 갔어요."

층계를 세 개씩 뛰어올랐다. 방은 어둡고 고요했다. 그는 떨리는 손가락으로 성냥불을 켰다. 두 개의 큰 눈이 침대 위 형편없는 옷더미에서 그를 올려다보았다.

"오, 당신이 왔다는 걸 알겠어요." 그녀가 띄엄띄엄 중얼거렸다.

앤서니는 분노로 차가워졌다.

"나를 여기 오게 하려는 수작이었군. 나를 곤란하게 만들려고!" 그가 말했다. "제길, 이번에도 당신은 '늑대가 나타났다'고 외친 셈

---

* 단거리 운행의 요금이 싼 소형 버스를 가리킨다.

이야."

그녀는 처량한 시선으로 그를 쳐다보았다.

"나는 당신을 만나야 했어요. 나는 살 수가 없었어요. 오, 나는 당신을 봐야 했어요……."

그는 침대 옆에 앉아서 천천히 고개를 저었다.

"당신은 나빠." 그가 딱 잘라 말했다. 글로리아가 그에게 말하는 방식처럼 무의식적으로 그랬다. "이런 일은 내게 공평하지 않아, 알다시피."

"더 가까이 와요." 그가 뭐라고 하든 도트는 이제 행복했다. 그가 그녀에게 관심을 보였다. 그녀는 자기 옆으로 그를 이끌었다.

"오, 세상에." 앤서니는 무력하게 외쳤다. 피로가 그 피할 수 없는 파도를 따라 밀려와, 그의 분노가 가라앉았다. 뒤로 물러나더니 사라졌다. 그는 갑자기 무너졌고, 침대 위 그녀의 곁에서 흐느꼈다.

"오, 내 사랑." 그녀가 애원했다. "울지 말아요! 울지 말아요!"

그녀는 그의 머리를 자신의 가슴에 대고 그를 달랬다. 그녀의 행복한 눈물이 그의 씁쓸한 눈물과 하나가 되었다. 그녀의 손이 그의 짙은 머리칼을 부드럽게 쓰다듬었다.

"난 이런 작은 바보예요." 그녀가 속삭였다. "하지만 당신을 사랑해요. 그리고 당신이 내게 차갑게 굴면, 더 이상 살 가치가 없는 것 같아요."

결국 평화가 왔다. 여성의 분과 향수 냄새가 섞인 조용한 방. 도트의 손은 그의 머리칼에 불어오는 따뜻한 바람처럼 부드러웠고, 그녀가 숨을 쉴 때마다 가슴이 오르락내리락했다. 잠시 동안 글로리아가 그곳에 있는 것 같았다. 그가 알던 그 어떤 집보다 더 달콤하고 안전한 집에서 쉬는 것 같았다.

한 시간이 지났다. 복도에서 시계가 울기 시작했다. 그는 벌떡 일어나서 손목시계를 보았다. 12시였다.

그 시간에 그를 캠프로 데려다줄 택시를 찾느라 애먹었다. 운전사에게 더 빨리 달리라고 재촉하면서 그는 캠프로 들어갈 최선의 방법을 궁리했다. 그는 최근 여러 번 늦었고, 또 걸리면 그의 이름이 장교 지원자 명단에서 삭제될 거였다. 택시를 보내고 어둠 속에서 보초를 한번 통과해보는 건 시도하지 않는 게 나을까 생각했다. 그러나 장교들은 종종 자정 후에도 차를 타고 보초 옆을 지났다…….

"멈춰!" 누군가 한마디 외쳤다. 전조등 빛이 방향을 트는 곳 위에 떨어져 노랗게 번쩍였다. 택시 운전사는 자동차의 클러치에서 발을 뗐고, 소총을 앞에총 자세로 휴대한 보초 한 명이 걸어왔다. 운 나쁘게도 보초와 함께 위병 장교가 있었다.

"늦었다, 병장."

"네. 늦었습니다."

"유감이다. 이름을 대라."

장교가 손에 공책과 연필을 들고 기다리는 동안, 앤서니의 입으로 완전히 작정한 건 아닌 말이 맴돌았다. 공황 상태에서 혼란스럽고 절망을 느끼는 가운데 그는 말을 해버렸다.

"R. A. 폴리 병장입니다." 그는 숨을 참으며 말했다.

"소속은?"

"83보병대 중대 Q입니다."

"좋아. 여기서부터 걸어가야 한다, 병장."

앤서니는 경례를 한 다음 운전사에게 얼른 요금을 내고 그가 이름을 댄 중대를 향해 뛰어갔다. 그들의 시야에서 사라질 만한 곳에 오자, 그는 방향을 바꾸었다. 심장이 거칠게 뛰는 가운데, 그는 자신의 부대로 서둘러 갔다. 치명적인 실수를 저지른 것 같았다.

이틀 뒤 위병 근무를 하던 그 장교가 시내 이발소에서 그를 알아보았다. 그는 캠프로 돌려보내져 군 경찰 담당이 됐다. 그는 재판 없이 계급이 내려갔고, 한 달 동안 외출이 제한되어 부대 거리로만 나갈 수 있었다.

이 바람에 그는 한바탕 지독한 우울을 겪었다. 일주일 만에 그는 다시 시내에서 목격됐다. 술에 취해 멍한 상태로 돌아다녔다. 주머니엔 밀주 위스키를 꽂은 채. 그가 딱 3주만 영창에 가게 된 건, 재판장에서 그가 보인 행동에 일종의 광기가 어려 있던 탓이었다.

악몽

구금 초기엔 자신이 미쳐간다고 그는 확신하기 시작했다. 마치 은밀하지만 생생한 기질들이 마음속에 다량 존재하는 것 같았다. 일부는 친숙했고, 일부는 낯설고 끔찍했다. 이 기질들은 높은 곳 어딘가에 앉아서 지켜보는, 어느 작은 감시 요원에 의해 억제된 것 같았다. 그가 걱정하는 단 한 가지는 감시 요원이 아프고 어렵게 버티고 있다는 거였다. 그가 포기하게 된다면, 그가 잠시 동안 흔들리게 된다면 이 참을 수 없는 것들이 뛰쳐 나올 거였다. 앤서니는 그의 가장 나쁜 기질들이 제멋대로 그의 의식을 돌아다닌다면 어떤 어두운 상태에 처하게 될지 그저 알 수 있을 뿐이었다.

낮의 열기가 변했다. 여하튼, 결국 그건 황폐한 땅을 짓누르는 빛나는 어둠이었다. 그의 머리 위로 불길하고 잘 알지 못하는 태양이 떠올랐다. 그 태양의 중심, 무수한 불의 중심에 있는 푸른 원이 그의 눈앞에서 끊임없이 회전했다. 마치 그가 뜨거운 빛에 쭉 노출된 채 열이 나는 혼수상태로 누워 있는 듯. 아침 7시가 되자, 그는 환상적이고 말도 안 되게 비현실적인 뭔가를 느꼈다. 그 뭔가는 언젠가 죽을 그의 육신이었다. 그 육신을 이끌고 그는 다른 일곱 명의 다른 죄수들과 두 명의 위병과 함께 일을 하러 캠프 도로로 나갔다. 어느 날 그들은 많은 양의 자갈을 이고 펼치고 긁어서 골랐다. 다음 날엔 붉고 뜨거운 타르가 담긴 거대한 배럴 통을 가지고 일했다. 뜨거운 열기가 솟는 검고 빛나는 웅덩이가 자갈에 넘쳐흘렀다. 밤이 되자 영창에 갇힌 채 그는 생각 없이, 생각을 해보려는 용기도 없이 머리 위 천장에 비치는 불규칙적인 광선을 응시했다. 새벽 3시가 되면 비로소 불안한 선잠에 빠져들었다.

노동 시간 동안 그는 불편하게 허둥대며 일했다. 낮이 무더운 미시시피의 일몰을 향해 가고 있을 때, 피로를 느끼도록 제 몸을 움직였다. 저녁이 되면 극한의 피로로 깊은 잠에 빠질 수 있도록……. 그러다 구금된 지 두 번째 주인 어느 날 오후, 두 눈이 위병들 너머 몇 미터 거리에서 그를 응시하는 기분이 들었다. 그는 오싹했다. 등을 돌린 채 열이 나는 가운데 삽질을 했는데, 마침내 뒤를 돌아서 자갈을 더 갖고 올 때가 됐다. 그때 다시 두 눈이 자기를 본다는 환상에 사로잡혔고, 이미 긴장한 상태였는데도 한계에 도달할 때까지 긴장했다. 두 눈이 그를 힐끔거렸다. 무더운 침묵이 흐르는 가운데, 어느 비통한 목소리가 그를 불렀다. 지구가 어처구니없이 앞뒤로 흔들렸고 여럿이 시끄럽게 소리를 지르며 혼란에 빠졌다.

그다음 그는 의식이 돌아왔다. 다시 영창이었고, 다른 죄수들이 그에게 호기심 어린 시선을 보내고 있었다. 두 눈은 더 이상 나타나지 않았다. 많은 날들이 지나고, 그는 그 비통한 목소리의 주인공이 분명 도트이고, 그녀가 그를 부르며 일종의 소란을 일으켰다는 걸 깨달았다. 그는 형이 만료되기 직전 결론을 내렸다. 그를 짓누른 구름이 떠나며, 그를 깊고 맥없는 무기력함에 남겨두었다고. 의식의 매개자로서 공포의 무시무시한 가족이 된 그 감시 요원이 강해질수록 앤서니는 육체적으로 허약해졌다. 그는 이틀간의 노동을 거의 견디지 못했다. 어느 비 오는 날 오후 영창에서 풀려나 중대로 돌아갔다. 막사에서 무거운 졸음에 빠졌다. 새벽이 되기 전 일어났는데 몸이 아팠고 기력을 회복하지 못했다. 침대 옆엔 얼마 전부터 사무실에서 그를 기다린 편지 두 통이 있었다. 처음은 글로리아였다. 짧고 냉담했다.

11월 하순에 재판이 진행될 예정이야. 그때 올 수 있어?
나는 편지를 계속 써보려고 했지만 점점 더 안 써질 뿐이야. 나는 여러 가지 문제로 당신을 보고 싶어. 그러나 알다시피 당신이 그쪽으로는 오지 말라고 했으니 내가 또 가보려고 하는 일은 내키지 않아. 많은 것들을 고려해볼 때 우린 한번 만나야 할 것 같아. 당신이 약속해주면 무척 기쁘겠어.

글로리아.

그는 너무 피곤해서 편지를 이해할 수 없었다. 아니, 신경 쓸 수 없었다. 그녀가 편지에 쓴 표현이나 그녀가 편지를 쓴 의도는 이해할 수 없는 과거로 너무나 멀리 떠나버렸다. 두 번째 편지는 거의 읽을 수가 없었다. 도트였다. 내용은 뒤죽박죽이고 종이가 눈물에 부풀어 올랐고 글씨는 휘갈겨 썼으며 항의와 애정과 슬픔이 넘쳐 흘렀다. 편지 한 장을 넘긴 다음, 그의 힘없는 손에서 편지는 스르르 빠져나갔다. 그는 다시 졸았고 자신만의 모호한 내면에 빠졌다. 소집 훈련 때, 그는 고열 상태에서 깨어났고 막사를 나가려다 기절했다. 정오에 그는 인플루엔자 증상으로 병원에 보내졌다.

그는 운 좋게 이 병에 걸렸다는 걸 깨달았다. 신경과민 상태가 또 도지는 걸 막을 수 있었으니까. 그리고 그는 때맞춰 건강을 되찾아 축축한 11월의 어느 날 뉴욕으로 향하는, 그 너머 끝없는 대량 학살로 향하는 열차에 올랐다.

연대가 롱아일랜드의 캠프 밀스에 도착하자, 앤서니는 가능한 한 빨리 도시로 들어가서 글로리아를 만나자고 생각했다. 확실히 이번 주 내로 휴전이 선언될 거였다. 그러나 어떤 경우라도 군대는 마지막 순간까지 프랑스로 건너갈 거라는 소문이 퍼졌다. 앤서니는 질겁했다. 긴 항해, 프랑스 항구에의 지루한 상륙, 아마도 실제

전투를 본 군대를 대신하는 한 해 동안의 해외 체류.

그의 목적은 이틀간 휴가를 얻는 거였다. 그러나 캠프 밀스는 엄격한 인플루엔자 격리 지역이었다. 장교라도 공적인 업무를 제외하고는 나가는 게 불가능했다. 사병에겐 말도 안 되는 일이었다.

캠프 자체는 음울하고 혼란스러운 곳이었다. 춥고 바람이 불었고 더러웠다. 많은 사단들이 지나가면서 더러움이 쌓였다. 그들이 탄 기차는 저녁 7시에 도착했고, 그들은 줄을 서서 기다렸는데 그동안 군대들이 뒤엉켰다가 결국 앞쪽 어딘가에서 정리됐다. 장교들은 오르락내리락 멈추지 않고 뛰었으며, 명령을 내렸고, 엄청나게 소리를 질러댔다. 문제는 육사 출신이어서 정의로운 기질을 갖고 있는 대령이었다. 그가 외국으로 가기 전에 전쟁이 멈출 거였다. 그 주 동안 나이 든 육사 출신들 사이에서 얼마나 많은 수가 비탄에 빠졌는지 군 정부가 안다면, 그들은 의심의 여지 없이 다음 달까지 계속 학살을 이어나갔을 것이다. 안타까웠다!

눈 쌓인 진창이 엄청나게 으깨진 곳으로 막사가 길게 뻗어난 음산한 구역을 응시하며, 앤서니는 그날 밤엔 전화하러 걸어가는 게 불가능하다는 걸 알았다. 그녀에겐 다음 날 아침에 기회가 닿는 대로 전화할 수 있었다.

그는 춥고 살이 에는 듯한 새벽에 일어나 기상 신호를 들으며 서서 더닝 대위의 열정적인 장광설을 들었다.

"제군들은 전쟁이 끝났다고 생각할지도 모른다. 글쎄, 내가 말하는데 그렇지 않다! 적은 휴전 문서에 서명하지 않을 것이다. 또 다른 전략인 셈이다. 그리고 우린 부대에서 뭐든 느슨하게 풀지 못해

안달이고. 말하자면 우린 한 주 안에 여기서 출항하게 될 것이고, 그렇게 되면 우린 진짜 전투를 보게 될 것이다." 그는 최고의 발언 효과를 얻기 위해 여기서 말을 끊었다. 그리고 다시 말했다. "만일 전쟁이 끝났다고 생각한다면, 전쟁 중인 사람 누구든 그냥 말을 걸어보고 독일군 모두가 그렇다고 그들이 생각하는지 보면 된다. 그렇지 않다. 아무도 그렇지 않아. 나는 아는 사람들에게 계속 말해왔고, 어쨌든 1년은 더 갈 거라고들 한다. 그들은 전쟁이 끝났다고 생각하지 않는다. 그러니 제군들은 어리석은 생각은 하지 않는 편이 좋을 것이다."

마지막 말을 두 배로 강조하며, 그는 병사들에게 해산 명령을 내렸다.

정오가 되자 앤서니는 가장 가까이 있는 매점 전화기로 뛰어갔다. 그가 캠프의 중심가에 해당하는 곳으로 다가가는 동안 다른 많은 군인들 또한 뛰었고 근처의 한 사람이 갑자기 허공을 향해 뛰어올라 발뒤꿈치를 모아 딱 소리를 냈다. 다들 뛰기 시작했고, 여기저기 흥분한 몇몇 사람들이 무리 지어 환호성을 질렀다. 그는 그 자리에 멈춰서 소리를 들었다. 이 차가운 나라 전체에서 호각 소리가 들려오고 도시 외곽의 교회 굴뚝들에선 갑자기 그 소리가 반향이 되어 울렸다.

앤서니는 다시 뛰기 시작했다. 함성은 이제 명료하고 확실했다. 그 소리들은 차가운 공기에 쏟아진 얼어붙은 입김 구름과 함께 일어났다.

"독일이 항복했다! 독일이 항복했다!"

잘못된 휴전

그날 저녁 6시 무렵의 칙칙한 어둠 속에서 앤서니는 두 대의 화물차 사이를 지났고, 철로를 한 번 건너 가든시티를 따라 길을 걸었다. 뉴욕으로 가는 전차를 탔다. 그는 약간 걱정하며 서 있었다. 군 경찰이 종종 외출증을 요구하러 나타난다는 걸 알고 있었으니. 그러나 오늘 밤은 경계가 느슨해질 거라고 생각했다. 하지만 어떤 경우든, 그는 빠져나갔을 거였다. 전화만으로는 글로리아가 어디에 있는지 알 수 없었기 때문이었다. 그리고 불안에 떨며 하루를 더 보내는 건 참을 수 없을 터였다.

차는 어떤 이유에선지 멈춰서 기다렸고, 그는 1년 전 뉴욕을 떠난 날 밤을 상기했다. 그 후 펜실베이니아 역으로 들어갔다. 그는 택시 정류장으로 가는 익숙한 길을 따랐다. 제 집 주소를 대는 일이 기이하고 아주 자극적이라는 걸 깨달으며.

브로드웨이는 빛이 쏟아지고 사람들이 밀려들고 있었다. 인도에는 반짝이는 종잇조각 더미가 발목 높이로 쌓였고 축제 인파는 그 더미를 휩쓸고 갔다. 이런 모습을 전엔 본 적이 없었다. 군인들은 여기저기 벤치와 상자 위에 올라가서 멋대로 구는 무리들을 불러 댔다. 다들 위에서 비치는 눈부신 흰 빛 아래 얼굴이 명료하고 선명하게 보였다. 앤서니는 대여섯 명을 손꼽았다. 술에 취한 선원, 몸이 뒤로 넘어가 다른 두 해병의 부축을 받았다. 모자를 흔들었고 거칠게 으르렁댔다. 목발을 쥔 부상당한 군인, 민간인들이 소리를 지르며 그를 어깨 위에 태우고 빙글빙글 돌았다. 짙은 머리칼의 여자, 주차 중인 택시 위에 다리를 꼬고 앉아 생각에 잠겼다. 확실히 때 맞춰 승리가 찾아왔다. 절정은 가장 먼 하늘의 선견지명으로 일정이 잡혔다. 위대하고 부유한 국가는 전쟁에서 승리했고, 가슴 저미게 힘들었지만 쓰라릴 만큼은 아니었다. 그리하여 축제가, 향연이, 승리가 왔다. 밝은 빛 아래 사람들의 얼굴이 빛났다. 영광이 사라진 지 오래된 사람들, 백 세대 전 조상들이 바빌론에서, 니느웨에서, 바그다드에서, 티레에서 승리의 소식을 들었던 죽은 자들의 문명. 그들의 조상은 로마 제국의 도로를 지나는 포로들과 함께 꽃으로 장식하고 노예들로 치장한 행렬들이 움직이는 걸 보았다.

리알토 극장을 지나서, 애스터 호텔의 반짝이는 입구를 지나서, 번쩍대는 장엄한 타임스퀘어를 지나서…… 불타오르는 화려한 골목길……. 그러고 나서 시간이 한참 흘렀나? 그는 57번가의 건물 앞에서 택시 운전사에게 요금을 지불했다. 복도에 섰다. 마르티니크 출신의 흑인 남자는 게으르고 나태하니, 변함없는 모습이었다.

"패치 부인은 안에 있나?"

"난 방금 왔어요." 남자가 잘 맞지 않는 영국 억양으로 말했다.

"올라가자고."

윙윙대며 느리게 움직이는 엘리베이터, 문을 향한 세 걸음. 문을 두드리니 그 힘으로 열렸다.

"글로리아!" 그의 목소리가 떨렸다. 답이 없었다. 희미한 담배 연기 한 줄기가 재떨이에서 솟아올랐다. 〈베니티 페어〉 여러 권이 탁자 옆에 쌓여 있었다.

"글로리아!"

그는 침실로, 욕실로 뛰어갔다. 그녀는 없었다. 청록색 네글리제가 침대 위에서 희미한 향을 풍기며 펼쳐져 있었다. 환상적이고도 친숙한 모습이었다. 의자 위에는 스타킹 두 짝과 외출복이 있었다. 뚜껑이 열린 분 상자가 옷장을 향해 하품을 했다. 그녀는 방금 나간 게 틀림없었다.

전화기가 갑자기 울리자 그는 흠칫 놀랐다. 사기꾼이라도 된 기분을 쏟아내어 대답했다.

"여보세요. 패치 부인 계십니까?"

"아뇨. 나도 찾고 있습니다. 누구시죠?"

"크로퍼드입니다."

"패치입니다. 나는 막 예정에 없이 도착했고, 그녀가 어디에 있는지 몰라요."

"오." 크로퍼드의 목소리는 약간 놀란 듯했다. "아마 아미스티스 볼에 있을 것 같네요. 거길 가려 한다는 건 알았는데, 그렇게 빨리 나갔을 줄은 몰랐습니다."

"아미스티스 볼은 어디죠?"

"애스터 호텔요."

"고맙습니다."

앤서니는 전화를 딱 끊고 일어났다. 크로퍼드는 누구지? 그리고 그녀를 볼로 데려간 사람은 누구지? 이 일이 얼마나 오래됐지? 이 모든 것들을 열몇 번쯤 열몇 가지 방식으로 스스로에게 질문하고 대답했다. 그녀에게 가까워지니 그는 반쯤 미친 상태가 되어갔다.

미칠 것 같은 의심에 사로잡힌 채 그는 아파트를 여기저기 돌아다녔고, 남자가 머무른 흔적을 찾아다녔다. 욕실 찬장을 열고, 서랍을 열띠게 탐색했다. 그러다 갑자기 동작을 멈추고 두 침대 중 하나에 앉았다. 막 울기 시작할 것처럼 입가가 처졌다. 서랍 구석에 그가 1년 동안 보낸 편지와 전보가 연한 푸른색 리본으로 묶인 채 보관되어 있었다. 그는 행복하고 감상적인 부끄러움을 가득 느꼈다.

"난 그녀에게 어울리지 않아." 그는 사방을 향해 크게 외쳤다. "난 그녀에게 어울리지 않아."

그래도 그는 밖으로 나가 그녀를 찾았다.

그는 애스터 호텔 로비에서 바로 엄청난 인파에 휩싸였고 거의 앞으로 나아갈 수가 없었다. 그는 무도장이 어디 있는지 맨정신에 이해 가능한 설명을 해줄 사람을 찾기까지 대여섯 명에게 물었다. 마침내 오래 기다린 끝에, 그는 복도에서 입고 있는 군복 겉옷을 살폈다.

겨우 9시였지만 무도장은 완전히 난리였다. 눈앞의 광경이 연달아 바뀌는데 엄청났다. 어디나 여자, 여자가 있었다. 눈부신 색종이 조각을 뒤집어쓴 인파들이 시끄럽게 구는 가운데 와인을 마셔 기분이 좋아 새된 목소리로 노래를 부르는 여자들, 열두어 국가의 제복을 입은 여자들, 바닥으로 품위 없이 넘어지면서 "연합국 만세!"라고 외쳐 자존심을 유지하는 뚱뚱한 여자들, 어느 선원을 둘러싸고서 손에 손을 잡고 춤을 추는 흰머리 여자 셋. 그 선원은 바닥에서 어지럽게 몸을 돌리다가 빈 샴페인병을 가슴에 꼭 껴안았다.

숨을 거의 쉬지도 못한 채 앤서니는 사람들을 살폈다. 화려한 구경거리와 소음들 위로 이글거리는 색을 펼쳐놓은 펄럭이는 깃발 아래에서 춤추는 사람들, 탁자들 주변에서 왔다 갔다 일렬종대로 길게 혼잡한 줄을 선 사람들, 나팔 부는 사람들, 키스하는 사람들, 기침하는 사람들, 웃는 사람들, 술을 마시는 사람들을.

그러다 그는 글로리아를 보았다. 그녀는 바로 대각선 방향의 2인용 탁자에 앉아 있었다. 검은 옷을 입었고 가장 매력적인 장미색으로 물든 싱싱한 얼굴을 하고 있었으니, 사무치게 아름다운 그녀였다. 그는 새 음악을 들은 것처럼 심장이 뛰었다. 사람들을 헤치고 나아가며 그녀의 이름을 불렀는데, 바로 그때 그 회색 눈동자가 올려다보며 그를 발견했다. 그 순간 그들의 몸이 만나 녹았고, 이 세계가, 흥청망청 파티가, 흐느끼며 떨리는 음악이 벌의 노래처럼 무아지경의 단조롭고 조용한 음으로 사라졌다.

"오, 나의 글로리아!" 그가 외쳤다.

그녀의 키스는 그녀의 마음에서 흘러나오는 차가운 작은 시냇물 같았다.

2장

미학의 문제

앤서니가 캠프 후커로 떠난 1년 전의 밤, 모든 건 아름다운 글로리아 길버트에게 남겨졌다. 그녀라는 사람의 껍데기, 아름답고 사랑스러운 몸이 그랜드센트럴 역의 넓은 대리석 계단을 올랐다. 엔진이 울리는 소리의 리듬에 맞춰 움직였다. 그녀에겐 꿈의 소리처럼 들렸다. 이어 그녀는 밴더빌트가로 나섰다. 빌트모어 호텔 건물 대부분이 길 위에 쑥 솟아올라 있었다. 호텔은 저층에 위치한 번쩍이는 입구로 다채로운 색의 오페라 관람용 망토를 걸친 화려하게 차려입은 여자들을 끌어들였다. 잠시 그녀는 택시 정류장에 서서 그들을 보았다. 불과 몇 년 전 그녀도 저 무리 속에 있었다. 궁극의 열정적 모험을 막 시작하려고 빛이 나는 어딘가를 향해 언제나 길을 나섰다. 모험을 찾아 나선 여자들은 모피로 아름답게 장식한 섬세한 망토를 걸쳤다. 뺨엔 화장을 했다. 머리 장식이나 망토 같은 것들이 덧없는 쾌락의 지붕처럼 몸을 둘러싸긴 했지만, 마음은 그 지붕보다 더 높이 솟았다.

날은 추워지고 있었다. 지나가던 세 남자가 외투의 옷깃을 올렸다. 그녀는 이런 변화가 좋았다. 모든 게 변한다면 더욱 좋았겠지. 날씨, 거리, 사람. 그리고 그녀가 어디론가 이끌려 가서 천장이 높고 신선한 기운이 감도는 방에서 혼자 깨어난다면 더욱 좋았겠지. 젊고 화려한 시절에 그랬듯 몸과 마음 모두 반듯한 상태로.

택시 안에서 그녀는 힘없이 눈물을 흘렸다. 약 1년간 앤서니와 행복하게 지내지 못했지만 그건 중요하지 않았다. 최근 그라는 사람은 잊지 못할 6월을 환기하는 존재일 뿐이었다. 요즈음의 앤서니는 성마르고 허약하고 가난하여 결과적으로 그녀를 짜증 나고 지루하게 할 뿐이었다. 풍부한 상상력과 호소력을 갖춘 청년 시절, 그들이 황홀한 감정을 함께 나누었다는 사실을 제외하면. 그 생생한 기억을 공유하기 때문에 그녀는 다른 누구보다도 앤서니에게 잘해줄 수 있었다. 그래서 그녀는 택시를 타고서 격하게 울었다. 그의 이름을 소리 내어 부르고 싶었다.

기억에서 사라진 아이처럼 비참하고 외로운 가운데, 그녀는 조용한 아파트에 앉아 혼란스러운 감정이 가득한 편지를 그에게 썼다.

……난 선로를 거진 내려다볼 수 있고 당신이 가는 걸 볼 수 있지만, 사랑하는 자기, 자기 없이 나는 볼 수도 들을 수도 느낄 수도 생각할 수도 없어. 이렇게 떨어져 있는 건, 우리에게 무슨 일이 일어났거나 일어나든 간에, 폭풍에게 자비를 구하는 일 같아, 앤서

니. 나이 먹는 것 같아. 당신에게 키스를 하고 싶어. 당신의 뒷목덜미, 머리칼이 검게 자라기 시작하는 부분에. 나는 당신을 사랑해. 우리가 서로에게 어떤 행동을 하든 어떤 말을 하든, 혹은 어떤 행동을 했든 어떤 말을 했든 간에. 그렇기 때문에, 당신은 내가 얼마나 당신을 사랑하는지, 당신이 떠나고 나서 내가 얼마나 활기 없이 지내는지 느껴야 해. 심지어 나는 **사람**들이라는 그 지독한 존재마저 싫어할 수 없어. 살아야 할 그 어떤 권리도 없는, 역에 모인 사람들 말이야. 그들이 우리의 세계를 더럽히고 있다 해도 나는 그들에게 화를 낼 수 없어. 난 당신에게 그토록 열중하고 있으니까.

만일 당신이 나를 싫어한다면, 당신이 나환자처럼 온몸에 상처가 가득하다면, 당신이 또 다른 여자에게 가버리거나 나를 굶기거나 때린다면, 말도 안 되는 소리처럼 들리겠지. 그래도 난 당신을 원할 거야, 난 당신을 사랑할 거야. 난 알아, 내 사랑.

시간이 늦었어. 난 창문을 다 열어 집을 환기하고 있어. 바깥 공기는 봄처럼 부드럽지만, 어쩐지 봄보다 훨씬 더 어리고 연약해. 봄, 그 터무니없이 황량한 석 달 동안 왜 어린 소녀는 허공으로 뛰어오르고, 환상은 제멋대로 춤을 추고 요들을 부를까? 봄은 갈빗대가 다 드러나도록 마르고 늙은 말이야. 쟁기를 끌고 있지. 들판에는 쓰레기가 쌓여 있어. 그곳은 태양 때문에 바싹 말랐고 비가 오면 기분 나쁘게 깨끗해지지.

몇 시간이 지나면 당신은 깨어나겠지, 내 사랑. 당신은 비참할 거고 삶에 구역질이 날 거야. 델라웨어나 캐롤라이나나 다른 어딘가 별로 중요하지 않은 곳에 있겠지. 살아 있는 사람 가운데 자기 자신을 비영구적인 장치라거나 사치품, 혹은 불필요한 악으로 간주할 수 있는 이가 있다고 생각하지 않아. 인생의 무익함을 두드러지게 하는 극소수의 사람들은 본인들이 무익하다고 말하지. 아마도 자신들은 생활이 품은 악함을 증명해 보이며 그 폐허 속에서 자신의 가치를 어쨌든 지킨다고 생각하는 것 같아. 그러나 그들은 그렇지 않아, 심지어 당신과 나도……

……여전히 난 당신이 보고 싶어. 당신이 지나갈 곳의 숲들을 너무 아름다워서 눈길을 끌지 못하는 푸른 안개가 둘러싸고 있겠지. 아니야, 묵힌 땅이 제일 자주 보이겠지. 그 땅들은 물기 없이 더럽고 거친 갈색 종이처럼 선로를 따라 쭉 늘어서 있을 거야. 활기 넘치고 감정 없고 끔찍한 태양 아래서. 자연은 늙고 추한 노파 같아서 나이 든 농부나 흑인이나 이주자 곁에서 잠들어 있을 거야. 그리고 그들은 자연을 탐낼 거고……

봐. 이제 당신은 떠났고 난 경멸과 절망으로 가득한 편지를 썼어. 그리고 이건 내가 당신, 앤서니를 사랑한다는 걸 의미할 뿐이야. 모든 사랑을 담아서, 당신의

글로리아.

그녀는 편지 봉투에 주소를 쓰고 나서 나란히 놓인 두 침대 중 하나에 드러누워 앤서니의 베개를 꽉 안았다. 순전히 감정의 힘으로, 이 베개를 따뜻하고 살아 있는 그의 몸으로 바꿀 수 있다는 듯. 2시가 되자 그녀의 눈물은 말랐다. 하지만 슬픔이 담긴 여전한 시선으로 어둠을 보았다. 기억을 되살렸다. 무자비하게 되살렸다. 이

유 없이 불친절하게 굴었던 수많은 일들에 대해 <u>스스로</u>를 비난했다. 예수는 목숨을 잃고 새로운 몸을 입었다. 앤서니도 비슷하지 않은가. 잠시 동안 그녀는 그를 생각했다. 아마 그가 좀 더 감상적인 시절, 자신에 대해 생각한 방식으로.

5시에도 그녀는 여전히 깨어 있었다. 매일 아침이면 건물 통로에서 정체 모를 삐걱임이 들려와 그녀는 시간을 알 수 있었다. 그녀는 자명종 시계가 울리는 소리를 들었고, 환영 같은 텅 빈 맞은편 벽에 햇빛이 노란색 사각형을 그리는 모습을 보았다. 그를 따라 즉시 남쪽으로 가자고 어느 정도 결심을 하고 나니, 슬픔은 점점 멀어지고 비현실적으로 느껴졌다. 어둠이 서쪽으로 물러나면서 슬픔 또한 사라졌다. 그녀는 잠이 들었다.

깨어나니 그녀 곁의 빈 침대가 보였다. 잠시 또 비참해졌다. 하지만 밝은 아침은 당연하게도 쌀쌀맞은 모습이었으니, 비참한 기분은 곧 사라졌다. 깨닫진 못했지만, 아침을 먹는 동안 맞은편에 앤서니의 피로하고 근심 많은 얼굴이 없으니 위안이 됐다. 이제 그녀는 혼자였고 음식에 대해 불평할 욕망을 잃었다. 아침 메뉴를 바꿀 수 있다고 생각했다. 언제나 먹던 베이컨과 달걀과 <u>토스트</u> 대신 레모네이드와 토마토 샌드위치를 먹자고.

정오가 되자 그녀는 몇몇 지인들에게, 전쟁의 신처럼 된 뮤리얼까지 포함해서, 전화를 걸었다. 다들 점심 약속이 있었다. 그녀는 자신이 불쌍하고 자신의 외로움이 불쌍해서 무너지고 말았다. 연필과 종이를 들고 침대에 웅크린 채 앤서니에게 또 편지를 썼다.

오후 늦게 뉴저지 시내의 작은 마을에서 특별 배달 편지가 왔다.

걱정과 불만이 가득한 표현이며 귀에 들릴 것 같은 어투가 친숙해 그녀는 위로를 받았다. 누가 알겠나? 아마도 군의 규율 때문에 앤서니는 단련될 것이고 일해야 한다는 생각에 익숙해질 것이다. 그녀는 변함없이 믿고 있었다. 그가 전쟁터로 가기 전에 전쟁이 끝날 거고, 그동안 소송에서 이길 것이고, 그들은 달라진 생활 기반에서 다시 시작할 수 있으리라고. 첫 번째로 달라질 점은 그녀가 아이를 가질 것이라는 사실이었다. 그녀가 그토록 철저히 혼자 지내게 될 거라니 참을 수가 없었다.

그녀가 울지 않으면서 아파트에서 지낼 수 있기 일주일 전이었다. 도시엔 재미난 것이 거의 없어 보였다. 뮤리얼은 뉴저지에 있는 병원에 배치됐고, 2주 간격으로 휴가를 얻어 대도시에 왔다. 뮤리얼이 이런 식으로 그녀를 떠나니, 글로리아는 뉴욕에서 사는 동안 알고 지낸 친구의 수가 얼마나 적은지 깨달았다. 그녀가 알던 남자들은 군대에 있었다. '그녀가 알던 남자? 그녀는 자신과 사랑에 빠진 적 있는 남자들 모두와 친구였다는 사실을 약간 수긍했다. 다들 무엇보다도 그녀의 호의를 소중히 여긴다고 고백하며 꽤 많은 시간을 보냈다. 그러나 지금 그들은 어디에 있나? 적어도 둘은 죽었고, 대여섯 명 이상이 결혼했다. 나머지는 프랑스에서 필리핀까지 이리저리 흩어졌다. 그녀는 그중 누구라도 그녀를 생각할지, 얼마나 자주 생각할지, 어떤 점 때문에 그럴지 궁금했다. 대부분은 열일곱 어린 소녀를, 혹은 9년 전 청춘이었던 세이렌을 여전히 떠올리겠지.

여자들 또한 고향을 멀리멀리 떠났다. 그녀는 학교에서 인기가 많았던 적이 한 번도 없었다. 그녀는 지나치게 아름다웠고 지나치게 게을렀다. 건강한 시골 소녀가 된다거나 언제나 굵은 글씨로 강조하는 '미래의 아내이자 엄마'가 되는 일에 별 관심이 없었다. 한 번도 키스한 적 없는 소녀들은 그 순진하지만 그리 건전해 보이지는 않는 얼굴에 충격받은 표정을 지어 보이며 글로리아의 경우 키스해봤다고 넌지시 알렸다. 그 후 소녀들은 동쪽이나 서쪽이나 남쪽으로 떠나, 결혼하고 미래를 예언하는 '사람들'이 되었다. 만일 그들이 글로리아의 삶을 예언한다면, 글로리아는 나쁜 결말을 맞이할 것이다. 그들은 그 어떤 결말도 나쁘지 않다는 것을 모르리라, 그녀처럼 자기 운명의 주인이 결코 아니라는 것도.

글로리아는 마리에타의 회색 집을 방문한 적 있는 사람들을 몇 번이고 떠올렸다. 그 무렵엔 언제나 손님이 있던 것 같았다. 손님들이 그 집을 방문한 뒤로 각각 그녀에게 약간의 은혜를 입었다고, 말은 안 해도 확신하고 있었다. 그들은 그녀에게 10달러쯤 마음의 빚을 졌고, 그녀가 궁색해지면, 이를테면 그들에게서 이 가공의 화폐를 빌릴 수 있었다. 그러나 그들은 가버렸다. 왕겨 찌꺼기처럼 흩어졌다. 마음속에서 사라졌든 실제로 사라졌든 신비롭고 미묘하게 사라졌다.

크리스마스가 되자 글로리아는 다시금 앤서니에게 가야 한다고 굳게 믿기 시작했다. 갑자기 감정이 몰아닥쳐 그런 건 아니었다. 정기적으로 필요성을 느꼈다. 그녀는 남부로 가겠다고 편지에 쓰려했지만 헤이트 씨의 충고 때문에 미루었다. 그는 매주 소송이 재판으로 넘어갈 거라고 예상했다.

1월 초의 어느 날, 그녀는 5번가를 걸었다. 거리는 군복으로 밝게 빛났고, 고결한 나라들의 국기가 걸려 있었다. 그러다 레이철 반스를 만났다. 그녀를 못 본 지 1년이 넘었다. 한때 그녀는 레이철을 싫어했지만, 이제 레이철은 지루함을 없애줄 구원자였다. 그들은 함께 리츠 호텔에 차를 마시러 갔다.

칵테일을 두 잔째 마시니 그들은 열정이 넘쳤고, 서로를 좋아했다. 두 여자는 남편들에 대해 이야기했다. 레이철의 어투는 사람들 앞에서 뽐내는 듯했고, 은밀한 걱정이 담겨 있었으며, 아내들이 으레 말하는 식이었다.

"로드먼은 해외 병참 부대에 있어. 그는 대위야. 전쟁에 나갈 의무가 있었지. 다른 일을 하게 될 거라고는 생각하지 않았어."

"앤서니는 보병 부대에 있어." 칵테일을 마시며 나눈 대화들은 글로리아에게 일종의 빛이 되었다. 술을 한 모금씩 마실 때마다 그녀는 따뜻하고 안락한 애국심을 느꼈다.

"그런데 내일 저녁 우리 집에 오지 않을래?" 30분쯤 지나 헤어질 때 레이철이 말했다. "장교 두 명이 올 거야. 이제 막 해외로 파병될 아주 상냥한 사람들이지. 그들이 그 일에 매력을 느끼도록, 우린 우리가 할 수 있는 일을 다 해야 한다고 봐."

글로리아는 기뻐하며 가겠다고 했다. 주소를 받아 적었는데, 파크가에 있는 세련된 아파트였다.

"만나서 정말 반가웠어, 레이철."

"좋았어. 널 만나길 바랐는데."

이렇게 대화를 나누며 지지난 여름의 어느 날 밤, 앤서니와 레이철이 서로에게 불필요하게 친절하게 굴었던 사건은 용서받았다. 글로리아는 레이철을, 레이철은 글로리아를 용서했다. 또한 레이철이 앤서니 패치 부부의 인생에서 가장 큰 재앙을 목격한 사람이라는 점 또한 용서받았다.

이렇게 지난 일들과 타협을 하면서 시간이 흘러간다.

콜린스 대위의 계략

두 장교는 인기 있는 기술인 포격술 부대 대위였다. 저녁 식사 때가 되자 그들은 대놓고 지루해하며 자기들이 '결사대' 소속이라고 했다. 그 무렵 사람들이 잘 모르는 모든 보병 부대는 자칭 결사대였다. 글로리아는 레이철이 맡은 대위를 살폈다. 키가 크고 말을 닮은 서른 살 남자로 재미있게 생긴 콧수염과 못생긴 치아를 지녔다. 일행인 콜린스 대위는 토실토실한 체격에 분홍색 얼굴을 지녔고 글로리아와 눈이 마주칠 때마다 흥에 겨워 웃곤 했다. 그는 그녀에게 바로 반해서 식사 동안 무의미한 찬사를 쏟아냈다. 샴페인을 두 잔째 비우며 글로리아는 몇 개월 만에 처음으로 완벽하게 즐겨볼 생각을 했다.

식사를 마치고 그들 모두 어디로든 가서 춤을 추기로 했다. 두 장교는 레이철의 찬장에서 술 두 병을 챙겼고(법에 따라 군인에게 술을 팔지 못하게 되어 있었다), 그렇게 준비하고 나서 그들은 브로드웨이를 따라 번쩍이는 호텔들에서 폭스트롯을 셀 수 없을 만큼 많이 추었다. 파트너를 바꿔가며 열심히. 그동안 글로리아는 점점 더 시끄럽게 떠들었고 분홍색 얼굴의 대위에게 점점 더 재미를 느꼈다. 대위는 시종일관 다정한 미소를 지었다.

11시가 되었다. 놀랍게도 밖에 계속 머물고 싶은 사람은 글로리아밖에 없었다. 다른 사람들은 술을 더 마시고 싶다며 레이철의 아파트로 돌아가고 싶어 했다. 글로리아는 콜린스 대위의 술병이 반쯤 차 있다고 끈질기게 우겼다(막 목격했다). 그러다 레이철과 눈이 마주쳤는데 그녀는 확실하게 윙크를 보냈다. 글로리아는 혼란스러워하며 결론을 내렸다. 여주인은 장교들을 돌려보내고 싶어 하고, 택시에 밀어 넣어지는 데 동의한다고.

울프 대위는 왼쪽 좌석에 앉아서 레이철을 무릎에 앉혔다. 콜린스 대위가 가운데 앉았는데, 그는 글로리아의 어깨에 팔을 올렸다. 잠시 동안 어깨를 가볍게 감싸다가, 이윽고 바이스처럼 꽉 조여 안았다. 그는 그녀에게 기댔다.

"당신은 정말 아름다워요." 그가 속삭였다.

"친절하시네요." 그녀는 기쁘지도 화가 나지도 않았다. 앤서니 이전에 수많은 남자들이 이런 식으로 팔을 놀렸다. 그냥 몸짓일 뿐이었다. 감정이 실려 있지만 중요하진 않은.

레이철의 긴 거실에선 낮은 벽난로와 오렌지색 비단을 드리운 두 개의 조명이 빛을 내고 있었다. 구석구석 깊고 졸린 어둠이 가득했다. 여주인은 올이 성긴 시폰으로 만든 짙은 색 가운을 입고서 돌아다녔는데, 이미 관능적인 방의 분위기를 더욱 두드러지게 했다. 한동안 그들 넷은 작은 탁자에 앉아 샌드위치를 먹었다. 그러다 글로리아는 난롯가 소파에서 콜린스 대위와 단둘이 있게 됐다. 레이철과 울프 대위는 방의 다른 쪽으로 물러나 차분한 목소리로 대화를 나누었다.

"당신이 미혼이면 좋겠네요." 콜린스가 말했다. 그의 얼굴은 터무니없이 '아주 진지한' 척하고 있었다.

"왜죠?" 그녀는 하이볼을 달라는 뜻으로 잔을 내밀었다.

"더는 마시지 말아요." 그가 얼굴을 찌푸리며 설득했다.

"어째서요?"

"술을 안 마시면, 당신은 더 분별 있는 사람이 될걸요."

글로리아는 그 말이 무엇을 암시하는지, 그가 어떤 분위기로 끌고 가려는지 갑자기 알아챘다. 그녀는 웃고 싶었다. 하지만 웃을 거리가 없다는 걸 깨달았다. 그녀는 저녁을 즐겼고, 집에 가고 싶은 생각은 없었다. 동시에 고작 이런 수준으로 시시덕거리는 남자와 있다니 자존심에 상처를 받았다.

"한 잔 더 줘요." 그녀가 우겼다.

"제발."

"오, 제발 멍청하게 굴지 말아요!" 그녀가 격분해서 소리쳤다.

"좋아요." 그는 마지못해 응낙했다.

그다음 그가 다시 그녀를 팔로 감쌌다. 그녀 역시 뿌리치지 않았다. 그러나 그의 분홍색 뺨이 가까이 다가오자 그녀는 물러났다.

"당신은 정말 사랑스러워요." 그는 별 의미 없는 말을 했다.

그녀는 그가 팔을 내렸으면 하면서 부드럽게 노래를 부르기 시작했다. 불쑥 방 맞은편의 은밀한 광경을 보고 말았다. 레이철과 울프 대위가 긴 키스에 몰두하고 있었다. 글로리아는 가볍게 떨었는데, 이유는 알 수 없었다……. 분홍색 얼굴이 다시 다가왔다.

"그들을 보지 말아요." 그가 속삭였다. 거의 동시에 그가 나머지 팔로도 그녀를 감싸며…… 그의 숨결이 그녀의 뺨에 닿았다. 이 짓거리도 혐오스럽다기보다는 우스꽝스러웠다. 그녀의 웃음은 말이 필요 없는 무기였다.

"오, 난 당신이 잘 논다고 생각했는데." 그가 말했다.

"잘 노는 사람이란 게 무슨 말이죠?"

"음, 삶을 즐기는 걸 좋아하는 사람."

"당신에게 일반적으로 즐거운 일이란 키스하기인가요?"

레이철과 울프 대위가 불쑥 그들 앞에 나타나 대화가 중단됐다.

"늦었어, 글로리아." 레이철이 말했다. 그녀는 얼굴이 상기됐고 머리칼은 헝클어졌다. "밤은 여기서 보내는 게 좋겠어."

잠시 글로리아는 장교들이 떠난다고 생각했다. 그러고 나서 그녀는 상황을 이해했고, 이해하고 있었다. 그녀는 가능한 한 가볍게 자리를 떠야 했다.

레이철은 상황 파악을 못 하고 계속 말했다.

"여기 바로 옆방을 써. 필요한 건 다 빌려줄게."

콜린스의 눈이 개의 눈처럼 그녀를 살폈다. 울프 대위의 팔이 레이철의 허리를 편하게 감싸고 있었다. 그들은 기다리고 있었다.

그러나 난잡한 관계의 유혹이란. 화려하고 다채롭고 다양하고 뒤엉켰으며 약간 향기로우면서도 상해버린 관계. 글로리아는 이 유혹에 넘어가지 않았고 약속도 하지 않았다. 그녀가 그렇게 원했다면 주저 없이, 후회 없이 남았을 것이다. 그들 셋은 어색하게 예의 바른 태도로 무의미한 말을 하며 복도까지 그녀를 쫓아왔다. 그녀는 적대적이고 공격적인 여섯 개의 눈과 냉담하게 마주할 수 있었다.

'그는 잘 노는 사람도 아니었어, 나를 집에 데려다주려고 할 만큼.' 그녀는 택시에서 생각에 잠겼다가 벌컥 화를 냈다. '얼마나 흔해빠졌는지!'

용기

2월에 그녀는 좀 색다른 경험을 했다. 튜더 베어드, 옛날 옛적의 불꽃. 글로리아는 한때 그와 결혼하길 원했다. 그런 그가 항공부대에 가는 길에 뉴욕을 방문하여 그녀를 만났다. 그들은 극장에 여러 번 갔고, 일주일 만에 그는 예전처럼 그녀와 사랑에 빠졌다. 그녀는 무척 즐거웠다. 그녀는 이런 상황을 유도하려고 나름 애썼는데, 그에게 해를 입혔다는 걸 너무 늦게 깨달았다. 그는 그녀와 함께 외출할 때마다 비참해진 채 가만히 그녀 곁에 앉게 됐다.

그는 예일의 '스크롤 앤드 키스' 클럽 회원이었다. '믿을 수 있는 사람'으로서 태도가 반듯하니 과묵했다. 기사도 정신과 노블레스 오블리주 같은 반듯한 생각을 지녔다. 물론 반듯한 사람인 만큼 안타깝게도 편견을 지녔고 사상이 부족했다. 앤서니는 이런 특징들을 경멸하라고 그녀에게 가르쳤지만, 그럼에도 그녀는 꽤 존경심을 품었다. 저런 사람들은 대다수 지겨운 데 반해, 그는 그렇지 않았다. 그는 잘생겼고 가벼운 농담을 잘했다. 그의 어떤 특성—멍청함일까 충성심일까 감상성일까, 혹은 이 셋 중 무엇으로도 정의할 수 없는 특성일까—그 특성 때문에 그와 함께 있으면 그녀는 그가 그녀를 기쁘게 하기 위해 능력껏 뭐든 하리라는 느낌을 받았다.

그는 그녀에게 아주 반듯하고 현실의 고통을 감추는 묵직한 남자다운 태도로 다른 말들도 했다. 그녀는 그를 전혀 사랑하지 않아서 그에게 미안했다. 어느 날 밤 그녀는 감상적인 기분에 젖어 그에게 키스를 했다. 그가 아주 매력적이었기 때문에, 그가 까다롭고 우아한 환상 속에서 살았지만 이제 용기가 부족한 바보들로 대체되고 있는, 유물처럼 소멸 중인 세대로 여겨졌기 때문에. 나중에 그녀는 그에게 한 키스 때문에 기뻤다. 다음 날 미니올라에서 그가 탄 비행기가 460미터 높이에서 떨어졌고 가솔린 엔진 한 조각이 그의 심장을 쪼개버렸기 때문이었다.

글로리아는 홀로

헤이트 씨는 가을까지 재판이 열리지 않을 거라고 했다. 글로리아는 앤서니에게 비밀로 하고 영화계에 가보기로 했다. 그녀가 성공하면, 배우로서 성공하고 돈 문제에서도 성공하면, 그녀가 조지프 블록먼에게 절대 굴하지 않으면서 그를 그녀 뜻대로 할 수 있게 되면, 앤서니는 멍청한 편견을 버릴 것이다. 그녀는 어느 날 밤을 거의 새우면서 영화계에서 활동할 계획을 짜보고 성공을 예감하며 기뻐했다. 다음 날 아침 필름스 파 엑셜런스 사에 연락했다. 블록먼은 유럽에 있었다.

그러나 그녀는 이 생각에 너무 몰두한 나머지 영화사 직업소개소를 직접 돌아보기로 다짐했다. 대체로 그렇듯 뜻은 좋았지만 그곳의 냄새가 문제였다. 직업소개소에서는 오래전에 생명이 사라진 것 같은 냄새가 났다. 그녀는 매력 없는 경쟁자들을 살펴보며 5분간 기다렸다가 바로 걸어 나왔다. 그리고 센트럴파크에서 최대한 구석진 곳으로 가서 오랫동안 머물렀다가 감기에 걸리고 말았다. 그녀는 입고 있는 정장에서 그 직업소개소의 냄새를 빼려고 애썼다.

봄 동안 그녀는 앤서니의 편지를 살펴보고 그녀가 남부로 오길 그가 원치 않는다는 걸 알아챘다. 특별히 편지 한 통에서 그런 게 아니라 전체적으로 그러했다. 신기하게도 그는 변명을 반복했는데, 프로이트 이론이 생각날 정도로 규칙적으로 반복했다. 변명이 부족하다는 점이 머리에서 떠나지 않는 모양이었다. 그는 편지마다 변명을 써 내려갔다. 마치 지난번 편지엔 그 변명을 잊어버렸을까 겁을 내는 듯, 그녀가 그 변명을 이해하는 일이 아주 필요한 듯이. 편지에선 다정한 단어들도 줄어들었다. 그 쓰임도 기계적이고 자동적이었다. 편지를 다 쓴 다음 한번 살펴보고 문자 그대로 다정한 단어들을 오스카 와일드의 연극 속 경구가 그렇듯 이리저리 끼워 넣는 것 같았다. 그녀는 성급히 해결책을 찾았다가 포기했고, 분노와 우울을 번갈아가며 느꼈다. 마침내 그녀는 마음을 닫아버리기로 당당히 결정했다. 그에게 점점 차가워져서 마지막으로 편지를 쓸 땐 그 마음을 그대로 전했다.

최근에 그녀는 관심을 쏟을 만한 괜찮은 일을 찾았다. 튜더 베어드를 통해 만난 몇몇 비행사들이 그녀를 보러 뉴욕에 왔고 옛 애인 두 명이 캠프 딕스에 배치됐다. 이 남자들은 바다 건너로 가게됐고, 말하자면 그녀를 자기 친구들에게 인도했다. 그러나 콜린스 대위가 될 가능성이 있는 이와 꽤 불쾌한 사건을 또 겪은 뒤로, 그녀는 누군가를 소개받을 때 그가 그녀의 상황과 개인적인 의도에 대해 오해하는 일이 없도록 분명히 해두었다.

여름이 오고 그녀는 앤서니처럼 사상자 목록을 보며 씁쓸하면서도 달콤한 감정을 느꼈다. 한때 저먼 댄스를 같이 춘 이가 죽었다. 또 예전 구혼자들의 남동생들도 죽었다는 걸 이름을 보고 확인했다. 파리를 향해 대대적 돌격이 진행되는 동안, 세상이 결국 피할수 없는, 그럴 만한 가치가 있는 파괴를 향해 간다고 그녀는 생각했다.

그녀는 스물일곱 살이었다. 생일은 거의 관심을 받지 못한 채 지나갔다. 그전에 그녀는 스무 살이 되었을 땐 놀랐고, 스물여섯 살이 되었을 때도 좀 놀랐다. 그러나 이제 그녀는 거울을 보며 영국인처럼 신선한 혈색에 여전히 소년 같고 날씬한 몸매를 지니고 있다고 스스로를 담담히 칭찬했다.

그녀는 앤서니를 생각하지 않으려고 애썼다. 마치 낯선 사람에게 편지를 쓰는 것 같았다. 친구들에게 그가 하사관이 되었다고 알렸지만 그들이 정중하게 굴면서도 그리 놀라지 않아 화가 났다.

어느 날 밤 그녀는 그에게 미안해서 울었다. 그가 약간이라도 관심을 보였다면 그녀는 주저 없이 첫 기차를 타고 그에게 갔을 거였다. 그가 무엇을 하든 간에 그의 마음은 돌봄을 필요로 했고 그녀는 이제 그런 일조차 할 수 있을 것 같았다. 최근 들어 그가 그녀의 정신력을 반복해서 빼앗아 가지 않으니, 놀랍게도 그녀는 기운을 차린 것 같았다. 그가 떠나기 전 그녀는 순전히 꼬리에 꼬리를 무는 생각에 잠긴 채 날려버린 기회들에 대해 곱씹는 경향이 있었다. 이제 그녀는 정상적인 상태로 돌아왔다. 강하고 오만하며 하루를 그 자체로 가치 있게 살아가는 상태로. 그녀는 인형을 사서 옷을 입혔다. 일주일 동안 《이선 프롬》을 읽고 울었다. 다음 날에는 골즈워디의 소설 몇 편에 빠졌다. 여자들은 청춘의 낭만적인 사랑을 영원히 바라고, 또 영원히 뒤돌아본다. 골즈워디는 그 사랑에 대한 환상을 어둠 속의 활기로 되살려냈다. 그녀는 그런 그의 힘을 좋아했다.

10월이 되자 앤서니의 편지는 길어졌고, 제정신이 아닌 듯한 내용을 담고 있었다. 그러다 갑자기 끊겼다. 한 달 동안 걱정하면서 그녀는 미시시피로 바로 떠나고 싶은 마음을 참느라 온 힘을 썼다. 그 후 전보가 왔는데 그가 병원에 있으며 그녀는 열흘 안으로 그를 보게 되리라는 거였다. 11월의 어느 날 저녁, 그는 꿈속 사람처럼 무도장을 가로질러 그녀의 삶으로 돌아왔다. 그리고 친숙한 기쁨을 맛본 그 긴 시간 동안 그녀는 그를 꼭 끌어안았다. 그녀가 다시 알게 되리라고 생각한 적 없는 행복과 안전함에 대한 환상을 품으며.

장군들의 좌절

일주일 후 앤서니의 연대는 미시시피 캠프로 돌아갔다. 그곳에서 다들 제대할 예정이었다. 장교들은 풀먼 침대차의 객실에 틀어박혀 뉴욕에서 사 온 위스키를 마셨다. 일반 객실에 탄 군인들 또한 술에 취할 만큼 취했다. 기차가 마을에 멈출 때마다 그들은 프랑스에서 막 돌아온 것처럼 굴었다. 독일과의 전쟁이 프랑스에서 사실상 끝났으니까. 그들 모두 약모*를 썼으며 연공수장을 달 시간이 없었다고 우겼기 때문에, 해안가 시골뜨기들은 엄청난 감명을 받고서 그들에게 참호 생활이 어땠냐고 물었다. 다들 그 질문에 대해 "아이고!" 하고 외치며 혀를 차고 머리를 흔들어댔다. 누군가 분필 한 조각을 집어다가 열차 옆면에 휘갈겨 썼다. "우린 전쟁에서 이겼고, 이제 집으로 간다." 그러자 장교들은 웃었고 낙서를 그대로 두었다. 그들은 이토록 수치스럽게 물러나면서 할 수 있는 한 잘난 척을 다 하고 있었다.

그들이 캠프를 향해 시끄럽게 굴며 가는 동안, 앤서니는 도트가 역에서 참을성 있게 기다리는 모습을 보게 되지 않을까 불안했다. 다행히 그는 그녀와 관련된 무엇이든 보지도 듣지도 못했다. 만일 그녀가 여전히 시내에 있다면 분명 그와 연락하려 했을 거라고 생각하고서, 그는 그녀가 떠났다고 결론을 내렸다. 그녀가 어디로 갔는지 그는 알지 못했고 관심도 없었다. 그는 그저 글로리아에게 돌

---

* 배 모양의 약식 군모로, 미 육군과 해병대에서 1차 세계대전 때 착용한 모자.

아가고 싶었다. 다시 살아나 놀랍도록 생생한 글로리아에게. 결국 그는 제대했고, 인파가 몰린 거대한 트럭을 뒤로하고 부대를 떠났다. 장교들을 위해, 특히 더닝 대위를 위해 너그럽게, 거의 감상적으로 환호를 보내는 트럭이었다. 대위는 병사들 앞에서 기쁨 어쩌고 일 어쩌고 날려버리지 않은 시간 어쩌고 의무 어쩌고 등등에 관해 눈물을 흘리며 자신의 입장에서 연설을 했다. 매우 지루하고 인간적이었다. 앤서니는 연설에 귀를 기울였는데, 뉴욕에서 일주일을 보낸 뒤라 마음이 새로워진 데다 직업 군인 및 그 존재가 담고 있는 모든 것에 대한 깊은 혐오가 되살아난 상태였다. 직업 장교들 세 명 중 두 명은 유치한 생각을 했다. 전쟁은 군대 때문에 생겨난 것이지, 전쟁 때문에 군대가 생긴 게 아니라는 것이었다. 그는 장군과 영관급 장교들이 명령을 내리지 못한 채 황량한 캠프를 쓸쓸히 다니는 모습이 보기 좋았다. 부대 사병들이 군대에 남도록 유인하는 정책을 경멸스럽게 비웃는 말들이 듣기 좋았다. 그들은 '학교'에 나갈 예정이었다. 이 '학교들'이 뭔지 그는 알았다.

　이틀 후 그는 뉴욕에서 글로리아와 함께였다.

겨울이 또 오고

　2월 말의 어느 날 오후 앤서니는 아파트에 돌아왔다. 겨울 어스름이 내려 칠흑같이 어두운 작은 복도를 지났다. 글로리아는 창가에 앉아 있었다. 그가 들어오자 그녀는 몸을 돌렸다.

"헤이트 씨가 뭐라고 했어?" 그녀가 무심히 물었다.

"아무것도." 그가 대답했다. "늘 하던 대로. 다음 달에, 아마도."

그녀는 그를 꼼꼼히 살폈다. 그녀는 그의 목소리에 익숙한지라 저 말 속에서 사소하지만 애매한 뭔가를 포착했다.

"술 마셨네." 그녀가 냉정하게 말했다.

"두 잔."

"아."

그는 안락의자에 앉아 하품을 했다. 그들 사이에 잠시 침묵이 흘렀다. 그러다 그녀가 갑자기 다그쳤다.

"헤이트 씨에게 간 거 맞아? 사실대로 말해봐."

"안 갔어." 그가 힘없이 웃었다. "사실 그럴 시간이 없었어."

"당신이 안 갔을 거라 생각했어……. 그가 오라고 했는데."

"신경 안 써. 그 사람 사무실에서 기다리는 게 지겨워. 당신은 그가 날 위해 애쓴다고 생각하나 본데." 그는 글로리아가 정신적으로 힘이 되어주길 바라듯 쳐다보았지만, 그녀는 수상쩍고 매력 없는 바깥에 대한 생각에 다시 잠겼다.

"오늘 같은 날은 꽤 지겨워." 그는 시험 삼아 말을 던져보았다. 그녀는 여전히 침묵했다. "친구를 만나 빌트모어 바에서 이야기를 했지."

갑자기 어둑해졌다. 그러나 두 사람 다 불을 켜려고 일어나지 않았다. 깊은 생각에 잠겨 묵묵히 앉아 있었다. 무슨 생각인지는 하늘만 아시겠지만. 결국 눈바람이 몰아치자 글로리아가 나른하게 한숨을 쉬었다.

"오늘 뭐 했어?" 침묵이 답답해 그가 물었다.

"잡지를 읽었어. 가난한 사람이 비단 치마를 사는 게 얼마나 끔찍한지에 대해 잘나가는 저자들이 쓴 멍청한 글로 가득했어. 잡지를 읽으면서 내가 회색 다람쥐 코트를 얼마나 원했나 그 생각만 했어. 우리 형편엔 살 수 없지."

"살 수 있어."

"오, 아냐."

"오, 살 수 있어! 당신이 사고 싶으면 사는 거야."

어둠 속에서 울리는 그녀의 목소리는 경멸을 담고 있었다.

"우리가 채권을 하나 더 팔 수 있다는 말이야?"

"필요하다면. 뭘 안 사면서 살고 싶진 않아. 이미 많이 썼지만 말이야, 내가 돌아온 이래로."

"오, 입 다물어!" 그녀가 짜증을 냈다.

"왜?"

"우리가 무얼 썼고 무얼 했는지 당신이 얘기하는 거 진절머리가나. 당신은 두 달 전에 돌아왔고 우리는 거의 매일 밤 파티를 연 거나 다름없었지. 둘 다 외출하고 싶어 했고 그렇게 했어. 음, 당신은 내가 불평하는 건 못 들어봤을 거야, 아니야? 하지만 당신은 보채고, 보채고, 보채기만 해. 난 더 이상 우리가 무얼 하건 무엇이 되건 관심이 없어. 적어도 그 점에선 난 늘 똑같아. 하지만 난 당신의 투덜거림과 비관적인 말들을 못 참겠어……."

"당신은 때때로 혼자 기분이 나빠, 알겠지만."

"내겐 뭐가 되어야 한다는 의무는 없어. 당신은 상황을 달리 만들 그 어떤 시도도 하지 않고 있지."

"하지만 난……"

"흥! 그 소리 전에도 들어본 적 있는 것 같은데. 오늘 아침 당신은 직업을 구하기 전까진 술을 마시지 않겠다고 했어. 그리고 소송 때문에 헤이트 씨가 당신을 불렀는데 그리로 갈 힘도 없었지."

앤서니는 자리에서 일어나 불을 켰다.

"이봐!" 그가 눈을 깜박이며 외쳤다. "난 당신 독설이 진절머리 나."

"음, 당신은 그럼 뭘 할 건데?"

"내가 특별히 행복하다고 생각해?" 그가 그녀의 질문을 무시하고 계속 말했다. "우리가 살아야 하는 대로 살지 않고 있다는 걸 내가 모른다고 생각해?"

즉시 글로리아는 부들부들 떨며 그의 옆에 섰다.

"난 못 참아!" 글로리아가 폭발했다. "당신한테 잔소리를 듣지 않을 거야. 당신과 당신의 수난! 당신은 그저 보잘것없는 약골일 뿐이야. 언제나 그랬지!"

그들은 서로를 바보처럼 바라보았다. 서로가 서로에게 감명을 줄 수가 없었다. 서로가 서로에게 무시무시했고, 마음 아프고, 지겨웠다. 그 후 그녀는 침실로 들어가서 문을 닫았다.

전쟁 전에도 그들은 분노하며 싸웠지만, 그가 돌아온 뒤로 그들은 대놓고 분노했다. 물가는 놀랍게 치솟았고 그와는 엇나가는 비율로 수입이 원래 수입의 절반 남짓으로 줄었다. 그들은 헤이트 씨에게 많은 수임료를 내고 있었고, 100달러에 산 주식들은 이제 30달러, 40달러로 가격이 떨어졌으며 다른 투자들은 전혀 이익이 나지 않았다. 그 전 봄 동안 글로리아는 다른 아파트로 이사를 가거나 월세 225달러를 내는 1년 기간의 계약서에 서명을 하거나 둘 중 하나를 선택해야 했다. 그녀는 계약서에 서명을 했다. 불가피하게 점점 더 절약해야 하는 상황에서 자신들은 절약을 거의 할 수 없는 부부라는 사실을 깨닫고, 얼버무려 넘기는 식의 오래된 방식에 기대게 됐다. 자신들의 무능함에 진저리를 치며 내일 뭘 하게 될지, 어떻게 '파티에 그만 가게' 될지, 앤서니가 어떻게 일을 하게 될지 이야기하곤 했다. 그러나 어둠이 다가오면, 매일 밤 사교 모임에 익숙한 글로리아에겐 해묵은 초조함이 살금살금 다가왔다. 그녀는 침실 문간에 서 있곤 했다. 손가락을 맹렬히 씹어댔고, 종종 책을 보다 고개를 돌린 앤서니와 눈이 마주쳤다. 그러다 전화가 오면 그녀는 안도했고, 감출 수 없는 열정적인 태도로 답을 했다. 누군가 '몇 분 안에' 나오고 있었다. 오, 젠체하는 건 지겹고, 와인 테이블이 있고, 그들의 닳아빠진 영혼은 살아나고, 깨달음이 있었다. 그들이 보내는 잠 못 이루는 밤의 구심점 같았다.

돌아온 군대의 5번가 행진과 함께 겨울은 지나갔고 앤서니가 돌아오면서 자신들의 관계가 완전히 변했음을 깨달았다. 부드러움과 열정이 다시 피어난 뒤에 각자 상대와 공유할 수 없는 고독한 꿈속으로 돌아갔다. 그들 사이에 어떤 사랑이 흐르든, 텅 빈 마음에서 텅 빈 마음으로 떠남을 공허하게 울리면서 흐를 뿐이었다. 무엇이 결국 떠났는지 그들은 알고 있었다.

앤서니는 다시 중앙지 신문사들을 쭉 돌아보았고 사환이며 전화 교환원이며 지역 담당 기자들이 뒤섞인 무리에게 격려받으면서도 거절당했다. 거절의 말은 이러했다. "우리는 아직도 프랑스에 있는 우리 군인들을 위해 결원을 유지하고 있습니다." 그러다 3월 말, 그는 어느 아침 신문에 난 광고에 눈이 쏠렸다. 그 결과 어떤 직업의 외양에 대해 결국 알게 됐다.

당신은 물건을 팔 수 있습니다!!!
배우면서 벌면 어떨까요?
우리 세일즈맨은 주당 50달러에서 200달러를 법니다.

그다음엔 매디슨가의 주소가 나왔고, 오후 1시에 교육이 있었다. 글로리아는 늘 그렇듯 아침을 늦게 먹은 다음 어깨 너머로 그가 이 광고를 맥없이 보고 있다는 걸 알았다.

"해보는 게 어때?" 그녀가 제안했다.

"오, 저건 정신 나간 계획일 뿐이야."

"아닐 수도 있잖아. 적어도 경험이 될 거야."

그녀가 등을 떠미는 바람에 그는 1시에 지정된 장소로 갔다. 그곳 문 앞에 온갖 사람들이 바글바글 모여서 기다리고 있었다. 근무시간을 오용하는 게 분명한 배달 사환부터 우락부락한 풍채에 우락부락한 지팡이를 지닌 아주 나이 많은 사람까지 다양했다. 몇몇은 인상이 나빴는데, 움푹 팬 뺨에 분홍색 부은 눈을 지녔다. 몇몇은 젊었다. 아직 고등학생 같았다. 서로를 밀치며 15분을 보내는 동안 그들은 서로를 의심스러운 눈초리로 냉담하게 살펴보았다. '허리에 꼭 맞는' 양복을 입고 보조 목사같이 구는 어느 똑똑하고 젊은 교사가 나타나 그들을 위층에 있는 큰 방으로 이끌었다. 교실을 닮은 그 방에는 셀 수 없이 많은 책상들이 놓여 있었다. 이곳에 미래의 세일즈맨들이 착석했고, 또 기다렸다. 잠시 후 방의 끝에 있는 연단은 대여섯 사람으로 붐볐다. 다들 침착하고도 쾌활했다. 한 명 빼고 나머지는 청중 쪽을 바라보며 반원 모양으로 자리에 앉았다.

그 한 명은 그들 가운데 가장 침착하고 쾌활하며 젊어 보이는 남자였다. 그는 연단 앞으로 나아갔다. 청중은 희망에 찬 눈으로 그를 유심히 보았다. 그는 꽤 작은 체구에 꽤 아름다웠는데, 연극 무대에 어울릴 아름다움이라기보단 상업 광고에 어울릴 아름다움이었다. 곧고 숱이 많은 금색 눈썹과 거의 터무니없을 만큼 정직한 눈을 지녔다. 그는 연단의 거의 끝부분에 서면서 청중에게 시선을 던지는 것 같았다. 동시에 두 개의 손가락을 내민 팔 하나를 뻗었다. 그런 다음 그가 몸을 움직여 균형을 잡는 동안, 방에는 기대감을 품은 침묵이 내려앉았다. 이 젊은 남자는 완전한 확신을 품고서 청중을 다루었다. 그의 말은 안정적이고 자신감이 있었으며 '아주 솔직한' 교습소식 말이었다.

"여러분!" 그는 입을 연 다음 멈추었다. 그 말은 방의 끝까지 쭉 울리다 사라졌다. 청중의 얼굴들은 희망차거나 냉소적이거나 지겨워하며 그를 보았다. 다들 집중해서 몰두했다. 600개의 눈이 약간 위로 향했다. 우아함이라곤 없이 말이 술술 이어지는 모습을 보니 앤서니는 볼링공 굴리기가 생각났다. 그는 설명의 바닷속으로 뛰어들었다.

"이 밝고 화창한 아침, 여러분은 좋아하는 신문을 골랐고 여러분이 물건을 팔 수 있다는 솔직하고 꾸밈이라고는 없는 문구가 쓰인 광고를 보았습니다. 광고는 그게 전부입니다. '무엇'도 '어떻게'도 '왜'도 없습니다. 그저 당신, 당신, 당신이 팔 수 있습니다라고 단독으로 주장하고 있습니다. 지금 저의 일은 당신을 성공시키는 게 아닙니다. 사람들은 모두 성공한 사람으로 태어나서, 스스로 실패자가 되기 때문입니다. 당신에게 어떻게 말할지를 가르치는 것도 제 일이 아닙니다. 사람들은 모두 타고난 연설자이며, 스스로 말 없는 사람이 되기 때문입니다. 제가 하는 일은 당신에게 한 가지를, 당신이 그걸 알게 되도록 말해주는 겁니다. 당신과 당신과 당신은, 당신이 와서 제 것이라고 주장하길 기다리는 돈과 성공을 물려받게 될 거라고요."

이때 어느 음침한 아일랜드 사람이 뒷자리 책상에서 일어나 나가버렸다.

"저 남자는 모퉁이 맥주 가게에서 그걸 찾아보자고 생각하겠죠. (웃음.) 그는 그곳에서 찾지 못할 겁니다. 예전에 저는 거기서 그걸 혼자 찾고 있었습니다(웃음). 그러나 우리들 누구나, 젊든 늙었든 가난하든 부유하든(냉소적인 웃음이 희미하게 일었다) 할 수 있는 걸 제가 해내기 전이었습니다. 제가 저 자신을 찾기 전이었습니다!

이제 저는 당신들 중 누구라도 '마음 이야기'를 알고 있는지 궁금합니다. '마음 이야기'는 제가 5년 전, 사람이 실패하는 주요 원인과 사람이 성공하는 주요 원인을 알아내어 작성한 작은 책입니다. 존 D. 록펠러부터 거슬러 올라가 존 D. 나폴레옹(웃음)까지 다루죠. 그리고 아벨이 죽 한 그릇에 장자의 권리를 팔던 시절까지 올라갑니다.* 여기 '마음 이야기'가 100부 있습니다. 진지하고 우리의 제안에 관심이 많으며 무엇보다도 현재 놓인 상황이 불만족스러운 당신들은 오늘 오후 저 문 밖으로 나가면서 집으로 가져갈 책을 한 부씩 받을 겁니다.

지금 제 주머니에는 '마음 이야기'와 관련해서 막 받은 네 통의 편지가 있습니다. 이 편지에는 미국의 모든 가정에 친숙한 이름들이 서명되어 있습니다. 디트로이트에서 온 편지 하나를 읽어드리겠습니다."

친애하는 칼턴 씨에게

나의 세일즈맨들에게 '마음 이야기'를 돌리기 위해 3000부를 더 주문하고 싶습니다. 이제껏 염두에 둔 그 어떤 보너스 제안보다도, 그 책 덕분에 그들은 더 많은 일을 해냈어요. 나는 그들에게 이 책을 쭉 읽어주었고, 당신이 오늘날 우리 세대가 당면한 가장 큰 문제인 판매 기술이라는 문제의 핵심을 캐낸 점에 대해 마음 깊이 축하드리고 싶습니다. 이 나라가 설립된 기저에는 판매 기술 문제가 있죠. 많은 축하를 담아서,

진심으로, 당신의
헨리 W. 테럴로부터.

---

* 나폴레옹의 이름은 존 D.가 아니며 죽 한 그릇에 장자권을 판 사람은 에서다. 일부러 틀린 이야기를 하는 모습을 통해 칼턴이 사기꾼임을 보여주려는 것이다.

그는 그 이름을 길게 세 번, 천둥소리처럼 쿵쿵 울리게 의기양양한 어투로 읽은 다음 마술적 효과를 내기 위해 잠시 멈추었다. 그러고 나서 편지를 두 통 더 읽었다. 하나는 진공청소기 제조업자에게서 왔고, 또 하나는 그레이트 노던 도일리* 컴퍼니의 회장에게서 왔다.

"이제 당신들이 올바른 영혼을 가지고 일을 시작하도록 만들 제안이란 무엇인지 몇 마디 말로 설명하려 합니다." 그가 말을 이었다. "간단히 말해서 이렇습니다. '마음 이야기'는 회사로 설립되었습니다. 우리는 큰 회사 조직마다 세일즈맨들마다 그리고 이걸 팔 수 있다는 걸 아는 모든 사람에게 이 작은 팸플릿을 전할 겁니다. 저는 '생각하는'이 아니라 '아는'이라고 말했습니다. 우리는 '마음 이야기' 사 주식의 일부를 팔고 있습니다. 그리고 책을 가능한 한 널리 배포하기 위해, 또한 판매 기술이 무엇인지 혹은 그게 어떤 것인지를 보여주는 생생하고 구체적이고 살아 있는 예시를 제공하기 위해, 우리는 참된 존재인 당신들에게 주식을 팔 기회를 드릴 겁니다. 당신이 전에 무엇을 팔려고 노력했는지 혹은 어떻게 팔려고 노력했는지에는 관심이 없습니다. 당신이 얼마나 나이 들었는지 얼마나 젊은지는 중요하지 않습니다. 전 두 가지만 알고 싶습니다. 첫째, 당신은 성공을 원합니까? 둘째, 당신은 성공을 위해 일할 겁니까?

제 이름은 새미 칼턴입니다. 칼턴 '씨' 말고, 그냥 새미입니다. 저는 군더더기며 겉치레가 없는, 평범하고 허튼소리 안 하는 사람입

---

* 가구 위에 덮는 작은 장식용 덮개.

니다. 새미라고 불러주세요.

이제 오늘 할 얘기는 다 끝났습니다. 이 일에 대해 숙고하고, 문 앞에서 나눠줄 '마음 이야기' 복사본을 읽은 당신들이 오늘과 같은 시간, 같은 장소로 내일 오길 바랍니다. 그러고 나면 제안에 대해 더 깊은 이야기를 나눌 것이고 제가 발견한 성공의 원칙이 어떤 것인지 알려드릴 겁니다. 저는 당신, 당신, 당신이 물건을 팔 수 있다는 걸 느끼도록 만들 겁니다."

칼턴 씨의 목소리는 한동안 방에 울려 퍼지다가 사라졌다. 여럿이 쿵쿵거리는 발소리를 들으며 인파에 떠밀리고 휩쓸리면서 앤서니는 밖으로 나갔다.

'마음 이야기'로 모험을 더

앤서니는 얄궂은 웃음을 곁들여가며 글로리아에게 이 돈벌이 모험 이야기를 들려주었다. 하지만 그녀는 웃음기 없이 이야기를 경청했다.

"그래서 또 포기할 거야?" 그녀가 차갑게 물었다.

"저런, 당신은 내게서 기대하지 않는……."

"난 당신에게 그 어떤 것도 기대한 적 없어."

그는 주저했다.

"음, 나는 이런 일에 지겨워하며 자조하는 데서 무슨 이득이 있는지 전혀 모르겠어. 만일 그 오래된 이야기보다 더 오래된 뭔가가 있다면, 그건 새로운 비틀기겠지."

글로리아는 그에게 그곳으로 돌아가라고 을러댔다. 그녀의 입장에선 정신적인 에너지가 놀라울 만큼 많이 필요한 일이었다. 다음날 그는 출석했다. 낡고 상투적인 문구들을 들떠서 써 내려간 '야망에 대한 마음 이야기'를 통독한 뒤라 우울했다. 어제 온 300명 가운데 50명만이 생기 넘치고 잘 밀어붙이는 사람, 새미 칼턴을 기다리고 있었다. 칼턴 씨는 이번에는 물건을 어떻게 팔 것인지 그 장대한 고찰을 설명하는 데 생기 넘치고 잘 밀어붙이는 제 능력을 썼다. 널리 인정받은 방법은 자신의 제안을 내민 다음 "이제 사시겠습니까?"라고 말하는 대신—이건 하면 안 되는 방법이었다, 안돼!—상대가 기진맥진하도록 몰아붙이면서 정언명령을 밝히는 식이었다. "여보세요! 난 이 문제를 당신에게 설명하느라 내 시간을 써버렸습니다. 당신은 내 주장을 받아들였습니다. 내가 묻고 싶은 건 단 하나, 당신은 얼마나 많이 사고 싶나요?"

칼턴 씨가 자신의 주장을 쌓아 올리는 동안, 앤서니는 그에게서 일종의 혐오스러운 자신감을 느끼기 시작했다. 이 남자는 자기가 무엇에 대해 말하고 있는지 아는 것 같았다. 그는 확실히 성공했고, 다른 사람들을 지도하는 자리까지 올라갔다. 사업에서 성공을 거두는 이런 유형의 사람들은 성공한 방법이나 이유에 대해 거의 모르며, 그의 할아버지처럼 이유를 찾기 시작하면 그 이유는 언제나 부정확하고 어처구니가 없다. 그러나 여기까진 앤서니의 생각이 미치지 못했다.

앤서니는 알아차렸다. 처음에 광고에 호응한 수많은 노인들 중

다음 날엔 오직 두 명이 돌아왔다. 세 번째 날, 칼턴 씨의 실제 판매 전략을 전수받으려고 돌아온 서른 명 가운데 흰머리는 오직 한 명이었다. 이 서른 명은 열정적인 귀의자였다. 그들은 칼턴 씨가 하는 말을 입으로 따라 했다. 자기 자리에 앉아 열정에 넘쳐 몸을 흔들며 그가 이야기하는 사이사이 서로 찬성의 뜻을 담은 딱딱한 말들을 속삭였다. 그러나 칼턴 씨의 말에 따르면 '올바르고 진실하게 그들에게 속한 그 황무지를 얻기로 결심한' 선택받은 소수 가운데, 괜찮은 외모와 '밀어붙이는 판매자'라는 위대한 재능을 겸비한 사람은 대여섯 명도 채 되지 않았다. 그러나 그들 모두 타고난 '밀어붙이는 판매자'라는 말을 들었다. 그들은 일종의 야만적인 열정을 가지고 자신들이 파는 것을 믿어야 할 뿐이었다. 칼턴 씨는 심지어 진실성을 더하기 위해서 할 수 있다면 주식을 좀 사라고 청중에게 재촉했다.

다섯 번째 날, 앤서니는 경찰에 쫓기는 사람이 된 기분으로 거리에 나섰다. 칼턴 씨에게 배운 지침대로 움직여서, 그는 높은 사무용 빌딩을 골랐는데, 맨 위층으로 올라간 다음 아래로 내려가면서 방문에 명패가 붙어 있는 사무실을 모두 들를 수 있어서였다. 그러나 막판에 그는 주저했다. 그를 기다리고 있을 차가운 분위기에 익숙해지려면, 매디슨가의 몇몇 사무실에 도전해보는 게 좀 더 실용적인 방법일 터였다. 그는 그저 어느 정도 번창하고 있는 듯한 아케이드로 들어간 다음 '퍼시 B. 웨더비, 건축가'라고 쓰인 명패를 보았다. 그는 대담하게 사무실 문을 열고 들어갔다. 딱딱해 보이는 젊은 여자가 그를 의심스러운 눈초리로 쳐다보았다.

"웨더비 씨를 만날 수 있을까요?" 그는 자신의 목소리가 겁쟁이 같은지 알고 싶었다.

그녀는 전화 수화기를 주저하며 잡았다.

"성함이 어떻게 되시죠?"

"그는 나를, 음, 모를 겁니다. 그는 내 이름을 모를 겁니다."

"무슨 볼일이 있으신가요? 보험설계사인가요?"

"오, 아뇨, 그런 거 아닙니다!" 앤서니가 다급히 부정했다. "오, 아니에요. 이건 개인적인 문제입니다." 이렇게 말했어야 했나, 그는 생각했다. 칼턴 씨가 신도들에게 명할 땐 아주 간단하게 들렸다. "나가지 마세요! 당신이 그들에게 말하기로 결심했다는 걸 보여주세요. 그럼 그들은 당신의 말을 경청할 겁니다."

여자는 상냥하면서도 울적해 보이는 앤서니의 얼굴에 지고 말았다. 잠시 후 안쪽 방의 문이 열리고, 매끄러운 머리칼에 키가 크고 발끝을 바깥쪽으로 벌린 남자가 나왔다. 그는 초조함을 감추지 못한 채 앤서니에게 다가왔다.

"개인적인 문제로 날 만나고 싶다고요?"

앤서니는 주춤했다.

"말씀드리고 싶습니다." 그가 도전적으로 말했다.

"뭐에 관해서요?"

"설명할 시간이 필요합니다."

"음, 뭔데요?" 웨더비 씨는 점점 짜증이 났다.

그러자 앤서니는 단어 각각을, 음절 각각을 힘주어 말했다.

"당신이 '마음 이야기'라고 불리는 일련의 팸플릿에 대해서 들어본 적이 있는지 모르겠습니다……."

"세상에!" 건축가 퍼시 B. 웨더비 씨가 소리쳤다. "당신은 내 마음을 움직일 건가요?"

"아닙니다, 이건 일입니다. '마음 이야기'는 회사로 설립되었으며 우리는 주식의 일부를 내놓고……."

그의 목소리가 천천히 사라졌다. 그의 반항적인 먹잇감이 그를 경멸하며 똑바로 쳐다보는 식으로 애먹였기 때문이었다. 잠시 동안 그는 감정을 좀 더 실어서 횡설수설하며 말하려고 노력했다. 그는 대담했지만 신체 일부로 보이는 구역질 나는 물질을 내뿜는 바람에 그 대담함은 슬금슬금 사라져버렸다. 자비롭다고 해도 좋을 건축가 퍼시 B. 웨더비는 이 만남을 끝냈다.

"세상에!" 그가 혐오감을 드러내며 호통쳤다. "그리고 당신은 그걸 개인적인 문제라고 부르고!" 그는 서둘러 개인 사무실로 돌아갔고, 쾅 소리를 내며 문을 닫았다. 속기사를 차마 쳐다보지 못한 채, 앤서니는 창피하고 묘한 방식으로 그 방에서 나왔다. 땀이 줄줄 흘렀다. 왜 사람들이 자신을 체포하러 오지 않을까 하며 복도에 서 있었다. 다들 서두르는 모습인 가운데 그는 경멸이 담긴 시선을 확실히 알아보았다.

한 시간 뒤 독한 위스키를 두 잔 마시고 나서 그는 다시 시도했다. 어느 배관공의 가게로 들어갔다. 그러나 그가 자신의 일에 대해 말하자 배관공은 다급히 겉옷을 입더니 점심을 먹으러 가야 한다고 무뚝뚝하게 말했다. 앤서니는 예의 바르게 배가 고픈 사람에게 뭐든 팔려고 하는 건 부질없는 일이라고 말했다. 그러자 배관공은 진심으로 그에게 동의했다.

이 일로 앤서니는 힘을 얻었다. 배관공이 점심을 먹을 계획이 아니었다면 적어도 자신의 말을 들었을 거라고 생각하려 했다.

번쩍이는 굉장한 상점들을 몇 곳 지나다가 그는 어느 식료품점에 들어갔다. 말 많은 주인은 어떤 주식이든 사기 전에 휴전이 시장에 어떤 영향을 미쳤는지 보겠다고 했다. 앤서니에게 이 말은 거의 불공평하게 들렸다. 칼턴 씨의 세일즈맨 천국에서 장래의 소비자들이 주식을 사지 않을 유일한 이유는 그게 유망한 투자임을 의심해서였다. 확실히 그 세계 사람은 거의 우스꽝스러울 만큼 쉬운 상대였다. 상품의 정확한 장점을 적절히 적용하는 것만으로도 쓰러뜨릴 수 있으니. 그러나 이 사람들은, 글쎄, 실제로 뭐든 살 생각을 전혀 하지 않고 있었다.

앤서니는 네 번째로 부동산 중개인을 만나기 전 술을 여러 잔 마셨다. 그럼에도 그는 삼단논법만큼이나 확실한 일격에 압도당했다. 부동산 중개인은 투자업계에 형제 셋이 몸담고 있다고 했다. 자신을 가족 파괴자라고 느끼며 앤서니는 사과하고 그곳을 떠났다.

술을 한 잔 더 마시고 그는 렉싱턴가에 있는 바텐더들에게 주식을 팔자는 멋진 계획을 짰다. 이 계획에는 몇 시간이 걸렸는데, 주인이 사업에 대해 이야기할 만한 적절한 상태가 되려면 가게마다 몇 잔씩 마셔주어야 했기 때문이었다. 그러나 바텐더들은 하나같이 채권을 살 돈이 있으면 바텐더가 되지 않았을 거라고 했다. 마치 다 같이 모여서 그렇게 대답하기로 결정한 것처럼. 어둡고 찌무룩하니 5시가 다가오자 그들이 농담을 하며 그를 싫증 나게 하는,

한층 더 짜증 나는 태도로 군다는 걸 그는 깨달았다.

5시가 되자, 그는 생각에 집중하려고 엄청나게 애썼고, 더 다양한 사람들을 만나야 한다고 판단했다. 그는 규모가 중간쯤 되는 조제식품점을 골랐다. 계시라도 받은 듯 생각했다. 가게 주인뿐 아니라 모든 손님들의 관심을 끌어야 한다고, 집단심리학에 의거하여 그들 모두 하나 되어 놀라워하며 바로 확신이 서서 주식을 살 거라고.

"안녕하세요.*" 그가 크고 탁한 목소리로 말했다. "제안하 거시 있습니다."

만일 그가 침묵을 바랐다면, 성공했다. 물건을 사는 대여섯 명의 여자들과 모자를 쓰고 앞치마를 두르고 닭고기를 써는 흰머리 노인에게 일종의 두려움이 감돌았다.

앤서니는 펄럭대는 서류 가방에서 종이 한 묶음을 꺼내 힘차게 흔들어 보였다.

"채궈늘 사세요!" 그가 제안했다. "자유공채만큼 조은!" 이 말에 그는 만족했고 수식어를 붙였다. "자유공채보다 더 조은. 다들, 이 채궈는 두 개의 자유공채의 가치가 있습니다." 그는 생각하길 멈추었고 마무리로 건너뛰었다. 마무리 연설을 적절한 몸짓으로 전했지만, 한 손 혹은 두 손으로 판매대를 붙잡아야 했기 때문에 어려움이 있었다. "여보세요. 당신은 내 시간을 빼앗아 갔습니다. 나는 당신이 왜 사지 않을 것인지는 알고 싶지 않습니다. 난 당신이 이유

* 술에 취해 발음이 불분명하다.

를 말하길 바라요. 얼마나 많이 살 건가요?"

이쯤 되면 사람들은 수표책과 만년필을 손에 들고 그에게 몰려와야 했다. 그들이 신호를 놓친 게 틀림없다고 깨닫고서 앤서니는 배우의 본능에 따라 되돌아가서 마지막 말을 반복했다.

"이봐요! 당신은 내 시간을 빼앗아 갔습니다. 제안을 따라왔습니다. 이 추론에 도의하나요? 이제 내가 당신에게 원하는 건, 얼마나 많이 자우공채?"

"이봐요!" 새로운 목소리가 들렸다. 노란 머리칼을 대칭 모양으로 말아서 장식한 풍채 좋은 남자가 가게 뒤쪽 유리장에서 뛰쳐나와 앤서니에게 다가갔다. "이봐요, 당신!"

"얼마나?" 세일즈맨이 완고히 반복했다. "당신은 내 시간을 빼앗아 갔고……."

"이봐요!" 주인이 소리쳤다. "경찰이 당신을 빼앗아 갈 겁니다."

"당시는 분명 그럴 수 없!" 앤서니가 멋지게 저항했다. "내가 알고 싶은 건 얼마나 많이."

가게 여기저기서 논평과 훈계로 이루어진 작은 구름들이 솟았다.

"너무 끔찍해!"

"미친놈이야!"

"주접떠는 술주정뱅이야."

주인은 앤서니의 팔을 꽉 잡았다.

"나가시오, 아니면 경찰을 부르겠소."

이성이 남아 있던 앤서니는 고개를 끄덕이고 가방에 채권을 서투르게 넣었다.

"얼마나 많이?" 그가 망설이면서 반복했다.

"필요하다면 다 부를 거야!" 그의 적이 소리 질렀다. 노란 콧수염이 사납게 떨렸다.

"그드 모두에게 채권을 팔아."

이 말과 함께 앤서니는 몸을 돌려 마지막 청중에게 인사를 하고 가게를 나왔다. 그는 모퉁이에서 택시를 발견했고 집으로 돌아왔다. 그는 소파에 쓰러져 잠들었다. 글로리아가 그를 발견했을 땐 그가 내뿜는 숨결 때문에 공기가 불쾌하게도 자극적으로 변해 있었다. 그는 여전히 열린 가방을 움켜쥐고 있었다.

술을 마실 때를 제외하면, 앤서니의 감각은 둔해져 그 범위가 건강한 노인의 감각과 다르지 않았다. 7월에 금주법이 시행되자 술을 살 돈이 있는 사람들은 전보다 더 많이 마시고 있다는 걸 그는 알아냈다. 파티 주인은 이제 별것 아닌 일에도 술을 갖고 왔다. 술을 내놓는 건 남자가 아내를 보석으로 치장해주는 것과 같은 본능에서 나온 행위였다. 술을 마시는 것은 자랑이자 체면의 상징과도 같았다.

아침이면 앤서니는 피곤하고 불안하고 근심에 사로잡힌 채 깨어났다. 고요한 여름의 황혼에도 보랏빛 아침의 냉기에도 그는 별 반응이 없었다. 그저 하이볼 첫 잔을 마시면 잠시 온기를 느꼈고 삶이 되살아나는 기분을 맛보았다. 그의 마음은 미래의 기쁨을 그리는 오팔색 꿈으로 향했다. 행복하면서도 저주받은 사람들 공통의 유산. 그러나 이 시간은 짧았다. 술주정뱅이가 되어가면서 꿈은 흐릿해지고 그는 혼란에 빠진 유령이 되어갔다. 그는 마음속 기묘하게 벌어진 틈을 돌아다녔는데, 마음속엔 예상치 못한 폭탄들이 가득했고, 기껏해야 혹독하게 멸시하며 눅눅하고 기운 없는 깊은 곳에 도달할 뿐이었다. 6월의 어느 날 밤, 그는 모리와 별것 아닌 문제로 격렬하게 다투었다. 다음 날 아침, 그는 희미한 기억을 되살렸다. 깨진 샴페인 파인트 병 때문이었다. 모리는 그에게 술에서 깨라고 했고 앤서니는 감정적으로 상처를 받았다. 그는 체면을 차리려고 탁자에 올라가 반쯤 위로 들어 올린 글로리아의 팔을 잡았다. 그녀는 창피한 나머지 모리와 주문해둔 3인분의 저녁 식사와 오페라 표를 남겨둔 채 택시를 탔다.

비극이나 다름없는 이런 식의 큰 실수는 일상이 되었다. 그래서 사건이 터져도 그는 더 이상 실수에 대해 보상할 마음이 생기지 않았다. 만일 글로리아가 항의한다면―최근의 그녀라면 그를 경멸하며 입을 다물어버릴 가능성이 더 높긴 한데―그는 스스로를 쓸쓸히 방어하거나 혹은 울적해져서 아파트를 떠나버릴 거였다. 레드게이트 역 플랫폼에서 일어난 사건 이래로 그는 화가 났을 땐 절대 그녀를 붙잡지 않았다. 비록 어떤 본능이 그를 제지하긴 했지만, 그 본능만으로도 분노에 떨었기에. 그가 여전히 그 어떤 생명체보다도 그녀에게 신경을 쓰듯, 그는 더욱 강하고 빈번하게 그녀를 미워했다.

이제껏 항소심 재판부는 결론을 내리지 못했다. 하지만 또 유예를 한 다음, 재판관 두 명이 이의를 제기했지만 재판부는 하급 법정의 판결에 손을 들어주었다. 항소서가 에드워드 셔틀워스에게 전달됐다. 사건은 대법원으로 갈 예정이었고 그들은 또 끝없이 기다려야 했다. 6개월 혹은 1년. 그들에겐 소송이 점점 비현실적으로, 천국처럼 멀고 불확실하게 느껴졌다.

지난겨울 동안 작은 문제 하나가 미묘하면서도 온갖 군데에서 거슬리게 굴었다. 글로리아의 회색 모피 코트 이야기였다. 그 무렵 5번가엔 긴 다람쥐 털로 몸을 휘감은 여자들이 몇 미터마다 한 명씩 나왔다. 여자들은 겉옷 모양대로 달라졌다. 돼지 같고 추잡해 보였다. 돈이 많은 것을 숨기고 그 옷의 여성적이지만 동물적인 면을 품은 정부같이 보였다. 그런데도 글로리아는 회색 다람쥐 코트를 원했다.

이 문제에 대해 그들은 이야기를 나누었다기보다는 말다툼을 했다. 결혼 첫해, '가장 확실한', '제일 화나는', '그래, 그럼에도', 그리고 가장 단호한 '상관없이' 같은 표현들을 써가면서 신랄하게 토론하는 식으로 대화한 것보다 더 심하게 다투었다. 그들은 코트를 살 여유가 없다고 결론을 내렸다. 점차 그 옷은 그들의 경제적 불안이 늘어나는 상황을 상징하는 물건이 됐다.

수입이 쪼그라드는 건 글로리아에겐 여느 설명도 전례도 없는 주목할 만한 현상이었다. 그 일이 5년이라는 기간 안에 일어날 수 있다니, 어느 냉소적인 신이 생각해내어 실행으로 옮긴, 계획한 거나 다름없는 잔인한 짓 같았다. 그들이 결혼했을 무렵, 연간 7500 달러의 수입은 젊은 부부에겐 충분해 보였다. 특히 수백만 달러의 유산 상속이 예정되어 있으니 더 늘어난 듯 보였다. 글로리아는 돈이 금액 자체로도 줄고 있을 뿐 아니라 구매력 면에서도 줄고 있다는 걸 깨닫지 못했다. 결국 헤이트 씨에게 지불하는 1만 5000달러의 수입료 때문에 갑작스럽고도 놀랍도록 확실히 현실을 알게 됐다. 앤서니가 군대에 갔을 때 그들은 한 달에 400달러 정도로 수입을 계산했는데, 그땐 달러 가치가 떨어지고 있기까지 했다. 그러나 앤서니가 뉴욕으로 돌아오니 그들이 훨씬 더 불안한 상태에 놓여 있다는 걸 알게 됐다. 그들은 투자액에서 연간 4500달러밖에 받을 수 없었다. 유언장에 이의를 제기하는 소송이 그들 앞에 끈질긴 신기루처럼 펼쳐질 것이고 경제적 위험 신호가 가까이 다가왔지만, 그럼에도 그들은 수입 안에서 생활하는 건 불가능하다는 걸 깨달았다.

그래서 글로리아는 다람쥐 코트 없이 지냈다. 5번가에 갈 때마다 그녀는 입고 있는 오래된 표범 가죽 반코트에 좀 신경이 쓰였다. 그 옷은 이젠 어쩔 수 없이 촌스러웠다. 그들은 두 달에 한 번채권을 팔았지만 청구서를 계산하고 나면 고정비용으로 생활에 들어가는 돈만 남았다. 앤서니가 계산해봤더니 앞으로 7년이면 그들이 보유한 원금을 다 까먹는다는 것이다. 그래서 글로리아의 마음은 다음의 사건으로 쓰라렸다. 어느 주엔가 그들은 히스테릭한 파티를 지나치게 오래 끌었다. 앤서니는 극장에서 코트, 조끼, 셔츠를 즉흥적으로 벗어 던졌다. 좌석 안내원들의 도움을 받았다. 이 일로 회색 다람쥐 코트에 들어갈 비용의 두 배가 날아갔다.

11월, 여름이 다시 온 것처럼 따뜻하고 따뜻한 밤이었다. 이런 날씨는 필요 없었다, 여름이 하는 일은 끝이 났으니. 베이브 루스가 홈런 기록을 새로 갈아치웠고 잭 뎀프시*는 제스 윌러드의 광대뼈를 부수었다. 바다 건너 유럽에서는 많은 아이들이 굶주려서 위가 부어올랐고, 외교관들은 다음 전쟁을 위해 안전한 세상을 만드는 관례적인 일을 하고 있었다. 뉴욕에선 노동자들이 '벌을 받고' 있었고, 하버드가 이길 가능성은 보통 5 대 3으로 알려졌다. 평화가, 새로운 날들의 시작이 본격적으로 왔다.

57번가 아파트 침실에서 글로리아는 침대에 누워 뒤척였다. 이따금 필요 없는 이불을 걷어버리고 앤서니에게 부탁을 하기 위해 자리에 일어나 앉았다. 앤서니는 글로리아에게 얼음을 넣은 물 한 잔을 갖다 주기 위해 그녀 곁에 누운 채 깨어 있었다. "꼭 얼음을 넣어야 해." 그녀가 고집했다. "수도꼭지에서 받은 물은 충분히 차갑지 않아."

그녀는 하늘거리는 커튼을 통해 지붕 위의 둥근 달을, 타임스퀘어의 노란 불빛으로 가득한 하늘을 볼 수 있었다. 그리고 어울리지 않는 두 빛을 보면서 마음속 감정을, 더 정확히 말하자면 이리저리 뒤섞인 감정의 덩어리를 살폈다. 낮 동안 그 덩어리가 마음속을 떠나지 않았다. 그 전날에도, 그녀가 무엇에 대해서든 명료하게 계속해서 생각했다고 기억할 수 있는 시점으로 돌아가서도. 그 시점은 분명 앤서니가 군대에 있을 때가 틀림없었다.

2월이면 스물아홉이 된다.** 2월은 그래서 불길하지만 피해 갈 수 없는 중요한 달이었다. 그녀는 궁금했다. 이 뜬구름처럼 애매하고

---

* 권투 선수.
** 앞에서는 5월에 생일을 맞는다고 되어 있다. 원문의 오류인 듯하다.

반쯤은 열에 들뜬 시간 동안, 그녀는 결국 자신의 살짝 지친 아름다움을 잃게 되는 건 아닐까? 가혹하고 피할 수 없는 죽음이 우리에게 강요하는 운명은 어떤 유용함이 있는 것일까?

오래전 스물한 살 때 그녀는 일기장에 썼다. "아름다움은 찬양을 받을 유일한 대상이고, 사랑을 받을 유일한 대상이다. 주의 깊게 수확하여 선택받은 연인에게 주어져야 한다, 장미꽃 선물처럼. 내가 적어도 명확하게 판단할 수 있는 한, 나의 아름다움은 그런 식으로 쓰여야 할 것 같다……."

그리고 지금, 11월의 모든 날들, 더럽고도 하얀 하늘 아래 황량한 날들을 보내며 글로리아는 자신이 틀렸을 거라고 생각했다. 그녀의 첫 재능을 본래 모습으로 보존하기 위해 그녀는 더 이상 사랑을 구하지 않았다. 인생에서 처음으로 타오른 불꽃과 황홀함이 희미해지고 저 아래로 꺼지더니 떠나갔다. 그래서 그녀는 보존을 시작했는데, 무엇을 보존했지? 그녀는 자신이 무엇을 보존하고 있는지조차 더 이상 알지 못한다는 사실에 당황했다. 감상적인 기억 혹은 어느 심오하고 근본적인 명예 개념을 보존했었는데. 그녀는 이제 자신이 사는 방식과 관련해서 어떤 정신적인 쟁점이 있긴 한지 의심하고 있었다. 그녀가 사는 방식이란 걱정 없이 후회 없이 가능한 한 가장 즐거운 길을 따라 걷는 것. 언제나 그녀 자신으로 존재하면서 그녀가 해야 할 아름다워 보이는 일을 하여 자존심을 지키는 것. 첫 남자 친구로 이튼 칼라가 달린 옷을 입은 작은 소년부터 그녀를 보면 정신을 바짝 차리고 감탄하는 요즈음의 평범한 남자들까지, 헤아릴 수 없는 환상과 헤아릴 수 없는 거리와 헤아릴 수 없는 빛을 짜기 위해서는 하다 만 것 같은 말을 하며 외모나 옷으로 끌어들이는 비할 데 없는 솔직함만이 필요했다. 그녀는 언제나 하다 만 것 같은 말을 했으니까. 남자들 사이에서 생기를 만들어내고 멋진 행복과 멋진 절망을 만들어내기 위해, 그녀는 아주 자랑스러운 사람으로 남아야 했다. 더럽혀지지 않아서 자랑스럽고, 또 감동을 자아내서 자랑스럽고, 열정적이고 어딘가에 홀린 상태라서 자랑스러운.

그녀는 마음속 깊이 절대 아이를 원하지 않는다는 걸 알고 있었다. 현실의 문제였고 세속적인 문제였다. 아이를 낳는다니, 견딜 수 없는 감정이 솟았고 그녀의 아름다움에 대한 협박 같아 소름이 끼쳤다. 그녀는 그 자체를 오래오래 보존하는 자의식 강한 꽃으로 살고 싶었다. 그녀는 감상적인 사람이었으므로 환상에 지독히 매달릴 수 있었는데, 얄궂게도 그녀의 영혼은 모성애 또한 암컷의 특권이라고 속삭였다. 그래서 그녀의 꿈이란 희미한 어린아이의 꿈, 앤서니를 향한 때 이른 영원한 사랑에 대한 때 이른 완벽한 상징일 뿐이었다.

결국 그녀의 아름다움은 그녀를 절대 저버리지 않는 모든 것이었다. 그녀는 자신의 미모 같은 아름다움을 본 적 없었다. 분홍색이 감도는 하얀 발, 깨끗하고 완벽한 몸매, 키스의 물질적 상징 같은 아기다운 입술이 화려하게 제 모습을 드러내니 윤리적 혹은 미학적 의미 같은 건 흐려졌다.

그녀는 2월에 스물아홉 살이 된다. 긴 밤이 끝나가면서 그녀와 그녀의 아름다움은 앞으로 석 달의 기간을 이용하게 되리라고 깨닫게 됐다. 처음에는 확신할 수 없었지만, 스크린이라는 오래된 유혹으로 점차 다가가며 문제가 풀렸다. 이제 그녀는 진심으로 원했다. 아무리 뭔가를 갖고 싶다 해도 그녀의 마음이 흔들릴 순 없었다, 외모에 대한 불안감으로 인해 흔들리는 만큼은. 앤서니는 상관 없었다. 앤서니, 영혼이 가련한 사람, 핏발 선 눈을 한 나약하고 망가진 사람. 그를 여전히 부드럽게 대할 때가 있지만. 상관없었다. 그녀는 2월에 스물아홉이 될 터였다. 100일, 꽤 긴 시간이었다. 내일 블록먼에게 갈 작정이었다.

결심을 하고 나니 안심이 됐다. 아름다움이라는 환상은 어떤 식으로든 유지될 수 있다. 혹은 현실이 사라진 뒤에도 아름다움이라는 환상은 셀룰로이드에 보존될 수 있다. 힘이 났다. 그래, 내일.

다음 날 그녀는 몸이 약해진 것 같았고 아팠다. 나가려고 했는데, 현관 근처 편지함을 붙잡아 간신히 쓰러지지 않을 수 있었다. 엘리베이터 운전원인 마르티니크인이 그녀가 집으로 올라가는 걸 도왔다. 그녀는 브래지어를 풀 힘도 없이 침대에 누워 앤서니가 돌아오길 기다렸다.

닷새 동안 그녀는 인플루엔자로 병석에 누워 있었다. 막 겨울로 접어드는 달이었고, 그녀는 양쪽 폐 모두 폐렴에 걸렸다. 열이 오른 그녀는 마음속을 헤맸다. 엄마를 찾아 황량하고 어두운 방들을 배회했다. 그녀는 어린 소녀가 되고 싶었다. 고분고분하면서도 강력한, 그녀 자신보다 멍청하고도 꾸준한 힘이 효과적으로 간병을 해주었으면 했다. 그녀가 이제껏 원한 유일한 연인은 꿈속의 연인 같았다.

'나는 세속적인 군중이 싫다'

글로리아가 아픈 가운데 어느 날 호기심을 *끄는* 사건이 일어나 맥거번 양은 한동안 당황했다. 그녀는 숙달된 간호사였다. 정오였지만, 환자가 누워 있는 방은 어둡고 조용했다. 맥거번 양은 침대 근처에 서서 약을 섞고 있었다. 그때 분명 푹 잠들었던 패치 부인이 침대에 일어나 앉더니 간절한 어투로 말하기 시작했다.

"수백만의 사람들, 쥐처럼 몰려다니고, 유인원처럼 떠들고, 지옥의…… 원숭이처럼 냄새나는 사람들! 혹은 기생충이겠죠. 정말 아름다운 궁전…… 롱아일랜드에 있는, 혹은 그리니치라도…… 구세계에서 갖고 온 그림과 아름다운 물건들로 가득 찬 궁전. 나무와 녹색 잔디와 푸른 바다가 보이는 전망에 반들거리는 드레스를 입은 사랑스러운 사람들이 있는 거리가 같이하고……. 나는 그들 중에서 10만을, 100만을 제물로 바칠 거예요." 그녀는 무기력하게 손을 들어 손가락을 물어뜯었다. "나는 그들이 싫어요. 내 말 알아들어요?"

말을 끝낸 다음 그녀는 맥거번 양을 보았다. 호기심을 품은 꼬마 요정 같았다. 호기심을 품고서 맥거번 양을 응시했다. 그다음 그녀는 경멸이 담긴 매끄러운 웃음을 짧게 터뜨렸다. 그리고 다시 쓰러져 잠에 빠졌다.

맥거번 양은 당황했다. 그녀는 패치 부인이 궁전을 위해서 제물로 바칠 10만이라는 것이 무얼까 알고 싶었다. 10만 달러일까? 하지만 돈 이야기는 아닌 것 같았다.

영화

2월, 그녀의 생일 이레 전이었다. 진흙이 틈을 메우듯 교차로를 가득 메운 폭설은 녹아서 진창이 되었고 이제 환경 미화 부서의 호스를 통해 하수도로 갈 터였다. 바람은 평소와 비슷하게 매서웠다. 건물 통로의 은밀한 비밀을 안고서 거실의 열린 창문으로 들어와, 담배 냄새를 풍기며 힘없이 순환하는 내부의 공기를 깨끗이 했다.

글로리아는 따뜻한 기모노 가운을 두르고 냉기 어린 방에 들어갔다. 전화를 걸어 조지프 블록먼을 찾았다.

"조지프 블랙 씨 말씀인가요?" 전화 교환원이 물었다. "필름스 파 엑설런스 사의."

"블록먼, 조지프 블록먼이에요. 비, 엘, 오……."

"조지프 블록먼 씨는 이름을 블랙으로 바꾸었어요. 그와 통화하고 싶으신가요?"

"저런, 네." 그녀는 면전에서 그를 '블록헤드'라고 불렀던 것이 기억나 신경 쓰였다.

전화는 두 명의 여자를 거쳐 그의 사무실로 이어졌다. 마지막은 자신의 이름을 댄 비서 차례였다. 수화기를 통해 블록먼의 친숙하면서도 꽤 무심한 어투를 들으니 그녀는 그들이 만난 지 3년이 흘렀음을 깨달았다. 그리고 그는 이름을 블랙으로 바꾸었다.

"만날까요?" 그녀가 가볍게 제안했다. "그냥 사업적인 문제로요, 정말로. 난 이제 영화계에 갈 거예요, 그럴 수 있다면."

"아주 기쁩니다. 당신이 이 일을 좋아할 거라고 언제나 생각했어요."

"기회를 한번 주실 건가요?" 그녀는 모든 아름다운 여자들, 자신을 아름답다고 한 번이라도 생각한 적 있는 모든 여자들 특유의 거만한 어투로 물었다.

그는 그녀가 언제 시도를 해보고 싶은지 그게 중요할 뿐이라고 했다. 언제라도? 음, 그는 그날 늦게 전화를 하겠다고 했고 그녀에게 가능한 시간을 알려주었다. 대화는 양쪽 모두 굳이 할 필요 없는 관습적인 말을 하며 끝이 났다. 그녀는 오후 3시부터 5시까지 전화기 옆에 앉아 있었다. 연락은 없었다.

그러나 다음 날 아침에 온 연락에 글로리아는 만족했고 들떴다.

친애하는 글로리아

운 좋게도 당신에게 꼭 맞을 것 같은 일을 찾았어요. 당신이 관심받게 될 뭔가를 갖고 일을 시작했으면 합니다. 동시에 당신처럼 아름다운 여자가 모든 회사의 골칫거리인 꽤 진부한 배우들 중 한 명 다음으로 영화를 바로 찍으면 사람들이 쑥덕거릴 가능성이 아주 높아요. 하지만 퍼시 B. 데브리스가 연출하는 영화에 '플래퍼' 역할이 있는데, 내가 볼 땐 그게 당신에게 꼭 맞을 것 같고 관심받게 될 것 같아요. 윌라 세이블이 개스턴 미어스의 상대역으로, 특징 있는 조연이에요. 내가 알기로 당신이 맡을 배역은 윌라의 여동생 역할이고요.

아무튼 영화의 감독을 맡은 퍼시 B. 데브리스가 그러는군요. 당신이 모레(목요일) 스튜디오로 온다면 카메라 테스트를 하겠다고.

10시가 괜찮다면 그때 스튜디오에서 뵙겠습니다.

　모든 소원을 담아,

당신에게 충실한

조지프 블랙.

글로리아는 영화계에서 확실히 자리 잡을 때까지 앤서니가 이 일에 대해 아무것도 몰라야 한다고 판단했다. 그래서 다음 날 아침 그가 깨어나기 전에 옷을 차려입고 집을 나섰다. 거울을 보니 그 전과 거의 비슷해 보였다. 그간 아팠던 어떤 흔적이라도 남았는지 알고 싶었다. 그녀는 여전히 좀 말랐고, 며칠 전엔 뺨이 좀 야위었다고 생각했다. 그러나 이런 것들은 일시적인 특징일 뿐이고 오늘 같은 특별한 날, 그녀는 늘 그렇듯 신선해 보이는 것 같았다. 그녀는 새 모자를 사서 썼다. 날이 따뜻해서 표범 가죽 코트는 집에 두고 나왔다.

필름스 파 엑설런스 스튜디오에서는 전화로 그녀를 호명하여 블랙 씨가 곧 내려올 거라고 알려주었다. 그녀는 주변을 둘러보았다. 두 여자가 슬래시 포켓이 달린 코트를 입은 약간 뚱뚱한 남자 주변에 있었다. 그중 한 명은 얇은 소포 한 무더기를 가리켰다. 벽에 붙어 있는 무더기로 가슴 높이까지 쌓였고, 그 높이는 6미터까지 늘어날 것 같았다.

"스튜디오 편지입니다." 뚱뚱한 남자가 설명했다. "필름스 파 엑설런스와 함께하는 스타들의 사진이죠."

"오."

"각각 플로런스 켈리나 개스턴 미어스나 맥 도지가 자필 서명한 사진들이에요……." 그는 슬그머니 윙크를 했다. "적어도 소크 센터*의 미니 맥글룩은 주문한 사진을 받으면, 자필 서명이 있는 사진이라고 생각하지요."

"그냥 우편인데요?"

"물론입니다. 사진 중 절반에 서명하는 데도 족히 여덟 시간쯤 걸립니다. 메리 픽퍼드의 스튜디오 편지는 1년에 5만 달러의 비용이 든다고 하죠."

"아!"

"물론입니다. 5만 달러. 그러나 그건 가장 좋은 광고로……."

그들은 소리가 거의 들리지 않는 곳으로 움직였다. 바로 블록먼이 나왔다. 블록먼, 거무스름한 피부를 지닌 상냥한 신사. 우아하게 사십대 중반으로 접어들었고, 예의를 갖추어 그녀를 따뜻하게 환대했다. 그녀가 3년 동안 거의 달라진 게 없다고 했다. 그녀는 블록먼을 따라 거대한 홀로 향했다. 무기고만큼 넓은 곳으로, 간간히 복잡한 무대장치와 생소한 모양의 조명의 엉킨 줄이 놓여 있었다. 무대장치마다 '개스턴 미어스 컴퍼니', '맥 도지 컴퍼니' 혹은 간단하게 '필름스 파 엑셀런스'라고 커다란 하얀색 글자로 표기되어 있었다.

"스튜디오에 와본 적 있어요?"

"전혀."

---

* 미국 미네소타주의 작은 마을.

그녀는 스튜디오가 좋았다. 몇 년 전 어느 뮤지컬 코미디의 무대 뒤에서는 분장용 화장품을 두껍고 꼼꼼히 바른 모습이나 때가 묻고 야한 의상에서 나는 냄새 때문에 역겨움을 느꼈다. 여긴 깨끗한 아침에 작업을 했다. 부속품들은 비싸고 화려하고 새것 같았다. 반짝이는 거대한 기계가 국가 정신을 고양하기 위하여 예부터 전해 내려오는 도덕적인 이야기를 생산해내면서, 만주풍의 벽걸이로 즐거워 보이는 어느 촬영장에서는 완벽한 모습의 중국인 한 명이 확성기의 지도에 따라 영화 한 장면을 찍고 있었다.

붉은 머리 남자가 다가와 블록먼에게 익숙하게 인사를 건넸다. 블록먼이 말했다.

"안녕, 데브리스. 패치 부인을 만나고 싶어 했지…… 패치 부인은 영화를 찍고 싶어 해, 내가 말한 대로…… 좋아, 이제 어디로 가나?"

데브리스, 그 위대한 퍼시 B. 데브리스겠지, 글로리아는 생각했다. 데브리스는 그들에게 어느 사무실 내부를 구현한 촬영장을 보여주었다. 의자 몇 개가 앞에 세워진 카메라 주변에 놓여 있었는데, 그중 의자 세 개는 눕혀져 있었다.

"전에 스튜디오에 와본 적 있나요?" 데브리스가 그녀를 힐끔 보며 물었다. 그 시선은 날카로움의 진수였다. "아니라고요? 음, 무얼 하게 될지 설명해드릴게요. 우리는 테스트라는 걸 할 겁니다. 당신의 외모가 화면에 어떻게 보이는지, 당신이 촬영장에서 자연스럽고 침착한 모습으로 있는지, 감독의 지시에 어떻게 반응하는지 알기 위해서죠. 긴장할 필요는 없습니다. 시나리오상 이 촬영장에서 찍을 에피소드 하나를 카메라맨이 몇백 미터 필름으로 담게 할 겁니다. 우리가 그 에피소드에서 무얼 원하는지 꽤 설명해드릴 수 있어요."

그는 타이프라이터로 친 콘티를 보여주었고 그녀가 연기하게 될 에피소드를 설명했다. 바버라 웨인라이트는 회사의 하급 사원과 비밀리에 결혼을 한 상태로, 그 회사 사무실이 이 촬영장이다. 어느 날 우연히 사람 없는 사무실에 들어간 그녀는 자연스럽게 남편이 일하는 곳을 보며 흥미를 느낀다. 그때 전화기가 울리고 약간 주저하다 전화를 받는다. 남편이 자동차에 치여 즉사했다고 한다. 그녀는 꼼짝하지 못한다. 처음에는 진실을 깨닫지 못하지만 결국 상황을 이해하고 기절해 바닥에 죽은 듯 쓰러진다.

"이게 우리가 원하는 전부입니다." 데브리스가 이야기를 마쳤다. "난 여기 서서 당신이 무얼 연기할지 대략 설명할게요. 당신은 내가 여기 없는 것처럼 연기해야 합니다. 나름의 방식대로 하세요. 우리가 너무 엄격하게 판단을 내릴 거라고 겁낼 필요는 없어요. 당신이 화면에서 어떤 인물로 보일지 전체적으로 파악하고 싶을 뿐이니까요."

"알겠어요."

"촬영장 뒤에 분장실이 있어요. 화장은 조금만 하세요. 아주 조금만 붉게."

"알겠어요." 글로리아가 고개를 끄덕이며 반복해서 말했다. 혀끝으로 입술을 신경질적으로 건드렸다.

테스트

그녀는 진짜 나무로 된 문을 열고 촬영장으로 들어갔다. 뒤에서 문은 조심스럽게 닫혔다. 그녀는 옷이 불편하고 만족스럽지가 않았다. 이날을 위해 '젊은 여성용' 드레스를 샀어야 했다. 그녀는 아직도 그런 옷을 입을 수 있었다. 그 옷이 그녀의 경쾌한 젊음을 두드러지게 한다면, 좋은 투자가 되었을 수도 있었다.

데브리스의 목소리가 앞에서 빛을 뿜는 하얀 조명 쪽에서 들려오자, 그녀의 마음은 급히 지금으로, 중요한 순간으로 향했다.

"당신은 남편을 찾아봅니다……. 이제, 그를 찾지 않아요. …… 사무실이 궁금합니다……."

그녀는 카메라에서 나는 규칙적인 소리를 의식했다. 신경 쓰였다. 그녀는 무심코 카메라를 본 다음 얼굴에 제대로 화장을 했는지 궁금해졌다. 그런 다음, 연기를 하려고 확실히 애썼다. 그녀의 움직임이 그렇게나 날것에 어색하고, 우아하지 않고 뛰어난 구석도 없다는 걸 이전엔 느낀 적 없었다. 그녀는 사무실을 돌아다녔다. 여기저기서 물건을 집어다 살폈다. 그리고 천장이며 바닥이며 책상위의 연필을 꼼꼼히 바라보았다. 결국 무얼 할지 생각나지 않아서, 더는 표현할 게 없어서 그녀는 미소를 지었다.

"좋아요. 이제 전화가 울립니다. 팅-어-링-어-링! 주저하다가 받습니다."

그녀는 주저하다가 수화기를 집어 들었는데, 그녀 생각엔 너무 빨랐다.

"여보세요."

그녀의 목소리는 공허하고 비현실적이었다. 그녀가 한 말이 울렸는데 아무런 힘도 없었다. 유령이 아무것도 하지 못하는 것처럼. 그들의 요구가 엉터리여서 소름이 끼쳤다. 이렇게 잠시 주목을 받는 순간 동안 그녀가 이 어처구니없고 설명이 안 되는 캐릭터를 연기할 수 있을 거라고 그들은 예상을 했을까?

"아닙니다, 아닙니다, 아직은! 들어보세요. '존 섬너는 막 자동차에 치였고 즉사했습니다!'"

글로리아는 입을 천천히 벌렸다. 그러고 나서.

"이제 수화기를 내려놓으세요! 쾅 소리 나게!"

그녀는 그 말 그대로 따랐다. 크게 뜬 눈으로 노려보며 탁자를 붙잡았다. 결국 그녀는 약간 고무되었고 점점 확신이 섰다.

"세상에!" 그녀가 소리쳤다. 목소리가 괜찮은 것 같았다. "오, 세상에!"

"이제 기절하세요."

그녀는 무릎을 꿇으며 앞으로 넘어졌다. 숨도 쉬지 않고 바닥에 몸을 던져 누웠다.

"좋아요!" 데브리스가 말했다. "충분해요, 고마워요. 충분해. 일어나요, 충분합니다."

글로리아는 품위를 지키며 일어났고, 치마를 털었다.

"세상에!" 그녀는 차갑게 웃었다. 심장은 엄청나게 뛰고 있었지만. "끔찍했어요, 안 그래요?"

"싫었어요?" 데브리스가 담담하게 웃었다. "하기 힘든 것 같았나요? 필름이 나올 때까진 아무 말도 할 수가 없네요."

"물론 그렇겠죠." 그녀는 그의 말에 어떤 의미를 두려 하면서 동의했다. 하지만 실패했다. 그녀를 고무하지 않으려고 했을 법한 말일 뿐이었으니까.

얼마 후 그녀는 스튜디오를 떠났다. 블록먼은 며칠 안으로 테스트 결과를 알려주겠다고 약속했다. 그녀는 너무 자랑스러워서 어떤 구체적인 말도 해달라고 요구하지 못했다. 앞으로 어떻게 될지 당황스럽게도 불확실한 것 같았다. 그저 영화계로 마침내 한 걸음 내디딘 지금, 성공적인 영화배우가 될 가능성이 지난 3년 동안 어떤 식으로 그녀 마음 이면에 계속 영향을 끼쳤는지를 깨달았다. 그날 밤 그녀는 자신이 선택될지 아닐지에 관련된 요소들을 손꼽아보았다. 충분히 화장을 했는지 걱정됐다. 주어진 역할이 스무 살 여자라서 그녀가 너무 근엄해 보이지는 않았을까 걱정됐다. 적어도 연기에 관해선 만족했다. 그녀의 등장은 끔찍했다. 사실 전화기를 잡고 나서야 그녀는 조금이나마 자세를 잡았다. 그다음 테스트는 끝나버렸다. 만일 그들이 알기만 한다면! 그녀는 다시 해보고 싶었다. 아침에 전화를 해서 다른 기회를 잡아볼까 같은 정신 나간 생각에 사로잡혔다. 하지만 갑자기 그 생각은 사라졌다. 블록먼에게 또 부탁하는 건 전략적이지도 예의 바르지도 않아 보였다.

기다린 지 사흘째. 그녀는 신경이 아주 예민했다. 입 안쪽을 깨물어서 생살이 드러나고 욱신거렸다. 리스테린으로 입을 씻었더니 참을 수 없을 정도로 화끈거렸다. 그녀는 앤서니와 끊임없이 싸웠다. 그는 차가운 분노에 휩싸인 채 아파트를 떠났다. 그러나 그는 그녀가 특별히 차갑게 구는 데 굴복하여, 한 시간 후 전화를 해서 사과를 했고, 암스테르담 클럽에서 저녁을 먹을 거라고 알렸다. 그 클럽은 그가 유일하게 회원 자격을 유지하고 있는 곳이었다.

오후 1시가 넘었다. 그녀는 오전 11시에 아침을 먹었다. 점심을 먹으러 가기로 결심하고 공원 산책을 나섰다. 3시쯤 편지가 올 것이다. 그녀는 3시에 돌아올 예정이었다.

아직 앳된 봄의 오후였다. 거리에선 물기가 마르고 있었고 공원에서는 어린 소녀들이 가느다란 나무 아래서 인형을 태운 하얀 유모차를 왔다 갔다 진중하게 밀고 있었다. 그들 뒤를 지루해 보이는 보모 둘이 따랐다. 보모들 특유의 대단한 비밀에 대해 서로 이야기를 나누고 있었다.

그녀의 작은 금시계가 2시를 가리켰다. 그녀는 새 시계를 사야 했다. 백금으로 만든 네모난 모양에 다이아몬드로 장식한 시계를. 그러나 그 값은 다람쥐 코트보다도 더 비쌌으니, 다른 모든 것들처럼 당연히 지금은 살 수 없었다. 만일 그녀의 바람을 담은 편지가 그녀를 기다리지 않고 있다면…… 한 시간 안에…… 정확히는 58분이었다. 10분이 지나 48분…… 47분…….

어린 소녀들이 축축하고 빛나는 길을 따라 유모차를 침착하게 밀었다. 보모들은 짝을 지어 뜻 모를 비밀에 대해 수다를 떨었다. 여기저기서 신문을 깔고 앉은 누더기 옷을 입은 남자들이 마른 벤치에 흩어져 있었다. 밝고 기쁜 오후와는 상관없고 더러운 눈과 관련된 사람들. 후미진 구석에서 기진맥진한 채 잠을 자고 소멸을 기다리는…….

한참 후에 그녀는 흐릿한 복도로 들어왔다. 마르티니크인 엘리베이터 안내원이 스테인드글라스 창으로 들어오는 빛 속에 서 있었다. 어울리지 않는 모습이었다.

"편지 혹시 안 왔어요?" 그녀가 물었다.

"위층에 있어요, 부인."

전화 교환대는 참을 수 없이 시끄러운 소리를 냈고 글로리아는 그가 전화를 살피는 동안 기다렸다. 엘리베이터가 올라가며 신음 소리를 내는 동안 그녀는 아팠다. 수백 년의 시간이 느리게 흐르듯 한 층씩 지나갔다. 어느 층은 불길하고, 어느 층은 그녀를 비난하는 것 같고, 어느 층은 의미심장하고. 흰색 편지가 복도의 더러운 타일 위에 놓여 있었다.

친애하는 글로리아

어제 오후 테스트 필름을 봤어요. 데브리스 씨가 염두에 둔 역할로는 더 어린 여자가 필요하다고 생각하는 것 같군요. 연기는 나쁘지는 않고, 작지만 특징 있는 역할인 아주 거만하고 부유한 미망인 배역이 있는데 당신이 할 수 있을지도 모르겠다고……

외로운 가운데 글로리아는 고개를 들어 건너편 통로로 시선을 향했다. 그러나 맞은편 벽을 볼 수 없었다. 회색 눈이 눈물로 가득했기 때문이다. 손에 편지를 꼭 구겨 쥔 채 침대로 걸어갔다. 옷장 바닥 위의 긴 거울 앞에 무릎을 꿇고 앉았다. 오늘은 그녀의 스물아홉 번째 생일이었고, 세상이 눈앞에서 녹고 있었다. 화장 때문이었다고 생각하려 했지만, 이런 생각이 전하는 위로에 비해 그녀의 감정은 너무 깊었고 엄청났다.

그녀는 애써 앞을 보았고 결국 관자놀이 쪽 피부가 앞으로 당겨진 걸 알 수 있었다. 그랬다. 뺨은 희미하게 야위었고, 눈가엔 약한 주름이 생겼다. 눈이 달라졌다. 세상에, 달라졌다! ……그리고 그녀는 불쑥 자신의 눈이 얼마나 피로해 보이는지 깨달았다.

"오, 내 예쁜 얼굴." 그녀는 한껏 슬퍼하며 속삭였다. "오, 내 예쁜 얼굴! 오, 난 내 예쁜 얼굴 없이는 살 수 없어! 세상에, 대체 어떻게 된 거야?"

그녀는 거울 쪽으로 미끄러져서 거울을 살펴보다가 얼굴을 바닥으로 내던졌다. 그리고 눈물을 흘렸다. 그녀는 이렇게 처음으로 기묘한 행동을 했다.

3장

문제없어!

한 해가 또 지났다. 앤서니와 글로리아는 제 의상을 분실한 연주자 같았다. 비극적 선율을 계속 연주할 자존심을 잃어버린 사람들. 그리하여 캔자스시티의 흄 모녀가 어느 날 저녁 플라자 호텔에서 그들을 모른 척했을 때, 흄 모녀는 대부분의 사람들이 그렇듯 대대로 내려온 자신들의 거울을 혐오하는 것일 뿐이었다.

그들은 한 달에 85달러씩 지불하는 새로운 아파트로 이사했다. 그 집은 클레어몬트가에 있었다. 가격이 달러로 백 단위인 허드슨 호텔에서 두 블록 떨어진 곳이었다. 그들은 한 달 동안 그곳에서 살았다. 어느 늦은 오후, 뮤리얼 케인이 그들을 만나러 왔다.

여름 같은 봄날, 더할 나위 없는 황혼이었다. 앤서니는 소파에 누워 강쪽에 있는 100번가와 27번가를 바라보고 있었다. 리버사이드로의 가짜 그늘을 확실히 만드는 생생한 녹색 숲 하나가 보였다. 강 건너편엔 팰리세이즈 공원이 놀이공원의 못생긴 구조물로 장식

되어 있었다. 그러나 곧 해가 지면 저 거미줄 모양의 철제 구조물이 하늘에 펼쳐진 원광이 될 터였다. 열대 운하의 부드러운 광채 위에 세워진 황홀한 궁전.

아파트 근처 거리는 아이들이 노는 곳이었다. 마리에타로 갈 때 지나던 길보단 좀 더 괜찮은 거리였지만, 대체로 비슷했다. 때로 손풍금이나 휴대용 풍금 소리가 나고, 차가운 저녁 속에서 많은 소녀들이 짝지어 아이스크림소다를 사러 모퉁이 드러그스토어로 내려오면서 낮은 하늘 아래 끝없는 꿈을 꾸는 곳.

이제 거리엔 저녁이 내려앉기 시작했고, 아이들은 두서없이 열광적인 말들을 외치며 놀았다. 그 말들은 열린 창문 근처에서 사라졌다. 그리고 글로리아를 만나러 온 뮤리얼은 방에 내려앉은 칙칙한 어둠 속에서 앤서니에게 말을 걸었다.

"불을 켜죠, 어때요?" 그녀가 제안했다. "여긴 유령이 나올 것 같아요."

그는 지친 몸짓으로 일어나 시키는 대로 했다. 회색 유리창이 사라졌다. 그는 몸을 폈다. 그는 이제 체중이 늘었다. 배는 벨트 위로 늘어졌고, 살은 부드러워졌고 늘어났다. 그는 이제 서른두 살이었고 그의 마음은 암울하고 어수선한 난파선 같았다.

"뮤리얼, 술 좀 마실래요?"

"난 됐어요, 고마워요. 난 더 이상 술을 마시지 않아요. 요즘 어떻게 지내요, 앤서니?" 그녀가 궁금해했다.

"음, 소송으로 바빠요." 그가 무심히 대답했다. "이제 항소법원으로 갔어요. 가을까지는 어느 쪽이든 결정이 나야 해요. 항소법원이

이 문제에 권한이 있는지를 두고 반대가 좀 있었죠."

뮤리얼은 혀로 짤깍 소리를 냈고 한쪽으로 고개를 젖혔다.

"음, 뭐라고 말 좀 해보세요! 그렇게 길게 걸리다니 전 그런 건 들어본 적 없어요."

"오, 다들 그렇게 해요." 그는 힘없이 대답했다. "모든 유언장 소송이 그래요. 4, 5년 안에 해결되는 건 드물다고 하죠."

"오……." 뮤리얼이 대담하게도 전략을 바꾸었다. "일을 구하는 건 어때요, 이 게으른 사람?"

"어떤 일요?" 그가 무뚝뚝하게 물었다.

"음, 뭐든지. 당신은 아직 젊으니까요."

"만일 격려 차원에서 하는 말이면, 아주 고맙게 듣겠어요." 그는 건조하게 대답했다. 그다음 갑자기 진저리를 냈다. "내가 일을 안 해서 특별히 신경 쓰이기라도 하나요?"

"난 상관없어요. 하지만 많은 사람들이 신경을 쓰는……."

"오, 세상에!" 그가 더듬더듬 말했다. "3년 동안 난 터무니없는 이야기와 도덕적으로 책망하는 소리만 들어왔죠. 지겨워요. 당신이 우릴 보고 싶지 않다면, 가만 내버려둬요. 난 예전 친구들에게 신경 안 써요. 그렇지만 자선을 베푸는 전화는 필요 없고, 좋은 충고로 위장한 그 어떤 비판도 필요 없고……." 그는 미안해하며 덧붙였다. "미안해요. 하지만 정말로, 뮤리얼, 당신이 중하류층 계급의 집에 간다 하더라도 빈민 노동자 아가씨처럼 말해서는 안 돼요." 그는 핏발이 선 눈으로 그녀를 비난하듯이 바라보았다. 한때 깊고 깨끗한 푸른 눈이었다. 이제는 허약하고, 긴장이 어려 있고, 술에 취했을 때 책을 읽어서 반쯤 못쓰게 됐다.

"왜 그렇게 무서운 말을 하죠?" 그녀가 항의했다. "당신은 당신과 글로리아가 중류층인 것처럼 말하는군요."

"왜 우리가 아닌 척하겠어요? 난 귀족적인 모습을 유지할 수 없을 때도 엄청난 귀족인 양 내세우는 사람들을 싫어해요."

"귀족적이려면 돈이 있어야 한다고 생각해요?"

뮤리얼…… 소름 끼치는 민주주의자……!

"저런, 물론이죠. 귀족은 오직 우리가 세련됐다고 보는 특징들, 용기와 명예와 아름다움 같은 것들이 형편이 좋은 환경에서 최선으로 발달될 수 있게 해주는 허가증일 뿐이에요. 그런 환경에선 뭘 몰라서, 뭐가 필요하다고 해서 생기는 뒤틀리는 모습 같은 게 없죠."

뮤리얼은 아랫입술을 깨문 다음 고개를 양옆으로 흔들었다.

"음, 내 말은, 좋은 집안 출신은 언제나 분별 있는 사람들이라는 거예요. 그게 당신과 글로리아의 문제죠. 당신은 지금 당장 상황이 뜻대로 되지 않기 때문에 오랜 친구들이 당신을 피하려 한다고 생각해요. 당신은 너무 예민하고……."

"사실 당신은 그 일에 대해선 아무것도 몰라요." 앤서니가 말했다. "내게 그건 단순히 자존심 문제예요. 그리고 이번만은 글로리아도 합리적이어서 우리를 원치 않는 곳으로 우리가 가선 안 된다는 말에 동의하고요. 사람들은 우리를 원치 않아요. 우리는 형편없는 인간으로, 아주 이상적인 본보기죠."

"말도 안 돼! 나의 일광욕실에 당신의 비관주의를 들일 순 없어요. 난 당신이 이 모든 소름 끼치는 생각을 다 잊고 일을 해야 한다고 생각해요."

"이제 난 서른두 살이에요. 내가 어떤 바보 같은 사업을 시작했다고 생각해봐요. 아마도 운이 좋으면 2년 안에 주당 50달러씩 벌겠죠. 적어도 내가 일을 구한다면 그렇단 거죠. 실업자들은 엄청나게 많죠. 그래서 내가 주당 50달러를 벌었다고 해봐요. 내가 더 행복할 거라고 생각해요? 내가 할아버지의 돈을 찾지 못하면 삶이 견딜 만할 거라고 생각해요?"

뮤리얼은 만족스럽다는 듯 웃었다.

"음." 그녀가 말했다. "그건 똑똑한 생각일 순 있어도 상식은 아니네요."

얼마 후 글로리아가 나타났다. 어떤 어두운 색채를 끌고 온 것 같았다. 말은 하지 않았지만 그녀는 뮤리얼을 만나 행복했다. 앤서니에게 무심히 "안녕!"이라고 인사했다.

"난 네 남편과 철학을 논하고 있었어." 참는 법을 모르는 케인 양이 소리쳤다.

"몇몇 근본 개념에 대해 이야기했어." 앤서니가 창백한 뺨을 일그러뜨리며 옅은 미소를 지었다. 뺨은 이틀 동안 자란 수염 때문에 더 창백해 보였다.

그가 비꼬아 말했다는 걸 모른 채 뮤리얼은 자기 주장을 되풀이했다. 그러자 글로리아가 조용히 말했다.

"앤서니 말이 맞아. 사람들이 특정한 방식으로 관찰하고 있다는 걸 감지하고 나면 여기저기 돌아다니는 건 재미없어."

그가 하소연하는 듯한 어투로 끼어들었다.

"가장 친한 친구인 모리 노블조차 우릴 만나러 오지 않으니, 지금이 사람들을 그만 불러모을 적기겠지?" 그의 눈에 눈물이 맺혔다.

"그건 당신이 모리 노블에게 잘못해서 그렇지." 글로리아가 차갑게 말했다.

"그렇지 않아."

"확실해."

뮤리얼이 재빨리 끼어들었다.

"지난번에 모리를 아는 여자를 만났어. 그녀 말로는 그가 더 이상 술을 마시지 않는대. 그는 아주 빈틈없는 사람이 되어가고 있어."

"그래?"

"전혀 안 마신대. 그리고 돈을 모으고 있대. 전쟁 이후로 변했대. 수백만 달러를 갖고 있는 필라델피아 여자와 결혼할 거래. 세시 라라비인가. 아무튼 타운 태틀이 알려주었어."

"그는 서른세 살이야." 앤서니는 혼잣말을 했다. "하지만 그가 결혼을 한다고 생각하니 이상하군. 난 그가 아주 총명하다고 생각했었지."

"그는 그랬지." 글로리아가 중얼거렸다. "어떤 면에서는."

"하지만 총명한 사람들은 사업 쪽으로 자리 잡진 않아. 아니, 자리 잡나? 아니면 무엇을 하지? 아니, 당신이 한때 알았고 그토록 많은 공통점을 지녔던 사람들은 다들 무얼 하지?"

"사이가 멀어졌지." 뮤리얼이 그에 어울리는 덧없는 표정을 지으며 말했다.

"사람들은 변해." 글로리아가 말했다. "일상에선 사용하지 않는 모든 기질들에 거미줄이 뒤덮인 거지."

"그가 내게 한 마지막 말이 있어." 앤서니가 기억을 되살렸다. "일할 만한 가치가 있는 게 없다는 사실을 잊어버릴 만큼 일을 할 거라고 했어."

뮤리얼은 재빨리 이 말을 받았다.

"그게 당신이 할 일이죠." 뮤리얼이 의기양양하게 외쳤다. "물론 누구라도 별 이유 없이 일하길 원한다고 생각하진 않아요. 하지만 당신은 뭔가 해야 해요. 어쨌든 혼자서 뭘 하면서 시간을 보내죠? 당신이 몽마르트르*나 아니면 다른 어디든 있는 걸 본 사람은 아무도 없어요. 절약 중인가요?"

글로리아는 곁눈으로 앤서니를 보며 경멸을 담아 웃었다.

"음." 그가 물었다. "왜 웃지?"

"내가 왜 웃는지 알잖아." 그녀가 차갑게 대답했다.

"위스키 때문에?"

"그래." 그녀는 뮤리얼에게 몸을 돌렸다. "그는 75달러를 썼어, 어제 위스키 한 상자에."

"내가 그랬으면 어때? 병 단위로 사는 것보단 그게 더 싸. 당신은 아무것도 안 마시는 척할 필요 없어."

---

* 유명한 나이트클럽으로 실내를 파리식으로 꾸몄다.

"적어도 난 낮엔 안 마셔."

"거참 구별 잘하네!" 그가 힘없이 화를 내며 벌떡 일어났다. "더구나 당신이 매 순간 나를 모욕하다니 있을 수 없는 일이야."

"사실이야."

"아니야! 그리고 손님들 앞에서 끝없이 욕먹는 건 이제 넌더리가 나!" 그는 흥분해서 팔과 어깨가 눈에 띄게 떨리는 상황에 이르렀다. "당신은 모든 게 내 잘못이라고 생각하지. 당신은 내게 돈을 쓰라고 격려한 적 없다고 생각하지. 그리고 확실히 내가 쓴 것보다 당신이 더 많이 썼어."

이제 글로리아가 일어섰다.

"당신이 그런 식으로 말하게 내버려둘 줄 알아?"

"좋아. 어쨌든 당신은 그럴 필요 없어!"

그는 허겁지겁 방을 나갔다. 두 여자에게 복도에서 나는 그의 발소리, 이어 현관문이 닫히는 소리가 들렸다. 글로리아는 의자로 돌아갔다. 등불 아래 그녀의 얼굴은 사랑스럽고 침착하며 속을 헤아리기 어려웠다.

"오!" 뮤리얼이 외쳤다. "오, 무슨 일이니?"

"특별한 건 아니야. 그냥 취한 거야."

"취했다고? 저런, 그는 완전히 맨정신이었는데. 그는 이야기를 했어……."

글로리아가 고개를 저었다.

"오, 아냐. 그는 몸을 거의 못 가눌 상태가 아니면 자기 상태가 어떤지 더 이상 알리지 않아. 그리고 얘기를 잘하다가 흥분하고 말지. 그는 맨정신일 때보다 취해 있을 때 훨씬 말을 잘해. 하지만 하루 종일 앉아서 술을 마시지…… 신문을 사러 모퉁이로 걸어가야할 때를 제외하면."

"아, 끔찍해!" 뮤리얼은 진심으로 슬퍼했다. 그녀의 눈은 눈물로 가득했다. "얼마나 자주 그러니?"

"술 얘기니?"

"아니, 지금처럼…… 너를 두고 나가는 일?"

"오, 그렇지. 자주 그래. 자정쯤 돌아올 거야. 그리고 울면서 용서해달라고 하겠지."

"그럼 너는?"

"모르겠어. 그냥 이렇게 가는 거지."

두 여자는 등불 아래 앉아서 서로를 바라보았다. 이 일 앞에서 각자 서로 다른 방식으로 무력했다. 글로리아는 그 전처럼 여전히 아름다웠다. 뺨은 상기되었고, 50달러에 충동 구매한 새로운 드레스를 입고 있었다. 앤서니에게 오늘 밤 함께 외출하자고 설득하고 싶었다. 식당이나 거대하고 화려한 영화관이라도. 거기라면 몇몇 사람들이 그녀를 쳐다볼 것이고, 그녀는 그 시선을 견딜 수 있을 텐데. 그녀는 뺨이 상기되어 있고 드레스가 새것이며 그에 어울리게 망가지기 쉽다는 걸 알았다. 그래서 외출하고 싶었다. 이젠 아주 드물게 초대장을 받았다. 그러나 뮤리얼에게 이런 일들은 이야기하지 않았다.

"글로리아, 세상에, 같이 저녁 먹으면 좋을 텐데. 하지만 어떤 남자와 약속을 해버렸어. 벌써 7시 반이네. 가야겠어."

"오, 식사는 같이할 수 없을 거야, 어쨌든. 우선 오늘은 종일 아팠거든. 아무것도 먹을 수가 없었어."

글로리아는 뮤리얼를 마중하러 문까지 걸어갔다가 다시 방으로 돌아왔다. 불을 끄고 창문에 팔꿈치를 기댄 채 팰리세이즈 공원을 바라보았다. 반짝이며 돌아가는 원 모양의 대관람차는 노란 달을 비추는 떨리는 거울 같았다. 거리는 이제 조용했다. 아이들은 돌아갔다. 그녀는 길 건너편에서 저녁 식사를 하는 가족을 볼 수 있었다. 괜히 우스꽝스럽게도 그들은 자리에서 일어나 탁자 주변을 걸어 다녔다. 그래서 그들이 하는 일은 모두 이상해 보였다. 마치 머리 위에 보이지 않는 전선이 있어, 그들이 그 전선 때문에 조심성 없이 헛되이 흔들리는 것 같았다.

그녀는 시계를 보았다. 8시였다. 그날 하루, 얼마 동안은 기뻤다. 이른 오후 할렘의 브로드웨이 125번가를 따라 걸었을 때다. 그녀의 코는 여러 가지 냄새에 민감했고, 그녀의 마음은 대단히 아름다운 어느 이탈리아 어린이들을 보고서 신이 났다. 신기하게도 그녀는 이 광경에 영향을 받았다. 한때 5번가가 그녀에게 영향을 준 것처럼. 그 시절엔 아름다움에 대해 담담히 확신하면서 모든 게 그녀의 것이라고 생각했다. 모든 가게와 그 안의 물건들, 창문에서 반짝이는 모든 성인용 장난감. 말만 하면 다 자신의 것이 되는 줄 알았다. 이곳 125번가에는 구세군 무리가 있고, 문가에는 무지개색 숄을 걸친 나이 든 여자들이 있고, 달고 끈적거리는 사탕을 더러운 손으로 움켜쥔 머리칼이 빛나는 아이들이 있다. 그리고 해 질 무렵이면 높은 건물들 옆으로 해가 졌다. 모든 것이 매우 부유하고 신선하고 향기로웠다. 마치 어느 검소한 프랑스 요리사가 제공하는 요리 같았다. 아마도 재료가 남았다는 걸 알면서도 즐기지 않을 수 없는 요리.

강가의 사이렌이 어두워진 지붕 너머로 구슬픈 소리를 내자, 글로리아는 갑자기 떨었다. 그리고 유령 같은 커튼이 어깨에서 떨어질 때까지 몸을 뒤로 젖혔다. 그녀는 전기 조명을 켰다. 날이 저물고 있었다. 지갑엔 동전이 좀 있었다. 밖으로 나가 지하에서 튀어나온 전철이 육교를 달려 움푹 팬 맨해튼가를 가로지르는 곳에서 커피와 롤빵을 먹을까, 부엌에서 맵게 요리한 햄과 빵을 먹을까 고민했다. 지갑이 행동을 결정했다. 5센트 니켈 동전 하나와 2페니가 있었다.

한 시간 뒤 그녀는 방의 고요함을 참을 수 없게 됐다. 그녀의 눈이 잡지를 떠나 생각 없이 볼 수 있는 대상인 천장을 향했다. 그녀는 불쑥 일어나서 손가락을 깨물며 망설이다 식료품실로 가서 찬장에서 위스키 한 병을 꺼내 한 모금 마셨다. 그리고 유리잔에 진저에일을 채운 다음, 있던 자리로 돌아와 잡지의 글을 마저 읽었다. 독립전쟁의 마지막 미망인에 대한 글이었다. 그녀는 어렸을 때 독립전쟁 당시 미국군으로 참전한 아주 나이 많은 남자와 결혼을 했으며 1906년에 사망했다. 그녀와 이 여자가 동시대를 살았다니 글로리아에겐 낯설고 괴이하게도 낭만적으로 느껴졌다.

그녀는 페이지를 넘기고 국회의원 후보자가 무신론자라고 반대파에게 고발당했다는 사실을 알았다. 고발이 무고였다는 사실을 알게 되자 놀라움도 사라졌다. 후보자는 그저 빵과 물고기의 기적을 부인했을 뿐이었다. 그는 압박을 받는 가운데, 물 위를 걷는 기적을 완전히 믿는다고 했다.

첫 잔을 마신 다음, 글로리아는 두 번째 잔을 마셨다. 실내복을 걸치고 소파에 편하게 눕자, 비참해진 그녀는 눈물이 뺨에서 흘러내린다는 걸 알았다. 그녀는 자기 연민 때문에 우는 건가 싶었고, 울지 않으려고 굳게 마음먹었다. 그러나 희망 없이 행복 없이 산다는 사실이 그녀를 짓눌렀다. 고개를 양옆으로 저었다. 입가는 아래로 심하게 처졌다. 마치 어딘가에서 누군가가 하는 주장을 부인하기라도 하듯. 그녀는 이 표정이 역사보다 더 오래된 것임을 알지 못했다. 수백 세대의 사람들이 견딜 수 없는 끈질긴 슬픔을 느낄 때 이 표정을 지었다. 슬픔을 부인하고 슬픔에 항의하며 슬픔에 당황한 표정. 인간의 이미지 속에서 만들어진 신보다 좀 더 심오하고 강력했다. 그리고 그 앞에서 신은, 만일 신이 존재한다면, 똑같이 중요할 것이었다. 이 힘이 전혀 설명하지 않고 전혀 대답하지 않는 건 비극의 핵심에 있는 진실의 장치다. 공기처럼 만질 수 없고 죽음보다 더 단호한 힘.

리처드 캐러멜

초여름이 되자 앤서니는 마지막 클럽인 암스테르담 클럽을 그만두었다. 1년에 겨우 두 번쯤 방문했는데, 그 비용이 부담이 됐다. 이 클럽엔 이탈리아에서 돌아왔을 때 가입했는데, 할아버지와 아버지의 클럽이었고, 주어질 기회를 생각하면 언제든 가입할 클럽이었기 때문이다. 그러나 사실 그는 하버드 클럽을 좋아했는데 상당 부분 딕과 모리 때문이었다. 그러나 재산이 줄어들고 나니, 그 클럽은 점점 더 탐나는 싸구려 물건으로 보였다……. 마침내 그는 그곳을 포기했다, 후회하면서…….

친구들은 이제 열두어 명쯤 됐다. 그중 몇몇은 '새미'라는 곳에서 만났다. 43번가에 있는 곳으로, 문을 두드린 다음 뒤에서 나는 삐걱대는 소리를 들으며 순조로이 안으로 들어가 크고 둥근 탁자에 앉아 좋은 위스키를 마실 수 있었다. 파커 앨리슨이라는 사람을 만난 곳도 여기였다. 그는 하버드에선 술꾼으로서 정확히 잘못된 유형의 사람이었고, '거품 같은' 큰 재산을 가능한 빨리 써버리고 있었다. 파커 앨리슨은 매서운 눈빛의 반짝이는 여자 둘을 옆에 앉히고 시끄러운 빨갛고 노란 레이싱카를 몰면서 다른 사람들과 자신이 구별된다고 여겼다. 그는 한 명 말고 두 명의 여자와 식사하는 사람이었다. 그리고 상상력이 풍부하여 그와는 대화를 계속 이어나가는 게 거의 불가능했다.

앨리슨 외에는 피트 리텔이 있었다. 그는 회색 더비 모자를 한쪽으로 기울여 썼다. 언제나 돈이 있었고 쾌활한 태도가 습관이 된 사람이었다. 그래서 앤서니는 여름과 가을의 여러 오후 동안 별 목적 없이 길게 꼬인 대화를 그와 나누었다. 리텔은 말을 할 뿐 아니라 자신이 말한 구절들을 가지고 추론을 했다. 그의 철학이란 여기저기서 활동적이고 별생각 없이 살아오면서 흡수한 구절들을 이어붙인 것이었다. 그는 사회주의를 표현하는 구절을 알고 있었다. 아주 먼 옛날에 쓰던 구절이었다. 그는 개인적인 신의 존재와 관련된 구절을 알고 있었다. 그가 열차 사고를 겪은 때에 대한 말이었다. 그리고 그는 아일랜드 문제에 대한 구절도 알고 있었다. 그가 존경하는 종류의 여성, 그리고 금지의 무용함에 대한 말이었다. 그가 하는 말이 이 뒤죽박죽 구절들의 영향을 받지 않는 유일한 순간은 생활의 가장 동물적인 부분에 대해 자세하게 파고들 때였다. 여느 때보다 파란만장한, 삶에서 가장 로코코스러운 사건을 해석할 때도 그랬다. 그는 음식, 술, 좋아하는 여자에 대해 아주 세밀한 부분까지 알았다.

그는 한때 가장 평범하면서도 가장 비범한 문명의 산물이었다. 그는 십중팔구 여느 도시의 거리를 지나는 행인이었다. 그리고 스무 가지쯤의 기술을 지닌 머리털 없는 유인원이었다. 인생과 예술에 관한 수천 가지 이야기의 주인공이었다. 그리고 그는 60년 인생 동안 복잡하고 끝없이 놀라운 일련의 서사시를 착실하면서도 우스꽝스럽게 연기하는 실질적인 얼간이였다.

이 두 명의 남자와 앤서니 패치는 술을 마시고 이야기를 했고 술을 마시고 논쟁을 했다. 그는 그들을 좋아했다. 그들이 앤서니 본인에 대해 아무것도 몰라서, 자신들은 명료한 방식으로 살면서 인생이 어쩔 수 없이 계속된다는 점에 대해 아무 생각이 없어서였다. 그들은 쭉 이어지는 영화 필름 릴 앞에 앉아 있는 게 아니라, 모든 가치와 모든 혼란스러운 암시와 함께 곰팡내 나는 구식 여행기에 앉았다. 그러나 그들 자신은 혼란스럽지 않았다. 그들에겐 혼란스러울 게 아무것도 없었기 때문이었다. 그들은 넥타이를 바꾸면서 다달이 입에 올리는 구절들을 바꾸었다.

앤서니, 예의 바르고 예민하고 총명한 사람. 그는 매일 술을 마셨다. 새미에서 이 남자들과 마셨고, 아파트에서 그가 아는 몇몇 책을 보면서 마셨고, 아주 드물게 글로리아와 마셨다. 그가 볼 때 그녀는 틀림없이 싸우기를 좋아하고 비이성적인 모습으로 변하기 시작했다. 그녀는 오래전의 글로리아가 아니었다, 분명히. 만일 그녀가 아팠다면, 자신에게 동정이나 원조가 필요하다고 고백하는 대신 주변의 모든 사람들에게 고통을 가하는 쪽을 선호했으리라. 그녀는 이제 우는소리를 하는 사람이 아니었다. 그녀는 이제 자기 자신을 딱하게 여길 사람이 아니었다. 밤마다 그녀는 잠들 준비를 하면서 새로운 연고로 얼굴을 문질렀다. 그 연고가 그녀의 사라져가는 아름다움에 밝음과 신선함을 돌려주길 바라는 비논리적인 기대를 품었다. 앤서니는 취하면 이 문제로 그녀를 비웃었다. 그가 맨정신일 때는 그녀에게 예의 발랐고, 때로 부드러웠다. 그는 잠깐 동안 이해심이라는 오래된 기질이 약간 남아 있음을 보여주는 것 같았다. 너무 바람직하여 비난당하기 쉬운 기질, 이해심은 그의 기질들 가운데 최고였으며, 신속하고 거침없이 그의 몰락을 향해 노력했다.

그러나 그는 맨정신일 때를 혐오했다. 맨정신이면 그는 주변 사람들을, 힘겹게 분투하는 분위기를, 탐욕 어린 야망을, 절망보다 더 단단한 희망을, 멈춤 없는 왕복을 의식하게 됐다. 이런 것들은 대도시마다 불안정한 중산층에서 가장 두드러졌다. 부자들과 함께 살 수 없게 되었다면, 그는 그다음엔 극빈층과 사는 쪽을 선택했을 터였다. 뭐든 땀과 눈물이 담긴 이 컵보다는 나았다.

인생을 거대한 하나의 장면으로 바라보는 감각, 앤서니에겐 결코 강한 적 없는 감각이었고, 거의 소멸하다시피 희미해졌다. 간혹 어떤 사건이나 글로리아의 어떤 몸짓이 그의 마음에 들었다. 그러나 회색 베일이 그의 앞에 본격적으로 내려왔다. 나이가 들수록 이런 일들은 희미해졌고, 그다음엔 와인이 있었다.

술에 취하면 친절해졌다. 취한 상태는 덧없이 저무는 저녁에 대한 기억처럼 형언할 수 없는 반짝임과 매혹을 안겼다. 하이볼 몇 잔을 마시고 나면, 부시 터미널 빌딩의 높이 빛나는 아라비안나이트 속에 마법이 있었다. 다가갈 수 없는 하늘에서 금빛으로 꿈을 꾸는 곳. 그리고 월가, 무신경하고 진부한 곳. 또 다시금 화려하고 감각적인 볼거리의 승리였다. 자신들의 전쟁을 위해 돈을 보관하는 위대한 왕들이 그곳에 있었다…….

……젊음의 열매 혹은 포도의 열매. 어둠에서 어둠으로 향하는 간단한 통행의 일시적 마법. 진실과 아름다움은 어떤 방식으로든 얽혀 있다는 오래된 환상.

델모니코 식당의 조명 앞에서 담배를 피우며 서 있던 어느 날 밤, 그는 이륜마차 두 대가 연석 가까이 다가가는 것을 보았다. 마차들은 우연히 술고래 승객이 오길 기다리고 있었다. 마차라는 이 구식 택시들은 낡고 더러웠다. 광택이 나는 에나멜 가죽은 갈라진 모습에 노인의 얼굴처럼 주름이 졌다. 쿠션은 갈색이 감도는 라벤더색으로 빛이 바랬다. 마차를 끄는 말들은 늙고 지쳤으며, 높은

마부 자리에 앉아 있는 흰머리 사내 또한 그러했다. 짐짓 기괴하게
도 의기양양한 척하며 채찍으로 철썩 소리를 냈다. 사라진 유쾌함
을 표현하는 유물!

앤서니 패치는 갑자기 우울감이 닥쳐서 그곳을 떠났다. 저런 식
으로 살아남는 것의 쓸쓸함을 생각하며. 아무것도 없는 것 같았다.
기쁨만큼이나 빠르게 상해버리다니.

어느 날 오후 그는 42번가에서 리처드 캐러멜을 만났다. 여러 달
이 흐르고 나서 처음 만난 것이었다. 잘나가고 살이 찐 리처드 캐
러멜, 얼굴은 더 커져서 보스턴식 이마에 필적하고 있었다.

"이번 주에 해안에서 막 왔어. 너한테 연락하려고 했지만, 네 새
주소를 몰랐어."

"우린 이사했어."

리처드 캐러멜은 앤서니가 더러운 셔츠를 입었으며 커프스가 약
간이긴 하지만 눈에 띄게 닳았다는 걸 눈치챘다. 그리고 그의 눈이
반달 아래 담배 연기 색깔 같다는 사실도.

"그럴 것 같았어." 그는 밝고 노란 눈으로 친구를 응시했다. "그런
데 글로리아는 어디에 있어? 어떻게 지내? 세상에, 앤서니, 심지어
캘리포니아에서도 너희 둘에 대한 이야기를 듣고 있었지. 그리고
뉴욕으로 돌아오니 네가 갑자기 시야에서 완전히 사라진 거야. 정
신을 가다듬는 게 어때?"

"잘 들어봐." 앤서니가 불안정한 어투로 말했다. "나는 긴 강의는
못 견뎌. 우린 여러 가지 일로 돈을 잃었고 사람들은 자연스럽게

이야기를 해왔지, 소송 때문에. 하지만 그 일은 이번 겨울에 분명 결론이 날 거야, 확실히……."

"너무 빨리 말해서 내가 이해를 못 하겠어." 딕이 차분히 끼어들었다.

"음, 난 할 말을 다 했어." 앤서니가 톡 쏘았다. "원한다면 집으로 찾아와, 아니면 말고!"

이 말과 함께 그는 몸을 돌려 군중을 향해 걸어갔다. 하지만 딕이 그를 즉시 따라잡아 팔을 잡았다.

"이봐, 앤서니, 그렇게 쉽게 발끈하지 마! 글로리아는 내 사촌이고, 넌 내 가장 오래된 친구 중의 한 명이잖아. 그러니 네 상황이 나쁘다는 이야기를 듣고서 흥미를 느끼는 건 당연한 거야. 네 상황 말이야."

"난 설교를 듣고 싶지 않아."

"음, 좋아. 그럼 내 아파트로 가서 한잔하는 건 어때? 난 막 자리 잡았어. 어느 세무관에게서 고든 진 세 병을 샀지."

함께 걸어가는 동안 앤서니는 계속 격분한 상태였다.

"그리고 네 할아버지의 돈 말인데, 네가 받게 되나?"

"음." 앤서니가 화를 냈다. "그 늙다리 멍청이 헤이트는 희망적인 것 같아, 특히 사람들이 지금 개혁가들에게 싫증을 내고 있으니까. 알다시피 약간 차이가 있어. 예를 들어 몇몇 재판관이 애덤 패치 때문에 술 얻기가 더 힘들어졌다고 생각한다면."

"넌 돈 없이는 견딜 수 없어." 딕이 말했다. "뭐든 써보려고 한 적 있어, 최근에?"

앤서니는 조용히 고개를 저었다.

"재미있네." 딕이 말했다. "나는 언제나 너와 모리가 언젠가 글을 쓸 거라고 생각했어. 그리고 이제 그는 주먹을 꽉 쥔 귀족 같은 존재가 되었고, 너는……."

"나는 나쁜 예지."

"이유가 뭔데?"

"넌 아마도 안다고 생각할 텐데." 앤서니는 집중하려 애썼다. "실패와 성공은 둘 다 마음속으로 자신들이 정확히 관점의 균형을 잡는다고 믿어. 성공은 성공했기 때문이고, 실패는 실패했기 때문이지. 성공한 사람은 아들에게 아버지의 행운에서 이익을 봤다고 말하고, 실패자는 아들에게 아버지의 실수에서 이익을 봤다고 말하지."

"난 동의할 수 없는데." 《프랑스에서 소위로 막 임관된 군인》의 저자가 말했다. "우리가 젊었을 때 난 너와 모리의 이야기를 경청하곤 했어. 네가 시종일관 냉소적이어서 인상적이었지. 그런데 지금은, 음, 결국, 세상에, 우리 셋 중 누가 지성적인 삶을 살게 됐지? 허영기 어린 이야기로 들리지 않았으면 해. 하지만 그렇게 살게 된 건 나야. 그리고 나는 언제나 도덕적 가치가 존재한다고 믿고 있고 언제나 그럴 거야."

"음." 앤서니가 반대했다. 꽤 즐기는 것 같았다. "그렇다 할지라도, 알다시피 실제로 삶은 결코 제 문제를 명쾌하게 표현하지 않아, 그렇지?"

"나에겐 그래. 내가 어떤 도덕 규칙을 어기게 될 일은 없어."

"하지만 네가 그 규칙들을 어길 때 그걸 어떻게 알지? 다수가 그렇듯 넌 상황을 추측해야 해. 과거를 뒤돌아보면서 그 도덕적 가치들을 배분해야 해. 그때 넌 초상화를 마무리하게 되겠지, 세부 묘사를 하고 음영을 칠하는 거야."

딕은 오만하고 고집스럽게 고개를 저었다.

"나이 먹고 헛된 냉소주의자 같아." 그가 말했다. "그건 자기를 연민하는 방식일 뿐이야. 너는 아무것도 하지 않아. 그래서 아무것도 중요하지 않지."

"오, 난 자기 연민을 잘할 수 있어." 앤서니가 인정했다. "그리고 내가 너만큼 삶을 즐기고 있다고 주장하지도 않고."

"네가 그랬잖아. 적어도 예전엔 그렇게 말했지. 행복은 삶에서 거의 유일하게 가치 있는 거라며. 염세주의자로서 너는 더 행복하니?"

앤서니는 몹시 사납게 앓는 소리를 냈다. 대화의 기쁨이 사라지기 시작했다. 그는 신경질이 났고 술을 갈망했다.

"세상에!" 그가 외쳤다. "네 집은 어디야? 더는 못 걸어."

"너의 인내심은 정신적인 것일 뿐이지, 어?" 딕이 날카롭게 돌아보았다. "음, 바로 여기 살아."

그는 49번가에 있는 아파트로 들어갔다. 몇 분 후 그들은 트윈 벽난로가 있고 네 벽이 책으로 가득한, 새로 지은 큰 방 안에 있었다. 유색인 집사가 진 리키를 가져왔다. 그들은 술잔을 기분 좋게 빠르게 비웠고, 한창때 가을의 환한 불빛과 함께한 시간이 점잖게 지나갔다.

"예술은 정말 이상해." 얼마 후 앤서니가 말했다. 술을 몇 잔 마시고 나니 긴장이 풀리면서 그는 다시 생각을 할 수 있게 됐다.

"어떤 예술?"

"모두 다. 시가 먼저 죽어가고 있어. 곧 산문으로 흡수될 거야. 예를 들어 아름다운 단어, 다채롭고 빛나는 단어, 아름다운 직유는 이제 산문에 속하지. 시는 관심을 끌어보려고 낯선 단어들을 쓰고 있지. 모진 날것의 단어, 그 전엔 전혀 아름다운 적 없는 단어. 아름다움의 경우, 여러 아름다운 부분들의 총합으로서의 아름다움은 스윈번에서 극치에 다다랐어. 더 이상 나아갈 데가 없어. 아마도 소설을 제외하면."

딕은 참지 못하고 그의 말을 막았다.

"알다시피 그런 유의 새로운 소설들은 넌더리가 나. 세상에! 어디를 가나 나는 멍청한 여자들에게 《낙원의 이편》을 읽어보았느냐는 질문을 받아. 여자들은 정말 그걸 좋아하나? 만일 그게 삶에 진실한 거라면, 난 그렇게 생각진 않지만, 다음 세대는 망할 거야. 나는 이 싸구려 사실주의가 지겨워. 문학엔 낭만주의자를 위한 자리가 있다고 봐."

앤서니는 리처드 캐러멜의 작품 중 최근 무엇을 읽었는지 기억해보려고 했다. 《프랑스에서 소위로 막 임관된 군인》이 있었고, 《강한 남자들의 땅》이 있었다. 그리고 단편소설 수십 편이 있었는데, 더 나빠졌다. 젊고 똑똑한 독자들 사이에선 리처드 캐러멜을 언급하며 경멸의 미소를 짓는 게 관습이 됐다. 리처드 캐러멜 '씨', 그들은 이렇게 불렀다. 그의 시체는 신문의 모든 문학 특집판에서 추잡하게 끌려다녔다. 그는 영화에 쓸 쓰레기를 써서 막대한 돈을 벌었다고 비난받았다. 유행이 바뀌면서 그는 경멸의 표상이 되어가고 있었다.

앤서니가 이런 상황을 생각하는 동안 딕은 자리에서 일어났다. 뭔가 고백하길 주저하는 것 같았다.

"난 책을 상당히 모았어." 그가 불쑥 말했다.

"알겠어."

"나는 좋은 미국 작품들을 가지고, 옛날 작품과 최근 작품을 총망라한 선집을 만들었어. 롱펠로와 휘티어가 들어가는 평범한 선집 얘기가 아니야. 사실 대부분은 현대적이지."

그는 선집이 관심을 받나 보면서 한쪽 벽으로 걸어갔다. 앤서니는 일어나서 따라갔다.

"봐!"

아메리카나라고 인쇄된 꼬리표 아래 그는 여섯 줄로 길게 책들을 진열해놓았다. 아름답게 모았고, 분명 신경 써서 고른 것이다.

"그리고 여긴 현대 소설가들이야."

그때 앤서니는 조커를 보았다. 마크 트웨인과 드라이저 사이에 여덟 권의 처음 보는 부적절한 책들이 있었다. 리처드 캐러멜의 작품들이었다. 《악마 연인》은 정말로 거기에 끼어 있기 충분했으나……다른 일곱 권의 책들은 진정성이나 우아함 없이 몹시 끔찍했다.

마지못해 앤서니는 딕의 얼굴을 보았다. 딕은 약간 반신반의하는 표정을 짓고 있었다.

"내 책도 넣었어, 물론." 리처드 캐러멜이 다급히 말했다. "비록 한

두 권은 안 어울리지만. 잡지 계약을 했을 때 너무 빨리 써버렸나 걱정돼. 하지만 겸손한 척하는 건 좋다고 생각하지 않아. 물론 몇몇 비평가들은 내가 처음 자리를 잡은 이래로 내게 그렇게 관심을 보이지 않지. 그러나 중요한 건 비평가가 아니야. 그들은 그저 양떼야."

처음으로 거의 기억할 수 없을 만큼 오랜만에 앤서니는 친구에게 해묵은 유쾌한 경멸을 느꼈다. 리처드 캐러멜은 계속 말했다.

"나의 출판사들은 알다시피 미국의 새커리라고 나를 광고해왔어. 내 뉴욕 소설 때문에."

"응." 앤서니가 집중하려 애썼다. "너의 말엔 뭔가 많은 것들이 있는 것 같네."

그는 자신의 경멸이 비합리적이라는 걸 알았다. 만일 그럴 수 있다면 그는 주저하지 않고 딕과 자리를 바꾸었을 터였다. 자신은 글을 쓰려고 진정 최선을 다했다. 그런데 그러면…… 사람이 그의 일생의 사업을 그렇게 꾸준히 폄하할 수 있나?

─그리고 그날 밤 리처드 캐러멜이 타자기를 잘못 눌러대고, 피로하고 색이 맞지 않는 눈으로 일을 망치고, 그의 졸작을 고심하느라 고생했다. 그동안 시간은 쓸쓸히 흘렀고 벽난로의 불은 꺼졌다. 집중을 오래 한 탓에 머리가 어질어질한 앤서니는 지긋지긋하게 술을 마셨고 택시 뒷자리에 실려 클레어몬트가의 집으로 돌아왔다.

구타

겨울이 다가오면서 어떤 광기가 앤서니를 덮친 것 같았다. 그는 아침에 매우 신경질적인 상태로 깨어났다. 글로리아는 그가 술 한 잔 마시려고 식료품실로 갈 힘을 모으기 전에 침대에서 떨고 있다는 걸 느낄 수 있었다. 그는 이제 술기운이 없으면 견딜 수가 없었고, 그녀의 영혼과 육신은 그를 꺼렸다. 그가 외박을 할 때면—여러 번 그랬는데—그녀는 유감스럽게 느끼지 않을 뿐 아니라 어느 정도 안도했다. 다음 날이면 그는 약간 후회를 하면서 무뚝뚝하면서도 처량한 태도로 한마디 할 것이다. 자기가 과음을 한 것 같다고.

그는 한 번에 몇 시간씩 아파트의 커다란 팔걸이의자에 거의 정신을 잃은 채 앉아 있었다. 좋아하는 책을 읽는 일에도 관심이 없어 보였다. 비록 부부는 쉴 새 없이 말다툼을 했지만 항상 진짜로 대화를 나누는 단 하나의 화제가 있었으니 유언장 소송의 추이에 대한 거였다. 글로리아가 영혼 깊숙이 어두운 곳에서 무엇을 희망하는지, 돈이라는 거대한 선물이 무엇을 야기하리라 예상하는지 이젠 떠올리기 어려웠다. 그녀는 환경 탓에 주부와 기묘하게 닮은 인물이 되어가고 있었다. 3년 전까지 절대 커피를 만들지 않던 그녀가 이제는 종종 하루 세 끼 식사를 만들었다. 오후엔 많이 걸었고, 저녁이면 책이며 잡지며 손에 닿는 대로 다 읽었다. 만일 지금 그녀가 아이를 원한다 해도—심지어 인사불성으로 취한 채 그녀의 침대를 찾는 앤서니의 아이라도—그녀는 그렇다고 말하지도 않앗고 아이에게 관심이 있다는 어떤 눈치도 신호도 주지 않았다. 그게 그녀가 원한 거였다고, 혹은 정말 원하는 게 있었다고 그녀가 그 누구에게라도 명확히 밝힐 수 있는지는 확실하지 않았다. 외롭고, 사랑스럽고, 이제 서른 살이 된 여자. 그녀의 아름다움과 함께 태어나서 공존하는 뭔가 확고하게 억제하는 태도 뒤에서 깎여나가고 있었다.

어느 날 오후, 더러워진 눈이 다시 리버사이드로를 덮고 있을 때였다. 식료품점에 다녀온 글로리아는 앤서니가 무척 신경질적인 상태로 방 안을 돌아다니는 모습을 보았다. 그는 열 오른 눈으로 그녀를 보았다. 그 눈에 작은 분홍 선이 그어져 있어 그녀는 지도 위의 강을 떠올렸다. 잠시 동안 그녀는 그가 갑자기 확실하게 늙었다는 인상을 받았다.

"돈 없어?" 그가 다급히 물었다.

"뭐? 무슨 소리야?"

"말한 그대로야. 돈! 돈! 우리말 몰라?"

그녀는 관심이 없었다. 그를 스쳐 지나가 아이스박스에 베이컨과 달걀을 넣기 위해 식료품실로 향했다. 그는 지나치게 취하면 언제나 우는소리를 하곤 했다. 이번엔 그가 그녀를 따라와 식료품실 문에 서서 또 물었다.

"내 말 들었지. 돈 없어?"

그녀는 아이스박스에서 몸을 돌려 그를 보았다.

"아, 앤서니, 당신은 미친 게 틀림없어! 당신도 알잖아, 난 돈이 하나도 없어. 잔돈 1달러 말고는."

그는 갑자기 뒤로 돌아 거실로 돌아갔다. 다시 걷기 시작했다. 그가 뭔가 불길한 생각을 하는 게 분명했다. 그 문제가 무엇인지 글로리아가 질문을 해주길 그는 명백히 원했다. 잠시 후 그녀는 거실로 가서 긴 소파에 앉아 머리칼을 다듬기 시작했다. 머리칼은 길이가 더 이상 짧지 않았고, 색깔은 지난해에 붉은 기가 도는 금발에서 반짝임 없는 연갈색으로 변했다. 그녀는 샴푸 바를 좀 샀고 지금 머리를 감을 셈이었다. 과산화수소 한 병을 헹굼 물에 넣을까 고민했다.

"그래서?" 그녀가 조용한 목소리로 넌지시 질문했다.

"그 빌어먹을 은행!" 그의 목소리가 떨렸다. "은행은 내 계좌를 10년 동안 갖고 있었어, 10년. 그런데 은행이 뭔가 독재적인 규칙을 만든 것 같아. 계좌에 500달러 이상을 갖고 있지 않으면 돈을 주지 않는대. 은행이 몇 달 전에 나한테 편지를 보내서 전하길, 내 계좌의 돈이 다 떨어졌대. 내가 하찮은 수표 두 장을 돌린 날, 기억나? 라이젠베버 카바레에서 밤을 보냈었잖아. 하지만 나는 다음 날 바로 돈을 채웠어. 음, 나는 핼러런 영감에게 조심하겠다고 약속했지. 그가 담당자야, 탐욕스러운 아일랜드 놈. 그러고 나선 괜찮다고 생각했어. 내 수표책 원부를 꽤 규칙적으로 유지했으니까. 음, 오늘 수표를 현금으로 바꾸려고 갔더니 핼러런이 나타나서는 내 계좌를 닫았다는 거야. 부도수표가 너무 많대. 난 절대 내 예금에 500달러 이상을 넣은 적 없어. 하루나 혹은 잠깐만 그랬지. 세상에! 그가 그때 뭐라고 말한 거 같아?"

"뭐라고 했는데?"

"이번이 좋은 기회래, 내 계좌엔 1페니도 없으니까."

"없다고?"

"그가 그랬어. 내가 아르메니아 사람들에게 지난번에 술을 살 때 60달러 수표를 준 것 같아. 그리고 은행에는 4, 50달러만 있었지. 아르메니아인들은 내 계좌에 15달러를 입금한 다음 돈 전부를 갖고 가버렸어."

그녀는 상황을 잘 모르는 가운데 그가 감금당하고 망신당할지도 모른다는 무서운 생각을 했다.

"오, 그들은 아무 짓도 안 할 거야." 그가 그녀를 설득했다. "밀주는 위험이 너무 큰 사업이지. 그들은 내게 15달러의 청구서를 보낼 거고 난 그걸 지불할 거야."

"오." 그녀는 잠시 생각했다. "……우린 다른 채권을 팔 수 있어."

그는 냉소적으로 웃었다.

"오, 그건 늘 쉬운 일이지. 이자가 조금이라도 붙는 몇 안 되는 채권은 1달러당 50센트에서 80센트의 가치밖에 없어. 우리는 채권을 팔 때마다 채권의 절반쯤을 잃는 거야."

"그럼 우린 뭘 할 수 있어?"

"뭔가 팔 수 있겠지, 언제나 그랬듯. 우린 액면가로 8만 달러의 가치가 있는 어음이 있어." 그는 또 심술궂게 웃었다. "공개시장에선 3만 달러쯤 될 거야."

"나는 그 10퍼센트 투자를 믿지 않았어."

"제길, 당신은 그랬군!" 그가 말했다. "그랬던 척하는군. 그래서 만일 그 투자가 박살 나면 당신은 날 할퀼 수 있겠지. 하지만 당신은 나만큼이나 운에 맡기고 뭔가 해보길 원했다고."

그녀는 잠시 동안 생각에 잠긴 듯 침묵했다.

"앤서니." 그녀가 갑자기 소리쳤다. "한 달에 200달러는 아무 쓸 모가 없어. 모든 채권을 모아서 은행에 3만 달러를 넣자. 그리고 우리가 소송에서 지면 이탈리아에서 3년 동안 살고, 그러고 나서 그냥 죽자." 그녀는 말을 하면서 흥분한 가운데 감상에 젖어 약간 상기된 걸 깨달았다. 오랜만에 처음으로 감상에 젖었다.

"3년." 그가 신경질적으로 말했다. "3년! 미쳤구나. 헤이트 씨는 우리가 소송에서 지면 더 많이 가져갈걸. 그가 자선하는 차원에서 일한다고 생각해?"

"그걸 잊었네."

"그리고 오늘은 토요일이야." 그가 말을 이었다. "그리고 난 지금 1달러와 잔돈밖에 없고, 월요일까지 그걸로 살아야 해. 중개인에게 갈 수 있다면⋯⋯. 그리고 집에서 술을 마시지 않는다면." 그는 뒤늦게 떠오른 중요한 생각을 덧붙였다.

"딕에게 전화할 순 없어?"

"벌써 했어. 하인이 말하길 프린스턴 문학 클럽 같은 데 참석하러 갔대. 월요일까지 돌아오지 않는대."

"음, 보자. 당신이 찾아갈 수 있는 친구 없어?"

"두어 명 연락했지. 아무도 찾지 못했어. 지난주가 시작될 때 키츠의 편지들을 팔았으면 얼마나 좋을까."

"새미에서 카드 게임을 하는 친구들은?"

"내가 그들에게 부탁하라고?" 그는 당연히 질색했다. 글로리아는 주춤했다. 그는 부적절한 호의를 부탁하면서 피부가 근질대는 걸 느끼기보단 차라리 그녀가 아주 불편해하는 걸 경멸하는 쪽을 택할 것이다. "난 뮤리얼을 생각했는데." 그가 말했다.

"뮤리얼은 캘리포니아에 있어."

"그럼 내가 군대에 가 있는 동안 당신과 좋은 시간을 보낸 남자들은 어때? 그들이 당신에게 기꺼이 약간의 호의를 베풀 수 있다고 당신은 생각하잖아."

그녀는 그를 경멸스럽게 노려보았지만, 그는 눈치채지 못했다.

"아니면 오랜 친구 레이철이나 콘스턴스 메리엄은?"

"콘스턴스 메리엄은 작년에 죽었고, 레이철에겐 부탁하지 않을 거야."

"그러면 한때 당신을 너무 돕고 싶어 안달 난 나머지 자제력을 거의 잃었던 그 신사, 블록먼은 어때?"

"아……!" 그는 결국 그녀에게 상처를 주었다. 그는 너무 둔하거나 너무 경솔해서 이 사실을 알아차릴 수 없었다.

"그는 왜 안 돼?" 그가 냉담하게 고집했다.

"왜냐면, 그는 더 이상 나를 좋아하지 않으니까." 그녀는 어렵게 말했다. 그는 대답 대신 그녀를 냉소적으로 바라보았다. "만일 이유를 알고 싶다면 말해줄게. 1년 전 블록먼에게 갔었어. 그는 이름을 블랙으로 바꾸었지. 영화계 일을 얻어달라고 했어."

"블록먼에게 갔었다고?"

"어."

"왜 말 안 했어?" 그는 의심하는 듯한 어투로 물었다. 얼굴에서 미소가 사라졌다.

"당신은 어디선가 술을 마시고 있었을 테니까. 그는 내게 카메라 테스트를 하겠다고 했고, 내가 특징 있는 조연을 제외하고는 어떤 역에도 충분히 젊지 않다고 결정을 내렸어."

"특징 있는 조연?"

"'삼십대 여자' 같은 거. 나는 서른 살이 아니었고, 내가 서른처럼 보일 거라고 생각하지 않았어."

"제길, 빌어먹을 놈!" 앤서니가 소리쳤다. 그는 감정이 기이하게 꼬인 가운데 그녀를 지나치게 편들었다. "왜……."

"음, 그래서 난 그에게 갈 수 없어."

"저런, 무례한 자식!" 앤서니가 신경질적으로 말했다. "무례해!"

"앤서니, 그건 지금 중요하지 않아. 문제는 우리가 일요일까지 버텨야 한다는 거고 이 집에는 빵 한 덩이와 반 파운드의 베이컨과 아침용 계란 두 개가 있을 뿐이라는 거지." 그녀는 지갑 속 내용물을 그에게 건넸다. "여기 70센트, 80센트, 1달러 15센트가 있어. 당신이 가진 것과 합치면 2달러 50센트가 될 거야, 안 그래? 그걸로 음식을 많이 살 수 있어, 우리가 먹을 수 있는 것보다 더."

손에서 잔돈을 짤랑이며 그는 고개를 저었다.

"아냐. 난 술을 마셔야 해. 너무 신경질이 나서 몸이 떨리고 있어." 생각 하나가 떠올랐다. "아마도 새미는 수표를 현금으로 바꿔줄 거야. 그리고 월요일이면 돈을 들고 은행에 갈 수 있겠지."

"하지만 계좌가 닫혔잖아."

"맞아, 맞아, 잊어버렸네. 있잖아, 나는 새미에 가서 뭘 좀 빌려줄 사람을 찾을 거야. 정말 싫지만······." 그는 갑자기 손가락으로 딱 소리를 냈다. "내가 할 일을 알겠어. 시계를 저당 잡히겠어. 20달러는 얻을 수 있을 거고, 60센트를 더해서 월요일에 돌려줄 거야. 그 전에 저당 잡힌 적 있어, 케임브리지 시에 있던 때였지."

그는 외투를 입고서 간단히 작별 인사를 한 다음 복도를 지나 현관으로 향했다.

글로리아는 일어섰다. 갑자기 그가 먼저 어디에 갈지 생각났다.

"앤서니!" 그녀가 뒤에서 외쳤다. "2달러는 나한테 주는 게 낫지 않아? 당신은 그냥 차 요금만 있으면 되잖아."

현관문이 닫혔다. 그는 그녀의 말을 듣지 못한 척했다. 그녀는 잠시 동안 그를 눈으로 좇으며 서 있었다. 그런 다음 그녀는 욕실로 들어가 비통함을 자아내는 연고들을 두고 머리를 감을 준비를 시작했다.

새미에 갔더니 파커 앨리슨과 피트 리텔이 테이블에 앉아서 위스키 사워를 마시고 있었다. 막 6시가 지났고 새미 혹은 세례명으로 사무엘 벤디리는 담배꽁초 더미와 유리 조각을 구석으로 쓸어내고 있었다.

"안녕, 토니!" 파커 앨리슨이 앤서니에게 외쳤다. 때로 그는 앤서니를 토니라고 불렀고, 때로는 댄이라고 불렀다. 그에게 앤서니란 사람들은 모두 이런 애칭의 하나로 불려야 했다.

"앉아. 뭘 마실래?"

지하철에서 앤서니는 돈을 셌다. 4달러쯤 있었다. 한 잔에 50센트인 술을 두 차례 돌릴 수 있는 금액이었다. 그 말은 그가 여섯 잔을 마실 수 있다는 거였다. 그다음 그는 6번가로 가서 시계를 저당 잡혀 20달러와 전당표를 얻을 계획이었다.

"음, 망나니 씨." 그가 명랑하게 말했다. "범죄의 세상에서 사는 건 어때요?"

"아주 좋아." 앨리슨이 말했다. 그는 피트 리텔에게 윙크를 했다. "네가 유부남이어서 너무 유감이야. 우린 11시 무렵 줄 세워진 아주 좋은 술을 얻었어, 공연이 끝날 때였지. 세상에! 그래, 그가 결혼했다니 너무 유감이네, 안 그래, 피트?"

"그렇지."

7시 반이 되자 그들은 술을 여섯 차례 다 돌렸다. 앤서니는 자신의 마음이 자신의 욕망에 대해 듣고 있다는 걸 깨달았다. 이제 그는 행복하고 활기가 넘쳤다. 완전히 즐기고 있었다. 피트가 막 끝낸 이야기는 전에 없이 심오하게 재미있었다. 그는 매일 이때쯤 그러듯 '죽여주게 좋은 친구들, 저런!'이라고 생각했다. 이들은 그가 아는 누구보다도 그를 위해 더 많은 것을 해줄 거라고 여겼다. 전당포는 토요일이면 늦게까지 열 테고, 그는 딱 한 잔만 더 마시면 화려한 장밋빛으로 물든 들뜬 기분을 맛볼 거였다.

그는 조끼 주머니를 솜씨 좋게 뒤적였다. 25센트 동전 두 개를 꺼낸 다음 놀란 척 동전들을 바라보았다.

"오, 세상에." 그는 당황한 어투로 말했다. "수표책을 놓고 왔네."

"현금이 필요해?" 리텔이 선선히 물었다.

"서랍에 현금을 놓고 왔어요. 한 잔 더 사고 싶은데."

"아, 그만둬." 리텔이 앤서니의 제안을 얕보며 단번에 물리쳤다.

"우린 좋은 친구가 원하는 대로 술을 다 사줄 수 있어. 뭘 마시겠나? 같은 걸로?"

"있잖아." 파커 앨리슨이 말했다. "새미에게 나가서 샌드위치를 사다 달라고 하자. 저녁을 여기서 먹자고."

나머지 두 사람이 동의했다.

"좋은 생각이야."

"이봐, 새미. 우리에게 뭘 좀 사다 주면……."

9시가 지나자 앤서니는 바로 비틀거리며 일어났다. 그들에게 쉰 목소리로 작별 인사를 했고, 휘청대며 문으로 향했다. 나가면서 새미에겐 그가 갖고 있던 25센트 동전 두 개 중 하나를 건넸다. 거리에서 그는 어디로 갈까 주저하다가 6번가를 향해 걷기 시작했다. 그곳에서 종종 전당포 몇 곳을 지나쳤던 게 기억났다. 그는 신문 가판대를 지나고 드러그스토어 두 곳을 지났다. 그리고 그가 찾던 장소 앞에 섰다. 문이 닫혀 있었다. 그는 침착하게 계속 걸었다. 반 블록을 내려가니 나온 전당포 역시 닫혀 있었다. 두 곳이 더 나왔고, 둘 다 문을 닫았다. 다섯 번째 가게는 아래쪽 광장에 있었다. 희미하게 불이 켜져 있어서, 그는 유리문을 두드렸다. 경비가 가게 뒤에서 나타나 나가라고 화가 나서 손짓을 하자 그제야 그는 그만 두드렸다. 점점 마음이 상하고 점점 술기운이 오르는 가운데, 그는 거리를 가로질러 43번가로 되돌아갔다. 새미 근처 모퉁이에서 그는 마음을 정하지 못한 채 망설였다. 만일 아파트로 돌아가면—그의 육신은 그래야 할 것 같은데—심한 비난을 받게 될 거였다. 그러나 이제 전당포는 문을 닫았고, 어디서 돈을 구해야 할지 알 수 없었다. 결국 그는 파커 앨리슨에게 도움을 구하기로 결심했다. 그러나 새미는 문이 닫혔고 불도 꺼졌다. 9시 30분이었다. 그는 걷기 시작했다.

10분 후 그는 43번가와 매디슨가 모퉁이에 이렇다 할 목적 없이 멈추었다. 대각선 방향으로 환하지만 거의 버려진 듯한 모습의 빌트모어 호텔 입구가 있었다. 그곳에서 그는 잠시 서 있다가 건설 폐기물 사이의 축축한 선반 위에 힘들여 앉았다. 그는 30분쯤 그곳에 머물렀다. 그의 마음은 의식의 표면으로 떠오른 생각들이 그리는 무늬였다. 그중 가장 주요한 생각은 돈을 구해야 한다는 것과 너무 취해서 길을 찾지 못하기 전에 집에 가야 한다는 거였다.

그때 빌트모어 호텔을 응시하다 포르트 코셰르*의 위쪽 불빛을 받으며 한 남자가 서 있는 모습을 보았다. 남자의 곁에는 족제비 털 코트를 입은 여자가 서 있었다. 앤서니가 보는 사이, 둘은 앞으로 나아가며 택시를 향해 손짓했다. 앤서니는 숨어서 남자의 걸음걸이를 보고 그가 모리 노블임을 확신했다.

그가 자리에서 일어났다.

"모리!" 그가 외쳤다.

모리는 앤서니 쪽을 본 다음, 여자에게로 다시 몸을 돌렸다. 택시가 막 나타났다. 10달러를 빌려야 한다고 정신없이 생각하며, 앤서니는 급히 뛰기 시작했다. 매디슨가를 가로질러 43번가를 따라 달렸다.

---

* 도로에 면하고 있는, 폭이 넓고 높은 프랑스식 문.

그가 다가갔을 때 모리는 택시의 열린 문 옆에 서 있었다. 그의 동행은 앤서니를 호기심 어린 눈으로 바라보았다.

"안녕, 모리!" 그가 손을 내밀며 말했다. "잘 지내?"

"좋아, 고마워."

그들의 손이 떨어졌고 앤서니는 주저했다. 모리는 여자에게 그를 소개할 생각이 없었다. 입을 다문 채 고양이처럼 속 모를 침묵을 지키며 그를 바라보고 있을 뿐이었다.

"널 만나고 싶었어." 앤서니가 자신 없이 말을 꺼냈다. 그는 1미터도 떨어져 있지 않은 곳에 여자가 있는데 모리에게 돈을 빌려달라고 부탁할 수 있을 것 같지 않았다. 그래서 모리에게 옆으로 나와 달라고 신호하듯 눈에 띄게 고개를 흔들었다.

"난 상당히 바빠, 앤서니."

"알아, 하지만 혹시, 혹시……." 다시 그가 주저했다.

"다음에 보자고." 모리가 말했다.

"중요한 일이야."

"미안해, 앤서니."

앤서니가 도와달라고 말하기로 결심하기 전, 모리는 차가운 태도로 여자에게 돌아갔다. 그녀가 차를 타는 걸 도운 다음 앤서니에게 예의 바르게 "안녕"이라고 말하고 차에 올랐다. 그는 창문에서 고개를 끄덕였는데, 표정은 조금도 달라지지 않은 것 같았다. 택시는 소리를 내며 출발했고, 앤서니는 빛을 받으며 홀로 그곳에 남겨졌다.

앤서니는 빌트모어 호텔로 갔다. 특별한 이유는 없었다. 입구가 가깝고, 넓은 층계를 올라가니 구석에 자리가 있었을 뿐. 그는 무시당했다는 걸 깨달으며 분노했다. 그 상황에서 그는 가능한 만큼 상처받고 화가 났다. 그럼에도 돈을 구해야 한다는 생각을 고집했다. 그는 이 응급 상황에서 전화로 연락할 수 있을 지인들이 있나 몇 번이고 손가락으로 세어보았다. 그는 결국 자택에 있을 중개인 하울랜드 씨에게 가기로 했다.

한참 기다렸다가 그는 하울랜드가 외출 중이라는 사실을 알았다. 그는 교환원에게 돌아갔다. 마치 불만족스러운 상태로 통화를 끝내기 싫은 양 25센트 동전을 만지면서 교환원의 책상 너머로 몸을 기울였다.

"블록먼 씨를 연결해주세요." 그가 갑자기 말했다. 그도 제 말에 놀랐다. 두 가지 연상 작용이 사거리처럼 서로를 가로지르는 가운데 그 이름이 앤서니의 마음속에서 떠올랐다.

"번호가 어떻게 되죠?"

자신이 무슨 짓을 하는지 거의 의식하지도 못한 채 그는 전화번호부에서 조지프 블록먼을 찾았지만 그런 사람을 찾을 수 없었다. 전화번호부를 막 덮으려다가 글로리아가 이름이 바뀌었다고 알려준 걸 기억해냈다. 조지프 블랙은 쉽게 찾아냈다. 그는 교환원이 전화를 거는 동안 부스에서 기다렸다.

"안녕하세요, 블록먼 씨. 아니, 블랙 씨 말인데요, 계십니까?"

"아뇨, 그는 오늘 저녁에 없습니다. 메시지를 남기시겠습니까?" 억양이 런던풍이었다. 그는 풍부한 목소리로 경의를 표하던 바운즈를 떠올렸다.

"그는 어디에 있나요?"

"음, 누구십니까, 선생님?"

"패치입니다. 아주 중요한 문제입니다."

"그분은 지금 볼 미치에서 열리는 파티에 가셨습니다."

"고마워요."

앤서니는 잔돈 5센트를 쥔 다음 볼 미치로 출발했다. 45번가에 있는 유명한 무도장이었다. 시간은 10시에 가까웠고 어두운 거리에 사람들은 거의 없었는데, 극장들은 한 시간이 지난 뒤에야 그들이 품은 손님들을 쏟아낼 것이었다. 앤서니는 볼 미치를 알고 있었다. 1년 전 글로리아와 함께 그곳에 갔었다. 손님들은 야회복을 입어야 한다는 규칙이 기억났다. 음, 그는 위층으로 올라가지 않을 참이었다. 심부름꾼을 보낸 다음 블록먼을 아래층에서 기다릴 터였다. 잠시 동안 그는 이 모든 일이 아주 자연스럽고 우아하다고 믿어 의심치 않았다. 그의 왜곡된 상상 속에서 블록먼은 오랜 친구 중 한 명일 뿐이었다.

볼 미치의 현관은 따뜻했다. 두꺼운 녹색 카펫 위로 천장 높이 노란 조명이 달려 있었다. 카펫 중간부터 무도장으로 향하는 하얀 층계가 있었다.

앤서니가 현관의 소년에게 말했다.

"블록먼 씨를 만나고 싶다. 블랙 씨 말이야." 그가 말했다. "그는 위층에 있어. 전해줘."

소년은 머리를 흔들었다.

"손님을 호출하는 규칙에 따라야 합니다. 어느 테이블에 있는지 아십니까?"

"아니. 하지만 난 그를 알아."

"잠시만요. 웨이터를 부르겠습니다."

잠시 후 수석 웨이터가 나타났다. 좌석 예약을 표로 확인하는 카드를 들고서. 그는 목적을 달성하지 못한 앤서니를 냉소적인 시선으로 힐끗 보았다. 그들은 함께 판지로 된 카드를 살폈고 어려움 없이 위치를 찾아냈다. 블랙 씨는 8번 자리였다.

"패치라고 전해주세요. 아주, 아주 중요합니다."

다시 그는 기다렸다. 난간에 몸을 기댄 채 층계를 따라 흘러오는 노래 '재즈에 미친'의 혼란스러운 음을 들으며. 주변에 있던 여직원이 노래를 부르고 있었다.

일렁이는 수족관에
재즈에 미친 괴짜가 사네.
일렁이는 수족관에
나는 나의 수줍은 신부를 떠났네.
그녀는 미쳐버렸네
그녀가 다시 전율하도록……

그때 그는 블록먼이 층계를 따라 내려오는 모습을 보았다. 악수를 하려고 그에게 다가갔다.

"나를 만나고 싶다고요?" 연상의 남자가 차갑게 말했다.

"네." 앤서니가 고개를 끄덕였다. "개인적인 문제입니다. 이쪽으로

와주시겠습니까?"

블록먼은 앤서니를 가느다란 눈으로 보면서 그를 따라 층계로 인해 생긴 굽은 모퉁이로 갔다. 거기에선 식당으로 들어가거나 떠나는 사람 누구도 그들을 볼 수 없었고 말소리도 들을 수 없었다.

"그래서요?" 그가 물었다.

"당신에게 말하고 싶었습니다."

"무엇에 대해?"

앤서니는 웃기만 했다. 멍청한 웃음이었다. 별일 아닌 얘기처럼 들리길 바랐다.

"나와 무슨 이야기를 하고 싶나요?" 블록먼이 반복했다.

"급한가요, 어르신?" 그는 블록먼의 어깨 위에 친근하게 손을 얹으려 했다. 상대는 약간 뒤로 물러났다. "어떻게 지냈어요?"

"아주 좋습니다, 고마워요……. 자, 패치 씨. 난 위로 올라가야 합니다. 자리를 너무 오래 비우면 사람들이 날 무례하다고 생각할 겁니다. 나를 왜 만나고 싶어 했죠?"

그날 저녁 두 번째로 앤서니의 마음은 널뛰었다. 그는 제 의도와는 전혀 상관없는 말을 했다.

"당신이 내 아내를 영화계로 끌어들인 건 이해해요."

"뭐?" 블록먼의 붉은 얼굴이 나란히 평면을 이룬 그늘 속에서 어두워졌다.

"이제 내 말 알겠죠."

"봐요, 패치 씨." 블록먼이 표정의 변화 없이 침착하게 말했다. "당신은 취했어요. 혐오스럽고 구역질 나게 취했다고요."

"당신에게 이야기 못 할 만큼 취한 건 아니죠." 앤서니가 힐끔 곁눈질하며 고집을 부렸다. "먼저 내 아내는 당신과 관련된 건 그 어떤 것도 원치 않아요. 절대 그런 적 없어요. 알겠습니까?"

"입 다물어요!" 연상의 남자가 화를 냈다. "난 당신이 이런 상황에서 당신의 아내를 대화로 끌어들이지 않을 만큼은 아내를 존중한다고 생각했는데."

"내가 내 아내에게 무얼 기대했는지는 알 바 아니잖아. 한 가지 말하지. 너는 그녀를 혼자 내버려뒀어. 지옥에나 가버려!"

"이봐, 난 네가 좀 미쳤다고 생각해!" 블록먼이 소리 질렀다. 그는 마치 앤서니를 지나쳐 갈 것처럼 두 걸음 앞으로 걸어왔다. 그러나 앤서니가 길을 막았다.

"잠깐 기다려, 이 빌어먹을 유대인 같으니."

잠시 동안 그들은 서로를 쳐다보며 서 있었다. 앤서니가 부드럽게 몸을 양옆으로 흔드는 동안 블록먼은 분노하여 몸을 거의 떨다시피 했다.

"조심해!" 그가 긴장 어린 목소리로 외쳤다.

앤서니는 몇 년 전 블록먼이 빌트모어 호텔에서 그에게 지어 보인 어떤 표정을 기억할 수도 있었으나 그는 아무것도, 아무것도 기억하지 못했다…….

"다시 한번 말하지, 너는……."

그때 블록먼이 잘 단련한 마흔다섯의 팔에 온 힘을 실어서 주먹을 휘둘러 앤서니의 입을 똑바로 때렸다. 앤서니는 계단으로 쓰러졌다. 그는 다시 일어나 거친 술주정뱅이로서 팔을 크게 휘둘렀다.

그러나 블록먼은 매일 운동하고 스파링을 좀 아는 자로서 앤서니를 쉽게 막았다. 그리고 앤서니의 얼굴에 두 번, 주먹을 빠르게 내려쳤다. 앤서니는 좀 끙끙대며 녹색 카펫에 쓰러졌다. 입안이 피로 가득하며 앞쪽이 이상하게 흔들리는 것 같다는 걸 깨달았다. 그는 몸을 떨면서 일어나려 했다. 숨을 헐떡이고 침을 뱉었다. 그는 몇 미터 떨어져 서 있는 블록먼에게 다가갔다. 블록먼은 여전히 주먹을 꽉 쥐고 있었지만 위로 쳐들진 않았다. 어디선가 나타난 두 명의 웨이터가 그의 팔을 붙들어 힘없이 그를 잡아 세웠다. 그들 뒤로 열두어 명의 사람들이 신기해하며 모였다.

"난 놈을 죽일 거야." 앤서니가 양옆으로 몸을 흔들고 안간힘을 쓰며 말했다. "죽이게……."

"저놈을 끌어내!" 블록먼이 흥분해서 명령했다. 바로 그때 체구가 작고 얼굴이 얽은 남자가 관중들 사이로 급히 밀고 나왔다.

"무슨 문제라도 있나요, 블랙 씨?"

"저 술주정뱅이가 나를 협박하려 했어!" 블록먼이 말했다. 그런 다음 그의 목소리는 자존심 때문에 약간 높아졌다. "그는 무슨 일이 닥칠지 알았지!"

체구가 작은 남자는 웨이터 쪽으로 몸을 돌렸다.

"경찰을 불러!" 그가 요구했다.

"아, 아냐." 블록먼이 재빨리 말했다. "난 괜찮아. 그냥 저놈을 거리로 내보내……. 아! 이런 모욕이라니!" 그는 몸을 돌려 의식적으로 폼 잡으며 화장실을 향해 걸어갔다. 동시에 여섯 개의 억센 손이 앤서니를 붙잡고 문 쪽으로 끌고 갔다. '술주정뱅이'는 인도로 거칠게 집어 던져졌다. 그는 바닥과 부딪치는 괴이한 소리를 내며 손과 무릎으로 땅에 착지했으며 옆으로 약간 미끄러졌다.

충격이 그를 덮쳤다. 그는 잠시 동안 날카롭게 번지는 고통을 느끼며 누워 있었다. 위가 제일 불편해졌다. 커다란 발이 그에게 다가오고 있었다.

"일어나요, 술주정뱅이 씨! 일어나!"

육중한 덩치의 도어맨이었다. 타운카가 연석에 세워져 있었고 타고 있던 사람이 내렸다. 그러니까 두 명의 여자가 자동차 발판 앞에 서 있었다. 이 터무니없는 장애물이 자신들이 가는 길에서 사라질 때까지 화가 난 가운데 세심히 기다리고 있었다.

"일어나요! 아니면 내가 당신을 던져버릴 거요!"

"잠깐만, 내가 그를 데려가겠소."

새로운 목소리였다. 처음 사람보다 좀 더 잘 참고, 좀 더 호의를 품은 사람 같았다. 다시 팔들이 그에게 다가왔다. 반쯤은 들고 반쯤은 질질 끌면서 길가 위 네 개의 문 그늘로 옮긴 다음 여성 모자를 파는 가게 앞의 돌에 기대게 했다.

"정말 고맙습니다." 앤서니가 힘없이 중얼거렸다. 누군가 그의 부드러운 모자를 머리 위에 올려놓자 그는 웃었다.

"그대로 앉아 있어요, 친구. 그럼 기분이 더 나아질 거요. 저들 때문에 혹이 났군."

"돌아가서 그 자식을 죽일 거요……." 그는 일어나려 했지만 뒤의 벽 쪽으로 넘어졌다.

"지금은 아무것도 할 수 없어요." 상대가 말했다. "다른 날 가시오. 솔직하게 말하는 거요, 아닌가? 당신을 돕고 있는 거지."

앤서니는 고개를 끄덕였다.

"집에 가는 게 낫겠소. 오늘 밤 이빨이 빠졌지, 친구. 아나?"

앤서니는 그 말을 확인해보려고 혀로 입안을 살폈다. 노력 끝에 그는 손을 들어 이가 빠진 위치를 가리켰다.

"집에 데려다주겠소, 친구. 어디 사나?"

"아, 세상에! 세상에!" 앤서니가 말을 막으며 주먹을 꽉 쥐었다. "내가 그 더러운 무리를 보여주겠소. 날 도와주면 내가 당신과 함께 녀석들을 손봐주겠소. 내 할아버지는 애덤 패치, 태리타운의……."

"누구?"

"애덤 패치, 세상에!"

"태리타운까지 쭉 가고 싶소?"

"아뇨."

"그럼 어디로 갈지 말해요, 친구. 택시를 불러주겠소."

앤서니는 그를 도와준 사마리아인이 키가 작고 어깨가 넓으며 몹시 허름한 모습이라는 걸 알아보았다.

"어디 살아요, 친구?"

술에 취하고 마음이 뒤흔들린 가운데 앤서니는 그가 사는 주소가 할아버지 자랑을 해댄 데 비해 가난하다고 느꼈다.

"택시를 불러줘요." 그가 주머니 안을 더듬으면서 부탁했다.

택시가 왔다. 앤서니가 다시 일어나려 했지만 발목이 흐늘거리는 게 마치 두 부분으로 나뉜 것 같았다. 사마리아인은 그가 택시를 타도록 도와야 했다. 그리고 그도 뒤따라 올라탔다.

"봐요, 친구." 그가 말했다. "당신은 완전 취했고 눈이 부어서 앞이 잘 보이지도 않아요. 누가 도와주지 않으면 집에 못 가요. 그러니 같이 가겠소. 나랑 가면 괜찮을 거요. 어디 살아요?"

약간 주저하며 앤서니는 주소를 댔다. 그리고 택시가 움직이자, 그는 남자의 어깨에 머리를 기댔다. 그리고 정신을 잃고서 어둡고 고통스러운 상태로 빠져들었다. 깨어났을 땐 사마리아인이 그를 택시에서 클레어먼트가 아파트로 옮기고 있었으며, 그를 제 발로 서게 하려 했다.

"걸을 수 있소?"

"그런 것 같아요. 나와 같이 안 오는 편이 나았을 텐데." 그는 다시 힘없이 주머니 속을 더듬었다. "저기." 그는 미안해하는 어투로 위험하게 흔들거리며 선 채로 말했다. "돈이 한 푼도 없는 것 같아요."

"어?"

"돈이 하나도 없어요."

"뭐! 당신이 손봐주겠다고 했잖아? 누가 돈 없이 택시를 타?" 그는 확인차 택시로 돌아갔다. "그가 손봐주겠다고 한 거 들었죠? 그의 할아버지에 대한 것도 모두 다?"

"사실." 앤서니가 무례하게 중얼거렸다. "당신이 혼자 다 떠든 거죠. 어쨌든 당신이 돌아오면, 내일……."

이때 택시 운전수가 택시에서 몸을 내밀어 격분해서 말했다.

"아, 한 대 때려줘요. 저 더러운 싸구려 자식. 술주정뱅이가 아니었으면 밖으로 내던져지지도 않았겠지."

이 제안에 대한 답으로 사마리아인은 공성 망치처럼 주먹을 불쑥 내밀어 앤서니를 아파트의 돌계단 쪽으로 쓰러뜨렸다. 그곳에서 그는 꼼짝 않고 누워 있었다. 그동안 드높은 빌딩이 무너져 그의 위로……

한참 후 그는 깨어났다. 훨씬 더 추워졌다. 그는 움직이려 했지만 근육이 말을 듣지 않았다. 그는 이상하리만치 간절하게 시간을 알아내고 싶어 시계를 더듬어 찾았지만, 주머니는 비어 있었다. 본의 아니게 그의 입술이 아주 오래된 구절을 내뱉었다.

"멋진 밤이군!"

이상하게도 그는 술에서 거의 깼다. 머리를 움직이지 않고서, 그는 달이 하늘 중간쯤에 떠오른 걸 올려다보았다. 달은 클레어몬트가에 빛을 흘리며 깊고 속을 알 수 없는 심연의 바다로 향했다. 생명체가 있다는 신호도 소리도 없었다. 그의 귀에서 계속 울리는 소리를 제외하면. 잠시 후 앤서니 자신이 확실히 침묵을 깼다. 뚜렷하고 기이한 웅얼거림. 볼 미치에 다시 갔을 때, 블록면과 마주 보았을 때 그가 계속 내려고 시도한 소리였다. 명백히 얄궂은 웃음소리. 찢어지고 피가 나는 입술을 통해 나는 저 소리는 그의 영혼이 가련하게도 헛구역질을 하는 것만 같았다.

3주 후 재판이 끝났다. 법과 관련된 번거로운 절차들을 둘둘 감은 실패가 4년 반 동안 끝나지 않을 것처럼 풀리더니 갑자기 끊겼다. 앤서니와 글로리아, 그리고 그 반대편의 에드워드 셔틀워스와 유산 수령인 모임은 각기 다르게 탐욕을 부리고 절망을 느끼며 증언하고 거짓말하고 나쁘게 굴었다. 3월의 어느 날 아침, 앤서니는 그날 오후 4시에 평결이 난다는 사실을 깨달으며 깨어났다. 그리고 그 생각에 침대에서 일어나 옷을 입기 시작했다. 극도로 신경이 과민한 가운데 그는 재판 결과에 대해 당찮은 낙관주의도 품고 있었다. 그는 하급 법원의 판결이 뒤집힐 거라고 믿었다. 최근 도덕 개혁과 도덕 개혁가들에게 일어난 과도한 금지로 인한 반발 때문이라면 좋을 텐데. 그는 소송 절차의 좀 더 순수한 법적 측면보다는 그들이 셔틀워스에게 퍼부었던 개인적인 공격을 더 중시했다.

옷을 입고서 그는 위스키 한 잔을 털어 넣은 다음 글로리아의 방으로 들어갔다. 그녀는 이미 깨어 있었다. 일주일 동안 그녀는 침대에 있었다. 그는 그녀가 스스로를 달래고 있으리라 생각했다. 의사는 그녀가 방해받지 않는 게 최선이라고 했지만.

"안녕." 그녀가 웃지 않고 중얼거렸다. 그녀의 눈은 평소와 달리 크고 어두워 보였다.

"기분이 어때?" 그가 마지못해 물었다. "좋아?"

"응."

"아주?"

"응."

"오후에 법정으로 같이 갈 수 있을 것 같아?"

그녀는 고개를 끄덕였다.

"좋아. 그러고 싶어. 어제 딕이 날씨가 괜찮으면 차를 끌고 온다고 했어. 센트럴파크를 한 바퀴 돌자고 하더라. 봐, 방 안이 온통 햇빛으로 가득해."

앤서니는 기계적으로 창밖을 보고 침대에 앉았다.

"아, 긴장돼!" 그가 외쳤다.

"거기 앉지 말아줘." 그녀가 재빨리 말했다.

"왜?"

"위스키 냄새가 나. 견딜 수가 없어."

그는 멍하니 침대에서 일어나 방을 떠났다. 잠시 후 그녀가 그를 불렀다. 그는 밖에 나가 조제 식품점에서 감자 샐러드와 차가운 닭고기를 조금 사다 주었다.

2시가 되자 리처드 캐러멜의 차가 현관 앞에 왔고, 그가 전화했다. 앤서니는 글로리아와 함께 엘리베이터를 타고 내려가서 연석까지 같이 갔다.

그녀는 사촌에게 태워다 주다니 친절하다고 말했다. "순진하게 굴지 마." 딕이 얄보듯 말했다. "별일 아니야."

그러나 그는 그게 별일 아니라는 뜻으로 말한 게 아니었고 이건 희한한 일이었다. 리처드 캐러멜은 많은 사람들이 저지른 많은 잘못을 용서해왔다. 그러나 그는 사촌 글로리아 길버트를 절대 용서하지 않았다. 7년 전 그녀가 결혼식 직전에 한 말 때문이었다. 그녀는 그의 책을 절대 읽지 않을 거라고 말했었다.

리처드 캐러멜은 이 말을 기억했다. 7년 동안 잘 기억하고 있었다.

"몇 시에 돌아올 거야?" 앤서니가 물었다.

"우린 돌아오지 않을 거야." 그녀가 말했다. "4시에 그곳에서 만나."

"알았어." 그가 중얼거렸다. "거기서 만나."

위층에 올라온 그는 자기 앞으로 온 편지를 하나 보았다. 등사 인쇄된 공고였다. 미국 재향 군인회 회비를 내라고 짐짓 겸손한 구어체로 '장병들'에게 촉구하고 있었다. 그는 바로 쓰레기통에 버린 다음 창턱에 팔꿈치를 기대고 앉아 양지바른 거리를 멍하니 바라보았다.

이탈리아. 만일 평결이 그들의 손을 들어준다면 그건 이탈리아를 뜻했다. 이 단어는 그에게 일종의 부적처럼 다가왔다. 견딜 수 없는 삶의 불안이 오래된 장식처럼 다 떨어져 나가는 곳. 그들은 먼저 해수욕장으로 갈 거고 밝고 다채로운 군중들 사이에서 우울한 부하처럼 붙어 있는 절망을 잊을 것이다. 믿기 어려울 만큼 새로운 사람이 되어, 그는 다시 황혼 무렵의 스페인 광장을 걸을 거고, 거무스름한 피부의 여자들과 옷이 찢어진 거지들과 꾸밈없는 맨발의 수사들로 이루어진 표류하는 자들 사이로 들어갈 것이다. 이탈리아 여자들을 생각하니 그는 마음이 조금 흔들렸다. 그의 지갑이 다시 무겁게 드리워지면 사랑조차도 다시 내려앉을지 모른다. 베네치아 푸른 운하의 사랑, 비가 내린 후 피에솔레 금빛 초록 언덕의 사랑. 그리고 여자들, 모습이 변하더니 희미해져서 다른 여자들 속으로 사라지는 식으로 그의 인생에서 물러난 여자들, 그러나 언제나 아름답고 젊었던 여자들과의 사랑.

그러나 그의 태도는 달라져야 할 것 같았다. 그가 이제껏 안 모든 고민거리, 슬픔과 고통은 여자들 때문이었다. 각기 다른 방식으로 그들이 그에게 준 것이었다. 무의식적으로, 거의 일상적으로. 아마도 그의 마음이 부드럽고 소심하다는 걸 알고서 그들은 자신들의 절대적인 지배를 위협하는 그의 마음속 뭔가를 죽였다.

창가에서 몸을 돌려 그는 거울에 비친 모습을 보았다. 병약하고 창백한 얼굴을, 피가 조각조각 말라붙은 양 핏발이 이리저리 교차한 눈을 힘없이 관찰했다. 그는 서른셋이었지만 마흔처럼 보였다. 음, 상황은 달라질 수 있었다.

현관 벨이 갑자기 울렸다. 그는 마치 한 대 맞은 것처럼 걸어갔다. 제 몸을 가누면서 그는 복도로 나갔고 문을 열었다. 도트였다.

만남

그는 그녀를 앞에 두고 거실 쪽으로 물러났다. 그녀가 끊임없이 단조로운 어투로 계속 쏟아내는 느린 말의 물결들 사이에서 단어 하나만을 이해했다. 그녀는 점잖고 초라한 옷차림이었다. 좀 가련해 보이는 자그마한 모자는 분홍색과 푸른색 꽃으로 장식되어 짙은 머리칼을 가렸다. 그녀가 한 말로 미루어 보자면, 며칠 전 그녀는 소송과 관련된 뉴스를 신문에서 보았고, 그의 주소를 항소법원 직원에게서 얻었다. 그녀는 아파트로 와서 이름을 알려주지 않은 한 여자로부터 앤서니가 집을 비웠다고 전해 들었다.

그는 거실 문 옆에 서 있었다. 그녀가 계속 떠드는 동안 넋이 나간 가운데 경악하며 그녀를 바라보았다……. 무엇보다도 그는 자신을 둘러싼 모든 문명과 관습이 기묘하게도 비현실적이라는 느낌에 빠져들었다……. 그녀는 6번가의 여성용 모자 가게에서 일한다고 했다. 외로운 삶이었다. 그가 캠프 밀스를 떠난 뒤로 그녀는 오랫동안 아팠고, 엄마가 와서 그녀를 다시 캐롤라이나로 데려갔다……. 그녀는 앤서니를 찾겠다는 생각으로 뉴욕에 왔다.

그녀는 정말 소름 끼치는 데가 있었다. 보랏빛 눈은 눈물로 붉어졌다. 부드러운 억양은 작게 헐떡이는 울음으로 너덜너덜했다.

그게 다였다. 그녀는 결코 변하지 않았다. 그녀는 그를 원했다. 만일 그를 가질 수 없다면 그녀는 죽어야 한다…….

"당신은 여길 나가야 해." 결국 그가 말했다. "당신이 여기 오지 않아도, 난 나를 걱정하는 것만으로도 힘들어! 세상에! 나가!"

그녀는 울면서 의자에 앉았다.

"나는 당신을 사랑해요." 그녀가 외쳤다. "당신이 뭐라고 하건 신경 쓰지 않아요! 나는 당신을 사랑해요."

"난 관심 없어!" 그가 비명을 지르다시피 말했다. "나가, 제발, 나가! 그만큼 해를 끼쳤으면 충분하지 않아? 충분하지 않느냐고!"

"나를 한 대 쳐요!" 그녀가 애원했다. 거칠고 멍청하게. "아, 한 대 쳐요. 난 나를 때린 당신의 손에 키스할 거예요."

그의 목소리가 절규에 가까울 만큼 높아졌다. "널 죽여버릴 거야!" 그가 소리쳤다. "나가지 않으면, 내가 널 죽여버릴 거야! 죽여버릴 거야!"

이제 그의 눈빛엔 광기가 떠올랐지만, 도트는 위협받지 않고서 자리에서 일어나 그에게 한 발짝 다가왔다.

"앤서니! 앤서니……!"

그는 이로 딱딱 소리를 냈고 그녀를 향해 튀어나가려고 준비하듯 뒤로 물러났다. 그다음 목적을 바꾸어 그의 주변을, 바닥과 벽을 거칠게 둘러보았다.

"내가 널 죽여버릴 거야!" 그는 숨을 짧게 헐떡이며 중얼거렸다. "내가 널 죽여버릴 거야!" 그는 이 말을 마치 현실로 만들어버리겠다는 양 그 단어에 덤벼들었다. 결국 놀란 그녀는 더 이상 앞으로 나아가지 못했다. 그의 광기 어린 시선과 마주치자 뒤로, 문 방향으로 물러났다. 앤서니는 서 있던 곳에서 이쪽저쪽 뛰어다니기 시작하더니 여전히 저주스러운 외침을 쏟아냈다. 그러다 그는 자신이 무엇을 찾고 있었는지 깨달았다. 탁자 옆에 서 있는 딱딱한 오크 나무 의자였다. 사납게 소리를 지르며 그는 의자를 잡은 다음 머리 위로 들었다. 분노의 힘을 담아 방 저편에 있는 놀라움에 사로잡힌 하얀 얼굴을 향해 집어 던졌다……. 그다음 속이 안 보이는 짙은 어둠이 그에게 내려와 그의 생각이며 분노며 광기를 덮어버렸다. 우두둑 소리가 확실히 나면서 세상의 얼굴이 그의 눈앞에서 바뀌었다…….

글로리아와 딕이 5시에 왔다. 그들은 그의 이름을 불렀지만 답이 없었다. 그들은 거실로 들어갔다. 등받이가 부서진 의자가 복도에 쓰러져 있는 게 보였다. 방 안은 온통 난장판이었다. 깔개는 옆으로 밀려나갔고, 사진과 장식물은 방 중앙의 탁자 위에 넘어져 있었다. 공기는 싸구려 향수로 구역질 나게 달콤했다.

앤서니는 침실 바닥의 햇빛 조각에 앉아 있었다. 앞에는 세 권의 우표책이 펼쳐져 있었다. 그들이 방으로 들어갔을 때 앤서니는 우표책 한 권의 뒤표지에 쌓아 올린 거대한 우표 더미를 손으로 훑어 내리고 있었다. 앤서니는 딕과 글로리아를 올려다보더니 고개를 한쪽으로 확 기울인 다음 나가라고 몸짓했다.

"앤서니!" 글로리아가 외쳤다. "우리가 이겼어! 법원에서 판결을 뒤집었어!"

"들어오지 마." 그가 힘없이 중얼거렸다. "당신은 이걸 엉망으로 만들어버리겠지. 난 우표를 분류하는 중이야. 그리고 당신은 분명 참견할 거고. 모든 건 언제나 엉망이 되어버려."

"뭘 하는 거야?" 딕이 놀라서 물었다. "유년 시절로 돌아가고 있어? 네가 소송에서 이긴 게 실감이 안 나? 하급 법원의 결정이 뒤집혔어. 이제 3000만 달러를 얻었다고!"

앤서니는 그를 비난하는 듯한 시선으로 볼 뿐이었다.

"문을 닫고 나가." 그는 건방진 어린아이처럼 말했다.

글로리아의 눈에 희미한 공포가 떠올랐다. 그녀는 그를 응시했다…….

"앤서니!" 그녀가 외쳤다. "뭐야? 문제가 뭔데? 왜 법정에 안 왔고…… 왜? 무슨 일이야?"

"이봐." 앤서니가 부드럽게 말했다. "둘 다 나가. 둘 다. 아니면 할아버지에게 이르겠어."

그는 우표 한 움큼을 집어서 주변에 잎처럼 흩뿌렸다. 다채롭고 선명한 색상의 우표들이 밝은 공기 위로 요란하게 돌며 흩날렸다. 영국과 에콰도르, 베네수엘라와 스페인, 이탈리아의 우표들…….

참새들과 함께

천상의 섬세한 아이러니는 참새들의 수많은 세대가 어떻게 멸망했는지 표에 적어두었을 것이다. 그 표에는 틀림없이 베렝가리아호에 탄 승객들이 미묘하게 말투를 바꾸어가며 나누는 대화도 적혀 있으리라. 격자무늬 모자를 쓴 청년이 갑판을 가로질러 노란 옷을 입은 예쁘장한 여자에게 건네는 말도 듣고 있을 것이다.

"그 사람이에요." 그가 담요로 몸을 감싼 사람을 가리켰다. 그 사람은 난간 근처 휠체어에 앉아 있었다. "저 사람이 앤서니 패치예요. 처음에 그는 갑판에 있었어요."

"어머, 그 사람인가요?"

"네. 그는 좀 미쳤다고 하더군요. 그가 4, 5개월쯤 전에 돈을 받게됐는데 그때 이후로 저렇대요. 아시겠지만, 다른 한 사람인 셔틀워스 말이에요, 그 종교적인 사람. 그 사람은 돈을 얻지 못해서 호텔 방문을 잠그고 총으로 자살했대요……."

"아, 그가 그랬군요……."

"하지만 앤서니 패치가 그리 신경 쓸 것 같진 않아요. 그는 3000만 달러를 얻었어요. 그리고 그가 그 일과 관련하여 기분이 별로일 때를 대비해서 개인 의사도 있어요. 그녀는 갑판에 다녀갔나요?" 그가 물었다.

노란 옷을 입은 예쁜 여자가 주의 깊게 주변을 둘러보았다.

"여기에 막 왔네요. 러시아산 세이블 코트를 입고 있어요. 돈이 꽤 들었을 텐데." 그녀는 얼굴을 찡그리고 단호한 어투로 덧붙였다.

"알다시피, 난 그녀를 견딜 수가 없어요. 그녀는 뭔가 물이 들고 깨끗하지 않은 사람 같아요, 아시겠지만. 몇몇 사람들은 그들이 그런 사람이든 아니든 그와 관련된 모습을 하고 있을 뿐이죠."

"물론, 무슨 얘긴지 알죠." 모자를 쓴 남자가 말했다. "그래도 그녀는 나빠 보이진 않아요." 그가 말을 멈추었다. "그가 무슨 생각을 하는지 알고 싶네요. 돈이겠죠. 아니면 셔틀워스라는 친구에 대해 저주를 하거나."

"아마도……."

그러나 모자를 쓴 남자는 완전히 틀렸다. 난간 근처에 앉아서 바다를 바라보는 앤서니는 돈에 대해 생각하고 있지 않았다. 그는 살면서 물질적인 허세에 사로잡힌 적이 거의 없었으니. 또한 에드워드 셔틀워스에 대해서도 아니었다. 이런 일들에선 밝은 면을 보는 게 최선이니까. 아니다. 그는 일련의 회상에 관심이 있었다. 여느 장군이 성공적인 군사작전을 되돌아보고 승리를 분석하는 것만큼. 그는 자신이 겪은 곤란을, 견딜 수 없는 고난을 생각하고 있었다. 사람들은 청년 시절 그의 실수를 가지고 그를 벌주려 했다. 그는 무자비한 고통에 노출되었고, 사랑을 향한 바로 그 열망은 벌을 받았으며, 친구들은 그를 버렸다. 글로리아마저도 그에게서 등을 돌렸다. 그는 고독했고, 고독했으며, 고독에 직면했다.

겨우 몇 달 전 사람들은 그에게 항복하라고, 평범함을 받아들이라고, 일을 하러 가라고 했다. 그러나 그는 그가 살아온 방식이 타당하다는 걸 알았다. 그리고 충실히 그것을 밀고 나갔다. 저런, 가장 불친절하던 바로 그 친구들이 그를 존중하게 됐고, 그가 쭉 옳았다는 걸 알게 됐다. 레이시 부부도 메러디스 부부도 카트라이트-스미스 부부도 글로리아와 그가 항해를 떠나기 바로 일주일 전 리츠칼튼 호텔에 와 그들을 방문하지 않았나?

그의 눈에서 굵은 눈물이 흘렀다. 혼잣말을 하는 그의 목소리는 떨렸다.

"내가 그들에게 보여주었어." 그가 말했다. "힘든 싸움이었지만, 나는 포기하지 않고 해냈어!"

아름답고 저주받은 사람들

1판 1쇄 인쇄 2018년 6월 15일
1판 1쇄 발행 2018년 6월 20일

지은이 · F. 스콧 피츠제럴드
옮긴이 · 진영인
펴낸이 · 주연선

총괄이사 · 이진희
책임편집 · 심하은
편집 · 백다흠 강건모 이경란 최민유 윤이든 양석한 김서해
디자인 · 이지선 권예진 한기쁨
마케팅 · 장병수 최수현 김다은 이한솔
관리 · 김두만 유효정 박초희

(주)은행나무
04035 서울특별시 마포구 양화로11길 54
전화 · 02)3143-0651~3 | 팩스 · 02)3143-0654
신고번호 · 제 1997-000168호(1997. 12. 12)
www.ehbook.co.kr
ehbook@ehbook.co.kr

잘못된 책은 바꿔드립니다.

ISBN 979-11-88810-30-7   03840